한국 근대
서간 문화사 연구

한국 근대
서간 문화사 연구

김성수 지음

서간·서간문학의
리터러시와
계몽의 수사학

書簡文化史

성균관대학교
출판부

이 저술은 2010년 정부의 재원으로 한국연구재단의 지원을 받아 수행된 연구임.
(NRF-2010-812-A00152)

서간 공부의 중간 이정표를 세우며

지난 2007년 이후 짧게는 3년, 길게는 7년 동안 서간(書簡, 편지)에 푹 빠져 살았다. '한국 근대 서간 문화사 연구(韓國近代書簡文化史研究) – 서간·서간문학의 리터러시와 계몽의 수사학'이란 주제로 공간(公刊)된 근대 편지의 전체상을 복원하는 작업을 하였다. 그러면서 단 한 번도 이 질문을 하지 못했다. 나는 왜 이 공부를 하는가, 이 연구는 어떤 의미가 있을까? 다시 묻는다. 근대적 글쓰기로서의 편지 연구는 지금 여기 내게 무슨 의미가 있단 말인가, 도. 대. 체?

지은이는 '근대적 글쓰기(ecriture)로서의 서간 양식의 복원·복권'이라는 문제의식을 가지고 20세기 초와 일제 강점기에 나온 '공간된 서간 [publishing letter]'을 연구하였다. 이 책은 그 중간 보고서이다. 서간을 제대로 연구하려면 전통적인 문학중심주의적 관습에서 벗어나 '문화 및 글쓰기의 장(場)'에서 서간 그 자체를 중심으로 새롭게 논의해야 한다. 이러한 문제의식으로 20세기 전반기(1900~1945)에 인쇄, 유통된 서간·서간문·척독·서간집·서간문학이 실린 단행본, 교과서, 잡지 수록 텍스트를 망라하여 자료를 분석하기로 한다.

먼저 문학사·문화사 연구에서 소외되었던 근대 '서간(書簡)'의 형성·변천과정을 밝히기 위하여 '독본(讀本), 정기간행물, 서간집' 등 각종 매체에 수록된 텍스트 존재양상부터 서지 작업한다. 다만 근대 서간 전체를 대상으로 서지작업을 하긴 어렵다. 필사본 사신(私信)의 경우 개인 간에 지극히 사적으로 오고간 문건인데다 분량도 무한대에 가깝기에 필사본 서간문 전체를 서지 대상으로 삼는 것은 불가능하다. 때문에 단행본과 정간물 등에 수록된 인쇄 텍스트를 논의 대상으로 삼는다. 한국 서간이 연구범주이기에 특별한 경우가 아니면 일본어 서간은 다루지 않는다.

다음으로 1900년대부터 40년대 전반까지 간행된 대표적인 서간문범과 서간문집을 정리하여 당대의 서간 이론을 추출하고 근대 서간 양식의 역사적 계보를 유형화하여 정리한다. 근대 서간은 척독류의 문범 단계로 출발하여 연애서간집의 유행을 거친 후 문인 서간집으로 변천하는 통시적 흐름을 보인다. 1910년대에는 서간 문범인 '척독(尺牘)'이 널리 유통되었으며, 1920년대에는 『사랑의 불꽃』 같은 연애서간집이 유행하였고, 1930년대에는 『조선문인서간집』 같은 문인·명사들의 문학서간집이 인기를 얻었다. 특히 문인서간집은 인쇄된 서간을 통한 또 하나의 확장된 문학 매체로 유통되었지만, 단순한 사적 토로의 장이나 문학으로 포장된 출판 상업주의의 상품으로 전락하기도 하였다. 하지만 서간체 기행, 서간체 시, 서간체소설 등 근대문학의 형성에 큰 영향을 준 것 또한 사실이다.

근대 서간의 통시적 연구 성과를 바탕으로 공시적 논의도 병행한다. 서간 양식의 외적 규범과 내적 형식을 살펴 서간의 시학을 추출할 것이다. '자기 이야기의 의미화와 사회적 소통의 다양화'라는 특징을 지닌 근대 서간은 언문일치·구어체를 통한 사회적 소통의 근대화 산물로 평가

된다. 언문일치에 대한 보편적 근대인의 복합적인 욕망, 이것이 근대 서간 양식의 내적 논리라 하겠다. 근대 서간의 분화·변천과정에서 드러난 문학 지향과 상업화, 통속화도 관심의 대상이다.

다른 한편 서간과 근대문학 사이의 다양한 관련양상도 추적할 생각이다. 서간은 지식인의 계몽 수단인 논설의 대체물인 서간체 논설과 비평으로 확대되거나 근대적 일상을 영위하는 일반인들의 1인칭 심정 고백을 담은 수필의 대체물로 활용되기 때문이다. 나아가 문인의 문학적 장치인 서간체 기행, 서간체 시, 서간체소설로 장르가 확산, 접합되면서 초기 근대문학 발전에 일정한 기여를 한 사실도 살펴볼 생각이다.

이러한 서간 연구의 의의는 무엇일까? 근대 서간 양식 논의는 한국 근대문학과 국어교육 내지 글쓰기교육이 본격적으로 형성·분화·변천되는 과정을 살펴보는 데 유용하다. 근대적 계몽이 이루어진 식민지 근대의 교육과 계몽에 서간의 리터러시(Literacy, 文解力)가 어떻게 관여했으며, 근대문학과 근대적 글쓰기의 질서에 어떤 방식으로 관련되는지 알 수 있기 때문이다. 편지를 읽고 쓸 줄 알아야 근대적 교양인이 될 수 있었으니 서간의 리터러시는 식민지 근대인의 생활 지침이었던 셈이다. 이러한 연구를 통해 서간은 언문일치를 통한 소통의 근대성뿐만 아니라, 문학·문화·교육과 연동된 일종의 문화사 텍스트라는 가치를 부여받게 된다. 이러한 맥락에서 이 책이 근대적 글쓰기로서의 서간의 위상을 한국문학·문화사에 정당하게 자리매김하는 실증적·이론적 근거가 되길 기대한다.

이 책의 출발은 구자황, 박진숙, 문혜윤 선생님(이하 존칭 생략)과의 공동연구에서 비롯되었다. 2007년부터 2년간 '근대적 글쓰기의 형성과 글쓰기장의 재인식-독본 및 강화류에 나타난 기행·수필·서간을 중심으로'란 주제로 공동연구를 하면서 학문의 즐거움을 새삼 느꼈다. 문학사와 북한문학을 주로 전공한 지은이로선 이 분야 공부가 생소했기에 초학도의 심정으로 동학들께 '근대적 글쓰기'론을 사사하였다. 근대적 글쓰기 공부의 성과를 바탕으로 2010년부터 3년간 손광식과 함께 서간 자료를 모으고 이론을 적용하였다. 이 책은 그 자료 작업의 보고서이자 텍스트 분석의 결과물이다.

특히 일제 강점기에 나온 잡지 100여 종을 뒤져 서간텍스트 일람을 작성했으나 분량이 워낙 많아 책에 다 싣지 못한 점이 아쉽다. 『개벽』 『삼천리』 『신동아』 『조광』 『조선문단』 등 대표적인 잡지 5종에 수록된 서간 일람만 부록으로 보고한다. 100여 종에 달하는 매체별 서간의 존 재양상 및 그 의미에 대한 총체적 분석은 후속 논문을 기약한다. 또 하나, 책을 마무리하면서 서간체 시와 서간체소설에 대해서 만족할 만한 성과를 내지 못했다는 부끄러운 고백을 남긴다. 서간 문학에 대한 본격 논의는 서간 자체를 연구한 본 저서에 들인 품과 맞먹는 작업이 따로 필요했기 때문이다.

이 책은 혼자 애쓴 개인 연구의 산물이 아니다. 지은이가 최근 10년 간 학문적 인연을 맺은 분들과의 공동연구 성과라 아니할 수 없다. 연구의 착상과 기획, 심지어 독본 자료까지 구자황이 도와줬고 이론적 도움은 권보드래, 한기형, 천정환, 황호덕, 박헌호, 이봉범, 이혜령에게서 받았다. 공부에 한창 신났을 때는 학문적 후배로 그들을 사숙한다고 자처했을 정도다. 특히 천정환의 『근대의 책읽기』, 권보드래의 『연애의 시대』, 최수일의 『『개벽』 연구』, 이경돈의 『문학 이후』 등이 학문적 영감을 주었다. 척독은 박해남, 한영규가 알려줬고 일본어는 박현수가 번역해 줬으며, 100여 종의 잡지는 정우택, 전상기, 박지영이 빌려줬다. 권보드 래, 송병렬, 최진형이 희귀본 서간집을 구해주었다. 서간에 내한 2008년의 첫 발표문에 애정 어린 논평을 해준 일본 히토츠바시대학의 이연숙, 카스야 케이스케(糟谷啓介) 교수님까지 포함하여, 이 모든 분께 진심으로 감사드린다. 이들의 진심이 가득 담긴 도움이 없었다면 책이 제대로 나오지 못했을 것이다.

　끝으로 독본·잡지 서간 등 자료 정리를 대부분 함께한 손광식과 원문 입력을 도와준 작은아들 동주, 그리고 박선영 외 자료 조사·원문 입력·텍스트 분석을 도와준 수많은 학생들에게 고마움을 전한다. 이 책은 학연을 맺은 윗분들과의 공동 연구 성과이며 특히 손광식과의 공저라 해도 과언이 아니다. 이 책을 동학 손광식에게 바친다.

2014년 8월
백련산자락 푸르서실에서
김성수 씀

1.

서론: 서간 자체에서 출발하라

1.1. 연구목적과 방법

왜 서간(편지)인가?

본 저서는 '근대적 글쓰기(ecriture)로서의 서간(書簡, 편지)[1] 양식의 복원·복권'이라는 문제의식을 가지고 20세기 전반에 나온 '공간(公刊)된 서간[publishing letter]'을 본격 논의하는 연구 기획의 중간 보고이다. 20세기 초 근대적 글쓰기의 형성과정에서 근대적 텍스트로 새롭게 자기 갱신을 보이는 서간(書簡) 양식에 대한 본격 논의가 필요하다는 것이 이 책의 출발점이다. 한마디로 서간을 서간 그 자체로 보자는 문제의식이다. 서간을 제대로 연구하려면 기존의 문학중심주의에서 벗어나 문화 및 글쓰기의 장 속에서 새롭게 논의를 펴는 것이 필요하기 때문이다.

여기에서는 20세기 전반 한국 근대 문학사·문화사 연구에서 소외되었던 '서간(書簡)'을 대상으로 그 근대적 형성·변천과 '독본(讀本), 정기간행물, 단행본' 등 각종 매체에서의 존재양상을 탐색하고자 한다. 나아가 근대 서간·서간문·서간문학을 문학사뿐만 아니라 문화사적 지평에서도 고찰함으로써 근대적 글쓰기 텍스트로서의 서간(문)이 지닌 계몽적 기능과 문학·문화사적 위상까지 규명하고자 한다.

본 연구는 서구적 관습에 따른 근대적 글쓰기가 처음 정착되던 20세기 전반기 서간의 역사적 존재양상을 실증적으로 정리하는 데서 출발한다. 나아가 독본·척독(尺牘) 자료에 수록된 서간 텍스트와 서간집(서간문집) 같은 단행본 텍스트들이 수행하던 리터러시(Literacy, 文解力) 및 계몽적 기능을 살펴봄으로써 당대 문학과의 길항관계 및 훗날의 글쓰기·글

---

1) 이 글에서는 '서간(書簡)'을 주로 사용하되, 문맥에 따라 '편지(便紙, 片紙)'도 겸용하기로 한다. 영어는 'letter, epistle, correspondence,' 일본어는 '手紙'가 널리 쓰인다.

쓰기교육으로 보편화되는 과정까지 고찰하고자 한다. 여기서 근대의 리터러시[2]란, 20세기 초의 근대적 매체 상황에서 문자를 해득하고 문자를 통해 자신을 표현하는 글쓰기능력을 뜻하는데, 서간 작성법 즉 편지쓰기가 언문일치 문맹 퇴치 운동의 일환으로 된다는 것이다.

서간이란 무엇이며 어떻게 연구할 것인가?

근대적 글쓰기의 하나인 서간을 서간 자체로 본격 연구하려면 서간과 서간문, 서간문학 또는 그 하위범주인 서간체소설을 명확하게 구분해야 한다. 서간은 편지를 주고받는 교신자(발신인-수신인, 송수신자) 간의 소통 행위물을 총칭하는 개념이며, 서간문은 서간에 담긴 내용물인 편지글을 지칭한다. 일반적으로 둘은 함께 쓰이지만 전자는 소통의 방식과 행위를, 후자는 소통의 내용과 글쓰기 자체를 특히 중시한다.

서간의 개념을 재정의하면 '특정 교신자와 사연'이라는 최소요건을 갖춘 광의의 개념과 '문예적 자기표현 내용'을 더한 협의의 개념을 상정할 수 있다. 전자라면 실용편지와 비문학편지를 모두 논의 범주에 넣기에 서간의 교본(manual)적 성격을 연구하는 데 주력하는 것이며 그 연구방법은 텍스트언어학이나 커뮤니케이션이론을 통해 편지의 교환과 유통방식에 주목하는 것이 된다. 서간을 커뮤니케이션으로 볼 때 광의의 편지란 커뮤니케이션의 한 형태로서 그 소통과정은 발신자(전달자)·사연(메시지)·전달매체·수신자(수용자)의 4요소로 이루어진다. 특정 발신자가 필자 자격으로 특정 정보와 사연(message)을 편지지(봉투 포함)라는 매체(medium)를 통해 특정 또는 불특정 수신자(receiver)에게 전달하여 그들 사이의 비대면적(非對面的) 대화를 하는 사적 커뮤니케이션 활동인

---

2) 리터러시(literacy, 文解力, 文飾力)의 사전적 정의는, "① 글을 읽고 쓸 줄 아는 능력, 식자(識字) ② 교양 있음, 교육 받음 ③ (특정 분야·문제에 관한) 지식, 능력"의 3가지이다. 우리가 흔히 문명의 척도로 언급하는 문맹률(illiteracy rate)은 위 정의 중 ①과 관련이 깊다. 최근의 시각적 리터러시와 구별되는 문자적 리터러시(LL: Letter Literacy)로 규정된다.

것이다. 이렇게 보면 서간의 개념은 특정한 제1자(발신자)가 특정한 제2자(수신자)에게 어떤 목적을 가지고 용건, 의사, 심정을 문서·문장으로 전달하는 통신수단으로 정의할 수 있다. 커뮤니케이션으로서의 서간은 기본적인 사실 전달과 부연 설명부터 계몽·오락, 이를테면 사교부터 문예까지 다양한 기능을 수행한다.

서간을 커뮤니케이션이론으로만 규정할 수 있는 것은 아니다. 여기서 우리가 주로 관심을 갖는 것은 행정·외교서한 같은 각종 공문이나 실용편지가 아니라 근대적 자기표현의 글쓰기로 규정되는 사적 편지와 문예적 서간이다. 이를 중시하는 연구 범주라면 연서(戀書)를 포함한 문안·사교편지와 문예적 편지를 주 연구대상으로 삼기에 서간의 유통보다는 서간문이나 문집(anthology)에 담긴 내용 분석을 하는 것으로 문예학·문화론적 접근이 중시된다. 이러한 두 가지 접근이 가능한 이유는 서간 자체의 역사가 공문서 위주에서 사적 글쓰기로 변천해왔기 때문이다. 서간의 어의나 기원부터 공식적 소통과 사적 교감을 함께 담아내는 개념이었다는 뜻이다.

서간의 어원과 명칭은 어떻게 될까?

서간은 동아시아에서 원래 서(書)에 어원을 두고 있다.[3] 한문 글쓰기의 역사적 과정에서 이전의 '서(書), 찰(札), 한(翰), 신(信), 간(簡), 척(尺), 독(牘), 함(函)' 등으로 불렸던 것이 분화, 변천하였다. 한자의 흔한 특성처럼 글자 둘을 결합하여 '간독, 간찰, 서간, 서신, 서장, 서찰, 서척, 서한, 찰한, 척간, 척독, 척한, 함찰, 함한' 등으로 불렸다. 상대방 편지를 높일 때는 '서, 찰, 한, 신, 간, 척, 독, 함' 앞에 '귀(貴), 옥(玉), 혜(惠), 화(華), 어(御)' 등을 붙여 '귀한(貴翰)·귀함(貴械)·귀함(貴函)·옥서(玉書)·옥음(玉音)·온간(溫簡)·화간(華簡)·화묵(華墨)·화한(華翰)·혜서(惠書)·혜음(惠

---

3) 황위주, 「한문문체 '서(書)'의 연원과 연변」, 『대동한문학』 36집, 대동한문학회, 2012. 참조.

音) · 혜함(惠函)' 등으로 존대하였다.

한문으로 표기된 것을 일반적으로 서간, 서신이라 범칭한 것에 상대
화하여 한글로 씌어진 것이나 부녀자의 것은 '언간(諺簡), 내간(內簡)'으로
특칭하기도 하였다. 한문서간은 한문이나 이두문을 섞어 썼으며, 언간은
순 한글이나 한자를 섞어서 쓰는 경우도 있었다. 부녀자의 내간은 대부
분 한글로 씌었으나 한문으로 씌어진 것도 있다. 한문서간 중에는 수필
과 평론의 구실을 하는 문학작품인 것도 있어 한묵(翰墨)이라는 명칭도
생겼다. 선비들의 길이가 긴 철학적 서간과 구별되는 짧은 정감적 편지
를 '척독(尺牘)'이라 따로 부르기도 하였다.

서간은 이두식 표기로 고목(告目), 기별(寄別)이라고 하고, 조선시대
이전부터 순 우리말로 '문안, 우부, 유부, 글월'로 불렸으며, 조선 후기
에 와서 편지라는 말이 쓰이기 시작하였다. 일제 강점기에는 일본어 수
지(手紙) 등이 잠시동안 쓰인 적도 있다. 20세기 전반기에 '척독'이 의미
를 바꿔 쓰인 적도 있다. 근대 초기에 편지 및 실용문의 서식 문범 교본
(manual & anthology)으로 의미가 달라지고 외연이 넓어진 것이다. 지금
은 서간이나 문범을 뜻하는 척독은 소멸하였고, '편지(便紙, 片紙) · 서한(書
翰) · 서간(書簡) · 서신(書信)' 등이 널리 사용되고 있다.

이렇듯이 서간이란 매우 다양하게 호칭되던 일군의 문종(文種)을 지칭
한다.[4] 비슷한 낱말들인 '간(簡) · 간독(簡牘) · 간찰(簡札) · 고목(告目) · 귀
한(貴翰) · 귀함(貴械) · 귀함(貴函) · 글월 · 기별(寄別) · 서(書) · 서간(書柬) ·
서독(書牘) · 서소(書疏) · 서신(書信) · 서자(書字) · 서장(書狀) · 서찰(書札) ·
서척(書尺) · 서한(書翰) · 서함(書函) · 성문(聲問) · 수찰(手札) · 신(信) · 신서

---

4) 서간(편지) 연구의 선편을 쥔 김일근에 의하면, 영어의 'letter'가 갖는 의미에 문자, 활자, 문
  서, 교양, 서적, 문학, 학문이란 뜻이 있고, 동아시아에서 통용되는 간(簡), 찰(札), 한(翰), 독(牘),
  글월 등의 어원을 볼 때, 서간은 문서와 기록의 동의어 내지는 원형이라 한다. 김일근, 『언간의
  연구』, 건국대출판부, 1986, 2쪽 참조.

(信書)·안서(雁書)·어간(御簡,御簡)·옥서(玉書)·옥음(玉音)·이소(鯉素)·찰한(札翰)·척간(尺簡)·척독(尺牘)·척한(尺翰)·편저(片楮)·한묵(翰墨)·한찰(翰札)·한훤(寒喧)·함찰(函札)·함한(函翰)·화간(華簡)·화묵(華墨)·화한(華翰)·혜서(惠書)·혜음(惠音)·혜함(惠函)' 등이 모두 유사한 내포와 외연을 가지고 있다.

서간을 서간 자체로 연구하려면 어떻게 해야 할까?

서(書)에 어원을 두고 수십 가지 이름으로 지칭되는 서간을 서간문, 서간집, 서간문학 등으로 범주화할 필요가 있다. 서간 자체를 본격 연구하려면 서간과 서간집, 서간문집, 서간문학 또는 그 하위범주인 서간체소설을 명확하게 구분해야 한다. '서간집, 서간문집'은 둘 다 편지 쓰는 법과 편지 예문을 묶은 단행본을 일컫는다. 굳이 구분한다면 서간집은 서간의 유통방식을 중시하는 교본(manual)적 성격이 강하며, 1910~30년대에 널리 유통된 척독류가 이에 해당한다. 1920~30년대에 베스트셀러가 된 연애편지집과 문인서간집 등 서간문집은 일부 교본적 성격도 있긴 하지만 그보다는 서간문 중 모범 예문을 선집으로 펴낸 명문장 모음(anthology)이란 뜻이 강하다.

한편, 서간문은 근대문학과 관련하여 서간문학으로 일부 변모(발전, 장르 轉化, 文種 이동)하는 양상을 보인다. 그동안 기존 연구사에서는 서간문학 중에서 근대문학의 총아인 근대소설의 형성에 기여한 서간체소설만 주목받았다. 하지만 소설 중심적인 문학사적 접근 이외에 글쓰기 중심의 문화론적 시각으로 접근하면, 서간문학의 외연을 '서간체 논설, 서간체 기행, 서간체 수필, 서간체 시, 서간체소설, 서간체 비평[5]' 등으로 확

---

5) 사전적으로 '편지 형식 소설'이라 할 수 있는 '서간체소설'만 '서간체'와 '소설' 사이에 띄어쓰기가 필요 없는 합성명사로 독립하였고, '서간 문학, 서간체 문학, 서간체 논설, 서간체 기행, 서간체 수필, 서간체 시, 서간체 비평' 등은 두 개 명사를 띄어 써야만 하는 복합 단어이다. 이들 가설적인 용어·개념의 구체적인 내포와 외연을 찾아 실질적인 의미와 가치를 부여하는 것

장할 수 있다. 이때 '서간체'란 편지투라는 외적 형식과 편지에 자주 쓰이는 문장적 특징이란 2가지 함의를 지닌다.

본 저서에서는 이러한 문제의식을 가지고 서간 텍스트의 근대적 변천을 통시적으로 살펴보도록 한다. 기존 연구에 의하면 식민지시대 서간체소설에 대한 실증적 자료작업은 비교적 체계적으로 이루어졌다. 그러나 1900~45년 서간 텍스트는 인쇄본으로 간행, 공개 유통된 것만 해도 자료가 너무 방대하고 문학이 아니라는 이유로 체계적인 서지작업이 이루어지지 않았다. 근대 이전 서간텍스트는 간행본이 따로 없기에 필사본을 부분적으로 발굴하여 연구할 수 있었지만 근대 이후 서간은 서지작업이라는 논의 출발부터 어려움을 겪는다. 사적인 문서인 개인 사신(私信)의 경우 필사본 텍스트를 그 자체로 서지 작업하는 것은 불가능하다. 다만 김영식이 엮은 『작고문인 48인의 육필서한집』(2001)과 이태준 편 『서간문 강화(書簡文講話)』(1943)의 전집판 부록이 공간(公刊)된 필사본 사신 모음이라 할 수 있다.[6] 그 외에는 개인 간에 지극히 사적으로 오고간 문건인데다 그 분량도 무한대에 가깝기에, 필사본 서간문 전체를 서지 대상으로 삼을 순 없다. 때문에 결국엔 인쇄된 텍스트부터 우선 논의해야 될 형편이다. 따라서 근대적 글쓰기의 교과서적 전범이라 할 조선어 교재, 독본, 강화 등에 수록된 서간부터 서지작업을 시작하고 그 성과를 바탕으로, 1920~30년대의 연애서간집, 문인서간집, 서간교본류, 척

이 이 책의 궁극적인 목표 중 하나이다. 한글맞춤법 규정 50항에서 전문 용어, 학술 용어는 단어별로 띄어 쓰는 것이 원칙이나 붙여 쓸 수 있다고 했지만, '서간체 시'와 '서간체시/서간시'는 엄밀하게 말해서 가치가 다른 개념이라 생각하기 때문이다. 지은이가 '삶을 가꾸는 글쓰기 교육'론을 펼 때 "글쓰기는 생각쓰기이면서 삶쓰기"라고 규정하면서, '삶 쓰기'를 '삶쓰기'와 구분하여 의미를 부여한 것과 비슷한 맥락이다. 김성수, 「글쓰기는 생각쓰기이자 삶쓰기 – 삶을 가꾸는 글쓰기교육의 이상과 현실」, 『우리말교육현장연구』 제7집 2호, 우리말교육현장학회, 2013. 참조.

6) 김영식 편, 『작고 문인 48인의 육필서한집』, 민연, 2001; 이태준, 『서간문강화』, 깊은샘출판사, 2004(박문서관, 1943 초판), 부록 참조.

독까지 실증적 서지작업의 시야를 넓혀가도록 하겠다. 이러한 근대 서간 및 서간집의 역사적 변천을 통시적으로 연구한 결과는 다시 한국 근대문학의 근대적 성격을 재조명하는 문학사적 문화사적 시각에서 공시적 접근으로 연결될 것이다.

이렇듯 20세기 전반기 근대 서간을 총체적으로 연구하면 근대적 의미의 문학과 국어교육이 본격적으로 형성·분화·변천되는 과정을 살펴보는 데 유용하리라 기대한다. 이 시기 근대적 계몽의 이루어진 식민지 근대의 교육과 계몽에 서간의 리터러시가 어떻게 관여했으며, 근대문학과 근대적 글쓰기의 질서에 어떤 방식으로 관련되었는지 알 수 있기 때문이다. 특히 편지를 읽고 쓸 수 있다는 것은 근대적 의미의 교양인이 되는 첩경이었다는 점에서 서간의 리터러시는 식민지 근대인의 '일상 매뉴얼, 근대생활 지침서' 구실까지 지향했음을 알게 될 것이다. 서간이 단순한 언문일치나 소통의 근대성뿐만 아니라, 근대문학의 주도적 양식과 그 안에서의 각종 장르 간 경쟁과 위계화, 나아가 문예·문학·교육·문화와 연동되는 일종의 문화사적 텍스트라는 사실을 인식할 수 있을 것이다. 근대적 글쓰기로서의 서간의 위상을 복권하는 것이 연구의 중간 목표가 될 것이다.

1.2. 선행 연구사 검토

서간(書簡)은 어떤 특정한 상대에게 전할 말이 있을 때 말 대신 글로 사연(용건)을 적어 보내는 글을 말한다. 부연하면 지인(知人)과의 사적인 관계 속에서 작동하는 문자적 의사소통의 일종이라고 할 수 있다. 글을 쓰는 목적에 따라서 멀리 떨어진 상대방의 안부를 묻는 것이 일반적이지만, 정보나 지식을 교환하는 등의 실용적인 목적으로도 이용된다. 일반적인 의미에서 서간은 개인의 경험과 감정을 1인칭 고백체로 표현하는 자기표현의 장이지만 '근대적 글쓰기'로서의 근대 서간양식이 형성될 초기에는 공적인 계몽담론을 전파하는 매체 구실도 하게 되었다. 때로는 기행이나 소설의 한 장치나 문체로도 활용되었으며 근대소설의 형성에도 일정한 기여를 하였다. 이런 맥락에서 '근대적 글쓰기'는 '말하기'를 문자화하는 과정에서 새로운 문장 언어를 창출하는 과정에서 형성되었으며 이는 글쓰기 주체의 근대적 자의식, 그리고 그것을 읽어낼 수 있는 독자층의 형성을 아우르는 의미이기도 하다.[7]

그럼에도 불구하고 서간 그 자체는 시, 소설, 희곡 등의 근대문학장르, 문학적 글쓰기가 아니라는 이유로 학계에서 그리 주목받지 못했다. 하지만 문학 연구의 지평을 '문화 및 글쓰기(ecriture)의 장(場, field)'으로 확대하면 근대적 글쓰기의 주요한 영역으로 새롭게 재발견될 것이다. 왜냐하면 오늘날 우리가 당연히 받아들이는 시, 소설, 희곡, 비평 등 문학의 중심장르도 실은 근대 초기의 여러 문종(文種), 장르 사이에 벌어진 역동적인 각축의 승리자라 할 수 있기 때문이다. '문화 및 글쓰기의 장'은 시대의 역사적 진실을 구성하는 데 있어 자신들의 정당성(legitimacy)을 주장하기 위해 서로 다른 목소리를 가진 사회적 행위자들이 담론상의 실천을 통해 경합하고 각축하는 헤게모니의 장이라 할 수 있다.[8]

---

7) '근대적 글쓰기'의 역사적 의미에 대해서는 권용선, 『근대적 글쓰기의 탄생과 문학의 외부』, 한국학술정보, 2007, 머리말 참조.

8) '헤게모니' 개념은 A. 그람시의 정치이론과 문화이론, '문학장' 개념은 P. 부르디외의 문학장의 기원과 구조에서 따왔다. A. Gramsci, 로마그람시연구소 편, 조형준 역, 『그람시와 함께 읽는 문화: 대중문화 언어학 저널리즘』, 새물결, 1992.: Walter L. Adamson, 권순홍 역, 『헤게모니와 혁명: 그람시의 정치이론과 문화이론』, 학민사, 1986.: 권유철 편, 『그람시의 마르크스주의와 헤게모니론』, 한울, 1984: Pierre Bourdieu, 하태환 역, 『예술의 규칙: 문학 장의 기원과

서간을 문화 및 글쓰기의 장이라는 시각에서 다시 보면 그동안 서간체소설과의 관련에서만 부분적으로 주목받았을 뿐 서간양식 자체를 대상으로 한 본격 논의는 별로 없었다. 근대 서간을 서간양식 그 자체로 논의하는 것은, 시, 소설, 희곡, 비평 등 근대문학의 장르체계가 정립되기 이전의 20세기 초 근대적 글쓰기의 기원과 형성에 대한 체계적이고 본격적인 연구의 일환이기도 하다.

먼저 근대 서간에 대한 기존 연구부터 검토해보자.

근대적 서간에 대한 기존 연구는 크게 두 갈래가 있다.[9] 문학 중심적 입장에서 서간체소설(書簡體小說) 논의의 부수적 보조적 대상으로 서간을 다룬 것과 근대적 글쓰기의 일환으로 서간양식 그 자체에 주목한 것이 있다.

첫째, 서간체소설 등 서간(체)문학 논의의 부수적 대상으로 다룬 대다수 연구가 있다.

기존 연구를 검토하면 근대 서간양식은 그 자체로 주목받기보다는 1920년대에 유행했던 서간체소설과의 관련 속에서 조명되었다. 이는 국어학자나 고전문학 연구자들이 19세기까지의 한글 서간(어간, 내간)이나 짧은 한문편지인 척독을 언어적·문학적·사상적·생활사적 측면에서 다층적·종합적으로 연구[10]한 것과 사뭇 다른 형국이다. 고전문학 연구자들은 서간을 광의의 문학으로 취급한 반면, 기존 현대문학 연구자들은 서간을 문학이 아니라는 이유로 외면했기 때문에 연구가 미흡했던

구조』, 동문선, 1999.: 홍성민, 『문화와 아비투스: 부르디외와 유럽정치사상』, 나남출판, 2000. 참조.

9) 이때 서간(문)과 서간문학, 서간(문)집은 논픽션(교술산문)이므로 픽션인 서간체소설(서사문학)을 변별해야 한다. 서간집은 편지를 묶은 문집이며, 서간체소설은 소설의 서사 장치로 서간체를 수용한 것이다.

10) 근대 이전의 한글편지와 한문편지에 대한 연구사는 따로 검토하지 않고 참고문헌란에 논저 목록만 밝힌다.

것으로 평가된다. 그래도 근대 이전 언간을 총체적으로 연구한 김일근이 『창조』, 『폐허』, 『백조』 등에 게재된 작품을 유형별로 분류하여 서간체 시 30편, 서간체 수필 9편, 서간체소설 4편 등을 도표로 정리하여 보고한 바 있다.[11]

1945년까지 나온 서간체소설 63편[12] 중 절반인 30여 편의 작품이 1920년대에 쓰여졌다. 양적 우세에도 불구하고 이에 대한 소설사적 평가는 그리 긍정적이지 않다. 서간체소설에 대표적인 기존 연구를 보면, 액자소설(額子小說)의 변형태로 파악한 이재선(1975), 일본 사소설의 영향을 받은 고백체에 주목한 김윤식(1987), 1930년대 심리소설과의 연관 속에서 서간체소설 전반을 다룬 윤수영(1990), 1인칭소설의 초기적 형태나 고백체소설의 하나로 파악한 최병우(1992)와 우정권(2004), 근대적 개인의 사적 영역을 담는 틀로 주목한 노지승(2002) 등의 논의를 들 수 있다.[13]

이들 서간체소설 연구는 서간양식과의 관련만으로 근대초기 소설의 형성을 설명하지 못한 공통적 한계를 가지고 있다. 결국 근대소설의 형성에 끼친 서간의 영향을 소설 텍스트에 삽입된 문학적 장치로서의 서간'형식'이나 서간'문체'에 한정함으로써 시야를 한정시켜 부분적으로만 검토하고 있다. 심지어 서간양식의 특징으로 인해 소설 구조가 훼손되

---

11) 김일근, 『언간의 연구』, 1986, 116~117쪽.

12) 이 책의 5장 4절에서 63편으로 확정한 근거와 목록을 밝힌다.

13) 서간체소설에 대한 논의는 오랫동안 꾸준하게 이루어져 많은 성과를 올렸는데, 대표적인 것으로는 다음이 있다. 이재선, 『한국단편소설연구』, 일조각, 1975; 김윤식, 『김동인 연구』, 민음사, 1987; 윤수영, 「한국근대서간체소설연구」, 이화여대 박사논문, 1990; 최병우, 「한국근대1인칭소설연구」, 서울대 박사논문, 1992; 최인자, 「서간체의 소설적 확장과 변이」『국어교육의 문화론적 지평』, 소명출판사, 2001; 노지승, 「1920년대 초반, 편지 형식 소설의 의미」, 『민족문학사연구』 20호, 민족문학사학회, 2002.6; 우정권, 『한국근대고백소설의 형성과 서사양식』, 소명출판, 2004; 정경희, 「현대서간체소설 연구」, 한양대 석사논문, 2004.8. 등 참조. 이들 중 서간과의 관련 속에서 서간체소설 전체를 다룬 대표적인 연구는 윤수영이 수행하였다.

었다고도 한다. 결국 서간체소설은 근대 초기 작가들의 습작기 산물로 평가되거나, 서사구조가 왜곡된 작품이라는 평가이다.

시, 수필, 평론은 전대에 성했던 한묵의 소양을 곁들인 언간의 전통을 이어받은 국문학의 자생적인 발전임이 가능하나, 소설에 있어서는 서구 문학의 영향에서 서간체 도입이 이루어졌다고 볼 수밖에 없다. 그러나 그 것도 일종의 자극과 착안에 불과한 것이지, 전연 불모지상의 이식과 모방 은 아니라고 본다.[14]

이러한 기존 연구에 따르면 서간은 문학의 주변적 존재거나 아예 비 문학으로 취급되었음을 알 수 있다. 이는 문학을 문학 외적 글쓰기와 구 분하고 심미적 허구적 장르를 특권화함으로써 근대문학사의 전체상을 축소, 왜곡시키게 된다. 'literature의 번역어로서의 문학 개념'이나 '심 미적 장르의 특권화'는 결국 문학의 본질이 아니라 근대적 제도의 산물 로 파악된다.[15] 더욱이 우리 문학의 근대는 일본을 통한 서구적 근대화 와 무관할 수 없는 외세의존적 근대화 과정의 일환으로 제도화되었기에 더욱 유의해야 할 것이다.[16]

---

14) 김일근, 『언간의 연구』, 1986, 118쪽.

15) 김동식, 「한국의 근대적 문학 개념 형성과정 연구」, 서울대 박사논문, 1999; 김명인, 「한국 근대 문학개념의 형성과정」, 『한국근대문학연구』 제6권 제2호, 한국근대문학회, 2005.10; 차 혜영, 『한국근대문학제도와 소설양식의 형성』, 역락, 2004; 한기형, 「근대문학과 근대문화제도, 그 상관성에 대한 시론적 탐색」, 『상허학보』 19집, 상허학회, 2007.2; 김동식, 「한국문학 개념 규정의 역사적 변천에 관하여」, 『한국현대문학연구』 30집, 한국현대문학회, 2010.4. 등을 참조 할 수 있다.

16) "literature의 번역어로서의 문학 개념은 명치시대에 대량적으로 만들어진 일본제 한자어 의 하나입니다. 예컨대 『漢語 外來詞 辭典』(상해사서출판사, 1984)에서 '문학'을 찾으면 '어원은 일본어의 文學이며 영어의 literature의 역어'라는 기술이 있습니다. 다만 전통적인 유학에서 '문학'이라 하면 학문, 학예 일반을 가리키는 개념이었습니다. 또한 에도시대에는 '諸藩의 儒 者'를 가리키는 용법도 있었던 모양입니다. 때문에 '문학'은 완전한 조어가 아니라 예로부터 있

최근 십수년간 우리 학계는 문학이론과 문화이론, 문학연구와 문화연구의 경계를 허물어왔다. 문학이론에서의 '이론'이 무엇에 관한 이론이라고 말해야 한다면, 그 대답은 협의의 문학만이 아니라 글쓰기에서의 '의미화 실천', 경험의 생산과 재현, 인간 주체의 구성과 같은 것이 될 터이다. 문화연구는 문학연구를 포함하고 포괄하며, 문학을 그 중 하나인 특별한 문화적 실천으로 고찰한다.

　　전통적인 문학연구는 저자의 성취물로 문학작품을 해석하는데, 이때 연구가 지닌 존재가치를 정당화할 수 있었던 이유는 위대한 작품이 지닌 특별한 가치였다. 이들 문학작품의 아름다움, 복합성, 통찰, 보편성, 독자에게 줄 잠재적인 혜택 등이 그런 특별한 가치의 예라 하겠다. 하지만 문학연구 그 자체는 단일한 개념을 중심으로 통합된 적이 없었다고 해도 과언이 아니다.

　　오늘날 문학 연구는 역사적으로 주변화된 다른 집단 구성원이 쓴 작품이나 시, 소설, 드라마 같은 중심장르 이외에 주변 장르에 대한 관심을 높이고 있다. 전통적인 문학 교과과정에 덧붙여지거나 혹은 분리된 전

던 단어를 새로운 의미로 확장한 예의 하나입니다. 그러나 문제는 '문학'이 literature의 번역어라는 사실보다도 그 번역의 과정에서 의미 영역이 축소 아니면 왜곡되었다는데 있다고 생각됩니다. literature의 번역어로서의 '문학'이 처음으로 나타난 것은 명치 초기의 계몽사상가인 니시 아마네의 『百學連環』 ─ 이는 Encyclopedia의 번역어입니다 ─ 라고 합니다. literature에는 '문장학'과 '문학'이라는 두 번역어가 있습니다. 나아가서 literature에는 인문 교양 전체를 가리키는 광의의 용법과 미문학을 가리키는 협의의 용법이 있다는 것이 지적되어 있습니다. 일본에서 '문학'이라 할 적에는 거의 대다수가 이 협의의 용법이라 말할 수 있습니다. 그리고 시나 희곡에는 그다지 초점이 돌려지지 않고 소설이 중심이 되어 있다고 해도 과언이 아닐 것이라 생각됩니다. 이러한 해석은 아마도 구라파의 '문학' 개념과는 동떨어져 있지나 않을까 생각됩니다. 구라파에는 철학, 정치연설, 종교적 설교, 과학논문이라 할지라도 우수한 표현과 문체로 쓰이면 '문학'으로 취급하는 전통이 있다고 봅니다. 그 점에서 보면 파스칼의 『팡세』, 뷔퐁의 『박물지』 나아가서 레비스트로스의 『슬픈 열대』 등은 틀림없이 프랑스 문학을 구성하는 작품이라 말할 수 있습니다. 다시 말하여 '심미적 장르의 특권화'는 서양의 literature 개념에 원래부터 존재한 것은 아니며 아마도 일본의 '문학' 개념에 번역 유입되는 과정에 발생했다고 말할 수 있습니다." 카스야 케이스케(糟谷啓介), 「김성수 선생님의 발표 〈근대적 서간양식의 성립과 서간 텍스트의 분화·변천〉에 대한 코멘트」, 『근대적 글쓰기의 형성과 글쓰기장의 재인식 ─ 한일 국제 콜로키움자료집』, 도쿄: 히토츠바시대학원, 2008. 2. 21, 39쪽 참조.

통으로 연구되거나 간에, 새로 부각된 글쓰기 텍스트들은 인간 경험의 재현으로서 비(非)엘리트 대중의 문화적 산물로 새롭게 연구되고 있다. 그와 같은 서발턴(Subaltern, 하위주체)의 글쓰기가 문학이 재현하고 표현하는 문화를 문학이 얼마만큼 창조할 수 있는지에 관한 질문을 전면에 부각시킨다.

이전에는 무시되었던 작품들에 대한 광범위한 연구는 매체(미디어)에 관한 논쟁을 촉발시켰다. 이전에는 무시당했던 작품들이 선택된 것은 '문학적인 탁월함' 때문인가. 아니면 문화적인 대표성을 위한 것인가? 특별한 가치기준, 즉 연구되어야 할 선정 기준보다는 소수 집단을 정당하게 재현하려는 '정치적 올바름' 때문인가? 사실 모든 문학연구에서 '문학적인 탁월성'이 기준이 되어 연구 대상을 결정한 적은 그리 많지 않았다. '최고'의 작품이 선택되는 곳은 무엇인가를 대표하는 논리적 문맥 안에서였을 뿐이다. 연구의 패러다임이 이미 정해져 있었을 뿐이라는 말이다. 기실 문학적 탁월성의 기준조차도 비문학적인 판단 기준인 계급, 인종, 젠더 같은 문학외적인 판단 기준과 역사적으로 타협해 왔다는 사실도 간과할 수 없다.[17]

다행히도 최근 십수년간 문화론, 매체론적 연구가 심화, 확산되면서 심미적 허구적 특성을 지닌 시, 소설, 비평 중심의 문학중심주의에서 벗어나려는 경향이 강화되었다. 수필, 서간, 일기뿐만 아니라 연설을 포함한 논설문, 수기·르뽀 같은 보고문학, 실기(實記)문학, 단형서사물(Kurz Epik)이나 단순한 읽을거리로서의 '독물(讀物),' 심지어 광고문까지 폭넓게 연구되고 있다. 협의의 근대문학에서 광의의 '근대적 글쓰기'로 시야를 넓혀 문학연구사에서 소외된 문종(文種)을 문학텍스트로 재발견하려

---

17) 이러한 문제의식은 조너선 컬러, 이은경 임옥희 옮김, 「제3장 문학이론과 문화이론」『문학이론』(동문선, 1999)을 요약한 것이다.

는 문화론적 연구지평이 확산 중이다. 서간양식 또한 이러한 연구사적 흐름에 발맞춰 본격적으로 논의되고 있다. 가령 문학사가 조동일은 일찍이 근대문학사를 서술한 『한국문학통사』 제5권 제3판에서 "서간이라 하는 것이 1920년대 이래 생활에서 큰 구실을 하고 문학의 한 갈래로 인정되었다."[18)라고 언급했다가, 제4판에서 다음과 같이 수정 서술하고 있다.

> 국한문 서간의 격식을 따르면서 사연을 길게 늘이고 어조를 부드럽게 하는 신식 편지가 유행하게 되고, 〈서간문범〉(書簡文範)이라고 책이 나타났다. 편지를 문학의 한 갈래로 인정할 것인가 하는 문제는 공식적으로 논의되지 않았으나, 기능과 영향력은 대단했다. 그 점을 좀 거창하게 지적해, 편지시대가 시작되었다고 할 수 있게 되었다.[19)

이는 통사적 서술이기에 선언적 의의를 넘어선 실질적인 텍스트와 필자 연구는 본격화되지 못했다. 서간이 1920년대 이래 문학의 한 갈래로 인정되었는지 여부와 '편지시대'의 실체가 무엇인지는 이제 본격 논의를 통해 실증적 이론적으로 논증해야 할 것이다. 따라서 학계 대부분의 기존 연구처럼 소설 등 근대문학과의 관련에서만 서간을 다루는 한정된 시야를 고집할 것이 아니라 서간양식 자체의 존재양상을 밝혀 그 내적 논리와 '글쓰기(ecriture)의 장(場, field)'에서의 위상을 새롭게 연구해야 할 터이다.

둘째, 근대적 글쓰기의 일환으로 서간 양식을 체계적으로 연구하기 시작한 것은 극히 최근의 일이다. 1900~45년 시기의 서간은 인쇄본으

---

18) 조동일, 『한국문학통사』 제5권(제3판), 지식산업사, 1988, 530쪽.
19) 조동일, 『한국문학통사』 제5권(제4판), 지식산업사, 2005, 558~559쪽.

로 간행·유통된 것만 해도 자료가 너무 방대하고 문학이 아니라는 이유로 체계적인 서지작업조차 이루어지지 않았다. 그렇다고 무한대에 가까운 필사본 서간문 전체를 서지 대상으로 삼을 순 없다. 지극히 사적인 문서인 방대한 필사본 텍스트를 그 자체로 모두 서지적으로 정리하는 것은 불가능하기 때문이다. 따라서 근대 서간 연구의 경우 공간된 인쇄물을 우선 대상으로 한다.[20]

근대 서간 양식에 대한 연구는 권보드래(2002), 권용선(2004), 이재봉(2005), 신지연(2006), 양지은(2006), 안미영·김화선(2007), 김경남(2008), 김성수(2008~2010) 등이 성과를 보였다. 권보드래는 '1920년대 초반의 문화와 유행'의 일환으로 '연애서간 열기'에 주목하였다.[21] 노자영(盧子泳)의 『사랑의 불꽃』 같은 연애서간집의 유행 현상을 포착하고, 그것이 지닌 근대적 계몽으로서의 기능과 신여성의 '직접성의 환상'을 기술하였다. 서간이 지닌 내면 토로와 고백형식이 '개인의 발견'이라는 근대적 풍경의 일환임을 파악한 것은 성과라 하겠다. 다만 풍속의 발견이라는 미시사, 문화사적 접근의 취지를 충분히 살리기 위해 폭넓은 실증작업이 아쉽다.

권용선은 기존 문학사에서 소외되었던 1910년대 근대적 글쓰기의 주요양상인 연설, 번역과 함께 서간에 주목하였다. 근대 서간이야말로 근대 이전의 한문/한글 서간이 오랫동안 지켰던 격식에서 벗어나 이향(離鄕) 같은 식민지 근대인의 일상을 재편하고 계몽담론을 유포하며 한쪽으로는 문학양식인 서간체소설의 토대가 되었음을 밝혔다.[22]

---

20) 공간된 인쇄 편지의 경우에도 필사본 사신(私信)이 우송된 후 인쇄, 공개되는 것과 처음부터 공간(公刊)될 것을 전제하고 특정/불특정 수신자를 향한 공개 편지를 쓰는 것이 차별화되어야 할 것이다.

21) 권보드래, 「연애편지의 세계상 - 1920년대 소설의 편지형식과 의사소통양상」, 『문학사와비평』 7호, 2002.(= 『연애의 시대』, 현실문화연구, 2003)

신지연은 시, 소설, 희곡 등 문학장르를 괄호 안에 넣고 글쓰기 주체와 대상의 관계를 체계적으로 문제 삼고 있다. 서간의 글쓰기 재현방식을 발신자만이 알 수 있는 개별 수신자를 향한 의도된 양식으로 규정하였다. 서간은 발신자가 수신자와의 사적 관계 때문에 계몽적 글에 비해 주체의 권위적 자세를 버릴 수 있지만, 바로 그러한 이유 때문에 근대적 글쓰기의 본격장르로 정착하지 못했다고 평가한다. 주체와 대상의 관계 설정 등 서간에 대한 이론적 규명의 수준을 올린 것은 주목할 만하다. 다만 1920년대 초까지의 극히 일부 자료만 대상으로 함으로써, 이론의 실증적이고 역사적인 적용에는 한계를 보인다. 그 후속작업인 「느슨한 문예의 시대」는 문학과 글쓰기, 장르에 강박, 한정되지 않은 넓은 시각과 그를 뒷받침하는 자료도 대단하다.[23] 다만 서간체-서간문-'벗이란 프레임' 등의 개념과 그 위계가 조금 혼란스럽다. 벗이란 프레임은 글쓰기나 문예에서 텍스트 소재나 콘텐츠 차원이고 서간체는 양식과 문체 차원이며 서간(문)은 논픽션 교술산문이고 서간체소설은 소설의 하위갈래라고 정리할 필요가 있다.

허재영은 17세기부터 1900년대 초까지의 한글편지[諺簡, 內簡]를 대상으로 하여 서간 규식(規式)이 역사적으로 어떻게 변모하며, 서간에 독특하게 정착된 투식어(套式語) 등 어휘 분석에 주력하였다. 이는 근대 이전의 서간 규식과 근대 초기의 역사적 변모에 착안하여 서간 텍스트에 등장하는 서식 및 어휘의 미시적 변모양상을 분석한 점에서 주목할 만하다. 다만 서간의 외적 형식에 대한 어학적 접근에 치우치다 보니 편지 내

---

22) 권용선, 「1910년대 근대적 글쓰기의 형성과정 연구」, 인하대 박사논문, 2004.6. (=『근대적 글쓰기의 탄생과 문학의 외부』, 한국학술정보, 2007.)

23) 신지연, 「근대적 글쓰기의 형성과 재현성」, 고려대 박사논문, 2006(개고=『글쓰기라는 거울』, 소명출판, 2007); 신지연, 「'느슨한 문예'의 시대: 편지형식과 벗의 존재방식」, 『반교어문연구』 26집, 반교어문학회, 2009.2.

용 자체가 지닌 근대적 글쓰기로서의 정체성에는 주목하지 못한 아쉬움이 있다. 서간의 내적 형식과 1920년대 이후의 역사적 변천까지 논의의 시야를 확대할 필요가 있다.[24]

이재봉은 1900년대 근대 서간 양식이 가상의 수신인을 내세워 유학생이나 국민을 상상케 하는 수법을 통해 개인의 고민과 국가·민족 문제를 관련시켰음을 논증하였다. 고백형식이 상상의 공동체를 불러일으켜 서간체소설로도 발전된다고까지 했지만, 이미 계몽 기능이 공표된 신문 공개 편지를 증거로 내세웠기에 서간 일반을 대표하기엔 무리가 없지 않다. 안미영·김화선은 1920년대 소설에 삽입된 서간의 존재와 기능을 분석하여, 소설 속 서간이 개성적 문체를 통한 개인의 발견과 갈등구조를 통한 흥미 유발 등의 효과를 보였지만 통속소설로 전락할 위험도 있다고 하였다. 김경남은 편지쓰기가 근대적 작문교육의 대상이 되는 과정에서 형식적 규범화와 세분화가 초래되고 이를 극복하기 위하여 편지글의 시문(時文)화·미문(美文)화가 이루어졌다고 하였다.[25]

양지은은 1920년대 초 소설에 나타난 서간을 연구하면서 『청춘』『학지광』『조선문단』『개벽』에 게재된 서간과 서간체소설을 대상으로 근대 초기 소설과 서간의 역동적 관련 양상을 정리하였다. 이는 매체 수록 서간의 존재양상과 특징을 밝힌 최초의 본격적 논의라 할 만하지만 부분적 텍스트 근거만 가지고 매체 특성과 서간의 기능을 쉽게 일반화한 아쉬움이 있다.[26]

---

24) 허재영, 「한글 편지에 나타난 어휘 변천에 대한 연구」, 『한글』 268호, 한글학회, 2005.6.

25) 이재봉, 「서간의 형식과 고백의 형식 – 1910년대 고백담론과 관련하여」, 『한국문학논총』 40집, 한국문학회, 2005.8.; 안미영·김화선, 「이태준 장편소설에 나타난 편지의 기능과 한계」, 『어문연구』 54집, 어문연구학회, 2007.8.; 김경남, 「1920~30년대 편지글의 형식과 문체 변화」, 『겨레어문학』 41집, 겨레어문학회, 2008.12.

26) 양지은, 「1920년대 소설에 나타난 '서간(書簡)' 연구」, 동국대 석사논문, 2006.6.

김성수는 근대 서간의 양식적 특징을 '자기 이야기의 의미화와 사회적 소통의 다양화'라 하고, 1910년대의 척독류 매뉴얼, 20년대 연애서간집, 30년대 문인서간집, 독본과 잡지 수록 서간텍스트의 역사적 변천을 정리했다. 근대 서간의 변천은 언문일치를 통한 사회적 소통의 근대화 산물이며 그 과정에서 근대적 계몽과 문학적 기능도 했지만 상업화의 한계도 드러냈음을 밝혔다.[27]

이들 연구는 그동안 국어국문학 연구에서 소외되었던 서간을 소설과의 관련에 한정하지 않고 독자적 영역으로 삼은 데는 공이 있다. 하지만 근대 이전 규범화된 서간과 근대 이후 새롭게 자기 갱신한 서간 규범에 대한 역사적 시각을 총체적으로 갖추지 못한 공통의 문제점이 있다. 근대 서간양식 자체를 분석한 논의조차 극히 일부 텍스트를 예를 들었고 그나마 1910~20년대에 시선이 한정되어 있다. 따라서 서간의 존재 양상 전반에 대하여 근대 이전과 이후를 통시적으로 정리해야 한다. 서간집의 정리뿐만 아니라 근대적 글쓰기의 교재이자 전범이라 할 독본 과 정기간행물, 특히 잡지에 수록된 서간 목록 작성과 정리도 필요하다. 기존 연구에서 일제 강점기 독본[28]과 잡지의 전체상[29]은 파악되었으나 그

---

27) 김성수, 「근대적 서간 양식의 성립과 서간 텍스트의 분화 변천」, 『근대적 글쓰기의 형성과 글쓰기 장의 재인식 – 한일국제콜로키엄자료집』, 도쿄: 히토츠바시대, 2008.2.; 김성수, 「근대적 글쓰기로서의 서간(書簡) 양식 연구(1) – 근대 서간의 형성과 양식적 특징」, 『민족문학사연구』 39호, 민족문학사학회, 2009.4.; 김성수, 「근대적 글쓰기로서의 서간(書簡) 양식 연구(2) – 근대 서간텍스트의 역사적 변천과 문학사적 위상」, 『현대소설연구』 42호, 한국현대소설학회, 2009.12.; 손광식·김성수, 「근대 초기의 서간과 글쓰기교육 – 독본·척독·서간집 텍스트를 중심으로」, 『근대문학연구』 21호, 근대문학회, 2010.4.; 김성수, 「근대 서간의 매체별 존재양상과 기능」, 『현대문학의 연구』 42호, 한국문학연구학회, 2010.10. 참조.

28) 근대 초기 공교육을 담당한 정규학교 국어 교재인 국어(조선어)독본에 대한 국어교육학적 연구는 조희정, 윤여탁, 김혜정, 허재영, 김혜련, 강진호 등의 성과가 있다: 조희정, 「1910년대 국어(조선어) 교육의 식민지적 근대성」, 『국어교육학연구』 18호, 국어교육학회, 2003.12; 윤여탁 외, 『국어교육 100년사』, 서울대출판부, 2006; 김혜정 외, 「국어과 교재의 내적 구성원리: 독본」, 민현식 외, 『미래를 여는 국어교육사·1』, 서울대출판부, 2007; 허재영, 『일제 강점기 교과서정책과 조선어과 교과서』, 도서출판 경진, 2009; 김혜련, 「식민지기 중등학교 국어과 교육

안에 수록된 서간 콘텐츠는 정리되지 않았기에 실증적 서지작업의 의의가 있다고 생각한다.

근대적 글쓰기의 일환으로 근대 서간양식을 체계적으로 연구하기 시작한 것은 극히 최근의 일이며, 그조차 산발적인 연구에 그치고 있다. 이에 본 저술은 그동안 부분적으로 진행된 서간 자료를 체계적으로 정리하고, 산발적으로 진행된 서간과 서간문학 연구를 본격적인 궤도에 올려놓고자 한다. 특히 연구의 범위를 서간, 서간문, 척독, 서간문학으로서의 서간체 기행·서간체 시·서간체소설로 설정하여 이 분야 최초의 총체적 연구를 수행하고자 한다.

이 책에서는 기존 연구의 성과를 바탕으로 20세기 전반기의 근대 서간이 교과서, 단행본, 잡지 등 인쇄매체에 정착되는 역사적 존재양상과 그 사회적 기능을 계몽과 교육 기능을 중심으로 살펴보고자 한다. 개인 간의 사적인 소통수단이든 편지 형식을 빌린 공적 인쇄물이든 필사본 편지가 인쇄된 근대 매체에 어떻게 존재하게 되었으며 교재, 단행본, 정기간행물, 서간집 등 매체별 특징에 따라서 어떤 차이를 보이는지 밝혀

연구」, 동국대 박사논문, 2008; 김혜련, 「식민지기 국어 교과서와 텍스트의 '의미 관계' 검토 ─ 『신편 고등조선어급한문독본』에 수록된 설명적 텍스트를 중심으로」, 『새국어교육』81호, 한국 국어교육학회, 2009; 강진호, 「'조선어독본'과 일제의 문화정치 ─ 제4차 교육령기 『보통학교 조선어독본』의 경우」, 『상허학보』29집, 상허학회, 2010.6.; 강진호 편, 『조선어독본과 국어문화』, 제이앤씨, 2011.

비정규과정에 활용된 민간 독본에 대한 글쓰기론적 접근으로는 구자황의 논의가 대표적이다: 「독본을 통해 본 근대적 텍스트의 형성과 변화」, 『상허학보』13, 2004; 「근대 독본의 성격과 위상(1) ─ 최남선의 『시문독본』을 중심으로」, 『탈식민의 역학』, 소명출판, 2006; 「근대 독본의 성격과 위상(2) ─ 이윤재의 『문예독본』을 중심으로」, 『상허학보』20집, 2007.6; 「1920년대 독본의 양상과 근대적 글쓰기의 다층성」, 『인문학연구』74호, 충남대 인문과학연구소, 2008.8; 「근대 독본문화사 연구 서설」, 『한민족어문학』53집, 한민족어문학회, 2008.12; 「근대 독본의 성격과 위상(3) ─ 1930년대 독본(讀本)의 교섭과 전변을 중심으로」, 『비교어문연구』29집, 비교어문학회, 2010.

29) 근대 잡지의 전체상은 최덕교, 임경석의 기존 업적을 참고할 수 있다. 『한국신문·잡지총목록』, 대한민국국회도서관, 1966.; 계훈모, 『한국언론연표』, 관훈클럽신영연구기금, 1979.; 최덕교, 『한국잡지백년』전 3권, 현암사, 2004.; 임경석 편, 『동아시아언론매체사전』, 논형, 2010.

보고자 한다.[30)]

이 책은 독본 같은 교재와 잡지 등 정간물에 실린 서간텍스트와 서간을 모은 '척독·서간집'에 대한 체계적인 서지작업에 기초한다. '인쇄 공간된 서간'의 전체적인 존재양상은 다음과 같이 설정할 수 있다.

(1) 척독, 서간집(교본, 이론서), 서간문집(연서집, 문학/非문학서간집 등 편지첩)

(2) 독본(교본) 등 교재 수록 서간 – 관찬 독본(교육령 시기별 각급학교용 교재; 초중등용 조선어(及漢文)독본, 국어(일본어)독본 등)과 민간 독본의 서간

(3) 단행본(선집, 문집류) 수록 서간 – 문학전집·선집류의 '수필·잡문편'과 개인 문집의 수록 서간

(4) 잡지 수록 서간 – 『소년』『학지광』『신문계』『청춘』; 『창조』『폐허』『백조』『조선문단』; 『개벽』『별건곤』『조선지광』『신계단』『비판』『동광』『동명』『불교』; 『어린이』『별나라』『신소년』『학생』; 『여성』『신여성』『부인』『삼천리』『신동아』『조광』『중앙』; 『조선문학』『신인문학』『문장』『인문평론』『춘추』 등 정간물의 수록 서간

(5) 신문 소재 서간 – 『독립신문』, 『대한매일신보』, 『매일신보』, 『조선일보』, 『동아일보』, 『조선중앙일보(중외일보)』 등의 수록 서간

(6) 소설 등 기타 매체 및 문건의 삽입 서간 – 서간체소설과 '소설 삽입 서간' 등

2장에서는 독본·정간물의 서간텍스트와 척독·서간집을 비교하여

---

30) 여기서 매체[미디어]란 서간 자체일 수도 있고 서간 텍스트가 수록·유통되는 단행본 시리즈 형태의 독본(교재)·신문과 잡지 등의 정기간행물·척독(尺牘)·서간집(서간백과, 서간사전 포함)·서간문집 등을 지칭하기도 한다.

매체별 서간 유통의 근대적 특성을 분석할 것이다. 국어 교육용 도서인 독본 소재 서간은 관찬(官撰) 독본과 민간 독본을 대상으로, 정간물 소재 서간은 『소년』『청춘』『조선문단』『개벽』『별건곤』『삼천리』『신동아』 『중앙』『조광』 등에 실린 서간텍스트 자료를 정리해서 근대 서간과 매체의 관련양상을 실증적으로 알아보고자 한다.

본 연구에서는 근대 서간을 비허구산문의 한 역사적 양식으로 전제한다. 근대 서간을 하나의 역사적 양식으로 본다는 것은 그것을 특정한 사회적 역사적 조건에서 발생 발전한 특정한 의사소통형식이나 상징체계로 본다는 것을 의미한다. 따라서 실제 논의는 서간 일람을 작성하고 각 매체나 유형을 대표하는 서간 텍스트를 예로 들어 서간양식의 형식과 내용상 특징을 분석하기로 한다.

이 책의 연구 대상 범위는 다음과 같다.

근대에 공간된 편지를 대상으로 연구한다. 이때 근대란 구한말부터 식민지시대(1900~1945)를 통시적 대상으로 삼는다. 공간된 편지란 단행본과 정기간행물에 인쇄, 수록, 유통된 텍스트를 대상으로 삼는 것을 의미한다. 일부 영인된 필사본을 제외하고는 인쇄된 편지는 교과서(독본)와 척독, 서간 교본 이론서, 서간문집 등에 실려 있어 그것부터 다룬다. 나아가 구한말부터 일제 강점기에 간행된 교과서와 잡지에 수록된 한글 편지를 조사하여 목록을 만들고 정리한다. 영인본으로 나온 단행본과 잡지에 실린 서간은 대부분 찾았으나 영인되지 않은 희귀본과 신문까지는 다루지 못했다.[31] 심지어 서간문집이나 개인 전집에 수필이나 서간으

---

31) 연구기간동안 영인본이나 전자정보시스템으로 확인 가능한 약 100여종의 근대 잡지를 일일이 다 넘겨보며 서간텍스트를 찾았는데, 예상보다 훨씬 힘든 작업이었다. 목차나 본문에 편지나 서간 등으로 '장르(문종) 표지'가 되어 있지 않아서 일일이 책장을 넘기면서 실제 서간 텍스트를 판별해내야만 했던 것이 더딘 작업의 근본 이유였다. 서간 텍스트를 판별하는 최소 기준은 '서두 결구의 편지형식과 문장의 편지투, 서간문체' 여부였지만, 시나 소설 등은 그조차 판단하기 힘들 때가 많았다. 특히 서간 삽입 소설이나 논설, 수필, 잡문 중에서 서간을 구별하

로 분류되었지만 실은 서간체소설인 경우도 있었다. 다만, 개인 문집 전체나 모든 신문에 게재된 편지 전체를 찾아 목록화하는 작업은 후일을 기약한다. 또한 특별한 경우가 아니고 순한문 편지나 일본어 편지는 다루지 않았다.

미리 전제할 것은, 서간을 소설과의 관련에서만 문제 삼던 종래의 연구사적 한계를 극복하기 위하여 서간 자체의 존재양상과 사적 변모를 본 연구의 중심으로 삼는다는 원칙이다. 때문에 기존 연구가 어느 정도 수준에 오른 서간체소설 자체는 본 연구에서 본격적으로 다루지는 않는다.

서간 연구는 서간 텍스트에서 출발해야 한다. 이제 소설 등 문학연구의 자장에서 벗어나 글쓰기 장으로 시야를 확대할 때이다. 그동안 서간은 그것이 유통된 사회적 역사적 맥락 속에서 논의된 결과 역사연구의 자료로만 취급되거나 서간을 쓴 사람을 좀더 잘 알기 위한 작가론의 보조 자료로 대상화되는 한계를 보였다.[32] 가령 이광수, 임화 같은 유명 작가의 서간을 통해 그와 그의 문학을 연구하기 위한 보조수단으로서 서간을 논의하는 것은 본 연구의 우선순위가 아니다. 서간론은 그 유명 인사조차 서간의 담당 주체인 서간인(書簡人)[33], 또는 근대 서간론의 담지자로 대상화시킬 것이다. 문제는 서간 그 자체이다.

기란 생각만큼 쉽지 않다.
32) 다카하시 야스미츠(高橋安光), 『手紙の 時代』, 도쿄: 法政大學출판국, 1995, 34~40쪽 참조.
33) '서간인'은 일단 서간의 발신인인 서간문 필자를 지칭하지만 궁극적으로는 서간의 담당 주체인 수신인, 서간문 독자까지 포괄할 수 있다.

2.

서간 텍스트의 역사적 계보

2.1. 서간의 전통

2.1.1. 중세 한문서간과 언간의 전통

근대 서간의 전사(前史)는 어떻게 될까?

근대 서간은 근대라는 특정한 사회적 역사적 조건에서 발생·발전한 특정한 의사소통방식이자 상징체계란 점에서 광의의 역사적 양식이다. 근대 서간을 고찰하면서 근대적 글쓰기를 전제한 이유는 다름이 아니라 한자 중심의 동아시아적 중세에서 벗어나 세계 자본주의체제에 편입된 19세기 말 20세기 초에 일본을 통해 들어온 자국어 중심의 서양식 문물 제도가 근대의 모델이었기 때문이다. 근대 서간의 역사란 거칠게 말해서 동아시아적 보편성에 뿌리를 둔 중세적 글쓰기의 규범에서 벗어나 근대적 글쓰기로 자기 정립하는 모색의 과정이라고 말할 수 있다. 즉, 중세적 '한문편지/언간'의 전통을 이어받아 근대 초기에 '근대 척독(언간독)/국한문 편지(서간교본)'의 과도기를 거쳐 '한글편지'로의 변천 정착과정이라고 요약할 수 있다.

근대 서간의 전사는 유구한 전통을 가지고 있다. 동아시아의 고대사회에서 서(書)는 문자 기록을 통칭했으나 차츰차츰 사람들이 일상적으로 교환하는 서간만을 가리키게 되었다. 일찍이 유협은『문심조룡』에서 '서기(書記)'가 문자로 기록하는 것을 총칭하거나 서신이라는 두 가지 의미를 지닌다고 보았다. 서신은 자신의 감정을 충분히 나타내고 풍채를 갖추어야 한다고 보았다.[34] 서간의 역사를 보면 처음에는 상내의 안부를 전하고 발신자의 상황을 알리는 정도의 실용성을 중요시했지만, 시대가

---

34) 유협, 최동호 역편,『문심조룡』, 민음사, 1994, 311~323쪽.

내려갈수록 그 기능은 점차 복잡하게 증대되었다.

최초의 서간은 상대의 안부를 전하고 발신자의 상황을 알리는 정도의 실용적 목적에서 출발하였다. 자기에 대한 글쓰기에서도 일기보다 편지가 먼저 나타났다. 자신에 대한 검토는 편지쓰기와 더불어 시작되었으며 일기나 고백록은 그 후에 나타난 형식이다. 서양의 경우 일기 쓰기의 기원은 그리스도교 시대부터지만 편지는 그 훨씬 전부터 존재한 글쓰기의 시초라 할 만하다. 헬레니즘 시대에 이를 때까지 글쓰기는 '대화'보다 우세하게 되었고, 그 중에서도 편지는 변증술과 우위를 다툴 정도였다.[35]

서간이 단순한 실용 목적에서 벗어나 그 자체의 문장적 완결성을 띤 것은 중세 이후였다. 가령 서간에 대한 다양한 정의와 설명 중 중국의 정명도(程明道)가, "서찰은 선비의 할 일 중에서 최근한 것"이라고 했고, 영국 철학자 Francis Bacon이, "사람의 언어 중 보다 더 우아한 것을 구한다면 독자가 쓴 서간보다 나은 것이 없다."고 했다거나[36], 고려시대 혁련정(赫連挺)이 편찬한 「균여대사전(均如大師傳)」의, "我邦才子名公 解吟唐什 彼土之鴻儒碩德 莫解鄕謠 矧復唐文 如帝綱交羅 我邦易讀 鄕札以梵書連布 彼土難諳[37]"에서 쓰인 '서찰(書札)', '서간(letter)', '札'의 어의를 비추어 볼 때, 서간은 단순한 편지글이라는 뜻 이외에 문서, 기록, 문학 내지는 의례의 뜻을 포함하는 개념이 설정되는 것이며, 특히 고대에 올라갈수록 광의의 경향이 농후하다.[38]

---

35) 미셀 푸코, 이희원 역, 『자기의 테크놀로지』, 동문선, 2000, 56쪽 참조.

36) 김일근, 「언간의 연구」, 『건대학술지』13집, 건국대학교, 1972, 22쪽 참조.

37) 번역하면 "우리나라의 재주 있는 이와 이름난 이들이 당나라의 시가를 읊조릴 줄 알지만 저 땅의 鴻儒와 碩德들은 우리나라의 노래를 알지 못한다. 하물며 당나라의 글은 마치 그물이 잘 짜여진 것 같아서 우리나라에서 쉽게 읽을 수 있으나 鄕札은 서역의 글이 연이어 펼쳐진 것 같아서 당나라 땅에서 알기 어렵다."

38) 최지녀, 「조선시대 여성서간과 서간체문학」, 서울대대학원 석사논문, 2003. 참조.

신분제가 정착된 중세로 내려오면 서간이 일반 글과는 달리 수신자와의 신분관계에 따라 적절한 예법을 고려해야 하기 때문에 서간'문'이라는 특별한 형식이 생겨났다. 윤수영은 근대 서간체소설의 기반이 된 서간의 사적 전통을 조선시대로 소급하여, 선비들 간의 예술적 학문적 교류가 주 내용인 한문 서간과, 아낙네나 선비의 사적인 실생활이 반영된 문안과 정찰(情札)이 주 내용인 한글 언간을 정리하였다.[39] 17,8세기 문인들은 문예적 성격이 강한 '척독(尺牘)'을 경전이나 도를 토론하는 일반적인 서신과 구분하였는데, 이는 구양수, 소식 이래 중국의 논의에 힘입은 것이다.[40]

조선시대 한문 지식인의 한문 서간을 보면 길이가 짧은 척독 같이 일상 정취와 벗에의 감정 교환 기능을 하는 글도 있지만 대부분은 철학적 의론의 장인 긴 편지가 주를 이루었다.[41] 중세 한문 지식인의 예술적 학문적 교류가 주 내용인 한문 편지(서간과 척독)가 주를 이룬 것과는 달리, 부녀자까지 넓혀진 담당층의 사적인 실생활이 반영된 문안과 정감을 표현한 한글편지(언간, 내간)도 적지 않았다.[42] 한문 편지 중 일반 서간은 사대부 양반 남성의 정치적 의사소통이나 철학적 의론을 중심으로 교환되었지만, 상대적으로 길이가 짧은 척독은 소품문(小品文)의 하위범주로 자

39) 윤수영, 「한국근대서간체소설연구」, 이화여대 박사논문, 1989, 14~19쪽 참조.

40) 강혜선, 「조선 후기 소품문과 글쓰기교육 – 신정하의 척독과 편지쓰기」, 『작문학회』, 2007.4.; 배미정, 「18세기 척독문학과 그 배경」, 『18세기연구』 7호, 한국18세기학회, 2004. 39~53쪽 참조.

41) 김하라, 「낙하생 이학규 서간문의 자기서사적(自己敍事的) 특성」, 『민족문학사연구』 27호, 민족문학사학회, 2005.4, 149쪽 참조.

42) 김일근, 『언간의 연구』, 건국대출판부, 1986.; 윤수영, 「한국근대서간체소설연구」, 이화여대 박사논문, 1990, 14~19쪽. 최지녀, 「조선시대 여성서간과 서간체문학」, 서울대대학원 석사논문, 2003.; 이인숙, 「조선시대 편지의 문화사적 의미」, 『민족문화논총』 30집, 영남대 민족문화연구소, 2004.; 허재영, 「한글 편지에 나타난 어휘 변천에 대한 연구」, 『한글』 268호, 한글학회, 2005.6. 한글편지의 외적 형식과 어학적 접근, 편지 내용의 사상사, 문화사, 생활사적 분석이 기존 연구의 주된 흐름이다.

리잡으면서 개인적 소회의 표현이나 문예적 글쓰기가 이루어지기도 하였다.[43] 반면 언간은 중세 귀족층(궁중, 반가) 부녀자의 내적 독백과 심경 토로를 통해 여성의 자기발견과 표현이라는 여성적 글쓰기의 토대를 이루었다.[44]

하지만 이들 중세 서간은 인편을 통한 개별적인 전달 방법을 벗어나지 못함으로써 전달이 안되거나 원치 않는 제3자로의 전달 등 숱한 배달사고를 냈기에 발신자와 수신자의 공간적 거리 축소는 가능해도 시간적 격차는 줄이지 못한 한계를 지녔다. 반면 20세기에 정착된 근대 우편제도의 산물인 구어체 편지는 근대 일상인의 자유로운 의사소통이자 우편제도를 통한 시공간적 동일성을 보장받을 수 있었다.

이제 관건은 중세처럼 귀족이나 한문 지식인만의 전유물에서 벗어나 글을 아는 누구나 쓸 수 있게 된 국한혼용문 편지를 제대로 작성하고 전달하는 '근대적 방법'을 익히는 것이 문제였다. 여기에 근대적 서간양식의 사회적 역사적 환경이 조성되는데, 하나는 교재 교육을 통한 서간 사용법의 계몽이고 다른 하나는 척독, 서간집 등의 서식 교본을 통한 서간 교육이었다. 이때 등장한 것이 단행본 '척독'이다. 종래 일상사를 담은 길이가 짧은 한문 편지를 일컫던 척독이란 용어가 편지를 비롯한 근대 초기의 각종 서식을 모아놓은 규범집으로 외연적 의미가 변이, 확산된 것이다.[45] 20세기에 출현한 근대 척독집은 편지쓰기 교본의 성격을

---

43) 안대회, 「더 이상 짧을 수 없는 편지-박지원의 척독 소품」, 『문학과경계』 통권 제3호, 2001.11.15, 254~264쪽; 안대회 편, 『조선 후기 소품문(小品文)의 실체』, 태학사, 2003.; 정민, 「연암 척독소품의 문예미」, 『한국한문학연구』 제31권, 한국한문학회, 2003.; 배미정, 「18세기 척독문학과 그 배경」, 『18세기연구』 7호, 한국18세기학회, 2004.; 강혜선, 「조선 후기 소품문과 글쓰기교육 - 신정하의 척독과 편지쓰기」, 『작문학회 발표자료집』, 2007.4. 등 참조.

44) 최지녀, 「조선시대 여성서간과 서간체문학」, 서울대학원 석사논문, 2003. 참조

45) 중세 말부터 근대 초의 전환기에는 척독의 의미가 바뀌어 조선시대처럼 짧은 한문 편지 (便紙)만이 아니라, 일반적으로 편지를 길이가 두루마리 한지 한 자[尺] 내외 정도쯤 되는 종이 ('척독'의 어원)에 썼으므로 편지 전반을 일컫는 말로 확대됨과 동시에 편지문 및 각종 서식 매뉴

갖고 있는데, 이는 문예적 소품문인 조선 후기 척독과는 연관관계가 없다.[46]

오히려 그 직접적인 연원으로 지목할 수 있는 것은 18~19세기 한문 간찰 교본인 『간식류편』, 『한훤차록』, 『규합한훤』, 『간독정요』『언간독』 등이다.[47] 즉, 근대 척독집은 한문을 배우기 시작한 초학자나 스스로 문장을 짓는 정도에 이르지는 못한 이들에게 한문 편지를 쓸 수 있게 해주려는 목적으로 간행되었던 조선 후기 편지 교본들의 뒤를 잇는 자료인 것이다. 조선 후기에 간행된 간찰 서식에 이미 서간의 형식으로서 기두(起頭), 시령(時令), 기후(氣候), 취고(就告), 결어, 불비(不備), 연월(年月), 성명 같은 규식이 정착되고, 생남류(生男類), 혼서류(婚書類), 부임류(赴任類), 문병류(問病類), 청요류(請邀類), 차여류(借與類) 같은 사연이 범례로 제시되기 때문이다.[48]

다른 한편 『척독완편』 등의 한문 편지 교본과 함께 한글 편지인 언간의 교본도 『언간독』[49] 등 여러 책이 나와 있어 근대로의 전환기에 족출

얼을 일컫는 개념으로 의미가 전환되었다.

46) 중세 척독과 뚜렷이 구별되는 근대 척독의 특징과 전모에 대해서는 홍인숙, 「근대 척독집 연구」『한국문화연구』 19호, 이화여대 한국문화연구원, 2010.12; 홍인숙, 「근대 척독집 간행 현황과 시대별 변화 양상 - 1900~1950년대 간행된 척독집을 중심으로」, 『한국고전연구』 24, 한국고전연구학회, 2011. 참조.

47) 중세 한문편지 교본에 대한 연구로는 김은성, 김효경, 박대현의 연구가 있다. 김효경, 「18세기 간찰교본 간식류편(簡式類編) 연구」, 『규장각』 9집, 서울대 규장각, 2003; 김은성, 「『규합한훤』을 통해 본 격식적 편지문화의 전통 - 국어생활사의 관점에서」, 『어문연구』 32-1, 한국어문교육연구회, 2004.봄; 김효경, 「조선시대 간찰서식 연구」, 한국학중앙연구원 박사논문, 2005; 김효경, 「조선후기에 간행된 간찰서식집에 대한 연구」, 『서지학연구』 33집, 서지학회, 2006; 김효경, 「조선후기 간찰(簡札)의 피봉(皮封)과 내지(內紙) 정식(程式)」, 『동양예학』 16집, 동양예학회, 2007; 김효경, 「간찰의 산문문체적 특징」, 『大東漢文學』 28집, 대동한문학회, 2008; 박대현, 「한문 서찰의 격식과 용어 연구」, 영남대 박사논문, 2010. (=『한문 서찰의 격식과 용어』, 아세아문화사, 2010)

48) 김효경, 「『寒暄箚錄』에 나타난 조선후기의 간찰 양식」, 『서지학보』 27권, 한국서지학회, 2003.

49) 중세 한글편지 교본에 대한 연구로는 김남경, 「『언간독』과 『증보언간독』 비교 연구」, 『민족

한 편지 교본인 척독(집)의 전사(前史)가 된다. 방각본으로 인쇄 유통된 교본적 성격의 간독[단행본형 척독] 중 대표적인 것은 다음과 같다:『징보 언간독』; 박경보,『언간독』(전주 완흥사서포, 1911);「언간독」(『조동일 소장 국문학연구자료18 :방각본』, 박이정, 1999);『증보 언간독』(한성 치동, 1886);『증보 언간독』(1907, '완산간독' 표지);『증보 언간독』(허재영 편,『국어사 국어교육 자료집』2, 박이정, 2008). 조선 후기부터 근대 초기에 걸쳐 족출한 언간독(諺簡牘) 등 서간교본의 경우, 양반가의 여인뿐 아니라 일반 민중에게까지 예의와 법칙에 맞는 편지쓰기가 중요한 교육의 일부였다는 사실을 보여준다. 종래의 필사본 사신이 문집·척독·언간독 같은 방각본에 수록됨으로써 '인쇄된 편지, 공간된 서간'이 근대적 계몽과 사회적 소통기제의 물적 기반으로 작동하게 된 것이다.

2.1.2. 근대 척독의 역동적 기여

척독, 특히 근대 서간 양식과 관련된 근대 척독이란 무엇인가?

1900년대 이후 서간 교본도 필사본, 방각본이 아니라 구활자본이나 신활자본 금속활자로 인쇄되어 각종 신문, 잡지에 광고가 되는 등 근대적 유통망 속에서 배포되어 근대적 지식 전달과 지침서 구실까지 하게 되었다. 흔히 교육학에서는 교과서가 각 시대마다 최대의 베스트셀러라지만 오히려 구한말부터 식민지시대 전 기간을 걸쳐 서간교육과 관련된 베스트셀러는 척독·서간집이라 할 수 있다. 일제시대 민간 간행물의 현황을 종합적으로 정리한 방효순의 문헌학적 연구에 따르면 구한말부터

문화논총』24, 영남대 민족문화연구소, 2001; 김봉좌,「조선시대 방각본 언간독(諺簡牘) 연구」, 한국학대학원 석사논문, 2004. 등이 있다.

『신찬척독완편』 표지(왼쪽)와 『척독완편』 판권(오른쪽)

일제 강점기 '편지서식 모음' 성격의 '척독서'는 약 161종이 발행되었다
고 보고되고 있다.[50] 이들 중 존재가 확인된 '근대 척독(집)'은 약 74종으
로 정리된다.[51]

　원래 한문 서간을 비롯한 각종 서식 교본 또는 문장규범으로서의 척
독은 조선 후기에 청나라의 전례를 모델로 필사본이 숱하게 나왔다. 가
령 송시열의 『대로간독(大老簡牘)』, 이하응의 『대원군서독(大院君書牘)』, 김
정희의 『완당척독(阮堂尺牘)』 등이 그 예라 할 수 있다. 반면 김우균(金雨
均) 외, 『척독완편(尺牘完編)』(1905)처럼 방각본이나 구활자본 금속활자로

---

50) 방효순, 「일제시대 민간 서적발행활동의 구조적 특성에 관한 연구」, 이화여대, 박사논문,
2000., 64쪽.
51) 근대 척독집의 총 목록은 생략한다. 대신 다음 논문 부록을 참고하라. 홍인숙, 「근대 척독
집 간행 현황과 시대별 변화 양상 - 1900~1950년대 간행된 척독집을 중심으로」(2011), 354~
356쪽에 따르면 총 74종이 확인된다.

인쇄, 유통된 척독도 많이 나왔다.

이 시기 대표적인 베스트셀러로 널리 알려진 『척독완편』은 1905년에 나온 책으로 동문사에서 1908년 재출간하였다. 김우균이 저술하고 최성학이 펴낸 6책 6권에 달하는 모범 서간문 서식집이다. 책머리에 조병식의 서문 및 저자의 자서가 있고, 책 끝에 고응원의 발문이 있다. 권1에 존비(尊卑)·도읍(道邑)·가서식(家書式) 등, 권 2에 방경두사(邦慶頭辭)·하인중선(賀人中選)·승도(僧道) 등, 권 3에 춘하추동령(令)·시(詩)·서(書)등, 권 4에 인간(印刊)·명절(名節)·사업(事業)등, 권 5에 감사(感謝)·간청(干淸)·차인마(借人馬) 등, 권 6 에 차곡(借穀)·완기(緩期)·상서 등이 실려 있다. 이후 여러 차례 개정 증보 중판되어 오랫동안 근대인의 한문 편지 교본 구실을 하였다.[52] 이 책이 잘 팔리자 1900~1945년까지 초창기 출판업자들은 너도나도 근대 척독을 간행, 유포하였다.

대표적인 금속활자본 척독은 다음과 같다: 金雨均 외, 『척독완편(尺牘完編)』(塔印社/대동서포, 1905) = 朴晶東, 『新撰尺牘完編』(同文社, 1908); 현공렴, 『국문구해신찬척독(國文句解新撰尺牘)』, 1909 = 『선문구해(鮮文句解) 신찬척독(新撰尺牘)』(대창서원, 1913); 『증보최신척독(增補最新尺牘)』(유일서관, 1911); 『일선문고등유행척독(日鮮文高等流行尺牘)』, 『증보주해 척독(增補註解尺牘)』, 『신식언문무쌍척독(新式諺文無雙尺牘)』, 『언문편지법』, 『정선척독』; 『문자주해고등척독(文字註解高等尺牘)』(보문관, 1921); 『附音註釋 新式金玉尺牘』(1923); 홍순필, 『최신언문척독(最新諺文尺牘)』(조선도서주식회사, 1926); 강은형, 『부음주해 신식유행척독』(大成書林, 1930); 강하형, 『독습실용 신식만리척독』(太華書館, 1931); 신태삼, 『부음주해 보통유행신식척독』

52) 근대 척독을 대표하는 단행본이라 할 『척독완편』에 대해서는 이미 홍인숙, 박해남의 선행 논의가 있다. 홍인숙, 「근대 척독집 연구 – 『척독완편』을 중심으로」 『한국문화연구』 19호, 이화여대 한국문화연구원, 2010.12; 박해남, 「근대 척독자료집 『척독완편(尺牘完編)』의 출판 현황과 배경」, 『반교어문연구』 32집, 반교어문학회, 2012.

(세창서관, 1934); 이면우,『주해부음 최신문명척독』(大山書林, 1936).[53]

이들 중 하나인 이정환(李鼎煥) 저, 편지쓰기 겸 작문교재『선문구해(鮮文句解) 신찬척독(新撰尺牘)』[54]을 보면, 1909년(융희 3)의 인쇄본 국한문혼용체로서, 편지 쓸 때 참고사항과 예문을 모아놓은 상하편 198쪽으로 이루어져 있다. 상편에는 각당칭호(各黨稱號), 접신구(接信句), 접견구(接見句), 기수법(起首法), 결미법(結尾法) 등 편지를 쓸 때 사용하는 칭호와 문장의 종류에 관해 소개하였다. 그리고 경하류(慶賀類), 차대류(借貸類), 청원류(請願類) 등으로 나누어 편지 예문들과 서식들을 열거하였다. 또 상단 여백에는 몇몇 한자어들의 뜻을 풀이해 놓았다.[55] 상편이 간독의 일반 격식을 집대성한 교본이라면, 하편은 추수헌(秋水軒)·해린(海隣)·소동파(蘇東坡)·황산곡(黃山谷) 등 중국 역대 명문장가의 모범 편지글을 모아놓은 문례집 구실을 한다.

국한혼용문으로 되어 있는 이 책이 한문 지식인을 주 독자층으로 상정한 것이라면, 순 한글로 되어 일반 대중들에게 널리 유포되었던 것은「최신언문척독(最新諺文尺牘)』이다. 여기에는 '조부 손자 간 왕복'이란 제목으로 경성에 유학하는 손자가 조부께 올리는 짧은 편지와 답장을 수록하는 식으로, 총 65편의 각종 상황에 맞는 편지 예문이 89쪽에 걸쳐 수록되어 있다.[56] 이들뿐만 아니라 척독, 간독류의 단행본은 수십종이

---

53) 척독류는 서지작업이 쉽지 않을 만큼 생산, 유통이 방대하다. 주요 자료는 인터넷에서 디지털 사진으로 확인 가능하다. 디지털 한글박물관 http://www.hangeulmuseum.org/sub/information/bookData/list.jsp?search=class&g_class=0902

54) 판권지에 따르면 이 책은 1909년 12월 15일에 대창서원(大昌書院)에서 초판을 발행하였는데, 저작자는 이정환(李鼎煥)이고 발행자는 현공렴(玄公廉)으로 적혀 있다. 필자가 참고한 텍스트는 1913년 4월 26일에 발행된 재판이다.

55) 강윤호,『개화기의 교과용 도서』, 교육출판사, 1973. 참조.

56) 이들 척독류가 본격적으로 대량 유통되기 시작한 것은 식민지적 근대화가 일방적으로 관철되던 1914, 5년 경인 듯하다. 한 예로『청춘』7호(1915.4)에 실린 동미서원 광고를 보면,『일선문고등유행척독(日鮮文高等流行尺牘)』,『증보주해 척독(增補註解尺牘)』,『신식언문무쌍척독(新

나와 있고 개중에는 십수 판을 거듭한 베스트셀러도 적지 않다.[57]

척독 같은 서간교본 본래의 목적은 편지를 잘 쓰는 방법을 가르치는 것이었음은 자명하다. 즉, 한편으로는 수신자에 대한 예의를 차리기 위하여 중세적 전통의 서간문이 지닌 한문 투식어를 익혀야 하고, 다른 한편으로는 근대적 지식으로서의 우편제도에 적응하기 위하여 글쓰기 순서와 봉투 작성법 등 서식도 익혀야 했다. 게다가 공간적으로 떨어져 있는 상대와 마치 대면해서 대화하듯이 가상으로 글을 쓰되, 언문일치 구어체 문장을 자유롭게 써야 했다. 그래서 나온 것이 전통적인 방식의 교육법이자 계몽방식인 각종 문종 서식규범과 모범문장 예를 여러 경우 제시하고 그를 모방하고 조금씩 변형해서 실생활에 활용하라는 취지를 담은 글쓰기교본으로서의 척독이었던 것이다.

근대 척독은 분명 1910년대만의 베스트셀러가 아니라 1930년대까지 내내 출판업자들의 이익을 가져다주었다. 근대적 자기표현으로서의 서간 양식을 체득하지 못한 문맹층이나 일반 민중들에게 한글편지를 쓰고 우표를 붙여 우체통에 넣는 일은 여전히 넘을 수 없는 장벽이었기에, 1930년대 말까지 서간교본으로서의 척독부터 참조하는 일이 여전히 상례였다. 예를 들어 1915년 4월에 나온 『청춘』 7호의 동미서원 광고에만 도 『일선문고등유행척독(日鮮文高等流行尺牘)』, 『증보주해 척독(增補註解尺牘)』, 『신식언문무쌍척독(新式諺文無雙尺牘)』, 『언문편지법』, 『정선척독』 등의 목록이 보인다. 1930년대 박문서관 한 곳의 척독류 유통만 봐도 그 규모를 미루어 짐작할 수 있다. 『박문』 1939년 1월호 광고만 살펴보더

式諺文無雙尺牘)』, 『언문편지법』, 『정선척독』 등의 서적이 편집, 발매되고 있음을 알 수 있다. 일개 서점에서 한 가지 문종의 책을 이토록 많이 간행한 것은 그만큼의 수요가 있었기 때문이다.

57) 이들 척독류에 대한 전반적인 서지작업이 쉽지 않을 정도로 생산, 유통규모가 대단하다. 근대 척독집의 목록은 홍인숙, 「근대 척독집 간행 현황과 시대별 변화 양상 - 1900~1950년대 간행된 척독집을 중심으로」, 354~356쪽 참조.

라도 '時體諺文簡牘, 最新諺文尺牘, 家庭現行尺牘, 家庭新尺牘, 新式家庭簡牘, 最新自習尺牘, 最新附音尺牘, 註解新式尺牘, 時行美文尺牘, 懸吐尺牘合璧, 獨習日鮮尺牘, 最新尺牘大海, 新篇尺牘大方, 新式備門尺牘, 新式草簡牘, 最新半草簡牘, 增補日鮮大簡牘, 新體美文學生書翰, 增補字字尺牘完編, 新編尺牘' 등 수많은 척독 제목이 있어 각종 문범(교본)이 지속적으로 유통되었음을 알 수 있다.

하지만 척독은 이 시기 베스트셀러 실용서 이상의 가치를 발휘하거나 문학·문화사적 발전에 크게 기여하지는 못했다.[58] 왜냐하면 근대 척독은 중세 교본의 근대적 재현이나 반복일 뿐 그 자체로 근대적 자기 갱신을 보이지 못했기 때문이다. 당시 신문에서 행해진 현상공모, 독본에 나타난 편지의 예문, 소설에 등장하는 편지 등에서 지속적으로 한글을 중심으로 한 편지의 보급에 힘쓰지만, 다른 한편에서는 여전히 한자에 기반을 둔 척독 교본의 보급과 유통에 관심을 두고 있는 출판인들이 존재했음으로 보건대 이 시기 근대의 모습이란 지금 우리가 생각하고 있는 것보다는 훨씬 복잡다단한 양상이었음을 알 수 있게 한다.[59]

이들 척독집의 상업적 성공에는 저자의식의 상실과 저작권의 혼란이란 그늘도 없지 않았다. 즉, 수많은 척독집의 저자가 독창적인 저술작업을 하거나 새로운 자료를 수집해서 창의적인 저서로 발전시킨 것이 아니었다. 실은 출판업자 자신이나 그의 친인척을 저자 겸 편집자로 내세워 약간의 변형, 개작을 첨가하여 이전과 다른 새로운 책인양 팔아먹거나 책 자체도 서로 베껴먹는 등의 상업적 혼선이 일상적으로 빚어진 것

---

58) 김성수, 「근대 서간의 매체별 존재양상과 기능」, 『현대문학의 연구』 42호, 한국문학연구학회, 2010.10. 참조.
59) 박해남, 「척독 교본을 통해 본 근대적 글쓰기의 성격 재고」, 『반교어문연구』 36집, 반교어문학회, 2014.2. 참조.

이다.[60]

가령 1910년대에 족출한 근대척독(집)을 다수 간행하여 베스트셀러를 만든 경험이 많았던 덕흥서림(德興書林) 김동진 사장의 경우 『조광』 기자와의 인터뷰에서 흥미로운 증언을 한다. 30년대 후기에 그가 순수 문학 작품을 의욕적으로 기획 출간하는 이유를 묻는 기자에게 돈을 벌게 된 척독류의 상업적 성공에 대한 보상이란 의미로 답변하고 있는 것이다. 이는 "척독이나 이런 구소설류의 그러한 것의 출판을 좀 부끄러워하는 빛이 있으니 이제 누만금을 저축한 차제에 출판업자의 한사람으로 응당이 양심적 출판에 의향을 갖인 것같이 보여"[61] 라는 말에서 보듯이, 척독집 출판을 상업적 이득의 수단 그 이상으로 가치 있게 생각하지 않았다는 뜻이 된다. 인터뷰에서 기자의 질문에 답변하는 당대 대표적인 출판업자인 김 사장의 뇌리 속에는 "출판하기 부끄러운 저급한 척독 대(vs) 우수한 서점으로 내세울만한 장편소설 같은 문예서적"의 이분법이 자리잡고 있음을 알 수 있다.

마찬가지 맥락에서 척독 자체의 독자성 확보나 저자의 정체성 결여도 지적할 수 있다. 척독과 경쟁하던 동시대의 서간집이 계속 잘 팔리자 내용은 척독 그대로인 채 책 제목만 서간(집)으로 바꾸어 간행하는 예도 간간 볼 수 있기 때문이다. 근대 서간집은 그래도 저자나 편자의 자의식이 있는데 비해, 척독은 저자의 자의식이 상대적으로 부족했던 것이다. 가령 『현대미문청년학생척독』(덕흥서림, 1946년)을 보면, 출판사 운영자였던 김동진의 편저로 되어 있다. 부록으로 '축문식, 인칭도, 서식대요, 제물 진설하는 도식, 각도 군청소재지 이수(里數) 일람표'가 실려 있다. 『현

---

60) 자세한 내막은 홍인숙, 「근대 척독집 간행 현황과 시대별 변화 양상 - 1900~1950년대 간행된 척독집을 중심으로」, 『한국고전연구』 24, 한국고전연구학회, 2011. 참조.

61) 기자, 「出版業으로 大成한 諸家의 抱負, 赤手로 成功한 德興書林의 現形」, 『조광』 1938.12, 323쪽.

대미문청년학생척독』는 표지, 목차, 판권지가 모두 일실된 상태이나 소장자가 만든 속표지에 '단군기원 4279년'이라고 되어 있어 1946년 이전에 출판된 책임을 알 수 있다. 장별 구분 없이 '가정간 왕복, 사회상 왕복' 등의 큰 분류 아래 '조부주전상답시, 백부가 사질에 긔ㅎㄴ 서' 등으로 편지 예문이 실려 있다.[62]

　　그런데 이는 '가정간 왕복, 사회상 왕복'의 큰 분류 아래 '조부주전상답시…'하는 내용상 신길구의 『현대미문청년학생서간』(영창서관, 1934?)과 비슷한 판본으로 추정된다. 제목만 '척독'에서 '서간'으로 바뀌어 쓸 뿐 내용이 비슷하기 때문이다.[63] 실은 이주완 편, 『증정시체 언문편지투(增訂時體諺文便紙套)』(회동서관(滙東書館), 1924 연활자본)[64]나 신길구(申佶求) 편, 『시체미문 학생일용서한(時體美文學生日用書翰)』(영창서관(永昌書館), 1934), 이명세(李明世)의 『신체미문 시문편지투(新體美文時文便紙套)』(이문당(以文堂), 1936, 3판) 등의 경우도 비슷하다. 서간(집), 편지 교본의 외형을 띠었지만 내용은 앞 시기에 족출한 근대 척독이나 근대 언간독과 엇비슷한 체재와 내용일 뿐이다.

---

62) 홍인숙, 「근대 척독집 간행 현황과 시대별 변화 양상 - 1900~1950년대 간행된 척독집을 중심으로」, 342쪽.

63) 申佶求 編, 『時體美文 學生日用書翰』, 京城: 永昌書館, 1934. 고려대 도서관 소장본 『時體美文 學生日用書翰』은 『時體英文 學生日用書翰』으로 오기된 채 판권지가 일실되어 저자, 간기 등 서지사항을 알 수 없게 되어 있다. 그러나 韓奎相 서간집 『現代商業書簡文』(한성도서주식회사, 1940.4.30.)의 뒤 내표지 안 광고 등을 보면 서지사항을 알 수 있는데 이는 영창서관본임을 추정할 수 있다.

64) 이 책은 판권지가 없어 발행일을 정확하게 알 수 없으며, 본문도 75쪽부터 낙장이 되었다. 속표지에는 저자가 이주완(李柱浣)이고, 회동서관(滙東書館)에서 발행한 것으로 되어 있다. 이 책은 편지를 쓸 때 참고할 수 있는 내용과 실제 편지 예문들을 모아 소개한 것으로 편지를 쓰는 사람과 편지를 받는 사람이 누구인가에 따라 그리고 그 사람이 있는 장소에 따라 각각 다른 여러 종류의 편지 예문들과 서식들을 열거하였다. 본문에는 각당칭호(各黨稱號), 친족간왕복(親族間往復), 인척간왕복(姻戚間往復), 조장식(弔狀式), 위문식, 친우간왕복(親友間往復), 사제간왕복(師弟間往復), 사회상왕복(社會上往復), 삼당 의복 입는 법, 13도 부군명(府郡名)과 면 수(數) 등으로 분류하여 해당 예문들을 수록하였다. (인터넷의 박형익 해제 참조)

척독류 서간문범 본래의 목적은 편지를 잘 쓰는 방법을 가르치는 것이었음은 자명하다. 즉, 한편으로는 수신자에 대한 예의를 차리기 위하여 중세적 전통의 서간문이 지닌 한문 투식어를 익혀야 하고, 다른 한편으로는 근대적 지식으로서의 우편제도에 적응하기 위하여 글쓰기 순서와 봉투 작성법 등 서식도 익혀야 했다. 그래서 나온 것이 전통적인 방식의 교육법이자 계몽방식인 '모범문장 따라 배우기'이다. 각종 문종 서식 규범과 모범문장 예를 여러 경우 제시하고 그를 모방하고 조금씩 변형해서 실생활에 활용하라는 취지를 담은 글쓰기교본으로서의 척독·서간문집이다. 종래의 필사본 사신이 독본·척독·서간집 같은 인쇄본에 수록됨으로써 '인쇄된 편지, 공간된 서간'이 근대적 계몽과 사회적 소통 기제로 작동하게 된 것이다.

근대 척독의 문화사적 의미는 무엇일까?

근대 척독집은 '한문 글쓰기의 규범과 지식의 대중화 문제'와 관련하여 고찰되어야 하는 장르이다.[65] 원래 한문 고서 경사자집(經史子集) 중 중 집부(集部)에 속하는 척독류(尺牘類)가 근대적 글쓰기교육의 계몽 및 교육용 재료로 그 기능을 확대하여 널리 활용된 것은 구한말부터 일제 초기까지의 근대 전환기에 인쇄본으로 간행되어 상품으로 널리 유통된 사회적 환경에 기인한다. 그런데 이들은 중세적 전통의 서간 규범과 명문장 예문모음을 예시한 중세적 계몽 기능에 머물고 있다. 아직 근대 우편제도의 활용을 통한 언문일치체 문장의 예는 보이지 않고 있다. 당대의 관찬 교과서인 국어(조선어)독본류가 비록 국한혼용문이긴 하지만 그나마 언문일치를 향한 의지를 뚜렷하게 드러낸 것과 비교된다고 하겠다.

근대 이전 조선시대까지의 서간문, 편지는 신문, 잡지 같은 대중매체

---

65) 홍인숙, 「근대 척독집 간행 현황과 시대별 변화 양상 – 1900~1950년대 간행된 척독집을 중심으로」 참조.

가 없던 시대의 산물이라 문인에게는 편지 자체가 문학이었고 학자에게 는 편지 쓰기가 일종의 학문의 장이었다. 서간문에는 '풍류와 유식'을 드 러내야 하는 줄 알았기에 쉬운 구어체를 두고 자신의 유식함을 과시하 기 위해 어려운 한자로 문어체 편지를 쓰는 것을 당연시했다. 신분제 사 회였기 때문에 아무리 친한 벗이더라도 글로 의사를 전달, 소통하는 경 우에는 상대의 체면을 존중하는 어사(語辭)를 일부러 찾아 써야 했다. 이 러한 고정관념 때문에 중세인들은 편지 서두와 결구에 투식어, 상투어 구를 담게 되었고, 인사말 속에 어려운 한자어가 들어 있어야 제대로 된 서간이라고 여기게 되었다.

계몽기~1910년대의 척독류를 보면 중세적 잔재라 할 서간의 외적 형 식, 특히 한문 투식어의 격식화, 세분화가 강화된 것은 근대 전환기의 또 다른 특징이다. 어쩌면 근대적 지식의 계몽을 위해 널리 유통된 서식모 음과 모범예문집으로서의 척독이 그 매뉴얼적 기능 때문에 오히려 한문 투식어의 격식화, 세분화를 더욱 고착화시켰을지도 모른다.[66] 어려운 서 간투 한문을 따로 학습하여 터득, 암기하지 않아도 척독만 보면 다양한 경우의 수가 대부분 마련되어 있기에 당장은 편리한 듯 보이지만, 근본 적으로 서간 규식과 한문 투식어는 강박적으로 사용되던 수사학적 기교 이자 문어체의 한 극단이라 아니할 수 없다. 이런 한계 때문인지 근대 척 독의 기본적 성격은 '속류화된 상투적 편지문장 예문집' 이상으로 평가 되지 않는다.

이상에서 보듯이 척독은 근대 서간 양식의 한 축이 되기에는 한계가 없지 않았다. 20세기 초의 서간 양식을 보면 격식에서는 한문 서간의 전 통이 남아 있고 내용 면에서는 개인 간의 사적 고백, 감정 표현이라는 근

---

66) 김경남, 「1920~30년대 편지글의 형식과 문체 변화」, 『겨레어문학』 41집, 겨레어문학회, 2008.12. 참조.

대적이면서도 다른 한편 식민지 근대의 종주국인 일본의 영향이 스며 있다. 이 또한 엄밀하게 따져보면 서간 격식의 일상적 매뉴얼로 성격이 바뀐 '척독'과 개인의 내면 발견 수단으로 새롭게 떠오른 '서간'으로 나누어진다. 1910년대엔 공식어였던 한문을 대신해 새로이 부상한 한글과 일본어의 용법을 교육하는 방편으로 서간 척독이 등장한 것으로 보인다. 이들 '척독류' 서적은 자신의 의사를 글로 적는 일에 익숙하지 않지만 편지라는 문자매체를 통해 자신의 의사를 전달해야만 하는 상황에 놓인 사람들에게 필요한 일종의 매뉴얼과 같은 역할을 하였다.

가령 1910년대 잡지『신문계』와『청춘』을 보면 주로 '척독(尺牘)'이라는 이름을 붙이고 간행된 서간 관련 도서 광고가 많아진다.『신문계』에는 이런 광고가 모두 50여 차례 넘게 실리고, 광고로 소개되는 책도 20여 종 가까이 된다.『청춘』또한 모두 19여 차례에 13여 종에 이른다. 특히 두 잡지를 발간한 출판사, 곧 신문사(新文社)와 신문관(新文館)에서 각각 간행한 책인『일선대역서한문독습(日鮮對譯書翰文獨習)』과『일본어학 서한편(日本語學書翰篇)』은 그 잡지의 시종과 궤적을 같이할 만큼 잡지 발간 초창기부터 말기에 이르기까지 꾸준히 두 잡지의 광고 면에 소개된다. 이 밖에도 김우균(金雨均) 저(著)『증보자전 척독완편(增補字典尺牘完編)』6판(同文書林)을 비롯하여 편저자를 밝히지 않은『시체자해 일선간독(時體自解日鮮簡牘)』(德興書林)과『비음시체 척독(備音時體尺牘)』(博文書舘), 장도빈(張道斌) 찬(撰)『수진신식 자습간독(袖珍新式自習簡牘)』(新文館) 같은 책들이 적게는 2회에서 많게는 6회까지 두 잡지의 광고면을 장식한다.

1910년대 중반 이후 사정은 달라졌다.『청춘』지 등 1910년대 계몽잡지에 시·소설 외에 '보통문(普通文)'이라는 이름으로 감상문과 함께 서간문을 모집해[67] 서간이라는 글쓰기 자체를 문학적으로 세련화할 계기를

---

67) 황혜진,「잡지『청춘』독자투고란의 어문교육사적 연구」,『작문연구』4집, 작문학회, 2007.

부여하였다. 1920년대 들어서서는 근대적 지식의 계몽수단으로 문범화, 규식화되어 유통되던 언간 및 근대 척독류는 쇠퇴하고 연애편지와 1인칭 고백체 문학의 장치나 문체에 관여하는 등 서간의 용도가 다양해 졌다. 1930년대 말까지 근대 척독이 여전히 스테디셀러로 존재하긴 했지만 근대 서간의 형성에 더 이상의 순기능을 더하지 못하고 퇴행적 역기능을 함으로써 역동적 기여라는 규정을 가능케 한다.

2.2. 서간의 근대적 간행과 '독본'

20세기 초는 근대적 양식의 문학이 완전히 정착되기 이전으로, 여전히 문학과 비문학이 미분화 상태에 있던 때였다.[68] 때문에 근대 서간의 형성과 서간 텍스트의 분화·변천을 본격 논의하기 위하여 먼저 20세기 전반기 독본(讀本), 강화(講話)류에 실린 서간의 서지부터 확인할 필요가 있다. '문학-문예-문장' 등을 주제로 한 읽기 자료 혹은 자료(작품)모음이라 할 독본(讀本) 및 강화(講話)는 근대 초기에 근대지(知) 일반을 보급하는 혼종적 텍스트였으며 교과서로서의 지위를 지녔기에[69] 거기에 실

참조.

68) 이를 두고 김윤식, 김예림은 '장르 미결정상태'로 규정한다. 김윤식, 『한국 근대문학 양식논고』, 아세아문화사, 1980, 38쪽 ;김예림, 「1920년대 초반 문학의 상황과 의미」, 『1920년대 동인지문학과 근대성 연구』, 깊은샘, 2000, 189쪽 참조.

69) 근대 초기 독본(讀本) 및 강화(講話)류에 대한 전반적이고 지속적인 논의는 다음을 참조하였다. 천정환, 『근대의 책읽기』, 푸른역사, 2003; 구자황, 「독본을 통해 본 근대적 텍스트의 형성과 변화」, 『상허학보』 13, 2004; 구자황, 「근대 독본의 성격과 위상(1) - 최남선의 『시문독본』을 중심으로」, 『탈식민의 역학』, 소명출판, 2006.; 구자황, 「근대 독본의 성격과 위상(2) - 이윤재의 『문예독본』을 중심으로」, 『상허학보』 20집, 2007.6.; 문혜윤, 『문학어의 근대』, 소명

린 서간문부터 살펴볼 필요가 있다.

근대 초기 '독본 및 강화류'에 실린 서간에 우선 주목하는 이유는, '근대의 공론장(公論場)'[70]에서 갖는 일정한 역할 때문이다. 독본, 강화류의 변천을 보면 1900년대 초기에는 근대적 지식의 범주를 확산시켜 계몽하려는 설명문이 큰 비중을 차지했으나, 1920~30년대가 지나면서 점차 '교양' 형성과 밀접하게 관련되면서 문학 양식의 비중이 커지고 정전화, 문범화(文範化)되는 경향을 알 수 있다. 다른 한편, 대중 독자의 글쓰기를 돕기 위하여 각종 척독류 서적과 최남선『시문독본(時文讀本)』같은 실용서, 매뉴얼도 나왔다. 1910년대에는 척독, 간독(簡牘), 20년대에는 편지 쓰기 관련서, 30년대에는 실용작문과 문학독본이 더 많이 출판되었다.[71] 대중의 글쓰기 욕구는 근대적 자아의식과 그 표현욕망, 자기표현, 타인과의 커뮤니케이션, 자유연애열 등을 배경으로 한다. 나아가 연애편지 같은 사적인 편지 쓰기, 문학과 미문 충동을 배경으로 한 서간교본, 서간문집, 문장독본류의 성황을 보여준다.[72]

인쇄된 서간의 근대적 간행의 전체상은 다음과 같이 정리할 수 있다.

(1) 척독, 서간집(교본, 이론서), 서간문집
(2) 독본(교본) 등 교재 수록 서간
(3) 단행본(선집, 문집류) 수록 서간

출판, 2008, 3장; 구자황, 「1920년대 독본의 양상과 근대적 글쓰기의 다층성」, 『인문학연구』 74호, 충남대 인문과학연구소, 2008.8; 구자황, 「근대 독본의 성격과 위상(3) – 1930년대 독본 (讀本)의 교섭과 전변을 중심으로」, 『비교어문연구』 Vol.29, 비교어문학회, 2010.

70) 근대의 공론장에 대한 개념은 다음을 참조하였다. J. Habermas, 한승환 역, 『공론장의 구조변동 – 부르주아 사회의 한 범주에 관한 연구』, 나남출판, 2001.

71) 천정환, 앞의 책, 151~152쪽 참조.

72) 이광수 등이 주도한 1910년대 잡지의 현상문예에서 흔히 서간 형식이 모집되었다는 사실 또한 참조할 만하다. 자세한 서지는 권용선, 앞의 책, 26~27쪽 참조.

(4) 잡지 수록 서간[73)]

(5) 신문 소재 서간

(6) 소설 등 기타 매체 및 문건의 삽입 서간

2.2.1. 대한제국기 학부 편찬, 국어독본 수록 서간

척독에 이어 교육용 단행본인 독본·강화 같은 근대 초기 교재에 수록된 서간의 존재양상과 특징을 살펴보도록 한다. 국어 또는 조선어독본 등 공교육에 사용된 서간문과 관련 설명, 그리고 민간 독본에 실린 편지글 등이 근대적 계몽을 위한 교육적 기능을 다각도로 수행하였다. 근대적 글쓰기로서의 서간을 논의할 때 왜 독본이 중요한가 하면 근대 초기 글쓰기교육사에서 그것이 지닌 교과서적 지위와 사회적 기능에 주목할 수 있기 때문이다. '독본(讀本)'은 원래 근대 일본으로부터 수입된 용어로 산문 중심의 읽기 자료를 일컫는 말이다. 우리나라의 경우 1895년, 갑오개혁을 계기로 일본을 통해 도입된 서구식 근대 공교육 제도로 세

---

73) 구한말부터 일제 강점기에 걸치는 근대 서간의 존재양상을 총체적으로 살펴보기 위하여 이 시기에 나온 독본, 서간집, 잡지 100여 종의 서간문 텍스트를 정리하였다. 다음은 서간이 수록된 잡지 명단이다. (× 표시는 서간이 1편도 수록되지 않은 것이다): 가정잡지(×), 가톨릭청년, 계명, 개벽, 공제, 교남교육회잡지(×), 국민문학, 금성, 기호흥학회월보, 농민, 대조, 대중, 대한학회월보, 대한유학생회학보, 동광, 동명, 문예공론, 문예시대(×), 문예월간, 문장, 문학(×), 박문, 반도시론, 백조, 별건곤, 별나라, 부인, 불교, 붉은저고리(×), 비판, 사해공론, 삼광, 삼사문학(×), 삼천리, 삼천리문학, 새별(×), 생장, 서광, 서북학회월보, 서우, 서울, 소년(1910), 소년(1937), 시문학(×), 시사평론, 시원, 신가정, 신계단, 신동아, 신문계, 신민, 신생활, 신세기, 신소설, 신시대, 신여성, 신인문학, 신조선, 신청년, 신천지(1921), 신흥, 아이들보이, 야담, 어린이, 여성, 여시, 여자계, 영대, 영화연극, 우리들, 우리집, 월간매신, 월간야담, 인문평론, 작품, 장미촌, 제일선, 조광, 조선(조선문), 조선농민, 조선문단, 조선문학, 조선지광, 중앙, 창조, 청색지, 청춘, 춘추, 태극학보, 태서문예신보, 태평양로동자, 폐허, 풍림, 학등, 학생, 학지광, 해외문학(×), 현대평론, 형상, 혜성, 호남평론, 호남학보. 이들 잡지 수록 서간을 유형에 따라 ①서간체 논설 ②서간체 비평 ③서간체 기행 ④서간체 수필 ⑤서간체 시 ⑥서간체 우화 ⑦서간체 광고 ⑧실용 서간 기타 ⑨서간체소설 등으로 분류하여 대표 텍스트를 분석하였다.

워진 소학교(초등학교)의 정규 교재로 사용되기 시작하였다. 독본은 국어 교과용 교재 구실뿐만 아니라 여러 교과의 내용을 단원 제재로 묶어 놓은 강독용 자료집의 의미도 있다. 그래서 정규교육 이외에 비정규 교육용 민간 교재로도 널리 제작, 보급되었다.

독본은 크게 정규교육용과 비정규교육용 둘로 나눌 수 있다. 하나는 공교육 내 교과교재로서의 '관찬 독본'이고, 다른 하나는 근대적 문장 보급을 위해 편찬된 교양과 교육을 목적으로 한 공교육 밖의 '민간 독본'이다. 후자의 경우 반드시 학교 또는 교육용 교재라기보다는 일종의 '교양 독서물'로서의 기능까지 담당했다. 때로는 읽기·쓰기 교육을 위한 강독용 앤솔로지 선집 형태로도 변화하였다. 공교육 교재로 쓰인 독본의 경우를 보면 근대 초기에는 언문일치라는 시대적 대의를 실현하기 위해서는 국문 강독식 수업이 당연한 것으로 받아들여졌고 이러한 시대적 요구만으로도 충분히 교과서적 역할을 담당할 수 있었던 것으로 보인다.[74]

여기에서는 근대적 글쓰기의 관습이 정립되기 시작하는 20세기 전반기, 정규 학교를 중심으로 보급되었던 공교육용 '관찬 독본'과 '민간 독본' 두 종류의 교육용 도서에 수록된 서간문과 서간 관련 설명문의 유형과 특징, 사회적 기능을 살펴보는 작업을 수행할 것이다. 자료의 범위는 대한제국기부터 일제 강점기까지 나온 '국어(조선어)독본'류에 수록된 서간문 텍스트와 관련 설명문을 대상으로 한다. 대한제국기 자료로는 학부 편찬 『국어독본』과 학부 검정 『초등소학』『신찬(新纂)초등소학』, 일제 강점기 자료로는 조선총독부 편찬 『조선어독본』과 『조선어급한문독본

---

74) 근대 초기의 국어과 교재의 내용을 보면, 초기에는 철자, 단문 학습 위주의 철자법 학습이 주가 되었으나, 후기로 갈수록 '문법'이 교과과정에 명시되면서 점차 통사와 관련된 문법 학습이 강조되고, 문학 작품은 아니지만, '문학적' 글의 등재 빈도도 높아져, 근대적 서사 교육도 강조됨을 알 수 있다. 김혜정 외, 「6장 국어과 교재의 내적 구성원리: 독본」, 민현식 외, 『미래를 여는 국어교육사·1』, 서울대출판부, 2007. 참조.

(朝鮮語及漢文讀本)』에 실린 서간을 논의 대상으로 삼는다.[75]

독본을 비롯한 국어 교재에 대한 연구에는 많은 성과가 있지만 독본에 수록된 서간 및 이와 관련된 본격 논의는 거의 없다. 기존 연구사는 대체로 국어교육학, 국어교육사 연구의 일환으로 독본의 특징과 내용 전체를 고찰하거나 언간·한문편지를 초중등교육 수업 현장에서 활용하는 방안을 다룬 것이 대부분이다.[76] 독본 등의 교재에 실린 서간에 대한 본격 논의는 이제 시작되었다고 해도 과언이 아니다.[77]

독본 자료를 보면 구한말 대한제국기 교과서부터 일제 강점기 전 시기에 걸쳐 초중고등 교재에 근대적 우편제도와 서간 작성법에 대한 설명이 매우 다양하고 자세하게 나와 있음을 알 수 있다. 엽서, 전보를 비롯한 봉함편지를 쓰고 봉투 작성 후 우표를 붙여 우체통에 넣는 방법과 서간문의 규식 및 실제 용례가 적잖이 실려 있다. 이로써 근대적 글쓰기를 통한 리터러시 교육에서 서간이 차지한 비중이 적지 않았다는 것을 공교육 교재에서도 확인할 수 있다. 더욱이 독본의 기능이 읽기에만 한정되지 않은 것처럼 편지 쓰기 자체가 주요한 교육 콘텐츠였음도 재확인할 수 있다.

---

75) 주로 보통학교 공교육용 교재와 민간 독본을 대상으로 했지만 초중고교 등 각급 학교에서 사용된 1~8차 교육령별 교재에 실린 서간문 텍스트를 전수 조사할 수는 없었음을 밝힌다. 자료 수집을 도와준 구자황 선생님께 감사드린다.

76) 윤여탁 외, 『국어교육 100년사』, 서울대출판부, 2006; 허재영, 『일제 강점기 교과서정책과 조선어과 교과서』, 도서출판 경진, 2009; 서지원, 「한문편지를 활용한 편지 교육 방안 연구」, 성신여대 교육대학원 석사논문, 2005; 전용표, 「역대 편지글의 읽기, 쓰기를 통한 의사소통 활성화 방안」, 단국대 교육대학원 석사논문, 2007; 류승범, 「서간을 활용한 아날로그 편지쓰기 학습과 생활화 방안」, 단국대 교육대학원 석사논문, 2008.

77) 이와 관련된 연구는 손광식·김성수, 「근대 초기의 서간과 글쓰기교육 – 독본 척독 서간집 텍스트를 중심으로」, 『한국근대문학연구』 21호, 한국근대문학회, 2010.4.가 있다. 여기서는 국어독본을 '관찬 독본'과 '민간독본'으로 분류하고 거기 수록된 대표적인 서간 텍스트와 다른 매체를 비교해서 내용을 분석하고 그 사회적 기능을 살핀 바 있다. 본고는 그 연장선에서 학부 편찬 국어독본과 총독부 편찬 보통학교용 조선어독본에 실린 서간 설명문과 서간 텍스트 전체를 논의 대상으로 분석한 것이다.

실제 편지 용례도 학교 및 일상생활의 온갖 경우에 활용할 수 있도록 대부분의 읽기·쓰기 교재인 국어(조선어) 독본에 1편 이상씩 실려 현장교육에 사용되었다. 즉, 『보통학교학도용 국어독본』 권3(학부, 1907) 「제23과 홍수 한훤(寒喧)」에서 수동이라는 발신자가 홍수 재해를 당한 옥동이라는 수신자가 무사한지 안부를 묻는 편지부터, 『초등조선어독본』 권2(조선총독부, 1939) 「18과 군인 지원을 한 오빠에게 국어(일본어)로 편지쓰기」까지 실려 있음을 확인할 수 있다. 이를 보다 구체적으로 살펴보도록 한다.

주지하다시피 우리나라의 근대적 문물제도 개혁은 1894년 갑오개혁에서 비롯되었다. 1895년 소학교령이 제정돼 "아동 신체의 발달에 따라 국민교육의 기초와 생활상 필요한 보통지식과 기능을 가르치는 것"을 목적으로 근대적 의미의 초등교육이 본격화됐다. 이 시기에 처음으로 소학교령 제15조와 중학교령(1900.9.3) 제2조에 학부 편찬 교과용 도서에 대한 규정을 둠으로써 교과서 편찬 작업이 본격적으로 이루어질 수 있는 기반을 마련하였다. 1905년 일제 통감부가 설치된 후 1906년 8월 보통학교령이 공포되었고, 이전의 소학교가 보통학교로 개명되고 교재도 체계적으로 제작, 보급되었다. 1908년 '교과용 도서 검인정제'가 도입되어 학부 편찬 국어독본의 보급이 본격화되었다.[78]

대한제국기 학부에서 편찬, 검정한 보통학교 학도용 국어독본에 수록된 서간의 서지는 다음과 같다.

---

78) 20세기 전반기 국어교육사와 교과서 변천과 관련된 서술은 기존 연구 성과를 참조, 요약하였다. 박붕배, 『국어교육전사』(상), 대한교과서주식회사, 1987; 윤여탁 외, 『국어교육 100년사』, 서울대출판부, 2006; 허재영, 『일제 강점기 교과서정책과 조선어과 교과서』, 도서출판 경진, 2009.

발신자/수신자	서간문 제목	게재 매체(독본)	게재면
壽童/玉童 玉童/壽童	第二十三課 洪水寒暄	보통학교 학도용 국어독본 권3, 1907	73~75
壽童/叔主	第六課 運動會에 請邀	보통학교 학도용 국어독본 권4, 1907	15~18
母親/子 俊明	第十課 母親에게 寫眞을 送呈흠	보통학교 학도용 국어독본 권5, 1908	23~24
俊明/母親	第十一課 回答書 俊明回見	보통학교 학도용 국어독본 권5, 1908	24~25
閔博義/李嘉永 李嘉永/閔博義	第十八課 林檎을 贈與ᄒᆞᄂᆞᆫ 書札, 第十九課 回答書	보통학교 학도용 국어독본 권6, 1908	48~50
家兄/竹姬	第五課 與妹弟書	보통학교 학도용 국어독본 권8, 1908	14~15
張永基/權明德 權明德/張永基	第十五課 友人의 慈親喪을 弔慰홈, 第十六課 同答狀	보통학교 학도용 국어독본 권8, 1908	41~43
仁榮/和榮 和榮/仁榮	第三十五課 兄弟書信	新纂초등소학 권3, 1909	63~65
尹生/친구	第十課 書冊을 借書ᄒᆞᄂᆞᆫ 書札	新纂초등소학 권4, 1909	21~22
張振/李鴻 李鴻/張振	第三十五課 朋友書信	新纂초등소학 권6, 1909	84~86

이들 학부 편찬 독본은 훗날 일제 강점기 조선총독부 편찬 독본의 원형을 이루기 때문에 이를 유형별로 분류하면 20세기 전반기 독본에 실린 서간문의 동향을 파악할 수 있다. 이에 이들 텍스트를 유형화하고 대표 텍스트를 분석한 후, 각 유형이 추후 총독부 독본에 끼친 영향을 살펴보도록 한다. 위의 서간문은 대략 가족 친지 간 안부 편지, 재해 안부 편지, 조문 편지, 초청 권유 편지, 증여 편지 등으로 유형화할 수 있다.

첫째, 가족 친지 간 안부 편지는 「여매제서(與妹弟書)」가 대표적 텍스트라 하겠다. 객지에 유학 중인 오빠가 집에 있는 누이동생에게 보내는 이 편지글은 서간문 격식에 딱 맞는 외적 형식[79]을 잘 갖추고 있다. 즉, '누이동생 죽희에게'(수신인) - '봄기운 점점'(날씨 안부) - '양친 기력 건강'(부모님 건강 등 가족들의 안부) - '형은 객지에서 잘 지낸다'(자기 안부) - '부쳐 준 옷 받고 기쁘다'(용건) - '방학인 2주 후 귀가 예고(결구) - 연월일(발신일) - '오빠 평서'(발신인, 서명) 등으로 되어 있어, 짧은 분량 속에 서간문의 어떤 요소도 빠지지 않고 전후맥락이 잘 구비되어 서간문 격식 체재의 모범이 될 만하다. 그래서인지 이 텍스트는 1912년의 자구 수정본[80], 1918년의 1차 교육령[81]기 독본, 1924년의 3차 교육령기 보통학교와 여고보 독본, 심지어는 해방 후까지 수많은 관찬 교과서와 독본에 반복적으로 수록되어 교육용으로 활용되었다. 따라서 서간을 통한 근대적 계몽의 한 모델로 평가할 수 있다.

이렇듯 가족 간 문안 편지가 중요해서인지 누이에게 보내는 오빠의 편지 말고도 모자지간의 정감이 교차되는 사연이 담긴 「모친에게 사진을 송정(送呈)함, 답서」도 있다. 객지의 아들이 어머님께 사진을 동봉하

---

79) 원래 서간의 외적 형식은 계절에 맞는 머리말과 상대방에 대한 문안 인사, 사연과 요약, 맺음말, 편지 보내는 날짜와 보내는 사람의 이름까지 순서가 정해져 있다. 서간의 격식이 어느 정도 규범화되어 있다는 뜻이다. 자세한 논의는 3장 1절을 참조하라.

80) 1912년에 발행된 조선총독부의 독본은 '字句 수정본'이라서 대한제국 시대 학부 편찬 독본에 실린 서간과 일부 글자만 수정한 정도의 동일한 텍스트라 할 수 있다. 1912년 총독부 독본은 아직 식민지 교육체제가 완성되지 못한 탓에 대한제국기 학부 편찬 국어독본의 내용을 거의 그대로 답습하였기에, 국어교육학자들 간에 '자구 수정본'으로 불린다. 허재영, 『일제 강점기 교과서정책과 조선어과 교과서』 참조.

81) 일제 강점기에는 정규 교육과정을 지배한 공교육에서 조선총독부의 국정교과서만 통용되었는데, 국어교육학자에 따라 독본 편찬 시기를 크게 네 시기나 다섯 시기로 구분하고 있다. 박붕배는 이를 제1차 교육령기(1915~1918), 제3차 교육령기(1923~1924), 제4차 교육령기(1930~1935), 제7차 교육령기(1939)의 4시기를 나눈 바 있다. 박붕배, 『국어교육전사』(상), 대한교과서주식회사, 1987, 335쪽 참조. 하지만 실제로는 초등교육용 조선어과 교과서 편찬이 다섯 차례 이루어졌다. 김혜련은 이를 제1기(1911.10~1922.3), 제2기(1922.4~1928.3), 제3기(1928.4~1938.3), 제4기(1938.4~1941.3), 제5기(1941.4~1945.8)로 나눈 바 있다. 김혜련, 「식민지기 중등학교 국어과 교육 연구」, 동국대 박사논문, 2008, 103쪽 참조. 여기에서는 5기 독본 실물을 구할 수 없어 일단 박붕배의 용어와 시기 구분을 따른다.

면서 식구들 안부를 묻고 그를 받아본 모친이 반가움과 함께 몸 상치 않게 조심하란 당부를 담은 답장을 보낸 것이다. 또한 1909년 학부 검정 교과서 『신찬 초등소학』[82]에 실린 「형제서신」에는 타지에 유학 간 동생과 집에 있는 형 사이의 안부가, 「붕우서신」에는 서울의 같은 학교에 다니는 두 친구 사이의 경성 도착 소식이 교환되고 있다.

둘째, 재해 안부 편지에 속하는 「홍수 한훤(寒暄)」은 홍수 등 재해가 닥쳐 무사한지 친지에게 안부를 묻는 편지이다. 수동이라는 발신자가 홍수 재해를 당한 옥동이라는 수신자가 무사한지 안부를 묻는 편지가 실려 있다. 함께 실린 답장에는 발신자인 수동의 안부 편지를 '귀함(貴槭)'[83]이라 높이면서 홍수 재해에도 무사함을 답하고 안부를 물어준 데 대한 감사를 표하고 있다. 재해 문안은 당시 시대상을 반영한 안부편지의 예문으로 적절하다. 또한 하루 만에 답신이 왕복할 정도면 근대 초기의 우편제도의 신속 편리함을 과시하는 것도 된다.[84] 이러한 재해 문안은 1924년 독본의 「수해중(水害中) 문후」 등에도 보이는데, 재해 등 당시 시대상을 적절하게 반영한 것으로 판단된다.

셋째, 조문 편지는 「우인(友人)의 자친상(慈親喪)을 조위(弔慰)함, 동 답장」이 대표적인데, 친구 모친상을 조문하는 편지와 문상 편지에 감사하단 답장이 소개되어 있다. 경조사용 편지라 1912, 1918, 1924년판 독본에도 비슷한 글이 반복해 실려 있다. 문제는 발신자의 문안편지 결구의 의례적인 한문 투식어인 '후불차경구(候不次敬具)'나 수신자의 답장 결

---

82) 저작 겸 발행자 현채(玄采)의 『신찬(新纂) 초등소학』(일한인쇄주식회사, 1907.9.23) 표지에 '융희 3년 8월 28일 학부 검정 사립학교 선어과(鮮語科) 초등학교 학도용'이라 고무인 인쇄가 되어 있어 공교육 교재임을 알 수 있다.

83) 귀함(貴槭)은 편지를 높여 부르는 귀함(貴函)과 같은 뜻이다. 한훤(寒暄)은 안부편지에 관행적으로 쓰이는 한문 투식어이다.

84) 10월 3일자 문안 편지의 답장이 10월 4일자 '옥동 배복(拜復), 수동 좌하'로 나와 있다. 『보통학교학도용 국어독본』 권3(학부 편찬, 대일본도서주식회사 인쇄, 광무 11.2.1.=1907) 74~75쪽.

구의 투식어인 '여불비경복(餘不備敬覆)'이 한문 지식인 이외의 근대인들에게 낯설고 불편할 것이라는 점이다. 언문일치를 향한 시대적 요구가 관찬 교과서에 별반 반영되어 있지 않을 것으로 봐서 한문 상투어구는 1910년대 이전에 아직 서간 작성법의 현안으로 문제시되지 않은 듯하다. 가령 『보통학교학도용 국어독본』 권8(1908)에 실린 '제15과 우인(友人)의 자친상(慈親喪)을 조위(弔慰)함,' '제16과 동 답장'을 보면, '장영기 소상(疏上), 권명덕 지효(至孝) 점전(苫前), 고애자(孤哀子) 권명덕 소상'[85] 식으로 언문일치와는 거리가 먼 의례적 한문 투식어가 압도적이다. 내용은 친구의 모친상을 조문하는 편지와 문상 편지에 감사하단 답장인데, 관혼상제용 편지라 그런지 문안편지, 사교편지에 비해 의례적인 한문 투식어가 훨씬 많다. 따라서 개인적 정감을 표현할 공간은 상대적으로 적다.

넷째, 초청장 등 권유 편지로는 「운동회에 청요(請邀)」라는 글이 있다. 이는 수동이가 아저씨[叔主]께 학교 운동회에 참관해달란 초청장이다. 관찰사와 군수 등의 귀빈도 참석하는 학교 연합 운동회이니만큼 복동이와 동행해서 구경하란 초청 편지이다. 동일한 방식의 초청장이나 권유 편지로는 1912년 독본에 실린 교외 산보 권유, 1924년 독본 권5에 실린 화유(花遊, 꽃놀이) 권유, 그리고 1924년 독본 권6에 실린 강화회(講話會, 강연회) 초청 편지 등이 있다.

다섯째, 증여 및 청탁 편지로는 「임금(林檎)을 증여하는 서찰, 동 답서」 「서책을 차서(借書)ᄒᆞᆫ 서찰」이 있는데, 내용인즉 친구에게 외국종 사과를 한 상자 보내니 시식해보라는 사연과 친구에게 산학서 3권을 빌려달

---

85) '소상(疏上)'은 상제(喪制)가 편지 끝에 쓰는 말이며, '지효(至孝) 점전(苫前)' 역시 어버이의 상사에 있는 사람에게 장사(葬事)지내기 전에 편지를 낼 때에 그의 이름 아래 쓰는 상투어구이고 '고애자(孤哀子)'도 부모상을 당한 자식이 스스로를 낮춰 부르는 한자 투식어이다. 학부 편찬, 『보통학교학도용 국어독본』 권8, 대일본도서주식회사 인쇄, 융희 2년 3.1. 1908), 41~42쪽 참조.

라는 청탁 편지이다. 비슷한 증여 편지 예로는 일본어독본에 실린 「고구마를 보내는 편지」도 있다.[86]

2.2.2. 일제 강점기 조선총독부 편 조선어독본 수록 서간

이상에서 알 수 있듯이 대한제국 시대 학부 편찬 독본의 서간텍스트는 일제 강점기 조선총독부 편찬 독본에 실린 서간의 원형으로 자리매김할 수 있다. 이는 대한제국의 교육이념 및 교재 편찬의식이 이미 통감부 시절 일제에 의해 일정 정도 조정된 저간의 사정을 반영하는 것으로 판단해도 무리가 없을 것이다.[87] 앞으로 살펴볼 조선총독부 편찬 독본에는 가족 친지뿐만 아니라 사제지간의 문안이나 초청과 권유, 증여 및 청탁, 물건 주문장, 그리고 기행 서간 등의 유형도 실려 있다.

'한일 강제병합' 후 1911년 8월 조선교육령이 공포되면서 일제 당국은 기존의 6년 소학교 과정을 4년제 보통학교로 개편하고 새 교과서를 제작, 보급하였다. 일제 강점기의 교과서 편찬은 1~7차에 걸친 조선교육령의 역사적 변천에 따라 내용상 변화를 보였다. 공교육 교재의 편찬, 보급은 전적으로 조선총독부의 소관 사항이었기에 교과서 검인정 제도를 통해 교재 내용뿐만 아니라 보급과 수업방식까지도 식민 정책에 맞게 전일적으로 통제, 관리하였다.

이러한 전제 아래 조선총독부의 조선어독본에 실린 서간이 어떤 변화를 보이는지 파악해보자. 먼저 합병 직후에 나온 『보통학교 학도용 조선

---

86) 「제8과 고구마를 보내는 편지」, 『普通學校 國語讀本』 권6(조선총독부, 1914). 김순전 외 역, 『조선총독부 제1기 초등학교 일본어 독본』 3(제이앤씨, 2009), 233~234쪽.

87) 박붕배, 「대한제국 말기의 국어교육과 일제 시대의 조선어 교육」, 『교육한글』 No.15, 한글학회, 2002, 7~38쪽 참조.

어독본』에 실린 서간 목록부터 보도록 한다.

발신자/수신자	서간문 제목	게재 매체(독본)	게재면
壽童/玉童 玉童/壽童	第三課 洪水寒暄	보통학교 학도용 조선어 독본 권4, 1913(4판)	8~10
壽童/叔主	第六課 運動會에 請邀	보통학교 학도용 조선어 독본 권4, 1913(4판)	15~18
子 俊明/母親	第八課 母親에게 寫眞을 送 呈홈	보통학교 학도용 조선어 독본 권5, 1913	18~19
母/俊明	第九課 同答書	보통학교 학도용 조선어 독본 권5, 1913	19~20
李嘉永/閔博義	第十四課 林檎을 贈與ᄒᆞᄂᆞᆫ 書札	보통학교 학도용 조선어 독본 권6, 1913	34~35
閔博義/李嘉永	第十五課 同答書	보통학교 학도용 조선어 독본 권6, 1913	35~36
魚景龍/張陳良	第十課 書籍을 請借홈	보통학교 학도용 조선어 독본 권7, 1913(7판)	26~27
張陳良/魚景龍	第十一課 同答書	보통학교 학도용 조선어 독본 권7, 1913(7판)	27~29
家兄/妹弟 竹姬	第四課 與妹弟書	보통학교 학도용 조선어 독본 권8, 1912	12~13
張永基/權明德 權明德/張永基	第十二課 友人의 慈親喪을 弔慰홈, 第十三課 同答狀	보통학교 학도용 조선어 독본 권8, 1912	32~34
李全應/金德明 金德明/李全應	第十七課 郊外散步를 勸誘홈 第十八課 回答書	보통학교 학도용 조선어 독본 권8, 1912	42~44

위 조선어독본 수록 서간은 제목만으로도 확인할 수 있다시피 대한제
국 학부에서 편찬한 『보통학교 학도용 국어독본』서간과 거의 동일하다.
이는 총독부에서 합병 후 바로 새 교재를 만들어 교육 현장에 보급할 수
없었기에 학부 편찬 독본의 자구만 정정하여 교육현장에 보급한 결과이
다. 이 교재의 다른 단원 중에는 식민정책과 어긋나는 일부 내용이 남아
있었기 때문에 식민 지배 직후 그에 해당하는 부분을 시급히 정정하고

자 하였다. 그 결과 나온 것이 제1차 교육령기(1915~1918)의 『보통학교 조선어급한문독본』이다.

『보통학교 조선어급한문독본』에 실린 서간은 다음과 같다.

발신자/수신자	서간문 제목	게재 매체(독본)	게재면
孫正煥/吳寅泳 吳寅泳/孫正煥	第九課 花遊에 請邀 同回答	보통학교조선어급 한문독본 권2, 1915	22~25
韓永洙/姜載鎬 姜載鎬/韓永洙	第二十二課 病者慰問 問病回謝	보통학교조선어급 한문독본 권2, 1915	52~54
李嘉永/閔博義 閔博義/李嘉永	第二十二課 梨를 贈與하는 書札 同答書	보통학교조선어급 한문독본 권3, 1917	64~67
張永基/權明德 權明德/張永基	第七課 友人의 慈親喪을 弔慰함 同答狀	보통학교조선어급 한문독본 권4, 1918	18~21
家兄/妹弟 竹姬	第十八課 與妹弟書	보통학교조선어급 한문독본 권4, 1918	50~52
魚景龍/張陳良 張陳良/魚景龍	第五十一課 書籍을 請借함 回答書	보통학교조선어급 한문독본 권4, 1918	160~163

『보통학교 조선어급한문독본』 수록 서간을 보면 학부 편찬 국어독본이나 조선총독부 편찬 조선어독본과 거의 동일한 것을 알 수 있다. 가령 친구 모친상 조문 편지나 누이동생에게 보내는 편지는 세 판본의 서간 텍스트가 거의 동일하다. 다만 책 빌리는 청탁 편지의 경우 「서적을 청차(請借)함」(1918)에서는 수험서를, 대한제국기 학부 검정 교과서의 「서책을 차서(借書)ᄒᆞᄂᆞᆫ 서찰」(1909)에서는 산학서를, 일제 강점 초기 국어(일본어)독본의 「책을 빌리는 편지」(1914)에서는 농업서를 부탁하는 정도로 약산씩 차이가 날 뿐이다.

이렇게 교재 수록용 서간 텍스트가 동일하거나 비슷비슷한 이유는 기실 조선에 보급된 글쓰기 교재용 콘텐츠의 상당 부분이 일본 본토의 『국정독본』의 내용물을 원용한 결과라 할 수 있다. 즉 일본 본토에서 사용되는 『국정독본』의 콘텐츠 일부가 조선의 『국어(일본어)독본』에 실리고 다시 그것이 변형되어 『조선어독본』에 실리기도 했던 것이다. 때문에 식민지 교재는 기본적으로 식민 교육이 지향하는 동화정책의 수단이라 아니할 수 없다.[88] 다만, 대한제국기 학부 검정 교과서의 선례와 관련시켜 굳이 의미를 부여하자면 대한제국기의 연속성과 식민 지배적 의미가 중첩된 것으로 해석할 수 있다.

주지하다시피 일제 강점기의 조선어과 교육 자체는 일본어과의 종속 과목의 하나로 간주되었다. 이는 1911년 발포된 조선교육령과 이에 따른 각급 학교 규정에서도 잘 나타난다. 조선교육령의 취지는 '국민 교육의 기초'를 마련하고, '국민된 성격을 도야'하도록 하는 데 있었다. 이때의 국민은 '충량한 신민'으로 표현되었으며, 이는 궁극적으로 제국 신민이 되는 것을 의미했다.[89] 이 점에서 식민 당국의 언어정책이 '종속주의'와 '동화주의'를 지향하고 일본어를 적극 보급하는 정책을 편 것은 당연했다. 식민 초기의 일본어 보급 정책은 '새로운 신민된 자의 의무'이자 '선진 문물을 배우기 위한 방편'으로 강조되었다. 이러한 관점에서 조선어과 교육은 일본어과의 종속 개념으로 작용할 수밖에 없었다. 따라서 1차 교육령기 교재가 지향하는 바 역시 '식민 교육', '동화 교육', '실업 교육' 등의 이데올로기와 관련을 맺고 있다고 할 수 있다.[90]

---

88) 일본 본토의 『국정독본』이 조선의 『국어(일본어)독본』에 영향을 준 과정은, 上田崇仁, 「『國定讀本』과 『朝鮮讀本』의 共通性 – 言語와 植民支配 特輯」, 『植民地敎育史硏究年報』, 皓星社, 2000, 51~64쪽 참조. 조선의 『국어(일본어)독본』 내용이 『조선어독본』에 번역, 수정, 개작되어 실리는 과정과 그 '동화주의'적 성격은, 김순전 박제홍, 「일제 강점 초기 교과서의 동화주의 교육의 전개양상」, 『한국일본어문학회 발표논문집』, 2008, 354~359쪽; 김순전 외 역, 「서문」, 『조선총독부 제1기 초등학교 일본어 독본』 1, 제이앤씨, 2009, 19~45쪽 참조.

89) 학교 교육, 특히 근대 국가의 의무 교육으로 대표되는 국어 교육의 목표 중 하나는 개인이나 지방의 특수성을 지우고 한 국가 내에서 획일적으로 통하는 언어 능력을 키우는 것에 있다. 그것은 국민국가를 유지하기 위한 전제이다. 川田順造, 이은미 역, 『소리와 의미의 에크리튀르』, 논형, 2006, 295~296쪽.

90) 허재영, 『일제 강점기 교과서정책과 조선어과 교과서』, 101~118쪽 참조.

제3차 교육령기(1923~1924) 조선어과 교과서 편찬은 6년제 보통학교를 기준으로 이루어졌다. 제3차 교육령기의 교과서는 보통학교 규칙 제7조에서 '조선어급한문'을 '조선어'로 개정하였으므로, 이에 맞게 '조선어'만으로 구성되었다.

　『보통학교 조선어 독본』에 실린 서간은 다음과 같다.

발신자/수신자	서간문 제목	게재 매체(독본)	게재면
李春山/金一善 金一善/李春山	十. 편지 답쟝	보통학교 조선어 독본 권3, 1923	29~31
朴春植/白南九 白南九/朴春植	二十一. 問病 回答	보통학교 조선어 독본 권3, 1923	64~67
從兄 鍾大/從弟 鍾學	第二. 京城 從弟에게	보통학교 조선어 독본 권4, 1924	4~10
門下生 安元中/ 朴先生님	第九. 先生님께	보통학교 조선어 독본 권4, 1924	26~29
金周漢/安盛根	第十一. 新義州에서	보통학교 조선어 독본 권4, 1924	33~41
金仁常/朴有陽	第十五. 注文書	보통학교 조선어 독본 권4, 1924	53~54
미상	第二十二. 友人의 親喪에 弔 狀, 同答狀	보통학교 조선어 독본 권4, 1924	83~85
孫正煥/魚泳善 魚泳善/孫正煥	第二. 花遊의 請邀 同 回答	보통학교 조선어 독본 권5, 1924	4~7
家兄/竹姬	第八. 妹弟에게	보통학교 조선어 독본 권5, 1924	33~35
子/父	第十九. 子在家上父書	보통학교 조선어 독본 권5, 1924	71~72
從子 寅承/ 叔父	第九. 水害中問候	보통학교 조선어 독본 권6, 1924	35~37
金台鎭/李源一	第十七. 平壤에서	보통학교 조선어 독본 권6, 1924	63~72
미상	第二十二. 講話會의 請邀文	보통학교 조선어 독본 권6, 1924	90~92

1924년 독본에 실린 서간을 검토하면 비로소 총독부 교재 내용이 체계적으로 자리 잡았음을 알 수 있다. 이들 교재에는 종래의 가족뿐만 아니라 친구, 사제 간의 문안 편지가 추가되었고, 단순한 초청이나 권유 외에 공식적인 물건 주문장과 기행 서간 유형도 보인다. 특히 '신의주, 평양' 등에서 보낸 기행 서간을 보면 도시의 경개와 생활이 자세히 소개되어 지리지적 특징을 보이는 기행문을 서간 양식과 결합시킨 양식적 특징을 읽을 수 있다. 즉 식민지화 이후 변모하는 지방 도시의 '발전'상을 인문지리적으로 설명만 하면 평이하다 못해 딱딱하고 지루할 수 있기에 친구에게 보내는 편지 형식에 그 내용을 담음으로써 독자 내지 피교육자들이 친근하게 배울 수 있게 만든 교육적 장치라 할 것이다.

다음으로 제4차 교육령기(1930~1935)의 보통학교용 『조선어독본』에 실린 서간을 보도록 하자.

발신자/수신자	서간문 제목	게재 매체(독본)	게재면
형/아우	五十一. 엽서	보통학교 조선어 독본 권1, 1930	71~73
貞子/貞順 언니	二十三. 편지	보통학교 조선어 독본 권2, 1931	58~62
東春/아주머님	二十. 편지	보통학교 조선어 독본 권3, 1932	62~63
아우 春植/형님	二十七. 편지	보통학교 조선어 독본 권4, 1933	96~101
門下生 朴甲天/田先生님	十一. 先生님께	4년제 보통학교 조선어 독본 권4, 1934	43~45
아우 春植/형님	二十五. 편지	4년제 보통학교 조선어 독본 권4	99~103
白命用/崔斗信	第八課 間島에서	보통학교 조선어 독본 권5, 1934	36~45
女息 연학/어머님	第十五課 어머님께	보통학교 조선어 독본 권6	78~82

이 시기 보통학교용 『조선어독본』은 '좀더 조선적인 것'을 지향함으로써 조선인의 참여 폭이 넓어졌고, 학습자의 부담을 줄이기 위하여 한자를 제한하였으며, 문예의 비중을 높인 교과서였다. 이것은 교과서 편찬과정에 조선인의 참여 비중이 높아졌으며, 학습자의 성정과 취미를 고려하겠다는 취지를 반영하였기 때문이라고 볼 수 있다.[91] 이러한 편찬방침의 변화 덕에 종래 독본 수록 서간에서 볼 수 없었던 새로운 특징이 몇몇 서간문에서 발견된다. 가령 다음 텍스트를 보자.

(전략) 추석 이튿날 정자는, 정순 언니에게 편지를 써부첫습니다.

언니, 언니를 작별한 지가 벌서 반 년이나 지낫습니다. 어제는 추석이 엿는데, 저녁 후에 집안 식구가 뜰에 나가서, 달 구경을 하얏습니다. 밝은 달은 작년과 다름이 업스나, 언니가 계시지 안어서 섭섭하얏습니다.

올 봄에 언니와 함께 심거노은 고스모스는 벌서 아름답게 피엿습니다. 붉은 것도 잇고, 흰 것도 잇고, 연분홍도 잇습니다. 나는 그것을 볼 때마다 언니가 계섯드면, 얼마나 깃버하실가 하는 생각이 납니다.

치위가 차차 닥처오오니, 몸조심하시고, 종종 편지하야 주십시오.

9월 20일 아우 정자 올림
언니께[92]

---

91) 조선어독본 편수와 심의 과정에 조선인의 참여가 많아졌다는 논증은 허재영, 앞의 책; 강진호, 「'조선어독본'과 일제의 문화정치 – 제4차 교육령기 『보통학교 조선어독본』의 경우」, 『상허학보』 29집, 상허학회, 2010, 121~127쪽 참조.

92) 「편지」, 『보통학교 조선어독본』 권2, 조선총독부, 1931, 59~62쪽. 원문 그대로 표기, 띄어쓰기만 현대식 수정, 이하 같음.

이는 『보통학교 조선어독본』 권2에 실린, 여학생의 안부 편지이다. 추석을 맞이하여 시집간 언니 정숙이에게 안부를 묻되, 이전까지 공교육 교재 서간문에서는 좀처럼 볼 수 없었던 여학생 정자의 개인적 정감을 표현한 대목이 특징적이다. 추석의 보름달 구경과 코스모스 감상을 통해 그리움의 심정을 경치에 의탁한 문예적 표현은 정규 교육용 조선어 독본에선 희귀한 사례이기에 주목된다고 할 수 있다. 이러한 개인 정서의 문예적 표현이 가능한 것은 아무래도 제4차 교육령기 교과서가 '학습자의 성정과 취미에 적합한 것', '좀더 조선적인 것'을 지향한다는 취지 아래 편찬된 덕이라 생각된다.

하지만 중세적 부녀상을 퇴행적으로 강조한 편지글 「어머님께」와 만주국 건국 전후 사정을 교묘하게 합리화한 지리적 서간문인 「간도에서」에서 알 수 있듯이, 중세적 잔재는 온존시키되 식민 지배를 합리화할 수 있는 근대화 이데올로기가 지속적으로 관철되는 점을 간과할 수 없다. 이 교과서 전반의 내용 역시 궁극적으로는 '식민 통치 이데올로기'를 전제로 하였으며, 교과서의 편제 방식도 지속적인 '동화 정책'을 반영하고 있다고 보는 것이 타당할 것이다.[93]

1940년대 초기 교과서에 실린 전시체제 서간의 모습을 확인하지 못해 대신 전쟁이 막바지에 이른 40년대 전반기의 잡지를 보면 몇 편의 군대 위문편지를 찾아볼 수 있다.

---

93) 허재영에 의하면 제4차 교육령기의 조선어과 교과서는 1930년대 병참기지화 정책의 추진 과정과 밀접한 관련을 맺고 있다. 특히 '만주 침략 전쟁'(만주사변)과 '중국 침략 전쟁'(지나사변)을 준비해 가던 식민 정부에서는 '선인동화', '병참기지화'를 내세우면서 조선인의 완전한 동화를 목표로 식민 정책을 펼쳐 나갔다. 이 교과서는 식민 통치 이데올로기가 변화하는 과정에서, 조선어 학습 기회를 줄이면서도 표면적으로는 '좀 더 조선적인 것'을 내세우면서 편찬된 교과서라는 점이 특징이다. 이 점에서 이 교과서는 복합적인 이데올로기를 함의하고 있는데, 그 가운데 하나는 '식민 통치'의 이데올로기이며 다른 하나는 '조선적'이라는 이데올로기이다. 허재영, 『일제 강점기 교과서정책과 조선어과 교과서』, 116~118쪽 참조.

발신자/수신자	서간문 제목	매체	권 호수	게재면
여대생/용사 남편/千大子	'戰爭과 銃後' 기획 金本貞順讓의 慰問文 榊原騎兵大尉가 夫人에게 보내는 편지	조광	1942.1	97~99쪽

총동원체제가 일상화된 1940년대 전반기 전시체제에서는 잡지들마다 대동아전쟁에 나선 군인 위문편지가 기획 기사 모음으로 나오는 것을 볼 수 있다. 『조광』1942년 1월호를 보면 '戰爭과 銃後'라는 기획 기사 속에 다양한 전쟁 동원 독려 기사를 싣는 중에 참전 중인 군인을 격려 고무하는 여대생의 위문편지와, 군에 가 있는 장교가 집에 두고 온 부인에게 자기는 전쟁터에서 전투를 잘하고 있으니 당신도 후방에서 함께 전시체제에 자발적으로 참여해달라는 답장을 공개하고 있다. 이런 전시체제하 동원에 대한 노골적인 선전용 서간은 일반인들만 주고받은 것이 아니었다. 심지어 『신시대』1944년 2월호에는 이광수와 최남선에게 보내는 자원 징병자들의 편지가 박스 기사로 소개되기도 하였다.[94] 이는 전쟁터에 유학 중인 최고 학부 재학생까지 동원해야 하는 총동원체제기의 비상시국에 누구보다도 사회적 영향력이 있는 식민지 유명 인사가 공개서한을 통해서까지 국민총동원령에 부응하고 있음을 잘 보여주는 자료라고 하겠다.

---

94) 雲井鍾之助,「春園先生께 – 入營 즈음에 先輩에게 보내는 편지(基一)」,『신시대』1944. 2, 70~71쪽; 山村文雄,「崔南善 先生께 – 入營 즈음에 先輩에게 보내는 편지(基二)」,『신시대』1944. 2, 72쪽. 명치대학 등 조선인 동경 유학생들이 동경까지 와서 학병에 나설 것을 독려한 이광수, 최남선의 강연에 감명을 받아 '출진 학도'가 된 고마움을 각각 이광수, 최남선에게 보낸 편지를 잡지에 싣고 있으니, 노골적인 친일을 선동선전하는 징병 독려 공개 서간이라 하겠다.

2.2.3. 일제 강점기 '민간 독본' 수록 서간

지금까지 정규교육용 독본의 서간을 살펴보았다. 하지만 학교 내 국어과교재로서의 독본 이외에도 근대적 문장 보급을 위해 편찬된 교양과 교육을 목적으로 한 학교 밖의 민간용 독본이 존재한다. 학교 교재라기보다는 '교양 독서물'로서의 기능을 담당했던 후자의 독본은 대항담론의 장으로서의 사회적 기능을 수행하였다.

한편, 대한제국기부터 일제 강점기까지 공교육만으로 근대 계몽의 사회적 요구가 충분히 수행될 수 없었던 것은 주지의 사실이다. 이에 공교육의 이념적 제도적 한계를 극복하기 위한 민족적·민중적 요구에 따른 각종 사학 교육 및 야학 운동이 활발하게 이루어졌다. 따라서 이들 민간 교육 현장에서는 관찬 교재와는 구별되는 민간 독본이 다양하게 집필·출간·유포·교육되었으며, 각종 문종이 소개되어 작성법과 예문이 실린 문장독본류 내용 중 서간문은 반드시 다루어졌다.

가령 강매·조한문교원회(朝漢文教員會) 편, 『중등조선어작문』(1931)에는 서간문 작성법이 일상생활에서 중요한 문종(文種)의 하나라고 설명문 형식으로 실려 있고, 안부 편지, 병문안 편지, 서적 주문 편지 등 각종 사례에 활용되는 예문이 수십 편 수록되어 있다.[95] 또한 교본(manual)적 성격이 결여된 문장선집(文章選集, anthology) 형태의 독본에도 다양한 서간문이 게재되었다. 즉, 최남선 편찬, 『시문독본(時文讀本)』(1916)의 「어버이께(편지투)」「일본에서 제(弟)에게」(이언진)부터 『어린이독본』(1928)의 「병든 꽃의 우름 – 눈물의 저진 편지」(최병화)와 이윤재 편, 『문예독본』(1933)에 실린 「고향에 돌아와서」(김억)까지 다양한 편지글이 민간 독본에 지속

---

95) 강매·朝漢文教員會 편, 『중등조선어작문』(박문출판사, 1931) 제1권 제17과 「글쓰는 법 11 – 편지 쓰는 법」, 29쪽 참조.

적으로 실려 있다. 이광수의 『문장독본』(1937) 같은 명문장 모음에도 「상해서」 같은 '서간체 기행'이 실렸다.[96]

심지어 식민지 시대 초기 노동운동의 실상을 보여주는 희귀잡지 『로룡성(勞農聲)』 같은 노농회(勞農會)의 기관지 창간호에도 「편지하는 방식」이 실려 있어서 노동자 농민들에게도 편지 작성법이 그들의 인권과 생활 향상에 중요한 덕목이었음을 알게 해준다.[97] 따라서 공교육의 혜택을 누리지 못하는 대다수 식민지 대중들도 민간 독본이나 척독·서간집을 통해 근대적 우편제 활용과 서간문 작성법을 충분히 교육받을 수 있었다.

그럼에도 불구하고 1910년대 민간 독본에 수록된 서간(본) 텍스트는 근대 초기의 계몽용 교본의 성격을 크게 벗어나지 않았다. 1920년대 또한 민간 독본 소재 서간은 계몽적 성격이 강했으며, 연서(戀書)와 연애서간집 등 당시의 유행과도 무관했다. 연애 열기 같은 시대적 특성이 곧바로 독본 수록 서간에 반영될 수 없는 것은, 그것이 공교육용 관찬 독본이든 비정규 교육용 민간 독본이든 상관없이 '교육용' 도서인 교재 특성상 당연한 것이리라. 오히려 민간 독본의 대항담론적 특성과 관련된 비판적 현실인식이 일부 반영된 것이 특기할 만하다. 그런 민간 독본 수록 서간의 변모양상을 최남선 『시문독본』의 지배담론과 이윤재 『문예독본』의 대항담론으로 구분하여 살펴보기로 한다.

최남선 『시문독본』은, 1890년대 이래의 국어교재의 정신과 체재를 잇고 30년대 이태준의 『문장강화』로 연결되는 글쓰기 교과서의 계보에서 중요한 위치를 차지한다. 1916년 초판본에는 제일 권 「3. 어버이께

---

96) 이들 민간 독본에 수록된 서간 텍스트에 대한 분석은 김성수, 「근대적 글쓰기로서의 서간(書簡) 양식 연구(2) - 근대 서간텍스트의 역사적 변천과 문학사적 위상」, 『현대소설연구』 42호, 한국현대소설학회, 2009.12, 144~147쪽; ____, 「근대 초기의 서간과 글쓰기교육 - 독본·척독·서간집 텍스트를 중심으로」 『한국근대문학연구』 21호, 한국근대문학회, 2010.4, 170~172쪽 참조.

97) 임경석 편, 『동아시아언론매체사전』, 논형, 2010, 512쪽 '로룡성' 해제 참조.

(편지투)」란 글이 있었는데, 1918년 이후에 정정 합편(訂正 合編)된 후대본에는 누락되어 있다.[98] 이 텍스트는 '아버님께 사룀'이란 서두와 '연월일 어린 아들 살이'란 결구 같은 서간의 외적 형식 안에, 경성에 유학한 고등학생이 고향의 부모님께 학교생활 및 경성 풍경을 보고하는 사연을 담은 안부 편지이다.

널리 유통된 후대본에는 영조 시대 역관인 우당 이언진(虞裳 李彦瑱)의 「31.일본에서 제(弟)에게」란 편지만 수록되어 있다.[99] 서두는 "오래 吾弟의 面을 見치 못하고 오래 吾弟의 言을 聞치 못하니 마음이 愁然하여 飢한 듯하도다."라는 안부 인사로 시작된다. 본문 사연에는 일본에서 좋은 볼거리, 먹을거리를 접할 때마다 동생을 생각한단 마음, 독서에 정진하란 당부가 있다. 끝으로 "아마 吾의 發船이 25,6일쯤 될듯하며 부산 동남에 大浪이 零에 黏하고…" 라고 귀국 일자와 소감을 전한다. 귀국할 때 기류가 험하더라도 마음을 평안하게 먹을 수 있는 것은 평소 독서한 힘이라고 소감을 밝힌다. 이는 독서나 학업을 권장하는 동생에 대한 계몽적 교육적 배려로 해석된다. 편지 결구에는 "吾弟야 自愛하며 兄을 思할 時에 이 書를 展讀하야써 吾面에 代하라"는 마감 인사와 "癸未 9월 15일 對食書"란 날짜가 명기되어 있다.[100]

최남선은 근대적 글쓰기 교본에 왜 이 서간을 수록했을까? 독본 전체 목차를 보면 아직 근대적 지식체계나 글쓰기 교재에 대한 뚜렷한 자의

---

98) 박진영, 「최남선의 『시문독본』 초판과 정정 합편」, 『민족문학사연구』 40호, 민족문학사학회, 2009.8., 405~406면 참조.

99) 최남선, 『시문독본』, 신문관, 1916, 67~68면. 박진영 이전 연구자들에게 널리 알려진 『시문독본』 임신년(1923)본에 가면 목차상 '제30'과 49면으로 바뀌어 실려 있다.

100) 출전은 "이우상 『송목관집』"으로 명기되어 있다. 『송목관집(松穆館集)』은 속표지 제명(題名)이 『송목관 신여고(新餘稿)』라서 같은 표제의 책으로 알려져 있다. 권1은 본전(本傳) 2편, 권2는 오언고시 3수, 칠언고시 3수, 오언율시 2수, 칠언율시 12수, 오언절구 11수, 칠언절구 43수, 육언절구 187수, 찬(贊) 2편, 명(銘) 1편, 척독(尺牘) 2편으로 구성되어 있다. 「일본에서 제(弟)에게」는 척독(尺牘) 2편 중 하나로 짐작된다.

식은 없었던 것 같다. 서간 2편을 보면, 체재는 척독양식에 대한 표준화된 매뉴얼이 아직 확립되기 이전으로 느껴지며, '특정 수신자를 전제한 내밀한 자기고백'을 통한 근대적 개성의 표현은 아직 감지하기 어렵다. 표기는 한문 원문을 번역한 일본식 한주국종체 국한 혼용문이고, 내용은 계몽적 교육적 서신이라고 할 수 있다. 개인적 소회를 내면독백형 산문으로 정리한 서정성은 전혀 보이지 않는다.

1930년대를 대표하는 독본이라 할 이윤재의 『문예독본』(1931)에는 상하권 43편의 글 중 상권 제6항에 서간이 한 편 있는데, 안서 김억의 「고향에 돌아와서」이다. '형!'으로 시작하여 '신미(1931년) 8월 30일 億弟 拜'로 끝나는 편지로서, 출전은 『동아일보』에 실려 있다고 한다.[101] 내용은 6년만에 돌아온 평북 정주군 서해 바닷가 고향이 그리워하는 대상에서 근대화, 산업화되어 변질되어 서운하다는 소회를 털어놓고 있다. 고기 잡고 농사짓던 고요한 어촌에서 이젠 해수욕장, 석탄 연기 나는 통조림공장, 자동차소리가 끊이지 않는 신작로, 양철지붕, 간척사업용 제방공사, 채석장 등이 들어선 급격한 시대 변천을 '극변(劇變)'이라면서 "산천조차 안심하고 잠을 이룰 수 없는 개화 진보의 이 세상이외다."라고 표현하고 있다.

주목되는 것은 자연의 변동에 따라 더 빨리 변화하는 인간사 문제다. 어촌사람들은 사회변동에 따라 각종 비운을 겪기에 몸서리가 쳐진다고 소감을 밝힌다. 그래서 "산은 문어지고 강은 끊어진다 치드라도 대대로 의좋든 이웃들이나 그대로 부지한들 어떻습니까. 어떤 이는 서간도, 또 어떤 이는 일본, 그리고 누구는 도시, 그러치 아니하면 정처없이 하늘가에 깜앟게 떠돌아나니는 새 모양으로 보따리를 질머지고 이리저리 흩어

101) 이윤재, 『문예독본』, 한성도서주식회사, 1931, 41~45쪽. 독본에 대한 자세한 사항은 구자황, 「근대 독본의 성격과 위상(2) – 이윤재의 『문예독본』을 중심으로」 참조.

젓습니다" 이런 감회를 통해 식민지 민중의 유이민화현상을 은근히 비판하고 있다.

1930년대 초기 급변하는 서해안지대의 고향마을의 변화를 소재로 해서 식민지자본주의의 산업화, 근대화가 식민지 민중에게 표면적 행복이 아닌 커다란 피해와 불행을 주고 있음을 담담하게 토로하고 있다. '형'이라 지칭되는 서간 상대를 향한 개인적 독백이면서 동시에 사회비판적 공적 발언이기도 하다. 따라서 사적 편지를 공적 담론으로 일반화하려는 식민지시대 비판적 지식인의 문제의식을 볼 수 있다. 근대 이전 역관의 편지를 실은 최남선의 『시문독본』에 비해, 김억의 근대화 비판을 토로한 편지를 실은 이윤재의 『문예독본』은 현실 비판 의도가 훨씬 짙다. 둘 다 서간양식의 기본인 '서두-사연-결말'이라는 최소한의 규식은 따르고 있지만 문체상으로는 한문투 국한혼용체인 『시문독본』에 비해 『문예독본』이 한글 전용으로 언문일치를 지향하는 근대 서간의 본질적 기능에도 충실하다.

근대적 글쓰기의 교과서 기능을 수행했던 교재, 독본, 강화에서 서간의 존재양식은 무엇일까? 글쓰기 교과서인 조선어 교과서, 독본, 강화에 수록된 서간은 시대 변화에 따라 존재방식이 조금씩 달라진다. 가령 대표적 독본인 『시문독본』, 『문예독본』에 한두 편씩 실리던 편지가 『초학시문필독』(1923)에는 보이지 않는다. 반면 같은 시기의 『보통학교 조선어 독본』(1923)에는 의례적인 문체로 간략한 내용 전달만 담긴 매뉴얼 수준의 편지가 등장했다가, 『어린이 독본』(1927)[102]에선 마치 한편의 소설을 연상케 하는 편지 「병든 꽃의 우름-눈물의 저진 편지」가 실리기도 한다.

---

102) 잡지 『어린이』(1923~1934) 가운데 문학 관련 소재만 별도로 구성한 것이 『어린이독본』(1927)이다. 새벗사 편집부, 『어린이독본』, 회동서관, 1927.

「병든 곷의 우름 – 눈물의 저진 편지」는 흥미로운 텍스트이다. 병들어 서울에서 시골로 떠나는 최병화(崔秉和)라는 학생이 동급생이자 라이벌인 정숙에게 비밀로 간직했던 자신의 지난 잘못을 고백하고 용서를 구하는 구구절절한 사연을 문학작품에 가까운 실감나는 묘사문장으로 담고 있다.[103] '정숙아!'라는 호칭을 반복하고 1등과 반장 경쟁에서의 숨은 비밀을 털어놓고 자신의 승부욕에 휘둘린 모함과 상대에 대한 죄의식을 상세하게 고백하고 있다. 예를 들어 이런 식이다.

나는 꾹 참지 못하고 굳이 나쁜 계교를 꾸며서 순희 책상에서 오늘 오빠가 돈을 주서서 새로 샀다고 자랑하는 '장미꽃 공책'을 얼른 꺼내다가 너의 책 틈에 끼어두었단다. 이것이 석 달 동안 내 가슴에 감추어둔 비밀이란다. 너는 여기까지 보고는 깜짝 놀랄 것이다. 그리고 나에게 분풀이를 할 생각이 떠오를 것이다. 인제 그 사건은 더 말하지 아니하여도 네가 잘 알겠지. 나는 너를 볼 낯이 없다.[104]

위와 같은 비밀을 털어놓고 용서를 구하면서 발신자가 치료받는 동안 수신자가 반에서 1등과 반장으로 모범을 보이고 가능하면 변치 않는 동무로 남아달라고 호소한다. 결구에 '7월 15일 밤 시드는 꽃을 부둥켜 안고, 貴英에게서 崔和秉'이란 발신자 서명을 달았다.

이 서간텍스트는 자아의식을 확연하게 드러낸 개인의 자기발견적 고백체이자 멀리 떨어진 수신자에게 마치 대면하고 고해를 하듯 가상의

---

103) 최병화, 「병든 곷의 우름 – 눈물의 저진 편지」, 새벗사 편, 『어린이독본』, 회동서관, 1928. 목차엔 崔秉和, 본문에는 崔和秉으로 인쇄되어 있다. 본고에서는 『신여성』지에 실린 崔秉和, 「두 편의 편지」, 『신여성』 1931.6, 75~81쪽을 참조하여, 서간 필자 또는 발신자를 崔秉和로 본다. 다만 우연한 동명이인일 개연성도 없지 않다.

104) 최병화, 「병든 곷의 우름 – 눈물의 저진 편지」, 새벗사 편, 『어린이독본』(회동서관, 1928.= 경진출판사, 2009), 70쪽.

상대에게 비밀을 고백하는 대화체 형식을 띠고 있다. 게다가 "네가 사다 준 장미꽃은 병들어서 그의 아픔을 나에게 하소연하고 있구나." 같은 맺음말은 관찰 대상인 사물에 서술자의 감정을 이입한 낭만적 기법의 문학적 장치라고 할 수 있다. 이런 일부 표현뿐만 아니라 전체 구조에서도 개성적 캐릭터와 서사구조('처음-중간-끝'의 서사성), 핍진한 심리 묘사와 서정적 표현, 애상적 어조와 정감에 호소하는 서술방식 등 문학적 상상력을 발휘하고 있다. 따라서 당대 독본, 척독에 실린 서간문 중 단연 돋보이는 텍스트로서 서간이 서간문학, 서간체소설로 변화, 발전될 가능성이 엿보이는 좋은 예라고 생각된다.

　이상에서 보듯이 관찬 독본의 편지는 형식을 중시하고 의례적인 내용을 담은 반면, 민간 독본의 편지는 외적 격식보다는 보다 사실적이고 정감적인 내용을 담는 데 치중하였다. 이는 편지의 사연(내용)과 목적의 차이에서 비롯된 것일 수도 있지만 "기본적으로 전자는 근대적 매체의 활용과 의사소통의 수단으로 편지가 들어가 있는 반면, 후자는 근대적 매체의 활용과는 상관없거나 적어도 뛰어 넘어서 내면의 고백과 심리의 표현 등 이른바 심미적 차원에서 활용되는 문종 혹은 장르 즉, 문학의 차원으로 영역전이된 형국"[105]으로 변화를 보인 것으로 해석될 수 있다. 이렇게 독본, 강화에 실린 서간을 정리한 부분적 성과를 바탕으로, 노자영의 『사랑의 불꽃』(1923) 같은 베스트셀러 서간집까지 논의 대상을 넓혀갈 수 있다.

---

105) 구자황, 「1920년대 독본의 양상과 근대적 글쓰기의 다층성」, 『인문학연구』 74호, 충남대 인문과학연구소, 2008.8., 48쪽.

2.3. 근대 서간 이론의 형성

2.3.1. 중세 간찰 · 근대 척독의 전통과 일본 교본의 영향

서간의 역사가 오랜 만큼 서간이론의 역사도 유규하다고 할 수 있다. 고대 중세문학에서 서간은 개인들끼리 주고받고, 생활의 현실을 진실되게 반영하며, 개인의 감정이 솔직하게 표현되어 있다는 점에서 산문 문체 중 서간체 산문으로 분류되어 왔다.[106] 중세 한문서찰의 규범은 중국의 중세생활 백과사전 격인 『거가필요사류전집(居家必要事類全集)』 등의 영향을 받아 집대성된 『간식유편(簡式類編)』 『한훤차록(寒暄箚錄)』 등에서 보듯이, 조선 후기에 거의 고착화되었다고 할 수 있다.[107] 그러나 중국 청나라 때 집대성된 한문서찰의 규범성은 동아시아적 보편성을 가진 견고한 틀이긴 했으나 자민족 중심, 모국어 우대의 근대 민족주의 시대라는 새로운 흐름에 잘 적응, 적용되긴 어려웠다. 중세 한글 편지의 문범이라 할 언간독류의 매뉴얼과 근대 초기의 시대적 변화상을 어느 정도 반영한 근대 척독의 규식, 그리고 구한말부터 식민지 초기에 새로 들어온 일본 서간문범류까지 서간이론의 근대적 전환에 복합적으로 영향을 끼쳤다고 보는 것이 온당하다.

이렇듯이 근대 서간의 이론적 기반은 중세 간찰 · 근대 척독의 전통과 일본 교본의 영향 등 다양한 층위를 이루었다. 가령 『간식유편』, 『간독정요(簡牘精要)』, 『언간독』 등과 같은 방각본 척독 교본의 서식 규범이 이후의 근대 척독 교본에 직접적인, 또는 최소한의 영향을 미쳤을 것이라고

---

106) 진필상 지음 · 심경호 옮김, 『한문문체론』, 이회, 1995, 206쪽.
107) 자세한 것은 박대현, 『한문 서찰의 격식과 용어』, 아세아문화사, 2010. 참조.

예상하기 쉽다.[108] 하지만 그 연관성을 찾는 것 또한 쉽지 않다. 물론 전체적으로 내용상의 차이가 없는 것은 아니나 크게 구분될 만한 부분이 발견되지 않기 때문이다. 많은 논의들이 이 시기에 단선적인 흐름이 예상하지만 현실은 언제나 복잡다단한 선들의 교직(交織)에 의해 구성되었음을 다시금 확인하는 예라 하겠다. 근대로의 전환에 대한 적응이라는 측면에서 새로운 지식(知識)의 확산과 정착을 위해 많은 교과서와 문법책, 사전 등이 출간되었다.[109]

당대 척독 교본의 출간은 그 수를 정확하게 헤아릴 수 없을 정도로 많은 수가 나왔다. 그렇게 다량 출간되었다는 것은 그것이 가지는 의미를 간과할 수 없다는 것을 의미하기도 한다. 『척독완편(尺牘完編)』의 지속적인 출판과 뒤를 이은 『척독대방(尺牘大方)』류의 간행은 우리가 상상하는 것 이상으로 광범위하였다. 따라서 '근대적' 글쓰기로서의 서간이 일정하게 어떤 지향점을 가지고 정착되었다기보다는 당대의 글쓰기 상황이 상당히 복잡다단한 양상을 띠었다고 평가하는 것이 바람직하다.[110]

따라서 근대 척독의 출현은 서간이론의 역사에서 중세적 규범의 근대적 정착을 위한 한문학적 보편성의 확대 이상의 문화사적 의의를 지니기 어려웠다. 편지글의 표기법만 보더라도 순한문에서 현토형 한주국종체, 한문 중심의 한주국종체, 한글 중심의 국주한종체, 순한글체로의 변모를 보였다. 따라서 중세와 근대의 전환기에 서간 작성법을 둘러싸고 정부의 공식 교재인 독본 이외에도 민간 독본에서 서간 작성법을 수록,

---

108) 류준경, 「坊刻本 簡札敎本 硏究」(『한문고전연구』 18, 한국한문고전학회, 2009)의 논의가 대체로 이런 논리에 기반하고 있다.

109) 박해남, 「척독 교본을 통해 본 근대적 글쓰기의 성격 재고」, 2014, 196쪽.

110) 근대 척독이 언문일치라는 근대적 글쓰기로서의 서간 양식에 '단선적인 영향'을 끼친 것으로 오해하면 곤란하다는 박해남의 지적은 지극히 타당하다. 박해남, 「척독 교본을 통해 본 근대적 글쓰기의 성격 재고」 참조.

새로운 방식을 보급한 것은 어쩌면 당연한 일이었다.

오랜 역사적 전통을 가진 서간이 근대적 양식으로 자리 잡는 데는 근대 척독과 근대교육 교과서인 독본을 통한 언문일치 지향의 서간 교육, 그리고 우편제도로 대표되는 교통 통신의 발달 같은 사회적 환경의 변화가 큰 동인이었다. 하지만 서간 자체에 대한 당대 유명 인사, 명문장가, 출판업자 등의 이론적 논의가 집약적으로 정리된 점도 중요하다. 그들의 근대서간론에 한문 간찰교본과 언간독, 근대 척독만 영향을 준 것은 아니다. 일본의 근대 서간교본도 지대한 영향을 미친 것이 사실이다. 식민지 통치를 위한 조선어와 일본어의 학습을 위해 각종 조일(朝日), 일조사전(日朝辭典) 이외에 척독과 서간집이 나와 있는 것이다.

이는 일제의 조선 강점에서 비롯하는 시대 변화에 당시 인쇄 매체의 주체들이 그만큼 재빠르고 활발하게 대응했다는 사실을 보여준다. 가령 1910년대 초에 신문사(新文社)와 신문관(新文館)에서 각각 간행한 『일선대역서한문독습(日鮮對譯書翰文獨習)』과 『일본어학 서한편(日本語學書翰篇)』은 제목에서 이미 드러나듯이 일본어를 학습하는 방편으로 서한문를 익히도록 유도하는 면이 강하게 나타난다. 이 점은 두 책을 광고하는 문구에서 확인된다. 『신문계』 제1권 제9호에 실린 『일본어학 서한편』 광고문 앞부분에는 이런 내용이 나온다.

音韻의熟達은
處世의要務요
書翰의巧拙은
立身의岐路라[111]

---

111) 『신문계』 제1권 제9호, 1913. 12. 5, 목차와 본문 사이 광고 면.

음운, 곧 시문 작성에 숙달해야 출세할 수 있으며, 편지 작성 여부가 입신의 갈림길이 된다는 광고문안이다. 여기서 서간의 형식과 내용을 익히는 일이 근대 초기의 출세에 매우 중요하고 절실한 과제가 되었다는 사실을 알게 해준다. 구호형 광고문에 이어서 책의 주요 기능을 실용서식 실습과 일본어 학습용으로 대별한다. 이 책은 시대의 요구에 응하여 낸 진귀한 물건이므로 바로 옆에 두고서 입신과 처세의 좋은 고문이요 반려로 만들라고 권유한다.[112] '일본어학총서(日本語學叢書)'의 제3편이란 시리즈명에서 알 수 있듯이 『일본어학 서한편』은 당시에 서간이 일본어를 익히는 주요 수단이며 일상생활과 사회생활을 제대로 영위하려면 반드시 그 작성법을 습득해야 하는 교양과 같은 것이었음을 보여준다.[113]

---

112) 此書는語學界泰斗 林圭先生의十數年苦心瀝血로擇著흔日本語學叢書의第三編으로發行흐엿스니書翰의結構와體式으로브터或俗談에對照흐야應用의奧妙를示흐고或鮮語에比準흐야習慣의異同을辨흐야一毫라도違格妄發의弊가無케흐얏스며作例에至흐야는日常에起흐는 諸般事爲와社交에涉흔許多關係를無遺包括흐고各類를分흐고門을立흐야몬져類句를列擧흐고그類句를綴合흐야作例를得케흐야全體大用에兼備該博흐고文字의異意가有흔것은別로辭典을作흐야解釋의便을與흐얏슨즉雖初學者라도能히讀作을得홀지오坐附錄으로請願申告契約等各樣書式을擧흐야應急의要用에供흐얏스니本書는可히時代의要求에應흐야產出흔珍物이라홀지라大가諸君子는急히座右에備置흐야立身處世의好顧問良伴侶를作흐시오 -『신문계』제1권 제9호, 1913. 12. 5, 목차와 본문 사이 광고 면.
　　　같은 책의 광고가『청춘』제2호에도 실린다. 내용은 대동소이하다. 다만, 광고의 앞부분이『청춘』에는 "音韻의熟達은/處世의要務는/書翰의巧拙은/立身의岐路라"라 되어 있는데, 둘째 행 "處世의要務은"은 "處世의要務요"의 오기로 보인다.『청춘』1914. 11, 목차와 본문 사이 광고 면.

113)『일본어학 서한편』은 임규(林圭)가 저술한 일본어학총서의 제3편이다. 제1, 2편은『日本語學音語篇』과『日本語學文典篇』이다. 이 총서가 일본어 학습의 필요에 의해 발간되었다는 사실은『소년』제3년 제7권에 실린『日本語學音語篇』의 광고에서도 확인된다. 그 광고를 보면, 요사이 일본어 학습의 필요는 여러 말이 요구되지 않으며, 외국어를 학습할 때는 가장 신뢰할 만한 선생과 책을 얻는 일이 더욱더 요구된다고 전제한 뒤, 이 책이야말로 분량, 내용, 결구에서 완벽을 이룬 가장 신뢰할 만한 양서라고 하면서 다음과 같이 그 필요성을 강조한다. "그럼으로諸君이 日語學習의必要를知치못하면已어니와 知하면달은것은다그만두어도 此書는必備하여야하고 日語學習에心力을用치아니하면已어니와 用하면아모것은다아니하야도 此書는必備하여야할지니라"『소년』제3년 제7권, 1910.7.15, 표지와 목차 사이 광고 면. 이 광고는『소년』제3년 제8권, 1910.8.15, 표지와 목차 사이 광고 면에 한 번 더 실린다. 이 총서의 광고는『신문계』제2권 제3호(1914.3.5)에도 실린다.

게다가 "日常에 起ᄒᄂᆫ 諸般事爲와 社交에 涉ᄒᆫ 許多關係를 無遺包括ᄒ고 各類를 分ᄒ고 門을 立ᄒᆞ야 몬져 類句를 列擧ᄒ고 그 類句를 綴合ᄒᆞ야 作例를 得케 ᄒᆞ야 全體大用에 兼備該博ᄒ고 文字의 異意가 有ᄒᆫ 것은 別로 辭典을 作ᄒᆞ야 解釋의 便을 與ᄒᆞ얏슨즉 雖初學者라도 能히 讀作을 得ᄒᆯ지오"라 하여 근대인의 긱종 일상생활에 필요한 백과사전의 구실을 하게 하고 간단한 용어사전까지 곁들여 있다. 또한 "附錄으로 請願申告契約等 各樣書式을 擧ᄒᆞ야 應急의 要用에 供ᄒᆞ얏스니 本書ᄂᆫ 可히 時代의 要求에 應ᄒᆞ야 産出ᄒᆫ珍物이라 ᄒᆯ지라"라고 하여 근대적 계약서, 신청서, 공문서류나 상업 용도의 서류양식 등도 담아낸다.

신문사 또한 자사에서 발간하는 잡지 『신문계』에 『일선대역서한문독습(日鮮對譯書翰文獨習)』의 광고를 싣고 그 책의 특징을 소개한다. 그 내용에 따르면, 이 책은 문법이 간명하고 편집이 정밀하여 조선에서 유일한 서간문 독습서가 되었으니 일본과 조선의 서간문을 독습하고자 하는 사람들은 꼭 읽어야 할 좋은 책으로, 보통학교를 졸업한 사람이면 혼자서 능히 익힐 수 있고, 청원서, 신고서, 증서 같은 서식도 명료하게 지득(知得)한다고 한 다음 책의 특징으로 여섯 가지를 제시한다.

本書의特色

▲ 本書ᄂᆫ 國語를 略解ᄒᄂᆫ人氏ᄂᆫ誰某든지能히獨習ᄒ오
▲ 本書ᄂᆫ 願書屆書証文等의式樣을記載ᄒᆞ얏소
▲ 本書ᄂᆫ 一字一句도漏落치안코國文과鮮文으로對譯ᄒᆞ얏소
▲ 本書ᄂᆫ 總督府編纂普通學校高等普通學校讀本과連絡ᄒᆞ얏소
▲ 本書ᄂᆫ 說明이懇切叮嚀ᄒᆞ야數百의文例가頗히鮮人의適切ᄒ오
▲ 本書ᄂᆫ 鮮人의게書翰을送코자ᄒᄂᆫ內地人의게亦是必要ᄒ오[114]

일본어를 잘하지 못하고 그 대강의 뜻만 이해하는 사람이면 누구든지 혼자서 익힐 수 있다는 말이나 일본어와 조선어를 일대일로 대역하였다는 말, 그리고 조선인뿐만 아니라 조선인에게 서간을 보내고자 하는 일본인에게도 필요하다는 말에서 이 책이 당시 조선인에게 일본어를 학습하는 방편으로 쓰이도록 의도한 점이나 두 언어의 상호 작용을 염두에 둔 점이 나타난다. 또한 이 책이 조선총독부에서 편찬한 각급 학교 독본과 내용이 서로 통한다는 말도 눈에 띈다.

실제로 조선총독부 총무국 인쇄소에서 1913년 2월 25일에 인쇄한 『普通學校學徒用 朝鮮語讀本』卷二 4판을 보면 '第十三課 葉書와封函', '第十四課 郵便局'이 있고, 1913년 1월 15일에 인쇄한 같은 책 卷四 4판을 보면 '第三課 洪水寒暄', '第六課 運動會에 請邀' 따위가 있다.[115] 이러한 사실은 제도 교육과 더불어 일반 사회생활에서 서간 작성법을 익히는 일이 얼마나 중요한가를 책 광고를 통하여 새삼 강조한 것이라고 하겠다.

근대 서간의 이론적 기반으로 직접적 영향을 미친 것은 일본의 서간 규범집이라 할 수 있다. 식민지 초기에는 일본어 학습의 일환으로 일본어와 조선어를 대역하는 식의 서간문범이 더러 나왔다. 그 대표적인 것으로는 林圭, 『日本語學 書翰篇』(新文舘, 1913); 鄭泰鎭 大出正篤, 『日鮮對譯 書翰文 獨習』(新文社, 1913); 鄭雲復, 『獨習日鮮尺牘』(日韓書房, 1915); 미상, 『日鮮文高等流行尺牘』(東美書市, 1917); 玄公廉, 『日鮮尺牘大全』(普及書館, 1917; 大昌書院, 1923); 『學生自習 日鮮書翰文』(廣韓書林,

---

114) 『신문계』 제3권 제1호, 1915. 1. 5, 목차와 본문 사이 광고 면. 이 내용은 『신문계』 제5권 제3호(1917.3.5.)까지 변하지 않는다.

115) 강진호·허재영 편, 『조선어독본 1』, 제이앤씨, 2010. 이 시기 독본과 서간의 관계에 대해서는 다음 글을 참고하기 바람. 손광식·김성수, 「국어(조선어) 독본 수록 '서간'의 존재양상과 사회적 의미」, 강진호 외, 『조선어독본과 국어문화』, 제이앤씨, 2011.

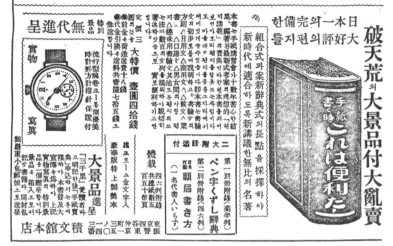

〈手紙講習會편, 『手紙書時これす便利だ』(積文館, 1933?) 광고, 『신동아』 1933.11, 48쪽; 『삼천리』 1933.12, 109쪽 광고면 등〉

1923?); 『改正增補 日鮮備門尺牘』(발행처, 연대 미상); 『日鮮對照 書翰文獨習』(新民社, 1928); 서재수 편, 『日鮮書簡文範』(삼중당서점, 1941, 3판) 등이 있다. 그 외에도 洪承耆 저, 『朝鮮書翰文例』(조선어문연구회)[116] 또한 일본어와 조선어로 병기된 식민 통치용 서간교본의 예라 하겠다.

다른 한편 일본어 서간교본과 사전류도 적지 않이 유입되었는데, 대표적인 자료는 다음과 같다: 三部治郎, 『牘字兼用商業書翰文』(송읍삼송당, 1915); 新潮社편집부 編, 『文壇名家書簡集』(新潮社, 1918, 93명의 편지 150통); 오오니시 데이지(大西貞治)(五十風力 序, 杉江春象 書), 『現代書翰大辭典』(河野成光館, 1928.5 초판, 1936, 改訂 120版); 곤도오 기요시(近藤佶), 『現

---

116) 洪承耆, 『朝鮮書翰文例』, 조선어문연구회, 간행연대 미상 (허재영 편, 『조선문 조선어 강의록(중) - 일제 강점기 조선어 장려정책총서8』, 역락, 2011 영인). 조선에 진출한 일본인 거류민의 조선어 교육용 서간문례집으로 일본어 해설에 조선어가 병기되어 있다.

代自由書簡』(朝日書房, 1930); 小林雅堂, 『(新撰)現代書翰文範』(伊林書店, 1931); 芳賀矢一 杉谷代水 共著, 『書翰文講話及文範』(富山房, 1931); 手紙講習會 編, 『手紙書時これす便利だ』(積文館, 1933?); 사야마 준키치(佐山順吉), 『(ペン字入)[펜글씨]實用書翰辭典』(東光社, 1934); 히로이치 나카무라, 『(候文と口語文)實用新書簡』(文正社, 1935); 모리기 森岐多雄 編, 『ペン字ヘリ[펜글씨] 新修書翰大辭典』(浩文社, 1935, 초판, 1940, 8판, 幸田露件 序); 사야마 준키치(佐山順吉), 『ペン字及句入 書簡新辭典』(成光堂, 1934, 초판, 1936, 12판, 石川雅山 書) =사야마 준키치, 『ペン字入 實用書翰辭典』, 共同館, 1934, 초판, 1938, 30판(石川雅山 書); 手紙講習會 編, 『(ペン文字入) 現代書翰大辭典』(香蘭社, 1937); 시노하라 유타카(篠原豊), 『新書簡文精講』(帝國書籍協會, 1940); 日高直治, 『模範書翰新辭典』(富文館, 1940); 植原, 『實用新案 手紙大辞典』(國民書院, 1941); 平山壽正, 『模範書翰大辭典』(三文社書店, 1945.1.20.)[117]

1910년대는 식민지 통치 초기이다. 근대 서간이 근대적 글쓰기의 한 양식으로 자리잡는 데 일본인이 주재한 잡지『신문계』[118]도 일익을 담당한다. 가령 잡지 목차와 편제에서 서간은 실용문으로서의 위상과 일본어 학습 수단으로서의 기능을 잘 보여준다.『신문계』수록 서간 일람을 보도록 한다.

---

117) 이들 자료는 당대 잡지의 광고면과 현재 국내 주요 도서관에 남아 있는 해방 전 판본을 정리한 것이다.

118) 『신문계(新文界)』는 1913년 4월 5일 신문사(新文社)에서 창간하여 1917년 3월 5일 통권 48호로 종간되었다. 경성 신문사에서 발행하였으며 발행 겸 편집인은 다케우치(竹內錄之助)이다. 잡지에 참여한 조선인은 김형배(金亨培), 최찬식(崔瓚植), 백대진(白大鎭), 강매(姜邁), 강전(姜荃), 유동민(劉東敏), 유전(劉銓) 등이다. 잡지는 한일합방 후부터 3·1운동까지의 식민지 현실을 호도하여 일본이 한국의 주체적 근대화를 결정적으로 거세했다는 사실을 은폐하여 일본의 식민 정책을 호도하는 어용지 구실을 하였다. 임경석 편,『동아시아언론매체사전』참조.

서간 필자 (발/수신인)	제목 (유형/내용)	매체 (권호수)	출판 연월	게재면	비고 (서간 결구)
父/默兒	寄默兒 ('書簡文' 문종 표시)	신문계 제1권 제1호	1913.4.5.	52	餘不具
默/父	父主前 上答書	신문계 제1권 제1호	1913.4.5.	52	餘不備
李時雨/형	書簡文	신문계 제1권 제2호	1913.5.5.	53	餘不盡欠謹
金春英/형	書簡文	신문계 제1권 제2호	1913.5.5.	53	不備謝卽旋
	書簡類語 (冒頭)	신문계 제1권 제3호	1913.6.5.	52~53	일본어
	書簡類語(續) (時候)	신문계 제1권 제4호	1913.7.5.	58	일본어
李京鉉	在鄕家兄ニ送ル文 (顯賞課題 一等)	신문계 제1권 제4호	1913.7.5.	64~65	일본어 작문
金弼洙	在鄕家兄ニ送ル文 (顯賞課題 二等)	신문계 제1권 제4호	1913.7.5.	65	일본어 작문
姜好南	在鄕家兄ニ送ル文 (顯賞課題 三等)	신문계 제1권 제4호	1913.7.5.	65~66	일본어 작문
崔淇炫	在鄕家兄ニ送ル文 (顯賞課題 三等)	신문계 제1권 제4호	1913.7.5.	66	일본어 작문
任斗吉	在鄕家兄ニ送ル文 顯賞課題 三等	신문계 제1권 제4호	1913.7.5.	66~67	일본어 작문
	書簡類語(續) (時候)	신문계 제1권 제5호	1913.8.5.	63	일본어
白大鎭	國語書翰文ニ就テ (일본어 편지 규범)	신문계 제3권 제2호	1915.2.5.	29~33	일본어 학습의 일환
白大鎭	四月ノ書翰 (일본 어 편지 규범)	신문계 제3권 제4호	1915.4.5.	44~46	상동
P生/C兄	大兄의與호바惠翰 을讀하고	신문계 제4권 제7호	1916.7.5.	47~48	

『신문계』에서 서간은 창간호(1913.4.5.)부터 '시식'란과 함께 취급된다. '서식'란은 일제 강점기 이후 변화한 세상에서 일상생활을 영위하려면 반드시 익혀야 할 각종 서식 작성법을 '實用時文'이라 이름 붙이고 각 서식을 예로 들어 설명한 곳이다. 예를 들면, 제1권 제1호부터 제3호까

지 '회사 설립 절차'를 설명하면서 '合名會社設立請願書', '事業目論見書', '株式合資會社(又는株式會社) 設立許可願', '合名會社登記申請' 따위를 예문으로 제시한다. 이 난은 이후 이름을 '書式案內', '必知홀書式'으로 바꾸어가면서 제2권 제12호(1914.12.5.)까지 이어진다.[119] 그 내용으로는 '旅客宿泊申告, 居住申告, 居住移轉申告, 登錄簿閱覽(謄本抄本) 請求申請'[120], '訴狀'[121] 따위가 있다. 서간은 이런 서식과 함께 실용문으로 취급된다.

이에 따라 『신문계』의 목차에서 '서간문(書簡文)'은 '서식(書式)' 다음에 놓이며, 본문에서도 이 순서를 따른다. 제1권 제1호부터 제2호까지는 서간문의 규식을 따라 결구에 '餘不具, 餘不備, 餘不盡欠謹, 不備謝卽旋' 같은 문구를 충실히 따른 서간문을 예문으로 싣는다. 제1권 제1호에 실린 서간문을 한편 예로 들어보자.

寄默兒

一月初에汝書信을得見后로至今ᄭᅵ지消息을不聞ᄒ야念慮가不少ᄒ다其間에身狀은無故ᄒ고講師諸氏도다安寧ᄒ시고工夫는얼마나進就가되얏는지知코져ᄒᆫ다父는아즉無恙ᄒ고汝의母親과沈弟도잘잇고大小家가阿某緣故가無ᄒ니多幸일다一言에付託은工夫도譬ᄒ면身體와如ᄒ야諸課程中에一二에成績이不好ᄒ면完全ᄒᆫ工夫가되지못ᄒ고身體도一二에缺點이有ᄒ면完全ᄒᆫ身體가되지못ᄒᆫ一二라도不足이無케ᄒ라九仞에山이一簣力에在ᄒ니暫時라도放心치마러서汝父의顯望을不

119) 이후 이와 비슷한 내용이 '實用'이라는 이름을 달고 '現行法令, 土地에關한書式, 判決의 要目'을 설명하는 식으로 한차례 실린다. 『신문계』 제4권 제4호, 1916. 4. 5.

120) 『신문계』 제1권 제7호, 1913. 10. 5, 56~57쪽.

121) 『신문계』 제1권 제8호, 1913. 11. 5, 48~49쪽.

負ᄒ라春服一着과學費拾圓을付送ᄒ니舊衣ᄂᆫ下送ᄒ고食費ᄂᆫ了勘ᄒ여라餘不具

大正二年三月一日 父書

父主 前 上答書

二月間에一次도上書치못ᄒ와下情의悵慕홈이至極ᄒ옵더니下書를奉讀ᄒ오니伏喜萬萬이오며連ᄒ와

氣體候萬康ᄒ옵시고 慈主ᄭᅴ서도安寧ᄒ옵시고沈弟와大小家가다平安타ᄒ시오니下誠의至喜를不任이외다子眠食이無頉ᄒ온中講師諸氏ᄭᅴ서도다健康ᄒ시고勉强은盡心ᄒ온結果로今番卒業試驗에平均九十八點됨으로優等의卒業狀을受ᄒ엿ᄉ오나高等學校에入學코져ᄒ와試驗에入格이되얏ᄉᆞᆸ닉다新服은着ᄒ옵고金拾圓은食費를卽償ᄒ엿ᄉᆞᆸ닉다餘不備上白

大正二年三月十五日 子默上書[122]

아버지가 아들에게 보낸 기서와 아들이 아버지에게 보낸 답서를 보면 기필, 안부와 시후, 사연, 결구, 연월일 등이 서간 규식에 따라 순서대로 기재되어 있다. 부자가 서로 안부를 묻고 사연을 말하지만 그 안에서 개인만의 독특한 감정을 술회한다고 보기는 어렵다. 내용 전체가 투식에 맞추어져 전개될 뿐이다. 이러한 점이 『신문계』에서 서간을 다른 실용 서식과 함께 '실용 시문'처럼 다룬 이유가 될 것이다.

『신문계』 제1권 제3호부터 제5호까지는 역시 '서식' 다음에 '서간식(書簡式)'이라고 하여 '서간유어(書簡類語)'가 3회 연재된다. 이것은 모두

---

122) 『신문계』 제1권 제1호, 1913. 4. 5, 52쪽.

일본어 편지 쓰기 규범에 해당한다.

　　一, 冒頭
　　イ, 發信
　　ロ, 返信 (1913.6.5., 52~53쪽)

　　二, 時候
　　イ, 春 (1913.7.5, 58쪽)
　　ロ, 夏 (1913.8.5, 63쪽)

　여기서는 편지를 보낼 때와 답장을 보낼 때, 계절에 따라 인사를 할 때 거의 공식처럼 쓰이는 문구들을 예시한다. 이것 또한 일본어를 익히는 수단으로 그리고 실용문으로 서간에 접근한 예를 보여준다.[123]

　이후 일본어 편지 규범을 다룬 글은, 백대진이 일본어를 익히면서 일본어 서한문도 함께 학습했는데 스스로 만족하여 독자에게도 그것을 소개한다고 하면서 이 잡지에 2회 연재한 글에서 보인다. 이 글 역시 실용문으로서 서간 작성법을 다루기 때문에 목차에서 문예와는 거리가 있는 곳에 놓인다. 글 2편의 주요 목차를 소개하면 다음과 같다.

　「國語書翰文ニ就テ」

　(甲) 形式ニツイテ

---

123) 서간을 실용문으로 대하는 태도는 이 잡지 편집자의 말에서도 드러난다. "本誌中에書簡文은本号브터內地簡文中에起頭의話를類聚ᄒ야讀者여러분實用의緊要ᄒ시도록ᄒ겟스오며" 「編輯室通寄」, 『신문계』 제1권 제3호, 1913.6.5, 75쪽.

一, 起筆

二, 時候

三, 起居

四, 用事

五, 結尾

(乙) 書式

(丙) 封筒ノ書式ニツイテ

(丁) 葉書ノ書式ニツイテ[124]

「四月ノ書翰」

一, 學生向ノ書翰

△ 舊師ニ入學ヲ報スル文

△ 友人ニ卒業ヲ報スル文

二, 一般向ノ書翰

△ 花見誘引ノ文

△ 春遊誘引ノ文[125]

「國語書翰文ニ就テ」에서는 갑, 을, 병, 정의 네 단계로 나누어 마치 규격품처럼 시작하는 말에서부터 날씨와 안부를 묻고 용건을 말하고 끝을 맺는 방법까지 서간의 형식을 일러준다. 이어서 서식에서는 내용을 적는 용지를 어떻게 배분하여 시작부터 마무리까지 써야 하는지, 용지는 흰색에 서헌문용 종이를 사용한다는 등 그 내용을 자세히 소개한다.

---

124) 白大鎭, 「國語書翰文ニ就テ」, 『신문계』 제3권 제2호, 1915.2.5, 29~33쪽.

125) 白大鎭, 「四月ノ書翰」, 『신문계』 제3권 제4호, 1915.4.5, 44~46쪽.

더 나아가 봉투 앞면과 뒷면을 쓰는 법, 엽서를 쓰는 법까지 실제 예문과 그림을 제시해서 편지를 처음 쓰는 사람이라도 쉽게 그 방법을 익히도록 알려 준다. 「四月 ノ書翰」은 잡지가 발행되는 때인 4월에 맞춰서 옛 스승에게 입학을 알리고 친구에게 졸업을 알리는 글, 꽃을 보러 가자고, 봄놀이를 가자고 유인하는 글을 예문과 함께 보여준다. 이렇듯 『신문계』에서 서간은 목차에서도 그렇고 실제 내용에서도 시종일관 실용문으로 다루어진다는 사실이 드러난다.[126]

지금까지 정리했듯이 근대 서간의 이론적 기반에는 중세 간찰과 근대 척독의 전통이 담겨 있고 결정적으로 일본에서 도래한 교본의 영향이 적지 않았음을 알 수 있다. 공교육에서는 국어 교재인 관찬 독본 교과서와 사교육 교재인 민간 독본에 실린 서간 작성법과 각종 문례가 소개, 교육되었다. 각종 신문 잡지 등 정간물의 서간 규범 소개란과 단행본으로 간행된 규범집과 모범문집에 실린 서간 작성법과 각종 부록 등이 서간론의 근간을 이루었다.

2.3.2. 비문학 실용문의 위상, 이태준의 서간론

1920~30년대에는 일본의 서간교본 및 서간사전, 서간전서, 서간백과 등이 우후죽순으로 유입되어 일본어식 근대 서간 양식의 새로운 규범화가 시도되었다. 조선 후기의 한문 간찰 교본과 언간독, 근대로의 전환기에 나온 척독, 그리고 식민지 통치기에 들여온 일본의 서간교본서 등의 영향으로 1930년대에는 서간 교본이 족출하고 이태준, 이광수 등에 의해 어느 정도 안정된 서간이론이 형성, 정착되었다.

---

126) 이상 『신문계』지의 서간 규식 관련 논의는 손광식 선생님의 도움을 전적으로 받았다.

이 시기에 나온 '서간 교본'은 다음과 같다: 미상,『二十世紀女子書簡文』(新舊書林, 1924, 3판); 黃義敦·申瑩澈,『新體美文 學生書翰』(弘文院, 1924 =文化書館, 1927년 11판); 이주완,『增訂時體 諺文便紙套』(准東書館, 1924, 연활자본);『少年편지틀』(新少年社, 1929);『勞働편지투』(朝鮮敎育協會, 1931); 永昌書館 편,『新時代의 書簡集』(永昌書館, 1931);『新體書翰文』(中央印書館, 1932); 金億,『現代模範書翰文』(漢城圖書株式會社, 1932); 宋鴻,『現代新進實用書簡文』(東光堂書店, 1933);『勞働書翰』(文化書館, 1934); 韓奎相,『(現代)模範書簡文』(漢城圖書株式會社, 1934)[127]; 申佶求 編,『時體美文 學生日用書翰』(永昌書館, 1934); 李明世,『新體美文 時文便紙套』(以文堂, 1936, 3판, 朝鮮詩文硏究會편, 鄭寅普 序); 李光洙,『春園書簡文範』(三中堂, 1939); 韓奎相,『現代商業書簡文』(漢城圖書株式會社, 1940); 金億(岸曙),『現代書翰讀本』, 漢城圖書, 1942; 方仁根,『春海書簡文集』(南昌書館, 1942); 李泰俊,『書簡文講話』(博文書館, 1943); 文世英,『模範實用書翰文』(永昌書館, 1943)

이들 중 대표적인 서간 이론서가 바로 이태준의『문장강화』와『서간문강화(書簡文講話)』, 이광수의『춘원서간문범(春園書簡文範)』, 그리고 방인근의『춘해서간문집(春海書簡文集)』등이다. 근대 이전의 서간 및 서간 규범을 중세적 잔재로 타자화시키고 새로운 규범과 문체를 제시함으로써 근대적 서간양식의 방향을 제시한 이태준, 이광수 등의 논의를 살펴본다.

상허 이태준의 서간 이론서는 이태준의『서간문강화』(1943)이다.[128] 이 책은 원래『신시대』에 3회 연재한 후 나중에 박문서관에서 책을 내고 해방기에 그가 월북하기 직전 박문출판사에서 다시 간행한 것이다.

---

127) 김억,『현대모범서한문』(한성도서주식회사, 1932. 초판)이 한규상,『모범서한문』(한성도서주식회사, 1934. 초판, 1935. 재판)으로 개제되고, 저작 겸 발행인 한규상으로 재출간되었다.

128) 李泰俊,『서간문강화(書簡文講話)』, 博文書館, 1943.(=박문출판사, 1948년 초판) 총 234쪽.

필자	제목	매체	출판 연월	게재면
李泰俊	書簡文講話(一)	신시대	1942.8.1.	122~127
李泰俊	書簡文講話(二)	신시대	1942.9.1.	90~94
李泰俊	書簡文講話(第三回)	신시대	1942.10.1.	104~113

하지만 이 책은 앞서 나온 그의 대표작『문장강화』(1940)의 '서간문' 부분을 확대하고 그 이론적 뼈대에 구체적인 예문을 상세히 달고 책의 부록으로 문인 명사들의 서간문을 모범 예문으로 모아놓은 것에 불과하다. 따라서『문장강화』의 해당부분과 이론적 핵심은 동일하다고 해도 무방하다.

『서간문강화』의 저본이 되다시피 한『문장강화』는 1939년 이태준이 주재하던『문장』지 창간호부터 연재하다가 9회로 그치고 이듬해 문장사에서 단행본으로 출판한 식민지시대 최고의 글쓰기 교본이다. 시, 소설, 희곡, 비평 등 '문학'에 속하지 않는 '실용문' 10종(1. 일기 2. 서간문 3. 감상문 4. 서정문 5. 기사문 6. 기행문 7. 추도문 8. 식사문 9. 논설문 10. 수필)을 '각종 문장의 요령'이라 하여 해설하고 적절한 예문을 수록하고 있다.[129]

필자는 서간문 항목에서 "서간(書簡)은 편지다. 편지는 하고 싶은 말을 만날 수 없으니까 글로 써보내는 것이다."라고 규정한다.[130] 발신자가 뭔가 할 말이 있는데 상대가 공간적으로 멀리 떨어져 만날 수가 없을 때 할 말을 글로 대신 써보내는 것이라면서, 편지를 잘 쓰는 방법으로 "① 쓰는 목적을 분명히 따져 볼 것. ② 편지 받을 사람을 잠깐이라도 생각해서 그와 지금 마주 앉은 듯한 기분부터 얻어 가지고 붓을 들 것. ③ 한문

---

129) 이태준은 우리 문학사에서 근대적인 산문과 산문예술에 대해 가장 전 방위적인 지식과 실천을 보여준 작가라고 할 수 있다. 김현주,『한국 근대 산문의 계보학』, 소명출판, 2004, 200쪽 참조.

130) 이태준,『문장강화』, 문장사, 1940, 114쪽.

식 문구를 무시하고 말하듯 쓸 것 ④ 예의를 갖출 것 ⑤ 감정을 상하지 않게 쓸 것 ⑥ 저편을 움직여 놓을 것" 등을 들었다. 이는 근대 서간양식의 또 하나의 규범이자 격식으로 자리잡았다. 아마도 근대적 개성의 발현이라 할 문학에서 실용문인 편지를 제외한 이유가 바로 이 규범성, 자유로운 상상력을 가로막는 매뉴얼화 때문인지도 모른다.

기실『문장강화』이전에도 서간에는 격식이 있었다. 이를 서간문의 외적 형식의 측면에서 볼 때, 편지의 구조를 ① 부르기(呼稱) ② 시후(時候) ③ 문안(問安) ④ 자기안부(自己安否) ⑤ 본론(용건 또는 사연) ⑥ 작별인사 ⑦ 날짜와 서명 등으로 규격화할 수 있다. 하지만 조선시대 언간, 내간, 어간(御簡) 등에서 보듯이『문장강화』같은 내용상의 규범과 격식은 오히려 적었을지도 모른다. 문제는 서간에 사용된 문장, 문체이다.

이태준은 식민지 조선에서 보통사람들이 서간 쓰기를 힘들어하는 이유를 중세시대 방식의 한문투식어로 이루어진 전문성 때문으로 인식한다. 가령 편지 첫머리와 끝에서 상서(上書)니 상백시(上白是)니, 기체후일향만강(氣體候一向萬康)이니, 여불비상서(餘不備上書)니 하는 투식어의 역기능을 지적한다. 따라서 편지를 제대로 쓰려면 어려운 한문투식어를 능수능란하게 구사할 게 아니라 할 말, 그 내용을 만나서 말로 하듯 쓰면 그만일 것이라고 한다. 될 수 있는 대로 쉽게 뜻을 전하는 것이 편지뿐 아니라 모든 문장의 정도(正道)이기 때문이다. '상백시(上白是)'같이 뜻도 잘 모르는 한자술어를 한문 투식어로 쓴 것보다 도리어 "아버님 보옵소서, 오늘은 이만 그치나이다." 같은 기필과 끝맺음을 통해 자신 있게 쓰고 싶은 사연을 말하듯 쓰는 게 좋은 편지투 문장이라고 대안을 제시한다. 편지 내용에서도 의례적이고 상투적인 내용보다 전화로 서로 주고받는 것처럼, 심지어 표정이 보일 듯하게 실감이 나는 것이 좋다고 규정한다.

여기서 서간을 실용문으로 규정함으로써 문학과 분리시키려는 이태준의 표면적 의도 이면에 담긴 근대적 리얼리즘의 가능성도 찾을 수 있다. 일상생활을 생활 그 자체의 형식으로 재현하는 것이 근대적 리얼리즘의 본령인 만큼 서간도 예외가 아닐 수 없다. 문제는 문학성 여부이다. 이태준은 편지글도 문장표현이니만큼 쓰는 사람이 더 잘 드러날수록 좋다고 하는 점에서, 편지를 일종의 '자기표현의 한 형식'인 문학 초기형태로 인식하는 듯하다. 『서간문강화』(1943)에서 "편지는 문학이 아니라 실용문이다!"[131]라 하여 서간을 문학과 완전히 분리해놓고서도, 『문장강화』에서는 실용문인 편지를 비실용문인 일종의 문학 초기형태로 인식하고 있다.

> "편지는 누구나 가져보기 쉬운 자기표현의 한 형식이다. 실용적인 말만이 씌어지는 것은 아니다. 비실용적인 일면의 편지를 무시할 수 없다. 문화적으로 아무리 유치한 사람에게도 비실용적 감정, 비실용적 시간은 있다.(…) 그래 누구에게나 편지는 문학적 표현의 초무대(初舞臺)가 되는 수가 많다. 그러나 인생을 말하고 자연을 말하고 운명을 말하는 것은, 벌써 편지가 아니요 감상문이나 서정문일 것이다. 한 사람을 상대로 한 감상문이요 서정문으로 보는 것이 타당할 것이다."[132]

위 인용문을 면밀히 분석하면 이태준 머릿속에 실용문인 편지 일반과 비실용적인 문학적 표현으로서의 편지(일부), 그리고 한걸음 더 나아간 감상문, 서정문을 문종상, 장르상 구분하는 미적 판단이 '자기표현의 한

---

131) 이태준, 『서간문강화』, 박문서관, 1943, 4쪽. 이 책의 서간론 핵심은 "편지는 문학이 아니라 실용문이다!"라는 제1강과, 의례적인 한문 투식어를 배제하고 쉬운 한글 투식어를 대안으로 제시한 제2강인데, 이미 『문장강화』에서 강조한 것을 부연한 것에 불과하다. 다만 각종 상황에 맞는 좀더 다양한 문례를 통해 서간양식에 대한 실용적 이해를 도모하고, 부록에 이광수, 김영랑, 정지용, 이육사, 김동리 등의 서간문을 수록한 점이 눈에 띈다.

132) 이태준, 『문장강화』, 문장사, 1940, 115~116쪽.

형식'으로 자리잡고 있음을 알 수 있다. 따라서 근대 이전부터 어느 정도 규범화된 격식을 지닌 논픽션 산문인 서간문을 모두 문학이라고 할 수는 없으나, '자기표현의 미적 형식'을 갖춘 일부 논픽션 산문인 서간문은 문학이라고 할 수 있다는 것이다. 우편제를 통해 공간을 뛰어넘는 의사소통이라는 근대 서간양식의 실용적 본질보다 인생과 자연에 대한 자기표현이라는 비실용적 성격이 더 중시되는 순간 아예 장르가 바뀌어 서간체 '감상문, 서정문'으로 봐야 한다고 규정한 것을 보면, 이태준의 장르 인식을 잘 알 수 있다.

『문장강화』중 서간문의 모범 예로 든 것을 표로 정리하면 다음과 같다.

필자	제목 (『문장강화』 장절)	서간문 하위 문종	출전
백철	생일 초대 편지 (4강2)	편지	『여성』 1938.7
문단인	고 김유정·이상 양씨 추도회의 초청장 (4강2)	초청장	『서간문강화』
정지용	이태준에게 보낸 엽서 (4강2)	엽서	『서간문강화』
최학송	조규원에게 보낸 엽서 (4강2)	엽서	
안톤 체호프	누이동생에게 보낸 편지 (4강2)	편지	
	어느 척독대방(단풍 구경 가자는 편지) (1강2)	척독	
선조대왕	정숙옹주에게 보낸 편지 (4강2)	어간(御簡)	
인목왕후	인목왕후의 전교 (9강1)	내간(內簡)	

백철, 정지용, 최학송, 체홉, 선조, 인목왕후 등 문인, 명사와 일반인의 한글 편지글이다. 어띤 텍스트든 모빔문의 선정 기준은 중세적 서간 격식이나 수사학적 표현에 얽매이지 않는 언문일치 구어체 서간문이다. '기체후일향만강'이니, '여불비상서' 같은 어려운 한문 투식어 표현을 쓰지 않고도 좋은 편지를 쓴 예로 러시아 소설가 체홉이 여행 중에 그의

누이에게 보낸 편지, 정유재란 때 궁궐을 떠났던 선조(宣組)대왕이 다른 피난처에 있는 셋째따님 정숙옹주(貞淑翁主)에게 보낸 한글편지, 어간을 들고 있다. 특히 후자는 쉬운 내용의 예뿐만 아니라 마주보고 말하듯 쉽게 씌어졌으면서도 품격(品格)이 있는 예라 고평한다. 또한 발신인의 심정이 잘 드러나게 실감나는 예로는 어느 전문학교에 처음 온 학생의 편지, 어떤 여학생이 먼저 결혼하는 동무에게 보내는 결혼 축하 편지, 백철이 『여성』지에 실은 생일 초대 편지를 들면서 섬세한 심리 묘사가 탁월하다는 평을 실었다. 자기표현의 한 형식으로서의 편지 예로는 최학송, 정지용의 엽서를 들었고, 의례적인 내용이지만 간곡한 내용을 담은 청첩 예로 고 김유정, 이상 추도회의 초청장을 들었다. 여기서 교육적으로 높이 평가한 것은 이광수의 『춘원서간문범』과 마찬가지로 언문일치의식이 제고된 개성적 자기표현의 한 형식으로 활용된 문인들의 사신이었다. 이는 근대적 리얼리즘을 가치평가의 준거로 삼고 있음을 반증하는 예라 하겠다.

2.3.3. 언문일치 일상어의 정착, 이광수의 서간론

이태준의 『서간문강화』와 함께 당대 서간문 양식의 전범 구실을 한 것이 이광수의 『춘원서간문범』이다.[133] 제1편 서간문 총론에서 호칭, 시후, 문안, 자기안부, 사연, 결말, 문체의 종류, 현대문의 사체(四体)를 설명문으로 정리하였고, 2편에 각종 문례(文例)를 수록하고 있다. 여기서 '현

---

133) 이광수, 『춘원서간문범』(삼중당서점, 1939 초판, 1941년 5판, 1954년 8판=마루출판사, 2003). 해방후 판본에는 대동아전쟁 때 학병을 적극 권장하는 친일 행적을 노골적으로 드러낸 서간체 논설 「特別志願兵 諸君에게」가 빠져 있다.

『춘원서간문범』

대문의 '四體'란 예전 방식의 한 문편지투 문어체 문장 규식(規式)을 극력 배제하는 대신, 자신이 제안한 언문일치 구어체인 '합시오체, 하소체, 해라체, 하게체'로 서간문용 문장 종류를 구분해서 설명하고 예문을 덧붙인 것이다.

제2편 문례는 흔한 애정 편지부터 소설 「육장기」까지 다양한 용례를 달고 있다. 사람들이 살면서 흔히 경험하게 되는 생활의 온갖 경우를 상정하여 그때그때 즉시 모방, 변형해서 써먹을 수 있는 다양한 예문을 실었던 흔한 타 서간교본서와 달리 고급스럽고 세련된 문장의 서간문례와 춘원 특유의 미려한 해설을 간단한 주석으로 덧붙인 것이 특징이다.

가령 「약혼한 여자로부터 약혼한 남자에게」란 예문을 보면 "나는 당신을 안해로 맞는 것이 참으로 불가사의함을 금하지 못하옵니다. 서로 누군지도 모르고 자라나서 서로 일생을 의탁할 가장 사랑하는 한 몸이 된다는 것이 그 얼마나 신비한 일이옵니까? 삼생(三生)의 인연이란 말씀이 진실로 깨달아지는 것 같습니다. 당신이 내 안해가 되시고 내가 당신의 남편이 되어서 걸어가는 인생의 길을 생각하오면 늦은 봄 첫 여름의 꽃밭인 듯하와 상상만 하와도 황홀하여짐을 금할수 없사옵니다."라는 식으로 세련된 문체의 연서를 이어간다. 이러한 모범문장을 독자들이 모방하고 변형시켜 실제 편지에 활용하라는 '계몽의 수사학' 장치로 해석될 수 있는 대목이다.

[註] 男女가 平等이나 그것은 人權과 人格을 말함이니 夫婦라 하면 벌써 唱隨의 別이 있으며 位에 있어 남편이 위 되고 안해가 아래 되는 것이다. 그러므로 自稱에 있어서 안해된 또는 될이가 '저'라고 쓰면 남편된 또는 될이가 '나'라고 쓰는 것이 옳다. 아무리 至愛 至情의 사이라 하더라도 天倫의 秩序를 아니 찾지 못할 것이니 天倫의 秩序가 紊亂하는 날은 곧 家道와 世道가 破壞되는 날이다. 남편 되는 이는 언제나 家長의 尊嚴을 保全함이 可하니 만일 남편으로 인해 또는 안해 될이에게 俯伏哀願하는 態度를 取한다면 그것은 駭擧요 失禮라 이미 남편 될 道를 失한 사람이라고 할 것이다.[134]

춘원의 결혼을 앞둔 남녀 간 편지 문례를 분석하면, 이처럼 공식적으로 부부가 아닌 남녀가 애정의 감정을 담아 주고받은 편지는 현대적 의미로 애정 편지라고 할 수 있다. 연서는 서구적 사랑을 의미하는 번역어 '연애'를 전제로 한 근대적 용어지만,[135] 실제 인용에서 보듯이 남존여비와 가부장적 위계를 온존시키고 있다. 게다가 위와 같은 친절한 주석까지 달려 있으니 계몽의 기능을 극대화시킨 것으로 풀이된다. 물론 계몽의 내용은 근대를 지향하되 중세를 온존시킨 점에서 반봉건적(半封建的) 식민지 근대라는 한계가 없지 않았지만 말이다.

같은 방식으로, 「사랑을 청함을 거절하는 글」에서는 만일 어떤 여성이 미지의 남성로부터 편지를 받았다 하면, 한두번은 보고 태워버려서 묵살하는 것이 옳다고 안내하고 있다. 이러한 사실을 부모에게 알리지 아니함이 좋겠지만, 그래도 남자쪽에서 계속 편지가 오게 되면, 이것은 벌

---

134) 이광수, 『춘원서간문범』, 88~89쪽.
135) 연애라는 용어는 서구적 사랑을 의미하는 번역어로 근대에 들어서 처음으로 사용된 용어이다. 김지영, 『연애라는 표상』, 소명출판, 2007, 42쪽 참조.

써 묵살하여버리기 어려운 사건으로 보지 아니할 수 없으니, 그러한 때 쓸 수 있는 거절 편지를 예로 들어주는 것이다. 이런 식이다.

세 번 주신 글 받았사오나, 이러한 말씀은 이 사람에게 하실 말씀도 아닌 줄 여기오며, 또 이사람이 이러한 말씀을 考慮하올 性質의 일도 아니옵기로 편지 보온 卽時 불살라 버렸사오니, 다시는 마시옵기 바라오며, 만일 다시 하시오면 開封 아니하온 채로 父母님께 바치려 하옵니다.[136]

상대의 마음을 다치지 않게 배려하되 단호하게 구애를 거절하고 그림에도 불구하고 상대가 계속 연애편지를 보내면 이번에는 아예 부모님께 일러 따끔한 맛을 보게 하겠다는 뜻을 담으라는 것이다. 심지어 이러한 거절 편지에는 서간 규식의 기본인 발신자의 서명을 할 필요가 없다고까지 친절하게 구체적 조언을 하고 있다.

이런 방식으로 다양한 서간 예문을 들고 있는데, 문학적 서간을 해설해주는 「문학 애호에 관하여 누이에게」, 시나리오 작가 겸 영화감독 박기채와의 『무정』 각색을 둘러싼 지상 공개 논쟁을 벌인 서간체 비평 논쟁글이나, 서간체 논설 「특별지원병 제군에게」, 서간체소설 「육장기」 등을 전문 인용하고 있다. 게다가 1930년대 서간교본의 중요한 기능인 편지 쓰기 자체를 넘어서는 생활규범서 구실까지도 일부 하고 있으니, 편지와는 금방 와 닿지 않는 근대생활백과로서의 생활규범서인 제사용 「제문」 예문까지 담겨 있는 것이다. 이광수에게 서간 내지 서간집의 이론적 특징은 결국 근대인의 일상생활 영위를 위한 '계몽의 수사학'이 되는 셈이다.

다른 한편 이광수의 서간교본 겸 예문집에서 특히 주목되는 이론적

---

136) 이광수, 『춘원서간문범』, 94쪽.

특징은 언문일치에 대한 강조이다. 이 점은 이태준의 서간론과 상통하는 대목이다.

> 조선에는 순한문 서간문과 한문에 토만 단 것과 고대식과 현대어식이 혼란하여 현행하고 있고, 또 어학에 무심한 조선 민중은 용어와 문체에 아무 관심도 없는 것처럼 난잡한 글을 써온다. (중략) 그 결과로 나는 순수한 상용 조선어를 표준으로 하고, 고대어체와 현대어체 두 가지만 문체를 취하고, 한문체는 취하지 아니하였다.[137]

서간에 사용되는 문장은 순수한 상용 조선어를 사용해야 하고, 서간용 문체도 고(古)문체인 '하노라'체와 금(今)문체인 '하다'체를 들면서, 둘을 한 텍스트에서 혼용하지 말라고 하고 있다. 고문체이면서도 1930년대 당시 서간에 가장 많이 사용됨으로써 정통의 서간문체라고까지 할 '하나이다'체를 예로 들어 '합니다'체로 교정하는 예를 길게 보인다. 그를 통해 독자들이 앞으로 현대문(여기선 근대 서간문을 지칭)의 네 가지 문체로 서간 수신자의 지위에 맞춰 각각 '합시오, 하소, 해라, 하게'체를 사용하도록 권하고 있다. 또한 서간에선 실제 면대 대화보다 한 단계 존칭을 높여서 문체를 사용하라고도 권한다.

언문일치에 입각한 상용 조선어와 '하나이다' '합니다'체 등 이광수가 제안한 서간 문장과 문체 규정은 그대로 당대의 서간문 규범으로 자리 잡았다. 물론 남녀노소 간의 계층적 위아래가 분명했던 우리 중세적 전통사회의 신분제적 특성상 편지를 쓰는 '발신인=필자'의 입장에선 편지를 받아 읽을 '수신인=청자'와 주위 상황을 잘 파악하여 배려하는 것이 중요하다. 특히 동등한 동급관계가 아닌 윗사람에게 편지를 할 경우

---

137) 이광수, 『춘원서간문범』, 삼중당서점, 1939 초판(1954년 8판), 서문.

엔 우리말 특유의 존대법을 이해하고 특수한 상황에서 사용하는 격식어를 바르게 사용해야 한다. 어느 정도 각별한 예절을 지켜야 하지만 조선시대 한문 투식어처럼 지나치게 존칭어를 남발하거나, 실제 일상생활의 구어에서는 거의 쓰이지 않는 어려운 한자어, 문어를 섞어 쓰는 것은 좋지 않다고 한다. 이태준『문장강화』의 서간문 항목이나『서간문강화』, 이광수의『춘원서간문범』총론을 분석하면 종래의 번다한 한문 문장과 투식어투에 대한 반감을 드러내는데, 이는 보통사람의 일상 현실을 중시하는 근대적 리얼리즘 정신의 산물이라 할 수 있다.

가람 이병기의 「편지 독본(讀本)」 또한 지금까지 정리한 이광수와 이태준의 서간 이론과 크게 다르지 않다.[138]

필자	제목	매체	출판 연월	게재면
李秉岐	편지讀本	여성 제4권 제8호	1939.8.	
李秉岐	편지讀本	여성 제4권 제9호	1939.9.	56~58
	編輯後記 ("「편지讀本」은 第二回로 들어섰니다.")	여성	1939.9.	98
李秉岐	편지讀本	여성 제4권 제10호	1939.10.	56~59
李秉岐	편지讀本	여성 제4권 제11호	1939.11.	44~47
李秉岐	편지讀本	여성 제4권 제12호	1939.12.	68~72
李秉岐	편지讀本(完)	여성 제5권 제2호	1940.2.	83~86

이태준, 이광수, 이병기같이 문단 및 문화계의 지위가 확고해서 영향력이 막강한 경우 말고 출판인의 서간 인식은 어떨까?

가령『신체미문 시문 편지투』의 서문을 보면, 출판사 발행인이자 편자로 되어 있는 이명세는 부록으로 「서간문 강화(講話) 약초(略抄)」를 싣고 있

---

138) 李秉岐, 「편지讀本」, 『여성』 1939.8~1940.2 총 6회 연재.

다. 당대의 상업적 유행을 좇아 서간문집을 펴낸 출판업자의 서간문 이론을 보면 당대에 널리 퍼진 서간규범과 보편적 지향을 알 수 있을 것이다. 그는 서간문의 특점(特點)으로 전문가의 문장(글쓰기장르)과는 달리 만인 필수의 글쓰기로서 서한식 예술작품이 얼마든지 가능하며 통속적 예술이 되리라고 한다. 특히 강조하는 사항은 서간용 문장인데, 수신인인 독자에 따라 존대법이 명료해야 함을 밝히고 있다. "예의는 문명인의 가장 존숭하는 것으로 서한에 가장 명료히 현출되나니 존비귀천과 노소남녀를 따라 경우와 형편을 분간할 것이다."고 하여, 서간이 시대상을 대상으로 기술되기 때문에 그 시대의 예의와 습속을 명세히 표현한다고 규정한다.[139]

그의 서간론이 이광수, 이태준과 정확히 일치하는 것은 오래 전부터 규식화된 서간 규범 이외엔 한문 문장, 문체의 배격과 언문일치 문장에 대한 다음과 같은 인식이다.

문학사상의 변천의 결과 서한이 기기괴괴히 된 것이다. 전래식 한문 서한과 이것에 조곰 국문으로 조화한 것과 순전한 언문일치식이며 또는 영문이나 일문의 기미(氣味)를 뛰운 문투 등 실로 복잡다단하니 이것이라는 귀취(歸趣)가 업스며 더욱 외국어 중독의 괴상한 글을 쓰는 사람도 불무(不無)한 현상이다. 그러나 그중에 제일 유망한 것은 언문일치식으로 한문식을 조선어로 화한 것을 가미한 것이다.[140]

결국 식민지 대중독자를 향한 상업 출판업자의 서간문에 대한 인식도 이광수 이래 이태준으로 대표되는 언문일치 조선어 문장이라는 동일한

---

139) 이명세, 『신체미문(新体美文) 시문(時文) 편지투』, 이문당, 1936년 3판(1929년 초판), 227~228쪽.
140) 위의 책, 240쪽.

결론에 문제의식이 놓여 있다. 1930년대가 되면 근대 서간양식의 핵심은 문장에 있어서 '순전한 언문일치투'를 구사해야 한다는 것이 보편화되었다는 증거로 해석할 수 있다. 일상적으로 사용되는 조선어로 언문일치체 문장을 써야 한다는 것이 바로 1930년대에 확립된 근대적 글쓰기로서의 서간양식이 갖춰야 할 근대적 규범이 된 것이다.

2.4. 연애서간에서 문학서간으로의 변천

2.4.1. 서간교본과 서간문집의 유형화

이제 근대 초기의 주요 서간서와 관련 이론서는 어떤 것이 있는지 그 계보를 유형화시켜 개관해보자.

1910년대에 주로 나온 서간서는 척독(집)이다. 종래의 한문투 편지나 언간, 내간으로 일컬어지는 중세적 한글편지 대신 새로운 서간 문범으로 각광을 받았다. 중세를 청산하고 막 근대에 들어선 식민지 대중들에게 일상생활에 필요한 각종 서식을 모아놓은 일종의 근대적 계몽서가 필요했는데, 이에 부응한 것이 '척독(尺牘)'이었다. 하지만 척독은 중세적 전통을 견고하게 지킨 서간 규범과 명문장 예문모음을 예시한 중세적 계몽 기능에 머물렀기에 '언문일치를 향한 자기표현의 내적 요구'[141]라

---

141) 근대 서간양식의 이러한 성격 규정은 제3장에서 상술한다. 김성수, 「근대적 글쓰기로서의 서간(書簡) 양식 연구(1) - 근대 서간의 형성과 양식적 특징」, 『민족문학사연구』 39호, 민족문학사학회, 2009.4. 참조.

는 새로운 시대에 호응하지 못한 결정적인 한계를 가지고 있었다. 어차 피 서간의 리터러시(문해력) 획득이나 작성법 교육은 독본, 교본으로 대 체될 수밖에 없으니만큼 새로운 서간 매체의 출현이 필요해진 것이다.

1920년대 들어 근대적 지식의 계몽수단으로 문범화 · 규식화 · 매뉴얼 화되어 유통되었던 서간 규범의 용도가 다양해졌다. 서간이 서간체 기행 이나 서간체소설 등의 장르적 장치로 활용되거나 연애 열기의 적극적 매 개수단으로 활성화되었던 것이다. 서간집에는 척독처럼 내용 대부분이 서간교본인 경우와 서간문 선집처럼 모범 서간문의 예문모음도 있지만 대다수는 교본적 내용과 모범 문례집을 함께 수록하는 경우가 많았다.

우선, '서간문범' 또는 교본과 함께 '예문(또는 문례)'을 묶어 편집한 책 은 다음과 같다: 미상, 『二十世紀女子書簡文』(新舊書林, 1924, 3판); 황의 돈 · 신형철, 『新體美文 學生書翰』(弘文院, 1924. =文化書館, 1927년 11판); 이 주완, 『增訂時體 諺文便紙套』(淮東書館, 1924, 연활자본); 『少年편지틀』(新 少年社, 1929); 『勞働편지투』(朝鮮敎育協會, 1931); 『新體書翰文』(中央印書館, 1932); 金億, 『現代模範書翰文』(漢城圖書株式會社, 1933); 宋鴻, 『現代新進 實用書簡文』(東光堂書店, 1933); 『勞働書翰』(文化書館, 1934); 韓奎相, 『模 範書簡文』(漢城圖書株式會社, 1934); 申佶求 編, 『時體美文 學生日用書翰』 (永昌書館, 1934); 李明世, 『新體美文 時文便紙套』(以文堂, 1936, 3판, 朝鮮詩 文研究會편, 鄭寅普 序); 李光洙, 『春園書簡文範』(三中堂, 1939); 韓奎相, 『現 代商業書簡文』(漢城圖書株式會社, 1940); 方仁根, 『春海書簡文集』(南昌書館, 1942); 李泰俊, 『書簡文講話』(博文書館, 1943); 文世英, 『模範實用書翰文』 (永昌書館, 1943).

다음으로 모범(또는 명문) 예문을 묶은 '서간문집'으로는 다음과 같은 텍스트가 있다: 오은서[盧子泳], 『사랑의 불꽃』(한성도서, 1923; 청마사, 1925); 『靑塔의 사랑』(경성서관京城書館, 1923); 『泰西名家戀愛書簡』(조선도서주식회 사, 1923); 『眞主의 품』(광문서포廣文書鋪, 1924); 『樂園의 春』(박문서관博文書

館, 1924);『異性의 膳物』(영창서관永昌書館, 1925);『靑春의 꽃동산』(삼광서림三光書林, 1926); 申瑩澈,『첫가을의 便紙』(開闢社, 1927); 이규오,『現代書簡文』(1930); 盧子泳 편,『新時代의 書簡集』(미상, 1925; 永昌書館, 1931)[142]; 金鍾大 저, 李城路 편,『文學靑年書簡集』(북성당, 1935); 柳春汀 편,『(模範詩的美文)最新文學書簡集』(京城閣書店, 1935); 方仁根,『現代美文新書簡: 靑春의 秘密便紙』(덕흥서림, 1938); 徐相庚 편,『朝鮮文人書簡集』(三文社, 1936); 大山治永 편, 尹崑崗 외,『朝鮮名士 33인 서간집』(永昌書館, 1941)[143];盧子泳,『文藝美文書簡集: 나의 花環』(미모사서점, 1939); 方仁根,『춘해서간문집(春海書簡文集)』(南昌書館, 1942).[144]

안타깝게도 위에서 정리한 텍스트를 충분히 서지작업을 하지 못했음을 부기한다. 가령 노자영 편,『新時代의 書簡集』(미상, 1925; 永昌書館, 1931)과 柳春汀 편,『(模範詩的美文)最新文學書簡集』(京城閣書店, 1935)은 원본을 확인하지 못한 채 인터넷 학술자료검색엔진(RISS, DBPIA 등)과 도서관 자료 검색 등으로 출처를 추정했을 뿐이다. 다행히 大山治永 편, 尹崑崗 외,『朝鮮名士 33인 서간집』(永昌書館, 1941)의 원본을 확보하여 서

---

142) 인터넷 학술정보시스템 검색 결과 '영창서관 편'으로 표기된 곳이 있었으나, 大山治永 편,『조선명사 33인 서간집(朝鮮名士三十三人書簡集)』(영창서관, 1941, 별도 페이지된 3권 합책 판본)의 영남대 소장본을 확인한 결과, 합책의 3번째 서문에 '신시대의 서간집'이 언급되고 3번째 책 목차에 노자영 편저로 되어 있어 노자영으로 비정(批正)한다.

143) 본 저자의 기존 논문에서 윤곤강의『조선명사 33인 서간집』(영창서관, 1936)을 별도 서간집으로 명기한 것은 원본을 확인하지 못한 오류이다. 윤곤강, 임화, 한설야(외),『조선명사 33인 서간집』(영창서관, 1943년, 총 223쪽)은 표지 및 내용 사진으로 미루어보건대, 서상경 편,『조선문인서간집』(삼문사, 1936)과 동일한 책이다. http://www.book4949.co.kr/shop/shopdetail.html?branduid=52565&xcode=001&mcode=008&scode=&type=X&search=&sort=order. 그런데 大山治永 편,『조선명사 33인 서간집(朝鮮名士三十三人書簡集)』(영창서관, 1941, 별도 페이징된 3권 합책 판본)은 영남대 소장본을 통해 既刊 서간집 3권의 합책 판본임을 확인할 수 있었다. 귀중한 자료를 제공해준 영남대 송병렬 교수님께 감사드린다.

144) 천정환은 1920년에서 1928년까지 동아일보 광고에 3회 이상 광고된 편지 글쓰기 관련 서적을 조사한 바 있는데, 특히 연애서간문집과 척독류가 포함된 서적이 31권에 이른다고 한다. 천정환,『근대적 책읽기』, 푸른역사, 2003, 487쪽.

『조선명사 33인 서간집』 표지(왼쪽)와 판권(오른쪽)

지작업을 할 수 있었다.

　다음의 판권지로 보건대 大山治永 편, 『조선명사 33인 서간집(朝鮮名士三十三人書簡集)』(영창서관, 1941)은 새로운 책이 아니라 기존 서간집 3권의 합책 판본이다. 각 책의 서문과 목차는 앞에 몰아서 싣고, 본문은 별도 페이지로 각각 223, 166, 124쪽까지 인쇄되어 있다.

　大山治永 編, 『朝鮮名士 三十三人書簡集』, 永昌書館, 1941.4.25.

　序/ 序文 //目次 제1편, 제2편, 제3편
　제1편 徐相庚 편, 『朝鮮文人書簡集』(三文社, 1936)
　제2편 柳春汀 편, 『最新文學書簡集』(京城閣書店, 1935.11.15.)
　제3편 盧子泳 편, 『新時代의 書簡集』(미상, 1925?; 영창서관, 1931)

제1편은 서상경 편, 『조선문인서간집』(삼문사, 1936, 본문 총 223쪽)이고, 제2편은 유춘정, 『최신문학서간집』(경성각서점, 1935, 본문 총 166쪽)이다. 제3편 노자영 편은 책 제목이 따로 표기되어 있지 않으나, 서문에 '『신시대의 서간집』(미상, 1925?; 영창서관, 1931, 본문 총 124쪽)'이 언급되어 있어 그것으로 추정된다.

序文

現代人으로서무엇보다도가장苦痛을밧는것은 말과글이다. 말은 卽글이다. 僅僅히普通學校를맛치고 녯날과가튼 書堂도업는 關係로 입안에서 뺑뺑도는말을 文字로 표현할수업는 苦痛과悲哀는 現代人으로서는 누구나 한번式 經驗하엿슬것이다. 말하자면 現代는 英雄의時代가 안이다. 말의時代요 글의時代다. 文은 卽人이다.

『新時代의 書簡集』을 發刊한本意는 이러한苦痛을現代靑年으로부터 덜어주겠다는것에잇다. 實로이책이야말로 現代靑年의作文敎範이요 文學的임에잇서서 將來文士의指針이라하겟다.

三月二十五日 北岳山밑에서[145]

이제 서간집은 '현대 청년의 作文敎範'이 되었고, '文士의 指針'으로 확고하게 자리 잡았음을 상징적으로 의미하는 선언이기도 하다. 합책된 각 3권의 별도 페이지가 매겨져 있는 『조선명사 삼십삼인 서간집』의 편자 大山治永은 일본인이거나 徐相庚의 창씨개명으로 추정된다. 근거는 이 책 서문과 1편 내용이 서상경의 『조선문인서간집』과 동일하기 때문

---

145) 大山治永 編, 『朝鮮名士 三十三人書簡集』, 永昌書館, 1941, 서문(별도 쪽수).

이다. 다만 별개 3책의 합책 제목인 '조선명사 33인 서간집'은 제1편인 『조선문인서간집』의 필자가 33인이라서 합책 편찬자인 大山治永이 임의로 붙인 것으로 판단된다. 다시 말하면 이 책은 편찬자가 뚜렷한 편찬의식을 가지고 새로 서간 자료를 모아 간행한 것이 아니라 기존의 서간집을 임의로 합책 편찬한 것에 불과하다. 이는 1930~40년대 서간집 간행 유통의 부정적 측면인 상업적 유통의 난맥상을 상징적으로 보여주는 예이기도 하다.

당대 서간집은 크게 보아 교본적 성격과 문집적 성격으로 대별된다. 하지만 교본적 성격의 서간집에도 예문이 적잖이 실려 있고 서간문 선집에도 일반인의 연애편지글 등이 본보기로 실려 있는 경우가 많으므로 문인이나 명사의 문학적 향기가 높은 서간을 모은 서간문집은 그리 많지 않다고 할 수 있다. 이기영의 중개로 카프계 프로 문인들의 서간을 모은 서상경의『조선문인서간집』과, 『조선문단』편집 인맥으로 민족주의 계열 문인들의 편지를 모은 방인근의『춘해서간문집』등이 그 문학성이나 문단사적 자료 가치로 인해 특기할 만하다.[146]

더욱이 근대적 계몽과 교육을 직접적으로 표명한 독본·척독과는 매체적 성격을 달리하는 서간집은 서간을 비롯한 실용문 서식 교본(manual)과 예문모음(anthology)을 제시만 하는 데 그치지 않았다. 가령 위에 예시한 서간집 중 1920년대에는 연애 서간집의 유행을 통해 근대적 연애열기를 널리 유포하는 기능도 했고 1930년대에는 문인 서간집을 통해 문학적 개성의 실현 및 근대문학의 발전에도 일정하게 기여하

---

146) 이광수, 김동환, 이상, 이효석, 김유정, 채만식 등 문인이나 명사의 개인전집 일부로 간행된 단행본(문학선집, 개인문집류) 수록 서간은 개인 기록적 성격이되 프라이버시보다는 문학작품의 보조자료 기능을 한다고 할 수 있다. 별도로 연구할 가치가 있는 개인 사신의 영인본으로 김동환의 육필 서한집이 주목할 만하다. 김영식 편, 『작고문인 48인의 육필서한집: 巴人김동환 탄생 100주년 기념』, 민연, 2001.

였다.

1920년대의 특징으로는 연애서간집의 일대 유행을 꼽을 수 있는데, 그 신호탄이 된 책은 저 유명한 『사랑의 불꽃』(신민공론사 발행, 한성도서 판매, 1923)이다.[147] 이후에 나온 대표적인 서간집은 다음과 같다: 『청탑의 사랑』(경성서관, 1923), 『태서명가(泰西名家) 연애서간』(조선도서주식회사, 1923), 『진주의 품』(광문서포, 1924), 정경석, 『(연애서간) 낙원의 춘(春)』(박문서관, 1924), 『이성의 선물』(영창서관, 1925), 『청춘의 꽃동산』(삼광서림, 1926), 신영철, 『첫가을의 편지』(개벽사, 1927), 장도빈, 『조선서한문』(회동서관, 1928), 이명세, 『신체미문(新体美文) 시문(時文) 편지투』(이문당, 1929년 초판, 1936년 3판), 방인근, 『현대미문신서간(現代美文新書簡): 청춘의 비밀편지』(덕흥서림, 1938).

이들 중 『신체미문 학생서한(新體美文學生書翰)』(홍문원, 1924; 문화서관, 1927년 11판)과 이명세, 『신체미문(新体美文) 시문(時文) 편지투』(이문당, 1929년 초판, 1936년 3판)는 모방용 모범편지 등 각종 서식을 모아놓은 매뉴얼 구실을 하고 있다. 이는 1910년대의 척독류의 연장선상에 있다. 하지만 1920년대 서간의 주류는 역시 연애서간과 그를 모은 연서집이라 할 수 있다.

2.4.2. 연애서간(집), 연애 시대의 총아

1920년대는 '연애의 시대'였다. 서간(집)의 주류 또한 그러한 시대적 특징을 살 반영하듯 연애서간과 그를 모은 연서집이라 할 수 있다. 특

---

147) 이에 대한 자세한 설명은 『연애의 시대』와 권보드래, 「해설」, 『사랑의 불꽃·반항 (외): 노자영 편 - 범우비평판 한국문학선48-1』, 종합출판범우, 2009. 참조.

히 노자영의 『사랑의 불꽃』을 비롯한 다양한 서간집, 서간문범이 '연애의 시대'에 어울리는 근대화, 신문화운동의 총아가 되었다.[148] 당시에는 근대의 한 현상으로 연애편지집을 통해 자유연애를 실천하는 것이 널리 유행하였기 때문이다.[149] 이와 관련하여 이광수의 연애편지론의 일단을 잠시 보기로 한다.

青年男女間에 사랑을 請하는 편지가 없지 아니하다. 六禮를 말하여 家長이 仲媒를 시켜 請許婚을 하는 것이 언제나 定式이겠지마는 오늘날에 있어서는 반드시 그러할 수만도 없을 것이다. 더구나 高等專門學校 이상 學生들로서 自發的으로 配偶를 求하는 것은 그 動機와 方法만 正當하다면 차라리 當然한 일리라고 아니할 수 없는 것이다.

그런데 異性으로부터 사랑을 請하는 편지를 받을 때에 어떻게 하여야 좋을가 하는 일에 對하여서 當者나 그 父兄이나 다 愼重히 考慮하는 것이 必要하다. "그놈 남의 處女한테 편지질이나 하는 놈"하고 통틀어 凶惡하게 돌릴 것만도 아니다. 眞情으로 精誠으로 그리하는 사람도 있을 수 있는 것이다.[150]

청춘 남녀 사이에 사랑을 청하는 연애편지가 없을 수 없다는 것은 자유연애의 새로운 시대 조류에 맞춰 자유연애를 가능케 하는 남녀 간의 직접적인 소통수단으로 편지가 활용되는 세태를 긍정적으로 받아들인다는 뜻이다. 이는 남녀 간의 자유로운 교제가 금지되어 있던 폐쇄적

---

148) 권보드래, 『연애의 시대』; 천정환, 『근대적 책읽기』 참조.

149) 이에 대한 자세한 설명은 권보드래, 「연애편지의 세계상 - 1920년대 소설의 편지형식과 의사소통양상」, 『문학사와비평』 7호, 2002(=『연애의 시대』, 현실문화연구, 2003 재수록)을 참조할 수 있다.

150) 이광수, 『춘원서간문범』, 90~91쪽.

인 중세 신분사회에서 벗어나 신분의 고하와 남존여비라는 낡은 주자학적 이데올로기를 떨치고 배우자를 구할 수 있는 새로운 시대가 되었음을 인정하자는 것이다. 다만 "六禮를 말하여 家長이 仲媒를 시켜 請許婚을 하는 것이 언제나 定式"이라는 말에서, 아직은 자유연애가 얼마든지 허용되는 급진적인 근대화보다는 중매나 정혼이라는 혼례 전통을 지키면서 점진적인 변화를 받아들이자는 특유의 온건함을 보여주고 하고 있다. 아직은 중세적 정혼방식에 비중을 둔 것처럼 말하지만, 정작 흥미로운 점은 "고등전문학교 이상 학생들로서 자발적으로 배우를 구하는 것은 그 동기와 방법만 정당하다면 차라리 당연한 일"이라고 옹호하는 대목이다. 이는 근대교육과 신지식을 갖추기만 하면 남녀평등에 근거한 자유연애도 가능하다는 주장이라 아니할 수 없다.

이광수의 연애편지론은 다음으로 이어진다.

나는 이러한 일을 目睹한 일이 있다. 어떤 女性이 그도 잘 알고 또 믿는 어떤 男性한테서 사랑을 請하는 편지를 받았을 때에 그 女性은 대단히 憤慨하여서 이 편지를 가지고 그가 尊敬하는 어떤 先輩에게로 가서 그 편지를 보이면서 이런 괘씸한 일이 있습니까고 憤慨하였다. 그 때에 그 先輩는 이렇게 그 女性에게 말하였다.

"너는 이미 約婚한 데가 있느냐?" 그 女性이 없다고 대답할 때에 "그 男性은 旣婚者?" 하고 물었다. "아닙니다. 未婚男子입니다." 이 대답을 들은 先輩는 "그러면 當然하지 아니하냐? 總角이 處女에게 請婚하는 것은 當然한 일이 아니냐?" 하고 말하였다. "그래도 저를 侮辱하는 것 같아서요." 하는 그 女性의 말에 先輩는 正色하고 이렇게 말하였다.

"그것이 尊敬이지 어찌하여서 侮辱이냐. 總角이 妻女를 向하여 나는 당신을 안해로 살고 싶으니 허하시겠습니까 하는 것보다 더한 尊敬이 어디 있느냐? 거기 對하여서 너는 그 男性에게 感謝할지언정 분개할 것은 없는 일이요, 더구나 그러한 편지, 그렇게 정성으로, 부끄러움을 무릅쓰고 한 편지를 제3자에게 보이고 그를 侮辱하려 하는 것은 큰 잘못이다. 다만 그 男性이 네 마음에 아니 들거든, 정당하게 당신의 뜻은 感謝하오나 나는 당신 請하심을 받을 수 없으니 遺憾이옵니다 하고, 곧 回答을 하는 것이 옳지 아니하냐?"

나는 이 일을 목도한 지 이미 수십년이 되지마는, 지금토록 잊히지 아니하도록 이 선배의 처결에 탄복하였다.[151]

이광수 특유의 온건한 서술태도로 인해 선배의 에피소드에 가탁하고 있지만 실상은 그 자신이 미혼남녀 간의 연애편지 소통을 옹호하는 것이다. 미혼인 총각이 미혼인 처녀에게 구애의 편지를 보내는 것은 '모욕'이 아니라 '존경'의 표현으로 받아들여야 하며, 오히려 그런 사실을 공표하고 사적인 고백편지를 제3자에게 보여주는 것이 더욱 문제라고 지적한다. 이는 편지를 일방적 모욕의 수단이 아니라 은밀하지만 적극적인 사랑의 소통 수단으로 평가하는 근대적 시각의 산물이며, 게다가 개인의 '사생활 보호' 차원까지 거론했다는 점에서 근대적인 사고에 신선함을 더한다. 그가 자신의 연애편지 옹호론을 예전 선배의 목격담이라면서 에둘러 조심스레 전개하지만 그 속내는 다른 것이 아니다. 책을 쓴 1939년보다 '수십 년 전'인 근대 초기부터 일찌감치 자유연애와 그의 실현 수단 중 하나로서 연애편지를 통한 구애방식을 옹호했던 그의 근대적 사상의 일단을 잘 드러낸 셈이다.

이렇듯이 당대 대표적 문사인 이광수의 옹호뿐만 아니라 출판시장에서도 연애편지는 대환영을 받았다. 『사랑의 불꽃』 이후 수많은 연애서간집이 간행되고 그 책들이 신문, 잡지에 반복적으로 광고되어 여러 번 중

---

151) 이광수, 『춘원서간문범』, 91~92쪽 참조.

판되는 등 널리 유통되었던 것이다. 이러한 활기찬 연서집 출판 시장의 현실을 통해 당대 청춘남녀의 연애 열기를 확인할 수 있다.

다음은 1920~30년대의 대표적인 잡지에 실린 연애서간과 연서 관련 기사의 일부 목록이다.

서간 필자 (발/수신인)	제목 (유형/내용)	매체(권호수) 편저자	출판 연월	게재면
박동훈/녀	失戀을 하고, '독자문단'란 (연서 비견되는 서간체 연시)	개벽 12호	1921.6.1.	101~102
김해강	戀書를 태우며 – 첫 아츰 옛 戀人이엇든 太陽에게 주는 絶緣狀 (편지 소재 시)	개벽	1935.3.1	문예면(하) 28~31
金智煥 (나/春海兄)	戀愛에 對한 나의 期待 (연애 특집 기획)	조선문단 10호	1925.7.	29~31
曹雲 (나/春海兄)	숫머슴애 (연애 특집 기획)	조선문단 10호	1925.7.	53~54
方仁根/사랑하는 이	마지막 편지 (서간체 수기체 소설)	조선문단 11호(9월호)	1925.8.25	39~49
趙白萩/사랑하는 동생	싀집보다 먼저 미들 것 한 가지 (연애독본·연애교과서 기획물의 하나)	별건곤	1927.12.	152~153
石初生	얼골 모르는 戀愛 (기획물: "小說以上 映畵以上 珍奇戀愛展覽會" 중 하나)	별건곤	1929.1.	106~108
迫眞	二年 동안이나 편지 연애만 하고 서로 맛나면 시치미를 싹 (기획물: "小說以上 映畵以上 珍奇戀愛展覽會" 중 하나)	별건곤	1929.1.	112~114
	戀愛男女注意, 戀愛便紙罪 (艶書 때문에 법률상 범죄를 하는 일이 적지 않아 주의할 경우를 제시한 글)	별건곤	1929.1.	127
T S/정숙	未婚한 處女에게: 性, 戀愛, 結婚에 關하야 – 족하딸을 위하야 숨김 업시 쓰는 편지 –	신여성 3권 2호	1925.2.	26~31
T S/정숙	未婚한 處女에게(承前): 性, 戀愛, 結婚에 關하야 – 족하딸을 위하야 숨김 업시 쓰는 편지 –	신여성 3권 3호	1925.3.	33~40
한길	어여뿐 나의 愛人에게 (돈호법 연시와 서간체 연시의 경계)	신동아	1933.5.	128~129

朴花城	기획 기사: "편지를 싸고 도는 로만스" 열다섯 살 때 추석날 아침에 처음으로 받은 남자의 편지	신동아	1933.10.	80~81
金東仁	春園의 편지			81~82
丁來東	한 女子의 편지			82~83
羅蕙錫	연필로 쓴 편지			83~85
金起林	나도 詩나 썻스면			85
金松隱	假想의 벗에게 쓰든 편지			85~86
田榮澤	편지로 追憶되는 일 한가지			86~87
柳致眞	艶書製作時代			87~88
李軒求	『謹賀新年』			88~89
李石薰	『浪漫的 詩集』			89~90
피천득	기다리는 편지			90~91
李俊淑	鳳仙花와 一葉書			91~92
金禎洰	그 靑年의 편지			92
李鍾洙	종내주지 못한 편지			92~93
毛允淑 (렌/시몬)	렌의 哀歌 – 시몬에게 보내는 片紙 (第一信~第四信)	여성 제1권 제1호	1936.4.1. ~1936.9	29 34~35
金文輯/未知의 花城누님	女流作家에 对한 公開狀, 朴花城님께 드리는 戀書 (문인 서간)	조광	1939.3.	130~135

　　다만 잡지의 경우에는 예상보다 연애편지 특집이나 기획기사가 적었다. 아마도 지극히 사적인 연애감정을 실명 또는 익명으로 공개하는 것이 잡지 특성상 쉽지 않았던 것 같다. 『사랑의 불꽃』도 오은서란 익명으로 연애편지를 모을 정도이니 자유연애의 유행 열기와 연서집의 저작권은 별개 문제였던 것이다.

　　『사랑의 불꽃』 머리말은 다음과 같다.

『사랑의 불꽃』

사랑은 인생의 꽃이외다. 그리하고 인생의 '오아시스'외다. 누가 사랑을 저주하고, 누가 사랑을 싫다 할 리가 있겠습니까? 만약 사랑을 모르고, 사랑을 등진 사람이 있다하면, 그 사람처럼, 불쌍한 사람은, 세상에 다시 없을 것이외다.

우리 사회에도 '사랑'이라는 말이 많이 유행합니다. 더욱이 사랑에 울고, 사람에 웃는 사람이, 적지 아니한 듯하외다. 이때를 당하여, 진정한 의미의, 연애서간집을 발행하는 것도, 결코 무의미한 일이 아닐까 합니다. 이적은 책자 중에는, 방금 우리 사회에 있는, 연애의 여러 가지 모양을 수집하였으며, 따라서, 그 대부분은, 사실 그대로의 편지외다. 이것을 보시면, 어떤 의미에 있어서, 우리 청년계의 사상을 짐작할 수도 있을 것이외다.[152]

인용문에서 보듯이 이 책은 남녀 간의 만남과 이별, 고백, 그리움 등 20년대 당시 청년들의 연애 행태를 상징적으로 집약해낸 연애서간문집으로, 이들 서간을 분석하면 20년대에 유행한 자유연애열을 비롯한 '청년계의 사상을 짐작할 수' 있다.[153]

그러면 연애서간의 실제 모습은 어떨까? 『사랑의 불꽃』에 실린 연애 편지 「황포탄 물소래를 드르면서」한 편을 들어보도록 하자.

한양에 있는 영순씨에게

월영(月影)

영순씨!

---

152) 오은서(노자영), 『사랑의 불꽃』, 신민공론사, 1923, 머리말 1쪽, 현대어 표기로 수정 인용.
153) 이 책의 저자는 "미국인 선교사 오은서"라고 되어 있지만 실제로는 노자영이 편집한 것이고, 대중의 입맛과 취향을 철저히 고려한 출판 전략의 산물이다. 신지연, 「연애편지, 1920년대 대중의 출현 – 노자영『사랑의 불꽃』」(베스트셀러로 보는 근대문학), 인터넷 컬처뉴스 2007-09-04; 권보드래 책임편집, 노자영, 『사랑의 불꽃 · 반항(외): 노자영 편』, 범우, 2009, 해설 참조.

갔던 봄은 다시 왔습니다. (중략)

아! 영순씨!

나는 사면으로 돌아다니며, 꽃과 풀 속을 다 더듬었습니다. 그리하고 나무와 잔디밭을 모두 헤매었습니다. 그러나 당신의 얼굴은 보이지 않아요. 그 웃음 많고, 부드러운, 가슴하고 하얀 당신의 얼굴은 보이지 않아요! 그리하여 나는 무정한 풀 위에 앉아 유정한 당신을 생각하며, 며칠 전에 주신 당신의 편지를 읽었습니다. 그리고 본즉 그 편지 위에는 알지 못하게 눈물이 떨어지지요!

오는 6월 안으로 '파리'로 공부를 가신다지요! 그러면 어찌하렵니까? 나는 어떻게 하여야 좋아요! 나도 이 학교를 졸업한 후에는 '파리'에 있는 여자 '오페라' 학교로 공부를 하러 가고자 하오나, 그것은 이 다음 일이요! 한시라도 보고 싶은 당신을 보지 못하고 어찌 2,3년 동안을 참겠습니까? 아! 생각하면 나는 눈물밖에 나는 것이 없습니다. 만약 그렇게 가신다면 나는 죽겠어요! 나는 살지 못해요!

여보 영순씨!

오는 7월 20일까지만 기다려주세요! 내가 방학을 하고는 즉시 나가겠습니다. 그리하여 나에게 위로를 주고, 나에게 사랑을 주신 후에 '파리'로 가소서. 그리고 나와 함께 원산 명사십리나 혹은 석왕사(釋王寺) 등지에 가서 피서나 하고 가시옵소서. 그리하여야 나는 마음이 놓이겠습니다.

영순씨!

당신이 '파리'로 공부를 가신 후에, 나는 갑갑하여 어떻게 견디나요! 닷새에 한 번씩 보는 편지도 갑갑하니 안타까우니 하는데, '파리'로 가면, 적어도 30여일 만에야 한 번씩 편지를 보겠지요! 그러면 안타까워 어찌하나!……[154]

---

154) 노자영, 『사랑의 불꽃』, 59~64쪽, 인용문은 현대어 표기로 수정한다.

발신인 월영의 목적은 결국 수신인 영순의 파리행을 만류하고 자신의 사랑을 받아들여달라는 것이다. 왜냐하면 "죽어도 내 몸은 당신의 물건이"요, 오로지 "당신을 위하여 사는 사람이니까"라는 것이다. 다소 감정이 극단적으로 과장되어 있지만, 편지 결말은 "좌우간 당신이 가신 후에는 저는 더욱이 열심으로 공부하겠습니다. 잘 공부하고 잘 수양하여 당신께 즐거움을 드리고 당신께 기쁨을 드리고자 합니다."라는 모범생다운 결심으로 끝맺고 있다. 자기 이야기의 의미화를 통해 상대를 변화시키고자 하는 사회적 소통행위가 연애편지를 통해 실현되길 바라는 셈이다.

서간을 보내는 중국 유학의 남학생 월영에게는 영순이라는 연모하는 상대방이 명백히 정해져 있고 멀리 떠날 상대를 만류하려는 사연이 확실하다. 그래서 문장을 쓰는 일이 그리 어려운 것은 아니다. 서간문은 상대가 분명하기에 쓰기 쉬운 문장에 속한다. 문제는 고답적인 편지투에 얽매여 상대방이 내용을 종잡을 수 없는 내용을 담거나 알아보기도 어려운 문장, 문체를 쓰는 경우다. 이것은 대개 상대를 괴롭게 만드는 법이며 동시에 본인으로서도 큰 손해다. 여기서 편지 쓰기의 제일 수칙은 상대의 인품에 맞추어 충분히 자신의 마음을 전할 수 있도록 궁리해내는 일임을 알 수 있게 된다.

월영의 서간은 고백의 진정성을 이용하여 수신자인 영순이라는 특정 독자에게 신뢰를 주고, 제3의 독자라 할 『사랑의 불꽃』 독자에게 월영과의 실시간 대화 관계를 상상하게 함으로써 연애열에의 능동적인 참여까지 유도하는 기능을 수행하게 된다. 다만 연애 상대에게 자신은 오로지 당신 것이고 그렇기에 공부만 열심히 하겠다는 결심을 보이는 것은 1920년대의 시대상에 비추어 거의 상투적인 애정언어의 공식, 클리셰에 가깝다고 아니할 수 없다.

같은 책에 실린 다른 연애편지 한 편을 더 보도록 한다.

애인 T양에게

김건희(金建熙)

T양!

오늘 오후 네 시, 함남 S사(寺)에 무사 안착하였나이다.

S역 정거장에서 내려, 4,5리를 걸어 들어가니 좌우 옆에 울울창창한 송림은 무정한 가을바람에 흔들려 울고, 줄줄이 흐르는 샘물조차 목메어 우나이다. 시름없이 내리는 가을비! 답답한 하늘로 떠도는 애수!

가을은 슬픔의 때라 하옵지만, 어찌하여 이다지도 슬픈가요? (중략)

아 T양! T양! 애인을 둔 마음은 이리도 괴로운가요? Y역에서 초연히 돌아서시는 당신의 뒷모양을 볼 때, 저는 얼마나 마음이 아팠는지 알지 못합니다. (중략)

오! 그리고 나는 순진하고 열렬한 사람의 일절을 바칠 참사랑을 요구하여, 미칠 만치 입과 마음으로 그 사랑을 항상 부르짖었나이다. 그러자 마침내 당신의 사랑을 받게 됨에, 나는 생사를 모르고 날뛰었나이다. (중략)

오! H 강반(江畔)에서 외로운 꿈을 꾸시며 계신 T양이여! 나의 가슴은 아프고 저리외다. 그러나 이것을 능히 지필로 기록할 수 없습니다. 손에는 맥이 풀리고 눈물은 앞을 가리워 도무지 말을 만들 수가 없습니다. 오! 그러면 T양이여! 이 짜른 편지의 구구마다 흐르는 저의 피와 눈물을 생각하여 주시옵소서! 끝으로 T양의 내내 자중키를 비옵고, 또 "신은 어디까지든지 우리를 보호한다"는 우리의 슬픔의 위로하는 문구를 드리옵고 그만 그치나이다.

임술지추(壬戌之秋) 칠월기망(七月旣望) S사에서[155]

155) 김건희, 「애인 T양에게」, 오은서 편, 『사랑의 불꽃』, 신민공론사, 1923, 79~82쪽.

인용문은 김건희라는 발신인이 1922년 음력 7월 16일인 가을에 함경남도 S사란 절에서, 수신인 T양에게 헤어진 후의 이별을 비통해하는 마음을 구구절절 담아 보낸 연애편지이다. 조혼제의 폐습 속에서 자유연애를 꿈꾸는 당대 청년들에게 이 텍스트는 과감한 자유연애로의 동참을 호소하는 공범자적 근거를 마련하는 구실을 할 것이다. 왜냐하면 누군가 실명으로 애인에 대한 그리움을 솔직 과감하게 표현한 것이 활자라는 '인쇄된 간행물'로 유통되었기 때문이다. 근대 초기에 인쇄된 활자는 그 자체가 신뢰성의 상징적 기호였다. 수많은 무명 대중 독자들은 명사, 문인들의 연애편지를 읽고 그를 모범 삼아 매뉴얼에 근거한 연애편지 쓰기를 통해 사랑의 근대적 방식인 자유연애를 마음 놓고 실현하였다. 서양에서도 연애편지 읽기는 가장 모범적이면서도 탐욕적인 텍스트 읽기방식이기 때문이다.[156) 더욱이 자유연애를 일본을 통해 수입[157) 한 식민지 조선의 독자층에게도 연애편지집을 읽고 그를 모방해 연애편지를 쓰는 것은 남녀 간의 드러난 교제를 금하는 종래의 유교적 규범을 깨는 근대화의 한 상징이었다.

연애서간집이 의외의 성공을 거두자 춘성(春城) 노자영은 '오은서'란 차명을 버리고 직접 자기 이름으로 『문예미문서간집(文藝美文書簡集) 나의 화환』(미모사서점, 1939.11; 삼중당, 1952, 재간)을 출간하기도 하였다. 이 텍스트는 서간에 대한 정의 및 해설 없이 편자가 지인들에게 보낸 서간

156) M. 아들러, 전병덕 역,『독서의 기술』, 범우사, 1993 참조.

157) 자유연애 열기는 일본이 수입한 서양문명의 산물 중 하나라고 할 수 있다. 후쿠자와 유키치의 영향으로 메이지시대 일본에서 새로이 유행한 남녀교제는 어디까지나 서양 문명의 영향이고 새로운 시대에는 거기에 걸맞은 남녀관계가 필요하므로 기존의 유교적 남녀교육을 철폐하고 건전한 남녀교제를 권장해야 한다는 취지를 명확히 하고 있다. 이러한 제언에 촉발되어 그 다음부터 등장하는 남녀교제에 관한 대부분의 담론들은 어디까지나 후쿠자와가 전제한 서양풍의 남녀교제를 담론의 기본 전제로 삼고 있음을 볼 수 있다. 박승주,「기타무라 도코쿠의 서간에 관한 일고찰-「남녀교제」를 중심으로」,『일어일문학연구』63집, 한국일어일문학회, 2007. 참조.

을 '실용단신(實用短信)' 형식으
로 모아 엮었다. 이번에는 임
의로 창작한 연애편지가 아니
라 실제로 지인들끼리 주고받
은 다양한 종류의 편지를 모아
놓았다. 주요한 내용은 다음과
같다.(= 다음은 해당 쪽수)

『문예미문서간집』

이들 목차를 보면 서간의 용도와 분량을 기준으로 분류하긴 했지만, 실용서나 서간교본이라기보다는 「인도양상에 빛나는 남십자성」 이후 지인들로부터 주고받은 수십 편의 문예적 서간문집 성격을 더 강하게 띠고 있다. 그 중 일부는 여전히 문예적 감각을 살린 연애서간도 섞어놓았다는 점이 주목된다.

당신 窓 옆에 우는 한 마리 새!

(그리운 眞珠에게)

요새 어떻게 지내시는지요. 咫尺이 千里라고 한 서울에 있으면서도 뵈올 수조차 없구려. 아 그리운 眞珠氏 내가 늘 당신을 생각하고 늘 당신을 못 잊어 헤매는 줄을 당신은 몰우시겠지오. 어제밤도 잠을 못 이루고 당신을 생각하며 헤매다가 이 시 한 篇을 지었읍니다. 이 시는 나의 거짓 없는 마음을 당신에게 傳하는 나의 붉은 마음입니다. 眞珠氏 나의 이 붉은 心臟에 삭인 시를 부디 읽어 주시기 바라오. (중략)

아 眞珠氏!

나는 당신의 사람입니다. 당신을 위하여 一生을 받치려는 사람이외다. 당신이여 손을 버려 잡아주시지 않으렵니까? 부디 이 편지를 보시고 좋은 回示를 주시기 바랍니다. 끝으로 당신의 몸 우에 限없는 幸福이 나리기를 비나이다. 그러면 래래 安寧하시옵소서.

四月　七日

당신을 위하여 사는 金宋雲 拜[158]

　이 글에서도 역시 연애편지의 클리셰라 할 "나는 일생동안 당신을 위하여 사는 어진 종이 되고 싶습니다. 나는 일생동안 당신을 위하여 일하는 힘센 파수군이 되고 싶습니다." "내 생명과 내 정열과 내 온갖 것을 다 바쳐 당신을 행복스럽게 해드리고 싶습니다."가 반복된다. 따라서 이러한 연애편지 끼워 넣기는 서간집 자체를 잘 팔리는 상품으로 생각한 편저자의 인식을 반영한다. 그것은 근대 연애편지의 연애열기가 실은 만들어진 전통이며 출판업자들의 상업적 의도의 산물로 보게 만든다.

　기실 극히 개인적인 은밀한 내용이 담긴 필사본 연애편지가 서간집에 수록됨으로써 인쇄본으로 공간될 때는 일정한 의도가 있는 것이다. 원래 특정한 한 사람과의 내밀한 소통을 의도하면서도, 잠재적인 독자층의 확대를 염두에 둔다는 편지의 애매한 위상이 내재해있긴 하다. 편지는 서술자 자신이 예술적 의식을 부정하고 있음에도 불구하고 좀더 완벽한 사랑의 표현을 위해 '언어를 창조하려' 애쓴다는 점에서 예술작품이 되기도 한다. 진실의 토로로서의 편지와 일반 독자를 상정한 편지 사이에는 확실한 선을 그을 수는 없는 것이다.[159]

　결국 '공간된 연애편지'는 개인의 사적 고백보다는 사회적 의사소통

---

158)　노자영, 『문예미문서간집(文藝美文書簡集) 나의 화환』(미모사서점, 1939.11; 삼중당, 1952), 119쪽. 1939년판과 1952년판 사이에는 내용상 상당한 차이가 보인다.

159)　조현실, 「서한체 소설의 서술 책략－『위험한 관계』의 경우」, 이화여대 박사논문, 1991., 10쪽 참조.

기제로 작동하며 그에 따른 공감대와 자유연애 열기의 확산 등 다양한 부수효과가 생긴다. 사적인 필사본에서 공적인 인쇄본으로의 편지의 존재양식의 변모는 서간 기능의 변화를 가져오고 편지 사연이 던지는 사회적 이슈를 보편화한다. 이 편지들은 특정인을 호명하지만 인쇄, 공개된 순간부터 다수의 사람들을 수신인으로 삼는 까닭에 자연 개개인들의 사적인 문제들을 배제하게 되고 개인적 차원에서의 단순한 의사 전달의 수준을 넘어서 보편타당성이 있는 일반적인 문제를 다루게 되기 때문이다.

게다가 평서문을 넘어선 미문장과 경어체 등이 활용되면서, 다른 글쓰기 장르라면 낯간지럽게 느껴져 독자들에게 쉽게 읽히기 힘든 생경함과 이질감까지 불러일으킬 연문체가 얼마든지 허용되기도 한다. 이는 일상언어에서는 접해볼 수 없는 일종의 금기를 깨는 문체적 치외법권이 생겨난다고 하겠으니, 이러한 '연애편지체'는 1920년대 문체의 변화까지 초래하게 된 셈이다.

연애편지의 유행은 이 시기 정착된 근대문학에도 영향력을 행사한다. 일각에서 문학을 연애편지 쓰기의 수단 정도로 인식하기도 했던 것이다. 본격 문학의 담당자는 아니지만 잡지 편집자나 독자 중에는 문학을 정의하면서 연애편지를 대신 써주는 것으로 비아냥거리기도 할 정도였다.

필자	제목	매체	출판 연월	게재면
碧梧桐	'文藝漫話' 文學의 定義, 特質及要素 戀文代書	『生長』4호	1925.4.1.	77쪽 82쪽
柳致眞	艶書製作時代	『신동아』	1933.10	87~88쪽
미상	十圓紙幣에 싸인 艶書	『신동아』	1936.1.	84~85쪽

연애편지와 문학이 만나면 어찌되는지 당대 어느 잡지를 보면 "戀文代書"란 말까지 나온다. 서간과 문학의 관계에서 문학이 경우에 따라서

는 염서(艶書) 대필이나 연문 대서로 자조되기도 한 것이다. 그래서일까, 한때 '염서 대필 시대'란 말까지 유행하였다. 결국 진실성이 결여된 흉내 내기식 연애나 그를 조장한 연애서간집의 유행, 게다가 이윤 추구를 위한 상업적 출판과 광고까지 더해져서 이런저런 이유로 연애편지 쓰기와 연애서간집의 유행은 1930년대 들어서면서 급격하게 열기가 식고 만다.

지금까지 논의했듯이 서간, 서간집의 활성화에는 그때그때의 사회적 요구가 있었다. 1910년대에는 근대 초기의 계몽이 필요했고 20년대에는 특히 연애열기에의 편승이 이루어진 것이며 30년대에는 문인들의 문학 활동의 부수적 연장선상에 서간(집) 공간의 사회적 맥락에 놓여있는 셈이다. 게다가 1930년대 들어 문인 서간문의 단행본화가 활발하게 이루어지는 것은 출판자본의 상업적 논리와도 맞닿아 있다. 서간집이 근대인, 문화예술인이 되고자 하는 일반 대중들의 근대화 욕망의 좋은 상품이 되어간다는 의미를 찾을 수 있는 것이다.

2.5. 1930년대 문학서간집의 의미

2.5.1. 『문학청년서간집』과 『조선문단』 속간호

1920년대에 서간이 유행하여 서간체 기행 및 서간체소설까지 영향을 미치다가 30년대에 들어서서는 비문학적 실용문으로서의 서간양식이 문학과는 별개로 정착된다. 이태준은 『문장강화』에서 서간문은 문학이 아니라고 단언한다. 대신 『서간문 강화』라는 실용서 교본을 별도로 낸다. 이광수도 『문장교본』과 『춘원서간문범』을 통해 서간문을 예술로서의 문학과는 별개 범주로 정리한다. 게다가 30년대 후반 서간체소설이 줄어들면서 서간이 그 자체로 독자적인 실용문으로 교통 정리되자, 문인서간집들이 새롭게 성행한다. 20년대 특유의 '연애 열기'에 편승한 연애서간집의 유행이 급격하게 시들해지면서, 대신 전문 문인과 명사 중심의 공개서한이나 그것들을 모은 서간문집이 크게 늘어나는 것이다.

1930년대에는 문인, 명사들의 문학적 성향이 강한 서간집이 많이 나왔다. 대표적인 문인 서간집은 다음과 같다: 이성로 편, 『문학청년서간집』(북성당, 1935); 유춘정, 『최신문학서간집』(경성각서점, 1935); 서상경 편, 『조선문인서간집』(삼문사, 1936); 이광수, 『춘원서간문범』(삼중당서점, 1939), 노자영 편, 『나의 화환』(미모사서점, 1939.11.); 대산치영(서상경) 편, 『조선명사 33인 서간집』(영창서관, 1941)[160]; 방인근, 『춘해서간문집』(남창서관, 1942); 이태준, 『서간문강화』(박문서관, 1943).

이들 1930년대 문인 서간집의 계보를 개관하면 대략 세 유형으로 대별할 수 있다. 누구보다도 먼저 서간문집의 상품적 가치에 착안한 상업주의적 산물이라 할 이성로 편, 『문학청년서간집』이 첫 부류요, 유명 문사들의 명성에 힘입어 카프파 문인들의 생계형 저널리즘의 결과물을 묶은 서상경 편, 『조선문인서간집』(1936)이 다음 유형이며, 조금 늦게 서간집의 가치를 깨닫고 민족주의계열 문인들의 문단 교유형 저널리즘의 부산물을 모은 방인근 편, 『춘해 문인서간집』이 세 번째 유형이라 할 수 있다.[161] 이태준, 이광수의 서간 교본에 딸린 부록적 성격의 서간문집도 세

---

160) 大山治永 편, 『조선명사 33인 서간집(朝鮮名士三十三人書簡集)』(영창서관, 1941)은 영남대 소장본을 확인한 결과 서간집 3권의 합책 판본이다. 제1편은 서상경 편, 『조선문인서간집』(삼문사, 1936)이고, 제2편은 유춘정, 『최신문학서간집』(경성각서점, 1935)이며 제3편은 노자영 편, 『신시대의 서간집』(영창서관, 1931)으로 추정된다. 합책된 각 3권의 별도 페이지가 매겨져 있는 『조선명사 삼십삼인 서간집』의 편자 大山治永은 徐相庚과 동일인의 창씨개명으로 추정된다.

161) 문단 교유형 서간문집으로는 『삼천리』 편집진 김동환, 최정희의 문단 인맥을 잘 알 수 있는 육필서간 영인집인 김영식 편, 『작고문인 48인의 육필서한집』, 민연, 2001을 들 수 있다.

번째 문단 교유형이다.

그러면 이성로 편, 『문학청
년서간집』부터 문집 내용을 살
펴보기로 하자. 이 책은 발행인
김종대가 중국에서 '문학청년
서간집'과 '문인의 연애서간집'
이 환영받았다는 이야기를 듣
고 조선문단사의 편집자 이성
로에게 의뢰해 발간한 것이다.
저작 겸 발행인 김종대와 편찬
자 이성로의 서문은 각각 다음
과 같다.

『문학청년서간집』

本人은 文學에 關하야 아모 常識이 없는지라 이 書簡集의 文學的 價
値는 모른다. 오직 몇 달 前에 中國에 가서 多年間 留學하고 돌아온 親知
가 "中國에서는 文學靑年書簡集과 文人의 戀愛書簡集(發信人의 署名 그대
로)이 發行되어 大歡迎을 받는다"는 말을 듣고 朝鮮에서라도 이 『文學靑
年書簡集』을 한번 發行해 보는 것이 한 興味 있는 일이 아닐까 하고 이에
本人은 李城路氏에게 말하야 本文은 過去 무슨 文人書簡集보다 얼마나
價値 있는 일이 아닐까 한다. (중략) 本人은 文學에 關하야는 아모 것도
모르는 門外漢이니 이만 합니다.

이 책의 서간 원본 상당수는 1930,40년대에 유통되었지만, 책의 간행연도가 최근이라, 본 연
구의 범주인 '공간된 근대(일제하) 편지'에서 벗어나 본격 논의하지는 않는다. 후일의 연구를 기
약한다.

北星堂에서 金鍾大 白

本人이 東京에 있을 때에 『文學書簡集』及 本 文人의 『書簡集』等을 읽고 朝鮮에 나가면 이런 것을 한번 發行해보리라고 별른 일이 있었다. 그리하야 그 機會는 오고야 말었다. 本人이 『朝鮮文壇』을 經營하게 되자 朝鮮 十三道 方方谷谷에서 海外의 名處에서 書信이 날너들어왔다. 大概가 『朝鮮文壇』을 싸고도는 書簡이지만 地方이 다르고 筆者가 다르기 때문에 그 內容은 名樣名色이여서 趣味文學書簡으로써는 상당한 興味가 있었다. 그리하야 謂先 그 中에서 文章이 좋은 것만 추리여서 百餘通만 모와 發行하게 된 것이다. 中國이나 日本(西洋은 모른다)에서는 發信人의 일홈을 그대로 두고 發行한다 하나 本人은 여러가지로 시끄러운 일이 있을 것 같어서 場所와 人名을 흐리여서 發表하는 바이다. 開城은 京城으로 東京은 京城으로 이렇게 場所를 바꾸워놓고 金氏는 李氏로 李氏는 金氏로 朴氏는 林氏로 이렇게 人名을 바꾸워놓왔다. 그리하야 書簡의 主人公은 세상사람이 그 書簡이 누구의 것인지 모를 터이니까 창피한 일은 없으리라고 생각한다. (중략) 마즈막으로 한가지 未安한 것은 筆者들에게 일일이 通知도 없이 本文을 發行하게 된 것이였다. 하나 일홈을 숨기였으니가 諒解하실 줄 안다. 本文이 장차 發行되면 朝鮮에서는 처음 되는 일이다. 어떠한 反響이 일어날까 하고 한번 볼만한 일이라고 생각하며 이만.[162]

발행인 김종대의 서문을 보면 자기는 문인이 아니며 문단 밖 사람임을 강조하고 있다. 이는 문예적 가치보다 문학정년들이 서간집을 표방함으로써 선정적이고 상업적 특성을 노골적으로 표현했다고 할 수 있

---

162) 김종대(저작 겸 발행인), 「서문」, 이성로 편, 『문학청년서간집』(북성당, 1935)

다. 편찬자인 이성로[163] 또한 일본 동경에서 『문학서간집』, 『서간집』 등을 읽고 조선에도 그런 책이 필요하다고 생각했다는 점을 편저자 서문에서 밝히고 있다. 또한 발신인이나 수신인의 이름이나 지명 등을 임의로 수정 출판했다고 양해를 구한다. 이는 개인 간의 사적인 편지를 공개 출판했다가 나중에 무슨 시비거리에 말려들까 우려되어, 쓸데없는 시비에 얽매이지 않겠다는 사전 검열이자 시비 차단의 의도를 가진 것으로 보인다.

편자는 문학에는 문외한이라 하면서도 중국이나 일본에서 문학청년을 겨냥한 서간집이 유행하기에 조선에서도 한번 시도해본다고 하고 익명이자 무명인이라 할 발신자들의 사신(私信) 106통(第一通 ~ 第百六通)을 공개한 것이다. 이성로는 『조선문단』 속간호를 주재하면서 조선과 해외에서 편지를 받아 그 중 '문장이 좋은 것'을 추려 발간하였다고 한다. 106통의 편지 내용을 일별하면, 『중외일보』의 민요 연구 글을 기고한 시인에게 학생이 가르침을 받고자 한다는 청탁 편지인 제1통부터, '소설 재료'란 부제와 '정사(情死) 사건기'란 제목까지 달고 『요미우리신문』의 관련 기사 스크랩 15쪽을 첨부한 장문의 편지인 제106통까지 서간 주체와 사연, 형식도 매우 다양하다.[164]

이 중에서 이생(李生)이란 발신인이 H형에게 보낸 편지 한 통을 보자.

---

163) 이성로는 본명이 이학인(李學仁, 생몰연대 미상)으로 필명은 이성로(李城路), 우이동인(牛耳洞人)이었다. 1920년대에 김세원이 편집 발행한 월간 학술지 『시종』등에 시를 발표하고 1924년에는 시집 『무궁화』를 간행하였다. 1925년 잡지 『보성』에 시를 발표했으며, 1934년에는 『신동아』 현상문예에 소설 「아주머니」가 2등으로 당선되었는가 하면, 1935년에는 1928년 8월 이후 휴간되었던 『조선문단』을 속간하기도 했다.

164) 『동아일보』, 1935.12.6, 3쪽 신간 안내에 유춘정 편, 『최신문학서간집』(경성각서점, 1935)과 나란히 소개되었다. 신간 안내에 따르면 『조선중앙일보』에는 유춘정 편, 『최신문학서간집』의 수록 서간인 「태평양을 건너는 B형에게」, 「三防을 떠나면서」, 「동경의 학창생활」 등이 실려 있다고 되어 있다.

제83통

H형!

며칠 동안 소식이 없어서 궁금하외다. 『朝文』을 편집하기에 과로하셔서 혹 누워계시지나 않으신지? (중략) 제 2호는 얼마나 팔렸는지요? 물론 제 1호보다는 상당히 많이 팔렸으리라고 믿습니다. 『조문』 때문에 『신인문학』도 상당히 타격을 받았을 겝니다. 盧氏가 퍽 부러워하겠지요. 무엇보다도 궁금한 것은 『조문』 제 3호의 편집 '푸란'이올시다. 원고는 얼마나 모였고, 이번 호의 집필자는 대개 어떠한 분들입니까? 제 3호에 예고하기에 「문학 유산호」로 내겠다고 하셨는데 그것은 어떤 내용을 가지고 편집되겠습니까? 바쁘시더라도 저한테만은 알려주시면 감사하겠습니다. 『삼천리』잡지 모양으로 조선 작가의 명작 같은 것을 다시 싣는다면 그것은 별로 신통하지 못할 것이거니와 또 『삼천리』잡지에 실렸던 것을 되 우려먹는 모양이 되니 그런 계획을 세우셨다면 빨리 단념하시는 것이 좋은 듯합니다. 그렇다고 「세익스피어연구」니 「발자크연구」니 이렇게 해가지고 「문학 유산호」를 편집하신다고 해도 일본 문단과 달리 지금 조선 안에서는 아무리 문예독자가 많다고 해도 시기상조의 감이 없지 않습니다. (중략) 그리고 한가지 형에게 부탁하려 하는 것은 제 3호에는 「십삼도 문학 청년 서한집」 같은 것은 빼버리고 그 대신 「문인과 문인의 서한집」을 발표해주심이 좋겠습니다. 신인 소개는 전에도 말씀드렸거니와 아무쪼록 박영준씨나 김유정씨로 해주십시오. 쓸 말이 또 있지만, 다음에 하기로 하고 이만 끝냅니다. 곧 답장해주심을 바랍니다.

4월 23일 이생[165]

---

165) 『문학청년서간집』, 90~92쪽, 현대어 표기.

이생이란 발신인은 편자 서문에서 보다시피 "金氏는 李氏로 李氏는 金氏로 朴氏는 林氏로 이렇게 人名을 바꾸워" 변성명했다니까 누구인지 알기 어렵다. 수신인 H형이란 다름 아닌 이성로의 본명 '학인'의 영문 약칭일 것이다. 『조선문단』 속간호가 예상 외로 잘 팔려, 같은 시기에 대중지를 표방하며 경쟁했던 『신인문학』지가 타격을 받았으며 그 주재자인 노자영의 부러움을 받았다는 사실도 흥미로운 문단 이면사, 출판 이면사의 한 대목이다. 또한 "「십삼도 문학청년 서한집」 같은 것은 빼버리고 그 대신 「문인과 문인의 서한집」을 발표해주심이 좋겠습니다."란 대목에서 이 편지가 씌어진 날짜가 『조선문단』 속간 제2호(1935.4.11.) 발행 유포 이후인 1935년 4월 24일임을 추정할 수 있다. 게다가 이러한 지인의 건의와 제안을 받아들여 무명인들의 편지 대신 다음호에는 신진 작가와 중견 작가들의 편지를 기획물로 싣고 있는 것을 알 수 있다. 이를 통해 『조선문단』 속간호의 편집진이 처음에는 잡지를 잘 팔리는 상품으로 만들기 위한 대중주의를 표방했지만 다른 한편으로는 문단 내 순수 문예(지)의 위상을 견지하기 위해서 주변 문인들의 충고도 받아들였다는 사실을 짐작할 수 있다.

정작 주의를 끄는 사실은 이 책의 다양한 내용이 아니라 이 편지글들이 실은 『조선문단』 속간호의 기획 기사의 산물이라는 점이다. 즉, 이 책의 서간 상당 편수는 이미 『조선문단』 속간호에 연재되었다가 나중에 책으로 묶인 것이다. 『문학청년서간집』으로 모아진 편지들은 원래 『조선문단』지 편집인 이학인 개인에게 온 편지 13통을 잡지에 편집국 편 「십삼도 문학청년 서간집」[166]이란 기획기사로 모은 데서 출발하였다. 잡지 속간호에 원고가 모자라니까 여기저기서 모은 것으로 오해하기 싫지만 그렇지만은 않다는 편집인 이학인의 서문(35쪽)은 앞뒤 맥락상 맞는 말이

---

166) 편집국 편, 「십삼도 문학청년 서간집」 『조선문단』 21호(1935.2) 35~38쪽.

다. 왜냐하면 속간호 목차 뒤 '사고(社告)'에서 원래 130여 페이지로 준비했던 잡지가 말할 수 없는 여러 가지 사정으로 101페이지로밖에 나오지 못한 데 대한 독자의 양해를 거듭 언급하고 있기 때문이다.[167] 그런데 서간집 기획물에 대한 독자들의 반응도 좋고 원고 청탁과 수집에 어려움이 그다지 없으니까 서간 기획물을 21~22호 「십삼도 문학청년 서간집」, 23호 「신진작가 서간집」, 24호 「조선문인서간집」까지 연이어 게재하였다. 다음은 『문학청년서간집』의 저본이 된 『조선문단』지의 서간 기획물 일람이다.

필자	제목	매체	출판 연월	게재면
編輯局	十三道文學靑年書簡集 (第一通~第六通)	조선문단 속간 제1호 (21호)	1935.2.1	35~38쪽
編輯部	第十三道文學靑年書簡集(第七通~第十三通)	조선문단 22호	1935.4.11	192~196쪽
조벽암 등 23인	'新進作家書簡集' 기획물 편지 24통	조선문단 23호	1935.5.26	231~239
이찬 등 19인 (익명 포함)	'朝鮮文人書簡集' 기획물 편지 20통	조선문단 24호	1935.8.1	210~219

『조선문단(朝鮮文壇)』은 원래 순수문학에 큰 관심을 가지고 있던 방인근(方仁根)이 1924년에 창간한 순문예지였다. 제1~4호는 이광수(李光洙)가 주재하였고, 제5~18호는 방인근이 주재하였으며, 이후 재정난으로 휴간했다가 1927년 1월 속간했다. 그러나 재정난으로 다시 휴간했다가 1935년 2월 통권 21호를 속간 1호로 발간하여 26호(1935.12.27일자 제5권 제1호)까지 펴내고 종간하였다.

『조선문단』 속간호의 편집자가 바로 서간집 편찬자인 이성로(城路 李學

---

167) 『조선문단』 속간 1호(1935.2.1) 목차 다음의 내표지 '社告' 참조.

仁, 우이동인)이었던 것이다. 그는 속간호를 주재하면서 잡지 경영난과 시대 상황 등을 이유로 상업성을 숨기지 않았다.[168] 비록 속간사에서 "조선에 문단도 없고 문사도 없다"는 주장도 일리가 있다면서 속간호를 "조선 문사의 전 기관지이며 조선 문학청년의 총직영(總直營)으로 인식해주어야 한다"고 했지만, 실제로는 신인 발굴과 독자 대중화[169]를 명분으로 문학을 상품으로 대하는 태도를 숨길 수 없을 정도로 상업주의적 성향을 드러냈다. 그런 상업적 지향과 선정주의적 편집 방침이 잘 드러나는 기획 중의 하나가 바로 서간 모음이었다.

가령 『조선문단』 1935년 8월 속간호에 실린 「조선문인서간집」(210~219쪽)을 보면 다음과 같은 편집자 주가 붙어 있다.

『朝鮮文壇』 續刊 第一號로부터 이 書簡集 때문에 相當히 問題된 일도 많습니다. 어떤 분은 朝鮮文壇에 편지할 때마다 「紙上發表함」이라고 쓴 분이 많습니다. 하야 이번에 이것 하나 發表하고 다음에 新人 아니 無名作家書簡集이나 一回答表하고 다시는 發表치 않겠사오니 널니 양해하십시오. 그리고 筆者에게 자미없는 部分은 지워버렸읍니다. 마즈막으로 書信主에게 감사를 올니나이다.[170]

인용문에서 쉽게 알 수 있듯이 이 특집기획물의 필자들 모두가 처음

---

168) 『조선문단』 속간호에는 성로 이학인이 편집 겸 발행인주간으로, 홍순옥 함효영 김소엽 최인준 강승한이 사원으로, 이광수 방인근 공진항 김소엽 김홍섭 김지룡 등이 '찬조보조원'으로 관계하였다. 『조선문단』 속간 1호(1935.2.1) 목차 다음의 내표지 '社告' 참조.

169) 『조선문단』 속간호에는 신임 편집인인 이학인이 전임자 이광수 방인근의 뜻을 받들어 문단의 신인 추천과 입선제를 계승한다고 공지하고, 소설은 방인근, 시가는 김억이 심사자로 참여한다고 발표하였다. 그런데 실제로는 투고문의 모집종류로 '소설, 시, 희곡, 논문, 평론' 외에 '감상문, 수필, 일기, 소품문, 서간문 등'도 공지한 점이 주목된다. 『조선문단』 속간 1호(1935.2.1) 목차 다음의 내표지 '投稿 歡迎' 참조.

170) 「朝鮮文人書簡集」 편집자 주, 『조선문단』 1935.8, 210쪽.

부터 자신의 사적 편지가 공개 간행 유포될 것으로 알고 있었던 것은 아니다. 그들 중 어떤 '서신주(書信主)'는 편지의 발신인이었을 뿐이지 '필자'라는 저자의식, 글쓰기 자의식이 없었다. 상업적 의도에 경도된 편집자가 모든 발신인들의 허락을 받지 않은 채 공개한 것도 있는 셈이다. 반면 상당수 발신인은 자기 편지를 '지상발표(紙上發表)함'이라 하여, 특정 교신자 간의 특정한 사연이라는 편지 일반의 원칙을 넘어서서 일종의 '필자 투고' 형식을 당연시하였다. 게다가 전자든 후자든 편집자가 "筆者에게 자미없는 部分은 지워버렸습니다."라고 하는 순간, 사적 편지의 진정성은 사라지고 처음부터 개인 간의 '사적 공간'을 엿보고 싶은 불특정 다수 독자들의 취향에 영합한 상업적 의도를 노골화했다고 볼 수밖에 없는 것이다. 이것이 인쇄된 편지의 운명 일단이라고 할 수 있다.

이런 심증은 이들 잡지사의 기획된 공개 편지가 얼마 후에 단행본 서간집으로 출간되어 상업광고까지 동원된 상품으로 팔렸다는 사실에서도 잘 알게 된다. 다음 표에서 보듯이 잡지 등에 계속 실린 서간집 광고를 통해 서간집의 문화상품적 성격을 정착시켰던 것이다.

서간집 광고	잡지매체	간행월일	게재면
社告 - 북성당 관계(35.4) 단절	조선문단 제4권 제5호	1935.12.25	70
文學靑年書簡集 (책 광고. 北星堂書店)	조선문단 제4권 제5호	1935.12.25.	뒤표지
李城路 文學靑年書簡集 (책 광고. 조선문단사)	조선문단 제5권 제1호	1935.12.27.	내표지 광고면
李城路編 文學靑年書簡集 (책 광고. 북성당서점)	조선문단	1936.1.	뒤표지

2.5.2. 『조선문인서간집』과 『신동아』

1930년대 중반 들어서서 신문사 잡지의 경쟁이 심해지자 잡지 편집자들은 원고를 모으기 쉽고 독자들에게 잘 읽히며 나중에 책으로 간행해도 일대 유행상품이 될 수 있다는 점에서 시인, 작가, 일명 문사들의 서간을 앞다투어 싣기 시작하였다. 앞에서 거대 미디어가 아닌 『조선문단』지의 서간 기획과 서간집 간행, 광고를 두고 편집 성향의 상업성을 비판적으로 규정했지만, 기실 이러한 미디어 기획물이 딱히 『조선문단』만의 독창적 산물이나 이성로만의 유별난 편집 성향의 결과는 아니었다. 독자 대중에게 쉽고 친근하게 잘 읽히고 잘 팔리는 문인, 명사들의 서간을 다투어 게재했던 1930년대 잡지 미디어의 일대 유행에 편승한 것뿐이다. 『삼천리』『신동아』『조광』『중앙』 등도 서간 기획물을 심심치 않게 싣곤 하였기 때문이다.

이는 창간 당시의 순수주의, 문단주의적 편집 원칙을 줄이고 대신 상업주의, 대중주의를 노골적으로 표방한 결과였다. 문학 서간의 잦은 기획도 그 한 예라 하겠다. 전국 문학청년들과 유명 문인, 명사들로부터 잡지 기획물로 적잖은 서간을 받아 잡지에 게재하고 그것을 모아 책으로 내서 상품성을 높이는 것이다. 바로 『신동아』에서 기획 연재한 서간문을 모아 간행한 서상경 편, 『조선문인서간집』이 그런 경우이다. 당시에는 문인 등 유명인들의 서

『조선문인서간집』

간을 청탁해서 잡지에 기획 연재하고 다시 그것을 책으로 모아 간행하는 예는 흔한 일이었다. 가령 유춘정의 『최신문학서간집』과 노자영 편 『나의 화환』은 『신인문학』지, 이성로 편 『문학청년서간집』은 『조선문단』 속간호, 서상경 편, 『조선문인서간집』(윤곤강 외, 『조선명사 33인 서간집』 개제)은 『신동아』, 방인근의 『춘해서간문집』은 속간 이전의 『조선문단』, 이태준의 『서간문강화』는 『문장』 『신시대』라는 잡지 미디어와 연결고리를 맺고 있었던 것이다. '서간 – 서간 기획 – 잡지미디어 – 출판사'라는 일종의 상업주의적 시스템의 한 영역으로 '문인 서간'이 자리잡게 된 셈이다.

그런 열기는 문단의 좌우가 따로 없었다. 가령 민족주의 계열 문인서간집인 『춘해서간문집』과 마찬가지로 프로문학 계열 문인들의 서간집인 『조선문인서간집』에도 상업적 성향은 숨겨지지 않는다. 이기영의 도움을 받아 서상경이 편찬한 『조선문인서간집』(삼문사, 1936)은 카프 문인들의 서간모음이다. 거기에는 조명희의 「R군에게」, 김남천의 「어린 두 딸에게」(수기형식 소설), 송영의 「다섯 해동안의 조각편지」 같은 서간체소설이 잘못(또는 의도적으로) 수록되어 있긴 하지만, 수십 편의 알려지지 않은 카프 작가의 사신도 수록되었다. 방인근 자신의 사신을 모아놓은 『춘해서간문집』과는 달리 카프 문인들끼리 서로 주고받은 편지를 모아놓은 것이라 문단사적 가치도 적지 않다.[171]

---

171) 카프를 중심으로 한 진보적 문인, 작가들의 서간을 모아 편찬한 서상경의 『조선문인서간집』에 실린 서간텍스트는 다음과 같다: 윤곤강, 「경애하는 R형 앞에」, 유완희, 「사랑은 인생의 전부가 아니다 – 어느 젊은 벗에게 답함」, 한인택, 「황형에게」, 김팔봉, 「바람에 붙이는 편지」(1~4신, 병자丙子 1936년 1월 4일), 박세영, –이찬 형」(병자 6월 28일), 임화, 「민촌 형에게」(구정 원일元日), 이원조, 「단경(丹畊) 형에게」, 이흡, 「삼보정(三步庭)을 소요하며」, 홍효민, 「백 형!」(백철), 장혁주, 「강경애 여사께」, 최정희, 「M友에게」, 강경애, 「장혁주 선생에게」, 윤기정, 「민촌 형!」 한설야, 「고향에 돌아와서」(병자 4월 11일), 엄흥섭, 「조벽암 군에게」, 한효, 「오직 참으라」, 포석(조명희), 「R군에게」(소설), 김남천, 「어린 두 딸에게」(수기형식 소설), 송영, 「다섯해동안의 조각편지」(대정13, 대정15, 소화3년, 소화3년 1월5일, 소설?), 조벽암, 「엄흥섭 군에게 드림 – 남풍에 실려보내는 추상秋想」,

흥미로운 사실은 이 서간문집도 역시『신동아』의 미디어 기획의 부산물이라는 점이다.『신동아』1935년 3월호부터 8월호까지 '작가끼리 주고받는 글'이란 기획물이 실렸고, 1936년 3월호부터 9월호까지 '평론가로서 작가에게 보내는 편지'이란 기획물이 있는데, 이들 서간을 근간으로 해서 나중에 서간문집이 간행된 것이다.

서간 필자 (발/수신인)	'作家끼리 주고 받는 글' 기획 기사 제목	매체	간행 연월	게재면	비고
嚴興燮/趙君	(제1회) 趙碧岩君에게 보냄－바람에 붙이는 亂想－	신동아	1935.6.	189~195	『조선문인서간집』245~ 수록
張赫宙/姜敬愛先生	(제2회) 往信 姜敬愛女史께	신동아	1935.7.	138~140	『조선문인서간집』145~ 재수록
姜敬愛/先生님	(제2회) 回信 張赫宙先生에게	신동아	1935.7.	141~143	『조선문인서간집』36~ 재수록
趙碧岩/嚴君	(제3회) 嚴興燮君에게 드림－南風에 실려 보내는 愁想－	신동아	1935.8.	160~163	『조선문인서간집』137~ 재수록

서간 필자 (발/수신인)	'評論家로서 作家에게 보내는 便紙' 기획 기사 제목	매체	간행 연월	게재면	비고
韓曉/女史	朴花城 女史에게－粗雜한 이 一文을 보냅니다－ (제1회)	신동아	1936.3.	178~184	기획물 제목 '보는'은 '보내는'의 오자
安含光	作家 兪鎭午氏를 論함	신동아	1936.4.	266~275	(기획물 제2회)

강경애,「장혁주 선생에게」(5.26), 함대훈,「순정, 고독－외우 김광섭 형에게」(소화 11년 9월 10일), 이병각,「육사 형님」, 이기영,「추회(追悔)」(H형, 한설야?, 병자년 6월 28일), 정래동,「A형에게」, 이무영,「폐허의 고향에서」(갑술년 1934년 8월 30일), 현경준,「안동수 형에게」, 안동수,「넷벗을 그리면서」, 임화,「외우 송영 형께」, 박영희,「작가 엄흥섭 형에게」, 박아지,「북국의 가을」(정묘 9월 20일), 한효,「유월 편신(片信)」, 박승극,「박영희 씨에게－프로예맹 탈퇴를 듣고」(소화 8년 12월), 이동규,「다시 사바에 서서－박승극 형에게」, 이흡,「엽서에 쓴 글」, 송봉우(宋奉瑀), 「金一聲(북풍회 집행위원, 조공 중앙검사위원이, 재일조선노총, 일노조전협 활동가에게) 兄」(대정 14년 9월 20일 양양 낙산사에서), 꼴키,「이와노푸에게」(1912.10.12/구력 9.19), 「친애하는 버너드 쇼오」, 궤테,「베－릿슈에게」, 야스냐 포리야나에서, 「토스토옙스키－1867년 6월 27일」, 도쓰도옙스키,「C.P. 포피에노스트에후에게－1880년 8월 16일 스타라야 룻사에서」

林和/宋兄	(第三回) 畏友 宋影兄께	신동아	1936.5.	270~279	『조선문인서간집』180~ 재수록
朴英熙	(第四回) 作家 嚴興燮兄에게	신동아	1936.6.	235~240	
洪曉民	(第五回) 作家 張赫宙氏에게	신동아	1936.7.	234~238	
白鐵/韓雪野君	(第六回) 作家 韓雪野에게	신동아	1936.9.	207~212	
李洽/任兄	三步庭을 逍遙하며	신동아	1936.9.	214~215	『조선문인서간집』30쪽

문제는 서상경이란 카프문인 서간집 편찬자의 간행 의도이다.

열도 스물도 더 헤일 수 있는 편지들이 있기는 있으나 하나도 똑똑한 것이 없고 도리혀 그릇 가르침이 많았음을 나는 항상 슲어하였다. 이에 나는 늦긴 바 있어 詩人 小說家 三十餘 분의 편지글을 모다 이 한 卷 書簡集을 어리어놓앗다. 먼저 생각하고 마련햇든 바와 같이 흠없이 꾸미지는 못하였으나 이미 나도라다니는 書簡集보다는 別달은 書簡集인 것을 자랑삼는다.

이는 한갓 書簡文이 아니요, 詩요 小說이요 그리고, 評論이기도 하다. 그러기에 文章만을 배울바 아니요 또한 배울 것도 있으리라고 믿는다. 그럼으로 이 글을 액김없이 주신 筆者 여러분의 고마운 뜻을 謝禮하고 거듭 이 한 卷을 世上에 내놓게 된 것을 끝없이 자랑한다.

끝으로 이 書簡集을 내놓기까지의 알뜰한 指導을 사양치 않은 畏友 民村 李箕永君의 고마운 마음을 謝禮하며 -.

丙子 仲秋 安洞旅窓에서 編者 識[172]

---

172) 서상경, 『조선문인서간집』, 삼문사, 1936, 1쪽.

그는 이기영의 지도로 이 서간집을 편찬했다면서 서문에서 문학성을 마치 '광고문안처럼' 언급한다. 이기영의 문단 인맥으로 윤곤강, 유완희, 한인택, 김팔봉, 박영희, 박세영, 임화, 이원조, 최정희, 강경애, 윤기정, 한설야, 엄흥섭 등 카프계열 문인들의 서간을 모아놓고 서문에서 "이는 한갓 서간문이 아니요, 시요 소설이요 그리고 평론이기도 하다. 그러기에 문장만을 배울 '한갓 서간문'이 아니라 '시요 소설이요 그리고 평론이기도 하다'고 밝힌 것이다. 자신의 문인 서간집은 예전의 척독류 매뉴얼처럼 '문장만을 배울' '한갓 서간문'이 아니라 '시요 소설이요 그리고 평론이기도 하다'고 강변하는 것은 일종의 상업적 전략이 아닐까.

읽으라! 보라! 이야말로 조선 출판계를 놀래게 할 파천황의 서간집이다. 독자로 하여금 참된 인생의 진리를 알게 하고 참된 인생의 행복을 늣기게 할 명문 미문의 언파레트이다.

문학을 공부하려는 자, 문단에 출세하려는 자, 그리고 젊은 마음 회포를 속임업시 편지로 말하려는 자 모름직이 이 모범서간집을 읽으라! 여기야말로 참된 인생의 속삭임이 잇고 교훈이 잇고 정열이 잇고 동경이 잇다.

이는 『비판』 1936년 7월호 79쪽과 10월호 73쪽에 실린 『조선문인서간집』의 '근간' 광고문안이다. 이 책은 원래 경성각서점에서 간행하기로 '근간' 광고가 나갔고, 『비판』 1937년 7·8합호 158쪽에 '민우당서점' 근간으로 예고되었으나 실제로는 삼문사에서 1936년 11월 15일자로 이미 간행되었다. 결국 서간(문)의 본질을 두고 문학성 운운했던 것은 상업성의 다른 이름, 통속화의 징표라는 말이다.[173]

---

173) 김성수, 「근대적 글쓰기로서의 서간(書簡) 양식 연구(2) – 근대 서간텍스트의 역사적 변천과 문학사적 위상」, 『현대소설연구』 42호, 한국현대소설학회, 2009. 12, 83쪽.

2.5.3.『서간문강화』와『문장』,『춘해 문인서간집』과『조선문단』

1930년대 문인 서간집의 계보를 보면, 카프 문인들의 생계형 저널리 즘이『조선문인서간집』이었다면, 민족주의문학 계열 문인들의 문단 교 유형 저널리즘이『서간문강화』(부록:「名士實用書簡選集」)와『춘해 문인서간 집』이라 할 것이다. 1920년대 중반『조선문단』창간 당시 편집진이었다 가 나중에 책임자가 된 방인근이, 자신이 떠난 잡지 속간호에서 이성로 가 서간 기획과 서간집『문학청년서간집』으로 상업적 이득을 크게 얻자 뒤늦게 자신의 사신을 모아 책을 낸 것이『춘해서간문집』이다. 이 책은 잡지 기획의 산물은 아니지만 1920년대 이광수와 방인근이 중심이었던 우파 문인들의 문단 교유 상황을 잘 알 수 있게 한다. 앞에서 보았던 잡 지사의 서간 기획 부산물로 나온 선정성, 상업성과는 달리 자신의 기행 서간과 다른 문인들이 보낸 사신을 모았기에 책의 가치를 높이려고 그랬

『서간문강화』

는지, 문집(anthology)을 보완하 는 교본(manual)을 뒤에 달았다. 당시의 서간문집 대부분처럼 상 업주의 저널리즘의 산물로 비난 받을까봐 그랬는지, 아예 교본을 주로 하고 문례를 뒤에 부록으로 싣는 이태준, 이광수의 서간교본 과 대비되는 편집방식이다.

이광수의『춘원서간문범』(삼중 당서점, 1939)은 교본적 성격을 위 해 예문을 모두 익명으로 처리했 고, 이태준의『서간문강화』(박문 서관, 1943)는 교본이라기보다는

이론서에 가깝지만, 부록으로『문장』인맥 문인들의 문단 교유를 보여주는 서간문집을 붙였기에 주목을 요한다.

그런데 이태준은 왜『문장』인맥의 문단 교유형 서간모음을『문장』지가 아니라『신시대』에 연재했다가 박문서관에서 냈을까?『문장강화』는 그가 주재한『문장』지에 연재했다가 연재분에 원고를 더해 단행본으로 간행할 수 있었던 데 반해,『서간문강화』상재 당시에는『문장』이 폐간된 이후였기 때문이다. 그래서 서간 이론을『신시대』에 1942년에 연재하다 원고를 더해 1943년에 박문서관에서 단행본으로 간행할 수밖에 없었던 것이다. 다만, 책 부분의 이론 설명은『신시대』에 일부 게재했던 것이지만, 부록의 문인 서간집에 실린 서간문은 모두「문장」지 당시의 사신들로서 그들 서간의 주체는『문장』지의 문단 인맥으로 짐작된다. 따라서『서간문강화』의 미디어 배경은『문장』지로 보는 것이 온당하다.

『서간문강화』부록인「名士實用書簡選集」의 서문을 보자.

　名士의 書簡으로 冊에 난 것을 더러 보면, 흔히 그 冊을 爲해 새삼스러이 붓을 든 것이라 名論卓說은 많아도 日常生活에서 누구나 實際 편지로 參考 引用하기에는 不滴하다. 여기 모은 것은 이 冊을 爲해 請한 것은 하나도 없다. 모다 쓴 그분들이 實際로 必要해서 보낸 편지들을 모은 것이다. 한두 줄에 그친 쪽지도 있고 簡單한 葉書, 찬찬한 封書, 公式請狀들도 몇 가지 모았다. 이런 것이 實際에 있어선 더 아쉬울 줄 믿기 때문이다. 빌려주신 여러분께 特히 感謝한다.

여기서 이태준이 강조하는 것은 1930년대 중반에 족출한 서간집 대부분이 대중적 잡지 기획의 일환으로 문인, 명사들에게 청탁된 문예적 서간이지 일반인들이 실제로 편지를 쓸 때 참고하거나 활용 가능한 일상적 사교, 문안편지는 아니라는 점이다. 즉,『문학청년서간집』이『조선문단』속간호 기획 연재물의 산물이고, 『조선문인서간집』이 『신동아』의 서간 기획물의 부산물임을 의식해서 그렇게 발언한 것이다. 그래서 자기는 『문장』지 편집자로 문단의 중심에 있을 때 교유했던 작가들의 실제 편지, 즉 청탁용 원고라는 공개 편지가 아닌 사신을 모아 간행했다는 점을 강조한다. 다음은 「부록: 명사실용서간선집(名士實用書簡選集)」의 편지와 엽서 일람과 그 주요 내용이다.

서간 필자 (발/수신인)	제목	발신 연월일	게재면 수	격식/내용
李孝石/兪鎭午	李孝石氏로부터 兪鎭午氏에게 온 것	二月 二十六日	168 ~170	
李孝石/兪鎭午	李孝石氏로부터 兪鎭午氏에게 온 것	三月七日	171 ~172	
曹 雲/李秉岐	曹雲씨로부터 李秉岐氏에게 온 것	七月一日	172 ~173	
崔南善/盧聖錫	崔南善氏로부터 盧聖錫氏에게 온 것	十月 十七日	174	
李光洙/盧聖錫	李光洙氏로부터 盧聖錫氏에게 온 것	十月 二十二日	174 ~175	『사랑』印紙를 대동인쇄소 사장에 보내는 사연
李孝石/盧聖錫	李孝石氏로부터 盧聖錫氏에게 온 것	미상	175 ~176	
韓雪野/盧聖錫	韓雪野氏로부터 盧聖錫氏에게 온 것	三月 十八日	176 ~177	
洪命憙/朴鍾和	洪命憙氏로부터 朴鍾和氏에게 온 것	二十二日	177	
李秉岐/朴鍾和	李秉岐氏로부터 朴鍾和氏에게 온 것	十一月 二十五日	177 ~178	『盎葉記』(翰南書林) 책값 문의 답변
崔南善/方應謨	崔南善氏로부터 方應謨氏에게 온 것	四月 十二日	179	
林 和/李甲燮	林和氏로부터 李甲燮氏에게 온 것	미상	179 ~180	
李源朝/白 鐵	李源朝氏로부터 白鐵氏에게 온 것	十一日	180 ~181	

朴錫胤/金東煥	朴錫胤氏로부터 金東煥氏에게 온 것	三月 二十九日	181 ~182	再伸[추신]
毛允淑/金東煥	毛允淑氏로부터 金東煥氏에게 온 것	미상	182 ~183	'윷노리' 초청편지
毛允淑/金東煥	崔貞熙氏로부터 金東煥氏에게 온 것	미상	183 ~184	병문안편지
薛義植/金東煥	薛義植氏로부터 金東煥氏에게 온 것	五月 二十日	184 ~185	巴人兄/小梧 弟
金一出/李女星	金一出氏로부터 李女星氏에게 온 것	十一月 二十六日	185 ~188	/일출 鞠躬
林玉仁/崔貞熙	林玉仁氏로부터 崔貞熙氏에게 온 것	四月二日	188 ~189	
金起林/李甲燮	金起林氏로부터 李甲燮氏에게 온 것	十二月 二日	189 ~190	石耕兄/片石村 弟
李孝石/崔載瑞	李孝石氏로부터 崔載瑞氏에게 온 것	十一月 二十九日	190 ~191	李孝石 拜
李善熙/朴鍾和	李善熙씨로부터 朴鍾和씨에게 온 것	卽日	191 ~192	李선희
玄鎭健/朴鍾和	玄鎭健氏로부터 朴鍾和氏에게 온 것	七月五日	192 ~193	月灘 兄님 앞에/ 아우 憑虛 올림 *白潮時代
崔永柱/朴鍾和	崔永柱氏로부터 朴鍾和氏에게 온 것	미상	193 ~194	崔永柱 拜
白 石/朴鍾和	白石氏로부터 朴鍾和氏에게 온 것	五月七日	194	『女性』지의 隨筆「생선과 채소」,「新女性 편지」원고 독촉 및 청탁
金東煥/朴鍾和	金東煥氏로부터 朴鍾和氏에게 온 것	一月九日	194 ~195	金東煥, 『三千里文學』 배송
李崇寧/李熙昇	李崇寧氏로부터 李熙昇氏에게 온 것	四月 二十六日	195 ~196	李崇寧,
趙容萬/朴鍾和	趙容萬氏로부터 朴鍾和氏에게 온 것	미상	196 ~197	조용만, 일요일에 사육신묘행 통보
黃 澳/金尙鎔	黃澳氏로부터 金尙鎔氏에게 온 것	七月 十四日	197	
金永錫/李根榮	金永錫氏로부터 李根榮氏에게 온 것	五月 二十九日	198	李孝石 遺稿 정리, 『춘추』 1943년 7월호 孝石 追悼號 제안

趙憲泳/李克魯	趙憲泳氏로부터 李克魯氏에게 온 것	九月 十八日	198 ~199	李克魯先生, 趙憲泳
朴八陽/李泰俊	朴八陽氏로부터 筆者에게 온 것)	十二月 十七日	199 ~200	李泰俊先生, 弟 朴八陽 再拜
金尙容/李泰俊	金尙容氏로부터 筆者에게 온 것	壬午正月 十七日	200	賞心樓 主人先生, 坡 弟 拜 (월파 김상용) 1942
俞鎭午/李泰俊	俞鎭午氏로부터 筆者에게 온 것	六月 十四日	201	俞鎭午, 고 이효석의 편지 대여 요청에 답장
崔貞熙/李泰俊	崔貞熙氏로부터 筆者에게 온 것	미상	201	李先生님, 崔貞熙 拜, 편지 대여 요청에 답장
馬海松/李泰俊	馬海松氏로부터 筆者에게 온 것	一月 三十日	202	李仁兄(이태준), 海松, 『亦君恩』 증여 편지
朴鍾和/李泰俊	朴鍾和氏로부터 筆者에게 온 것	丁丑 八月 二十六日 朝	202 ~203	賞心樓 主人 研榻下, 弟 月灘 拜, 상허 제2短篇集 『가마귀』(1937) 감사, 감상문
張赫宙/李泰俊	張赫宙氏로부터 筆者에게 온 것	미상	203 ~204	尙虛大兄께, 張赫宙 올림, 최군 소개장
李熙昇/李泰俊	李熙昇氏로부터 筆者에게 온 것	二月 十九日	203 ~204	尙虛兄, 弟 李熙昇, 『文章三十四人集』(1941)감사 편지
崔明翊/李泰俊	崔明翊氏로부터 筆者에게 온 것	三月 二十四日 밤	205 ~206	愚弟 崔明翊 拜
曹南嶺/李泰俊	曹南嶺氏로부터 筆者에게 온 것	六月 二十二日	206 ~207	李先生님께, 曹南嶺 드림
金裕貞/安懷南	金裕貞氏로부터 安懷南氏에게 온 편지	三月 十八日	207 ~209	필승아, 金裕貞으로 (회남 안필승)
李 霜/安懷南	李霜氏로부터 安懷南氏에게 온 편지	미상	209 ~212	懷南 兄, 愚弟 李霜
朴泰遠/安懷南	朴泰遠氏로부터 安懷南氏에게 온 것	미상	212 ~213	懷南 大仁 前, 仇甫 再拜
朴八陽/崔泳柱	朴八陽氏로부터 崔泳柱氏에게 온 것	五月二日	213 ~214	崔泳柱 仁兄, 弟 朴八陽 재배
蔡萬植/崔泳柱	蔡萬植氏로부터 崔泳柱氏에게 온 것	十一月	215	蔡萬植
安懷南/鄭人澤	安懷南氏로부터 鄭人澤氏에게 온 것	七月 十六日	215 ~216	人澤 雅兄, 懷南 배, 안회남 단편 「謙虛」 송고

朴泰遠/鄭人澤	朴泰遠氏로부터 鄭人澤氏에게 온 것	卽日	217	仇甫
金尙鎔/鄭人澤	金尙鎔氏로부터 鄭人澤氏에게 온 것	九月 二十九日	218	鄭兄, 金弟 尙鎔 拜
梁柱東/鄭人澤	梁柱東氏로부터 鄭人澤氏에게 온 것	卽日	218 ~219	梁 弟 拜
白 石/鄭人澤	白石氏로부터 鄭人澤氏에게 온 것	五月六日	219 ~220	鄭兄, 白石 弟
鄭芝溶/鄭人澤	鄭芝溶氏로부터 鄭人澤氏에게 온 것	九日 午後	221	지용 (*이상은 봉함편지)
崔鶴松/曺圭源	崔鶴松氏로부터 曺圭源氏에게 온 것	大正 十五年 六月五日	222	1926년 순종 因山 (*이하 엽서)
金起林/崔載瑞	金起林氏로부터 崔載瑞氏에게 온 것	미상	222 ~223	
趙敬姬/崔貞熙	趙敬姬氏로부터 崔貞熙氏에게 온 것	미상	223 ~224	라일락꽃을 삼천리사 대신 신세기사 선물
高裕燮/李甲燮	高裕燮氏로부터 李甲燮氏에게 온 것	미상	224	청탁 원고 연기 (*이갑섭, 『조광』 편집부장)
權丞昱/李克露	權丞昱氏로부터 李克露氏에게 온 것	五月 十七日	224	丞昱 謹上
尹石重/李甲燮	尹石重씨로부터 李甲燮씨에게 온 것	미상	225	
朴英熙/盧贏石	朴英熙氏로부터 盧贏石氏에게 온 것	미상	225	전시 위문차 북경 도착
임옥인/李泰俊	임옥인씨로부터 필자에게 온 것	12월 27일	226	일본의 丁抹 농업지대 도착
정지용/李泰俊	정지용씨로부터 필자에게 온 것	20일	226 ~227	상허 사형, 가람 댁 22일 망년회 초대
신영철/李泰俊	신영철씨로부터 필자에게 온 것	11월 30일	227 ~228	재만 문집 『싹트는 대지』 서평 청탁
김기림/李泰俊	김기림씨로부터 필자에게 온 것	미상	228	서울역 배웅에의 화답
한설야/정인택	(한설야씨로부터 정인택씨에게 온 것)	미상	228	잡지 특집 감사

박종화/정인택	(박종화씨로부터 정인택씨에게 온 것)	미상	229	每新 이직 송별회 불참 인사
정인택/정지용	인택 大夫/ 지용 배	미상	229	「평양」받아보았는지 안부
이태준/정지용	상허 형/ 지용 弟	1월 5일	229~230	「大安東」貴紙 제공 용의
				이상 엽서, 이하 公式文部
양주동/이태준	문예공론사 백	3월 20일	230	문예공론사 편집자 양주동의 이태준 원고 청탁
정인섭/이태준	정인섭 올림	10월 29일	230~231	英譯용 이태준 소설 5~10편 선정 부탁
조광사 편집부/이태준	조광사 편집부 백	3월 31일	231	독자통신란에 독후감 청탁
마해송/이태준	모던 일본사 백	昭和 16년 12월 25일	232	제3회 조선예술상 후보 추천 청탁
홍우백/이태준	홍우백 배	11월 24일	232~233	舊師 山田新一(야마다 신이치) 환담 참석 요청
추모회 發起人/이태준	(고 김유정, 이상 추모회 초청)	1937.5	234	고 김유정, 이상 추모회 초청 (1937.5.15.)

이번에는 방인근의 『춘해서간문집』(남창서관, 1942)을 살펴보자.[174] 이 책은 상하권으로 이루어져 있다. 상권에는 「李光洙兄에게」, 「羅惠錫女史에게(晶月氏!)」, 「늘봄兄에게」, 「金東仁兄에게」, 「毛允淑女史에게」, 「稻香兄에게」, 「李善熙女史에게」, 「廉想涉兄에게」, 「崔貞熙女史에게」, 「岸曙兄에게」, 「金明淳女史에게」, 「憑虛兄에게」 등의 제목으로, 이광수, 나혜석, 전영택, 김동인, 나도향, 이선희, 염상섭, 최정희, 김억, 김명순, 현진건, 최서해, 박종화, 노자영, 정지용, 이서구, 오천석, 양주동, 주요한,

---

174) 방인근의 『춘해서간문집(春海書簡文集)』(南昌書館, 1942)은 해방후 증보 개제판 『춘해서한문집(春海書翰文集)』(대지사, 1954)으로 재출간되었다. 두 책을 비교하면 친일이나 월북작가 문제 때문인지 상당부분 차이가 있다.

김일엽 등 당대의 유명 문인들에게 보낸 방인근 자신의 서간이 실려 있다. 다음으로 「鷄龍山에서」, 「서울에서」, 「東京에서」 등등의 제목을 달고, 방인근 자신이 공주, 계룡산, 동경, 일광산, 경도, 강서약수터, 영변 약산 동대, 원산 송도원, 석왕사, 인천 송도, 인명사, 백천온천, 온양온천, 하얼삔, 완화(緩化), 대련(大連), 묘향산, 목포, 지하금강 동룡굴, 부산, 금강산 등 명승지에서 지인들에게 보낸 기행서간이 실려 있다.[175]

방인근의 『춘해서간문집(春海書簡文集)』은 상업성에 대한 별다른 고려 없이 『문장』지의 범문단적 인맥과 영향력을 대내외에 널리 과시한 이태준의 『서간문강화』와 성격이 다르다. 그렇다고 해서 노골적인 상업성을 드러낸 이성로의 『문학청년서간집』처럼 서간집 자체를 상품으로 생각한 산물도 아니다. 좌파 문인들의 비평적 교유의 산물을 집대성한 『조선문인서간집』과도 다르다. 방인근은 편지가 문학이 아니라는 이태준의 『문장강화』 『서간문강화』 규정에 동의하지 않는다. 방인근에 의하면 "편지란 사람이 세상 사는 동안 서로 정(情)과 애(愛)를 얼키게 하는 금사슬 은사슬 같은 것입니다. 또 훌륭한 문학입니다."[176]라고 단언한다. 방인근에 의하면 편지란 사람 사이를 연결하는 수단이고 '훌륭한 문학'이다. 그러나 그 논리의 구체적 근거는 없이 바로 "만나서는 이야기 못할 것이라도 편지로는 할 수 있읍니다. 교제상 없지 못할 신비한 것이라 생각합니다."라고 하여 편지의 교유적 기능을 설명하는 데 그친다. 이는 편지의 문학성을 규정하는 논거가 되지는 못한다. 때문에 서간이 그 자체로 훌륭한 문학이라는 주장은 설득력을 갖지 못하고 금세 사라진다.

게다가 그의 서간집 편찬의식을 보면 이성로 같은 노골적인 상업성이나 이태준만큼의 주도면밀한 치밀성이 보이지 않는다.

---

175) 방인근, 『춘해서간문집』, 86쪽.
176) 방인근, 『춘해서간문집』, 1쪽.

남에게 보낸 편지를 차저다가 여기에 실을 수도 없는 노릇입니다. 그래서 극히 친한 벗에게는 사정 말을 하고 몇 장 찾어다가 벳겻스나 그 외에는 전에 편지한 문구가 분명히 기억되는 것만 추려서 다시 썼읍니다. 그러니 이외에 빠진 것이 부지기수입니다.[177]

방인근은 이성로같이 개인의 사적 영역을 무시한 후안무치한 공개는 하지 않았다는 사실을 명기한다. 이는 역으로 당시 서간 기획이나 서간집 간행에서 얼마나 많은 프라이버시 침해가 이루어졌는지 짐작하게 한다. 그런 점에서 서상경의 『조선문인서간집』은 프로문사의 큰형격이었던 이기영의 인맥에 따라 『신동아』의 기획물을 중심으로 상대적으로 치밀한 의도 하에 편찬되었으니 실상에 가까워 자료적 가치가 적지 않다고 하겠다. 반면, 방인근 서간집은 이미 발송했던 편지를 빌려와 필사하거나 아예 기억에만 의존하여 편지글을 재구성한 것이라서 자료로서의 가치가 훨씬 떨어진다. 따라서 편찬자 자신이 수신인이라 편지 원문을 그대로 인쇄할 수 있었을 자료가 아닌 나머지 것들은 다 실상에서 멀어질 수밖에 없는 것이다. 이 또한 인쇄된 편지의 운명이라고밖에 아니할 수 없다.

결국 『춘해서간문집(春海書簡文集)』은 그의 보수적 문학 성향과 자기중심적 문단 교유를 과시하는 개인적 산물이지 이태준이나 서상경의 서간집만큼의 문단사적, 글쓰기 자료적 가치를 찾기 어렵다는 결론에 이른다. 그렇다면 서간집의 체재는 어떤가 확인하기 위하여 서문을 다시 보자.

상권은 평이한 언문일치의 신식 서간문으로 1, 문우에게 내기 써서 보낸 편지만 추려보았고, 2, 각처(各處)로 단일 때 쓴 편지 중에서 얼마를 뽑

---

177) 방인근, 『춘해서간문집』, 1~2쪽.

았는대 물론 기행문이 안이요 편지인 만치 경치를 원만히 그리지 못한 일이요.

하권은 선한문(鮮漢文), 구식 봉투를 사용해서 가족, 친척, 일반에 뻐친 서신 왕래하는 것을 쓴 것입니다. 이것은 요사이 청년남녀로 嚴父兄이나 尊丈이나 스승에게나 구식 노인에게나 얼기설기한 친척에게 편지하는데 그 방식과 봉투를 몰라서 과경(過敬), 경홀(輕忽) 무순(無順) 등의 별별 희비극이 더 많은 고로 이것을 특히 주의해서 여기에 수록함이 무의미한 일이 결코 아니라고 생각합니다.[178]

『춘해서간문집(春海書簡文集)』 상권에 실린 기행체 서간 또는 서간체 기행은 문학적 가치와 문단사적 자료로 활용하기에는 문제가 많다. 앞에서 보았듯이 실제 편지가 아니라 기억으로만 재구성한 훗날의 재창작물이기 때문이다. 하권에는 서간문을 크게 '예단(禮壇)과 지단(智壇)'으로 이분한 후 그 체재를 정리한 실용 서식과 예문이 실려 있다. 예단(禮壇)은 '윤정(倫情)에 대한 인사를 서(叙)키 위한 의미의 서한문', 지단(智壇)은 '간요(肝要)의 사병(事柄)을 따라서 그 사물에 대한 문답, 시사, 청탁, 요구 등의 서한문'을 지칭한다고 하여 개인적 감정을 나누는 예술성의 서간(禮/藝)과 지식을 의사소통하는 기술성의 서간(智/術)으로 대별하고 있다.[179]

다른 한편 이 서간집의 특징은 서간의 문학성을 유독 강조하는 데 있다. 서문에 보듯이 서간(집)이 '사람을 서로 정과 애로 얼키게 하는 것'이며 '훌륭한 문학'이라는 점을 거듭 강조한다. 1930년대에 들어서면 이제 서간집은 근대 초기의 척독처럼 계몽 기능에 머물거나 1920년대처럼 근

---

178) 방인근, 『춘해서간문집』, 1쪽.
179) 방인근, 『춘해서간문집』(남창서관, 1942), 85~86쪽. 이 서간 격식에 대한 양식론적 분석은 이 책의 3장 1절을 참조할 수 있다.

대화 계몽이나 학습의 일환으로서의 연애열기에 편승한 유행상품 차원이 아니다. 『춘해서간문집』하권에 보듯이 근대적 계몽장치로서의 실용문 매뉴얼 기능도 여전히 견지하긴 하지만, 그 이면에는 문학성의 획득을 통한 보다 놓은 수준의 교양에 대한 대중의 욕구까지 담기게 된 것이다.

방인근의 개인 서신과 기행서간 중에서 이광수에게 보낸 서간문을 보자.

「이광수 형에게」

춘원 형! 이렇게 부릅니다. 우리의 사이가 형제의 의와 어찌 다르오릿가. 형의 건강은 요 사이 어떠하신지요. 세검정 일우(一隅) 별당에서 독서와 명상에 한일월(閑日月)을 보내신다니 적요도 하시려니와 취미도 게실 줄 압니다. 아우 역시 양주 천마산 하에서 그러한 생활을 보냅니다.

(중략)

형도 톨스토이적 문학가요 아우도 또한 그러케 되려고 노력합니다. 형과 아우의 인연은 자못 이상합니다. 이우가 고향에서 재산 정리해가지고 상경하여 형과 함께 조선문단사를 창간한 후 지금까지의 경로를 생각하면 추억이 새롭습니다. 그것이 지금것 계속되었다면 얼마나 문단에 큰 공헌을 하였을가요. 생각할사록 천만유감입니다.

(중략)

아우는 여러 가지 환경이 이것을 방해합니다. 이 난관을 돌파하고 나가기가 몹시 힘듭니다. 그러나 백절불구하고 최후까지 싸워보렵니다. 어느 시기까지는 대중소설가로 살이나가야겠는데 이것은 결고 구구한 변명이 아니요 진정입니다. 어찌할 수 없는 고민이요 고배입니다. 어느 때는 조선 같은 데서 태여난 것을 저주하면서 다시 어느 때는 몹시 행복스럽다고 생각합니다. 서울 가는 대로 배알하려 합니다. 부인도 문안합니다.[180]

서간 내용은 문단 선배에 대한 안부와 힘든 처지에 놓인 자기 심정을 고백하는 고백체이다. 자신이 '조선의 톨스토이'로 불렸던 이광수와 같은 반열이었다는 과거를 은근히 내세우면서 대중소설가로 전락한 현재에 대한 회한과 변명을 담고 있다.『조선문단』잡지의 출간과 편집에 대한 방인근의 문단사적 공이야 물론 높이 평가될 수 있지만 30년대에 통속소설가로 전락한 해명은 그다지 현실적 설득력이 있어 보이지 않는다. 다른 문인들에게 보낸 서간문들도 친분에 대한 과시는 있을지언정 문학사적인 안목이다 문학론을 진지하게 펴는 계몽적, 반성적 시선을 잘 보이지 않아 안쓰럽기까지 하다.

방인근의 개인 서신 중에서 나도향에게 보낸 서간문을 보자.

君의 편지를 밧고도 곳 回答 못하여 未安하네. 요사이 공연히 나도 밧벗네. 그런데 東京生活이 암만 해도 재미없는 모양일세그려. 몹시 困難하게 지낸다니 듯기에 괴로워. 더구나 몸까지 弱해서 자조 病席에 눕는다 하니 念慮되네. 군도 몹시 不幸한 사람이오. 風波가 많을세.

君의 보낸 小說은 밧었네. 病中에서 쓰느라고 얼마나 고생하였나. 原稿料는 주선해서 보냄세. 君은 結局 돈 때문에 病이 난 것인 줄 잘 아네. 왜 이리 우리는 모도 가난한가. 가난이 君같은 天才를 썩이고 죽이네그려. 생각하니 원통한 일일세.[181]

이 편지는 방인근이 1920년대 중반『조선문단』을 주재할 때 나도향의 원고를 받고도 잡지사 형편이 어려워 약속한 원고료를 제 때 주지 못하

---

180) 방인근,『춘해서간문집』, 1~2쪽.
181) 방인근,「稻香兄에게」,『춘해서간문집(春海書簡文集)』, 南昌書館, 1942(증보 개제판『춘해서한문집(春海書翰文集)』, 대지사, 1954) 상권 9쪽.

자 고료 독촉 편지를 받고는 사과하는 답장으로 짐작된다. 당시 문인과 출판업자의 궁핍상이 적나라하게 드러나며 근대문학 발전의 중요한 걸림돌이 돈과 건강 문제임을 알게 한다. 나도향이 일전에 투고한 소설 원고료 독촉에 대한 회답을 통해 아직 신인이라고밖에 할 수 없는 문단 내의 나도향 위치나 그의 소설 위상을 확인할 수 있는 대목이다. 이와는 별개로 서간문체 형식에서 흥미로운 점은 당시 서간문에 흔히 사용되는 서간용 문체인 경어체 '~하나이다, ~합니다. ~하소'체가 아닌 하대법을 쓴 드문 경우가 주목된다는 사실이다. 서간문집의 다른 예문 대부분이 경어체인 데 반해 이 텍스트만 드물게 '~하게'체를 사용하고 있는 것이다.

이광수, 이태준, 방인근의 서간집은 모두 서간교본을 겸하면서 문단의 이면을 드러내는 문인들 간의 사적 교류의 장으로 서간문집을 인식하였다. 이런 점에서, 당대에 나온 서간집은 아니지만 『삼천리』지의 문단 인맥을 잘 보여주는 김동환, 최정희의 육필 사신을 원본 그대로 영인해서 간행한 김영식 편, 『작고 문인 48인의 육필서한집』(2001)도 비슷한 '문단 교유형 서간집' 유형이라 할 수 있다.

2.5.4. 문인서간집 공간과 상업적 유통의 의미

식민지시대 서간집의 역사적 변천을 간략히 살펴보면서 느끼게 되는 의문은 왜 이들 유명 문인들의 문학서간(집)을 간행하게 되었고 널리 유통되었는지 하는 점이다. 문인서간집 공간과 상업적 유통의 의미는 무엇인가? 이는 근대문학 및 근대문학제도의 형성, 발전과 밀접한 관련을 가지고 있다는 생각이다.

가령 아버지 김동환의 육필서간 영인선집을 상재한 김영식의 서간집 서문은 문인 서간의 성격과 기능을 한마디로 요약하고 있다.

서한에는 아버지(김동환)가 어머니(신원혜)에게 보낸 가사 관계 사신을 제외한다면 모두가 서한을 통한 문단교류기의 편린들이라는 성격을 띠고 있는데 동시대 문예사조, 문단경향, 동호인 관계, 특정 문인의 개성적 면, 주고받는 이들만의 내밀한 사연, 시대 배경 등이 담겨 있습니다.[182]

당시 이광수나 이태준 같은 인기 작가의 경우 소설이나 수필, 평론 같은 창작 활동 이외에도 그와 관련된 문단적 사회적 활동을 활발하게 하였다. 문인이나 명사들은 때로는 논설, 비평 등 문학작품이 아닌 글을 통해 자신의 생각을 대중들에게 알릴 계몽적 필요도 있었다. 또 순수하게 지인들에게 자신의 심정을 고백하고 알리는 사적인 교류도 절실하게 요구되었다. 이때 편지가 다각도로 활용되었던 것이다.

가령 이북명이 함흥 반룡산에서 함흥평야를 바라보며 귀농하겠단 봄 편지를 보낸 것은 앞뒤 사정상 문인 간에 오고간 사적 서신을 공개한 경우이지 인쇄 유통을 전제한 계몽적 문학적 서간은 아닌 듯하다.

발신/수신인	제목 (유형/내용)	매체(권호수)	출판 연월	게재면
李北鳴/H형	山上의 春信	풍림 제3집	1937.4.1.	37~38쪽

사연을 읽어보면 문맥상 'H형'이란 수신인이 한설야로 짐작되기에 문인 서간의 한 사례로 볼 수 있다. 카프의 선후배로서 자신을 문단에 이끈 선배 문인에게 교유 겸 안부 편지를 했기 때문이다.

문인서간집 공간 문제와 관련하여 여기서 문제가 되는 것은 서간을 빙자한 사적 심경의 공적 토로의 장 구실을 할 경우이다. 가령 숱한 독자들에게 받은 편지에 일일이 개인적으로 답신을 보낸다고 하는 것은 거

---

182) 김영식 편, 『작고 문인 48인의 육필서한집』, 민연, 2001, 서문 참조.

의 불가능한 일이었다. 이때 자신이 직접 답장을 쓰면서도 한꺼번에 많은 편지들에 대응할 수 있는 방법이 매체에 공개서한을 발표하는 것이다. 이를테면 박태원의 공개 답신이 그 예라 하겠다.

S씨 –

주신 글월과 시고(詩稿)를 들고 이리로 – 봄빛 새로운 청냥리로 나왔습니다. (중략)

바로 지금 보내주신 시편을 되다시 읽어보앗습니다. 그리고 「떠난 뒤」나 「바다ㅅ가에서」나 다 좋다고 생각하엿습니다. S씨는 쎈티멘탈리즘에서 벗어나오지 못하는 자신을 마음 괴로움게 생각하고 게신 모양이나 나는 그것에 대하야 의견을 달리하고 잇다는 것을 이 긔회에 말슴합니다.

만약 S씨 작품에 「명랑」이라든 「히열」이라든 또는 「히망」이라든 하는 그러한 적극적 방면의 것이 결핍되엇다고 그것을 배양하시기에 노력하시겟다면 그것은 옳은 일이오 또 마땅한 일일 것이라 생각합니다. 그러나 「우울」 「애수」 「번뇌」와 같은 것을 억지로 없애버리려는 것에는 결코 찬성할 수 없습니다.

우리는 「개성」을 좀더 존중하여도 좋을 줄 압니다. 「쎈티멘탈리즘」은 결코 뫼멸로 대할 종류의 것이 아니라고 생각합니다. 우리는 우리의 감정을 결코 가장하여서는 못씁니다. 보는 이에 따라 혹은 의견에 상위가 잇을지는 모르지만 「바다ㅅ가에서」의 맨 끝 절 "오늘도 비에 젖어 눈물에 젖어 // 남 몰래 바닷가를 헤매돕니다"와 같은 것을 나는 좋다고 생각합니다.

뜻밖에 길어젓습니다마는 하엿든 좀더 대담하게 좀더 힘잇게 '열정을 열정대로' 노래 부르십시오. 심각한 얼굴을 하고 사색에 잠기기에는 이 봄이 아까웁지 안습니까?

어듸선지 빨래하는 소리가 들려옵니다.

나앉은 잔듸밭에 풀냄새는 어찌 이리도 향긔로운지오…[183]

이 편지는 『신가정』지에 실린 소설가 박태원의 공개편지이다. 서두의 주신 '글월'이란 발신인인 S씨라는 문학소녀의 편지를 의미하는데, 그녀가 보낸 「떠난 뒤」나 「바다ㅅ가에서」 같은 습작시에 대한 친절한 논평을 편지로 보낸 것이다. 실제로 편지를 보냈을 수도 있고, 아니면 잡지에 공개함으로써 비슷한 처지의 다른 시인 지망생, 문학소녀들에게도 공동의 답변을 하고자 하는 것일 수도 있다. 박태원이 특정 개인이 아닌 특정 다수라 할 문학소녀에게 공개 편지를 보낸 행위는 실은 편지 원본을 잡지사에 보내 인쇄, 유포케 한 것이다.

따라서 그의 편지 「어느 文學少女에게」는 특정한 수신자에게 보낸(또는 보낼) 개인 간 사신이면서 동시에 『신가정』이란 잡지를 통해 불특정 다수 독자에게도 읽힐 공개장 구실도 함께 하는 것이 된다. 바로 이러한 행위는 유명 문사의 사신을 공개하는 잡지사 편집진의 전략이기도 하다. 작가가 당대 최대의 베스트셀러 잡지인 『신동아』의 자매지이자 여성지인 『신가정』 애독자이자 문학청년들에게 일종의 창작 지도를 펼치면서 독자들의 시선을 끌어모은 셈이다. 이런 방식으로 사적 편지를 빙자해서 불특정 다수에게 하고 싶었던 사연을 한꺼번에 발신하는 소통방식이 명사, 문인들의 전형적인 공개서한 방식이자 그 기능인 것이다.

마찬가지로 소설가 한인택이 장편 『선풍시대』를 조선일보에 연재하면서 독자편지를 받았던 소감을 술회하고 있는 글도 그 한 예이다. 이 또한 자기 작품의 독자가 한두 명이 아니기에 일정한 범위 내의 특정 다수 독자를 수신인으로 가정하여 발신한 문인 서간의 한 사례라고 하겠다.

---

183) 朴泰遠, 「어느 文學少女에게」, 『신가정』, 1933. 4. 173~174쪽.

발신/수신인	제목 (유형/내용)	매체(권호수)	출판 연월	게재면
韓仁澤	편지를 읽던 일	풍림 제1집	1936.12.1.	50~51쪽

또한 비평가 홍효민이 '평론가가 되려는 분에게'란 부제를 단 공개편지를 발표한 것도 문인 서간의 하나이다. 평론가 지망생이라는 범주의 특정 다수 독자를 수신인으로 가정하여 공개 편지를 함으로써 계몽적 문학적 기능을 수행하는 것이다.

발신/수신인	제목 (유형/내용)	매체(권호수)	출판 연월	게재면
홍효민/평론가 지망생	철학사상과 문학사상 - 평론가가 되려는 분에게	학등 22호	1936.1.1	11~13쪽

"나는 늘 문학하는 미지의 동무의 글월을 받는 때가 있습니다."라고 공개 서간의 서두를 시작한 후 평론가에게 필요한 덕목이 무엇인지 설명하고 있다. 이때 문투는 일반적인 평론이나 논설, 또는 설명문보다 훨씬 친근하고 감성적인 태도로 독자의 사적 공감대를 소구하게 된다.

위의 예에서 보다시피 독자편지를 통해 밀려드는, 자신과 자기 작품에 대한 궁금증과 요구에 대한 자기 생각을 답신으로 정리하여 매체에 인쇄하여 여러 사람들에게 유포시키는 것이다. 물론 인쇄된 서간은 사적인 의사 전달이란 본질은 약화되지만 작가(명사)에 대한 사회적 관심을 더욱 강하게 불러일으키는 부수효과를 얻는다. 지극히 사적인 심경 고백은 어렵지만 대중독자를 향한 계몽적 기능과 편지의 친근성에 편승한 자가와 출판자본 사이의 상업적 인기 관리의 차원에서 문인서간(집)의 간행, 유통이 활성화되었던 것이다.[184]

---

184) "(인쇄된) 편지들은 자연 기록적 성격을 강하게 띠게 되고, 그 결과 문인의 전 문필활동

이러한 문인들의 공개 편지가 지닌 효용성에 따라 산발적이고 1회적인 매체 게재가 아니라 아예 잡지 매체의 기획물로 문인 서간이 한꺼번에 실리기도 한다. 이를테면 『삼천리』잡지의 '十萬 愛讀者에게 보내는 作家의 便紙' 특집도 그러한 기획의 산물로 판단된다.

서간 필자	제목	매체	게재면
李光洙 외/ 讀者	'十萬 愛讀者에게 보내는 作家의 便紙' 李光洙, 天主敎徒의 殉敎를 보고 「異次頓의 死」 作者로서 朴花城, 進步層의 悲哀와 苦悶을 「北國의 黎明」 作者로서 金末峯, 彫刻師의 態度에서 「密林」의 作者로서 方仁根, 感激과 緊張 속에서 「紅雲白雲」 作者로서 沈 熏, 眞正한 讀者의 소리가 듯고 싶다 「常綠樹」 作者로서 李泰俊, 오직 作品을 通하야 「聖母」 作者로서 李無影, 大衆에게 反問하고 싶다 「먼동이 틀 때」 作者로서	삼천 리 1935. 11.	73 74 74~76 76~77 77~78 78~79 79~80 80~81

문인서간집의 간행이 문인과 독자 간의 사회적 소통의 방편이요 그를 통해 문학성을 고양하 는 순기능을 한 것은 사실이다. 하지만 그 이면에는 문인과 잡지 미디어, 출판자본 간의 연결고리도 엄존했음을 간과할 수 없다. 가령 이성로는 『조선문단』속간 1호의 「십삼도 문학청년 서간집」 13통 편지 앞에 붙인 서문에서 다음과 같이 언급한다.

(전략) 편지야말로 인간의 생활을 반영한 것이여서 문학적 예술적 내용을 다소 가지고 잇다고 할 수 잇다. 더욱이 불우에 처한 조선의 문학청년의 편지이니 그 비애와 고민상을 엿볼 수 잇으리라고 생각한다. 이리하야 나는 이 서간집을 발표하는 것이다. 다음에도 친구들의 '서간집'을 계속 발표하여보리라고 계획한다. 누구던지 서간 모와둔 것이 잇으면 그냥 그

가운데서 중요한 의미를 지니게 된다." 노태한, 「헤르만 헤세의 서간에 관한 연구」, 『논문집』 26집, 단국대학교, 1992. 140~142쪽 참조.

대로 발표할 터이다. 보내주시면 고맙겠읍니다.

　　　－이학인[185]

　『조선문단』이란 군소 문예지(잡지미디어) 편집자의 서간집 편찬의식을
잘 알 수 있는 대목이다. 서간의 발신자, 수신자의 사전 허락 없이 공개
출판하는 것은 어찌 보면 저작권 침해이기에 이를 당연시하는 것은 잡
지사 출판자본의 권력이나 횡포일 수도 있다. 다만 1920년대 순수문예
지로 출발했다가 30년대 들어서면서 거대 언론매체에 대응하려는 군소
문예지의 안간힘이 낳은 무리수로 이해되기도 한다. 당시 동아일보, 조
선일보, 조선중앙일보 같은 거대 언론매체의 종합지인『신동아』『조광』
『중앙』, 게다가『신가정』『여성』같은 자매지와 상업적 경쟁이 어려워진
『조선문단』이란 잡지사의 활로란 결국 문단 인맥을 동원하고 더욱 선정
적인 상업적 전략을 쓰지 않을 수 없던 것이다. 가령 잡지 편집자가 임의
로 서간의 교신자와 교신장소를 함부로 변형, 위장한 것은 사신의 공개
경우 교신인의 프라이버시를 침해하지 않도록 배려한 면도 있겠으나 그
이면에는 저작권 시비에 휘말리지 않고 이득만 얻으려는 상업주의 전략
이 숨어 있다고 아니할 수 없다. 이제 '서간-서간문-잡지-출판사' 등으
로 필사본 편지가 일종의 시스템으로 유통되면서 '인쇄된 근대 서간'이
문학 지향과 상업성을 띠게 되는 물적 토대로 작용하게 된 것이다.

---

185) 편집국 편,「십삼도 문학청년 서간집 서문」,『조선문단』1935.2, 35쪽.

3.
근대 서간의 양식적 특징

3.1. 서간의 외적 형식과 내적 형식

우리는 앞에서 근대 서간(집)의 전반적 개관과 역사적 계보를 정리하였다. 이제 근대 서간의 통시적 서지작업을 한 기반 위에서 서간만의 고유한 양식적 특징, 내적 형식까지 분석할 수 있다. 서간을 두고 문학인가 아닌가 혹은 무엇을 썼는가 내용에만 관심을 둘 것이 아니라, 근대적 글쓰기의 주요 양식인 서간이 어떤 형식과 내용을 가지고 당시에 존재했는가 기술(記述)하는 것이 중요하다. 서간의 내적 형식에 대한 논의 성과를 통해 20세기 초에 이광수에 의해서 정립된 'literature'의 번역어로서의 문학 개념까지 재검토할 수 있을 것으로 기대한다.

편지글을 쓴다는 것은 특정 독자에게 자신의 뜻을 표현하는 것이며 자신의 입장을 설득하는 가운데 의사소통의 장(field)에 참여하는 것이자 소통의 판을 짜는 일이기도 하다. 나아가 글을 받아 읽는 수신인의 반응을 통해 자신을 새롭게 발견하는 일이기도 하다. 따라서 글을 읽을 상대가 누구인지에 따라 글의 형식과 내용이 규정된다. 이렇게 세상과 소통하고 상대방이 알아듣게 글을 쓰는 과정에서 새로운 의미를 발견하거나 만들기도 하며 실천하기도 한다.[186]

누군가 어떤 글을 쓸고자 할 때 실제적인 글쓰기 행위는 머릿속에 떠오르는 생각을 있는 그대로 포착하여 문자로 정착하는 것이 아니다. 이런 점에서 글쓰기는 축자적 의미로 백지상태에서 완전히 자유롭게 수행되는 것이 아니라 의식적이든 무의식적이든 어느 정도 학습된 전례, 이

---

186) "글쓰기가 '의미화의 실천'이라면 글을 쓰는 과정에서 때로는 우리네 삶이 바뀌기도 한다. 결국 글쓰기는 삶에 대해 진지하게 인식하고 적극적으로 사유하는 매우 실천적인 행위라는 점에서 '삶 쓰기'이기도 하다." 김성수, 『프랑켄슈타인의 글쓰기』, 글누림출판사, 2009, 31쪽.

를테면 일종의 문종(文種)별 관습을 체득한 것을 전제하게 된다. 우리의 읽기·쓰기 생활을 보면 한글 표기 중심의 언문일치체는 물론이고 문자 사용의 목적에 따라 전범화·유형화된 각종 글쓰기 관습에 익숙해져 있다. 다시 말하면 모든 글쓰기는 쓰는 행위 이전까지 이미 다른 것을 읽거나 체험한 결과이기에 알게 모르게 모범문례를 모방·변형시켜 쓰는 것이 익숙해진 의사소통의 한 방식으로 받아들여진다는 사실이다. 오늘날까지 이어진 이러한 글쓰기 관습은 실은 한자 문화권에 속해 있던 중세 이후의 전통이며 1900년대 초 일본을 통한 서구식 근대화가 진행되는 동안에도 내용은 다르지만 비슷한 방식으로 이루어졌다.

먼저 서간의 외적 형식부터 논의하도록 한다. 서간은 다른 글쓰기장르에 비해 사회적 관습이나 장르적 규범이 꽤 고정되어 있는 편이다. 왜냐하면 근대에 새로 만들어져 형성 중인 장르가 아니라 고대, 중세부터 동서양 문명권마다 서간의 형식적 특징이 오랫동안 다듬어져 어느 정도는 정형화된 틀로 자리잡았기 때문이다. 이를 서간 규범 또는 규식이라 할 수 있겠는데, 앞 장에서 살펴보았듯이 한국 근대 서간의 외적 형식은 조선시대부터 전해져 내려온 한문편지 규범인 간찰, 척독의 전통과 식민지적 근대 초기에 일본을 통해 수입된 서구식 근대 서간 양식의 영향이 결합되고 충돌하면서 형성된 것이다. 그 중심에 근대 교육 교재인 독본의 서간작성법과 이광수, 이태준 등의 서간이론이 자리잡고 있었다.

1920~30년대에 나온 서간 규범서에 공통적으로 나와 있는 서간의 규식, 즉 규범적 형식에 따르면 서간 양식은 크게 두사(頭辭), 본문, 결사(結辭)로 구성되어 있다. 서두에는 수신자 호칭, 시후(時候, 계절 인사) 등 기두인사·수신자와 발신자의 안부가 들어가고, 본문에는 사연과 기원 인사를 적고, 결사에는 종결 인사·작성(년)월일·수신자 성명을 쓴다. 서간문은 서두와 결구에 '근계(謹啓), 배계(拜啓), 제번(除煩)하옵고, 여불비(餘不備), 배상(拜上)'[187] 등등 서간 특유의 고유한 투식어(套式語) 표현을

사용하는 것이 중요한 문체적 특징이다. 이러한 투식적 표현은 단순한 관습적 표현이나 관용구처럼 의례적으로만 사용되는 것은 아니다. 서간 수신자의 사회적 지위나 신분 고하, 발신자와의 친소존비에 따라 표현 방식과 언어적 품격을 상황에 비추어 일일이 구별해서 사용하여 수신자에 대한 예우의 뜻과 자기 겸양의 마음을 드러내는 역할을 한다. 서간에만 사용하는 특유의 어휘, 교신자 사이의 관계에 따른 호칭의 변화, 안부를 묻는 용어 등은 일반 산문에서는 찾아보기 어려운 요소이다.

이러한 격식을 지키는 서간 작성법은 근대인의 일상생활에서도 필수적인 구실을 했다. 한문 또는 한글을 깨치고 나서 맨 먼저 익혀야 할 것이 편지글이었다. 하고 싶은 말만 간단하게 적으면 그만인 서간도 있지만 부모, 선생님을 비롯한 손윗사람들에게 올리는 것은 처음부터 끝까지 일정한 격식을 갖추어야만 했다. 용건에 해당하는 사연만을 담는 것을 서간이라고 볼 수는 없다. 사연 이외에 호칭, 시후, 문안 등도 중요한 형식 요소로 갖춰야 하는 것이 서간의 양식적 특징이기 때문이다. 따라서 서간은 용건(사연) 전달과 친교라는 목적을 동시에 만족시키는 글이라 할 수 있다.

편지는 의사소통에 참여하는 발신/수신 교신인이 같은 시간과 공간을 공유하지 못하는 발신자만의 일방적인 언어 사용이다. 의사소통 상황을 공유할 수 있을 때보다 특히 윗사람이 수신자가 될 경우 더 신중하게 글을 작성하는 것이 필요하다. 편지의 발신자는 문장을 통해서 수신자에 맞게 예절을 갖추어야 했기 때문에 이에 대해서 편지가 갖추어야 할 격식을 알고 있어야 한다. 이러한 이유로 해서 예로부터 편지의 격식을 발

---

187) 근계(謹啓), 배계(拜啓)는 삼가 아뢰거나 엎드려 절하며 아뢴다는 뜻이며, 제번(除煩)은 여러 가지 번거로운 인사말을 줄이고 바로 할 말만 적는다는 의미이다. 여불비(餘不備)는 제대로 된 인사예법을 다 갖추지 못해 죄송하단 뜻이고, 배상(拜上)은 글월을 올린다는 의미로, 중세 전통 서간의 대표적인 투식어들이다.

신자와 수신자와의 관계에 따라, 특정 상황에 따라 다양한 대처를 할 수 있는 편지 쓰기 격식을 정리한 교본이 전래되었다. 우리의 근대 서간 양식은 중세의 전통을 이어받되 일본을 통한 서구식 근대의 문물제도가 유입된 상황이었기에 구한말부터 일제 강점기에 이르는 시기동안 정부의 공식 교과서인 독본에서부터 서간 작성법에 대한 설명과 함께 모범 서간문례가 지속적으로 제공되었다.

가령 『보통학교조선어급한문독본』 권5(1918)에는 서간문의 외적 형식에 대한 상세한 설명이 체계적으로 소개되어 있다. "1. 봉서: 용지, 여백, 출서일(出書日), 서명, 수서인명(受書人名), 문례(文例), 2. 엽서: 주소 성명, 엽서글 서술법, 출서일 본문 말미, 3. 일반 주의: 용필(用筆), 서체, 수신인 경어, 수신인급 발신인(受信人及 發信人) 호칭"[188]까지 서간문 작성법이 자세히 나와 있다. 게다가 교재 부록의 발/수신인 호칭 표를 참조하면 척독, 서간집 등 민간의 서간 교본(敎本, 敎範, manual)이나 독본을 따로 참조하지 않아도 편지를 쓸 수 있는 수준의 설명과 예문이 간명하게 서술되어 있다.

또한 『중등시문(中等時文)』의 「척독」 단원을 보면 서간문의 하위 유형으로 축하 편지, 청첩 편지, 계약문, 명함 등에 대한 설명과 '보통 서간, 전보, 삽화 첨부 서간' 등의 작성법과 용례가 우편제 설명과 함께 수록되어 있다. 이는 공교육에서도 서간 격식 및 엽서, 봉함편지, 전보에 이르는 각종 서간에 대한 체계적 교육을 실시한 근거라 할 수 있다.[189]

실제 교과서의 편지 예문에도 이러한 서간 격식이 철저하게 관철되었다. 가령 『보통학교학도용 국어독본』 권8(1908)의 '제5과 여매제서(與妹

---

188) 『보통학교조선어급한문독본』 권5, 조선총독부, 1918.3, 39~51쪽.
189) 『중등시문(中等時文)』(조선총독부, 1937.5.18), 29~41쪽. 또한 『중등교육 한문독본』 권4 (조선총독부, 1930.4.20 번각) 후편 제11과 '간독(簡牘)'을 보면, 멀리 있는 사람에게 글을 보낼 때 간독[편지]만한 것이 없으니 사용 언어에 신중을 기하라는 내용도 있다.

弟書)'는 집에 있는 누이동생 죽희에게 유학 간 오빠가 보내는 편지로서, 당대 서간 규범을 전형적으로 보여주는 모범 예라 하겠다. 이 텍스트를 '수신인, 인사말을 비롯한 기필, 본문 내용, (추신), 출서일(出書日)과 발신인 서명' 등 '서간의 외적 형식'에 맞춰 정리하면 다음과 같다.

여매제서(與妹弟書) – 누이동생 죽희에게

매제 죽희에게; 수신인
춘일 점가; 날씨 안부
양당 기력 건왕; 부모님 건강 등 가족들의 안부
형은 객지에서; 자기 안부
집에서 소포로 부쳐준 옷을 잘 받아 기쁘다; 용건
하기방학인 2주 후 귀가해서 상면할 것을 기약; 결구
연월일; 발신일
가형 평서; 발신인(서명)[190]

이 텍스트는 그 외적 형식의 격식 때문인지 해방 직후까지 수많은 관찬 교과서와 독본에 반복적으로 수록[191]되어 편지글의 모범 예로 교육에 적극 활용되었다. 따라서 근대지 계몽의 한 모델로까지 평가된다. 이런 식으로 학부와 총독부의 초등, 중등, 고등, 여자고등 조선어와 한문 교과서에 실린 서간 관련 텍스트는 적지 않다.

---

190) 「與妹弟書」는 서간텍스트 제목이자 교과서 단원 제목이다. 학부 편찬, 『보통학교학도용 국어독본』 권8(1908), 14~15쪽.

191) 이 텍스트는 1912년의 자구 수정본, 1918년의 1차 교육령기 독본, 1924년의 3차 교육령기 보통학교와 여고보 독본, 심지어는 해방 후까지 수많은 관찬 교과서와 독본에 반복적으로 수록되어 교육용으로 활용되었다.

흥미로운 것은 관찬 독본의 서간 예문에서는 근대적 계몽을 위한 실용적 내용이 대부분으로, 개인적 정감이나 자아와 세계의 발견, 나아가 연애나 사회의식 등은 거의 찾아볼 수 없다는 사실이다. 이를 보완하기 위한 사례로서 관찬 교과서인 독본에 지속적으로 나왔던 문안 편지의 반대쪽에 위치한 연애서간집 수록 편지글을 보도록 한다. 여기서는 당대에 가장 많이 팔린 연애서간집 『사랑의 불꽃』(1923)에 실린 연애편지 하나를 서간 텍스트로 분석하여 서간양식이 어떻게 정착되었는지 살펴보기로 한다. 편집자가 「황포탄(黃浦灘) 물소래를 드르면서」란 제목으로 수록한 연애편지 텍스트를 예로 들어보자.

한양에 있는 영순씨에게

월영(月影)

영순씨!

갔던 봄은 다시 왔습니다. 꽃은 웃고 새는 노래한다는 아름다운 봄이 왔습니다.

오늘은 5일이고 오후 두 시온데, 나는 기숙사 툇마루에 하염없이 앉아 역시 동편 하늘을 바라보며 생각하는 줄 모르게 당신을 생각하였습니다. (중략) 나는 무정한 풀 위에 앉아 유정한 당신을 생각하며, 며칠 전에 주신 당신의 편지를 읽었습니다. 그리고 본즉 그 편지 위에는 알지 못하게 눈물이 떨어지지요! 오는 6월 안으로 '파리'로 공부를 가신다지요! 그러면 어찌하렵니까? 나는 어떻게 하여야 좋아요! (중략)

당신이 '파리'로 공부를 가신 후에, 나는 갑갑하여 어떻게 견디나요! 닷새에 한 번씩 보는 편지도 갑갑하니 안타까우니 하는데, '파리'로 가면, 적어도 30여일 만에야 한 번씩 편지를 보겠지요! 그러면 안타까워 어찌하나!……. 좌우간 당신이 가신 후에는 저는 더욱이 열심으로 공부하겠습니다. 죽어도 내 몸은 당신의 물건이니까요. 그리하고 당신을 위하여 사는

사람이니까요, 잘 공부하고 잘 수양하여 당신께 즐거움을 드리고 당신께 기쁨을 드리고자 합니다. (중략)

영순씨! 이제는 그만 공원에서, 기숙사로 돌아가겠습니다. 공원에서 뛰 놀던 사람도 차차 자기 집으로 돌아갑니다. 석양빛은 앵도빛 같이 땅위에 흐르고 있는데, 황포탄의 물소리가 이상하게도 요란히 들립니다. 그러면 평안히 계십시오. 다시 편지 올릴 때까지.

1922년 4월 5일
상해 황포탄 공원에서
(사랑받는 월영은 올림)[192]

원래 서간의 외적 형식은 계절에 맞는 머리말과 상대방에 대한 문안 인사, 사연과 요약, 맺음말, 편지 보내는 날짜와 보내는 사람의 이름까지 순서가 정해져 있다. 서간의 격식이 어느 정도 규범화되어 있다는 뜻이다. 가령 『춘해서간문집』 하권 서두의 범례를 보면 서간의 형식적 체재를 사람몸[人體]에 비유해서 정리한 다음 도해가 실려 있어, 나름대로 개성적인 매뉴얼 구실을 했음을 알 수 있다.

신(信, 書翰) - 기두(起頭) - 서절 시후(序節 時候)
　　　　면(面)　　- 상대 문안
　　　　목(目)　　- 기세(己勢)를 고(告)
　　　　심(心)　　- 술사(述事)
　　　　수(手)　　- 적요(摘要)
　　　　족(足)　　- 정지

---

192)　노자영, 『사랑의 불꽃』, 59~65쪽, 현대어 표기로 수정 인용.

결미(結尾) — 연월일 서명(敍名)[193]

「황포탄(黃浦灘) 물소래를 드르면서」란 제목으로 수록한 연애편지를 당시 서간의 형식적 체제에 대입하면 순서가 거의 들어맞는다. '(한양에 있는 영순씨에게)' '월영'은 서간집의 편자가 임의로 붙인 기필과 필자명이지만 서간의 외적 형식으로 보면 봉투와 수신인에 해당되고, "영순씨! 갔던 봄은 다시 왔습니다."는 서절 시후(序節 時候)이며, "당신을 생각하였습니다."부터 "황포탄의 물소리가 이상하게도 요란히 들립니다."까지가 본 내용인 사연이다. "그러면 평안히 계십시오. 다시 편지 올릴 때까지."가 맺음말(말문, 末文)이며, "1922년 4월 5일/ 상해 황포탄 공원에서/사랑받는 월영은 올림"이 서간을 보내는 날짜와 보내는 사람의 서명을 담은 결미(結尾, 종결)부분이다. 이 텍스트는 내용상으로는 1920년대 당시로선 최신 유행인 자유연애 담론을 담고 있지만, 형식상으로는 조선 후기부터 개화기 이래 지속된 척독류의 서간 체재를 그대로 지킨 점에서 대단히 고답적이다. 전래된 서간문 순서인 '봉투와 수신인, 인사말을 비롯한 기필, 본문 내용, 추신(追伸, 附書, a postscript〈P.S.〉), 출서일(出書日)과 발신인 서명' 등 그 자체의 외적 특징만으로는 근대적 문종이라 하기 어렵다.

문제는 내용이다. 위 텍스트의 핵심은 한마디로 '나는 어떻게 하여야 좋아요!'라는 절규로 대표되는, 떠나려는 애인을 잡으려는 호소이다. 여기서 서간의 내적 형식에 대한 고려가 필요하다. 서간은 일기와 함께 1인칭 고백을 본질로 하는 비허구 산문이다. 독백의 형식을 사용하는 일기체나 정해진 대상에게 자신의 일을 이야기해 나가는 서간은 서술 주체와 초점 주체가 일치하여 본질적으로 직접 서술이라는 특성을 지닌

---

193) 방인근, 『춘해서간문집』, 86쪽.

다. 그러나 서간은 서술 대상을 2인칭의 인물로 설정하므로 독백이라는 폐쇄적인 일기와는 달리 개방적이며, 자신의 내면 세계를 드러내면서도 외면적 사건의 서술에 무게 중심이 놓인다. 즉 상대방이 없다고 생각하고 혼자 중얼거리는 혼잣말 형식의 1인칭 독백체 일기문과는 달리, 내 말을 들어주는 사람이 있다는 전제하에 쓰여진 1인칭 고백체가 서간문인 것이다.[194]

이렇게 보면 「황포탄 물소래를 드르면서」는, 영순이라는 특정 독자를 전제로 한 월영이라는 필자의 고백체 서간문이다. 발신인 월영과 수신인 영순이가 상해와 한양이라는 시공간적 격차 때문에 직접 대면할 수 없는 현실적 상황 속에서 자신의 애타는 애정을 토로하는 특정한 용건, 사적인 감정을 솔직히 전달하는 개인 간 의사소통이다. 서간은 개인 간의 의사소통 수단인 1인칭 고백이면서 동시에 개인적 체험의 영역 바깥 공간에서 벌어진 일과 가시적으로 확인할 수 없는 사건을 다른 사람에게 전달한다는 점에서 대화형 매체(미디어)라고 할 수 있다.

상해에 있는 월영이가 한양에 있는 영순이의 파리행을 만류하는 내용은 공간적 거리감을 좁히는 소통 매체로서의 서간의 특징을 잘 보여주고 있다. 동시에 상해에선 한양 편지를 5일만에 받을 수 있는데, 파리로 가면 '최소한 30여일 만에야' 서간을 받을 수 있다는 대목도 의미심장하다. 서간을 받아 본 영순이는 월영이 편지를 보낸 5일 전 날의 상해 황포탄 물소리를 '지금 한양의 여기'서 듣는 것처럼 시공간적 현재성을 동

---

194) 최병우는 서간을 일기와 함께 일인칭 서사의 본질적 양식의 하나지만, 문체 특징을 1인칭 고백체와 구별되는 '2인칭 서간체'라고 규정하는데, 좀더 깊은 논의가 필요하다. 최병우, 앞의 논문 참조. 이와 관련하여 김하라는 조선 후기 한문 지식인의 서간을 예로 들어 '자기서사'란 개념을 제시하기도 한다. 이는 서간의 어떤 본질적 국면에서 자기고백체의 주관적 서정성과는 변별되는 주관적 서사성의 측면을 포착한 것으로 해석된다. 김하라, 「낙하생 이학규 서간문의 자기서사적(自己敍事的) 특성」『민족문학사연구』 27호, 민족문학사학회, 2005.4, 149쪽 참조.

시적으로 실감할 수 있다. 이는 근대적 우편제도와 그를 떠받치는 균질적 교통 통신망의 발달이 가져온 전 지구적 시공간의 동시성[195]이 수행되고, 시간적 공간적 격차를 좁히는 도구로 서간이 지닌 '동시성의 환상' 기능을 수행하고 있음을 알게 한다.[196] 연애편지를 통해 발신자-수신자 간의 단순한 소통을 넘어서서 인간적 연대감, 사랑을 구하는 이와 받는 이의 교감을 확인할 수 있다.[197]

서간은 그것을 주고받는 사람들 사이에 형성된 공간적 거리감을 지우고, 존재의 실감을 부여함으로써 내밀한 공감을 형성한다. 같은 시공간 안에서 대화를 나눈다는 감각으로 발신인은 수신인에게 편지를 쓴다. 편지는 그들 사이에 가로놓인 시공간을 압축시켜 실감을 부여하고, 서간에 기록된 발신인의 구어적 문체는 수신인이 그것을 읽는 순간 발화자의 목소리를 듣는 듯한 효과를 생산해낸다. 여기에, 양자가 직접 대면했을 때라면 쉽게 할 수 없는 이야기라도 서간을 매개로 했을 때는 자연스럽게 전달된다.

결국 서간의 형식미학적 특징은 '특정 수신인을 전제한 주체의 자기표현'으로 정리할 수 있다. 다만 운문인 서정시와는 달리 산문으로 쓰여진 주체의 자기표현 양식으로 이해될 수 있다. 그러나 독자를 상정하지 않는 1인칭 고백체 글쓰기인 일기나 불특정 다수 독자를 향한 1인칭 독

---

195) 이진경, 『근대적 시공간의 탄생』, 푸른숲, 1997. 참조.

196) 윤해동은 『식민지의 회색지대』(역사비평사, 2003)에서 근대를 전근대의 공동의 시간을 몰아내고 '동시성의 시간'을 수용하고 내면화하는 것(9쪽)이라고 전제한 바 있다.

197) 이러한 소통의 매체로서의 편지는 근대 이전에도 물론 존재했다. 하지만 인편(人便)으로 전달되던 것이 근대적 우편제도의 정착과 더불어 대중의 일상에 개입하고, 독자적인 글쓰기의 영역으로 인식되기 시작한 것은 1910년대 이후라고 할 수 있다. 1910년대 중반 이후 척독(尺牘)류의 편지 쓰기 문범과는 급격하게 달라진 글쓰기 방식이 다양하게 등장한 것이다. 이후 20여 년간 다양한 서간양식이 경쟁하다가 '언문일치로 순서 없이 적은 것'(이광수)으로서의 서간이 보편적인 글쓰기로 정착하게 된 것은 1930년대 중반이 되어서야 가능하였다. 권용선, 『근대적 글쓰기의 탄생과 문학의 외부』, 한국학술정보, 2007, 169~171쪽 참조.

백 산문이라 할 수필과는 또 다르다. 서간은 주체화의 형식일 뿐 아니라 특정 수신인을 전제한 의사소통이라는 점에서 사회적 관계의 형식이기도 하며, 나아가 세계 경험 자체를 바꾸어놓는 매개이기도 하다. 이것이야말로 서간양식 자체의 내적 형식이라 할 터이다.

그런데 여기서 근대 서간의 중요한 쟁점이 생긴다. 신문, 잡지, 독본, 강화, 서간집 같은 근대매체 편집자에 의해 활자화되어 간행된 서간을 어떻게 볼 것인가 하는 문제이다. 물론 공적 매체에 수록된 서간텍스트는 특정 수신자뿐만 아니라 불특정 다수의 익명 독자를 대상으로 하고 있다는 점에서 특정 수신자에게 사적 용건을 전달하는 실제 서간텍스트와는 분명히 다른 맥락에 놓인다. 처음 서간이 씌어질 때는 1인의 특정 수신자를 상정했지만 그것이 매체에 활자화되어 게재되는 순간 불특정 다수의 익명 독자를 수신자로 하는 이중성이 생기기 때문이다.[198] 앞에서 인용한 「황포탄(黃浦灘) 물소래를 드르면서」도 월영이 영순이에게 보낸 필사본 텍스트가 그대로 『사랑의 불꽃』에 활자로 전재되었을 가능성은 별로 없다. 제목부터 이미 편집자인 노자영이 임의로 붙인 것이기 때문이다.

어쩌면 서간문이 인쇄되는 과정 자체에 이미 영순이라는 특정 독자 이외의 독자층까지 염두에 둔 편집자 노자영의 편찬의식이 담겨 있을지도 모를 일이다. 원래 월영이가 영순이에게 보낸 편지를 노자영과 출판사 편집진이 문장화하고 그것을 다시 인쇄하면서 텍스트 생산자가 2명 이

---

198) 이 점은 신지연이 다음과 같이 정리했다. "인쇄매체에 실리는 서간문은 개별자에게 글을 쓰는 동시에 익명의 대중을 향해 글을 쓰는 이중의 작업을 수행해야 한다. 글쓰기 주체 나와 글 속의 화자 나는 거의 구분이 안 될 정도로 가까운 거리에 있는데, 일차 수신자인 개별자와 이차 수신자인 익명의 독자는 아주 먼 거리에 있는 것이다. 그렇기 때문에 서간문들은 자주 이 두 층위가 뒤섞여 버리거나 한쪽으로 기울어버린다. 때문에 사적 통신에서 공적 공간인 인쇄매체에 옮겨 실리는 순간 서간문은 이미 사적인 담론영역을 벗어난다." 신지연, 『글쓰기라는 거울』, 소명출판, 2007, 284쪽 참조.

상이 되고, 같은 내용을 달리 표기한 것 자체가 이미 그 말에 해석을 가한 것이 되는 셈이다. 더욱이 그 편집기준이 연애서간집 독자에 대한 배려라는 상업적 전략이기에, 결국엔 편집자가 상정한 독자층 또한 텍스트 생산에 참여한 게 되는 셈이다. '텍스트생산'론 관점에서 보면 어떤 서간문이라도 인쇄되는 순간 편집자의 의도나 독자 해독능력에의 배려가 개입되었으므로 텍스트가 끊임없이 생성되어간다고 볼 수 있을 것이다.[199]

이런 문제와 관련하여 소설가 방인근도 당대에 유행했던 서간문집 편찬, 인쇄, 유통의 문제를 자각하고 있었다. 자기가 예전에 지인들에게 이미 보낸 편지의 회수와 수집의 한계로 인해 순전히 기억에 의존해서 문집을 재구성해야 하는 등 인쇄본 서간문집의 텍스트로서의 신뢰성 부족을 자인하는 등 근본적 한계를 지적하기도 한 것이다.[200]

3.2. 언문일치를 통한 사회적 소통의 근대화

근대 서간의 양식적 특징을 거론할 때 전제해야 할 것 중 하나는 '서간체'라는 용어의 중의적 내포를 구별하는 것이다. 서간체란 편지 형식을 가리키는 것이 일반적이지만 때로는 서간용 문체나 서간문용 글씨체

---

199) 독자를 배려하는 편집자에 의해 문학 텍스트 생산이 달라진다는 생각은 가메이 히데오의 『메이지 문학사』에서 비롯된 것이다. 저자에 의하면, '텍스트 생산의 시스템'은 문학 외부의 독자를 파악하는데 유용하며, 문학을 둘러싼 제도나 문화론적 시야는 이와 관련이 있다. 반면 '텍스트의 생산 시스템'은 문학 내부의 독자를 파악하는데 유용한데, 이는 문학적 장치 혹은 텍스트의 계보 및 교차, 다층성 등을 감안하는 관점이다. 가메이 히데오(龜井秀雄), 김춘미 역, 『메이지 문학사』, 고려대출판부, 2006. 참조.
200) 방인근, 『춘해서간문집』, 남창서관, 1942, 서문 참조.

를 지칭하기도 하기 때문이다. '서간체'라는 양식적 특징과 '서간문체'라는 문체적 특징을 구분하여, 서간체란 편지 형식을 일컫고 서간문체란 서간문에 사용되는 문체적 특징을 말하는 것으로 구별해야 혼동을 피할 수 있다. 심지어 서간용 글씨체인 서예적 특징도 '서간체'로 혼동되어 쓰이는 만큼 동일한 용어의 내포와 외연을 섬세하게 구별해서 사용할 필요가 있다.

앞 절에서 서간체의 근대 양식적 특징을 정리할 만큼 서간문체의 근대적 특징도 재조명해 보자. 문제는 서간문체의 실체가 무엇인가 하는 점이다. 서간문은 공간적으로 분리된 수신자와 마치 대면해서 대화하듯이 쌍방향적 글쓰기를 해야 한다. 때문에 상대를 전제하되 솔직하면서도 예의를 갖춘 1인칭 고백체로 씌어진다는 점에서 고유의 문체적 특징, 즉 '서간(문)체'라는 자기 정체성을 지니고 있다. 이와 관련하여 중국 한학자 진필상도 다른 산문과 구별되는 서간의 특징으로 표현방식의 직접성 외에 개체성, 진실성, 서정성을 들고 있다. 그러나 서간이 본질적으로 화자와 청자의 대면성을 전제로 하는 고백성이 두드러진 글쓰기라는 점에서 네 가지 표현적 특징은 큰 차별성이 없다.[201]

근대적 글쓰기로서의 서간은 신분제의 근본적 변화로 인해 중세적 서간이 지닌 한문투 상투어구를 비롯한 엄격한 격식에서 상대적으로 자유로워졌다. 그 변화 내용은 각각 '시문체(時文體), 미문체(美文體), 연문체(軟文體)'로의 정착과정으로 규정할 수 있다. 고답적인 전통 격식에서 벗어나는 것이 시문체요, 딱딱한 논리와 의론체에서 벗어나 부드럽고 아름다운 문장을 주로 하는 것이 연문체, 미문체라 할 것이다.[202]

시간은 글을 쓰는 주체가 특정한 대상을 상대로 자신의 용건을 기록한 글이다. 문자기록이지만 개인 간 대화를 전제한다는 점에서 직접적

---

201) 진필상 지음·심경호 옮김, 『한문 문체론』, 이회, 1995, 215~221쪽.

현장성의 성격을 지닌다. 경어체와 현재형 서술을 사용하여 서술된 내용이 사실이라는 환상을 강조한다. 이광수의 『춘원서간문범』(1939:197)에 나온대로 "원래 편지란 말 대신이 아닌가? 면대하여서 할 말을 고대로 글로 쓰면 고만이 아닌가."하는 언급처럼 말과 글의 중간형태이다. 다시 말하면 서간의 문체 특성은 구어체와 문어체의 결합형태가 주된 특징이라는 말로서, 그 내용은 당시 시류, 유행, 실정에 맞는 문체를 사용해야 한다는 점에서 시문체가 바로 언문일치운동과 관련된 근대 서간의 표준문체가 되어야 함을 역설한 것으로 해석된다.

이광수, 이태준의 『서간문 강화』에서 역설하고 황의돈, 신영철의 공저 『신체미문 학생서한(新體美文學生書翰)』과 이명세, 방인근, 서상경 등 서간문집 편찬자의 공통적인 문제의식은 바로 근대적 서간양식의 사회적 역사적 기여 중 가장 중요한 언문일치의 보급이다. 이는 식민지 조선이 근대화의 자발적·억압적 모델로 삼은 일본도 마찬가지였다. 가령 근대 문장가 사카이에 따르면 근대적 서간양식의 중요한 기능 중 하나는 언문일치의 보편적 실현이며, 언문일치의 보급을 도모하기 위해서는 이것을 편지로 실행하는 것이 가장 빠른 길이라고 역설한 바 있다.[203]

서간이 실린 독본, 강화, 서간집을 비교하면 관찬 교과서와 척독에는 한주국종체 국한혼용문이나 한문, 일본어 서간만 실려 있지만 민간 독본이나 서간집에는 국주한종체 국한혼용문이나 한글편지가 실린 것도 이와 관련되어 있다. 한문 투식어를 폐지하고 한글 일상어를 사용할 수 있게 된 것은 서간이 근대 언문일치운동에 기여한 바라 하겠다. 문학작품도 당연히 한글로 써야 한다는 점이 공인[204]되고 실제로 순한글로 인

---

202) 이와 관련하여 "새로운 품격을 지닌 문체 창출이 세계관 전환의 계기로도 작동될 수 있다"는 주장은 경청할 바가 있다. 김월회, 「신체 산문과 근대적 매체의 상관성」, 『근대어·근대매체·근대문학』, 성균관대학교 대동문화연구원, 2006, 252쪽.

203) 堺利彦(사카이 도시히코), 『文章速達法』, 講談社, 1982(초판 1915).

쇄 유통되었다는 점에서 서간의 이러한 문체적 과도성은 문제적이라 하겠다.[205]

어문생활사의 기준으로 볼 때 언문일치의 근대성이야말로 서간의 계몽 기능 중 핵심이라 할 수 있다. 1910년대 근대 초기 잡지인 『소년』『반도시론』『청춘』지 등의 영향에 따라 서간은 근대적 리터러시(문해력)을 습득하는 중요한 도구로 자리잡게 되었다는 사실이 그 방증이다. 가령 『청춘』 11호 특별현상문예에 당선된 김윤경의 「여보오 인형」, 한동찬의 「ㄹ형」, 이재갑의 「사랑하는 K군」, 주기철의 「○○군」, 15호 배달자의 「K형에게」 등이 그러한 예라 하겠다.

기실 서간문 자체가 근대 이전이나 근대 초기나 할 것 없이 문어체와 구어체의 중간형태의 문장 특징을 드러낸다. 근대 이전의 서간은 철학적 의론이 가능했던 한문투 및 문어체에 충실했다면 그 내용과 표현은 논리와 감정을 통합하는 글쓰기였다. 하지만 근대 초기에 서간은 문어체, 특히 한문 상투어구로 일관된 매뉴얼화된 척독의 규범으로부터 벗어나 내용과 형식에서 자유로운 표현과 일상적 구어체로 전환을 시도하

---

204) 이광수의 「조선문학의 개념」에는 "지나문학이 한문으로 쓰이고, 영문학은 영문으로 쓰이고, 일본문학은 일문으로 쓰이는 것은 원형이정"이라 하였다. 이윤재, 『문예독본 하권』, 한성도서주식회사, 1933, 148~149쪽. 조선문학도 반드시 조선문으로 쓰여져야 한다는 주장이 드러나고 있다. 이러한 글을 싣고 있는 이윤재의 의도는 한글 문체 형성의 문제를 사고하도록 유도하기 위한 것이자, 그의 지향을 암시하는 것이라 하겠다. 문혜윤, 「문예독본류와 한글 문체의 형성」, 『어문논집』 54, 민족어문학회, 2006.; 문혜윤, 「1930년대 국문체의 형성과 문학적 글쓰기」, 고려대 박사논문, 2006, 93~104쪽 참조.

205) 사까이(1871~1933)의 『문장속달법』은 문장을 쓸 때의 마음가짐으로부터 시작해 문법, 수사학, 문체, 용어들에 대해 설명을 한 후 구체적 문장을 쓰는 방법을 설명하고 있는데 제일 먼저 취급하고 있는 것이 다름 아닌 '편지글'이다. 그것은 편지글이야말로 일반 독자가 가장 필요로 하는 문장, 가장 몸 가까이 접하는 문장이었기 때문일 것이다. 사까이는 이 장에서 '언문일치체'에 의한 편지글을 써보기를 독자들에게 권유하고 있다. 근대 서간문의 변천은 언문일치제, '구어체가 편지글에 침투되어 나간 과정'이라 말할 수 있겠다. 한일 국제콜로키움(도쿄 히토츠바시대, 2008.2.21)에서 이 점을 깨우쳐준 도쿄 히토츠바시대학원 언어사회문화과 카스야 케이스케 교수에게 감사드린다.

였다. 그 결과가 시문체라는 언문일치운동과 교양 담론, 취미 담론과 관련된 미문(美文)의식의 산물이라 할 '미문체'이다.[206]

『사랑의 불꽃』이든 『춘원서간문범』이든 『춘해서간문집』이든 어느 것이나 서간을 인쇄해서 유통하는 순간 그 언어적 기능이 확산되는 것은 당연지사다. 처음 필사본 서간이 씌어질 때 상정했던 특정 수신인-독자를 넘어서서 불특정 다수의 익명 독자를 수신인으로 하기 때문이다. 서간은 지인과의 사적인 관계망 속에서 작동하는 커뮤니케이션으로 출발했지만 서간행위가 작동하는 사회적 과정 속에서 때로는 공적 계몽담론을 전파하는 매체가 되기도 하고, 개인의 경험과 감정을 토로하는 내밀한 자기 표현의 장이기도 했으며, 소설의 한 문체로도 활용되었다.[207] 1910년대의 척독류처럼 단순한 편지쓰기 매뉴얼 기능을 넘어서 계몽담론이나 연애담론 같은 특정한 주제를 결속하는 텍스트 커뮤니케이션 기능을 하게 되는 것이다.

더욱이 편지 내용의 근대성 여부만 중요한 것은 아니다. 오히려 1910년대 이래 규범화되다시피 한 서간 특유의 한문식 투식어를 일상어투로 대체하는 것이야말로 진정한 근대성의 발현이라 할 것이다. 즉, '부친전 상서(父親前上書)니 상백시(上白是)니, 기체후일향만강(氣體候一向萬康)하옵시고~' 등 한문투 투식어를 폐지하고 '아버님 안녕하세요?' 라는 식으로 구어체 일상어를 사용할 수 있게 된 것은 근대 서간양식의 가장 중요한 특징이라 할 터이다.

결국 근대 서간양식의 가장 중요한 기여는 일상적인 언문일치체 문장을 통한 사회적 소통방식의 정착이라 하겠다. 서간은 본질적으로 문어

---

206) 근대 서간의 문체적 특징으로 '시문체와 미문체'를 거론하고 의미를 부여한 김경남, 앞의 글 참조. 다만 미문체의 순기능만 보아서는 곤란하고 양면성을 거론하면 더 좋을 것이다. 미문체의 문제점은 이 절의 후반부에 근대 서간의 상업성과 관련지어 보완 설명한다.

207) 권용선, 앞의 책, 164, 176~189쪽 참조.

체와 구어체의 중간형태의 문장 특징을 드러낸다. 근대 이전의 서간이 문어체에 충실했다면 그 내용과 표현상 논리와 감정을 통합하는 글쓰기인 근대 서간은 한문 상투어구로 일관된 매뉴얼화된 척독의 규범으로부터 벗어나 내용과 형식에서 자유로운 표현과 일상적 구어체로 전환을 시도한 것이다.

이런 구어체 의식은 당대 서간문범이나 문집에 공통적으로 보인다. 이를테면 1924년에 나온 황의돈, 신영철의 공저 『신체미문 학생서한(新體美文學生書翰)』의 서문을 보면 '말이 평범하고 글이 알아보기 쉬우면'서도 '미문적 새 형식을 쓰기에 노력하야 취미를 일치 안토록 하얏습니다'란 말이 나온다. 같은 책의 『조선일보』 광고를 보면, "이 책은 구식 한문에 기우러지는 괴벽한 서한문의 결점을 제하고 유창 간명한 언문일치체로 맨긴 신(新)서한문 겸 신작문집이니 그 내용은 가정 친척 간 왕복 경하, 청유, 여행, 부축(訃祝), 원굴(寃屈) 증서, 전문(電文)의 서식으로 부록에는 각종의 용어가 유루(遺漏) 업시 만재(滿載)하얏다."라고 하고 있다.[208] 낡은 한문방식이 아닌 언문일치체 조선어로 된 투식류어집(套式類語集)을 두고 '신(新)서한문 겸 신작문집'이라 한데서, 언문일치체 조선어가 근대 이전과 변별되는 근대 서간의 중요한 징표임을 분명히 강조함을 알 수 있다.

언문일치체 문장의 실현이 근대 서간의 주요한 기능이었다는 사실은 동 시기 일본도 마찬가지였다. 메이지-다이쇼시대 문장가 사카이 도시히코에 따르면 근대적 서간양식의 중요한 기능 중 하나는 언문일치의 보편적 실현책이었다고 한다.

---

208) 박진숙, 「한국 근대문학과 미문, 이태준의 미문의식」, 『한국현대문학연구』 24집, 한국현대문학회, 2008.4, 40~41쪽 재인용. 이와 관련하여 20년대 서간문(집)의 미문체 문제는 별도의 논의가 필요한 쟁점임을 밝힌다.

언문일치의 보급을 도모하기 위해서는 이것을 편지로 실행하는 것이 가장 빠른 길이라고 저자는 강하게 믿고 있습니다. 거기다 작금의 편지문은 여타의 다른 글에 비해 개량의 필요성이 훨씬 크다고 할 수 있습니다. 작금의 편지문은 도쿠가와 시대의 문체가 그대로 존속되어 온 것으로서, 도저히 현재의 사상에 적합한 문체가 아닙니다. 그런데도 편지문은 개인 간의 왕복에 한정된 것으로서 공적인 일에 사용되는 경우가 적어 오늘날까지 그 개량을 주장하는 이도 많지 않았습니다. 지나치게 바보스러울 만큼 공손한 경어를 없애는 것, '–하나이다(候文)' 또는 'まいらせそろ'[고어체 종결어미-인용자] 등의 글자를 없애는 것 등은 매번 지식인들 사이에서도 주창되고 있으며 다소간 실행되는 부분도 있지만 아직 상당히 완고한 습관이 남아있어 그리 쉽게 바뀌기는 어렵습니다.[209)]

사카이는 일본의 근대 계몽기에 일반 민중의 근대화 과정에서 언문일치운동이 중요함을 역설하면서, 언문일치의 보급을 위해서는 편지 쓰기로 실행하는 것이 가장 빠른 길이라는 점을 지적한다. 이러한 일본의 선례로 보면 근대 서간문의 변천은 언문일치제, 달리 표현한다면 '구어체가 편지글에 침투되어 나간 과정'이라 하겠다.[210)] 사카이를 비롯한 일본

---

209) 사카이 도시히코(堺利 彦), 『文章速達法』, 講談社, 1982(초판 1915), 87~88쪽.

210) 사카이(1871~1933)는 『萬朝報』『平民新聞』의 저널리스트이자 1906년 초기 사회주의 정당인 일본 사회당을 결성한 인물이다. 그는 일반 평민도 읽고 쓰기를 통해 근대화에 동참할 수 있다고 보고 일반 독자를 위하여 문장 쓰는 법을 알기 쉽게 설명한 『文章速達法』(1915)을 펴냈다. 이는 일반 독자를 글쓰기 영역에 끌어들여 한문에 경도된 기존의 문장 규범을 타파하고자 하는 의도의 산물이다. 책에서 제일 먼저 취급한 문종이 '서간문'인데, 그것은 서간문이야말로 일반 독자가 가장 필요로 하는 문장, 가장 몸 가까이 접하는 문장이었기 때문일 것이다. 다만 서간문 설명 부분은 1901년에 출판된 『言文一致普通文』의 再錄이며 자신이 소학교 교실에서 서간문을 가르친 결과 "언문일치의 편지는 거의 사회적으로 일반화된 현상이 되었다"고 말하고 있다. 카스야 케이스케(糟谷啓介), 「김성수 선생님의 발표 〈근대적 서간양식의 성립과 서간텍스트의 분화·변천〉에 대한 코멘트」, 『근대적 글쓰기의 형성과 글쓰기장의 재인식 – 한일 국제 콜로키움자료집』, 도쿄: 히토츠바시대학, 2008.2.21, 39쪽 참조.

계몽기 문장가들의 문제의식은 식민지 조선에도 그대로 공감, 공유되었을 터이다. 이미 앞장 2장3절에서 이태준, 이명세의 서간 이론에서 강조된 언문일치 의식을 살펴본 바 있거니와, 방인근의 『춘해서간문집』 상권 서문에도 '평이한 언문일치의 신식 서간문'을 중시하고 있는 등 당대 서간은 모두 조선어 언문일치체 문장을 한문투의 구식에 대비되는 '신식' 즉 근대적 양식으로 차별화시켜 인식하고 있다.

그런데 한 가지 의문이 생긴다. 1920~30년대에 그 많은 서간집이 출판되어 널리 유통된 까닭이 꼭 언문일치체의 정착 때문이었을까. 대중독자를 견인할 서간(집)의 또 다른 매력도 있었을 것이다. 단 한 사람의 '수신인=독자'밖에 상정하지 않는 것이 편지의 본래적 특징일 수도 있지만, 그 존재가 세상에 알려지려면 다른 사람도 '수신인=독자'로 참여하게 되고 필사본 사신이 인쇄되어 유통되면 불특정 다수 독자도 가상적 수신인이 된다. 우리가 서간문과 서간문집의 존재를 통해 알게 되는 것은 바로 서간의 이러한 '이중성'이다. 이를 두고 한 논자는 서간의 '애매성'이라 하면서 서간집의 서간문은 원래 개인 간에 오고간 사신과 달라지며 이에 따라 독법도 달라진다고 한다.[211]

서간집의 독서는 근본적으로, 일상적인 의미에서의 편지 읽기와는 다르다. 자기에게 온 편지를 즉각적으로 읽을 때에는, 그 편지는 일련의 행동이나 감정 변화를 야기하는 실제적인 기능을 가지며, 그에 대한 반응은 답장으로 나타나게 된다. 또 편지를 읽는 행위는 편지 쓴 사람에 대한 기존의 정보, 편지가 씌어진 환경과 맥락에 대한 이해 등이 함께 하게 되므로 내밀한 것이 된다. 그러나 편지 서술자와 독자 간의 거리가 멀어지는 서간집의 독자는 편집자의 보충 설명의 도움을 얻어 글에 대한 평가

---

211) 조현실, 「서한체 소설의 서술 책략－『위험한 관계』의 경우」, 이화여대 박사논문, 1991., 12쪽 참조.

자가 된다.

　서간집 독자도 둘로 나뉘는데, 서간 교본의 독자는 그것을 흉내내어 자기도 비슷한 편지를 써볼 수 있다는 실용성을 중시하여 편지의 형식적 측면에 관심을 갖는다. 반면 실용성 대신 흥미를 위해 서간문집을 읽을 경우에는 저자의 존재가 중요해진다. 따라서 편지의 문체를 대할 때에도 글의 진실성 여부를 가치 판단의 기준으로 삼게 된다. 이를테면, 서간집의 독자도 편지의 원래 수신자가 느낄 수 있던 것을 그대로 느끼고 싶어하는 것이다. 그런데 한 사람의 수신자에게만 읽히리라고 생각하는 경우와 언젠가 모든 사람에게 읽힐지도 모른다고 생각하는 경우 편지 서술자의 태도는 달라진다. 어떤 편지든 두 서술 경향은 공존한다.

　서간의 이러한 '이중성, 애매성'은 서간집의 편찬 과정에서도 나타난다. 편찬자는 서술자의 초상으로서의 편지를 부각시킬 것인지, 글로서의 가치를 부각시킬 것인지 선택해야 할 입장에 놓이며, 이 두 가지 방향 중 어느 한 쪽만을 전적으로 택하기란 힘든 것이다. 또한 독자 역시 편지를 어떤 한 인물의 내면의 기록으로 읽느냐, 혹은 문학 작품으로 읽느냐는 두 가지 입장 사이에 놓이게 된다.[212]

　여기서 서간문 또는 서간문집의 문학성 문제가 발생한다. 서간이 근대적 글쓰기의 하나로 자리잡게 되는 데는 서간문의 문학성, '문학 지향'이 중요한 유인책이 되었다는 사실을 간과할 수 없다. 근대 이전이나 근대 초기에는 서간이 문학을 지향하지 않았던 것이다. 가령 독본, 강화류의 역사적 변천을 살펴보면 초창기 척독, 독본 속에는 단순하게 언문일치로 정보를 전달하는 서간 이상의 기능을 편찬자가 포착하지 못한다.

---

212) 서간(집)의 '이중성, 애매성' 관련 논의는 조현실의 주장을 요약한 것이다. 다만 '서한집'을 '서간교본'과 '서간문집'으로 구별하지 않고 섞어서 사용하는 바람에 정교한 논의가 아쉽다. 조현실, 「서한체 소설의 서술 책략-『위험한 관계』의 경우」, 이화여대 박사논문, 1991., 12~13쪽 참조.

하지만 초기에는 서간이 근대적 매체의 활용과 의사소통의 수단으로 독본에 실린 반면, 1920년대를 경과하면서 근대적 매체의 활용과는 상관없거나 적어도 뛰어넘어서 내면의 고백과 심리의 표현 등 이른바 심미적 차원에서 활용되는 문종 혹은 장르로 실린다. 이를 두고 한 논자는 독본의 역사적 변천과정에서 독본에 수록된 서간이 '문학의 차원으로 영역전이된 형국인 것이다'라고 의미 부여한다.[213]

문제는 서간의 문학성을 그대로 받아들일 것인가 하는 점이다. 특히 인쇄된 서간문은 달리 볼 수 있지 않을까? 서간의 문학 지향성을 다른 측면에서 살펴보기 위하여 『사랑의 불꽃』 서문을 다시 인용한다.

나중으로, 이 책자는, 현대 지명(知名)의 문사들이 각각 1·2편씩 붓을 든 것이며, 따라서 그 내용은, 단편소설이나, 또는 소품문으로도 당당한 가치가 있다는 것을 말하여 둡니다.

1923. 1. 24일 밤[214]

연애서간집의 내용, 즉 편지가 '소설이나 소품문으로도 당당한 가치가 있다는' 발언은 주목을 요한다. 1923년 2월 10일자 『동아일보』에 실린 「연애서간집 – 사랑의 불꽃」 제하의 지면 광고에서도 "그 내용은 예술화하고 시화(詩化)하야 시 이상의 시이며, 소설 이상의 소설이고, 소품 이상의 소품이다."란 구절이 나온다. 이를 통해 볼 때 당대 '서간이 문학청

---

213) 『초학시문필독』(1923)에는 편지의 모습이 보이지 않는다. 그런데 『보통학교 조선어 독본』(1923)의 편시는 지극히 의례적이고 격식있는 문체로 간략한 내용 전달을 주로 하는 모습으로 등장한다. 이에 비해 『어린이 독본』의 편지는 마치 한편의 단편소설을 방불케 한다. 현저히 다른 문체를 실감하는 것은 그리 어렵지 않다. 이는 편지의 사연(내용)과 목적의 차이에서 비롯된 것일 수도 있다." 구자황, 「근대 독본문화사 연구 서설」, 『한민족어문학』 53집, 한민족어문학회, 2008.12, 48쪽 참조.

214) 노자영(盧子泳, 오은서), 『사랑의 불꽃』, 신민공론사, 1923, 머리말.

년들의 무의식적인 욕망을 충족시켜주'었으며, '당대의 보편적 미적 취향이 비극적이고 감상적인 낭만성을 지향하고 있었다는 점을 보여준다'고 하겠다.[215)

나중에 노자영 자신의 회고에서, 『사랑의 불꽃』 출간이 '금전 상의 목적'에 의한 것이었다고 반성한 것을 보면 "1920년대 중반의 문학 장은 통속과 본격을 가르는 미적 취향의 각축장이었다."[216)는 해석이 설득력을 얻는다. 서간문(집)이 진정한 문학과는 거리를 둔 통속성, 상업적 전략의 산물이었음을 다른 텍스트에서도 얼마든지 찾을 수 있다. 가령 조선문단사 발행인 이성로가 서문을 쓰고 북성당 사장 김종대가 저작 겸 발행인으로 되어 있는 『문학청년서간집』도 그렇다. 편자는 스스로 문학에는 문외한이라 하면서 중국이나 일본에서 문학청년을 겨냥한 서간집이 유행하기에 조선에서도 한번 시도해본다고 하고 106통의 편지를 싣고 있다.[217) 이는 『사랑의 불꽃』 이외에도 상업성의 예가 얼마든지 있었다는 반증이다.

서간집 편찬의 표면적 의도로 내세워진 문학성이 실은 숨겨진 상업성의 다른 표현이란 해석은 미문체(美文体)에도 해당된다고 생각한다. 우리의 근대 서간양식 정착에 일정한 영향을 준 일본의 전통적인 서간 규범서들에도 늘 서간문용 문체로서 미문체, 후문체 등이 거론된 바 있다. 메이지시대에서는 실용과는 거리가 먼 미문체라는 일종의 문체가 있었다. 어려운 한자어를 늘어놓고 어조가 좋은 아름다운 문자를 써서 경치를 쓰거나 감정을 쓰는 것이 유행했다. 하지만 문장에 실용적인 것과 예술

215) 박지영, 「1920년대 책 광고를 통해서 본 베스트셀러의 운명」, 박헌호 외 공저, 『작가의 탄생과 근대문학의 재생산구조』, 소명출판, 2008, 240~242쪽.

216) 윗글, 250~251쪽.

217) 김종대와 이성로가 별도로 쓴 「서문」에 동일하게 중국, 일본의 서간집 유행을 내세우고 있어 주목된다. 김종대 저, 이성로 편, 「서문」, 『문학청년서간집』, 북성당, 1935, 1~2쪽 참조.

적인 것의 차이는 없으며 제일 실제적인 문장이 제일 우수한 문장이므로 굳이 작위적인 미문체를 동원할 필요가 없어진 것이 근대적 글쓰기로서의 근대 서간의 새로운 특징이라는 것이다.[218]

이와 관련시켜 보면 인쇄된 근대 서간의 주요한 기능 중 또 다른 것으로 자유연애로 대표되는 근대 열기에 들뜬 대중 독자들에게 근대화 과정을 대리만족시켜주는 위안으로서의 구실도 생각할 수 있다. 가령 1923년 5월 1일 『동아일보』 기사, "초판 50여 일만에 매진"이라는 문구를 보면 『사랑의 불꽃』의 인기를 실감할 수 있다. 인기 상품인 연애서간집의 구입 후 거기 수록된 서간 읽기를 통해 독자 자신도 마치 상해에서 한양을 거쳐 파리행을 꿈꾸는 등 전지구적 동시성의 환상에 동참하게 된다. 나아가 그 서간 텍스트를 모범문 삼아 낯모를 상대에게 밤새워 열정적으로 모방 편지를 쓰는 모던보이와 신여성 또는 그 지망생들의 열망이 존재한다. 그것은 근대식 교육과 교통 통신의 발달이라는 근대문물제도를 기반으로 해서, '일본을 통한 서구 근대'라는 새것에 빠져드는 형국이다. 서간문집을 소비함으로써 자유연애 같은 새로운 근대 기획에 주체적으로 참여하고 있다는 동참의식과 안도감, 그것이 바로 유행처럼 번진 서간문집의 간행과 모방 글쓰기의 사회적 기능이자 역사적 의미인 셈이다. 이는 '일본을 통한 서구 근대' 문화를 자기 것인 양 착각 속에 향유했던 식민지 대중의 한 모습이기도 하다.[219]

여기서 근대 서간양식의 기능을 다양하게 의미화할 수 있다.[220] 근대

---

218) 다니자키 준이치로(谷崎潤一郎), 『文章讀本』, 도쿄: 중앙공론사, 1934. 7~8쪽 참조.

219) 이에 대한 상세한 내용은 이 책의 4장 1절, 3절을 참조할 수 있다.

220) 이와 관련하여 엔도 슈사쿠는 편지 쓰기의 다섯 가지 혜택으로, 상대방을 설득하는 기적의 도구, 창의력과 문장력 향상, 주위사람들과 돈독한 관계, 영원한 기억, 감수성과 낭만을 되살린다고 한다. 엔도 슈사쿠, 천채정 역, 『전략적 편지 쓰기』, 쌤앤파커스, 2007. 13~16쪽 참조.

적 글쓰기의 하나로서 서간양식을 거론할 때 서간의 기능은 1인칭 고백을 통한 자기표현 기능에 머무는 것은 아니다. 기존연구에서 지적했듯이 근대 서간에는 계몽 및 보고 기능과 문학 기능도 있다.[221] 필사본 사신이 인쇄매체에 수록됨으로써 대중들에게 공유될 때는 서간이 개인 차원을 넘어선 사회적 소통기제로 작동하기 때문이다. 이런 맥락에서 편지 쓰기는 근대 부르주아사회가 형성되는 과정에서 가장 유력한 자기표현 형식이었다. 심지어 하버마스는 유럽의 19세기를 '편지의 시대'라고 부르고, 일본학자 다카하시 야스미츠(高橋安光)도 그의 저서『편지의 시대』에서 유럽의 19세기와 일본의 19세기 말~20세기 초 서간텍스트를 예로 들어 '편지의 시대'를 거론하고 있을 정도이다.[222]

이상에서 정리했듯이 근대 서간양식은 문학 지향성을 통해 근대적 글쓰기의 한 축으로 자리잡았다. 비록 이광수, 이태준에 의해 근대문학의 중심장르에는 소속되지 못한 채 비문학 실용문으로 정착되었지만, 서간체라는 문체나 서간체소설로 문학의 외연에 자리잡고 근대적 커뮤니케이션의 심미화에 기여하였다. 다만 서간의 일반적 기능 중 근대에 와서 상실된 전통적 미덕도 없지 않다는 점을 짚고 넘어가지 않을 수 없다. 즉, 근대 이전 한문 지식인의 서간 기능이었던 전통적 예의와 지식 정보의 전달, 특히 '철학적 의론의 장' 구실이 탈락한 사실이다.[223] 이는 근대 서간양식의 규범을 정착시킨 이태준, 이광수 등이 전통 한문투에 대한 강한 반감을 드러낸 결과, 다소 복잡하고 계급적이지만 나름대로 미풍양

---

221) "전자엔 기행편지(서간체 기행문)와 계몽적 논설용 서간, 그리고 예술적 자율성으로 해석될 개인독백형 에세이 편지가 있고, 후자엔 서간체소설이 있다." 권용선, 앞의 책, 176~200쪽 참조.

222) J. 하버마스, 한승완 역,『공론장의 구조변동』, 나남출판, 2001, 124~125쪽 참조. 다카하시 야스미츠(高橋安光),『手紙の 時代』, 도쿄: 法政大學출판국, 1995. 참조.

223) 배미정,「18세기 척독문학과 그 배경」『18세기연구』7호, 한국18세기학회, 2004. 39~53쪽 참조.

속일 수 있는 전통적 대가족제 특유의 인간관계가 담긴 편지 격식을 허례허식이라 하여 일거에 배척함으로써, 전통을 단절시킨 결과인 듯하다.

전통 한문 서간의 번잡한 규식과 상투어구는 배제하고 대안으로 쉬운 일상어투를 사용하자는 것은 근대적 평등주의 시각에서 납득할 수 있다. 다만 대안으로 시문체(時文體)라는 이름으로 도입된 일본식 국한혼용문이나 문학성 또는 문예 취미의 미명 하에 들여온 미문체에 경도되는 또 다른 편향은 없었는지 의문이다. 1920년대에 확립된 순조선어 창작(문학 창작만은 순 한글로)에 대한 서간 주체 나아가 일반 문인들의 공감(강박)은 계몽기 이래의 국문운동 같은 독립운동의 산물이라는 외적 억측보다는 당대 독자들의 책읽기 경험을 반영한 것으로(기능적 연관) 인식하는 것이 온당하다. 최남선, 이광수의 '시문체' 기준과 순한글 문장 쓰기가 문인들에게 모범으로 받아들여졌던 것이다. 결과적으로 식민지하 조선어문학은 그것을 읽는 조선인 독자들을 '조선인'으로 호명하는 이념적 기능까지 하게 된다.[224]

또한 근대 서간의 문학 지향이 근대 이전의 정감적 척독의 전통은 계승했을지언정 지적 서신의 전통을 놓침으로써 철학성 상실로 이어졌는지 알아볼 일이다. 앞으로 이 점을 규명하기 위하여 식민지 조선 문장가들이 영향 받은 당대 일본의 문장 규범론을 살펴볼 필요가 있다. 확실한 것은 아니지만 일본식 여성스런 연문(軟文)체를 근대적 서간문장의 모범으로 받아들임으로써[225] 전통 한문서간이 지닌 '철학적 의론'의 장 구실을 스스로 떨친 것이 아닌가 추정해볼 수 있다.

---

224) 천정환, 『근대의 책읽기』, 푸른역사, 2003. 참조.

225) 시마나카(嶋中雄作), 『女性文章讀本』, 도쿄: 중앙공론사, 1935. 여성용 편지체의 여러 예 중 일상 일본어와 변별되는 '－하나이다' 같은 후문체를 의례용 편지의 예로 제시한다. 요즘 나온 일본 서간문 매뉴얼에는 '온기를 전달하는 표현작법'으로 '아름다운 이의 아름다운 편지'의 예로 미문체를 제시한다. 뉴우노야 마미(丹生谷真美), 『美しい人の美しい手紙』, 도쿄: 주부와생활사, 2006. 참조.

4.

근대 서간양식의 주체와 역사적 배경

4.1. 근대 서간 양식의 주체

한국 근대 문화사에서 서간(집) 양식의 위상은 어떻게 설정할 수 있을까? 서간이 문학과 밀접하게 관련되면, 서정시와는 달리 산문으로 쓰여진 주체의 자기표현 양식으로 이해될 수 있다. 그러나 불특정 다수 독자를 향한 1인칭 독백 산문이라 할 수필과는 달리 서간체는 주체화의 형식일 뿐 아니라 특정 수신자를 전제한 의사소통이라는 점에서 사회적 관계의 형식이기도 하며, 나아가 세계 경험 자체를 바꾸어놓는 매개물이기도 하다.

이때 근대 서간을 담당한 주 계층이 누구인지 주체를 분석하는 작업이 필요하다. 나아가 그들 근대 서간 담당층이 사적 서간을 공개 출간한 사회적 환경과 역사적 배경에 대한 탐구가 뒤를 잇는다. 이전에 인편으로 주고받던 19세기까지의 서간과는 뚜렷이 구별되는 근대적 서간 출현의 사회적 환경이 무엇이었는지 규명하는 과제이다. 근대적 서간 양식 출현의 사회적 환경으로 짐작되는 것은 우편제도, 철도 등 근대적 교통통신망의 정착과 신문·잡지·단행본 등의 신활자본 출판을 통한 근대 지식의 계몽 전파를 가능케 하는 유통구조, 그리고 식민지자본제의 필연적 산물인 식민지적 이농, 이향현상의 도래에 대한 가족 등 공동체적 연대를 위한 시대적 필요 등이 예시될 수 있다.[226] 이런 식으로 근대 서간의 역사적 배경을 탐구하게 되면 근대적 우편제도의 총아인 서간이 근대 지식을 유통, 전파하고 한문 지식인과 변별되는 근대 지식인의 대중적 글쓰기를 가능하게 했던 기제가 무엇인지 자연스레 드러날 것이다.

근대 이전의 한문 지식인과 변별되는 그들은 누구이며 주체의 사회적

---

226) 권용선, 앞의 책 참조.

역사적 배경은 무엇인가? 근대적 서간을 정착시킨 주체가 드러나면 그 성과를 가지고 그들의 서간 및 서간 논의에 담긴 새로운 이념과 사상은 무엇이며 그것이 근대문학-근대문화-근대사에서 차지하는 의미는 무엇인지 추적할 수 있다.

근대 이전의 서간문 작성과 유통은 한문 편지나 언간을 써서 누군가에게 시켜 인편으로 주고받을 수 있어야 한다는 점에서, 문맹인 평민이나 천민은 주체가 될 수 없었다. 심지어 근대 초기까지도 워낙 문맹률이 높아서 대중에게 편지는 독서물이 아니라 청중에게 읽힐 대본 정도였다. 한문이나 언문을 쓸 줄 알고 게다가 편지 전달자를 맘대로 부릴 수 있는 귀족인 사대부, 양반, 왕족 그리고 그들 집안의 아녀자 등만 서간의 주체로 가능하였다. 따라서 근대적 서간 주체가 되기 위해서는 한문, 국한혼용문, 한글 등을 쓸 줄 아는 리터러시(문해력)를 갖춰야 하고 편지를 봉투에 담고 우표를 붙이거나 엽서를 우체통을 넣을 줄 알아야 하였다. 근대 서간 주체는 서간을 주고받는 발신인과 수신인, 즉 글쓰기와 글 읽기 능력을 갖춘 교신인만이 아니다. 그들의 편지 쓰기를 도와주는 참고서·자습서라 할 척독·서간교본·서간문집을 출판한 매체와 우체부 등 서간 유통자들도 포함될 것이다.

여기서 잠깐 장편소설『고향』(1934)의 한 대목을 보기로 한다. 작가 이기영은 1920년대 말 충청도 원터마을을 배경으로 해서 마름 안승학의 출세담을 편지 보내기를 통해 제시한다.

우편소가 새로 생긴 것을 보고 이웃 사람은 그게 무엇인지 몰라서 겁을 잔뜩 집어먹고 있었다. (중략) 우편소 안에는 무슨 이상한 기계를 해앉히고 거기서 무시로 괴상한 소리가 들리었다. 그래서 이웃 사람들은 그것도 무슨 귀신을 잡아넣어서 그런 소리가 들리는 것이라고 하였다.

그럴 때에 안승학은 마술사처럼 이 귀신을 부리는 재주를 그들 앞에 시험해 보였다.

그는 엽서 한 장을 사고 자기 집 통 호수와 자기 이름을 쓰고 편지 사연을 써서 우편통 안으로 집어넣었다. 그리고 그들에게 장담하기를 이것이 오늘 해 전 안에 우리 집으로 들어갈 터이니 가보자는 것이었다. 과연 그날 저녁때였다. 지옥 사자 같은 누렁 옷을 입은 사람은 안승학의 집에 엽서 한 장을 던지고 갔다. 그것은 아까 써넣던 그 엽서였다.

"참, 조화 속이다!"

하고 그들은 일시에 소리를 질렀다.

비행기가 잠자리처럼 날고 인조인간이 발명된 지금 세상에서 이런 소리를 들으면 누구나 코웃음을 치리라마는 그때 시절에는 사실로 그러하였다. 말하자면 그때 무렵에 안승학은 이 고을에서 우편으로 보내는 편지를 제일 먼저 써본 이 중에도 한 사람이었던 위대한 선각자였다.[227]

작품에서 안승학의 엽서 보내기는 비행기와 인조인간의 발명에 비유된다. 근대 과학의 발전과 나란히 놓이는 편지 보내기의 사건성은 안승학을 '위대한 선각자'의 반열에 올려놓는다. 이때, 시대의 흐름에 잘 적응한 그의 인생담은 '출세담'으로 변모한다. 작가가 안승학의 출세담과 엽서 쓰기를 대응시켜 제시할 수 있었던 것은, 근대적 글쓰기가 근대 매체(우편제도)와 함께 연동되어 나타났음을 자각하고 있었기 때문이다.[228]

엽서 등 편지 쓰기를 할 줄 알며 그것을 우편통에 넣으면 '지옥 사자 같은 누렁 옷을 입은' 우체부(집배원)가 집까지 배달해준다는 '서간 작성법과 우편제의 습득자'가 바로 근대 서간의 주체가 되는 것이다. 그뿐만

---

227) 이기영, 『고향』, 한성도서주식회사, 1936, 124~125쪽. 표기법과 띄어쓰기는 현대식.
228) 조윤정, 「독본의 독자와 근대의 글쓰기」, 『근대적 글쓰기의 형성과 글쓰기 장의 재인식 − 132차 정기학술발표회 발표논문집』, 반교어문학회, 2010.1.30., 3쪽.

아니라 그 행위 자체가 출세의 한 방도였던 것이다. 가령 이 시기에 숱하게 광고되는 편지쓰기 지침서의 광고에서도 "편지 잘 쓰는 것은 입신출세가 빠르다!"고 일갈하고 있다.[229]

그러나 편지 쓰기가 입신출세의 주요한 수단이었던 근대 초기 안승학의 세대를 지나 1930년대 갑숙의 세대로 왔을 때, 일상 속에서 행하는 편지 쓰기의 유행은 냉소의 대상으로 전락하기도 한다. 갑숙은 자신에게 연애편지를 보낸 권경호가 당대 유행하는 '연애 서간집'의 '미사여구'를 이어 붙여 편지를 쓰고, 자기의 동생 경준이의 글씨를 '모방'한 것을 보고 편지를 찢어버린다. 갑숙의 행동에는 편지의 내용과 문체가 글을 쓰는 자의 것이어야 한다는 의식이 전제되어 있다. 부잣집 학생이라는 것을 이용하여 여학생인 자신을 겁탈한 경호의 행동과 그가 보낸 편지에 대한 반응은 갑숙의 현실인식을 함축하고 있다. 갑숙이 후에 여직공이 되어 아버지 안승학을 배척하는 농민들의 편에 서는 것은 '앎'이 '옳은 길', '새로운 생활'로 이어져야 함을 드러낸다. 이기영은 인동과 갑숙의 각성과정을 통해 "이론과 실천이 합치돼야 할 시대를 타고"[230] 난 자기 세대의 의무감을 투사한다.[231]

『고향』의 편지 에피소드를 분석해볼 때 편지의 양가적 기능을 안승학과 안갑숙의 행위로써 상징적으로 잘 보여준다는 사실을 알 수 있다. 즉, 갑숙에게는 서간이라고 하는 것은 근대적 지식과 자아 발견의 자

---

229) "片紙 잘 쓰는 것은 立身出世가 빠르다! 片紙에 關한 거라면 무어나 아는 大評判의 片紙를. 交際와 商取引에 片紙 잘 썼다고 남에게 尊敬 받고 무어나 잘 世上일을 하나, 잘 못 쓰면 벙어리가터서 마음먹은 것을 充分히 表示치 못아여 드디여 議理를 缺하고 저편의 感情을 害하거나 하여 큰 失敗를 하는 일이 많다."『實用新案 手紙大辭典』광고,『신시대』 1941.8, 165쪽; 동일 광고가 같은 잡지 1941.9, 113쪽에도 실려 있다.

230) 이기영,『고향』, 278쪽.

231) 조윤정,「독본의 독자와 근대의 글쓰기」,『근대적 글쓰기의 형성과 글쓰기 장의 재인식 ‒132차 정기학술발표회 발표논문집』, 반교어문학회, 2010.1.30., 3쪽.

기 이야기를 사회화시키기 위해 우편제도를 활용해 의사소통을 실현하는 것이지, 일시적 유행열이라 할 연애 수단으로 전락하는 것은 아니라는 것이다. 더욱이 진실한 마음을 담아야 하는 자기표현의 고백적 글쓰기라 할 연애편지조차 자기 힘으로 쓰지 못해 당시 유행했던 연애서간집의 대목을 여기저기서 따다 베껴 편집한 권경호의 편지글을 용납할 수 없었던 것이다. 또한 아버지 안승학의 행위 이면에는 식민지적 근대의 규율을 내면화한 우편제도라는 근대적 의사소통 시스템에 자발적으로 편입되었다는 점도 간과할 수 없다. 안승학의 위세 부리기에는 편리한 일상 우편제도에 매료되어 식민지 근대의 규율에 자발적으로 편입되어 근대적 질서를 내면화한 근대 주체의 부정적 측면이 잘 드러나기 때문이다.

근대 이전의 중세적 한문서간과 중세 척독의 주체는 사대부 양반 남성이 중심이었고 편지 내용은 철학적 의론이나 정감 교류가 중심이었다. 한글로 씌어진 언간, 내간(여성 서간)의 주체는 중세 귀족(궁중, 반가) 부녀자였고 그 내용은 내적 독백과 심경 토로라는 정찰(情札)이 중심이었다.[232] 그들 중세 서간은 인편을 통한 전달로 편지라는 물질의 공간적 거리감을 축소하긴 했어도 시간적 격차는 줄이지 못한 한계가 있다. 게다가 중간에 배달사고도 많았다.

그에 반해 근대 우편제의 혜택을 듬뿍 받은 근대 서간 주체는 국한문이나 한글로 이루어져 근대 일상인의 자유로운 의사소통이자 시공간적 동일성을 얻게 되었다. 그것이 바로 근대(성)의 긍정적 힘이라 하겠다. 단, 근대적 합리성의 이중성, 다시 말해 식민지적 근대성의 양가성도 엄존했음을 지나칠 수 없을 뿐이다. 가령 식민지 조선사회 자체가 전근대적 요소와 근대적 요소가 결합된 반근대적 역사상황 속의 구체적 장

---

232) 최지녀, 앞의글 참조.

소였고, 거기서 작동되는 규율권력은 권력의 작동을 신체화하는 동시에 지배계급을 은폐함으로써 지배체제를 유지한 점을 외면할 수 없다.

편지 쓰기와 우편제 같은 방대한 근대 지식체계는 신체를 규율할 수 있게 된 결과 식민지적 규율권력으로 현현하는 것이다. 근대화는 제국주의와 식민지에서 매우 불평등하고 불균형적으로 전개되었다. 이런 맥락에서 식민지배가 근대화에 기여했다는 식민지 근대화론은 근대화에 대한 도구적 이해라고 할 수 있다.[233]

근대 서간양식을 정착시킨 주체는 누구일까? 근대 서간의 주체는 중세의 한문 지식인 남성이나 양반 사대부 왕가의 아녀자에 한정되었던 중세 주체와는 변별되는 새로운 집단이자 계층이다. 한글 문해력을 습득만 하면 된다는 점에서 그들은 최소한의 지식인 집단이요, 중세 귀족, 왕족과는 계급적으로 다른 평민이라는 점에서 새로운 계층이다. 20세기 초에 새로이 등장한 학생, 신여성을 비롯한 근대 지식인이 그들일 것이다. 중세 귀족인 서대부 양반이나 그 집안 아녀자가 아니라는 이유로 종래의 한문 격식투 서간 쓰기에서 소외되었다가 신분제가 타파되자 한글로 된 간명한 서간을 쓸 수 있게 된 근대적 지식인, 식자층일 터이다. 나아가 지식인이 아니어도 최소한의 문해력만 가진 사람이라면 누구나 쉽게 서식을 변형해서 모방 사용할 수 있는 서간 규범집과 모범 서간을 모아놓은 척독류, 서간집을 활용할 수 있게 되었다.

언문일치체 한글편지는 꼭 20세기 초에 새로이 등장한 신여성 등 근대 지식인만의 전유물은 아니었다. 서간 교육 자체가 근대적 리터러시(문해력)를 향상시키는 중요한 수단이었기에 일반 민중들, 가령 농촌 부

---

233) "이들은 역사적으로 증명된 근대화/근대성의 양가성을 도외시하고 도구적으로 사용된 근대화의 파편으로 한 시대의 고통을 덮는다는 점에서 실천적으로 위험한 극단적 발상이다." 홍성태, 「식민지체제와 일상의 군사화 – 일상의 군사화와 순종하는 육체의 생산」, 김진균 정근식 편, 『근대주체와 식민지 규율권력』, 문화과학사, 1997. 참조.

녀자들에게도 전파되었다. 이를테면 농민잡지에 실린 다음 공지를 보자.

　農村婦女들게

　　모락모락 자라시는 농촌의 처녀들과 조선의 아들딸을 키우는 農村의 어머니들을 위하야 本誌에 새로운 誌面을 내노흐려 합니다. 지금은 여자들도 알아야 합니다. 여러분은 편지글이라던가 농촌사업 소개문이라던가 감상문이라던가 그외 아모런 것이고 될 수 잇는대로 간단히 명료하게 만히 써보내기를 바랍니다. 더욱이 늘상 하고 십든 말도 조코, 남편에게 보내는 글도 조코, 처녀들로써 가정에 보내는 글도 조흡니다.

　　그 글을 本誌에 실어 여러분이 읽는다면 멀리 떠러져잇는 여러분도 서로 가까워질 것이 아님니까. 내논 紙面을 만히 리용하여 주시요. 보내실 때에는 반듯이 피봉에 「婦女通信」이라고 써보내시오.

　　　－編輯部 － [234)

이렇듯이 농촌 부녀자들에게 편지 쓰기를 권장하는 잡지 편집자의 공지야말로 서간 주체의 근대적 확대의 좋은 예라 할 것이다. 이제 서간은 더 이상 관변의 공식 문서나 귀족층의 전유물이 아니라 평민들의 개인적 의사소통의 근대적 수단으로 각광받게 된 셈이다. 그렇다고 대중들이 금방 근대적 자기표현의 글쓰기를 시도할 수는 없었다. 그래서 척독이나 서간집을 통한 모범문장의 수집 정리와 모범문장 따라 쓰기가 유행하였다. 근대적 글쓰기가 조선어로서의 '한글'이라는 문자로 표현되는 것이라고 할 때 척독, 서간집, 잡지 속 서간 등을 통해 근대에 대한 교양을 쌓고, 그것을 조선어로 실천하는 자로서의 공통분모가 편지의 발신

---

234) 「農村婦女들게」, 『농민생활』 1934.5, 289쪽.

인과 수신인(독자) 사이에 공감대로 형성되는 것이다. 따라서 이들이야말로 근대서간, 서간문학의 주체인 일반 시민과 민중일 것이다.[235] 우리는 그들 근대 서간 주체를 '근대적 서간인(書簡人)'[236]이라 부를 수 있을 터이다.

4.2. 언어생활사와 우편사

4.2.1. 근대 서간의 언어생활사적 배경

식민지 조선에서 글을 읽고 쓰는 것은 하나의 권력이었다. 식민지 지식인들은 글쓰기를 통해 새롭게 유입된 대상과 개념들을 분류하고, '읽고 쓰다'는 행위를 '가르치다'라는 행위로 변화시켜 계몽의 효과를 얻었다. 이 때문에 근대 조선에서 계몽의 수사학은 자기를 표현할 줄 아는 글쓰기의 능력, 계몽의 대상과 계몽하는 주체로서의 자기를 분할하는 감각에서 비롯한다. 개화기부터 해방 이후까지 편찬된 작문 교과서 및 독본, 강화는 그 당시 언어와 수사의 특징이 어떤 방식으로 변질되어 가는지 보여주는 척도가 된다. 해방 이전까지 간행된 독본은 조선총독부와

---

235) 서양의 경우 산업화와 대중교육을 통해 양산된 월급쟁이 대중의 출현이 편지 주체(필자와 독자층)를 형성한 데 반해, 조선에서는 중세 전호제가 잔존한 반봉건성이 온존하는 식민지적 자본화 속에서 성장한 식민지 대중이 새로운 서간 주체라고 할 수 있다.

236) '서간인'이란 용어는 다카하시 야스미츠(高橋安光), 『手紙の 時代』(法政大學출판국, 1995), 34~40쪽에서 빌어왔지만, 그 외연을 확대할 필요가 있다. 서간인 개념은 일단 서간의 발신인인 서간문 필자를 지칭하지만 궁극적으로는 서간의 담당 주체인 교신자(발신인과 수신인), 서간문집의 출판업자, 서간문 독자, 나아가 집배원(우체부) 등 우편제 종사자까지 포괄할 수 있다.

사립학교, 작가 개인이 간행한 다양한 종류가 공존하며 글쓰기의 전범으로 기능했다.

학교 교육, 특히 근대 국가의 의무 교육으로 대표되는 국어 교육의 목표 중 하나는 개인이나 지방의 특수성을 지우고 한 국가 내에서 획일적으로 통하는 언어 능력을 키우는 것에 있다. 그것은 국민국가를 유지하기 위한 전제이다.[237] 그렇다면, '통한다'는 것은 무엇을 의미하는가? 문법적으로 바른 언어를 구사해도 화자가 말하는 의도는 상대에게 온전히 전달되기 어렵다. 특히, 글을 쓰는 주체는 언어를 통해 자신의 의도를 인공적으로 은폐할 수 있으며, 글을 읽는 자 역시, 언어의 의미를 자기 의도대로 굴절시켜 받아들일 수 있다. 학교교육과 독본의 독서를 통해 글쓰기의 전범을 학습한 학생들의 경우도 마찬가지다. 서간 학습도 이러한 근대교육의 일환이었다.

기실 서간 유통과 서간 글쓰기는 근대의 새로운 것이 아니라 수천 년의 역사와 전통을 지닌 것이었다. 하지만 근대적 인쇄·출판과 우편제라는 사회적 역사적 배경의 산물로서의 근대적 서간은 이전과는 달라진 텍스트 생산·유통방식 때문에 새롭게 배우고 익혀야 할 계몽과 교육의 대상으로 받아들여야만 했던 것이 당시의 역사적 상황이었다. 여기에 근대 초기 서간을 근대적 계몽과 교육, 특히 글쓰기교육과 관련시켜 고찰하는 이유가 있다.

근대적 글쓰기로서의 서간을 언어생활사적 측면에서 보면, 국어교육 내지는 글쓰기교육의 하위개념으로 서간 교육이 어떻게 이루어졌는가 살펴보는 일이 된다. 가령 독본 속에서 서간의 예문이 어떻게 실리며 그것을 실제로 어떻게 교육해서 근대적 교양을 쌓게 만드는가 하는 문제이다. 여기에서는 근대적 계몽과 교육의 수단으로서의 '인쇄(출판)된 서

---

237) 川田順造, 이은미 역, 『소리와 의미의 에크리튀르』, 논형, 2006, 295~296쪽.

간'을 대상으로 하되, 독본 교재에 담긴 서간 작성법이나 서간 관련 설명문부터 검토하도록 한다. 독본에는 실제 서간문뿐만 아니라 서간문 작성법 및 근대적 우편제도와 이의 편리한 이용법에 대한 설명도 보이기 때문이다. 이와 관련하여 1920년대 서간을 소설과 관련시킨 한 논자는 당시의 서간교본이 지닌 교육적 기능을 다음과 같이 설명한 바 있다.

글쓰기의 문제는 타인과의 소통을 위한 근대의 방식으로 정착되어야 했지만, 적절한 교육이 이루어지지 못했던 상황에서 사람들은 서간집이나 서간교본 등을 통해 따로 배워야 했던 것이다. 결국 미문으로 상징되는 새로운 글쓰기에 대한 욕망은 그러한 글쓰기, 편지 쓰기를 제대로 할 수 없었던 현실의 반영으로 해석된다. 요컨대 다양한 서간교본의 흥행은 곧 제대로 편지를 쓸 수 없었던 당대 공교육의 복잡한 현실을 보여주는 것이다.[238]

당시 공교육을 아예 받지 못한 대중이 척독, 서간집 등의 서간교본 [manual]을 서간문 작성과 우편물 발송에 참조했던 것은 사실이다. 하지만 공교육이 서간 교육을 하지 않았거나 못해서 편지를 제대로 쓸 수 없었던 것은 아니다. 이는 정규학교용 공교육 교재인 독본에 존재하는 서간과 우편제도 설명에 대한 실증적 자료 검토를 제대로 하지 않은 데서 나온 오류라고 아니할 수 없다. 왜냐하면 조선어든 일본어든 읽기·쓰기용 교재인 독본류에 편지쓰기에 대한 적잖은 설명과 예문이 나오기 때문이다. '국어'(일본어)와 조선어 수업시간에 서간 작법을 통해 근대적 글쓰기를 교육받았다는 증거도 적지 않다. 가령 1910년대 오성(五星)학교

---

238) 양지은, 「1920년대 소설에 나타난 '서간(書簡)' 연구」, 동국대 석사논문, 2006.6, 11~12쪽.

수업 풍경을 묘사한 다음 자료를 보자.

　　좀 큰 방은 二年級 講室이니 宋憲奭君의 日本書翰文時間이다. 先生은
연방 漆板에 敎草를 쓰는대 數字를 쓰고는 括弧를 치고 本文을 쓰고는
傍訓을 달며 生徒들은 그 손 끝을 따라가면서 벗기기에 얼업다.[239]

　『청춘』지 기자의 시선으로 80여 명의 학생들이 서간 작법 배우기에
질서정연하게 집중하는 모습을 전달한 기사를 보면 당시 편지 쓰기 교
육현장의 열기를 생생하게 확인할 수 있다. 수업 풍경을 보면 비록 일본
어시간이긴 하지만 편지글 쓰기를 정규수업 중의 별도 단원으로 진행했
음을 알 수 있다. 또한『청춘』14호(1918.6)에 실린 최남선 편『시문독본』
광고 문구를 보면 당시 리터러시 교육이 관심을 가졌던 분야는 학문적
수준의 문종(文種)뿐만 아니라 '일상생활에 절실하게 요구되는 간이문'
까지 광범위한 쓰기 전반을 포함하는 것인바, 이들 중 실제 쓰기 교육에
서 유독 강조되었던 쓰기 장르가 곧 편지 쓰기였다.[240]
　1920년대 당시에도 글쓰기교육의 지향점이 편지 같은 실용문과 관련
된다는 또 다른 자료도 있다. 즉, 이병기가 쓴 「조선어와 작문」이란 '조
선어 문제' 특집 기고를 보면 글쓰기(작문)교육의 필요성을 '조선말로서
우리의 사상 감정을 자유롭게 발표'하기 위한 것임을 밝히면서 꼭 문인,
학자에 뜻을 둔 '시, 소설, 평론'까지는 아니더라도, '편지나 계약서'쯤은
쓸 수 있는 능력을 위해서라도 필수적임을 강조하고 있다.[241] 이 자료 이
외에도 여러 증거를 통해 서간 교육이 근대적 글쓰기 교육에서 주요한

---

239) 「학교 방문기 – 오성학교」,『청춘』제6호, 1915.3, 65~66쪽.
240) 조희정, 「1910년대 국어(조선어) 교육의 식민지적 근대성」,『국어교육학연구』18호, 국어
교육학회, 2003, 456쪽 참조.
241) 이병기, 「조선어와 작문 – 조선어 문제」,『학생』1929. 4, 16쪽.

위치를 차지했음을 알 수 있다.[242)

서간 관련 단원 제목	수록 매체(독본)	발행처, 간행연도	게재면
十三課 葉書와 封函	보통학교 학도용 국어독본 권2	학부 편찬, 대일본도서 주식회사, 1907.	25~28
十三課 葉書와 封函	보통학교 학도용 조선어독본 권2	조선총독부, 1913(4판).	25~28
十四課 書簡文의 作法	보통학교조선어급한문독본 권5	조선총독부, 1918.	39~53
十九課 학교가 잇소. 우편소가 잇소. 면사무소도 잇소.	보통학교 조선어 독본 권1	조선총독부, 1930.	19
二十四課 엽서(그림)	보통학교 조선어 독본 권1	조선총독부, 1930.	24
二課 京城 從弟에게	보통학교 조선어 독본 권4	조선총독부, 1924	4~10
상편 제3장 尺牘(상) 하편 제4장 尺牘(하)	중등시문(中等時文)	조선총독부, 1937.	29~41

　자료 중에서 우선 주목할 것은 처음 학교에 들어간 초등과정 신입생이 배우는 서간 관련 그림이다. 『보통학교 조선어 독본』권1에 보면 아직 문자를 해득하지 못한 초등학교 1학년생의 첫 수업 중에서 마을 풍경을 그림으로 예시하고 "학교가 잇소. 우편소가 잇소. 면사무소도 잇소."라고 설명한 제19과가 있다.

　이 그림과 석 줄의 설명은 성장기 소년이 처음 가족과 집을 벗어나 바깥세계를 인식하는 '세계의 창' 구실을 한다. 즉, 지역사회를 이루는 주요 기관의 그림 배치를 통해 근대세계의 일정한 형상을 각인시키는 기능을 하는 대목이다. 한 마을을 이루는 주요한 기관으로 교육기관인 학

---

242)　허재영, 「국어과에서의 쓰기교육 변천 연구」, 『어문론총』 42호, 한국문학언어학회, 2005.6, 134~135쪽 참조.

교와 행정기관인 면사무소와 함께 통신기관인 '우편소'가 그려져 있다는 것은 그만큼 근대교육에서 의사소통교육과 우편제도 이용법 교육을 특히 중시했다는 반증이다. 마찬가지 논리로 생활에 꼭 필요한 사물을 예시하는 중에 엽서 그림이 있는 24과를 보면 의식주와 함께 '엽서'가 생필품임을 은연 중 알게 한다.

한편, 대한제국의 국어, 일제 강점기의 조선어 못지않게 실제 공교육에서 가장 큰 비중을 차지한 일본어 교재인 '국어독본'을 살펴봐도 서간문은 적지 않게 찾을 수 있다. 최근 번역된 『보통학교 국어독본(普通學校國語讀本)』(1914)만 살펴봐도, 권5 제19과 「엽서」, 권6 제15과 「연하장」, 권7 제23과 「전보」 등 각종 서간의 작성 및 이용법이 수록되어 있다.[243] 따라서 일본어든 조선어든 초등학교만 다니면 서간문 작성법을 익히고 근대적 우편제도를 이용할 수 있게 한 셈이다.

한편, 독본의 서간 작성법과 관련하여 더욱 중요한 문제점은 글쓰기 교육과 관련해서 근대적 편지글 쓰기가 갖춰야 할 '개인적 정감의 표현'이라는 필수적 덕목을 거의 강조하지 않았다는 사실이다. 앞에서 살펴본 독본의 서간 관련 설명문은 대부분 편지의 외적 형식에 대한 규칙만 제시하고 있을 뿐이다. 근대적 우편 제도의 실시와 함께 편지는 특정한 격식을 제도적으로 요청하게 되었고 형식적 규격에 대한 강조야말로 근대적 편지 쓰기의 핵심이 되었음을 확인할 수 있다. 그러나 편지의 내용으로 무엇을 어떻게 쓸 것인가의 문제는 독본 자료의 제시로 대체되어 있다. 몇 단원에 걸쳐 교신 상황에 따른 다양한 편지를 제시하고 있는데, 이는 편지가 소통되는 상황이 달라지면 편지의 격식과 내용이 달라질 수밖에 없음을 전제하였기 때문이다.

그런데 교과서에 제시된 편지 쓰기 단원의 연습 문제를 보면 당시의 글쓰기 교육방식이 압축적으로 노정된다. 즉 각종 편지글을 제시한 후 "본과를 모방하야 ~ 편지와 그 답장을 지어라"라는 식의 연습문제를 단원 말미에 달아놓음으로써, 일제 강점기 서간의 교육방식이 중세적 방식과 동일한 '반복적 모방' 교육 방식임을 확인할 수 있다.[244]

일제 강점기 독본의 수업방식이 모범문 모방이라는 중세적 방식인 것만 문제는 아니다. 그것은 언어교육 전반의 문제이지 서간문만의 문제가 아니기 때문이다. 독본의 서간문 자체가 지닌 결정적 문제점은 서간

---

243) 『普通學校 國語讀本』(권1~8), 조선총독부, 1914; 김순전 외 역, 『조선총독부 제1기 초등학교 일본어 독본』(1~4), 제이앤씨, 2009. 참조. 또한 서간문 예로는 권6 제8과 '고구마를 보내는 편지'; 권7 '제10과 '출발날짜를 문의하는 편지'; 제16과 '병 문안 편지'; 권8 제12과 '책을 빌리는 편지'; 제23과 '옛 스승께 보내는 편지' 등이 실려 있다. 민병찬, 「1912년 간행 『보통학교국어독본(普通學校國語讀本)』의 편찬 배경에 대하여」, 『日本語敎育』, Vol.43, 한국일본어교육학회, 2008, 3~15쪽 참조.

244) 조희정, 「1910년대 국어(조선어) 교육의 식민지적 근대성」, 457쪽 참조.

문 규식과 문장 표기의 이중성이라고 할 수 있다. 중세적 문어체를 그대로 온존시킨 한문투 서간과 근대적 구어체 지향의 외적 형식이 혼용되고 있는 점이 당대 교육 현장의 서간 교육의 실체라고 하겠다. 독본의 서간문 격식 설명이나 모범 예문들은 하나같이 중세적 잔재가 적지 않게 남아있는 낡은 한문식 상투어투를 온존시키고 있다. 표기법에서도 한주국종체(漢主國從體) 국한혼용문이나 한문투를 답습하고 있다.[245]

이를 통해 볼 때 대한제국 시대든 일제 강점기든 공교육용 교재에 실린 서간문 작성법은, '언문일치를 향한 근대인의 내적 논리'에 충실한 근대적 글쓰기로서의 서간의 내적, 외적 형식[246]을 별반 중시하지 않았음을 알 수 있다. 공교육이 지향하는 우편제도는 근대적인 데 반해 서간 작법에서 내세우는 모범적 편지 규식과 문체 및 내용은 개인의 정감을 표현하는 언문일치 지향의 근대적 국문 문장과 일정한 거리를 두었던 셈이다. 이는 민간 독본이나 서간교본에서 이태준, 이광수 등이 주창했던 근대적 글쓰기로서의 서간양식의 본질 – 구어체 언문일치 한글 표기 문장으로 된 편지글[247] – 과 동떨어진 것이라 아니할 수 없다. 낡은 한문투를 답습하고 언문일치 문장을 적극 교육하지 않은 것은 중세적 잔재를 일부 온존시킨 '식민지 근대'[248]라는 일제 강점기의 시대적 성격을 일정하게 반영한 것인지도 모른다.

근대 초기에는 언문일치라는 시대적 대의를 실현하기 위해서는 국문

---

245) 즉, '부친전상서(父親前上書)니 상백시(上白是)니, 기체후일향만강(氣體候一向萬康)하옵시고~' 등 중세적 한문투 투식어를 폐지하고 '아버님 안녕하세요?' 라는 식으로 구어체 일상어를 편지글에 사용해야만 진정한 근대 서간문의 양식적 특징을 구현하는 것일 터이다.

246) 김성수, 「근대적 글쓰기로서의 서간(書簡) 양식 연구(1) – 근대 서간의 형성과 양식적 특징」, 78~81쪽 참조.

247) 위와 같은 글, 64~70쪽.

248) 일제 강점기의 본질이 반(半)봉건적 자본제와 관련된 '식민지 근대'이며 이것이 서구식 근대보다 더 커다란 지구적 보편성을 띠었다는 주장은 윤해동, 『식민지의 회색지대』, 역사비평사, 2003. 참조.

강독식 수업이 필요성을 넘어 당연한 것으로 받아들여졌고 이러한 시대적 요구만으로도 충분히 교육적 역할을 담당할 수 있었다. 독본에 실린 서간을 통한 교육적 효과는 문맹 타파를 위한 가장 친근한 접근 수단이 되었다. 피교육자가 별다른 거부감 없이 편지를 읽고 쓰며 주고받는 행위를 통해 의사소통을 함으로써 자연스럽게 한글과 국한문 혼용문장을 해독, 작문할 수 있게 되는 것이다.

이때 서간의 리터러시(문해력)가 지닌 대중적 파급력은 매우 크다. 동서고금을 막론하고 문자 해득을 통한 근대 지식의 민주적 대중적 확산이 근대성의 중요한 지표로 작용할 것은 자명하다.[249] 이전까지 소수의 권력자들만이 소유하고 있던 한문이나 국한혼용문 문해의 능력이 다수 대중들에게로 확산되면서 권력의 분배 역시 새로운 양상으로 드러나게 된 것이다. 그러나 우편제도에 대한 설명이 근대적 합리성을 보인 데 반해 중세시대 편지와 비슷한 엄격한 격식, 한문식 상투어구, 문어체로 된 과도한 국한문혼용체 문장을 고답적으로 교육하는 것은 문제점으로 생각된다. 이는 중세를 온존시킨 식민지 근대성의 또 다른 증거일 수 있기 때문이다.

나아가 종래의 한문이 지닌 언어적 계급 장벽이 국한혼용문이라는 일종의 일본어식 표기의 변형을 거쳐 아예 일본어 가나 표기로 대체되었다[250]는 식민지적 현실을 냉철하게 비판해야만 할 터이다. 이는 이광수,

---

249) 필립 아리에스 책임 편집·Roger Chartier 편, 이영림 역, 『사생활의 역사 3 – 르네상스부터 계몽주의까지』, 새물결, 2002, 155~221쪽 참조.

250) 당시 우리 사회에서 문해력의 확산은 일제 강점기에 시행된 교육을 통해 본격화되었다. 그런데 그 당시 사회에서 요구되었던 문해력은 한글 문해력뿐만 아니라 일본 문자에 대한 문해력을 포함한다. 아니 오히려 사회적 권력 획득에 긴요하게 요구되었던 문해력은 일본 문자 쪽이 더 절박했다. 조희정, 「1910년대 국어(조선어)교육의 식민지적 근대성」, 『국어교육학연구』 18호, 2003.12, 451~452쪽 참조.

이태준이 서간교본[251]에서 재삼 강조했듯이 민간 독본의 편지글이 언문일치를 향한 구어체 한글 문장으로 표기됨으로써 근대적 지향을 보인 것과 뚜렷하게 대비되는 대목이다. 어쩌면 서간문이 실린 공교육 교재인 조선어독본 자체가 식민정책과 밀접하게 관련되었기에 민간 독본 등 다른 한글매체에 수록된 서간문만큼의 언어적 발전상을 제대로 반영하지 못했을 수도 있다.

물론 공교육용 독본의 실제 편지글도 일상생활의 여러 경우에 활용할 수 있도록 다양한 콘텐츠가 수록되어 있다. 서간 수업을 통해 문맹 타파와 의사소통을 위한 친근한 접근 수단으로서의 근대적 리터러시 교육 효과를 거두는 긍정적 기여를 하였다. 다만 근대 계몽을 위한 실용적 내용이 대부분을 차지하다보니 근대 서간이라면 흔히 찾아볼 수 있는 개인적 정감이나 자아와 세계의 발견, 나아가 연애나 사회의식 등은 별반 찾아볼 수 없으니 문제라는 것이다. 어차피 식민정책을 반영할 수밖에 없는 공교육 교재에 실린 것이라서 일반인들끼리 가족 친지 간에 편지를 주고받는 상황을 전제로 한 서간교본의 용례와는 차이가 있으리라 짐작된다. 여기서 가족, 사제(師弟), 관민 등 종적 관계의 편지에서 연인처럼 횡적 관계의 편지로 옮겨가는 것 – 연서는 부치지 않을 수도 있는 편지 – 에서 비로소 근대적 글쓰기(écriture)로서의 서간이 형성되는 것은 아닐까 하는 착안이 가능하다. 근대 서간이 새롭게 개척한 그 영역이 바로 문학의 영역인데 관찬 독본이 그것을 제대로 반영하지 못했다는 것이다.

다른 한편 조선어독본 수록 서간 중에는 영농법 소개, 귀농 권장, 전시 체제 동원 등 식민지 정책 관철을 위한 지배담론의 형성이라는 정치적 기능을 노골적으로 드러낸 것도 없지 않다. 이는 독본 편찬자인 조선총

---

251) 이광수, 『춘원서간문범』, 삼중당서점, 1939; 이태준, 『문장강화』, 문장사, 1940; 이태준, 『서간문강화』, 박문서관, 1943. 참조.

독부의 의도에 따라 식민지 근대에 상응하는 지배이념을 전파하는 사회적 정치적 기능을 수행한 결과이다. 독본은 원래 단순 강독을 위한 선집 형태로 이뤄져 있지만 편찬자의 의도에 따라 교육적 의미와 지배이념의 전파라는 사회적 기능을 수행하기 때문에 이는 당연지사일 것이다.[252]

그럼에도 불구하고 민간 독본의 예에서 보듯이 식민지 근대라는 조선의 사회적 본질에 육박하는 편지 내용을 별반 찾을 수 없으니 아쉽다. 물론 민간 독본의 서간이 지닌 대항담론적 특성을 꼭 공교육 교과서에 대한 직접적 비판이나 식민지 체제 비판에서만 찾을 필요는 없다. 공교육 교재인 관찬 독본에 흔히 실리는 식민 지배를 합리화하는 내용을 철저히 배제하는 등의 소극적 대항도 있을 것이고 구어체 한글을 통해 언문일치를 지향하고 개인의 정감을 문예적으로 표현하는 것도 우회적 대항의 방법이 될 것이다.

4.2.2. 근대 서간의 우편사적 배경

근대 서간을 하나의 역사적 양식으로 본다는 것은 그것을 특정한 사회적 역사적 조건에서 발생 발전한 특정한 의사소통형식이나 상징체계로 본다는 것을 의미한다. 근대 서간의 물적 토대는 근대적 우편제도이다. 이전에 인편으로 주고받던 19세기까지의 서간과는 뚜렷이 구별되는 근대 서간 출현의 사회적 환경은 교통, 통신의 혁명이다. 여기서는 서간집, 독본, 잡지, 단행본 등에 나온 '편지 부치는 법'류의 텍스트를 소개하

---

252) 『어린이』지에 연재된 '작문교실'에 편지 쓰기 설명문도 이러한 공식교과서, 관찬 독본의 범주에서 벗어나지 않는다. 崔先生, 「放學中의 便紙 – 作文敎室」, 『어린이』 1927.7, 50~52쪽; 赤頭巾, 「年賀狀쓰는法 (年末常識)」, 『어린이』 1930.12, 12~13쪽 참조.

고 그를 통해 근대 우편제도의 형성과 일제 강점기 우편제의 전개과정, 근대적 변천을 살펴보기로 한다.

우편은 서신이나 일정한 물건을 일정한 조직에 의해 규칙적으로 송달하는 업무를 말한다. 서신은 문서 또는 기호로 작성된 편지 또는 서장을 말하며, 일정한 물건은 신문·서적·농산물 종자 등 법이나 규칙에 의해 정해진 물건을 뜻한다. 우편은 서신과 기타의 물건 자체를 수신인에게 직접 송달하는 것이며, 그 송달수단으로 인편은 물론이고 말 등의 동물, 기타 다양한 육·해·공의 수송기관을 이용한다. 따라서 우편은 수송기관의 연계가 중요하며, 우편의 속도는 수송기관의 속도에 의해 결정된다. 이러한 이유로 전기통신에 비해 우편은 속도라는 측면에서 일정한 한계를 가지고 있다. 반면에 우편은 싼 요금으로 누구나 쉽게 이용할 수 있고 공평한 취급이 약속될 뿐만 아니라 통신의 비밀이 보장되며, 세계를 하나로 연결할 수 있다는 장점을 지니고 있다.

우편 통신은 인류의 역사와 더불어 시작되었다. 고대 이집트 제 12왕조시대에 이미 편지를 나르는 급사(急使)를 직업으로 하는 사람들이 있었음이 당시의 기록에 나타나 있다. 그러나 일정한 조직을 가지고 정기적으로 통신을 제도화한 것은 페르시아(지금의 이란)의 역마 제도였다.

우리나라도 근대 이전에는 봉수제, 역참제, 파발제 같은 국가 주도의 각종 통신제도를 운영한 바 있다. 그러나 민간을 위한 우편제도는 전혀 발달을 보지 못하고 개인 간의 인편에 의한 서신 교환이라는 원시적 우편행위가 산발적으로 행해졌을 뿐이다.

서양 속담에 우편의 발달은 문명의 척도란 말이 있다. 동서양을 막론하고 정보전달을 목적으로 한 우편제도는 문명의 발달과 함께 해왔다. 우리나라 우편제도의 기원은 신라 소지왕 9년(487년)에 "비로소 사방에 우역(郵驛)을 두고 관할 관청에 명령하여 관도(官途)를 수리케 하였다"는 기록에서 연유한 것인데 여기서 우역이라 함은 왕명의 전달 수단으로서의 관용 우편을 의미한다. 『경국대전주해』에 따르면 "우(郵)는 도보로, 역(驛)은 필마에 의한 체전(遞傳)"을 뜻하여 후일의 보발(步撥)·기발(騎撥)과 맥락을 같이 하고 있다. '우(郵)'는 인편에 의한 정보 전달이며 '역(驛)'은 필마에 의한 정보 전달로 해석할 수 있다.[253]

신라시대의 우역제도는 고려시대에도 그대로 이어지되, 현령식(縣鈴式), 피각식(皮角式) 전송제도가 운용되었다. 현령식이란 문서 전송에서 완급에 따라 주행 속도를 정한 것이며 피각식이란 뱃고동을 불어 수로 교통의 배가 항구에 도착했음을 알리는 전송제도를 의미한다. 따라서 현령식, 피각식이란 신라시대 이래의 우역제도의 운영 방식상 개선에 불과하다.

고려 말에는 외세 침입과 내정의 문란으로 우역제도가 피폐되었다가 임병 양란을 겪었던 조선 중기에는 완전히 궤멸되고 말았다. 1597년 한준겸의 주청으로 파발제도가 실시되었다. 기발(마필, 체송)과 보발(인부, 체송)의 두 가지 방법으로 군관용 문서를 전송하는 제도인데 기발은 서울과 의주 간, 중국과의 교통로에만 실시되고 나머지 노선은 보발로 전송되었다.[254]

고대 중세기 우편제도와 구별되는 근대적 우편제도의 중요한 기준점은 우표의 사용 여부이다. 우표가 우편제도에 사용된 이후를 근대식 우편제도기라 부른다. 근대에 들어서서 우편제를 통해 서신이나 일정한 물건

---

253) 이하 우편사에 대한 설명은 체신부, 『한국우정사』, 체신부, 1971; 진기홍, 『구한국시대의 우표와 우정』 경문각, 1964; 한국우정100년사편찬위, 『한국우정 100년사』, 체신부, 1984; 미즈하라 메이소오(水原明窓), 『朝鮮近代郵便史:1884~1905』, 日本郵趣協會, 1993; 국가기록원 사이트의 '한국우정사'(체신부, 1970) 콘텐츠 등의 내용을 요약한 것이다.

254) 진기홍은 파발제도를 우리나라 통신 역사의 일대 발전으로 파악한 『한국 우정사』(체신부), 106쪽의 견해를 비판하고 있다. 왜냐하면 임진왜란의 원군으로 왔던 명나라 군대의 잔존 시설을 이용한 응급조치에서 출발한 것에 지나지 않는다고 보았기 때문이다. 진기홍, 『구한국시대의 우표와 우정』, 경문각, 1964, 13쪽 참조.

을 일정한 조직에 의해 규칙적으로 송달하는 서양식 제도가 일본에 의해 도입되어 정착되었다. 이때 서신이란 특정인을 위한 통신문, 의사를 표시하거나 사실을 알리기 위한 문자 또는 기호로서, 편지 또는 엽서가 대표적이다. 그러나 우편제도는 실제에 있어서 더욱 광범위하여 서신 송달 외에 일정한 물건, 즉 신문·서적·농산물 종자 등의 송달도 하고 있으므로 우편의 정의는 서신 및 기타의 물건을 송달하는 것이라고 할 수 있다.

근대적 우편제도는 구한말의 정치적·역사적 운명과 궤를 같이 했다. 근대 우편제도의 시작은 홍영식(洪英植)이 미국과 일본을 돌아보고 와서 1884년 우정총국을 창설하여 인천에 분국을 둔 것에서 비롯된다.

각국과 통상한 이래 안팎의 관계와 교섭이 날로 늘어나고 관상(官商)의 신식(信息)이 번잡하여지니 진실로 그 뜻을 속히 체전(遞傳: 차례로 여러 곳을 거쳐 소식과 편지를 전하여 보냄)하지 않으면 서로 연락하고 멀고 가까운 곳이 일체로 될 수 없다. 이에 명하노니 우정총국을 설립해 각 항구에 왕래하는 신서를 맡아 전하고 내지(內地)의 우편도 점차 확장하여 공공의 이익을 거두도록 하라.[255]

1884년 4월 22일, 고종이 우정총국 설립을 지시한 칙령(勅令)의 한 대목이다. 우정총국의 정식 업무는 이보다 7개월 뒤인 11월 18일 개시됐지만, 이날 초대 총판이 임명되는 등 우정의 역사는 이때부터 시작됐다. 한국 우정의 시발점인 것이다.[256] 그러나 1884년 12월 4일의 갑신정변으로 홍영식 등이 숙청됨으로써 우정총국이 폐지되고 막 출발한 우편제

---

255) 『한국우정사』, 체신부, 1971. 재인용.
256) 체신부, 『한국우정사』; 이종탁, 『우체국 이야기: 편지와 우체국의 역사에서 세계우편의 현주소까지』, 황소자리출판사, 2008. 참조.

도도 곧바로 중지되었다. 일본의 강권으로 갑오개혁을 단행한 이듬해인 1895년 우편제가 재개된 이후 서울을 비롯한 각 지방에 우체사가 설치되었으며, 중앙은 통신원이 생겼다. 1896년부터 근간 우편망이 형성되어 전국 주요지에 우편사가 설치되었고, 1900년에 이르러서는 만국우편연합에 정식 가입하고 외국우편도 시작하게 되었다.

1904년 경부철도의 개통에 따라 주변 각지의 우체사 신설이 추진되었다. 그 해에는 한국의 통신기관이 미비한 상태에서 일본인 거류민의 본국 연락을 위하여 설치하였다는 재한일본인 우체국은 외국우편의 실시 이후에도 철수하지 않고 전국 주요지에 불법 설치되어 우편기관이 이원화되는 등 독립국가로서 있을 수 없는 상황에 놓이게 되었다.[257] 더욱이 1905년 을사보호조약과 그들의 강압에 의하여 한 · 일통신협정이 체결됨으로써 우리의 우편기관은 일본의 손에 넘겨졌다. 이때에 일본에 넘겨진 통신기관은 420개였다. 1910년 경술국치로 우편사의 운영권도 일본에게 완전히 넘어갔다.

일제가 통신기관을 강탈한 후의 우편정책은 한마디로 그들의 한국침략 식민지경영의 거점화에 기본 목표를 두었다. 한국의 통신사업을 발전시키겠다고 통신합동을 내세웠지만 이미 1905년부터 신설된 우체국은 모두 일본인의 진출지역이었다. 따라서 주권이 찬탈된 1910년 이후 본격적인 식민정책이 강행될 때 우편기관도 착취도구로 사용되었다. 우편제도의 요직은 그들이 차지했고 산간벽지까지 일본인 우체국장이 배치되었는데 대부분 그 지역의 일본인 입주 제1호가 되어 본래 임무 외에 식민지 경영에 필요한 정보를 조사 · 보고하는 정보원 역할도 하였다.

---

257) 국가기록원 사이트의 '한국우정사'(체신부, 1970) 참조.
http://m.archives.go.kr/next/archive/popArchiveEventList.do;jsessionid=RptDQl0HhycLpR9Wqb8JKlJysgdzQDZ5ZBFVdks7pmGc5PRP1QXT!-2020562553?archiveId=0001294000

1931년 만주사변 이후 일본의 중국 침략이 진전되면서 조선은 통신 중계기지가 되었고 1938년 중일전쟁 이후 전시에 접어들어서는 우편업무도 군사우편 등 오로지 전쟁 수행을 위하여 운영되고 전쟁 말기에는 대부분의 특수 취급이 정지되고 긴급우편제도를 신설하여 전쟁 수행에 긴요한 최소한도의 우편업무만을 취급하였다.[258]

여기서 잠시 신소설 『혈의 누』(1906)의 마지막 장면 한 대목을 보자.

우자 쓴 벙거지 쓰고 감장 홀태바지 저고리 입고 가죽 주머니 메고 문 밖에 와서 안중문을 기웃기웃하며 편지 받아 들여가오, 편지 받아 들여가오, 두세 번 소리하는 것은 우편 군사라. (중략)

(우편군사) "여보, 누구더러 이 녀석 저 녀석 하오. 체전부는 그리 만만한 줄로 아오. 어디 말 좀 하여봅시다. 이리 좀 나오시오. 나는 편지 전하러 온 것 외에는 아무것도 잘못한 것 없소."

(부인) "여보게 할멈, 자네가 누구와 그렇게 싸우나, 우체 사령이 편지를 가지고 왔다 하니 미국서 서방님이 편지를 부치셨나베. 어서 받아들여 오게." (중략)

부인이 편지를 받아보니 겉면에는, '한국 평안남도 평양부 북문 내 김 관일 실내 친전' 한편에는, '미국 화성돈 ××× 호텔' '옥련 상사리' 진서 글자는 부인이 한 자도 알아보지 못하고 다만 '옥련상사리'라 한 글자만 알아보았으나, 글씨도 모르는 글씨요, 옥련이라 한 것은 볼수록 의심만 난다.

(부인) "여보게 할멈, 이 편지 가지고 왔던 우체 사령이 벌써 갔나. 이 편

---

258) 이상에 대한 설명은 체신부, 『한국우정사』, 체신부, 1971; 진기홍, 『구한국시대의 우표와 우정』 경문각, 1964; 한국우정100년사편찬위, 『한국우정 100년사』, 체신부, 1984; 국가기록원 사이트의 '한국우정사'(체신부, 1970) 콘텐츠 등의 내용을 요약한 것이다.

지가 정녕 우리집에 오는 것인지 자세히 물어보았더면 좋을 뻔하였네."

(노파) "왜 거기 쓰이지 아니 하였습니까?"

(부인) "한편은 진서요, 한편에는 진서도 있고 언문도 있는데, 진서는 무엇인지 모르겠고, 언문에는 옥련상사라 썼으니, 이상한 일도 있네. 세상에 옥련이라 하는 이름이 또 있는지, 옥련이라 하는 이름이 또 있더라도 내게 편지할 만한 사람도 없는데……."

(노파) "그러면 작은아씨의 편지인가 보이다."

(부인) "에그, 꿈 같은 소리도 하네. 죽은 옥련이가 내게 편지를 어찌하여……."

하면서 또 한숨을 쉬더니 얼굴에 처량한 빛이 다시 난다.

(노파) "아씨 아씨, 두 말씀 말고 그 편지를 뜯어보십시오."

부인이 홧김에 편지를 박박 뜯어보니 옥련의 편지라. 모란봉에서 지낸 일부터 미국 화성돈 호텔에서 옥련의 부녀가 상봉하여 그 모친의 편지 보던 모양까지 그린 듯이 자세한 편지라.

그 편지 부쳤던 날은 광무 육년(음력) 칠월 십일일인데, 부인이 그 편지 받아보던 날은 임인년 음력 팔월 십오일이러라.[259]

소설 마지막 대목을 보면 워싱턴에서 조우한 옥련 부녀가 자기들 소식을 담은 편지를 평양의 옥련모에게 보낸 것을 집에서 받아보는 장면이 실감나게 묘사되어 있다.

먼저 우편 배달을 상징하는 '우'자(郵字) 쓴 모자와 우편물이 담긴 가죽주머니를 멘 사람을 당시 '우편군사, 체전부, 우체 사령' 등으로 불렀다는 것을 알 수 있다. 오늘날의 우체부(집배원)의 근대 초기 형상을 잘

---

259) 이인직, 『혈의 누』(광학서포, 1907 초판), 『신소설: 한국소설문학대계(1)』, 동화출판사, 1995, 63~65쪽.

보여주는데, 그가 "편지 받아 들여가오!"를 몇 번이나 외쳐야 수신자가
편지 온 것을 확인하고 그때서야 받아나서는 것을 봐서 아직 집집마다
우편함이 있지는 않았던 모양이다.

"여보 누구더러 이 녀석 저 녀석 하오? 체전부는 그리 만만한 줄로 아
오."라고 하는 대목에서 1900년대 시기 우체부의 자부심과 사회적 위상
을 간접적으로 알 수 있다. 기실 '편지 나르는 사람'에 대한 공식 명칭은
우체부나 우편배달부가 아니라 집배원(集配員)이다. '편지를 모아서[集]
배달한다[配]'는 뜻으로 1905년 을사조약 이후 지금까지 변함이 없다.
1884년 우정총국 창설 직후엔 체전부(遞傳夫), 또는 체부(遞夫), 분전원(分
傳員), 우체군(郵遞軍)이란 말이 쓰였다. 공식 명칭이 집배원으로 바뀐 뒤에도 이 용어는 여전히 살아 있다.[260] 옥련모는 미국서 온 편지라는 말에 반가운 나머지 내외도 잊고 중문간을 뛰쳐나와 우체부에게 술과 실과까지 대접한다. 이는 중세에는 흔했지만 1980년대 이후 지금은 완전히 사라진 편지 전달자와 수신자 사이의 교감, 공동체적 유대감이 당시 남아 있다는 증거라 하겠다.

다음으로 시공간적 거리를 뛰어넘는 편지의 근대적 유통도 흥미롭다. 발신일자가 광무 육년 음력 7월 11일이고 수신일자는 임인년 음력 8월 15일인 것으로 보아 미국 워싱턴시에서 대한제국 평양시까지 편지가 전달되는 데는 한 달 정도 걸린 것 같다. 하지만 광무 육년이나 임인년 모두 서기 1902년이니만큼 110년 전 개화기 풍경으로서는 대단한 일이라 아니할 수 없다. 멀리 만리 타국에서 온 기별을 통해 십여 년 동안 죽은 줄 알았던 딸과, 남편 소식을 소상하게 알 수 있다는 점에서 놀라운 일이다. 교통, 통신의 혁명 덕분에 가능했던 근대적 우편제도의 위력을 보여주는 개가라 아니할 수 있을까 싶다.

한편, 옥련모의 편지 읽기를 보면 진서(한문)라 본 사연은 읽지 못했지만 '옥련 상사리'란 글자만 알아보고 딸의 편지인 줄 알았다는 대목이 나온다. 옥련이가 우리말뿐만 아니라 한문과 일본어, 게다가 미국 유학시 약혼자 구완서와 함께 영어로 대화할 정도이니, 당시로선 대단한 4개국어 능통자였다는 것을 짐작할 수 있다. 그런데 편지는 국한문 혼용문으

---

260) 외국에서도 집배원 명칭이 하나만 쓰이는 것은 아니다. 영어권만 해도 'postman' 'mail man' 외에 편지를 나르는 사람이란 뜻에서 'letter carrier' 'mail carrier' 등의 용어를 혼용한다. 과거에는 남자 집배원만 있어 'man'이라고 했으나 점차 여자 집배원이 늘면서 성 구별이 없는 'carrier'란 단어를 쓰는 것이다. 미국 집배원의 공식 명칭은 'letter carrier', 영국이나 뉴질랜드에선 'postie'라고도 하는데, 'post carrier'의 애칭이다. 중국선 우체원(郵遞員), 일본에선 우편외무원 또는 외무원(外務員)이 공식 명칭이나 민간에선 대개 우편배달원이라고 한다. 나라마다 공식 명칭은 있지만, 일반에서는 정감이 느껴지는 용어를 선호하는 셈이다. 이종탁, 『우체국 이야기: 편지와 우체국의 역사에서 세계우편의 현주소까지』, 황소자리출판사, 2008. 참조.

로 써서 옥련모가 한글로 적힌 '상사리' 부분만 간신히 알아본 것이며, 이를 통해 당시 편지에 사용된 문장체의 일단을 짐작케 한다. 내용도 '모친의 편지 보던 모양까지 그린 듯이 자세한 편지'라 하는 것을 봐서 그동안의 사연을 사실적으로 쓴 장문의 문안편지일 것이다. 결국 편지를 읽어달라는데, 이 대목에서 편지의 구연 낭송이 그때까지 실행되었다는 흥미로운 사실을 알려준다.

즉, 발신인의 편지를 수신인이 남에게 읽어달라고 해서 듣거나 자기가 소리내 읽는 방식의 '공동체적 독서/음독'으로 표현되는 전근대적 문화로서의 구술문화가 존재했으며, 이런 행태는 1930년대까지 잔존했다는 점이다. 구술문화가 문자문화로 이행되는 근대화과정에서 '개인적 독서/묵독'이 이루어지자 문자행위가 개인주의적 활동이 되면서 '혼자 말 없이 책읽기'가 이단을 만들게 된다. 청각 대신 시각적 텍스트성이 자리 잡게 되는 것이다.[261]

다른 한편『혈의 누』의 마지막 편지 받는 장면이 시사하는 바는 적지 않다. 이와 관련하여 당시 통감부 산하 학부에서 나온 교과서를 보면 우편제도와 편지, 엽서에 대한 대목이 나와 있어 참고가 된다. 구한말의 관찬 교과서인 국어독본에는 엽서와 봉함, 우표, 우체통 등 근대적 우편제도의 활용방법을 소개하고 있다.『보통학교학도용 국어독본』권2 (학부, 1907) '제13과 엽서와 봉함'을 보면 그림과 함께 가격 및 사용법이 설명문으로 나와 있다.

이것은 엽서의 그림이니 엽서는 일장 갑시 다만 금화 1전5리니라. (중략) 엽서의 한편에는 수신인의 거주와 싱명을 쓰고 한편에는 사실을 써서 우체통에 넣으면 아국과 일본에는 어느 곳에든지 신식을 통하나니라. 그

---

261) 천정환,『근대의 책읽기』, 푸른역사, 2003, 인용 참조.

러하나 엽서는 죠희가 협소하야 만히 쓰지 못하고 또 다른 사람도 보는 고로 비밀한 말을 쓰지 못하나니라. 다른 사람들이 보지 못하게 하고 또 많이 쓰고자 하면 봉함을 쓰는 것이 좋으니라. (중략) 우표 4전으로 세계 어느 곳이든지 기별을 통함이 어찌 편리타 아니하리오.[262]

국내의 경우 엽서는 1전 5리, 봉함엽서 또는 봉함편지는 3전짜리 우표를 붙이고 외국의 경우 일본국 외에는 4전짜리 엽서, 봉함에는 10전짜리 우표를 붙이면 아무리 멀리 떨어져 있는 곳이라도 '기별'을 보낼 수 있다고 한다. 이는 근대적 교통 통신혁명의 산물로 감탄의 대상이 되어 있다.

『보통학교학도용 국어독본』권2 (학부, 1907) '제14과 우편국'(28-30쪽)을 보면 설명문 형식으로 근대적 우편제도가 상세하게 소개되고 있다. '우편국 우체통 체전부(遞傳夫)'를 소개한 후, 수신인이 거주하는 우편국 체전부가 수신인에게 편지를 전달하는 '분전(分傳)'을 그림과 함께 보여주고 있다. 가령 일본 동경에 사는 친구가 교과서를 읽고 있는 독자이자 피교육자인 '나'에게 통신하려면 그 친구가 엽서나 봉함을 써서 그곳 우체통에 넣으면 우체부가 그것을 거두어 동경 우편국에 전달하고 그것을 '아국 우편국'에 보내면 아국 우체부가 우리집까지 전달한다는 내용을 소개함으로써 인편 전달이 대부분이었던 중세와는 비교가 되지 않을 만큼 편리한 근대적 우편제도의 우위를 과시하고 있다.[263]

국어(조선어)독본의 우편제도 설명문은 다음과 같다.

---

262) 『보통학교학도용 국어독본』권2, 학부, 1907, 25~28쪽 참조.
263) 『신편고등조선어급한문독본』권3(조선총독부, 1924.4.5 번각 발행)에도 비슷한 내용의 '제14과 우표'가 실려 있다.

서간 관련 단원 제목	수록 매체(독본)	발행처, 간행연도	게재면
十九課 우편과 전신	초등소학 권8	국민교육회, 1906	26~27
十四課 郵便局	보통학교 학도용 국어독본 권2	학부 편찬, 대일본도서 주식회사, 1907.	28~31
十四課 郵便局	보통학교 학도용 조선어독본 권2	조선총독부, 1913(4판).	28~31
十九課 우편소가 잇소	보통학교 조선어 독본 권1	조선총독부, 1930.	19
二十四課 엽서(그림)	보통학교 조선어 독본 권1	조선총독부, 1930.	24
二十六課 우체통	보통학교 조선어 독본 권3	조선총독부, 1932.	78~83
二課 京城 從弟에게	보통학교 조선어 독본 권4	조선총독부, 1924	4~10
十八課 郵票	여자고등조선어독본 권3	조선총독부, 1924.	90~94
十四課 郵票	신편 고등조선어급한문독본 권3	조선총독부, 1926.	60~64

대한제국의 학부 편찬 관찬 교과서인 『국어독본』에는 엽서와 봉함의 작성법 및 우표, 우체통 등 근대적 우편제도의 이용방법을 소개하고 있다. 가령 '우편국' 설명문을 보면 근대적 우편제도의 편리함이 그림과 함께 상세하게 설명되어 있다. 이는 인편 전달이 대부분이었던 중세와는 비교가 되지 않을 만큼 편리한 근대 우편제도의 우위를 내세움으로써 식민지 근대의 합리화를 암암리에 시도하고 있기도 하다.

더욱이 교과서에서 근대적 우편제도만 딱딱하게 설명한 것이 아니다. 『보통학교 조선어 독본 권3』의 「우체통」 같은 글을 보면 "여긔저긔서 모여든 편지들이 제각금 자기의 신상 이야기를 털어놓는 도입부에서 알 수 있듯이, '의인화된 대화' 형식으로 서술되어 학습자의 호기심과 흥미를 유발하는 교육적 장치도 시도하고 있다. 편지들이 서로 자기 이야기를 인간처럼 발화하는 일종의 현대판 가전(假傳) 형태를 띤 우화서사 양식을 통해, 학습자가 우체통에 모인 편지 3통과 엽서 1통의 편지 사연을 읽고 근대적 우편제도를 자연스레 습득하도록 되어 있는 셈이다.

우편제도의 습득이 근대인의 기본 소양으로 자리잡아가는 이러한 시대 분위기는 동 시대의 민간 잡지에도 다양하게 드러난다. 초등학생의 공교육과 함께 읽혔을 어린이 잡지에도 비슷한 유머를 실고 있어 눈길을 끈다. 1914년 어린이잡지『아이들보이』의 '우슴거리'란에 실린 '전보(電報)' 관련 우스개 이야기가 게재되어 있는데 다음과 같다.

「뎐보 대에」

시골 어느 어른이 하인을 식여 우편국에 가서 서울 가 공부ᄒᆞᄂᆞᆫ 아들에게 옷 보를 부치고 오라ᄒᆞ얏더니 그 하인이 무슨 생각으론지 옷 보를 길가에 잇ᄂᆞᆫ 뎐보 대에 붓들어 매고 왓습ᄂᆡ다 쥬인은 이런줄은 모르고 옷이 벌서 갓스려니ᄒᆞ얏더니 뜻밧게 몃칠 뒤에 아드님에게서 재촉이 왓습ᄂᆡ다 그래 그 하인을 불너내어
"너 옷 보를 엇지ᄒᆞ얏느냐"
하인 "제가 듯스오니 뎐보가 쌔르다ᄒᆞ옵기로 아모대 뎐보 대에다 부치고 왓섭습ᄂᆡ다."[264]

하인이 주인의 심부름을 하면서 전보와 전봇대를 혼동했다는 우스개 이야기이다. 근대 제도에 적응하지 못한 하인을 놀리는 '우슴거리'란에 실리기도 하였다. 또한『조선일보』지 자매지인『여성』지에도 '누나가 어린 남동생에게 편지를 우체통에 넣는 방법을 알려주는 만화'가 「편지」란 제목으로 실려 있을 정도이다.[265]

이들 독본, 잡지, 서간집 자료 등을 통해 편지 쓰기뿐만 아니라 편지

---

264) 「뎐보 대에」('우슴거리'란), 『아이들보이』제10호 1914.6, 30쪽.
265) 「편지」(만화), 『여성』제2권 제1호, 1937.1, 93쪽.

보내는 법이라는 근대 우편제도를 습득하는 것도 근대인으로서의 중요
한 덕목이 되었음을 알 수 있다.

다만 공교육용 교재라고 해서 서간 작성법과 근대 우편제도를 적확하
게 설명한 것만은 아니었다. 가령 남녀 고등학교용 독본에 동시에 소개
된 '우표 유래'에 관한 설명문 「우표」를 보자. 원래 우표란 우편물에 첨
부해 우편요금을 납부했음을 증명하기 위해 정부 또는 정부로부터 위임
받은 기관이 발행하는 증표를 뜻한다. 우편 대금을 돈으로 내지 않고 현
재와 같은 우표가 고안되기 이전에도 유사한 것이 있었으나, 주로 우편
요금을 우편물 발신인이 현금으로 지불하거나 수취인으로부터 징수하
는 것이 상례였다. 그러나 우표가 생긴 뒤에는 누구나, 언제, 어디서든지
우편물에 우표를 붙여서 우체통에 넣거나 우체국의 창구에 제출하면 우
편물은 수취인에게 배달된다. 근대적 우편제도의 창설과 함께 가능해진

일이다.[266]

문제는 교과서에 "70년 전 영국 시인 '콜렛지'의 에피소드를 통해 우표 제도가 시작"되었다는 내용이 남학생용 여학생용 교재에 동일하게 실려 있는 점이다.[267] 우편 역사에 따르면 우표의 창시자 또는 우표제도 제안자는 시인 S. 코울리지(Samuel Coleridge, 1772~1834)가 아니라 R. 힐(Rowland Hill, 1795~1879)로 알려져 있다. 1840년 5월 영국에서 우편의 아버지라 불리는 R. 힐의 제안에 의해 전국 균일의 우편요금을 전납(前納)하는 세계 최초의 우표제도가 실시되었다는 것이 정설이다.[268] 따라서 우표의 유래를 설명한 교과서의 글은 비록 일본 책 '『실과여학독본(實科女學讀本)』에 거(據)함'이라고 출처를 밝히긴 했지만 명백한 오류라고 판단된다. 이미 1907년에 나온 다른 문건에는 '로렌트 힐'이 우표의 창시자로 제대로 소개된 적이 있는데도 그러한 오류가 일본인의 글에서 비롯된 셈이다.[269]

정부 발행의 교과서에만 우편제가 설명되어 있는 것은 아니었다. 구

---

266) 세계 최초의 우표는 1839년 힐이 우정개혁을 시작해 성과를 거둔 영국에서 요금전납(料金前納)·전국 균일요금의 원칙에 의한 근대우편제도의 창설과 더불어 1840년 5월 1일에 발행된 1페니 우표다. 우리나라 최초의 우표는 1884년 우정총국의 개국과 함께 발행되었으며, 맨 처음 발행된 우표는 5종의 문위우표(文位郵票)였다. 문위우표는 액면 금액이 당시의 통용화폐 단위인 '문(文)'으로 표시되어 있는 데 기인한 명칭으로, 이 최초의 우표가 발행된 성문상(成文上)의 근거는 1884년에 제정한 '우정규칙' 제27조의 "우정초표는 본국에서 발행한다."는 규정에 의한 것이었다. 액면은 5문·10문·25문·50·100문의 5종이며, 발행연월일은 1884년 10월 1일(양력 11월 18일)이었다. 진기홍, 『구한국시대의 우표와 우정』, 경문각, 1964. 참조.

267) 『여자고등조선어독본 권3』(조선총독부, 1924);『신편 고등조선어급한문독본』 권3(조선총독부, 1924.4.5 번각 발행)에 동일 내용의 「우표」가 실려 있다. 단, 두 교재의 논거 출전이 달리 표기되었는데, 남학생용에는 '金子文臣의 文에 據함'(64쪽), 여학생용에는 '『實科女學讀本』에 據함'(94쪽)으로 되어 있다.

268) 로랜드 힐은 영국의 교육자·우편 제도의 개혁자로서 그의 제안을 의회가 받아들임으로써 그 전까지 거리에 따라 우편요금이 다르고 수신인이 우편요금을 부담하는 등의 불편이 없어졌다. 진기홍, 『구한국시대의 우표와 우정』, 경문각, 1964, 11쪽; 이종탁, 『우체국 이야기: 편지와 우체국의 역사에서 세계우편의 현주소까지』, 황소자리출판사, 2008. 참조.

269) NS生, 「우표 기원」, 『대한유학생회학보』 1호, 1907.3.3., 80~82쪽.

한말 당시 민간 독본 구실을 한 각종 학회보에도 우편제에 대한 설명이 나와 있다. 가령 서우학회에서 나온 월보 『서우학보(西友學報)』10호부터 12호까지에는 봉서 쓰기와 우표, 우체통 등 각종 우편제도에 대한 설명을 자세히 하고 있다.[270] 『개벽』9호(1921.3)에는 다음과 같은 공지가 있어 당대의 우편제도를 잘 알게 한다.

우리의 살림이 늘어가는 정도만큼 우편물도 만하지니까 우편물에 대한 상식도 잇서야 할 것이다. 우편법은 미룰지언정 우편 취급자는 미룰 수 업다. 우편물이 배달 안되는 것이 수가 업고 배달되는 우편물일지라도 제3종 우편물[정간물-인용자]을 제4종[단행본-인용자]으로 취급한 일도 잇고 (경성에서도) 제3종 우편물을 소포로 취급한 일도 잇다. (지방 각처) 이러한 경우를 당하는 우리도 우편물에 대한 상식이 잇서야 하겠다고 생각한다.[271]

1920년대 '현행 우편표'를 보면 보통우편에 "1종 書狀(보통 편지 3전, 인쇄한 편지 2전), 2종 엽서(통상 엽서 1전5리, 왕복·봉함 엽서 3전), 3종 정기간행물(5리), 4종 단행본과 기타 상품 견본과 표본(2전), 5종 농산물 종자(2전)"를 분류하고 '보통우편'과는 별도로 소포를 취급하고 있음을 알 수 있다. 보통 우편물은 제1종에서 제5종까지 5종류로 분류하고, 각 종류는 다시 세분된다.

① 제1종 우편물 : 書狀이란 특정인에게 보내는 통신 문건을 말한다.

---

270) 「국내 우체 요람(郵遞要覽)」, 『西友學報』10호, 서우학회, 1907.9.1., 46~51쪽.(12호까지 연재)
271) 「現行 郵便表」, 『개벽』9호, 1921.3, 131쪽.

제1종 우편물은 다시 오늘날의 규격 봉서인 '인쇄한 편지(2전)'와 규격 외 봉서인 '보통 편지(3전)으로 분류된다.

② 제2종 우편물 : 우편엽서를 말한다. 우편엽서에는 통상엽서·왕복엽서·봉함엽서의 3종이 있는데, 왕복엽서·봉함엽서는 통상엽서의 2배 값을 받았다.

③ 제3종 우편물 : 신문, 잡지 등 매월 1회 이상 정기 발행하는 간행물을 말하는데 그 사회적 공공성을 인정하여 다른 우편물에 비해 매우 적은 금액을 받았다.

④ 제4종 우편물 : 서적·인쇄물·상품 견본 또는 모형 및 박물학 상의 표본 등을 말하는데, 역시 사회적 공공성을 인정하여 규격 봉서인 '인쇄한 편지(2전)'와 동일한 요금을 받았다.

⑤ 제5종 우편물 : 농산물 종자를 말하는데, 역시 사회적 공공성을 인정하여 '인쇄한 편지(2전)'와 동일한 요금을 적용받았다. 소포 우편물은 서신 또는 통화(우편환) 이외의 우편물을 말한다.

이를 통해 일제 강점기 우편물이 보통 우편물(해방후 오늘날에는 '통상 우편물')과 소포 우편물로 크게 나누어짐을 알 수 있다. 일반적으로 우편은 간편·신속한 취급을 사명으로 하는 것이므로 그 원활한 업무수행을 위하여 부피와 무게의 제한을 두고 있다. 우편사업은 신속·정확·저렴의 원칙을 충족할 수 있어야 하며, 사회적 공공성·통일성·공평성이 요구될 뿐 아니라 통신의 비밀이 보장되어야 하는 등의 요구가 충족되어야 한다. 이러한 우편제의 보편적 원칙이 제대로 지켜지지 않았던 식민지 우편제의 폐해 등 여러 가지 문제가 있긴 했지만,[272] 1920년대에 근대적 통신제도로서의 우편제도가 확립되어 균질적으로 시행되었음을 부

---

272) 鄭一贊, 「郵便所에 忠告함」, 『별건곤』 1927.12, 53~55쪽 참조.

인할 수는 없다. 주지하다시피 우편제도, 우정사업은 초창기부터 오늘에 이르기까지 국가가 경영하여 왔으며, 정부조직의 일환으로, 즉 관청의 형태에 의하여 획일적 균질적으로 운영되어 왔다.[273]

지금까지 살펴보았듯이 균질적인 우편제의 보편적 실시라는 사회적 배경이 근대 서간 양식의 물적인 토대로 작용하였다. 그러나 1938년 중일전쟁이 발발하여 식민지 조선이 대륙 침략의 첨병이자 식량기지로 전락하여 병참기지화되자 우편업무의 성격이 급격히 변모하였다. 이 시기 우편업무는 통상우편 분야에서 특수성을 띠게 되었다. 강제로 군대에 끌려갔거나 징용으로 끌려간 사람과 가족과의 서신연락 등으로 보통 우편물이 종전 평시보다 월등 증가하는 현상을 빚어냈다. 다시 말하면 1930년대부터 일제의 종말까지 우편을 비롯해서 모든 것이 전시체제라는 미명 아래 축소되어 갔던 것이다.[274]

4.3. 근대적 통신과 언문일치의 식민지 근대성

4.3.1. 척독 · 독본 서간의 식민지 근대성

앞 2장에서는 근대 서간양식의 역사적 변천을 전체적인 흐름으로 살펴보았다. 그렇다면 서간 및 서간교육을 통한 근대적 통신과 계몽의 리

273) 『한국 우정 100년사』, 체신부, 1984; 진기홍, 『구한국시대의 우표와 우정』, 경문각, 1964. 참조.

274) 이병주, 『한국우정100년』, 체신부, 1984, 196쪽 참조.

터러시(문해력)는 매체별로 어떤 차별성을 띠고 그 사회적 기능을 수행했을까? 그 사회적 역사적 의미는 무엇인가 살펴보기로 한다. 근대 척독·독본·서간교본·서간문집, 잡지 수록 서간 등등 매체별 특성에 따라 서간의 존재양상과 사회적 기능이 어떻게 구별되어 드러나는지 분석하는 것이다.

공간된 인쇄텍스트를 중심으로 근대 서간양식의 역사적 변천을 추적한 결과, 1910년대엔 종래의 한문투 서간이나 중세적 언간·내간 대신 새로운 서간 교본(매뉴얼)인 '척독'이 널리 유통되었다. 계몽기~1910년대의 척독류를 보면 중세 잔재라 할 한문투 서간 규식, 특히 '부주전 상서' '여불비경복'식의 한문 투식어의 격식화, 세분화가 강화된 것은 근대 전환기의 또 다른 특징이다. 어쩌면 근대지의 계몽을 위해 널리 유통된 서식모음과 모범예문집으로서의 척독이 그 매뉴얼적 기능 때문에 오히려 한문 투식어의 격식화, 세분화를 더욱 고착화시켰을지도 모른다. 어려운 서간투 한문을 따로 학습하여 터득, 암기하지 않아도 척독만 보면 다양한 경우의 수가 대부분 마련되어 있기에 당장은 편리한 듯 보이지만, 근본적으로 서간 규식과 한문 투식어는 강박적으로 사용되던 수사학적 기교이자 문어체의 한 극단이라 아니할 수 없다. 따라서 이후 30여 년 동안 광범위하고 지속적으로 유통된 척독의 문화사적 의미는 중세적 한문 서간의 규범적 전통을 근대 초기까지 온존시켰다는 혐의에서 벗어나기 어렵다.[275]

근대지의 공식적 교육서라 할 관찬 독본, 민간 독본 나아가 강화류는 중세와는 차별화된 언문일치적 리터러시를 새로운 지식체계의 근간으로 삼았고, 그 과정에서 서간 교육은 계몽의 주요한 수단 중 하나로 기능하였다.

---

275) 박해남, 「척독 교본을 통해 본 근대적 글쓰기의 성격 재고」(2014) 참조.

독본의 변천을 보면 1900년대 초기에는 근대적 지식의 범주를 확산시켜 계몽하려는 설명문이 큰 비중을 차지했으나, 1920~30년대가 지나면서 점차 '교양' 형성과 밀접하게 관련되면서 문학 양식의 비중이 커지고 정전화, 문범화(文範化)되는 경향을 알 수 있다. 다른 한편, 대중 독자의 글쓰기를 돕기 위하여 각종 척독류 서적과 이광수의 『춘원서간문범』, 이태준의 『문장강화』, 『서간문 강화』 같은 실용서, 문범도 나왔다. 1900년대 초부터 30년대까지 전 시기에 걸쳐 수많은 척독류가 판을 거듭했지만, 20년대에는 연애서간집이 더 많이 유행하고 30년대에는 실용 작문서와 문학독본의 주류화에 힘입어 문학서간집이 상대적으로 더 많이 출판 유통되었다.[276] 서간교본의 열독과 모방, 변형을 통한 근대 초기 대중의 글쓰기 욕구는 근대적 자아의식과 자기표현, 타인과의 커뮤니케이션, 자유연애열 등을 배경으로 한다. 나아가 연애편지 같은 사적인 편지 쓰기, 문학과 미문 충동을 배경으로 한 서간교본·서간문집·문장독본류의 성황을 통해 다양하게 분출되었다.[277]

구한말인 19세기 말~1900년대 초의 근대 초기 계몽기에는 학부 교과서든 민간 독본이나 계몽잡지든 매체적 특성과는 무관하게 인쇄된 서간텍스트는 넓은 의미의 근대주의, 계몽주의, 민족주의 같은 이념을 반영했다. 이 시기 잡지의 서간이나 관련 기사는 다음과 같다.

---

276) 천정환, 권보드래의 기존 연구에서 이런 시대별 특징이 대체적으로 정리되었지만 실증적으로 재확인한 바, 척독류는 1910년대만의 유행이 아니라 전 시기에 걸친 베스트셀러였으며 20년대의 두드러진 유행이라는 연서집(戀書集) 출간이 30년대에도 적지 않았다. 권보드래, 『연애의 시대』, 현실문화연구, 2003, 113~115쪽; 천정환, 앞의 책, 151~152쪽 참조.

277) 이광수 등이 주도한 1910년대 잡지의 현상문예에서 흔히 서간 형식이 모집되었다는 사실 또한 참조할 만하다. 자세한 서지는 권용선, 『근대적 글쓰기의 탄생과 문학의 외부』, 26~27쪽 참조.

서간 필자 (발/수신인)	제목 (유형/서간 규식)	매체(권호수), 편저자	출판 연도	게재면
NS生	우표 기원	대한유학생회학보 1	1907.3.3	80~82
유학생 김병억	寄書	서우 9호	1907.8.1	23~24
거창 이병대	寄書	서우 9호	1907.8.1	24~25
	郵書開被(郵國寄函) 우편제 소개	서우 9호	1907.8.1	58~59
기호흥학회	지방에 발송한 公函 (본회에서 본년 3월일에 각 지방 인사에게 대하야 發한 公文) 敬啓者(삼가 아룀, 한문편지 서두)~爲要	기호흥학회월보 1	1908.8.25	47~49
기호흥학회	公函 (敬啓者~ 敬要)	기호흥학회월보 2	1908.9.25	57~58
기호흥학회	公函 各郡守 (敬啓者~ 敬要)	기호흥학회월보 2	1908.9.25	58~60
기호흥학회	公函 各郡 鄕校 (敬啓者~諸公讓裁)	기호흥학회월보 2	1908.9.25	58~60
姜荃	片紙 感人(순한문, 일본신문 편지 인용 감상) 元田東野 書區跋~ 內田周平 謹識	대한학회월보 7집	1908.9.25	45~47
기호흥학회	公函 各郡守 (敬啓者~ 惠音하심을 切盼	기호흥학회월보 3	1908.10.25	51~52
기호흥학회	公函 各鄕校 齋任(敬啓者~ 回音을 至仰)	기호흥학회월보 3	1908.10.25	52
達觀生	연극장 주인에게 (공개장) (여보~ 제씨는~ 본인을 推恕하시기를 천만 발아압나니다)	서북학회월보 16호	1909.10.1	31~33
許守謙	寄書(독자편지)	서북학회월보 16호	1909.10	61~62
학회/許守謙	答 許守謙氏 函 (敬啓者~爲要)	서북학회월보 16호	1909.10	62~63
학회/全鳳薰	公函 白川郡守 全鳳薰氏 (貴郡人士~爲要)	서북학회월보 17호	1909.11	55
全鳳薰/학회	白川郡守 全鳳薰氏의 公函 全文 (通信一束 기사 중 하나) (敬啓者~爲要)	서북학회월보 18호	1909.12.1	55

이 중 기호흥학회의 기관지『기호흥학회월보』의「지방에 발송한 公函」을 보면 "본회에서 본년 3월일에 각 지방 인사에게 대하야 發한 公文"이란 부제로 학회 가입과 회비 납부를 독려하고 있다.『서북학회월보』의「답 허수겸씨 함(答 許守謙氏 函)」의 경우에는 지난 호에 실린 기사에서 양명학까지 포용하자는 유교 구신론에 반대하여 학회를 자진탈퇴한 전 회원 허수겸의「퇴회장(退會狀)」에 대한 공개 답서 형식으로 학회의 공식 해명을 하고 있다. 이는 서간체 논설의 초기 모습을 드러내는 것이다. 같은 회의「공함 백천군수 전봉훈씨(公函 白川郡守 全鳳薰氏)」는 백천군 소재 주요 인사들이 학회 가입활동을 청탁하자 학회 차원에서 이들의 가입활동을 허락하는 답신을 보낸 것이다. 이렇듯이 잡지 편집자인 학회의 공개장 형태의 공문 편지에 답신도 공개하는 것이다. 여기서 이전과는 달라진 근대 서간의 사회적 기능을 확인할 수 있다. 즉, 인쇄된 편지의 공공성이라는 근대성을 확보하게 되는 셈이다. 자의식을 지닌 개인, 개성을 중시하되 근대적 국가와 민족을 개념화, 의미화의 실천을 꾀하는 와중에 이념의 강한 표현과 계몽의 직접성에 무게 중심을 둔 셈이다.

그렇다면 정부의 공식 교과서인 독본에 실린 서간과 서간교육은 어떤 사회적 기능을 했을까? 1900년대 이후 관찬 교과서의 서간문은 편지 자체의 기능 교육을 통한 근대적 보편주의를 우회적으로 확산하였다. 하지만 1910년의 국치 이후에는 근대적 계몽의 표면적 기능 이외에 식민정책의 원활한 관철을 위한 지배담론의 유포와 확산 같은 정치적 의도를 조금씩 드러내기도 하였다.

'국어, 조선어, 조선어급한문' 독본 등 학부와 총독부 교재인 각급 학교 교과서에 수록된 서간을 보면 관찬 교과서답게 서간의 외적 형식을 기능적으로 교육하는 데 우선순위를 두고 있다. 때문에 1930년대 교과서까지 여전히 전통적인 한문투식어가 상당량 들어있는 국한혼용문 서간문 예를 수록하였다. 대부분은 기능적 계몽 차원의 편지 매뉴얼 제공을 담는 수준이다. 하지만 가끔 그때그때의 식민정책 전달을 위한 지배 담론의 형성이라는 정치 이데올로기의 전달 기능이 노골적으로 엿보이는 경우도 있다. 독본 서간 역시 언문일치를 향한 문해력 교육만 한 것이 아니라 식민정책의 계몽적 전달과 선전도 겸했던 것이다. 가령『중등교육조선어급한문독본』권2(1933) '조선어의 부' '제6과 시골에 잇는 벗에게 - 농촌활동'은 1930년대 브나로드운동과 관련된 내용을 담은 편지이다.

제(弟)는 농업의 피폐한 현상을 농촌인 자신의 근로의 힘으로써 개척하야간다는 자각 아래, 농촌의 개발 진흥과 농촌문화의 건설 향상을 목표 삼고 노력하랴고 결심하얏습니다. 이 뒤로 자조 제의 노력의 결과와 농촌 생활의 정경을 보고하야드리랴고 합니다. 형도 종종 도회의 현상을 들려주시오. 그리하야 시골에서 자라는 제에게도 문화의 신공기(新空氣)를 맛보게 하야, 향상의 일단이 되게 하야주시기를 바랍니다.[278]

비슷한 귀농 권유가『중등교육여자조선어독본』권2(1937) 4과 '졸업 귀향한 동모에게,' 5과 '우(右) 회답'에도 보인다. 김옥경이라는 발신자가 수신자인 장영란 언니에게 귀향 후 농촌진흥운동과 부인 야학 등에 전념하는 현황을 보고하는 내용과 답장으로 학생에게 권학하는 주부의 당부가 '장영란 배사(拜謝), 김옥경 동생에게'란 서명으로 나와 있다.[279] 이

---

278) 『중등교육조선어급한문독본』권2, 조선총독부, 1933.12., 23~24쪽.
279) 『중등교육여자조선어독본』권2, 조선총독부, 1937.1., 16~21쪽. 가장 노골적으로 식민 정책을 서간문에 드러낸 경우는『초등조선어독본』권2 (조선총독부, 1939) 18과 '군인 지원을 한 오빠에게'란 것으로 4차 교육령 교과서(1938.3)답게 중일전쟁 직후의 전시체제 분위기를 반영하고 있다. 게다가 '국어(일본어)로 편지 쓰기'란 식으로 조선어 말살정책의 저의도 깔려 있다. 허재영,『일제 강점기 교과서정책과 조선어과 교과서』, 도서출판 경진, 2009. 참조.

렁듯 관찬 독본의 서간은 편지 자체의 기능 교육을 통한 근대적 보편주의를 우회적으로 확산하거나 식민정책의 원활한 관철을 위한 지배담론의 유포와 확산 같은 정치적 의도를 노골적으로 드러냈다.

그런데, 독본 수록 서간문의 지배담론과 대항담론의 헤게모니를 감안할 때 흥미로운 사례가 있어 분석을 요한다. 관찬 독본에 수록된 서간문에 대한 직접적 반론을 담은 편지를 한 편 찾았는데, 그 지배담론적 지향과 대항담론적 특성이 극적으로 대비되기 때문이다. 먼저 『여자고등조선어독본』권4에 실린 편지글 「사랑하는 매제(妹弟)에게」를 보자.[280]

妹弟여, 其間 無恙하냐. 光陰이 電邁하야 그대의 졸업기도 於焉間 迫到하얏고나. 아마 졸업 후 생활에 대한 상상으로 얼마나 생각이 깁허서 정신이 산란하야졋스랴. 그대가 밟아나갈 바 前途에 대하야는 어머니께서도 周到하신 思量이 게실 터이고, 또 諸先生의 高明하신 意見도 듯자와 定하야 할지나, 나도 亦是 여러가지로 思念하야 日夕 靡懈하는 터이다.[281]

이는 여고 졸업을 앞둔 여동생의 졸업 후 행로에 대한 오빠의 조언을 담은 편지 첫 대목이다. 편지 사연을 보면, 여고 졸업반 학생들은 자기 천분을 지키고 국가 사회에 공헌하되 그 추구 과정에서 가족과 친척에게 괴로움을 끼치지 않아야 한다는 세 가지 유의점을 전제한 후, 일반 여성이 자기 천분을 지키는 것은 결국 '남의 어미가 되는 특권, 곳 여자 독점의 천분'이라고 충고하고 있다. 발신자는 일반 부녀, 일반 여자와 위대한 사람을 대비시킨 후 세계적 음악가나 사회적 사업 종사 같은 실현 불

---

280) 「18과 사랑하는 매제에게」『여자고등조선어독본』권4, 조선총독부, 1924.3, 102~112쪽.
281) 위의 글 102~103쪽.

가능한 '공상'보다는 하늘이 여자에게 준 특별한 은총인 어머니의 길을 희망하라고 권한다.

이 편지는 교과서적 의미의 가부장적 봉건 윤리를 고스란히 담고 있다. 그런데 졸업반 여학생을 대상으로 한 글이지만 신입생을 대상으로 한 다른 교재 서간과 내용상 충돌하는 지점이 있다. 여고 신입생용 독본 권1에 수록된 편지글 「유학 가신 언니에게」[282]에서는 여성의 사회적 진출과 외국 유학을 권장하면서, 정작 졸업반 독본에 실린 서간문에서는 여성의 진로를 가정의 현모양처로 머무는 데 한정하는 봉건 이념을 은근히 강요하니 둘 사이에 괴리가 보이는 것이다.

게다가 이 편지글은 같은 시기에 나온 졸업반 남학생용 독본의 편지글 「종제(從弟)에게」와도 논지가 상충된다.[283] 실은 이 여학생용 편지글은 남학생용 「종제에게」와 거의 동일한 글 구조를 변용한 일종의 개작, 수정본에 가깝다. 그런데 비슷한 유형 구조의 편지글 구성에서 결정적인 대목의 내용만 교묘하게 변형시켰으니 문제라 할 수 있다. 두 서간 텍스트 모두 졸업 후 자기 천분에 맞는 장래 희망을 개척하라고 하되, 남학생에게는 위대한 인물을 지향하라고 하면서 여학생에게는 쓸데없이 위대한 인물이 되려는 공상을 하지 말고 '남의 어미,' 곧 어머니가 되라고 하는 것이다. 이는 남녀차별을 당연시한 중세적 이념을 온존시킨 식민지 근대의 성격이 독본 속 편지에까지 은연 중 노정된 예라 아니할 수 없다.

「사랑하는 매제에게」란 편지가 지닌 이런 여러 가지 문제점은 당시에도 논란의 대상이 되었던 듯싶다. 월간지 『중앙』에 이화여고 학생이 기

---

282) 「6과 유학 가신 언니에게」, 『여자고등조선어독본』 권1, 조선총독부, 1923, 22~28쪽.
283) 「15과 從弟에게」, 『신편 고등조선어급한문독본』 권5, 조선총독부, 1926.3, 朝鮮語之部 81~86쪽 참조.

고한 편지글 「오라버니전상사리 - 여자고등조선어독본 권4 제18과 「사랑하는 매제에게」의 답서(答書)」는 자못 흥미롭다.

[교재의 편지글은 - 인용자] 저이들 나 어린 여생도에게는 아무런 흥미도 줄 수 업사오며 큰 깨우침도 주시지 못하였다는 것을 고백하지 않을 수 없습니다. 그리고 이것도 역시 그만하여도 10여 년이나 연장하옵신 오빠와 저이와는 벌서 시대의 인식을 달리한 소이가 아닌가하고 외람히 생각하였습니다. (중략) 오빠가 옛날의 대망이 허사라고 하시지만 최선을 다하신 결과가 아니라는 것을 잘 알고 계시지요. (중략)

"여자의 천분이 훌륭한 어머니 되는 데 있다. 다른 것은 생각도 마라." 하는 것은 너무도 통속적인 말슴입니다. 오빠의 그 노인의 말슴같이 조용한 훈화에는 가깝고 조름이 옵니다. 조선사회는 그런 얌전하고 기력 없는 분들이 많기 때문에 늘 답보만 하고 있지 않을가요? (중략) 몇 십 년 전 여자가 학교가 다 무엇이냐, 공부가 무에고 사회가 다 무엇이냐고 도섭스러운 것처럼 여기던 때와 비교해서 지금도 좀더 멀리 앞을 내다보아주십시요.[284]

잡지에 실린 심호랑(沈好娘) 학생의 글은 우선 '경애하는 오빠에게' 하는 식의 구어체 국문체라 읽기 편하다. 반면 학교 교실에서 통용되는 서간문용 문체는 "누이여, 그간 잘 있었느냐. 시간이 빨리 흘러~" 하면 될 것을 굳이 "妹弟여, 其間 無恙하냐. 光陰이 電邁하야~" 같은 한주국종체(漢主國從體) 국한혼용문 표기를 함으로써 피교육자를 소외시키고 있다. 교과서의 편지 문체는 언문일치를 향한 근대적 글쓰기라는 시간양

---

284) 심호랑(沈好娘), 「오라버니전상사리 - 여자고등조선어독본 권4 제18과 「사랑하는 妹弟에게」의 답서」, 『중앙』 1936.3, 166~168쪽.

식의 내적 형식에 맞지 않는 중세적 잔재의 근거일 뿐이다. 반면 일상어투 한글로 쓰인 잡지의 편지글은, 위대한 사람이 되려는 노력이 모자라지 않았냐며 교과서 편지의 발신자를 비판하고 조선의 현실을 바꾸기 위해서는 오빠가 강조하는 여자의 자기 천분 순응보다는 젊은이의 "끓는 피와 부단의 노력이 더 중요"하다는 식으로 논지를 편다. 누구나 읽기 쉬운 문장으로 대부분이 납득할만한 반론을 이치에 맞게 차분하게 전개함으로써 독자의 공감대를 얻을 만큼 설득력이 있다.

이는 공교육 교재에 수록된 서간 텍스트들끼리도 이념적으로 착종되는 부분을 간파하면서 동시에 남녀차별적 봉건이념을 온존시키는 '식민지 근대' 교육 전반에 대한 경종이기도 하다.[285] 공교육 교재에 실린 편지 내용이 암묵적으로 유도한 중세적 가부장제를 비판하고 적극적인 자기 계발을 지향하는 현실주의적 태도를 취함으로써 진정한 근대성의 일단을 드러내고 있다고 할 수 있다.

이와는 달리 민간 독본의 서간은 관찬 교과서의 보완이면서 동시에 당대 생활상과 세태를 진실하게 반영하는 등 일종의 대항담론의 산실 구실을 하였다. 이윤재의 『문예독본』에 수록된 김억의 편지가 좋은 예다. 1930년대 초기 급변하는 서해안지대의 고향마을의 변화를 소재로 해서 식민지자본주의의 산업화·근대화가 식민지 민중에게 표면적 행복이 아닌 커다란 피해와 불행을 주고 있음을 보고하는 것이다. 모범예문집인 민간 독본에 따로 뽑혀 실리지는 않았지만, 『어린이』지에 실린

---

285) 공교육 교재에서 여고 졸업생을 가정에 머물도록 공공연하게 권장한 이유 중에는 당시의 취업난을 이런 식으로 완화시키려는 의도가 은연중 반영되었을지도 모른다. 가령 『학생』 1929년 4월호에 실린 김팔봉, 「교문을 나서는 이에게 – 제일 먼저 할 한가지 일」이나 『신동아』 1933년 6월호의 「현하 조선에 잇서서 취직난 타개책」 특집, 같은 잡지 1936년 4월호 극웅(최승만), 「취직난 문제 – 권두언에 대함」 등을 보면, 식민지 조선 출신 졸업생들의 실업 문제가 채만식 풍자소설 「레디메이드 인생」(『신동아』, 1934.5~7 연재)에서 상징적으로 그려지듯이 극심했음을 알 수 있다.

편지 「어촌(漁村) 잇는 동생에게 – 비료회사에서 노동하는 동생에게」[286] 도 흥미롭다. 도시에 거주하는 지식인인 언니 송계월이 어촌에 있는 비료공장에 근무하고 있는 노동자 동생 창옥이에게 보낸 편지에서도 고통스런 공장 환경과 어린 소녀 노동자인 동생에 대한 안쓰러움을 토로하고 있다. 이는 식민지 현실에 대한 우회적 비판의 실감나면서도 친근한 예로 받아들여진다.

발신자의 어조는 담담한 토로 방식이지만 '창옥이'라 지칭되는 수신자를 향한 개인적 독백이면서 동시에 제3의 독자가 읽다보면 참상을 실감나게 상상할 수 있기에 지식인의 공적 발언으로 해석 가능하다. 따라서 사적 편지를 공적 담론으로 일반화하려는 식민지시대 비판적 지식인의 문제의식을 엿볼 수 있다. 하지만 이런 민간 독본의 비판의식 때문인지 『문예독본』 같은 책은 금서로 지목되어 더 이상 유통되지 못했다.

서간이 수록된 매체별 차이가 편지 내용의 이념적 차별성만 드러낸 것은 아니다. 기능적 차이도 적지 않았다. 관찬 독본이 수행했던 서간의 유통과 서간문 작성법 같은 매뉴얼적 기능도 독본이 아닌 척독과 서간집이라는 민간 매체에서 훨씬 다양하게 수행한 것이 역사적 실상이다. 특히 각종 서간문 문례뿐만 아니라 비롯한 식민지 근대의 새로운 제도와 문물에 적응해야만 하는 대중을 위한 각종 서식매뉴얼까지 구비된 일군의 '척독'이 대유행하였다. 이들은 중세적 전통의 서간 규범과 명문장 예문모음을 예시한 중세적 계몽 기능에 머물고 있다. 아직 근대 우편제도의 활용을 통한 언문일치체 문장의 예는 보이지 않고 있다. 당대의 관찬 교과서인 국어(조선어)독본류가 비록 국한혼용문이긴 하지만 그나마 언문일치를 향한 의지를 뚜렷하게 드러낸 것과 비교(比較)된다고 하겠다.

---

286) 宋桂月, 「漁村 잇는 동생에게 – 비료회사에서 노동하는 동생에게」, 『어린이』 9권 11호, 1931.12, 50~52쪽 참조.

따라서 이광수, 이태준 등에 의해 '부주전 상서' '여불비경복' 식의 규식화된 어려운 한문 투식어를 폐지하고 언문일치체 국한혼용문 내지는 구어체 한글 문장을 편지에 담는 것은 언문일치를 향한 근대인의 내적 논리에 호응한 것이라고 하겠다.『서간문강화』『문장강화』『춘원서간문범』『중등조선어작문』등 민간 독본에 실린 서간 이론 및 서간 교육의 주안점은 근대 계몽으로서의 언문일치와 문학적 자아발견으로서의 글쓰기 두 가지로 요약된다고 하겠다.[287]

4.3.2. 서간(집)의 식민지 근대성

지금까지 1900년대 초기의 독본·척독이 지닌 사회적 기능을 살펴보았다. 그렇다면 서간집은 어떨까? 독본·척독과 매체적 성격이 다른 서간집은 서간을 비롯한 실용문 서식 교본(manual)과 예문모음(anthology)을 제시하는 데 그치지 않았다. 서간집 서간은 민간 교과서로서의 계몽적 교육적 기능도 기본으로 갖췄지만 불특정 다수 독자이자 소비자·수용자의 요구에 맞춰 자기표현적, 교양적 기능도 담아냈다. 즉 독자에게 더 많이 팔리기 위해 개인적 정감적 표현을 담은 예문까지 싣게 되고 그러다보니 자연스레 당시 세태가 드러나고 발신자(편집자 포함)의 도덕적 이념적 태도가 반영되는 것이다. 이렇게 되면 서간집은 전통적인 가부장적 유교 지침서와는 차별화된 새로운 근대지식에 대한 계몽서 겸 윤리 도덕 교과서 구실을 하는 한편, 사교편지나 연서를 통해 자기보존의

---

287) 근대적 글쓰기로서의 서간문에서는 한문 투식어 등 중세적인 수사학적 표현을 배제하고 글을 받아 읽을 상대방에게 대화를 나누듯이 간결한 구어체 문장으로 써야 한다고 주장되었다. 김성수,「근대적 글쓰기로서의 서간(書簡) 양식 연구(1) – 근대 서간의 형성과 양식적 특징」참조.

욕망과 의식을 드러내고 종교적 이타주의와 개인 욕망이라는 상반된 인간 본능의 통합 기능까지 갖게 된다.[288]

이런 흐름 속에서 1920년대에는 『사랑의 불꽃』 같은 연애서간문집이 유행했으며, 1930년대 들어서서는 유명 문인, 명사들의 문학서간문집이 새롭게 인기를 얻었다. 여기서 1920년대 연애서간집 유행은 당대의 자유연애 열기를 통한 식민지적 근대의 습득 수단으로 널리 퍼진 것이라 할 수 있다. 1930년대 문인서간문집은 인쇄된 매체의 활용을 통한 문인의 또 다른 창작 통로로 유통되기도 했지만, 사적인 감정 토로의 장이나 문학을 표방한 상업적 전략의 산물로 전락하기도 하였다.

이제 서간집은 단순한 실용문 서식모음을 넘어서서 근대인을 열망하는 대중을 위한 행동규범의 지침서로까지 작용하게 된다. 문제는 이 점이다. 서간문집이 편지를 넘어서서 근대적 일상을 위한 각종 서식과 의례, 문물제도에 대한 친절한 안내서까지 지향하면서 문제가 복잡해졌다는 사실이다. 근대 서간이 양식화되고 서간문집이 생산·유통되어 계몽적 교육적 기능을 담당한 이면에는 결국 '근대, 서구, 교양, 문화' 등등의 기표로 상징되는 서구식 근대화라는 첨단 유행에 대한 경도가 전제된 것이다. 근대 우편제도의 편리함을 강조하는 이면에는 근대주의, 계몽주의가 당연시된 위에 편지를 통한 개인의 고민 토로가 실은 진정한 개인이 아니라 국가, 민족이라는 상상의 공동체를 환기한다고 할 수 있다.[289]

하지만 이때의 국가, 민족이 진정한 자기 민족 중심주의의 산물인 근대적 민족주의, 애국주의의 내포를 지녔는지는 판단이 쉽지 않다. 통감부 산하의 학부나 총독부 교과서에 실린 서간(론)은 근대지 계몽의 매뉴

---

288) 윤기한, 「Samuel Richardson과 서한체소설(Samuel Richardson and the Epistolary Novel)」, 『내외문화』 Vol.2, 충남대, 1972., 20쪽 참조.

289) 이재봉, 앞의 글; 이은주, 「근대체험의 내면화와 새로운 글쓰기」, 『상허학보』 16집, 상허학회, 2006. 2. 참조.

얼에 한정된 단순한 기능적 교육의 수단이었고, 『문예독본』수록 편지처럼 현실비판적 자의식이 담긴 서간텍스트가 교육용 도서에 실리지는 않았기 때문이다. 오히려 조선인의 고유한 민족적 특성을 평준화하여 '충량한 신민'으로 만드는 데 근대적 보편주의가 매개되었을 개연성이 더 크다는 생각이다. 왜냐하면 근대적 서간이 시공간적 격차를 좁히는 도구로 '동시성의 환상' 기능을 수행함으로써, 식민지적 근대가 전근대의 공동체적 시간을 몰아내고 '동시성의 시간'을 수용하게 만들기 때문이다.[290]

무슨 말이냐 하면 편지를 주고받는 편리함에 익숙해지면 정확한 시간 지키기 시스템에 맞춰 일상을 규정당하는 것을 당연시함으로써 식민지적 규율을 자발적으로 받아들이게 된다는 것이다. 가령 정확한 방법으로 편지를 주고받은 덕분에 생활이 편리해지고 척독·서간집 덕분에 식민당국이 요구하는 복잡한 서식의 행정절차까지 실수 없이 수행한다는 것은 결국 식민지 근대에 자발적으로 편입한다는 점을 시사하는 것이다.[291] 이를테면 1941년에 나온 어느 잡지의 서간사전 광고문을 인용하면 이러한 사실을 잘 알 수 있다. 일본인 저자 우에하라(植原)의 『실용신안 수지대사전(實用新案手紙大辞典)』광고를 보면 다음과 같다.

片紙 잘 쓰는 것은 立身出世가 빠르다!
片紙에 關한 거라면 무어나 아는 大評判의 片紙를.
交際와 商取引에 片紙 잘 썼다고 남에게 尊敬받고 무어나 잘 世上일

---

290) 윤해동, 『식민지의 회색지대』, 역사비평사, 2003., 9쪽 참조.

291) 이런 예로 소설가 이익상의 「번뇌」(1921)에서 숙경이 『언문간독』을 참조해서 유학 간 남편에게 편지를 쓰는 장면이나, 이기영 『고향』(1934)에서 마름 안승학이 근대 선각자로 입신한 계기로 작용한 '자기 집에 엽서 보내기' 에피소드를 들 수 있다. 조윤정, 「독본의 독자와 근대의 글쓰기」, 『근대적 글쓰기의 형성과 글쓰기 장의 재인식 – 제132차 정기학술발표회 발표논문집』, 반교어문학회, 2010.1.30., 14, 23쪽 참조.

을 하나, 잘못 쓰면 벙어리가터서 마음먹은 것을 充分히 表示치 못아여 드디여 議理를 缺하고 저편의 感情을 害하거나 하여 큰 失敗를 하는 일 많다. 本書는 文學士 植原先生이 苦心研究의 結果 考案 發表한 것으로 出征 兵士 慰問의 片紙, 交際, 商業, 暑中寒中의 時候人事, 病慰問, 祝 賀, 謝禮, 照會, 催促, 注文, 弔慰文을 위시로 모든 편紙文의 書方이 卽座 에 알 수 있어 아모리 편紙 못 쓰는 사람이라도 조곰도 머리를 써기지 않 고 줄줄 마음대로 편紙가 신나게 써지는 理想的인 片紙大辭典. 本書는 四六判 크로-쓰 金文字箱入美本. 定價二十圓인 것을 千部限 大特價 一 圓三十錢에 割引하는 것外에 送料 十五錢. 代金은 振替 또는 小爲替로 (送料其一圓四十五錢) 附送하사요. 切手代用은 四錢切手 四十枚 보내시오. (발행소: 國民書院時代係)[292]

이를 보면 식민지 조선에서 일본어 편지를 잘 쓰는 것은 곧바로 입신 출세의 지름길임을 알게 된다. 인간관계를 위한 교제나 상업거래 같은 일상뿐만 아니라 출정 병사를 위한 위문편지까지 용례가 있으니 대동아 전쟁 같은 침략전쟁기라는 당시 시대상을 반영한 서간문법인 셈이다.

이러한 점에서 근대 서간(집)이 식민지 근대인의 생활규범 중 시간 지 키기 등 일상생활을 규범화하고 신민적 도덕과 품행 지침까지 제공하려 한 의도를 미루어 짐작할 수 있다. 서간 양식과 관련된 근대화의 긍정적 속성인 개인의 발견, 근대적 우편제도, 신분제적 평등의 이면에는 식민 화를 위한 일상 규범·규율이 완강하게 자리잡고 있는 것이다. 서간 교 육 또한 일제의 식민 통치의 이념이 직간접적으로 반영되어 있으며, 근 대적 우편제도의 편리힘과 시간의 표준화 관념조차 식민지 규율의 내면

---

292) 「『實用新案 手紙大辭典』 광고문」, 『신시대』 1941.8, 165쪽. 띄어쓰기 이외에는 원문 대로.

화 기제로 작용한 점을 간과할 수 없다.

같은 맥락에서 척독의 사회적 기능도 좀더 깊이 따져보아야 한다. 척독 역시 단순한 편지 쓰기 규정뿐만 아니라 친인척의 호칭(堂號), 사주, 단자 등의 각종 서식과 '동서양 연대표' 등 각종 부록을 덧붙이는 것이 상례였기 때문이다.[293] 척독의 각종 부록은 다양한 구실을 하였다. 이는 근대 척독집이 '편지 쓰기의 학습 교본'이라는 성격으로 인해 원래부터 갖고 있던 기능적·실용적인 성격이 더욱 강화되면서, 대중들에게 전통과 근대의 단편적 지식들을 망라하는 잡학사전 같은 성격의 책으로 변화해가는 도정을 보여주고 있는 것이다. 이는 척독서의 시대별 변화가 곧 '전통 지식의 근대적 대중화, 또는 전통 지식의 통속화 과정'이라고 부를 수 있는 과정을 반영하고 있는 것이라고 볼 수 있을 것이다.[294] 그러나 중세 잔재인 척독의 근대적 자기갱신을 대중화·통속화로 긍정하는 기존 연구는, 척독 부록의 문화사적 맥락을 놓친 부분이 없지 않다. 즉, 그 내막이 일정하게 중세를 온존시킨 식민지적 근대라고 하는 척독집의 역사적 본질을 간과하고 있다. 왜냐하면 근대 단편적 지식들의 계몽은 제국주의 일본의 식민지 신민 만들기, 근대적 시민교양의 획득이라는 이중성이 있기 때문이다.

이런 논리에서 보면, 1920년대 『사랑의 불꽃』 같은 연애서간집의 유행이나 1930년대 유명 문인, 명사들의 문학서간집의 인기를 단지 당대의 자유연애 열기가 반영된 결과라든가 근대 '문학으로의 발전'을 향한 토대가 마련되었다는 식으로 순기능으로만 보는 것은 일면적 해석일지

---

293) 가령 池松旭, 『附音註釋 新式金玉尺牘』(新舊書林, 1923)에는 본편인 각종 편지와 답서 외에 부록으로 '서식 대요(書式大要), 축문식(祝文式), 신식 단찰(新式短札), 동서양연대표' 등이 붙어 있다.

294) 홍인숙, 「근대 척독집 간행 현황과 시대별 변화 양상-1900~1950년대 간행된 척독집을 중심으로」 참조.

도 모른다.[295] 연애편지집의 유행이 서구식 근대를 모방, 학습하는 학생, 신여성, 아류 지식인들의 연기 교습서로 사용된 점은 없는지 따져봐야 한다. 즉, 연서집 유행 현상에는 1920년대의 박래품인 연애열이 반영되었으며 이는 '환상적인 거짓말의 공간'일 수 있다는 것이다. 가령 신여성 지망생들이 낯모를 상대에게 밤새워 열정적으로 편지를 쓰는 행위는 근대적 학교나 교통수단이라는 제도를 기반으로 해서 서구라는 낯선 매혹과 근대라는 신식 제도를 연기하는 것이라 한다. 연애를 열정적으로 연기하는 동안엔 새로운 문화의 흐름에 동참하고 있다고 느끼게 되기 때문이다.[296]

게다가 연애편지의 애독자가 연서집 읽기·쓰기를 통해 서구식 연애를 상상했을 뿐 실제로 연애편지를 통해 근대를 체득한 서간 주체가 얼마나 되었을까도 의문이다.[297] 당시 식민지 조선의 근대인 지망생들이 모델로 삼은 일본의 경우도 자유연애를 서구식 연애를 모방하는 '탈아입구(脫亞入歐)'의 한 방편으로 받아들인 듯하다. 일본에서 새로이 유행하고 있는 교제라고 하는 것이 어디까지나 서양 문명의 영향이고 새로운

---

295) "20년대 대중의 자기의식의 성장은 글쓰기, 연설, 토론, 소인극운동 등 자기표현의 확산을 통해 이루어졌다. 글쓰기는 사회 성원 사이의 전면화된 소통수단이자 개인 내면을 심화시켜 개인주의적 근대문학을 탄생시켰으며 학교 교육을 통해 새로운 교양의 주요항목으로 받아들여졌다. 종래의 구술문화를 넘어서는 문자문화의 전개와 지각의 근대화가 수행되었다." 천정환, 『대중지성의 시대』, 푸른역사, 2008. 참조

296) 현진건의 「B사감과 러브레터」가 떠오른다. 신지연, 「연애편지, 1920년대 대중의 출현 – 노자영 『사랑의 불꽃』」(베스트셀러로 보는 근대문학), 인터넷 컬처뉴스 2007-09-04 오후 4:55:49. 참조.

297) 식민지 조선의 신여성 표상은 실은 실제로 존재했던 신여성의 99% 이상을 점했던 일본인 여성의 통계적 실상을 의도적으로 누락시킨 과잉담론의 산물일 수 있다. 식민지 조선 신여성의 실상은 재조선 일본인 신여성의 표상을 우리 것인양 혼동한 일종의 착시현상(기시감)이나 신기루 판타지에 기인한 과잉담론의 산물로 허상일 수 있다는 것이다. 많은 연구자들이 이 문제를 간과한 것은 의문이다. 김수진, 「1930년대 경성의 여학생과 '직업부인'을 통해본 신여성의 가시성과 주변성」, 공제욱 외편, 『식민지의 일상, 지배와 균열』, 문화과학사, 2006.; 김수진, 『신여성, 근대의 과잉』, 소명출판, 2009. 노지승, 『유혹자와 희생양』, 예옥, 2009. 등 참조.

시대에는 거기에 걸맞은 남녀관계가 필요하므로 기존의 유교적 남녀교육을 철폐하고 건전한 남녀교제를 권장해야 한다는 취지를 명확히 하고 있다.[298]

다른 한편 1930년대 연애편지, 문학서간(집)으로 대표되는 인쇄, 공개된 서간의 문학성 지향도 양면성이 있다는 생각이 든다. 1930년대 들어서서 척독뿐만 아니라 연서, 문인서간집의 유통이 활발하게 이루어짐으로써 근대문학의 다양화에 기여하거나 문학 독자층을 넓히는 등 긍정적인 구실을 한 반면 출판자본의 상업적 논리와 관련지을 여지도 없지 않다. 서간집이 교양인, 문화인이 되고자 하는 일반 대중들의 근대화 욕망의 좋은 상품이 되어간다는 의미를 찾을 수 있기 때문이다. 딜레탕트 수준이긴 하지만 문학성의 획득을 통한 보다 고상한 수준의 교양 획득에 대한 대중의 욕망에 호응하게까지 된 것이다. 따라서 문인 서간문집은 인쇄된 매체 활용을 통한 문인의 또 다른 창작 통로로 유통되기도 했지만, 사적인 감정 토로의 장이나 문학을 표방한 상업적 전략의 산물로 전락하기도 하였다.

4.3.3. 근대 서간 양식의 역사적 성격

한국 근대 문학사·문화사에서 서간(집) 양식의 위상은 어떻게 설정할 수 있을까? 서간이 '산문으로 쓰여진 주체의 자기표현 양식'임에도 불구하고 문학 영토에 편입된 서정시, 수필과는 달리 비문학 실용문으로 자

---

298) 이러한 후쿠자와 유키치의 제언에 촉발되어 그 다음부터 등장하는 남녀교제에 관한 대부분의 담론들은 어디까지나 후쿠자와가 전제한 서양풍의 남녀교제를 담론의 기본 전제로 삼고 있음을 볼 수 있다. 박승주, 「기타무라 도코쿠의 서간에 관한 일고찰 –「남녀교제」를 중심으로」, 『일어일문학연구』 63집, 한국일어일문학회, 2007. 참조.

리한 이유는 무엇일까? 이태준은 『서간문강화』의 '편지도 문학인가?'란 항목에서 편지가 문학과 논문 기능까지 겸했던 조선시대와는 달리 실용문으로 분리되었기에, "편지는 문학이 아니라 실용문이다!"라고 선언한다.[299] 서간은 1인칭 독백 산문이지만 불특정 다수 독자를 상정하는 수필과는 달리 특정 수신인을 전제한 표현양식이라는 점에서 개인적 소통과 사회적 의미를 동시에 현현한다. 1930년대 이후 실용 서간은 글쓰기와 문학의 중간 형태를 거쳐 아예 비문학이 된 셈이다.[300] 하지만 근대 서간의 문학사적 의미를 살펴보면, 기존 연구자들이 충실하게 논증했듯이[301] 서간체소설, 1인칭소설 등 근대소설의 형성에 큰 영향을 준 것 또한 사실이다.

교통 · 통신 · 출판 혁명을 통해서 새로이 등장한 '우송된 편지' '인쇄된 서간' 같은 근대적 글쓰기양식이 근대 이전과 달라진 점은 무엇일까? 근대 서간은 근대적 대중의 창출, 사회적 합리성 등 '식민지 근대'라는 역사적 배경의 산물이라 할 수 있다. 식민 지배 하의 사회적 합리성이란 결국 근대적 관료 행정의 시행과 자본주의의 제도화과정을 통해 형성되며 그것을 수용하고 동시에 저항하면서 식민지 근대성이 표출되는데,[302] 근대 서간에 그 특징이 잘 드러나 있다. 좀 더 자세한 논증이 필요하겠지만, 언문일치체 근대 서간양식은 우편, 신식 교육 같은 근대 제도의 산물이면서 동시에 고향 등의 공동체를 상실한 식민지 개인의 고민을 담은

---

299) 이태준, 『서간문강화』, 박문서관, 1943., 16쪽.

300) 이광수에서 출발하여 이태준이 결정지은 식민지 근대의 '문학' 개념은 롤랑 바르트의 '글쓰기(ecriture)'를 문학 속의 상지로 흡수하면서 배제시켜온 결과 형성된 것이다. 설명문, 논설문, 서간문, 일기문 등의 글쓰기(ecriture)와 시, 소설, 희곡 등 문학의 관계는 별도의 상론이 필요하다.

301) 윤수영, 「한국근대서간체소설연구」 참조.

302) 윤해동, 「식민지 근대와 대중사회의 등장」, 『식민지 근대의 패러독스』, 휴머니스트, 2007, 85~87쪽 참조.

식민지 근대의 특수성의 산물이기도 하다. 철도, 전화, 우편 등 근대문명 덕에 균질화되고 양화된 시공간이 개인의 일상에 확산 수용되고 있음을 알려주는 근대적 동시성의 시간을 표상하는데,[303] 근대 서간이 한 몫을 한 셈이다.

근대 서간의 사회적 기능을 정리하면 척독, 서간문집은 처음에 서간의 외적 형식을 기능적으로 교육하는 계몽으로 출발하여 전통적인 한문 투식어 국한혼용문을 여과 없이 유포시켰다. 하지만 시대 변화를 반영하면서 모범편지 쓰기 등 문장교본 기능뿐만 아니라 차츰차츰 서간집 자체의 독자적 내용과 개성적 형식을 추가하였다. 이를테면 개인의 정감이나 처세훈, 금언 명구 등이 포함된 독창적이고 눈에 띄는 콘텐츠를 다양하게 담아냄으로써 독자 대중의 베스트셀러 문화상품으로 팔리게 된 것이다. 그러면서 척독과 서간집은 점차적으로 식민지 근대 조선 대중이 그들의 일상생활에서 여러 잡다한 생활문제를 해결하기 위한 조언이나 충고를 손쉽게 얻기 위한 일종의 '근대인의 일상 매뉴얼'로까지 기능이 확대되었다. 서간집은 단순한 편지 작성법 안내와 예문집에 머무는 것이 아니라 식민지 근대의 일상을 영위하기 위한 각종 서식모음과 함께 연애, 문학 등 당대 유행담론의 전달과 유포, 상업적 재창출의 장으로까지 기능을 넓힌 것이다. 이러한 서간문집의 상업적 성공은 '허구적 서간집'의 창작과 유통이라는 새로운 세태까지 초래하였다. 숨겨진 연인과의 연서 등 일화를 편지 형식을 폭로하는 문인, 명사들의 서간문집도 적잖이 나왔다. 이제 서간은 더 이상 논픽션 글쓰기가 아니라 '저작자 겸 편집자 겸 발행자'에 의한 창작적 기교와 흥미 유발을 위한 첨삭 가공이 첨부된 근대적 글쓰기의 상품이자 '근대생활백서'가 된 것이다.

이제 1930년대 서간집은 독자, 소비자, 수용자의 다양한 요구에 맞춰

---

303) 근대적 동시성의 시간에 대해서는 이진경, 『근대적 시공간의 탄생』, 푸른숲, 1997. 참조.

예전의 문범적 기능에 더해 자기표현적, 교양적 기능까지 담아냈다. 어떤 점에서는 서간이 서간문학으로 발전할 수 있는 문학성으로 현현되었다.[304] 그럼에도 불구하고 근대 서간이 자기 이야기의 사회적 소통을 통해 언문일치를 꾀한 것처럼 서간 교육이 자아 발견과 언문일치를 통한 시각적 평등성을 확보해준 점도 간과할 수 없다. 나아가 척독과 서간집이 결과적으로 '교양 있는 근대인'이 되고자 했던 식민지 근대의 대중들에게 일상생활의 전반적 안내서 구실까지 했음을 확인할 수 있다.

서간양식의 변화는 근대 교육과 우편제도를 비롯한 교통 통신의 균질화된 발달에 따른 사회적 역사적 산물이지만, 여기서는 글쓰기 양식의 내적 변화 자체에 주목하였다. 그 결과 근대 서간문의 변천은 언문일치문장, 구어체를 통한 사회적 소통의 근대화 과정임을 밝혔다. 일상적으로 사용되는 조선어로 언문일치체 문장을 써야 한다는 것이 바로 1930년대에 확립된 근대적 글쓰기로서의 서간양식이 갖춰야 할 근대적 규범이 된 것이다. 근대 서간양식의 가장 중요한 기여는 일상적인 언문일치체 문장을 통한 근대적 사회소통방식의 정착이라 하겠다. 언문일치에 대한 평범한 보편적 근대인의 욕구, 이것이야말로 근대적 서간 양식 자체의 내적 논리인 셈이다.

다만 아쉬운 점도 없지 않다. 이들 근대 서간 전체의 사회적 기능을 이전의 중세 한문 서간이나 언간과 비교한 결과 근대적 글쓰기 장르로 정착된 서간은 한문 서간보다 언간의 전통을 주로 계승한 것으로 판단된다. 주지하다시피 중세 언간 내용은 대부분 문안편지와 정찰(情札)이

---

304) "근대독자와 편지 쓰기의 관련양상을 정리하면 다음과 같다. 읽고 쓰는 행위의 사회화 대중화, 근대소설의 환경, 근대인의 공저생활인 각종 서식& 사적 생활영역인 낭만적 취향의 연애편지쓰기, 대중의 문학관 변모에 영향(고전소설적 전기 ⇒ 낭만 취향의 미문 연애서간집), 근대문학의 서술구조에 편지 서간체 수용 등 4가지." 천정환, 『근대의 책 일기』, 166~167쪽 참조.

었다.[305) 이러한 문안과 정서적 소통 기능의 전통이 근대 서간 양식에 상당 부분 계승되었던 것이다. 반면 근대 이전 한문 지식인의 서간이 지닌 가장 주요한 기능이었던 지식 정보의 전달, 특히 '철학적 의론의 장' 구실이 탈락한 사실이 주목된다.[306) 서간문의 기능 또한 철학적 의론의 장에서 서정적 감정 토로의 수단으로 그 기능이 축소, 변모한 셈이다.

가령 조선시대 한문 서간의 한 상징으로 평가되는 퇴계 이황과 고봉 기대승이 7년 동안 서로 주고받은 서신은 사사로운 개인 편지가 아니었다. 그것은 사단칠정론을 둘러싼 철학적 논쟁을 기록한 역사적 기록물이다. 이들 서간문을 통해 우리는 사단칠정론이 어떻게 전개되었으며 양자 사이의 차이점과 공통점이 무엇인지를 분명하게 파악할 수 있다. 16세기 조선에 이런 빛나는 논쟁의 기록사가 있다면 17세기 유럽에도 이에 못지않은 논쟁의 역사가 있었다. 서양 근대철학자들 사이에는 수없이 많은 서신 교환이 이루어졌고, 이 서간문을 통해 다양한 근대철학의 주제들에 관해 치열한 논쟁을 전개하고 있다.

서간문은 17~18세기 유럽에서도 지식인들 사이에서 유행하던 의사소통의 한 방식이었다. 직접 대면하기가 쉽지 않았던 상황에서 학문적 논쟁을 수행할 수 있었던 것은 활발한 서신 교환이 가능했기 때문이다. 서간문에는 대표 작품들이 저술된 배경이나 동기가 들어 있으며, 자기 철학에 대한 일차적인 옹호 및 외부로부터 온 비판이나 반박의 내용들이 포함되어 있다. 따라서 서간문을 통해 전개된 논쟁의 기록들을 연구한다는 것은 이들 근대 철학자들의 사상을 총체적으로 이해하는데 필수

---

305) 신정숙, 「한국전통사회의 내간에 대하여 – 사대부가의 내간집을 중심으로」, 『한국수필문학연구』, 정음사, 1980, 129~130쪽.
306) 배미정, 「18세기 척독문학과 그 배경」 『18세기연구』 7호, 한국18세기학회, 2004. 39~53쪽 참조.

적이다.[307)]

다만 20세기 편지가 이전보다 사상성의 축소, 소멸을 가져온 것은 우리나라만의 특징이 아니라 근대사회의 보편적 특징이기에 서간 기능 자체의 변모로 보는 것이 더 온당하다. 왜냐하면 서간 기능의 역사적 흐름을 볼 때 고대 중세의 철학적 의론의 장에서 근대 이후에 서정적 감정 토로의 수단으로 변모한 것은 세계 문화사의 공통된 사실이기 때문이다.

또한 지배이념과 대항이념의 헤게모니 속에서 20세기 전반기 문화사를 조망할 때 서간 주체는 근대적 시민과 제국의 신민 사이에서 혼란을 겪기도 했다는 점을 간과할 수 없다. 서간 주체가 언문일치를 향한 서간 규범과 서간문 쓰기를 습득하고 근대 우편제도의 편리함과 위력에 빠져들면서 시나브로 식민지 근대성의 총아가 되는 것이다. 종래의 중세적 서간문화의 규범에 따라 한문편지의 규식을 본받았던 척독(尺), 언간독의 방식이 중세의 온존이라면, 반대로 언문일치체 근대 서간 쓰기와 편지 부치기 행위는 자주적 근대화가 아니었다. 근대 서간 작성법과 우편제 습득은 결과적으로 언문일치의 식민지 근대성을 그 역사적 운명으로 받아들일 수밖에 없었다는 점을 명심해야만 할 터이다. 근대적 계몽의 리터러시 획득의 이면에 식민지적 근대화론이 도사리고 있는 점이 근대 서간 양식 확립의 역사적 성격이라 할 수 있다.

식민 지배가 근대화에 일정하게 기여했다는 식민지 근대화론은 근대성의 양가적 가치를 도외시한 일면적 견해이며 지난 역사의 잘못까지 정당화하려는 정치적 의도를 지닌 점에서 문제라 아니할 수 없다. 식민지체제 조선인의 일상을 군사화함으로써 전근대적 지배체제를 유지하면서 근대적 규율체계를 노구적으로 작동시켜 순종하는 육체를 생산하

---

307) 김용환, 「홉스의 서간문에 나타난 철학적 논쟁들 - 홉스와 데카르트」, 『철학연구』 81집, 철학연구회, 2008. 22쪽 참조.

는[308] 식민지 근대성이 서간 양식에도 그대로 관철된 것이다. 19세기 후반부터 20세기 초까지의 메이지시대 일본인에게 서간 작성법과 우편제 학습은 교양 있는 근대인이 되기 위한 당연한 과정이라 하겠지만,[309] 식민지 조선인에게 동일한 의미를 부여하는 것은 일종의 착시현상이라 아니할 수 없다.

308) 홍성태,「식민지체제와 일상의 군사화 – 일상의 군사화와 순종하는 육체의 생산」, 김진균 정근식 편,『근대주체와 식민지 규율권력』, 문화과학사, 1997. 참조.

309) 가령 이 시기엔 나온 어느 일본잡지의 경우에는 잡지 편집과 체제의 상당부분을 편지형식과 서간문체에 의존하는 편집 전략을 보인 경우가 있다. 1922~23년 일본에서 발행된 여성문예 잡지『처녀지』가 다른 잡지와 구별되는 특징 중의 하나는, 편지 또는 수기 형식의 글을 투고하도록 독자에게 요청하고, 그렇게 투고된 글을 다른 기획기사와 같은 비중으로 차등 없이 게재한 점이다. 창간호에 시마자키 도선이 직접 쓴 「독자에게(讀者へ)」는 이러한 사실을 잘 보여준다. "창간호는 보시는 것처럼 대부분을 편지 형식의 글들에 할애했습니다. 편지형식은 자유롭고 바람직하므로 우선 함께 편지 형식으로 출발하기로 하였습니다. 저희들은 이 자유로운 형식을 잡지의 기조로 삼을 생각입니다." 이와 같이 편지형식을 빌려 자신의 심경과 메시지를 전하는 내용의 글들이 잡지의 상당 부분을 차지하고 있었다. 이러한 특징은 창간호 정도는 아닐지라도 잡지가 폐간될 때까지 지속되었다. 임경석 편,『동아시아언론매체사전』의 '『처녀지』' 항목 참조.

5.

서간과 근대문학

지금까지 근대 서간의 역사적 계보와 양식적 특징, 그리고 그 사회적 · 역사적 배경을 살펴보았다. 마지막으로 서간과 서간문학, 그리고 근대문학의 관계는 어떻게 설정할 수 있을지 논의하기로 한다.

서간과 근대문학 하면 당장 떠오르는 것이 문학연구 중 한 분야인 작가 연구의 하위 개념으로 문단사 · 문인 교유사 자료로 서간 텍스트를 활용하는 경우이다. 가령 카프 작가 박영희의 수필 「화염 속에 잇는 서간철」을 보면 김기진과의 서신 왕래가 1920년대 프롤레타리아문학운동에 공감하여 참여하는 과정을 보여준다.[310] 그 중에서 1922년 12월 26일 박영희를 수신자로 한 김기진의 편지를 보면, "나는 지금까지의 시, 자기의 시를 내여버릴 터이다. 내여버렷다. 동경 KKC로부터"라고 하여 박영희가 문학활동을 신경향파로 전환하는 결정적인 계기를 주는 데 그의 편지가 기여했음을 알게 한다. 이 편지 사연은 동지였던 박종화에게도 전달되었다.[311] 이런 식으로 문인 간의 친분과 교유로부터 출발하여 문단 이면사와 그를 통한 문학사의 새로운 지평을 확대할 수 있다. 이런 사실은 앞장에서 분석한 『조선문인서간집』 『서간문강화』 『춘해서간문집』 『춘원서간문범』 『작고문인 48인의 육필서한집』 등이나 『이광수 전집』 등 문인들의 숱한 개인 문집에 실린 서간을 보면 잘 알 수 있다. 그 논의는 그것대로 연구사적 가치가 있다.

하지만 서간을 서간 그 자체로 연구하는 본 저서의 원칙상 서간 자료를 다른 분야 연구의 방증 자료로 활용하는 것보다 서간 자체가 문학에 상호작용하는 장르적 교섭사례를 체계적으로 논의하는 것이 더 중요하다는 생각이다. 특정 텍스트의 개별 사례를 모으는 것이 아니라 서간 양식 전체를 문학과 글쓰기 장 속에서 논의하는 것이 더욱 생산적이라는

---

310) 박영희, 「화염 속에 잇는 서간철」, 『개벽』, 1925. 11, 122~131쪽.
311) 박영희, 「화염 속에 잇는 서간철」, 『개벽』, 1925. 11, 124~125쪽 참조.

판단이다.

　서간문은 교신자의 상호관계와 사연에 따라 문학적 지향점이 결정된다. 서간은 필자인 발신자가 독자인 수신자의 마음을 움직이기 위해서 정성껏 쓰는 과정에서 진솔한 심경 고백과 생동감 넘친 묘사, 우아한 문장 등을 낳는다. 여기에서 서간은 실용적인 차원을 넘어 문학적인 서간으로 발전한다. 이러한 문학적 서간은 예술과 학문의 교류에 쓰이면서 훌륭한 수필이나 평론으로 전화하기도 한다.

　이에 근대 서간 양식과 근대문학의 관련양상을 상호텍스트성이나 장르 교섭 과정으로 논의할 생각이다. 앞 장에서 서간 텍스트가 척독, 독본, 잡지, 서간교본, 서간문집 등 각종 매체에 다양한 방식으로 게재 수록된 양상을 통시적으로 살펴보고 그 양식적 특징과 사회적 기능 및 역사적 성격을 공시적으로 분석하였다. 이제 논의의 성과를 확장하여 서간을 중심에 놓고 근대 초기의 글쓰기와 문학 장을 다시 보면, 이미 기존 연구가 일정 수준에 오른 서간체소설 이외에도 '서간체 시, 서간체 수필, 서간체 기행, 서간체 논설'에 대한 논의의 지평이 새로 열릴 수 있다.

　근대 서간 양식은 문학사와의 길항관계 속에서 다양한 장르 교섭을 이루었다. 과감한 가설을 허용한다면 다음과 같은 구도를 그릴 수 있다. 근대 서간양식은 지식인의 계몽 수단인 논설의 대체물이자 일반인의 심정 고백을 담은 수필의 대용품이고, 문인의 문학적 장치인 기행, 시, 소설과의 상호영향관계를 드러냈다는 것이다.

　참고로 독일에서는 서간체 시를 편지 대신에 어느 특정인을 수신인으로 삼아 보내는 시로 규정하기도 하나, 이는 서간과 시를 분리해서 장르 명칭을 부여한 개념으로 판단된다. 가령 독일 학자 모취는 서간문학을 문학 산문 서신과 시적 서간, 서간시의 세 장르로 나누어 설명하고 있다. 문학 산문 서신은 어떤 특정한 수신인보다는 일반인을 상대로 한 문학적 편지를 말하며, 처음에 문학으로 광범위한 독자층을 상대하다가 그

후 편지로 배달되는 특정 수신인을 갖게 된 시적 서신은 교육적이고 도덕적인 내용이 특징적이다. 이 둘은 편지의 성격이 농후하다. 그러나 서간시는 시 형태의 편지가 아니라 편지 대신에 심부름꾼으로 보내지는 시를 말한다.[312]

한국 근대 서간은 1910~30년대 문인들의 문학적 장치로 다양하게 활용되었다. 편지 형식의 기행문, 견문록이 유행했고 임화의 「우리 옵바와 화로」 같은 서간체 시도 일부 나왔으며, 이광수의 「어린 벗에게」 이후 서간체소설은 식민지시대에만 60여 편 나올 정도로 근대소설 형성 초기에 큰 기여를 한 바 있다.

5.1. 서간체 논설 · 비평

5.1.1. 지식인의 계몽 수단, 서간체 논설

서간체 논설은 근대 초기에 독자 대중을 계몽하는 가장 대표적인 글쓰기 전략의 하나였다. 불특정 다수를 향한 돈호법과 특정 대상 다수를 지명한 논설이나 연설이 유행할 때 서간체, 편지 형식이 다양하게 활용되었다. 하지만 단지 돈호법과 느낌표를 사용해서 독자 대중을 필자에게 주목시키고 그들을 격동시키기 위하여, '제군!'을 반복하는 것만으로는 서간체라고 하기 어렵다. 가령 김창환의 「청년제군에게 기함」[313] 같

---

312) 이상 독일 문예학의 서간문학 개념은 안진태, 『괴테문학의 여성미』 (열린책들, 1995), 586~587쪽에서 요약 재인용.

은 글은 서간문이 아니다. 이는 특정 교신인 사이의 사연 소통이라는 편지의 최소규정과 다르기 때문에, 불특정 다수를 대상으로 하는 논설문이나 연설, 격문에 해당한다고 하겠다.

그런데 논설문이나 연설투 글쓰기에 특정 수신인을 가탁하여 '형!' 하고 마치 특정 독자에게 글을 써보내듯이 경어체를 쓴다든지 서두와 결구에 편지글 형식을 가미하면 논설문의 분위기가 달라진다. 편지는 지식을 전달하는 딱딱한 계몽의 형식에서 벗어나 부드럽고 친밀한 설득의 어조를 동원한 부드러운 계몽의 형식으로 적극 활용되는 것이다.[314]

가령 최남선의 「조선민시론(朝鮮民是論)」을 보자. 『동명』 창간호부터 13호까지 총 11회에 걸쳐 창간 권두언으로 「조선민시론(朝鮮民是論)」이 연재되었다.

발신/수신인	제목 (유형/내용)	매체 권호수	출판 연월	게재면
?/兄님	摸索에서 發見까지 – 朝鮮民是論(1)	동명 창간호	1922.9.3.	3~4

서간체로 구성된 이 논설기사는 조선시대 역사적 실패의 원인을 특권계층의 능력과 부패에 의한 것으로 규정함으로써 조선민족의 위대한 역사와 자부심 그리고 희망을 강조했다. 필자는 명기되어 있지 않으나 최남선의 글로 추정된다. 진학문이 발행 겸 편집인으로 기재되어 있으나 실질적 운영자는 최남선이었기 때문이다.[315]

이 글에서 논설문의 필자이자 편지의 발신자는 새로운 근대적 지식

---

313) 金彰桓, 「靑年諸君에게 寄함」, 『신천지』 제1호, 1921.7.10., 24~26쪽.

314) 노지승, 「1920년대 초반, 편지형식 소설의 의미」, 『민족문학사연구』 20호, 2002. 참조.

315) 이경돈, 「1920년대 초 민족의식의 전환과 미디어의 역할 – 『개벽』과 『동명』을 중심으로」, 『사림(성대사림)』, 수선사학회, 2005. 참조.

을 소유한 계몽의 주체이다. 그는 수신자와의 사적 친분이라는 서간의 현실적 관계와 상관없는 존재이다. 철저하게 수신자를 계몽하는 교사의 위치에 서게 된다. 즉, 그것이 계몽의 성격을 지닌 한 발신자(계몽자)와 수신자(피계몽자) 사이에 형성되는 사제관계의 성격은 바뀌지 않는다. 다만 편지 형식을 차용하여 수신자가 다른 논설문처럼 딱딱하게 받아들이지 않고 보다 친근하게 계몽을 받아들이게 만든다.

여기서 서간 형식은 글쓰기 전략으로 활용될 뿐 개인 간의 사적 교감은 담겨 있지 않다. 이는 특이한 예외가 아니라 서간의 오랜 전통의 산물이라고 할 수 있다. 이 책 2장 1절에서 살펴보았듯이, 서간의 중세적 전통은 원래 선비들의 의론적 문답과 철학적 토론의 수단으로 교신된 한문편지가 주류였다. 그런데 근대 초기에 한문 서간의 의론적 기능은 쇠퇴하고 조선시대의 언간·내간의 주된 기능이라 할 사적 교유와 문안을 통한 정서적 교감이 근대 서간 양식의 주류로 바뀌었다. 한문 지식인의 사적 문안을 담당한 중세 척독은 사라지고, 척독이란 용어만 고답적 서간 문범[교본]의 형태로 살아남아 근대 척독이 널리 유통되었던 저간의 사정이 있었다. 이런 맥락에서 서간체 논설이란 서간의 전통적 기능 중 급격히 쇠퇴한 의론적 기능을 계승한 지식인의 계몽 수단으로 활용되었던 것이다.

이렇게 근대적 계몽의 한 방편으로 서간 양식을 활용한 서간체 논설 또는 논설적 서간은 일제 강점기 잡지미디어에 적지 않게 발견된다. 서간과 잡지 모두 근대매체로서의 관련성이 적지 않았다. 근대 초기에 급격하게 유통이 확대된 매체 중 잡지는 신문에 비해 제도적 지식 혹은 지식의 제도화에 보다 깊은 관심을 가졌다. 체계화된 근대지식의 구축과 그것의 사회적 보편화라는 사명에 대한 근대 초기 잡지 편집인들의 문제의식은 분명했던 것이다.[316)]

일제 강점기 잡지에 실린 서간체 논설 또는 논설적 서간의 주요 목록은 다음과 같다.

서간 필자 (발/수신인)	제목 (유형/내용)	매체(권호수), 편저자	출판사, 연도	게재면
한샘/벗	닐은바 지식을 빌어 알겟다 한 벗에게	청춘 제2호	1914.11.	107~109
崔承九/K, S兄	情感的生活의要求 (나의更生) (K, S兄의게與허는書)	학지광 제3호	1914.12.	16~18
K S 生/C君	低級의生存慾 – 打作마당에서, C君의게 –	학지광 제4호	1915.2.	34~35
金億/H君	藝術的生活(H君에게)	학지광 제6호	1915.7.	60~62
崔承九/H兄	不滿과要求, 鎌倉으로붓허	학지광 제6호	1915.7.	73~80
覺泉/學之光 記者足下	卒業試驗을 마치고서	학지광 제13호 특별대부록	1917.7.	16~19
?/兄님	摸索에서發見까지 – 朝鮮民是論 (11회 연재)	동명 창간호~ 제13호	1922.9.3.~ 1922.11.26	3~4
洪陽청년무 리/황석우	잡지 「서광」을 읽고 – 황석우군에게 (홍양청년회의 공개 편지)	개벽 11호	1921.5.1.	80~81
경서학인	문학에 뜻을 두는 이에게 (어투 편지)	개벽 21호	1922.3.1.	문예면 1
이성환	먼저 농민부터 해방하라(서두: "編者 足下" 편지형식)	개벽 32호	1923.2.1.	33~41
B생/開闢아	開闢 너는 어떠한고 (개벽지 수신자 호칭, 서간체 논설 미디어비평)	개벽 37호	1923.7.1.	60~61
反求室 主人 / L君	물산장려를 비난한 L君에게 寄함 (癸亥9월16일 밤 12시 桂山 反求室에서) (서간체 논설 논쟁)	개벽 41호	1923.11.1.	31~35
강학병/國境生	前號의 「北鮮來信」을 보고 – 國境生에게 叱正함	개벽 41호	1923.11.1.	102~103

---

316) 한기형, 「근대잡지와 근대문학 형성의 제도적 연관」, 『근대어·근대매체·근대문학』, 성균관대학교 대동문화연구원, 2006, 274쪽.

大喝生	학교를 歷訪하다가 교육자 諸君에게 (교육자의 행실 비판, 서간체 논설)	개벽 49호	1924.7.1.	52~53
魯啞者/아들	農村의 父老를 대하야 – 在學하는 子女에게 (서간체 논설)	개벽 50호	1924.8.1.	14~19
愚大喝生/大喝生	교육자를 大喝한 大喝生에게 (서간체 논설, 49호 대갈생 반비판 편지)	개벽 50호	1924.8.1.	51~
苦笑生/S氏	一書簡 – 賢母良妻主義의 敎育에 關하야 –	신여성 3권 3호	1925.3.	9~13
木春山人/霞山大兄	下岡政務總監長逝와 四娶夫人을 마지하는 齋藤總督 (서간체 논설)	신민 제8호	1925.12.	14~18
李德珍/谷山君	「K兄의게」批判 (총3회)	불교 제33~35호	1927.3.1. 1927.4.1. 1927.5.1.	30~32 29~32 26~30
木春山人/霞山兄	[半島論壇史話] 評林의 評林 新聞의 新聞(其一) 宿債償却記操 觚界禮讚 續稿 (서간체 논설)	신민 제26호	1927.6.	38~44
梁白華/巴人	中國新興文學 (서간체 논설)	삼천리	1930.10.1	70~71
滄浪客/張德秀	張德秀의 與하는 公開狀 – 그의 歸國의 報를 듯고	삼천리	1931.10	12~14
金東元	獄中奇信	동광	1931.10	38~39
金明植/都宥浩	'便紙二張' 民族問題에 對하야 – 伯林에 게신都宥浩氏에게答함	삼천리	1932.2	82~83
朴錫洪/金若水	'便紙二張' 金若水氏에게 (1,2회)	삼천리	1932.2 1932.3	83~85 61
金平海/兄님	民族改良主義者의 協同組合運動의 正體, 그 陣營의 하나인 平安協同組合의 추악한內容을 폭로하야 (서간체 논설)	대중 제3호	1933.6.1.	8~12
漢城學人/將軍	蔣介石 將軍에게 보내는 편지 (공개 서한 형식 정론)	신조선 속간 2호 통권6호	1934.10.	42~45
朴勝極/君	講話, 文學家가되려는이에게 – 편지의형식으로써! (서간체 강화)	별나라 9권 5호	1934.11.	34~37
柳光烈/巴人兄	拜金思想痛擊論 (서간체 논설)	삼천리	1935.12.	69~76

元世勳	「安昌浩論」의 再批判 − 中央日報에 난 印貞植 對 朱耀翰 論爭을 보고 −	삼천리	1936.8.	50~61
金基錫/親愛하는벗	哲學의理念과그現實行程 ……어떤어린벗에게보내는글……	조광	1936.10.	176~183
文學準/C兄	談山林 (서간체 연설)	조광	1942.6	200~202
吳龍淳/順	女人倫理觀 − 東西神話의 比較 考察	조광	1943.6	82~89

이 중에서 문학준의 「담산림(談山林)」이란 텍스트를 보면 "C兄, 허락없이 형의 이름을 빌리기로 하였소. 형을 연단에 이끌어내어 독자 제현의 눈앞에 나의 말을 들어주게 하였소."라는 서두로 시작한다. 이는 수신인으로 설정된 독자들이 마치 발신인인 필자와 마주 대면하고 있는듯한 현장감과 즉흥 연설처럼 시공간적 동질감을 느끼게 만드는 서간체 논설문의 글쓰기 전략의 산물이다. 연주자로서 "음악을 어떻게 하면 알 수 있는가, 음악을 알게 해달라"는 음악에 대한 계몽적 감상을 청탁자 겸 편집자로 짐작되는 정 형에의 편지 형식을 빌어 서술하고 있다. 이는 비평적 논설적 글쓰기의 격식에 대한 부담감을 줄이고 앞에 있는 지인에게 말하듯 서술하려는 친근감 조성의 효과도 얻게 한다. 즉 "음악을 어떻게 하면 알 수 있는가, 음악을 알게 해달라"는 요청에 "나는 음악을 형의 귀에 들리는 그대로 듣기를 권하오"라고 명쾌하게 답변하고 있다. 글의 마지막도 다음과 같이 편지 형식으로 마무리한다.

鄭兄,
話題를 비꾸이 한마디 더 쓰고 형이 준 紙面을 채우고저 하오.
(5월4일)
(필자는 新響團員, 신향단의 악기 연주자)[317]

같은 잡지 1943년 6월호에 실린 「여인 윤리관(女人倫理觀) – 동서신화의 비교 고찰」[318]을 보면 제목과 부제만으로는 일반적인 논문이나 논설문로 판단하기 싶다. 하지만 제목과 부제에서 보듯이 딱딱한 논문이나 논설문처럼 보이는 글의 서두부터 결구까지 서간체로 일관하고 있어 주목된다. 더욱이 글 중간에 "순(順)! 편지가 너머 기러졌나보오."라든가, 결구에서 "~하여주시기를 거듭 빌며 이만 펜을 놓습니다. 5월8일 아츰"으로 끝맺는 데서 편지 양식임을 확실하게 알 수 있게 해준다. 발신인이자 필자인 오용순이 가상의 수신인을 순이라 상정하고 그를 향한 개인적 사연을 풀어내는 것처럼 서술하고 있다. 그러나 전반적인 내용은 사적인 용건이나 고백적 사연이 아니라 다수 일반 독자들을 향해 자신의 주장을 설명하는 국한문 논문 또는 논설문에 가깝다.

여기서 서간 양식은 글쓰기 전략으로 활용될 뿐 개인 간의 사적 교감은 담겨 있지 않다. 편지 형식을 활용한 계몽적 글쓰기의 전략과 유통 방식, 그리고 그 효과를 심층 분석하기 위하여 다른 예를 들어보도록 한다.

1930년대 최대의 잡지 미디어는 동아일보사에서 나온 월간지 『신동아』라고 할 수 있다. 잡지 통권 2호부터 4호까지 '편지 릴레이'란 기획기사가 이광수, 설의식, 김기림의 이른바 '잡문'으로 실려 있다. 일반적인 문학 연구자가 보기엔 말 그대로 잡문이요 비문학이다. '일인일필(一人一筆)'이란 잡지사의 기획란에 '단문(短文)'이란 장르표지를 달고 실린 「가정」이란 제목의 글을 보자.

내 어떤 사랑하는 친구가 실련을 하엿슬 때에 나는 그에게 축복하는 편지를 보내엿다. 그 중에는 이러한 구절이 잇엇다고 긔억한다.

---

317) 문학준, 「담산림(談山林)」, 『조광』 1942.6, 202쪽.
318) 오용순, 「여인 윤리관 – 동서신화의 비교 고찰」, 『조광』 1943.6, 82~88쪽.

"그 여자는 그대를 버림으로 그대에게 대하야 가장 조흔 일을 하엿소. 다시 말하면 그대에게 대하야 그여자는 들일 수 잇는 가장 큰 행복을 들엿소. 웨 그러냐고? 내 설명하리다. 그 여자가 그대를 사랑하엿던들 그대는 남편이 되엇서야 할 것이오. 그런데 한 여자의 남편이 된다는 것은 심히 힘드는 일이오. 첫재로 돈이 잇어야 하고 둘재로 건강이 잇어야 하고 셋재로 한량없이 참는 맘이 잇어야 하니 이것을 다 가지더라도 오히려 남편되기는 매우 갓븐 일이오. 하물며 이것 중에 어느 것이나 없이 남편이 되는 것은 마치 지옥에의 유황불 바다 지글지글 삶기는 것과 갓소.

또 남편이 되면 피할 수 없이 아비가 되오. 아비가 되기는 남편되기보다 더욱 힘드는 일이오. 돈과 건강과 참는 힘이 잇는 우에다 열흘 보름 잠안 자도 괜찬흔 저항력과 썩고썩고 타고타도 상치 아니하는 애가 잇어야 하오.

친구여! 그대는 이러한 힘이 없는 사람이니 그 여자가 그대로 하여곰 남편이 되기와 아비 되기를 면하게 한 것을 그대의 사랑에 대한 가장 큰 값으로 알고 감사하시오."[319]

실연당한 친구를 위로하느라 편지를 보낸 에피소드이다. 편지 사연인즉, 이 시대에 남자가 가정을 갖는 것은 돈과 건강, 인내심, 자식에 대한 희생 등을 요구하니 여러모로 생각할 때 혼전에 실연당한 게 차라리 잘된 일이라는 내용이다. '일인일필(一人一筆)'이란 잡지사의 기획란에 '단문'이란 장르표지를 보면 별다른 장르의식 없이 쓴 글로 보인다. 당시 최고의 인기 문사 이광수의 글치고는 그리 공들여 잘 쓴 글은 아니다. 글자체의 내적 긴장, 언어적 싸임새를 특별히 갖추지 않은 잡문이다. 굳이

---

319) 李光洙, 「가정: 一人一筆(短文)」, 『신동아』 1932.1, 74쪽. 원문 그대로 표기, 띄어쓰기만 현대식 수정, 이하 같음.

의미를 부여하자면 남자의 희생을 요구하는 당시 결혼과 가정의 실상에 대한 남편들의 솔직한 심정을 담은 일종의 세태 풍자문이라 하겠다.

그런데 이 글이 잡지에 실리자 다음 호에 설의식이 지난 호에 실린 이광수 글에 화답하여 「시집」이란 글을 냈다. 제목부터 「시집 – 화(和) 전호(前號)의 "가정"」이다.[320] 전호에 실린 이광수의 글을 두고 '구수하고도 짭짭한 글'이면서, "송곳가티 날카롭지는 아느면서도 바늘 이상의 '찌르름'을 느낄 수 잇는 글"이라고 논평한다. 그래서 이광수 글의 내용과 형식에 흥미를 느껴 "그 글을 본을 떠 이 글은 쓴다."고 한다. 이광수가 실연당한 친구에게 보낸 편지 글은 장차 남편이 될 남성 입장을 대변했다면 설의식이 '미쓰A'라고 호칭하는 이 글은 '안해'가 될 미혼녀를 독자로 한다.

미쓰A! 나는 당신의 獨身主義를 一理가 잇다고 생각하오. '올드미쓰'에 自安하는 당신의 態度에 나는 敬意를 표하오. 내 어떤 친구(女性)가 시집을 가려고 할 때에 나는 그에게 挽留하는 편지를 보낸 일이 잇섯소. 사연의 일부는 이러튼가 보오.

"당신의 시집行을 暫間猶豫하시오. 새 옷을 마르고, 새 이부자리를 작만하기 전에 于先 '시집'이 무엇인지를 알어야 할 것이오. '시집'이란 한 남자의 안해가 되는 놀음이오. 民籍으로부터 鬼籍에 들기까지 'X氏의 夫人'이 되는 놀음이오. '노라'는 될 수 잇서도 '마돈나'는 될 수 없는 길이오. 일대의 부인, 일인의 부인은 될 수 잇서도 萬代의 愛人, 萬人의 愛人은 될 수 없는 길이오. 만대만인의 '팬'을 차지할 女王의 玉座를 거더차고 나설 勇氣와 覺寤가 당신에게 잇소? 없소?

---

320) 薛義植, 「시집 (和前號의 "가정")」(전호에 실린 이광수의 「가정」을 본떠 쓴 글), 『신동아』 1932.2, 92~93쪽.

'시집'이란 뭇子女의 어미가 되는 노릇이오. 産苦로부터 育兒에 이르기까지 당신의 피와 살과 맘과 애를 모조리 깡그리 받쳐야 하는 노릇이오. 모성의 전부를 희생하고, 그러고도 남는 것이 잇스면 또 받쳐야 하는 노릇이오. 이것은 '이브'로 말미암아 당신네에게 宿命的으로 흘러온 하느님의 엄벌이니 시집이란 이를 執行하는 刑場의 第一關이오. 이가튼 刑罰을 榮譽로 甘受할, 聖化할 雅量과 靈能이 당신에게 잇소? 없소?

시집 중에도 朝鮮 시집은 더한층 곰곰 생각해야 할 시집이오. 天不與二物─시집이라고 苦樂이 相伴치 말라는 법이 없소. 千萬自重하시오."[321]

설의식은 이 글에서 액자형 편지 형식으로 두 통의 편지 사연을 소개하고 있다. 편지 외화(外話)는 올드미스로 지내고 있는 '미쓰A'에게 보내는 편지이다. 내용인즉 다른 여자에게 보낸 편지를 소개한 후 당신의 독신주의를 지지하는 이 편지를 공개하겠다는 사연이다. 편지 내화(內話)는 이제 막 시집을 가려는 혼인 직전의 어느 여자에게 결혼이란 남자의 삶에 구속되고 인생 전체를 희생하는 것이니 절대 가지 말라고 만류하는 내용이다. 『인형의 집을 나와서』의 노라처럼 한 집안의 부인이나 한 남자의 부인은 될 수 있어도 '만대의 애인, 만인의 애인'인 마돈나가 되어 뭇사람들의 사랑을 받는 여왕은 될 수 없다는 극단적인 대비법까지 동원해서 독신주의를 선동하고 있다. 편지 내화에서는 '노라/마돈나'의 이분법으로 여자 입장에서 결혼은 지옥과 무덤일 뿐이라고 당대 조선의 혼인 세태를 매도하고 있다. 더욱이 편지 외화에서 이러한 만류를 무릅쓰고 시집을 간 그 친구가 혼인생활을 견디지 못하고 결국 집을 뛰쳐나와 노라가 되었냐고 후일담을 전하면서 '미쓰A'에게 독신을 유지하라고 하는 것이다.

---

321) 위와 같은 글.

흥미로운 점은 이 '편지 릴레이'가 한 편 더 이어진다는 사실이다.

필자	서간 교신자	제목(장르 표지)	매체 권호수	간행 연월	게재면
李光洙	이광수/ 친구	'短文 一人一筆' 「가정」 (잡문 수필)	신동아 2권1호	1932.1.	74
薛義植	설의식/ 미쓰A	'短文 一人一筆' 「시집 (和前號의 『가정』)」(전호 수록 이광수의 「가정」을 본떠 쓴 글)	신동아 2권2호	1932.2.	92~93
金起林	A/B	'短文 一人一筆' 「結婚 − 春園先生의 『가정』과 小梧先生의 『시집』을 읽고」 (A로부터 B에게 하는 편지)	신동아 2권3호	1932.3.	84

　세 번째 글인 김기림의 「결혼」은 '(春園先生의 「가정」과 小梧先生의 「시집」을 읽고)'란 부제로 '(A로부터 B에게 하는 편지)'란 형식으로 쓰여 있다. 글 내용과 함께 글의 형식도 독자의 주목과 긴장을 요하게 만드는 텍스트라 할 수 있다.

　텍스트 내용은 전호의 이광수, 설의식의 결혼제도 비판에 동의하는 것으로, 결혼을 하면 남자에게 전적으로 불리하다는 주장이다. 즉, 남녀에게 '신성한 결혼'이라 알려진 사회적 신화의 실상은 남자가 여자에게 제공할 수 있는 '다이야 반지와 양식(洋食), 극장 특등석, 예금장(預金帳)' 등 '지갑의 무게'로 결정된다는 풍자적 내용이다. 심지어 지금 세대에게 '신성한 결혼'이나 '신성한 연애'이 있다고 믿는 것은 마치 '군축회의의 성공을 믿는 일 이상의 큰 미신'이라고까지 매도한다. 결론적으로 '연애란 일종의 전쟁'이며 결혼은 남자가 여자에게 '영구한 굴복을 의미하는 휴전상태에 드러가는 것'이라 마무리한다. 이 텍스트가 문학적 위트나 풍자물로 읽힐 수 있는 것은 편지 말미에 "자네 이 편지는 일전에 자네 신부에게 보이지 말게.(2월 5일 밤)" 하는 결구로 마무리 짓는 데서도 추측할 수 있다.

세 편의 글에서 이광수, 설의식, 김기림은 편지 형식과 웃음의 미학을 빌려 자신에게 쏟아질 비판을 슬쩍 피하고 있다. 그들은 가정과 결혼을 두고 철저히 남성적 시각에서 여성을 매도하고 있는 셈이다. "친구여! 그대는 이러한 힘이 없는 사람이니 그 여자가 그대로 하여금 남편이되기와 아비 되기를 면하게 한 것을 그대의 사랑에 대한 가장 큰 값으로 알고 감사하시오."라고 하는 것은 실연당한 친구에 대한 위로는 될망정 결혼제도 자체를 부정할 결정적인 근거라고는 할 수 없다. 더욱이 현모양처를 꿈꿨던 여자가 헌신과 희생만 강요하는 결혼생활을 떨치고 집을 나와 노라가 된 것을 긍정적으로 묘사한다.

> 미쓰 A! 이가튼 편지를 하엿더니 그는 나의 호의를 무시하고 시집을 갓섯소. 그리고 그는 다시 이 시집의 定義를 實證하기 위하야 시집의 부엌에서 튀여나왓소. "안해가 되기 前에 어미가 되기 前에……" 하고 그는 시방 '노라'가 가든 길을 밟어가오. 나는 지금 수많은 '노라'를 예상하면서 당신에게 이 글을 들이오. 당신을 통하야 알고 모르는 수없이 만혼 조선의 미쓰에게 이 편지를 公開할 작정이오. 自重自輕은 그네의 自由에 一任하겠소.(一月十一日 梧生 再拜)[322]

이 언급은 『인형의 집을 나와서』의 노라가 남편을 떠날 때처럼 내면화된 가부장적 이데올로기, 즉 남성에게 희생코자 하는 욕구로 위협 받는 자아를 구출하려는 본성의 소리로 사회 속에서 왜곡되지 않은 순수하며 자연적인 것이다. 이를 본 조선 신여성들이 설의식이 가상으로 설정한 '노라 대 마돈나'라는 이분법적 환상을 깨고 희생과 자아포기의 강

---

322) 薛義植, 「시집 (和前號의 「가정」)」, 신동아 1932.2, 92~93쪽. (전호에 실린 이광수의 「가정」을 본떠 쓴 글)

요를 다시 한번 거부하고 자유로운 자아를 확인한다.

이러한 1930년대 여성의 현실은 유명 문사들의 치기어린 잡문의 대상만은 아니었던 것이 엄연한 사실이다. 남성중심주의에 젖은 남성이 신여성을 부정적으로 매도한 글을 가지고 신여성 전체의 결혼관을 가늠할 수는 없다. 그러나 기혼여성의 사회활동이 금기시되던 1920~30년대 신여성에게 부잣집에 시집가고 싶은 욕망이 있었던 것만큼은 분명하다. 아무 생각 없이 겉멋으로 여학교에 다니던 여성뿐 아니라 사회 지도층 여성도 곧잘 돈의 유혹에 넘어가곤 했다. 어쩌면 불행한 결혼생활의 궁극적인 책임은 남성중심주의와 가부장제에 있었는지도 모른다.[323]

근대교육과 자유연애의 세례를 받은 1920~30년대 신여성들은 자신의 의지로 배우자를 선택할 수 있는 권리를 얻은 첫 세대였다. 그러나 스스로의 의지로 배우자를 선택했다고 가정 내에서 '아내의 의무' '어머니의 의무'가 달라진 것은 아니었다. 사회는 근대화됐어도 가정은 여전히 봉건적이었다. 많이 배우고 능력 있는 신여성조차 결혼하면 사회생활과 결혼을 병행하기 어려웠다. 신여성에게 결혼은 일생을 건 도박과도 같았다. 한 남자에게 인생의 모든 것을 거는 위험을 감수하지 않으려면 평생 독신으로 지내는 수밖에 없었다. 근대와 전근대가 어정쩡하게 뒤섞인 결혼생활은 자유연애의 이상도 퇴색시켰다. 역설적이게도 자유연애가 일반화된 이후, 능력 있고 돈 많은 남성의 인기는 오히려 치솟았다. 아무리 사랑한데도 무능하고 가난한 남성과 결혼한다면 평생 감수해야 할 위험이 너무 큰 탓이었다.

『신동아』 잡지 1932년 1~3월호 게재 '단문, 일인일필' 기획물인 이 세 편의 텍스트는 편지라는 형식을 통해 결혼에 대한 통념을 깨고 있다는

---

323) 전봉관, 「조선의 '노라' 박인덕 이혼사건」, 『신동아』 2006년 4월호 통권 559호, 510~523쪽. 「돌아는 오고도 안 돌아오는 수수께끼」, 『매일신보』 1931년 10월15일자 기사 참조.

점에서 유의미하다. 하지만 '단문, 일인일필'이라는 잡지 기획물의 장르 표지에서 알 수 있듯이 수필보다는 잡문처럼 보인다. 여기서 우리는 다음과 같은 질문을 던질 수 있다. 이 편지이자 수필인 텍스트는 문학적 언어로 잘 조직된 글인가, 아니면 일상적으로 흔히 사용되는 발화의 녹취문인가? '수필 – 잡문 – 편지'는 문학인가, 아니면 문화사 자료인가? '잡문/서간문/문학작품'의 경계는 무엇인가? 이 3편의 서간문은 적어도 문학작품의 언어조직이나 시학적 접근과 해석학적 접근이 가능할 만큼 잘 짜여진 유기적 언어 구성체로서의 문학작품은 아니기에 문제가 단순하지 않다.

일반적으로 '의미'란 어떤 단어의 의미, 사전적 낱말 뜻을 말하고 '발화'란 특정 상황에서 그 단어를 발화한 행위를 의미하며, '텍스트의 의미'란 시적 문학적 문맥에서 작가가 말하고자 하는 바를 지칭한다. 이런 기준으로 볼 때 이들 3편의 서간문 텍스트가 일상에서 사전적 낱말 뜻을 전달하는 정보전달매체라고는 볼 수 없다. 기실 대부분의 안부편지 같은 일상적 글조차 사전적 단어 뜻보다는 특정 상황에서 그 단어를 발화한 행위의 의미까지 살펴보게 하는 발화적 의미가 놓여 있다.

만약 이들 텍스트가 단순히 일상적인 안부 편지가 아니라면 문학적 문맥에서 작가가 말하고자 하는 바가 따로 있으리라는 점에서 문학적 발상의 텍스트적 해석을 가능케 하는 언어 표현이라고 할 수 있다. 일상적 언어가 문학적 언어로 바뀌면 습관적 사유를 굴절시키고 일상을 변모시킨다. 이전에는 예상치 못했던 어떤 것을 다시 생각하게 보여주고 따라서 무관심했던 세계를 다시 보고 관심 갖게 만든다. 그러므로 문학적 언어는 발화자의 사고에 권위를 실어주는 이데올로기의 구체적 표명이자 동시에 그런 이데올로기에 의문을 표하고 해체하기도 하는 공간이 된다.[324]

---

324) 조너선 컬러, 이은경 외 역, 「제3장 문학이론과 문화이론」『문학이론』, 동문선, 1999, 99쪽.

여기서 당대 문인이 편지 양식을 어떻게 인식하고 활용했는지 실마리를 얻을 수 있다. 당대 결혼제도와 혼인세태에 대한 가부장적 남근주의적 풍자도 중요하지만 역으로 필자의 의도와는 달리 여성주의적 해체적 시각으로 서간문을 독해할 수도 있다.[325] 하지만 『신동아』의 매체적 특징에서 서간물 기획 특유의 상업적 지향을 보여준 사실을 간과할 수 없다. 창간된 지 불과 2달밖에 되지 않던 『신동아』라는 신생 잡지의 편집 책임을 맡았던 설의식[326]이 이 편지 릴레이를 작위적으로 만들어 어떤 효과를 노렸는지도 짐작할 수 있다.

주지하다시피 이광수, 설의식, 김기림은 모두 동아일보사라는 거대 미디어그룹과 『신동아』라는 잡지매체의 주요 인맥이다. 잡지 편집자 설의식은 선정주의적 발상과 작위적 기획, 상업적 전략으로 서간 기획을 마련했고 추후 1930년대 다른 잡지매체와 출판사의 서간집 기획 방식에도 일정한 영향을 미쳤으리라고 짐작된다. 다시 말하면 문인 서간이라는 지극히 사적인 글쓰기가 공개, 공간되는 데는 잡지 및 출판 매체의 특성과 문단 인맥, 권력이 작동되었으리라는 가설이다. 아마도 처음 출발점에서의 문인 서간이란, 문학적 명성을 가지긴 했지만 본격문학 작품을 창작할 때마다 매번 고통에 시달리는 문인들의 원고료 수입용 잡문, 쉬어가는 글이거나 잡지 매체의 선정주의적 상업적 전략의 하나로 청탁하는 일종의 가십거리로 인식되었던 것이다.

가령 『신동아』 1933년 10월호에 게재된 서간 기획 특집은 '편지를 싸

---

325) 『신동아』의 자매지 여성지인 『신가정』에서 여성적 시각과 여성적 글쓰기의 일단을 보여주는 것과 대비된다.

326) 소오(小悟) 설의식(薛義植 1900~1954)은 니혼대학(日本大學) 사학과를 졸업하고 1922년 동아일보 사회부 기자로 언론계에 들어가 주일특파원·편집국장 등을 지냈다. 1931년 잡지 『신동아(新東亞)』를 창간할 때 편집국장대리로 있으면서 제작을 총괄하였다. 그가 편집국장으로 있던 1936년 8월 『동아일보』와 그 자매지 『신동아』·『신가정』의 일장기 말소사건을 일으켜 신문사를 떠났다.

고 도는 로만스'란 제목으로 다음과 같은 14편의 글을 싣고 있다: 朴花城, 「열다섯살 때 추석날 아침에 처음으로 받은 남자의 편지」, 金東仁, 「春園의 편지」, 丁來東, 「한 女子의 편지」, 羅蕙錫, 「연필로 쓴 편지」, 金起林, 「나도 詩나 썻스면」, 金松隱, 「假想의 벗에게 쓰든 편지」, 田榮澤, 「편지로 追憶되는 일 한가지」, 柳致眞, 「艶書製作時代」, 李軒求, 「謹賀新年」, 李石薰, 「浪漫的 詩集」, 피천득, 「기다리는 편지」, 李俊淑, 「鳳仙花와 一葉書」, 金禎洌, 「그 靑年의 편지」, 李鍾洙, 「종내 주지 못한 편지」.

이들 글을 보면 서간에 대한 당대 문인들의 인식이 어떤지 잘 알 수 있다. 박화성의 글은 제목 그대로 열다섯 살 되던 추석날 아침에 가슴 설레면서 처음 받아본 이성의 편지가 알고 보니 놀려먹기 장난이었다는 편지 소동을 그리고 있고, 김동인의 춘원 편지는 자기에게 잘못 전해진 배달 사고를 회상하고 있다. 전영택의 편지 추억담은 연애편지에 대한 아련한 추억을 담았으며, 유치진의 글은 '염서(艶書)제작시대'란 제목부터 작위적 연애편지가 성행하는 1920년대 연애 열기와 연서 열풍에 대한 비판적 지식인의 조소 어린 시선이 느껴진다. 연서 열기에 대한 지식인적 비판은 곧바로 문인 일반의 시선이기도 하다.

여기서 연구자의 눈길을 끄는 것은 개인 간의 은밀한 편지가 '인쇄, 공간(公刊)된 근대 텍스트'로 독자인 우리에게 전해졌다는 사실이다. 『신동아』지에 실린 이광수, 설의식의 편지글 자체를 잘 살펴보자. 그는 처음 지인에게 편지를 보냈다. 편지를 이미 보낸 뒤라서 그런지 사본이 없다. 따라서 '기억'에 의존하여 자기가 이미 보낸 편지글을 재구성해서 원고를 썼다. 그 원고가 잡지사에 도착하면 편집자가 편집, 수정, 교열을 해서 인쇄한 후 잡지에 실어 판매 유통된 것을 독자들이 읽는 것이다. 그렇다면 우리가 읽는 텍스트는 과연 이광수, 설의식이 친구에게 보낸 처음 편지와 동일한 텍스트일까? 아니, 솔직히 말해서 이광수, 설의식이 편지를 쓰긴 쓴 것일까? 혹시 잡지 편집자의 원고 독촉에 쫓겨 편지를 가공해서 만들어낸 허구는 아닐까?[327] 의문은 끝이 없다. 이광수같이 전문 문인들이나 쓸 수 있는 소설, 허구적 문예물과는 달리 편지는 일반 독자들에게 친숙하고 내용에 신뢰성을 갖게 하는 미덕이 있어야 하는 것 아닌가 말이다.

1930년대 잡지매체의 글쓰기(ecriture)를 텍스트 자체가 아니라 잡지 특성, 출판 환경, 상업적 고려 등의 역사적 맥락까지 고려한 콘텍스트적 지평에서 재조명하면, 서간물 기획자 설의식의 관심은 문학 '텍스트 생산의 시스템'보다는 글쓰기 '텍스트의 생산 시스템'에 대한 관심이 더 컸다고 판단된다. '텍스트의 생산 시스템'이론에 의하면 이광수의 편지글 「가정」에는 실은 4편의 텍스트가 있다는 것이다. (1) 이광수가 친구에게 보낸 편지 (2) 이광수가 설의식의 청탁을 받고 「가정」 원고를 쓸 때 기억해낸 편지 (3) 설의식이 원고를 수정, 윤문, 편집한 결과물로서의 편지 (4) 잡지 독자가 읽는 편지. 같은 내용의 말[랑그, langue]을 달리 표기[빠롤, parole]한 것 자체가 이미 그 말에 해석을 가한 것이 된다. 더욱이 잡지 편집자의 편집 기준이 독자에 대한 배려였기에, 결국엔 편집자가 상정한 독자층 또한 텍스트 생산에 참여한 게 되는 셈이다. 어쩌면 편집자 이전에 원고 필자부터 편집자와 독자를 의식해서 편지를 일종의 출판용 원고로 썼을 수 있다. 대부분의 문인 서간이란 공간을 전제한 텍스트라는 점에서 논의되어야 할 터이다. '텍스트 생산의 문제'는 글자 그대로 문학 텍스트의 인쇄, 출판, 유통과정 속에서 파악되기에 문학 외부의 독자를 파악하는데 유용하다. 반면 문학 텍스트 자체 속에 독자를 만들어내는 장치가 내재되어 있을 것이기에, 독자를 배려하는 작가나 편집자의 다양한 장치를 담은 '텍스트의 생산 시스템'에서는 텍스트가 끊임없

---

327) 김기림의 경우에는 이광수, 설의식의 인쇄된 서간문을 독자 입장에서 읽고 난 후 잡지 편집자의 원고 청탁 요청에 대한 답신으로 편지글을 썼다고 짐작된다.

이 생성되어가는 것이라고 할 수 있다.[328]

5.1.2. 논쟁과 교유의 문학 장치, 서간체 비평

앞에서 정리한 서간체 논설은 명백하게 논문이나 논설문 내용이지만 글쓰기 전략의 한 방편으로 '서간체=편지 형식'을 활용한 경우를 논의한 것이다. 시야를 확대하여 논설문보다 더 광의의 교술산문을 통한 계몽의 전달양식으로 서간체가 활용된 경우를 찾아보면 그 외연은 훨씬 넓어질 터이다. 그 중에서 근대문학과 직접적으로 관련된 서간문도 적지 않을 터이다.

가령 1910년대 중반 이후 개인적 취향의 공유나 내밀함을 고백하는 수필 형식이나 비평 논쟁 형태의 서간체 교술산문이 신문, 잡지에 다양한 형태로 출현하였다. 1920년대까지 서간체 형식을 빌린 각종 교술산문들이 글쓰기 장(場)의 중심 장르라고 할 만큼 자주 눈에 띈다. 이 현상은 4장에서 상술했듯이, 1920년대 들어서서 본궤도에 오른 식민지적 산업화·근대화 때문에 조선인들이 공간적 이동과 계급적 재편성을 이루는 것과 관련된다. 이농, 이향 탓에 객지생활을 하는 이들이 많아지면서

---

328) 이러한 발상은 가메이 히데오(龜井秀雄)의 『메이지 문학사』(2006)에서 힌트를 얻었다. " '텍스트생산'론 관점에서 보면 어떤 판본이라도 편집자의 의도나 독자 해독능력에의 배려가 개입되었으므로 텍스트가 끊임없이 생성되어간다고 볼 뿐이다. 자의적 과잉 해석의 문제가 있는 '상호텍스트성'방법 대신 제안하는 것은, '텍스트생산'이란 문제를 글자 그대로 텍스트의 인쇄, 출판, 유통과정 속에서 파악하자는 것이다. 가령 메이지시대 언문일치체 선구작인 산유테이 엔초의 『괴담모란등롱』(1884)를 보면 텍스트 자체가 만담 속기판, 초판본, 최근판본이 한자 표기와 가나덧말 등에서 미세한 차이가 있다. '텍스트생산'의 관점에서 보면 이야기의 본문은 오히려 덧말에 있다는 발상의 전환이 가능하다. 원래 만담가의 실연을 두 속기사가 문장화하고 그것을 다시 인쇄한 『우편통지신문』 기자가 첨삭했으니 텍스트 생산자는 4명이 된다." 가메이 히데오(龜井秀雄), 김춘미 역, 『메이지 문학사』, 고려대출판부, 2006, 19~39쪽 참조.

서간체=편지 형식이 중요한 미디어가 되었고, 신분제 타파를 통한 근대적 자아 발견과 내면의식의 성장에 따라 그 심경을 토로하는 1인칭 고백체 글이 유행하면서 서간체 교술산문이 널리 쓰여지고 인쇄매체에 발표되었던 것이다. 일반 독자들은 신문, 잡지에 실린 교술산문, 소설 중에서 자신에게 이미 친숙한 편지 양식을 통한 계몽에 자연스레 동참함으로써 진정한 근대인이 되었다고 믿었을 터이다.

서간체 교술산문 중 가장 문학과 관련성이 깊은 서간체 비평의 예는 어떤 것을 볼 수 있을까? 가장 흔한 경우는 비평 논쟁의 글쓰기 전략으로 서간체가 활용되는 경우이다. 비평가들끼리의 논쟁의 경우 문학적 논란이라는 '사연'과 논쟁 당사자인 특정 비평가와 상대방이라는 '교신자'가 특정되어 있어 서간체가 적절한 양식으로 활용되기 쉽다.

앞에서 논의한 서간체 논설은 교사 위치의 발신자가 계몽의 대상인 불특정 다수 독자를 수신자로 가상 설정하여 딱딱하고 어려운 내용을 쉽고 친근하게 전달하려는 수단으로 서간체를 활용하였다고 정리한 바 있다. 반면 서간체 비평은 비평적 논쟁의 당사자가 비교적 특정되어 있기에 서간체를 활용하여 자신의 논리적 주장을 특정 수신자에게 전하는 사적 방식으로 펼 수 있다. 이 때문에 자칫 서로의 감정을 상하게 할 수 있는 격정적인 정서를 공개적인 글로 토로해도 상대적으로 너그럽게 허용되는 것이 가능해진다. 따라서 근대문학비평사 초창기에는 서간체가 폭넓게 사용되었던 것이다. 일제 강점기 잡지에 실린 서간체 비평의 주요 목록은 다음과 같다.

서간 필자 (발/수신인)	제목 (유형/내용)	매체(권호수), 편저자	출판사, 연도	게재면
황석우	「犧牲花와 新詩」를 읽고	개벽 6호	1920.12.1.	88~91
현철/황석우	비평을 알고 비평을 하라 (서간체 비평 논쟁)	개벽 6호	1920.12.1.	82~104

황석우/현철	주문치 아니한 시의 정의를 주겠다는 현철군에게 (서간체 비평 논쟁)	개벽 7호	1921.1.1.	111~116
김유방	우연한 도정에서-新詩의 정의를 論爭하시는 여러 형에게 (1921년 5월 9일) (비평 논쟁에 대한 서간체 메타비평)	개벽 8호	1921.2.1.	123~126
金億/月灘氏	無責任한 批評-「文壇의 1년을 追憶하야」의 評者에게 抗議 (서간체 비평 논쟁)	개벽 32호	1923.2.1.	문 1~4
朴月灘/金億氏	抗議같지 않은 抗議者에게(김억과의 서간체 비평 논쟁)	개벽 35호	1923.5.1.	72~77
양주동	作文界의 金億 대 朴月灘 論戰을 보고 (비평 논쟁 논평, 말미에 편지투 부기)	개벽 36호	1923.6.1.	54~57
정병기	인간이라는 데에 대하야서(이글을 월탄씨에게) (서간체 비평 논쟁)	개벽 36호	1923.6.1.	64~65
김기진(빠르뷰스/로맨 로란)	빠르뷰스 대 로맨 로란 간의 논쟁-클라르테운동의 세계화 (빠르뷰스와 로맨 로란의 서간체 비평 논쟁 번역 소개)	개벽 40호	1923.10.1.	25~51
柳志永/選者	童謠選後感 (東亞日報 所載)을 읽고-選者에게- [공개장, 서간체 비평]	조선문단	1925.5.	129~135
卞容彦	'朝鮮文壇公開狀'(특집 기획) 春秋 (公開狀) [서간체 비평]	조선문단	1925.6.	108~110
群賢學人	'朝鮮文壇公開狀' (특집 기획) 먼져詩를대접하라	조선문단	1925.6.	111~112
韓哲植	'朝鮮文壇公開狀' (특집 기획) 朝鮮文壇은?	조선문단	1925.6.	112~113
박영희	「文藝瑣談」을 읽고서-所謂 朝鮮人의 亡國根性을 憂慮하는 春園 李光洙君에게(서간체 논설, 비평 논쟁)	개벽 65호	1926.1.1.	문예면 111~117
朴英熙/C兄	朝鮮의文藝理論의歸結은必要한가? (서간체 비평)	대조 3호	1930.5.15.	9~12
閔丙徽/A君	'文藝隨筆' 隨筆文學의蹂躪에對한感想-다시A君에게보내는一片書信= (서간체 비평)	신동아	1933.9.	148~149
玄東炎/K兄	'文藝時評 數題' K兄에게주는片紙 (甲戌 12월 9일 開城서) [서간체 비평]	조선문단	1935.2.	22~26

李秉珏/金沼葉	리알리즘의再吟味와「廢村」의 金沼葉氏에게(2.18. 英陽에서) [서간체 비평]	조선문단	1935.4.11	142~143
韓曉/朴花城女史	'評論家로서作家에게보는便紙'(시리즈 1회) 朴花城女史에게 - 粗雜한 이 一文을보냅니다	신동아	1936.2.1.	178~184
安含光	'評論家로서作家에게보내는便紙'(시리즈 2회) 作家 兪鎭午氏를 論함	신동아	1936.4.	266~275
林和/宋兄	'評論家로서作家에게보내는便紙' (第三回) 畏友 宋影兄께	신동아	1936.5.	270~279
朴英熙	'評論家로서作家에게보내는便紙' (第四回) 作家嚴興燮兄에게	신동아	1936.6.	235~240
洪曉民/張赫宙	'評論家로서作家에게주는글' (第五回) 作家張赫宙氏에게	신동아	1936.7.	234~238
金文輯	「朱耀翰論」의 顚末과 그의 書翰	삼천리	1936.8.	166~170
白鐵/韓雪野君	'評論家로서作家에게' (第六回) 作家韓雪野에게	신동아	1936.9.	207~212
金英根/兄	「社會와藝術」에 關하야 - '앙리 바르뷰스'(HENRI BARHUSLE)'의 文學論 [서간체 비평]	조광	1936.10.	159~164
金文輯/花城氏	女流作家의 性的 歸還論 朴花城氏를 論評하면서 (서간체 비평)	사해공론 제3권 제3호	1937.3.	40~48
崔載瑞/너	現代作家와孤獨 - 文學을志望하는동생에게 (서간체 비평)	삼천리문학 2호	1938.4.1.	221~227
毛允淑/석순옥씨	春園 近作「사랑」을 읽고 女主人公 석순옥 씨에게 올니는 글 (서간체 독후감, 서간체 비평)	삼천리	1938.12.	197~203
金文輯/未知의 花城누님	女流作家에対한公開狀, 朴花城님께드리는戀書	조광	1939.3.	130~135
春園/朴兄	映畵〈無情〉으로 公開狀 - 監督 朴基采에게 보내는 글-	삼천리	1939.7.	132~137
朴基采	映畵批評界의 危機 - '無情'評의 讀後感	삼천리	1939.7.	190~195
朴暎煥/朴基采	〈無情〉으로 朴監督에 公開狀	삼천리	1939.7.	195~198
홍구/이종만	이종만씨에게('엽서평론' 기획기사 12편)	신세기	1939.10.1	65

이석순/공초	허구의 진실('엽서평론' 기획기사)	신세기	1939.10.1	66
金文輯	性生理의 藝術論 －無名女流作家Y孃에게－ (서간체 평론)	문장	1939.11.1	159~163
李源朝	시의 고향－片石村에게 붙이는 斷信 (서간체 비평)	문장	1941.4.1	195~199
申應植	봐레리－연구 斷片 (서간체 비평)	문장	1941.4.1	200~204

서간체 비평이 비평 논쟁의 전략으로만 사용된 것은 아니다. 심지어 문인들끼리의 사적 서신 중에서도 비평가들이 작가 또는 다른 비평가들과 비평적 서간을 주고받은 예도 다양하게 볼 수 있다. 심지어 1930년대 잡지들은 문인들 간의 편지를 문학적 교유와 비평적 논란을 겸해서 기획하여 연재하고 책을 내기도 하였다.

한 예로『조선문인서간집』중에서 카프 소장 비평가였던 임화가 중견 소설가 이기영에게 보낸 편지를 보자. 이 편지는『신동아』에 실리지 않은 임화의 육필 편지를 수신자인 이기영이 소장하고 있다가 서상경이란 출판업자의 요청으로 서간문집에만 실은 것으로 추정된다.[329]

민촌(民村) 형에게

민촌형!
전주에서 주신 형의 엽서를 읽은 채 실로 오랫동안 고대하옵든 차에 형의 봉함(封緘)을 접하오니 반갑기 한량없읍니다. 그래 그럿케 무신(無信)할 수가 잇슴니까?

---

[329] 『조선문인서간집』편찬자 서상경의 서문에 '이기영의 지도'로 그의 폭넓은 문단 인맥과 교유 덕에 서간을 모았다는 취지의 언급이 있다. 이에 대한 자세한 논의는 이 책의 2장 5절 2항『조선문인서간집』과『신동아』를 참조할 수 있다.

사실 형이 상경하신 후 음신(音信)을 고대타 못하야 수삼처(數三處)에 형의 친신(親信)를 알고자 문의하엿사오나 종내 아지 못한 채 형에게 일매(一枚) 편신(片信)을 올니지 못한 채 금일에 이르럿슴니다. 일야(日夜)로 대하든 오형(吾兄)을 이럿케 소식좃차 듯기 어려움은 이 역(亦) 오늘날의 다난한 세태의 한 개 표상인가 하면, 태연한 바가 잇슴니다. (중략)

　　근간에는 엇지 지내심니까? 아해들 부인께서 다 무고하온지? 홍군도 별고 업슴니까?

　　형의 노작은 실로 비할 수 업는 반가움과 자랑을 가지고 오늘날까지 읽어오고 잇슴니다. 형의 기도하는 바는 광고가 날 적부터 짐작하고 잇섯는데 실로, 흥미 깊고 역량잇는 작가에 잇서 반듯이 예술적 욕망을 끄으는 제재인가 함니다. (중략)

　　형의『현대풍경』의 신산한 경험을 한번 가지섯슴으로, 이번에 것은 분명히 그 경험을 이용하고 게실 줄 밋으나 더 만히 그 경험을 참조해주시면 더욱 조흘 것 갓슴니다.

　　『고향』에 비긴다면(지금까지에 것으로 말할 수는 업스나), 현호는 희준보다도 성공될 소질이 더 만코 그 부(父)는 안승학보다 떠러지는 감이 불무(不無)하며, 현호의 처는 인간적 흥미 후의 파악의 각도, 기타에서 대체로 갑숙보다 나흔 것 갓슴니다. 그런데 박의사! 이 인물이 아즉 가장 약점이 만흔 것 갓슴니다. 물론 그 인물이 거리기 어려운 실로 거대한 묘사적 역량만히 영접(迎接)이 남아도 할 수 잇는 것인 줄은 암니다만, 아즉 성격, 현호와의 관계, 기타에서 분명치 못한 점이 약간 잇는 듯슴니다. 박의사의 누이는 조트군요.

　　그리고 형의, 안승학을 지파(指破)한 것과 갓흔 확적(確適)한 수법으로 그리는 인물은 역시 에리사베! 그인 것 갓슴니다. 이 노부인은 일즉이 우리 조선문학사에 잇서 이러한 인물을 가장 잘 그리는 염상섭의 수준에서 뛰여나는 것이라 믿슴니다.

대체로 제(弟)의 무되인 독후감으로서는, 현호와 박의사의 관계가 가장 중요하고, 또 사실 형도 그 중 노력하시는 바 잇듯 십흔데, 부족함이 잇는 듯 십습니다. (중략)

끝으로 현호에 대하야는 저는 오즉 경탄할 뿐이오나 굿해서 일언 드리자면, 압흐로 그의 대학병을 대담히 발작식히서서 광범한 천지 순례, '사회, 현실의 제관계!'를 식히시면 합니다. 사실 그의 대학병이 모하는 것이 우리 독자가 형의 소설에 알고자 하는 것입니다. 로만티시슴의 『고향』을 통하야 거대한 '레아리슴'의 광장을 보혀주는 것, 이것이 우리의 문학의 빗나는 성종(性種)일 것 갓습니다.[330]

이 서간텍스트는 거의 비평에 가깝다는 점에서 이광수에 대한 사적 심경 고백을 담은 방인근의 『춘해서간문집』이나 이광수의 『춘원서간문범』에 실린 사신들과 여러모로 비교된다. 문단 선배 이기영에 대한 의례적인 안부, 그리고 『고향』의 출판 계약건과 「서화」의 동경 공연(조선예술좌)시 각본건 같은 사무적 용건을 제외하면, 편지 사연의 핵심은 이기영이 연재 중인 장편소설 『인간수업』에 대한 비평적 독후감이다. 소장 평론가가 중견 작가의 연재소설에 대한 논평을 하고 있는 셈이다. 이는 사적 편지 성격이라기보다는 거의 비평에 가깝다. 1936년 당시의 문학사적 쟁점이었던 리얼리즘 창작방법론에 대한 구체적인 논의가 연재 중인 장편소설의 캐릭터 구축과 플롯 문제로 심화되어 디테일하게 진행되고 있는 것이다.

편지에는 『인간수업』에 대한 작품평과는 별도로 당대 문단 시류에 대한 비평적 소감도 담겨 있다.

---

330) 서상경, 『조선문인서간집』, 삼문사, 1936, 24~25쪽.

제형(諸兄)들도 잘 잇다는 소식은 늘 듯슴니다만 백철 군의 논문은 도무지 질문할 수 업슴니다. 그러한 푸념은 법정에서 할 배일가 함니다. 참말로 딱한 일임니다. 오랫만에 글을 대하니 반갑기는 하나 독후에 주는 불쾌 금할 수 업슴니다. 송영 군의 글도 만히 오해될 바가 잇는 듯십슴니다. 참말로 일일이 밧비 형들 뵈옵고 십슴니다.(하략)

　　－ 화(和)제(弟)[331]

　1936년 당시 발표된 백철의 평문은 독자가 불쾌해 할 것을 비판하고 송영의 글도 오해의 여지가 있다고 우려하는 대목을 봐서도 사적인 편지답지 않게 문단 분위기를 개관하는 비평가적 감각을 예리하게 휘두르고 있다. 오히려 인쇄된 평문이라면 쉽게 하지 못할 비판을, 사적 편지라는 은밀한 공간을 빌려서 보다 솔직하게 그러면서도 예리하게 편 것으로 해석된다. 편지 결구에서 '구정 원일(元日), 화(和) 제(弟)'라 하여 아우 임화가 설날에 보냈다는 편지투식어 결구가 정겹게 느껴진다.

5.2. 서간체 기행

5.2.1. 유학과 여행 체험의 근대적 계몽

　1910년대 중반 이후 조선인 학생들의 일본 유학이 늘어나면서 그들의 유학과 여행, 귀향의 경험을 담은 새로운 글쓰기 양식이 나왔다. 가령

---

331) 서상경, 『조선문인서간집』, 삼문사, 1936, 26쪽.

『청춘』지는 단편적 글쓰기이자 독자들에게 읽을거리를 제공하는 각종 독물(讀物)의 형식을 제한하는 서술체, 기술체, 서한체 등의 조건을 나열하고 그중에서도 서간체에 대한 관심을 보인 바 있다. 이는 서간을 소설에 삽입하거나, 서간체 수필, 서간체 기행문의 출현 계기를 제공한 것으로 생각된다. 특히 『청춘』 9호에 실린 이광수의 「동경에서 경성까지」라는 서간체 기행문은 그 당시 문장형식에 크게 변화를 줄 정도로 유행하였다. 근대사회를 만들기 위한 준비로 해외 유학을 다녀온 초기 지식인들이 가장 쉽게 쓸 수 있었던 글이 바로 해외 기행문이었고 그 중에서도 제국주의 종주국 수도인 '동경 기행문'은 그 후에 흔히 볼 수 있는 새로운 문장형식이기도 하였다. 박영희는 이 새로운 양식의 글쓰기를 '서간체 기행문'이라고 불렀다. 그는 이광수의 「동경에서 경성까지」(1917)를 문예적 수법으로 쓴 최초의 서간체 기행문으로 기억한다.[332]

하지만 박영희의 「초창기의 문단측면사」에 나온 이 기억은 실상과 딱 맞지는 않는다. 그보다 앞선 최건일의 「쾌소년 세계 주유 시보(快少年 世界周遊 時報)」(1908)나 이광수의 「상해에서」(1914~15), 「해삼위로서」(1915) 등의 서간체 기행을 먼저 찾아볼 수 있기 때문이다. 『소년』 제1호의 「쾌소년 세계 주유 시보」를 보면 맨 끝에 "십년의 숙원을 비로소 이루어 세계 주유의 길에 오른 최건일은 남대문 정거장에서" 라는 부기가 있다. 그 내용은 해외 기행문이지만 글쓰기 양식상 맨 끝의 서간식 부기를 보면 서간체 기행문으로 볼 여지가 있는 것이다.

서간 필자 (발/수신인)	제목 (유형/내용)	매체(권호수), 편저자	출판사, 연도	게재면
崔健一	快少年 世界周遊 時報 第一報 (서간체 기행)	소년 제1년 제1권	1908.11.	72~77

---

332) 박영희, 「초창기의 문단측면사」, 『현대문학』, 1959. 8, 210쪽.

崔健一	快少年 世界周遊 時報 第二報	소년 제1년 제2권	1908.12.	9~11
崔健一	快少年 世界周遊 時報 第三報	소년 제2년 제1권	1909.1.	35~42
崔健一	快少年 世界周遊 時報 第三報(接前)	소년 제2년 제2권	1909.2.	18~20
崔健一	快少年 世界周遊 時報 第三報 接前	소년 제2년 제 3권	1909.3.	23~29
崔健一	快少年 世界周遊 時報 第四報	소년 제2년 제10권	1909.11.	32~38
崔健一	快少年 世界周遊 時報 第五報	소년 제3년 제3권	1910.3.	53~56

'서간식 기필-본문 사연- 서간식 결구' 등 서간의 온전한 형식을 다 갖춘 순수 서간은 『소년』지를 통틀어 1편도 발견되지 않는다. 다만 서간 형식을 빌린 서간체 기행으로 최건일이라는 인물이 쓴 「快少年世界周遊時報」가 제1보부터 제5보까지, 창간호(1908.11)부터 제3년 제3권 (1910.3)까지 7회에 걸쳐 연재된다. 이 서간체 기행은 말 그대로 서간과 기행을 결합한 것으로, 그 당시 우편 제도와 교통수단의 변화상을 『소년』에서 발 빠르게 받아들여 당시 글쓰기 방식의 하나로 시도한 것으로 보인다. 세계를 두루 돌아다니면서 구경하고 노는 모습을 그때그때 우편을 이용하여 보고하는 이런 방식이야말로 우편 통신과 교통이라는 첨단 근대적 제도와 장치를 잡지의 체재와 내용에 적절하게 활용한 예라고 할 것이다.

『소년』지에 「快少年世界周遊時報」(굵은 활자)가 실린 호를 중심으로 그 창간호부터 제3년 제3권(1910.3)까지 주요 목차를 소개하면 다음과 같다.

제1년 제1권(1908.11): 少年十一月曆, 少年時言, 이솝의이약, 海上大韓史, 少年史傳, 鳳吉伊地理工夫, 薩水戰記, 快少年世界周遊時報 第一報, 少年文壇, 少年通信, 少年應答, 編輯室通寄

제1년 제2권(1908.12): 少年大韓(詩), 海上大韓史, 快少年世界周遊時報

第二報, 나폴네온大帝傳, 巨人國漂流記, 鳳吉伊地理工夫, 挿入寫眞銅版

제2년 제1권(1909.1): 少年一月曆, 新大韓少年(詩), 少年時言, 海上大韓史, 나폴레온大帝傳, 快少年世界周遊時報 第三報(開城), 閔忠正公小傳, 北極探索事蹟, 鳳吉伊地理工夫, 旣往己酉史, 少年史傳, 星辰, 少年文壇, 少年通信, 編輯室通寄, 挿入圖繪

제2년 제2권(1909.2): 少年二月曆, 大國民의氣魄(詩), 福澤諭吉의處世要領, 海上大韓史, 나폴네온大帝傳, 快少年世界周遊時報 第三報(開城), 로빈손無人絶島漂流記, 北極探索事蹟, 電氣王애듸손의少年時節, 西藏人의異習, 少年史傳, 少年通信, 挿入寫眞版

제2년 제3권(1909.3): 海上大韓史, 快少年世界周遊時報 第三報(開城), 鳳吉伊地理工夫, 挿入寫眞版

제2년 제10권(1909.11): 少年十一月曆, 檀君節, 少年時言, 新時代靑年의新呼吸(八), 이솝의이약, 바다위의勇少年(詩), 快少年世界周遊時報 第四報(開城), 海上大韓史(十), 나폴네온大帝傳, 百年紀念의三偉人, 少年史傳, 地理學硏究의目的(內村氏), 鳳吉伊地理工夫, 李忠武軼事(八則), 페터大帝軼事(三則), 編輯室通寄

제3년 제3권(1910.3): 少年時言, 笑天笑地, 海上大韓史(十一), 快少年世界周遊時報 第五報(京義車中雜觀), 彗星에關한雜說, 卷頭寫眞版, 隆熙四年重要日誌

위 목차를 보면「快少年世界周遊時報」는, '海上大韓史, 나폴네온大帝傳, 巨人國漂流記, 鳳吉伊地理工夫, 北極探索事蹟, 로빈손無人絶島漂流記' 등의 기사 앞뒤에 배치된다. 이 글들은 주로 당대 인식을 해양에 대한 관심으로 이끌고, 이것을 바깥 세계를 향한 열망으로 연결하여 세계 역사와 지리와 인물에 초점을 맞추어 펼쳐 보인다. 또한 당시 조선의 소년들에게 진취성과 기백, 모험심과 탐구심을 고취하려는 의도를 담아

낸다. 이 글들 사이에 놓인 「쾌소년세계주유시보」 역시 이러한 의도 안에 포함된다. 따라서 서간 형식을 빌린 글이라고 하여 독립된 위치를 마련하고 그에 걸맞은 성격을 부여하기보다는 계몽성을 띤 글들과 함께 이런 글을 놓고, 당시 바다로 표상되는 바깥 세계를 향한 관심을 서간과 기행을 결합하는 방식으로 드러내려 했다고 보는 편이 좋을 것이다.[333]

서간과 기행이 결합된 근대 초기 텍스트는 또 있다. 예를 들어 『청춘』지 2~3호에 연재된 이광수(호상몽인)의 「상해서」는 최초본 게재 당시 장르 표지가 없었으나, 1937년에 나온 이광수의 『문장독본』에는 기행문으로 장르표지가 명기되어 수록되었다.[334] 독본 제15과 「상해서」는 목차와 본문 제목에 장르[문종] 표지가 '기행'으로 되어 있고 내용도 근대 도시 상해의 발전상에 대한 견문을 담은 기행문이다. 하지만 기행문의 끝부분을 보자.

종일 보기에 눈이 곤하고 생각하기에는 뇌가 곤하여, 사관에 돌아와, 이 편지를 쓰고 나니, 야반 12점, 집 생각 동무 생각 공상으로 그리면서 찬 자리에 들어가나이다. 자세한 말씀은 후일에 다시 할차로 이만.[335]

이 결구를 보면 단순한 기행문 형식이 아니라 '편지'임을 명기하고 있

---

333) 「쾌소년 세계 주유 시보」에 대한 논의는 손광식 선생님의 도움을 받았다.

334) 호상몽인, 「상해서」, 『청춘』 3~4호, 1914.12~1915.1. 102~106, 99쪽, 76~79쪽. 목차에는 '상해', 본문에는 '상해서'로 제목이 다르게 나와 있다. 같은 글이 이광수, 「상해서」, 『문장독본』, 대성서림, 1937., 131~136쪽에 전재되어 있다. 역시 목차에는 '상해에서', 본문에는 '상해서'로 제목이 달리 나와 있다. 표지는 대성서림인데, 성균관대 학술정보관 소장 판본에는 대흥출판사, 1948.9.30일자 판권이 있다. 또한 표지에 '춘원 이광수 저작, 조선어학회 교감'이라 나와 있고, 서문에서 조선어학회 출신 국어학자 항산 이윤재의 철자법 등 한글정서법 수정을 받았음을 밝히고 있다.

335) 호상몽인, 「상해서」, 『청춘』 4호, 1915.1. 79쪽. = 이광수, 「상해서」, 『문장독본』, 대성서림, 1937., 136쪽.

다. 서간문의 시각으로 글을 다시 보면 서두가 생략된 서간문 형식을 띠고 있음을 알 수 있다. 이를 '서간체 기행문'으로 이름 붙일 수 있을 것이다.

서간체 기행문은 누군가에게 보내는 편지 형식으로 쓴 기행문이다. 기행문은 여행을 하는 동안에 일어난 일이나 보고 듣고 느낀 것들을 시간 순서나 여정(旅程)에 따라 기록한 글이다. 이때 여행이란 어떤 사업이나 유람을 목적으로 자신의 현 거주지와 공간적으로 멀리 떨어진 다른 고장이나 외국으로 가는 일을 말한다. 여행을 한 필자가 직접 경험한 새로운 사실이나 경험 등을 여정에 따라 소개, 기록한다는 점에서 정보 전달을 목표로 하는 보고서 성격의 '설명문'(비허구 다큐멘터리)이면서 동시에 여행자인 필자의 느낌과 삶의 성찰을 담기에 '감상문'이기도 하다.[336]

서간체 기행문은 단순히 정보 전달을 위한 설명문에 그치는 것이 아니다. 오히려 필자의 여행 체험을 통해 인간과 세상에 대한 감상과 성찰이 담겨 있기에 인생 안내서가 되기도 한다. 그렇기에 여행기는 종종 문학성을 띠게 되고, 문학적 기행문, 나아가 아예 기행문학이 되기도 한다. 여기에 편지 형식이라는 서간체가 개입되면 그 문학성은 더욱 증대된다. 편지를 받는 상대방이자 동시에 독자이기도 한 가상 수신인에게 진실한 공감과 이해를 바라는 고백의 문체이자 소통의 양식이기 때문이다.

여행이라는 특별한 체험을 서간체를 빌려 서술하는 것은 서간 자체가 갖고 있는 형식적 용이함과 함께 필자의 독특한 체험에 진정성을 보장하는 글쓰기로 이용한 것이다. 필자는 특별한 체험을 절친한 수신자에게 감정을 담아 쓰고 있기 때문에 그 안에 존재하는 작가의 생각은 진실

---

336) 김성수, 김경훤 외, 『창의적 사고 소통의 글쓰기』 제2판, 성균관대출판부, 2013, 357쪽 참조.

에 가깝다고 여겨진다. 여기에 서간체 기행의 본질이 담겨 있다.

5.2.2. 식민지 근대의 착시효과

일제 강점기 잡지매체에 수록된 서간체 기행문 또는 기행 서간의 주요 목록은 다음과 같다.

서간 필자 (발/수신인)	제목 (유형/내용)	매체(권호수), 편저자	출판사, 연도	게재면
崔健一	快少年 世界周遊 時報 第一報~第五報	소년 1-1~ 3-3	1908.11~ 1910.3.	72~77
滬上夢人 (이광수)	上海서 第一信 (서간체 기행 연재, 『춘원서간문범』 재수록)	청춘 제3호	1914.12.	102~106, 99
滬上夢人	上海서 第二信	청춘 제4호	1915.1.	76~79
(이광수)	海參威로서 第一信 (其一)	청춘 제6호	1915.3.	79~83
何夢/六堂先生	咸興陵行陪從記 (서간체 기행)	청춘 제8호	1917.6.	44~47
春園	東京에서 京城까지 (서간체 기행)	청춘 제9호	1917.7.	73~80
江南賣畵廊	上海로부터 金陵까지 (서간체 기행)	개벽	1920.12.1.	117~126
박승철	독일가는 길에(1) (서간체 기행)	개벽 21호	1922.3.1.	73~76
박승철	독일가는 길에(2) (서간체 기행)	개벽 22호	1922.4.1.	62~65
박승철	독일가는 길에(3) (서간체 기행)	개벽 23호	1922.5.1.	108~112
박승철	파리와 伯林(서간체 기행) (연재 4회, 5,6회 연재본은 편지형식 대신 경어체)	개벽 24호	1922.6.1.	56~60
春坡/K兄	兩湖雜觀 (서간체 기행)	개벽 28호	1922.10.1.	87~95
東谷	항주 서호에서 (서간체 기행)	개벽 39호	1923.9.1.	38~48
梁明	만리장성 어구에서 – 내몽고 여행기의 일절 (서간체 기행)	개벽 40호	1923.10.1.	94~97
朴生/編者	北滿同胞의 情形 – 9.12 吉林에서 (편자–私信 공개 양해 附記)	개벽 40호	1923.10.1.	97

늘봄(전영택/春園兄)	뫼,들,물,숩-釋王寺에서 (서간체 기행)	조선문단	1925.8.25 9월호	97~104
이돈화	남만주행〈제1신, 흥경에서〉(독립단, 정의부의 활동, 서간체 기행)	개벽 61호	1925.7.1.	문예면 105
起田/春坡	退步乎 進步乎? 평안도지방의 일부 인심(서간체 기행, 2월17일 夕)	개벽 67호	1926.3.1.	81~86
春坡/靑吾	旅中雜感 (서간체 기행)	개벽 70호	1926.6.1.	93~94
春坡/靑吾	西行雜記 (서간체 기행, 평안도 참상 고발로 검열 1.5쪽 분량 삭제)	개벽 71호	1926.7.1.	103~109
朴仁卿/先生님	旅行의 所感-北國에 나그네 되여	별건곤	1927.7.	118~122
金海星/K兄	南行七日의 旅談 (시간체 기행)	신민 제 30호	1927.10.	120~127
全武吉/耕闇兄	車中囈言 ('北行雜信一束' 중 1편)	대조 2호	1930.4.15.	62~63
全武吉/孤庵兄	鴨綠江伐木 ('北行雜信一束' 중 1편)	대조 2호	1930.4.15.	63~65
全武吉/S氏	喜悲의安東 ('北行雜信一束' 중 1편)	대조 2호	1930.4.15.	65~68
全武吉/S氏	阿片窟 ('北行雜信一束' 중 1편)	대조 2호	1930.4.15.	68~72
具永淑	太平洋 건너서 (서간체 기행시?)	동광	1931.8.	57
李亮/三千里主幹	'海外通信'北滿洲에서	삼천리	1931.11	28
林千澤/三千里主幹	'海外通信'南米에서	삼천리	1931.11	29
金相翊/淸夢兄	國島遊記 (서간체 기행)	삼천리	1932.9	67~69
餘心生/李兄	五雲夢-閑山島가는길에(서간체 기행)	신동아	1932.10.	72~77
덩현진/H兄	李舜臣遺跡을 찾아-制勝堂落成式日에- (서간체 기행)	신동아	1933.8.	55~59
鄭太陽	長箭通信抄 (서간체 기행)	신동아	1934.9.	148
李無影/於石兄	꿈속의 나라 濟州道를 찾아서 (서간체 기행)	신동아	1935.8.	147~159
金友哲/南國의 R兄	憧憬의 滿洲란 이런 곳-大陸의 生活苦! (기행서간, 서간체 지리지)	신인문학 2권2호	1935.3.	105~110

黃白影/春城兄	紀行 追憶의 노래 – 鷄龍山을 찾어서 (서간체 기행)	신인문학 2권4호	1935.6.	138~147
金陵人/三巴兄	濟州道行 (서간체 기행)	조선문단	1935.5.26	226~229
朴勝極/親愛하는 동무	社會와 人生과 自然 – 三防藥水浦에서 – (서간체 기행?)	신인문학	1935.8.	129~132
金顯喆/李형	[特別讀物]農村踏査實記 – 農村踏査의旅程에서	농민생활 7-7, 7·8월 합동특대호	1935.7.	548~551
金顯喆/李형	[特別讀物]農村踏査實記 – 南海地帶農村을찾어서 – 第二信 –	농민생활 7-8	1935.9.	659~664
金顯喆/李형	農村踏査實記 – 南海岸地帶農村을 찾어서(三) – 第三信 –	농민생활 7-9	1935.10.	762~767
啞牛/선생님	落書(一) 布敎의 첫 出發, 大邱를 떠나며 – ×先生님에게	가톨릭청년 제28호	1935.9.	74
金在石/恭敬하올 神父님	茶山의 遺跡을 康津에 찾어 (서간체 기행)	가톨릭청년 제35호	1936.4.	81~83
羅景錫	北滿片信 (북만주 기행 서간)	신동아	1936.6.	58~61
李鍾模/光子氏	北行千里紀行, 東海岸을끼고雄基까지 (여행 특집 중) (편지 투 결구 서간체 기행)	조광	1936.7.	108~120
柳瀅基	太平洋을건너와서 – 故土에부치는 나의편지 – (서간체 기행)	조광	1936.9.	155~160
張勉/兄님	航空船 힌덴부르구를 보고	가톨릭청년 제43호	1936.12.	44~45
曉民/金兄	夏遊金剛記 (서간체 기행)	사해공론 제3권 제8호	1937.8.	58~66
徐月影,朴齊行, 太乙民,朱仁奎, 池季順,柳玄, 劉桂仙,李載玄, 盧載信,朴昌煥, 沈影	劇團高協通信, 關北巡禮記 – 沈影, 盧載信, 池季順氏로부터 – (극단원 집단 서간체 기행문)	삼천리	1939.7.	183~185
林學洙	北支見聞錄(一) (서간체 기행문)	문장	1939.7.	164~168
仁川 李源昌/編輯者足下	京城의다리목仁川港 (서간체 기행)	조광	1940.6.	282~286

吳天錫/李兄	本誌特約通信 南洋行(佛印·蘭印·泰 紀行) 第1信 (서간체 기행 1회)	조광	1941.2	78~84
吳天錫/李兄	南洋行 第2信 (서간체 기행 2회)	조광	1941.3	135~141
吳天錫/李兄	南洋行 第3信 (서간체 기행 3회)	조광	1941.4	276~286
吳天錫/李兄	暹羅 風景 - 南洋行 第4信 (서간체 기행 4회)	조광	1941.5	290~301
吳天錫/李兄	日泰 貿易事情 - 南洋行 第5信 (서간체 기행 5회)	조광	1941.6	104~113

　　서간체 기행 텍스트는 급격히 유입된 새로운 문명의 타자로서 조선을 재발견하고 새로운 서구문명을 소개하는 친절한 안내서 구실을 한다. 가령 『청춘』지에는 이광수의 계몽에 대한 소명감으로 인해 서간체 기행문을 지속적으로 잡지에 싣는다. 잡지에 실릴 글 투고와 편집에 독자들의 적극적인 참여를 위해 서간 형식을 활발하게 활용한다. 이러한 특징은 잡지 필진들이 서간체가 지닌 근대 계몽의 리터러시적 기능과 대중적 파급력을 간파했음을 의미한다. 또한 서간체 기행문은 발신자의 특별한 체험인 여행을 진실하게 표현할 수 있는 형식적 용이함을 갖추고 있었다. 특히 이광수의 서간체 기행문은 독자들에게 신문명을 소개하는 효과적인 방식이었으며, 최초의 서간체소설인 「어린 벗에게」의 탄생을 예고했던 것이다.[337]

　　1910년대의 기행 서간 또는 서간체 기행문은 문명과 비문명이라는 개념적 풍경이 서로 충돌하면서 이전에는 보이지 않았던 것, 즉, 우리 혹은 민족의 현실을 발견해가는 글쓰기이기도 했다.[338] 편지가 이농과 유학 등 이향(離鄕)민 간의 가족적 친밀함이나 지식인 산의 동질성과 유대

---

337) 양지은, 「1920년대 소설에 나타난 '서간(書簡)' 연구」, 동국대 석사논문, 2006.6. 참조.
338) 권용선, 『근대적 글쓰기의 탄생과 문학의 외부』, 한국학술정보, 2007. 참조.

감을 확인할 수 있는 매개물로 활용되었기 때문이다. 1910년대 이후 일제 강점기동안 서간이 중요한 대중적 매체이자 글쓰기의 한 형식으로 부상했다는 것은 균질적인 교통 통신망과 서간교본, 그리고 잡지의 현상문예면을 통해 확인할 수 있다. 무엇보다도 중요한 것은 편지로써 소식을 전하고 의사를 전달해야 하는 이향(離鄕/異鄕)이라는 상황 조건들이 식민지 통치기간이었던 이 시기에 만들어졌다는데 있을 것이다.

하지만 1930년대가 지나면서 식민지적 근대라는 민족의 현실을 발견해가는 글쓰기였던 서간체 기행의 성격이 변질된다. 즉 서간체 기행이 식민지 근대화론의 찬가 구실을 함으로써 일제 통치에 수렴되고 의식적이든 무의식적이든 천황제이데올로기에 이념적으로 영합하는 역기능을 드러내기도 한다. 예를 들어 서간체 기행문 중『춘해서간문집』에 실린 「합이빈(哈爾濱)에서」란 편지를 한편 보도록 한다. 방인근의『춘해서간문집』상권은 문인들에게 보낸 서간과 명승지에서 보낸 서간이 실려 있다. 다만 명승지에서 보낸 서간은 기행문이 아니라 편지임을 분명히 하면서 그 근거로 경치를 원만히 그리지 못했다고 말한다.[339]

哈爾濱에서

서울을 떠난지도 벌서 여러날이 되었나이다. 우리는 어제 一路 哈爾濱까지 왔읍니다 이 停車場은 明治四十二年十月二十六日 伊藤博文公이 遭難한데로 有名한곳입니다. 驛에서 自動車를 불러탓습니다. 여기 運轉手는 거의 全部 露西亞사람입니다.

우리는 十餘處 旅館과 호텔을갓스나 다 滿員이고 겨우 亞細亞호텔에 房이 하나뷔여서 들었나이다.

---

339) 방인근,『춘해서간문집』(1942), 2쪽.

午後 孤松兄과 吳兄과 함께 洋車를타고 市街地를 一週하며 구경하였나이다. 國際都市인만치 相當히 發展되고 훌늉하였읍니다.

「지아스카야」道裡一滯는 西洋간것 갓습니다.

松花江으로 나가 봣스나 四月이것만 아직도 어름이 풀리지안어, 殺風景이엇나이다. 松花江은 여름이라야 제격입니다. 江건너 海水浴場이니 別莊이 굉장합니다. 배로 집을 지은 배 別莊도 있읍니다. 우리는 松花江을 背景으로 하고 十餘分에 되는 寫眞을 밖었나이다. 이 滿洲人寫眞師는 어데서나 떼를 지여 있는데 그것이 퍽 趣味스러웠읍니다. 公園은 볼것이 없고 역시 여름에 大音樂會나 있어야 壯하답니다. 러시아 舊敎寺院을 가 보았는데 그規模가 몹시 크고 훌늉하였읍니다.

朝鮮人村도 잠간 보았는데 거의 花柳街입니다. 滿洲人舊市街를 一週해보았는데 그 난잡하면서도 어마어마한데 놀라지아니 할수없고 더구나 沐浴湯은 훌늉한데 風紀紊亂한것이 많습니다.

밤에 우리는 또 거리로 나갓습니다. 「할빈」은 歡樂境입니다. 滿洲國이 된 後에는 많이 取締하고 改良되였지마는 그 餘風이 아직남었읍니다. 멋 집에 들어가서 구경만 하였는데 춤을 잘출줄 몰라 몹시 어색하였나이다. 땐서 中에는 朝鮮女子도 많이 잇더이다. 萬里他鄕異城에서 만나니 반가웠나이다.

그밖에 「러시아」人의 秘密街, 暗黑街도 다 보았는데 참아 볼수없고 말하기 어려운 光景이 많았읍니다. 世上엔 이런것도 있나하고 놀내고 악착하였나이다. 만나서나 자세히 이야기하지요.

여기서 綏化에 단녀서 그럭저럭 二週日後에 나가겠나이다.

그럼 또 쓰겠기 이만 끝입니다.[340]

---

340) 방인근, 『춘해서간문집』, 69~70쪽.

서울을 떠나 하얼삔에서 보낸 편지를 보면 1940년대 초 만주국 국제도시에서 바라본 동아시아 네 나라 – 중국, 한국, 일본, 러시아 – 의 근대사 역정이 상징적으로 비춰진다. 먼저 합이빈 기차 정거장의 첫 번째 풍광이 1909년 11월의 이등박문 암살사건으로 기억되는데, 안중근의 독립투쟁 의거가 1940년대 시점에서 '조난'으로 표현된다. 차를 모는 러시아 운전수의 모습이나 송화강변의 수영장과 별장, 러시아정교 사원, 그리고 조선인촌과 만주인 구시가지, 마지막으로 러시아 암흑가 등이 파노라마처럼 나열 설명되어 있다. 이 서간 기행의 문제는, 한마디로 '환락경'으로 규정지은 국제도시 하얼삔에 대한 이분법적 인식이다. 즉 일본이 세운 신시가지 풍광은 굉장하여 사진을 찍을 만큼 볼만한 데 반하여, 조선인촌과 만주인촌은 난잡하고 풍기문란한 화류가이며, 러시아촌은 암흑가라는 대립적 인식이다. 이는 일제의 침략으로 괴뢰국가로 세워진 만주국의 표면적 풍광을 여과 없이 받아들인 식민지 근대화론의 시각의 산물이자 표현법이다.

　일제의 대륙 침략과 식민 지배가 하얼삔의 낡은 구시가지를 대신해 보기에 굉장한 신시가지로 변하게 순기능으로 작용했다는 인식이 이 글 발신자의 저변에 깔려 있다. 근대화에 일정하게 기여했다는 식민지 근대화론의 정당화론은 근대화·근대성의 양가적 가치를 도외시한 일면적 견해이며 지난 역사의 잘못된 점까지 정당화하려는 정치적 의도를 지닌 점에서 문제적이라 아니할 수 없다. 일제 식민지체제 조선인의 일상을 군사화함으로써 전근대적 지배체제를 유지하면서 근대적 규율체계를 도구적으로 작동시켜 순종하는 육체를 생산하는[341] 식민지 근대성이 서간체 기행에도 그대로 관철된 것이다. 만주국 일본인들에게 당연

---

341) 홍성태, 「식민지체제와 일상의 군사화 – 일상의 군사화와 순종하는 육체의 생산」, 김진균 정근식 편, 『근대주체와 식민지 규율권력』, 문화과학사, 1997. 참조.

시할 수 있는 이러한 시각이 여행 중인 식민지 조선인에게도 동일한 시선과 서술로 의미를 부여받는 것은 기행체 서간의 일종의 착시현상이라 아니할 수 없다.

이렇듯이 기행문에 서간 형식을 도입함으로써 멀리 떨어진 공간적 거리감을 넘어서서 현장적 실감을 느끼게 하고, 불특정 독자와의 심리적 거리를 줄인다. 멀리서 온 이 편지를 나만 읽는다는 독자들의 착각을 불러일으킬 일종의 허구적 설정을 통해 독자들이 방인근의 특정 수신인과 자신을 동일시하게 만드는 친근감 조성의 기능도 하고 있음을 알 수 있다. 하지만 그 논리는 일종의 착시현상을 통해 식민지 조선의 내부와 전 세계를 주유하는 '동시성의 환상'을 불러일으킨다. 이는 결과적으로 서간체 기행문의 상당수가 식민지 근대를 내면화하는 역기능을 알게 모르게 수행하고 있음을 깨닫게 만든다.[342]

3장에서 상술했듯이 인쇄매체에 실리는 서간문은 특정 수신자에게 면대하듯 글을 쓰는 동시에 익명의 대중을 향해 문어체 글을 쓰는 이중의 작업을 수행해야 한다. 글쓰기 주체 '나'와 글 속의 화자 '나'는 거의 구분이 안 될 정도로 가까운 거리에 있는데, 일차 수신자인 특정인과 이차 수신자인 불특정 다수 대중의 한 사람인 익명의 독자는 아주 먼 거리에 있는 것이다. 그렇기 때문에 인쇄된 서간문은 두 층위가 애매하게 혼합되어버린다. 때문에 지극히 사적인 관계망에서 공적 소통공간인 인쇄매체에 수록되어 유통되면서 서간문은 이미 사적인 담론으로 위장된 고도의 설득적 공론으로 기능하게 된다. 이런 논리에서 방인근의 친일적 근대화론은 서간문 수신자로 설정된 내포독자인 불특정 다수 독자들인 식민지 조신의 대중들에게 일본인 또는 서구인들과 동등하게 나도 근대

---

342) 우미영, 「근대 여행의 의미 변이와 식민지/제국의 근대 구성 논리 - 묘향산 기행문을 중심으로」, 『동방학지』 133집, 연세대 국학연구원, 2006.3, 311쪽 참조.

인이 되었다는 동시성의 환상과 착시효과를 가져온다. 그것이 '식민지'에 방점이 찍힌 식민지 근대인이 아니라 '근대'에 초점이 맞춰진 식민지 근대인으로의 동참을 가져오게 하는 셈이다.

5.3. 서간체 시

5.3.1. 서간 형식과 서간문체의 시적 활용

서간체 시 연구는 출발부터 쉽지 않다. 서간체 시 또는 서간시의 내포적 개념 규정과 외연적 목록 작업까지 난제가 많기 때문이다. 흥미로운 사실은 서간체소설 연구자들이 서간과 서간문학, 서간 삽입 소설 등과의 관계 속에서 서간체소설의 개념 규정을 유기적으로 논리화하지 못하고, 그 때문인지 서간체소설 전체상을 제대로 정리하지 못한 문제점이 서간체 시 연구자들에게도 고스란히 발견된다는 점이다. 가령 "서간체 시란 서간의 요소를 차용하여 특정한 사람에게 사상과 정서를 전달하는 시다. 다시 말해서 시적 목적을 달성하려는 수단으로 서간형식에 의존하는 시이다."라는 조두섭의 개념 규정은 서간을 문학적 장치의 보완 수단으로 파악하고 있는데, 이런 인식은 임화, 김해강 외 카프 시인들이 쓴 이야기시의 서간체를 논의한 다른 연구자들에게도 보인다.[343] 차라리

---

343) 조두섭, 「임화 서간체시의 정체」, 『대구어문논총』 통권 9호, 1991.6, 259~284쪽, (현재 『우리말글』 9호, 우리말글학회, 1991); 이순욱, 「카프의 서술시 연구 – 서간체시를 중심으로」, 『한국문학논총』 23, 1998.; 최명표, 「김해강의 서한체 시 연구」 『현대문학이론연구』 Vol.13, 현대문학이론학회, 2000.:최명표, 「일제하 서한체 시 연구」 『국어문학』 Vol.42, 국어문학회, 2007.

서간체 시가 "허구적 산문체인 서간을 시적 형식으로 수용한 시를 말한다."고 규정하면서도, "그것은 서간과 서술, 시가 결합되어 있어서 장르적 성격을 규정하기가 난감하다."고 하는 편이 정직하거나 온당하다고 하겠다.[344] 이 때문인지 서간체 시의 전반적인 면모를 제대로 정리하지 못한 문제점은 여전히 남는다.

서간체 시 논의의 문제점은 대체로 장르 표지와 실제 텍스트 간의 괴리 현상에서 비롯된다. 가령 '~에게 바치는, ~에게 부침, ~를 위하여'라는 헌시와 죽은 이를 기리는 돈호법을 활용한 추도시, 대중을 격동시키는 시적 격문으로서의 선동시나 참요(讖謠) 등은 서간체 시가 아니다. 반면 '님아!' 같은 돈호법이나 '오! 그대여!' 같은 시적 영탄법이 풍부하게 활용되는 시의 경우 문맥에 따라서는 돈호법의 소구 대상이 불특정 일반인과 변별되는 특정 수신인으로 해석될 수 있다면 편지형식의 시구라는 점에서 시 텍스트의 서간적 특징을 추출할 수 있다. 가령 기존 연구자가 서간시로 규정하고 분석한 카프 시인 김해강(金海剛)의 「위사(慰詞) – 동모 탄(彈)·병호(炳昊)에게」[345]는 '탄형아, 그대여!'라는 돈호·영탄법 시구가 반복된 돈호법 시와 서간체 시의 경계선에 놓인 텍스트라고 판단된다.

기실 문제는 어떤 특정 텍스트가 서간체 시인가 아닌가 하는 장르적 판별보다는 서간체 시로 개념 규정했을 때 텍스트 분석의 새로운 경지 개척이 가능한가 하는 것이다. 서정시에 편지 형식이나 편지투 문장이 개입되었을 때 그 의미와 기능은 어떤 새로움이 있는가 하는 문제이다.

기존 연구의 성과에 힘입어 『신여성』지에 실린 무명시인 스카이의 「회오(悔悟)의 기도」를 보도록 하사.

---

344) 최명표, 「일제하 서한체 시 연구」 『국어문학』 Vol.42, 국어문학회, 2007, 262쪽 참조.
345) 金海剛, 「慰詞 – 동모 彈·炳昊에게」, 『비판』 1932.9, 106~109쪽.

발신/수신인	제목 (유형/내용)	매체 권호수	출판 연월	게재면
스카이/옵바	悔悟의 祈禱(散文)	신여성 3권 8호	1925.8.	57~60

옵바!

옵바의 관옥갓흔 얼골!

방울소래갓흔 음성!

쾌활하고 다정한 성격!

하나도 잇지 안코

내 머릿속에 남어잇습니다 (중략)

옵바!

내 가슴에선

피눈물이

방울방울 써러짐니다

옵바?

이 피눈물이 쓴칠 째 나는 옵바의 겻흐로

永永이 가렵니다

녜전 그째처럼!

6월26일

이 텍스트는 시인의 퍼소나인 스카이란 수신자가 '옵바!'에게 보내는 편지 형식의 시적 서술로 이루어져 있다. '옵바!'가 반복으로 쓰여 얼핏 시적 돈호법이나 영탄법을 떠올리게 하지만 텍스트 말미의 '6월26일'이란 날짜 표기가 편지의 발신일처럼 보여 서간체를 떠올리게 한다. 물론 날짜 표기가 편지 발신일이 아니라 단순히 이 작품의 창작일 수도 있어 불분명하다. 텍스트의 전반적 분위기는 분명 연애시로 보이는데도 돈호법 시인지 아니면 서간체 시 또는 시적 서간인가 규정하기 어렵다. 더욱이 『신여성』지 장르 표지는 시, 운문이 아닌 '산문'으로 표기되어 있어 문제를 더욱 복잡하게 만든다. 잡지 매체 편집자의 장르 표지를 중시한다면 '연애시적 서간'으로 장르 규정하는 것이 가장 온당할 것으로 판단된다.

이보다 더욱 확실하게 서간체 시로 판단되는 텍스트를 한 편 예로 들어 편지 형식과 서간문체적 특징을 분석해 보기로 하자. 『신여성』지 독자란에 실린 북원초인(北原樵人)이라는 독자의 서간체 시 「그대여! 눈물을 닥거라 – 실연한 K에게」(1932)를 보자.

K! 지금 그대는

갑싼 사랑의 어지러운 춤싯헤 해와 달 낮과 밤을 오뇌와 비애 속에 보낸다지?

잘되엿네 그 원인이 자네 청춘의 한째의 어지러운 춤이엿거니 그것은 필요한 결과일세.

하지만 K!

바야흐로 피여올으는 자네 청춘과 쓸어올을 열정! 그것에 대하야는 동정의 여지가 업는 것은 아닐세 만은 우리는 그 정력! 그 열정을 기우려 오로지할 짠곳이 잇지 안흔가?

(중략)

K!

우리가 그 싯한 '니힐리스트'가 아닌 이상에 "인생은 쌀으다"의 허무적 탄식말을 쎈치멘탈의 순간인들 가질 필요가 어대에 잇섯스며 이 사회의 첨단적 '에로'狂이 아닌 이상 "사랑은 영원하다"란 비싯적 연애지상주의에 잠길 필요가 무엇이든가?

그래 "인생은 짤으고 사랑은 영원"하엿기에 지금 그대들의 존재는 엄연한 가운대 그 소위 사랑은 스러젓든 것인가?

요컨댄 K! 그대들은 청춘이엿다.

그러나 우리들에게 잇서 그 청춘이 그리 중요한 것이 아니어든 K야! 눈물을 닥거라![346]

잡지의 장르 표지엔 '특집 愛讀者欄 詩歌 九篇'이라 하였다. 하지만 '실연한 K에게'란 부제가 서간양식의 수신자를 특정한 것으로 볼 수 있다는 점에서 '서간체 시'라고 할 수 있거나 아예 편지글을 운문처럼 행갈이한 것으로 볼 수도 있다.

운문시로 볼 수 있는 증거는 행갈이와 마침표 같은 문장부호를 의도적으로 생략한 것을 들 수 있다. 하지만 서정적 함축과 비유가 부재한 일상적 문장투에서 시적 문체라기보다는 편지투 문장으로 볼 수밖에 없는 내용이 전개되니 문제라 아니할 수 없다. 문장의 구조적 특성에서 서정적 심미적 함축이 결여된 채 감상적 어투로 구성되었다는 점에서 이 텍스트는 연애편지 일부를 시처럼 보이게 행갈이해서 운문화한 것으로 보인다.

서간체 시 또는 운문체 서간, 서정적 시적 서간으로 볼 수 있는 증거는 또 있다. 비록 발신자와 수신자, 발신일자 등 일반적인 편지형식의 서두와 결구는 갖추지 않았지만 'K'라는 가상 청자에 대한 돈호법으로 시가 이루어진 것이 아니라 특정 수신자에게 사연을 전달하는 편지의 속성을 제대로 갖추고 있기 때문이다.

가령 같은 잡지의 같은 페이지에 나란히 게재된 서진월의 「모성애」을

---

346) 북원초인(北原樵人, 독자), 「그대여! 눈물을 닥거라 – 실연한 K에게」, 『신여성』 1932.2, 108쪽.

비교해보면 이 점은 바로 확인된다. 얼핏 보면 「모성애」 시 텍스트의 결구에 "1932.1.5/ 박인덕 여사의게"란 부기가 있어 최소한의 편지 형식을 일부 갖췄음을 볼 수 있다. 하지만 편지 형식의 '서두 기필-본문 사연-결구' 중 결구 부분만 편지 형식을 띠었다 하여 이를 두고 '서간체 시'라 하기는 어렵다. 왜냐하면 시 본문이 "사랑의 바다가/ 깁고 깁흔들/ 자식의 사랑보다/ 더 깁흘소냐// 물속에 불속에/ 들어간단들/ 자식의 애정만은/ 못잊으리다// 어름가티 랭정한 / 마음이라도/ 자식의게 대한 맘엔/ 봄바람 부네" 식으로 흔한 아마추어 서정시 문장으로 이루어져 있기 때문이다.

따라서 위 두 '시가'(잡지의 장르 표지) 텍스트를 비교해볼 때 북원초인의 「그대여! 눈물을 닥거라 – 실연한 K에게」는 서간체 시(가) 또는 시적 서간이고, 서진월의 「모성애」는 서정시라 규정할 수 있겠다.

반면, 『개벽』지에 실린 김동명 시인의 「당신이 만약 내게 문을 열어주시면 – 뽀드레르에게」(1923)은 서간체 시라 하기 어렵다. 이 시도 '뽀드레르'란 특정 수신자를 지칭하는 부제를 달았지만, "오 – 님이여! 나는 당신을 믿습니다"로 시작해서 "나는 님의 우렁찬 우슴소리에 기운내여/ 눈 놉히 싸힌 곳에 내 무덤을 파겟나이다"[347]로 결구를 맺고 있는 전형적인 서정시로 판단된다. '님'은 수신자로서의 보들레르 시인을 특정해서 지칭하는 것이 아니라 보들레르 시의 분위기를 존경스럽게 모방, 오마쥬해서 미지의 상대 또는 불특정 다수 독자들에게 시인의 자기 심경을 토로하는 있기 때문이다. 이 점에서 이 텍스트는 특정 수신자를 전제한 사연 전달이 핵심인 서간체 시가 아니라 1인칭 돈호법 헌시라고 하겠다.

권구현 시인의 시 「절로 우는 심금」 또한 서간체 형식의 단초가 있지

---

347) 김동명, 「당신이 만약 내게 문을 열어주시면 – 뽀드레르에게」, 『개벽』 1923.10.1 134~136쪽.

만 '헌시'로 판단된다.

(一)

새로 세시 남 다 자는 고요한 밤을 홀로 깨어서 사라진 꿈길을 더드며

(二)

문허진 城터 쓸어저가는 黃昏을 고개숙여 거르며 어미 찾는 송아지의 우름에 담배연긔를 내뿜는 마음이야.

(三)

고요한 밤거리를 눈감아 건일다가 발밑에 가로 누은 거림자를 부벼보는 마음이야.

(四)

몬지가 켜켜 안즌 설합을 열고 언제 온지도 몰으는 헌 편지쪽을 뒤저보다가 눈물짓는 마음이야.

(중략)

(十九)

골라노신 글字 읊허짜신 詩句 보고 읽고 하것만은 그대 뉘시온지 못보아 애타하는 마음이야.[348]

이 텍스트는 말미에 "이 小詩를 北域에 게신 未知의 詩人 M氏에게 올림"이라는 부기가 있다. 장르 표지는 분명 헌시이지만 시 말미의 헌사가 서간형식이라 주목할 만하다. 다만 시의 내용이 수신자 M 시인만 특정할 수 있는 특정 사연이 아니라 '미지의 시인'으로 일반화할 수 있기에 서간체 시보다는 헌시로 규정할 수 있는 것이다.

이상에서 정리했듯이 서간체 시는 허구적 산문체인 서간을 시적 형식

---

348) 權九玄, 「'戲詩' 절로 우는 心琴」, 『신동아』 1932.8, 120~122쪽.

으로 수용한 시를 말한다. 서간과 서술, 시가 결합되어 있어서 장르적 성격을 쉽게 규정하기가 힘들다. 그러나 대화적이고 청자 지향적인 성격 때문에 독자를 텍스트 내적 세계 속으로 쉽게 동참하도록 하는 데 매우 효과적인 글쓰기임에는 분명하다. 여기서 서간체 시의 서술적 특징으로는 표현 방식의 직접성, 이야기의 진실성, 서술의 현재성, 구술성을 들 수 있겠다. 특히 서술의 직접성과 현재성은 수신자와의 관계를 전제로 발신자의 이야기를 효과적으로 전달하는 주요한 특징으로서 담화의 대면성을 부각시키는 역할을 한다.[349]

특정 교신자 간의 특정한 사연을 담은 글쓰기인 서간 양식의 일반적 특징과 특정 수신자를 지칭하고 기필 일자를 노출하며 경어법 등 서간 문체를 서정시 또는 이야기시에 적절하게 활용했을 때 우리는 그를 서간체 시로 재규정할 수 있을 것이다. 이러한 개념에 비교적 부합하는 일제 강점기 잡지에 수록된 주요 작품은 다음과 같다.

서간 필자 (발/수신인)	제목 (유형/내용)	매체(권호수), 편저자	출판사, 연도	게재면
龍洲生/여러 뭇님들	京都通信 (졸업 축하 운문 편지)	학지광 제13호	1917.7.	81~82
李燦	해질녁의내感情 - 感覺派의手法을 본바다서 - (서간체 시)	학지광 제29호	1920.4.	63~64
박동훈/너	失戀을 하고, ('독자문단'란의 서간체 연시)	개벽 12호	1921.6.1.	101~102
春城	眞珠의 별 (서간체 시)	신생활 9호	1922.9.5.	130~133
백기만	고별 (서간체 시)	개벽 33호	1923.3.1.	문예면 20~21
露雀	어머니에게 (돈호법 시와 서간체 경계)	개벽 37호	1923.7.1.	문예면 76~77

---

349) 이순욱, 「카프의 서술시 연구 - 서간체시를 중심으로」, 『한국문학논총』 23, 1998. 참조.

스카이/옵바	'散文' 悔悟의 祈禱 (장르표지 '산문'인 서간체 시)	신여성 3권 8호	1925.8.	57~60
蘇民生	初가을!-北京게신 K兄님의게 [서간체 시]	조선문단	1925.11.	72
無涯	남의글을 是非하는 作家들에게 (Sir J. Harington, 1561~1612) ('抹殺詩篇' 중 하나) (서간체 시 번역)	신민 제18호	1926.1.	148~149
金東鳴	餞別(散文詩) [서간체 시]	조선문단	1926.4.	57
金海剛	넷벗 생각	조선일보	1927.5.31	
林和	젊은巡邏의片紙 (一人一頁小說 특집)	조선지광	1928.4.	107
林和	네街里의順伊	조선지광	1929.1.1.	136~138
林和	우리옵바와火爐	조선지광	1929.2.	117~119
林和	어머니	조선지광	1929.4.	123~125
金華山	福順이	별건곤	1930.1.	151~152
林和	洋襪속의片紙 - 一九三〇. 一. 一五, 南ㅁ港口의일 -	조선지광	1930.3.	109~111
늘샘/곤불	곤불아 (서간체 동요)	신소년	1930.7.	12~15
梁雨庭/아젓시	山에서불은노래 (서간체 동요)	신소년	1930.7.	16~17, 15
木山	벗을보내는노래 R-에게 (서간체 시)	신흥 제3호	1930.7.10.	130~132
金在洪	동생에게 (서간체 정형시)	대조 5호	1930.8.	139
金海剛	變節者여! 가라- 變節者인 남편에게 주는 투사인 젊은 안해의 絶緣狀 -	동광	1931.3.	52~53
金明謙	[童謠] 봄이왓구나 (서간체 동요)	신소년	1931.4.	38~39
林優	同志	동광	1931.9.	82
林春峰	[童詩] 어머니와아들 (서간체 동시)	신소년	1931.9.	22
金藝池/고향에 게신 동무들	[童詩] 山에서보내는편지	신소년	1932.1	16~17
金華山	누이야! (서간체 시)	신여성 6권 1호	1932.1	4~5

北原樵人/실연한 K	그대여! 눈물을 닥거라 – 실연한 K에게 '특집 愛讀者欄 詩歌 九篇'	신여성 6권 2호	1932.2	108
늘샘/心田 · 孫兄	病床吟 – 이날에 病室까지 차저주신 故鄉의 心田 · 孫兄의게 (서간체 시조)	삼천리	1932.2	103~104
趙宗玄	漢陽別曲(時調) – 나를보내주신동무네께 – (서간체 시조)	불교 제94호	1932.4.1.	20
趙宗玄	昌慶苑에서 – 啓東형의게 – (서간체 시)	불교 제95호	1932.5.1.	27
趙宗玄	변하오리까 (서간체 시. 시 끝에 "昇州老親께" 부기)	불교 제95호	1932.5.1.	27
金海剛	慰詞 – 농모 彈 · 炳昊에게 ('탄형아, 그대여!' 돈호법 시와 서간시 경계)	비판	1932.9.	106~109
金友哲/동무들아	[少年詩] 北國에보내는편지 – 고향동무들에게 – (서간체 시)	신소년	1932.10.	13~16
李歸一	누나에게 주는 편지 (서간체 시)	비판	1932.12.	145~146
趙宗玄	애기의편지 – 玉潤에게 – (서간체 시조)	불교 제101,102합호	1932.12.1.	33
金南洙	다시가는親友에게 (서간체 시조)	불교 제101,102합호	1932.12.1.	34
趙宗玄	흰털을뽑으며 – 一碧에게 (서간체 연시조)	불교 제105호	1933.3.1.	44
한길	어여뿐나의愛人에게 (돈호법 연시와 서간체 연시 경계)	신동아	1933.5.	128~129
朴芽枝(박일)	영아 (서간체 시?)	우리들 4-2	1934.2.1.	6
李貞求	순이에게 주는 시 (서간체 시)	우리들 4-2	1934.2.1.	8
鄭靑山	옵바에게 부치는 편지 (서간체 시)	우리들 4-2	1934.2.1.	15~16
閔丙均	나도가고싶어라 – (冬節따라 그리운 내故鄕山村의 어린벗들에게)	농민생활 제6권 제11호	1934.11.	683~685
韓相震/순히야	[散文詩] 순희 (서간체 시. 말미에 "江景鄭泰元兄에게" 부기)	별나라 9권 6호	1934.12.	20~21

林成山/숙아	悼詞 - 故同生 正淑靈前에 - (기획물 "新人詩集" 중 1편) (서간체 추모시, 서간체와 돈호법?)	신인문학 제3호	1934.12.	103~104
朴榮濬/H	悔恨 (서간체 시)	신인문학	1935.8.	112
李貞求	가버린 중꼬야 - 이글을 고향에 있는 S에게 - [서간체 시]	조선문단	1935.8.1	110
李高麗	春婦 - 우지마라, 玉女야 [서간체 시]	조선문단	1935.12.27	72~74
閔丙均/粉이	'長·詩' 屈浦의哀歌 - 장풍밭에고이잠든粉이를追悼함 - [서간체 추모시]	조선문단	1935.12.27	83~87
尹克榮	우리님前上書 (서간체 동요)	삼천리	1936.6.	282~283
權煥	處世道 (서간체 시)	비판	1939.4.26.	72
曹南嶺	窓 - 어느 스승님께 - (서간체 시조?)	문장	1939.7.	143
尹福鎭	자야자야 금자야 - 서울금자동무에게 - (서간체 동요)	소년 4권 2호	1940.2.	32~33
宋村紘一/王君	上海租界進駐日에 王君에게 보냄 (長詩) [서간체 시]	조광	1942.2	140~143
俞鎭午/벗	李孝石과 나 - 學生時代 新進作家時代의 일들「비오는 날의 感傷 - H에게」(31.4.6밤)	조광	1942.7	83~87
金常午	祈願 - S에게 [서간체 시]	조광	1942.8	149
玄雲史/순아	數曲 [서간체 시]	조광	1943.3	122

5.3.2. '동일시 환상'의 대중화 전략

서간체 시는 서간 양식을 시적 구성에 적절하게 활용한 시라고 할 수 있다. 특정 교신자 간의 특정 사연을 담은 글쓰기인 서간의 징표가 담겨 있거나 시적 소구 대상이 특정 수신자를 암묵적으로 지시하고 기필 일자와 경어체 같은 서간문투를 사용한다. 앞에서 살펴본 「위사(慰詞) - 동모

탄(彈) · 병호(炳昊)에게」, 「회오(悔悟)의 기도」, 「그대여! 눈물을 닥거라 –
실연한 K에게」, 「절로 우는 심금」 등은 돈호법 시 또는 연애시와 서간체
시 사이의 경계에 있는 작품들이었다. 그 분석을 통해 서간체 시의 특징
을 소거법 방식으로 규명해보려 한 것이다. 이제 온전한 서간체 시라 할
이귀일의 「누나에게 주는 편지」를 예로 들어 진전된 논의를 해보자.

누나에게 주는 편지

이번도 5원박게 못 보낸다
매달 4원식이래도 보내주면 조켓다는 네의 글씨를 보앗다
그래라! 내게 돈만 잇스면
4원의 멧곱질너 매일이래도 보내주고만 십흐다
그러치만 지금 이 모양의 세상이 이대로만 잇다면
뉘라서 네의 그 소원을 직혀주랴?
네의 그 가련한 소원! 이는 전 조선 가난뱅이 누나의 소원이다
그러기에 나는 네의 그 편지를 볼 때마다
그것을 전조선 가난뱅이 누나의 편지로 본다
사랑하는 나의 가난한 누나야
너는 나에게 돈 바덧다는 회답을 할 때마다 돈이 간 곳을 보고해준다
(중략)
사랑하는 나의 가난한 누나야
너도 어서 ×××× ×××××× ×× 나아가야 한다
그리고 너도 씩씩한 조선의 여성이 되여다오
결코 좁은 생각에 매여저서는 안된다
자 고개를 들고 사위(四圍)를 보자
(此間 1行略)

– 끝[350]

이 텍스트는 제목부터 편지를 표방한 시라고 할 수 있다. 수신자를 특정하고 '끝'이라는 편지투 결구가 있는데다가, "매달 4원식이래도 보내주면 조켓다는 네의 글씨를 보앗다"라는 대목에서 이미 누나에게 받은 편지에 대한 답신 형식을 띠고 있음을 알 수 있다. 텍스트 내부에는 유추적으로 존재하는 가상의 발신인과 수신인이, 암묵적인 작자와 독자로 설정되어 있다. 내부 서사와 암묵적 작자, 텍스트 사이를 연결하는 발신자인 '남동생'이 있으며 수신자인 '누나'는 내부 서사의 수용자이자 화자의 목소리를 직접 듣는 청자로 설정된다. 내부에 위치한 서사는 가난한 살림을 어렵사리 꾸리는 누나에게 세상 전체로 시야를 넓히라는 남동생의 충고로 이루어져 있다.

이를 서간 양식을 활용한 시라 할 때 발신자는 공장 노동자로서 급료의 일부인 5원을 이번에 편지와 함께 송금한 남동생이다. 수신자는 발신자의 누나로서 동생이 어렵게 보내주는 소중한 돈의 용처를 꼬박꼬박 보고하는 살가움과 알뜰함을 보이는 반면 4원씩이라도 매달 꼭 보내주길 기대하는 기대도 갖고 있다. 이에 발신자는 '돈에만 얽매이지 말고' 세상을 바꿀 정도로 '씩씩한 조선의 여성이 되어'달라고, 의식의 각성을 요구한다. 이때 편지의 수신자는 특정한 누나가 아니라 시를 읽는 독자 대중 자신으로 환기된다. 서간 양식이 주는 시공간적 동시성의 환상이 힘을 발휘하는 것이다.

게다가 특정 일 개인이었던 '사랑하는 나의 가난한 누나'는 보편적인 다수인 '전 조선 가난뱅이 누나'로 환기된 점에서 제유법적 전형을 획득한다. 부분이 전체를 대표하는 비유법이라는 점에서 제유법을 활용한 것

---

350) 李歸一, 「누나에게 주는 편지」, 『비판』 1932.12, 145~146쪽.

이다. 서간 자체가 인쇄되어 유통되는 순간, 원래 서간의 특정 수신자로 설정된 '부분'은 인쇄된 서간을 읽는 수많은 불특정 다수 독자라는 '전체'를 대유(代喩)하는 것이다. 이 시를 서간의 시각에서 분석하면, 어느 하층노동자 남매가 지닌 혈연적 친근감이 식민지 조선의 각성된 노동계급의 연대와 투쟁을 고취하는 전형성을 획득한다고 의미화할 수 있다. 여기서 서간체 양식의 활용 덕에 독자들은 여느 선동적인 프로시와는 달리 시인의 주장에 친근감과 동질성, 공감대를 더욱 제고할 수 있게 된다.

이런 해석이 맞다면 프로문학운동의 주요한 쟁점 중 하나인 '문예 대중화' 문제의 효과적인 방편으로 '서간 양식'이 시 창작에 널리 수용될 수 있을 터이다. 실은 이미 프로 시 대중화론의 주요한 방도로 서간체 시가 임화에 의해 목적의식적으로 창작, 유통된 바 있다. 이전까지 이찬, 백기만, 춘성 등에 의해 간헐적으로 실험되었던 서간체 시가, 프로시가의 대중화 문제를 고민하던 임화, 김해강에 와서 비로소 목적의식적으로 창작된 것으로 풀이할 수 있다.

이런 맥락에서 1920년대 서간체 시의 대표작이라 할 수 있는 임화의 「네거리의 순이」「우리 옵바와 화로」를 간단히 살펴보도록 한다.

이들 작품은 발표 당시 서간체 시가 아니라 '단편 서사시'로 주목받았다. 하지만 김기진의 명명 이후 대부분의 연구자들이 '단편 서사시'로 규정한 일군의 시 중 첫 편으로 꼽는 「젊은 순라(巡邏)의 편지」(『조선지광』 1928.4)는 원래 '시'가 아닌 '소설'로 창작되었다. 『조선지광』의 기획물인 '일인일혈소설(一人一頁小說)'의 일부였던 「젊은 순라의 편지」는 김영팔의 「쓸 수 없는 소설」, 송영의 「깃븐날 저녁」과 같이 출판사의 기획에 의해 발표된 1쪽짜리 서간체 형식의 소설작품이었다.[351] 이렇게 잡지의 기획

---

351) 김성숙, 「〈우리 옵바의 화로〉 등 단편 서사시에 대한 일고찰」, 『현대문학의 연구』제31호, 한국문학연구학회, 2007, 참조.

으로 만들어진 새로운 시적 형식 실험이 당시 김기진에 의해 '단편서사시'라 명명되었고 이후 임화가 발표한 『조선지광』에 발표한 일련의 시를 변별하는 명칭으로 쓰이게 되었다.

이는 진보적 문예운동가와 노동계급 대중이 그 이념과 실제 운동 사이에서 필연적으로 생겨날 수밖에 없는 괴리를 메우고자 시도되었던 일종의 장르적 실험이었다. 서간체 이야기시가 검열 통과가 가능하고 대중성을 갖춘 형식임을 강조하는데 「젊은 순라의 편지」의 "××는 지구에서 ×××××고야 맙니다. ××힘은 굳세고 우리에 ××는 지구와 같이 있소"와 같은 부분이 그러한 예가 될 수 있을 것이다.

'단편 서사시'로 널리 알려진 「우리 옵바와 화로」(1929)[352]는 다른 한편 대표적인 서간체 시로 규정된다.[353] 텍스트 내부에는 유추적으로 존재하는 가상의 발신인과 수신인이, 가상의 작자와 독자로 설정되어 있다. 내부 서사와 암묵적 작자, 텍스트 사이를 연결하는 송신자인 '누이동생'이 있으며 수신자인 '옵바'는 내부 서사의 수용자이자 화자의 목소리를 직접 듣는 청자로 설정된다. 내부에 위치한 서사는 감옥으로 끌려간 오빠를 수신자로 하는 누이동생의 독백으로 이루어져 있다.

이 과정에서 발신자이자 화자를 통해 발화되는 내부서사는 시공간을 모두 현재시점으로 장면화한다. 먼저 화자가 깨진 질화로를 보고 '오빠'에게 편지를 쓰는 현재의 상황, 과거에 "문지방을 때리는 쇠ㅅ소리 바루르 밟는 거치른 구두 소리와 함께" 오빠가 검거되던 때, 그보다도 더 과거의 시점에서 일을 마치고 집으로 돌아와 대화를 나누는 남매의 모습이 화자의 재현을 통해 동일한 시공간에서 제시된다. 이는 서간 양식이지닌 '동일시의 환상' 기능이 발동된 근거가 된다.

---

352) 임화, 「우리 옵바와 화로」, 『조선지광』, 1929.2, 117~119쪽.
353) 조두섭, 「임화 서간체시의 정체」, 「대구어문논총」 통권 9호, 우리말글학회, 1991.6. 참조.

발신인이자 서정적 주인공인 누이동생은 오빠의 목소리, '피오닐'인 영남이의 목소리, 청년들의 목소리를 서술하고 있다. 이들은 모두 당시 전위적인 노동계급 전위를 대표하는 일종의 전형성을 획득한다. 편지 속 남매의 특정 사례가 편지 바깥 세계의 보편적인 일반 사례를 유비하는 점에서 이 시 텍스트는 리얼리즘 미학이 추구하는 전형화에 성공하는 것이다.

또한 작품 외부에 위치한 실제 시인의 목소리, 텍스트 내부에서는 암시적 작가의 목소리 역시 발화되는 화자의 목소리 이면에 위치하여 하나의 목소리를 내고 있다. 게다가 돈호법을 이용하여 계속해서 '순이', '오빠', '근로하는 청년', '젊은이', '젊은 동무' 등을 반복해서 부르고 있는데, 이때 불러내는 호칭을 살펴보면 불특정 다수인 '우리'로 설정되어 있다. 그리고 이 텍스트가 음성언어로 '낭독'이 되었을 때 이러한 호명은 공공장소의 대중, 즉 '노동자'를 지칭하는 것으로 이어지게 된다. 이를 통해 실제 독자(청중)들은 서간적 텍스트를 통해 동일시의 환상을 경험한다.

시의 내부-외부에서 동시적으로 실제 독자에게 향하는 화자 중심의 독백은 허구화된 내부서사가 현실성을 갖게 만들고 청중으로의 '직접성'을 취할 수 있게 한다. 이러한 '직접성'은 서간체 시 내부에서 제3자의 목소리를 통해 추정해 볼 수 있는데, 이는 단순히 텍스트가 독자에게 '읽혀지는' 것만을 전제한 것이 아니라 '낭독'으로의 가능성을 열어두고 있기 때문으로 보인다.

카프 비평가들이 낭독성을 강조한 이유는 전통적으로 서간을 읽어주던 구연성의 복원과 같은 맥락에서 이해할 수 있다. 카프의 서간체 시는 구연성을 염두에 둠으로써 묵독을 해야만 하는 근대시에서 멀어져 간 독자를 끌어들이려는 대중화 의도의 산물이라 생각된다.

한 예로 「네거리의 순이」(『조선지광』, 1929.1)에서는 화자의 발화를 받도록 설정된 수신자가 다수의 양상을 보이고 있다. 「네거리의 순이」 5연과 6연을 주목해보자.

> 그러나 이 가장 귀중한 너 나의 사이에서
> 한 청년은 대체 어디로 갔느냐?
> 어찌된 일이냐?
> 순이야, 이것은……
> 너도 잘 알고 나도 잘 아는 멀쩡한 사실이 아니냐?
> 보아라! 어느 누가 참말로 도적놈이냐?
> 이 눈물 나는 가난한 젊은 날이 가진
> 불상한 즐거움을 노리는 마음 하고,
> 그 조그만 참말로 풍선보다 엷은 숨을 안 깨치려는 간지런 마음하고,
> 말하여보아라, 이곳에 가득 찬 고마운 젊은이들아!
>
> 순이야, 누이야!
> 근로하는 청년, 용감한 사내의 연인아!
> 생각해보아라, 오늘은 네 귀중한 청년인 용감한 사내가
> 젊은 날을 부지런할 일에 보내던 그 여윈 손가락으로
> 지금은 굳은 벽돌담에다 달력을 그리겠구나!
>
> (하략)

「네거리의 순이」(『조선지광』, 1929.1) 부분 (밑줄은 인용자)

위 시는 화자로 노동자인 '오빠'가, 청자는 누이동생인 '순이'로 설정되어 있다. 다양한 인물들이 등장해 일련의 사건들을 매개로 당시의 근로환경, 가난한 상황 등의 당대의 현실을 재현하고 있다는 측면에서 리

얼리즘적 시 구조를 가진다. 그런데 여기에서 주목되는 것은 수신자가 '순이'로 특정되지 않는다는 점이다. 5연에서 '오빠'인 화자는 청중인 '고마운 젊은이들'에게 묻고 있는 형식을 갖는다. 이때 '이곳에 가득 찬 고마운 젊은이들'은 텍스트 내부에 설정되어 있는 존재들이다. 이들이 '낭독'에 의해 직접적으로 대중에게 '발화' 된다면 텍스트 밖의 '젊은이들'은 내부서사의 현실로 불려 나오는 것이 된다. 이에 '이곳'이라는 특정 장소는 화자와 '고마운 젊은이들'이 공존하는 '공공장소'의 보편적 성격을 가진다. 이러한 서간체 시의 전략은 수신자들의 공감과 공분을 통한 행동 유발의 가능성, 즉 선동을 염두에 둔 것이라 할 것이다. 시적 주인공인 발신자가 편지를 공공장소에서 '낭독'함으로써 청중의 공감을 얻고 공분을 불러일으키는 것이다. 공공장소에서 순이와 젊은이들을 동시에 호명함으로써 순이만을 호명한 것보다 훨씬 더 대중들의 공감 효과를 높일 수 있었을 터이다.

임화 서간체 시의 또 다른 특징으로는 화자에게 부여된 '배역' 문제이다. 김윤식은 단편서사시를 '배역시'로 주목한 바 있다. 배역시(Rolledicht)란, "시인의 자아가 다른 몫을 맡아 그 주어진 배역의 서정이랄까 감정을 노래하는 것"이다.[354] 주관성이 강한 장르인 시에서 화자에게 배역이 주어진다는 것은 시인이 자신의 목소리를 직접 내는 것이 아니라 특정한 인물을 내세워 전달하는 것을 말한다. 숨은 시인의 목소리에 덧입혀진 화자의 이중적 목소리, 그리고 과거의 재현, 다른 등장인물의 목소리들까지 덧입혀져 화자는 곧 '우리'의 목소리를 가진 것처럼 인식된다. 이 역시 대중들의 '공감력'에 부분에 있어 중요하게 작용한 원인이 되었을 것이다.

이때 이 시에서 부각되는 것은 '서사'가 아니라 '오빠'가 누이동생 '순

---

354) 김윤식, 『임화연구』, 문학사상사, 1989, 274쪽.

이'를 향해 진술하는 편지 사연의 소통방식에 있다. 실제 '서간체' 시 형식은 장황한 묘사 없이 대사를 중심으로 전달되고 있으며, 이러한 인물의 목소리를 통해 사건이 서술되고 재현되는 양상을 보인다. 이는 연극에서의 독백 대사와 유사한 형태를 갖는다. 서간체 시가 읽는 시(묵독)임과 동시에 읽혀지는 시(낭독)로의 양가성을 지니고 있을 때, '서간체'는 다른 프로시가와 달리 임화의 '단편서사시'만이 취하고 있는 독특한 문학적 장치가 된다. 이를 통해 텍스트 내부에서 기능하는 시적 기법이 외부적 맥락으로도 '공감력'을 불러일으키는데 효과적으로 사용될 수 있도록 한다.[355]

편지 형식을 차용한 임화의 시에 대해 기존 연구자는 임화의 영화배우 체험과 마르크스사상 관련 독서 체험에서 나온 것이라고 설명한다. 특히 편지 형식의 계급적 전파력과 대중화론의 효과를 연계하여 설명하고 있다.[356] 카프시가 서간체를 양식화한 이유는 시와 대중과의 간극을 메우기 위한 새로운 양식의 모색과 밀접한 관련을 맺고 있었다. 서간이 문학의 한 갈래로서 주류화될 만큼 1920년대가 본격적인 서간의 시대였다는 사실도 무시할 수 없는 외부적 조건이다. 당대의 소설이나 비평이 서간체를 형식적으로 수용하고 있는 점은 이를 단적으로 드러낸다. 그러나 무엇보다도 카프가 운동 선상에서 독자의 중요성을 절실하게 인식하고 있었기 때문에 계급의식을 쉽게 표출하기 위한 형식으로 서간을 이용했던 것 같다.

다만 서간체 시의 한계는, 발신자가 수신자의 부재 상황에서 신념과 행동의 변화를 초래한 이유가 선명하게 드러나지 않았으며, 더욱이 노

---

355) 임화의 '단편서사시' 2편이 지닌 서간체적 분석은 저자가 가르쳤던 대학원생 박선영의 논의에서 도움받았다.

356) 조두섭, 「임화 서간체 시의 정체」, 『대구어문논총』 9집, 우리말글학회, 263~264쪽.

동현실에 대한 구체적인 서술도 결여되어 있었다는 사실이다. 또한 소재의 편협성 못지않게 이야기의 상투성과 추상성이 두드러졌다. 이는 카프의 서간체 시가 수직적 차원에서 독자집단에게 일방적으로 이념을 전달하는 데 주력했음을 단적으로 드러내는 것이다.[357]

지금까지 살펴본 임화, 김해강 등 카프 시인들의 서간체 시는 서간 양식이 지닌 내적 형식의 한 특성인 '시공간적 동일시의 환상' 기능을 활용한 대중화 전략의 산물임을 논증하였다. 이제 서간체 시에 대한 개별적 논의 차원을 넘어서서 일제 강점기에 나온 서간체 시 '전체' 텍스트의 좀 더 명쾌한 개념 규정과 유형별 특징 및 문학사적 자리매김은 앞으로의 과제로 남긴다.

5.4. 서간체소설

5.4.1. 서간의 내적 전통과 서구 소설의 외적 영향

서간체소설을 근대 서간 양식과의 총체적 관련 속에서 논의하는 것은 쉽지 않다고 할 수 있다. 서간체소설에 대한 기존 연구가 오랫동안 축적되었기에 일정 수준에 올랐지만 기존 논의들 상당수가 서간과 서간문학, 서간 삽입 소설 등과의 관계 속에서 서간체소설의 개념 규정을 유기적으로 체계화하시 못한 것으로 판난된다. 서간(편지) 소재 소설과 서간 삽입 소설이 아니라 서간 양식이 소설의 서사 구성에 전체 또는 상당 부

---

357) 이순욱, 앞의 글 참조.

분 차지할 때 그를 서간체소설이라 할 수 있다. 그런데 근대 서간 양식에 대한 공시적 통시적 논의가 충실하게 이루어지지 않은 탓인지 근대 서간체소설의 전체상이 제대로 정리되지 못했다는 생각이다.

서간체소설에 대한 총체적 논의는 서간을 연구한 본 저서의 전체 분량과 맞먹는 별도의 작업을 필요로 한다. 무엇보다도 개별 작품에 대한 기존 연구사를 검토하는 문제와 서간체소설 양식 전체를 다루는 문제는 차원이 다르다고 생각한다. 게다가 이 책의 논의 초점이 서간체'소설'이 아니라 '서간체'소설이기 때문에 넘어야 할 장벽이 적지 않다. 이런 맥락에서 여기에서는 근대 서간 양식의 기준에서 서간체소설을 어떻게 전체로서 새롭게 파악할 수 있는지 문제제기 수준의 논의를 우선하고 모든 서간체소설에 대한 체계적 논의는 후일을 기약한다.

서간은 소설에 비해 발신자와 수신자라는 사적이며 단선적 관계의 소통방식이라는 점에서 자아와 세계의 대결양식인 서사, 특히 소설장르의 내적 형식으로 전폭 수용되기엔 한계가 많았다. 그래서 서간체소설은 자기 고백적 서사 양식으로서 자기 감정을 투사하여 독자에게 공감을 불러일으키는 전략을 택했다. 일반적으로 소설 속에 한두 편의 편지가 수록된 것은 서간체소설로 부르지 않으며, 사건의 제시와 전개가 주로 작중 인물 간에 주고받는 편지에 의해 이루어지고 있는 소설만을 가리킨다.[358] 서간체소설의 어법은 대개 보고적 기법으로 이루어지며 이 속에 담겨진 내용도 주로 내면적 감정이나 정서 또는 비밀적인 범죄의 고백, 미결정적 사건이나 원인의 해명 또는 자기변명으로 이루어지며, 또

---

358) 서간체소설의 이러한 특징은 윤수영, 조현실, 노지승 등의 선행 연구에서 이미 충분히 지적되었고 연구되었으나 근대적 글쓰기로서의 서간양식의 연구를 통해서 새로운 각도의 재조명이 가능하다고 생각한다. 윤수영, 「한국근대서간체소설연구」, 이화여대 박사논문, 1990; 조현실, 「서한체 소설의 서술 책략-『위험한 관계』의 경우」, 이화여대 박사논문, 1991.; 노지승, 「1920년대 초반, 편지 형식 소설의 의미」, 『민족문학사연구』20호, 2002. 6; 우정권, 『한국근대고백소설의 형성과 서사양식』 소명출판, 2004. 등 참조.

그러한 생의 단면과 깊이 결합되어 있는 것이 보통이다.[359]

　서양의 기존 연구자들이 이미 밝혔듯이 서간체소설은 새로운 시대 조류의 도래로 인해 민감한 문제를 공론화시키되, 이 과정에서 따를 수 있는 윤리적 비난이나 책임을 면제받는 형식으로 고안된 것이다. 그것은 소설의 형식이 정면에서 감당할 수 없었던 성적 윤리 문제 등과 관련된 개인의 가장 내밀하고 수치스러운 부분을 소설 내부로 끌어들이는 매개적 기능을 담당했다.[360] 편지는 소설에 비해 발신자와 수신자라는 사적이며 단선적 관계의 소통방식이라는 점에서 자아와 세계의 대결양식인 서사, 특히 소설상르의 내석 형식으로 전폭 수용되기엔 한계가 많았다. 그래서 서간체소설은 자기 고백적 서사 양식으로서 자기 감정을 투사하여 독자에게 공감을 불러일으키는 전략을 택했다.

　한국 서간체소설도 서구 소설의 전례와 마찬가지로 근대라는 새로운 시대 조류의 도래로 인해 자유연애 같은 민감한 문제를 공론화시키되, 이 과정에서 따를 수 있는 윤리적 비난이나 책임을 면제받는 글쓰기 전략에서 나왔다고 할 수 있다. 근대 소설의 형성에서 일본을 통한 서구식 근대화의 자장에서 자유롭지 못하다. 가령 이광수의 「어린 벗에게」(1917)가 일본 메이지시대 작가 구니키다 돗포(國木田獨步)의 소설 「부부동반(おとづれ)」의 영향을 받았다거나 염상섭의 『제야(除夜)』가 아리시마 타케오(有島武郎)의 『돌에 짓눌린 잡초(石にひしがれた雑草)』의 영향 속에 창작되었다는 등의 논증도 있다.[361]

---

359) 이재선, 『한국단편소설연구』, 일조각, 1975, 157쪽.

360) 조현실, 「서한체 소설의 서술 책략 -『위험한 관계』의 경우」, 이화여대 박사논문, 1991. 참조,

361) 최귀련, 「이광수의 초기 서간체소설에 나타난 國木田獨步의 영향 - 「어린 벗에게」와 「おとづれ」를 중심으로」, 『일어일문학』, 일어일문학회, 2003.7; 류리수, 「한일 근대 서간체소설을 통해 본 신여성의 자아연소 - 아리시마 타케오(有島武郎)의 『돌에 짓눌린 잡초(石にひしがれた雑草)』와 염상섭의 『除夜』」, 『일본학보』 50집, 한국일본학회, 2002.3; 김순전, 「한일 서간체소설

하지만 그 때문에 한국 서간체소설의 형성을 일본을 통한 서구 근대 문학의 영향으로 일반화하는 것[362]은 일면적이다. 이광수의 「어린 벗에게」부터 염상섭의 「제야」, 이광수의 「유정」까지 편지형식을 소설적 서사에 활용함으로써 사랑의 욕망과 계몽의 당위를 동시에 표현한 것은 사실이지만, 그것이 선행 연구처럼 서구 문화나 일본 사소설의 영향관계라고 일면적으로 규정하는 것은 문제가 많다. 이 점에서 한국 근대 서간체소설을 총체적으로 연구한 윤수영의 견해는 시사적이다. 그는 서간체소설의 형성 원인을 서구문화나 일본 사소설의 영향에 두는 기존의 연구를 배제할 수는 없지만 주맥은 전통적인 서사양식에 더 가깝게 접맥되어 있다고 논증하였다.[363]

윤수영은 한국 근대 서간체소설에 대한 가장 본격적이고 방대한 연구를 수행하였다. 즉 일제 강점기에 나온 서간체소설 57편을 한문서간과 언간의 전통 속에서 나온 근대문학 형성기의 대표적인 장르로 자리매김한 것이다. 그는 일반적으로 근대소설 장르의 서술방식이 과거시제, 평서문임에 반해 서간은 현재시제, 존칭어미서술이 특징임을 밝히고 그 결과 독자로 하여금 서술 자체가 사실이란 환상을 불러일으키는 효과를 보인다고 하였다. 한국 서간체소설의 특징이, 상호 교신에 의한 의사 전달을 통해 다양한 문학적 효과를 노린 서구 서간체소설과는 달리 일방 송신형 언술이 지배적임을 밝혔다.

나아가 서간체소설의 구성적 특징을 단순한 염주형 집합체와 유기적

의 세계와 취향」『일본어문학』 10권, 한국일본어문학회, 2001. 등 참조.

362) 서간체소설의 형성을 일본을 통한 서구근대문학의 영향으로 보는 기존 연구로는, 김일근, 『언간의 연구』, 119쪽; 김학동, 『한국문학의 비교문학적 연구』, 일조각, 1974, 124, 135쪽; 김윤식, 「김동인 연구」, 『한국문학』 1985.2, 387쪽; 이주형, 「이광수의 초기단편소설연구 1」, 『어문학』 39호, 어문학회, 1980, 74쪽.

363) 윤수영, 「한국근대서간체소설연구」, 45쪽.

매듭형 집합체로 2분하고, 수신자 유형에 따라 '실제적 수신자, 명목상 수신자, 숨은 수신자' 3가지 유형으로 분류, 분석하여 큰 성과를 올렸다. 특히 서간체소설의 문학사적 전통을 전대 한문서간과 언간의 성과를 바탕으로 1930년대 심리소설로 계승시켰다는 새로운 주장도 폈다. 즉 서간체소설이 1920년대의 절정기를 거치면서, 그동안 서구 심리소설과 일본 사소설의 영향만을 받은 것으로 통념화된 1930년대의 심리소설의 소설사적 전통으로 기여했음을 밝혀 연구사적 지평을 확대하였다.

그러나 윤수영 논문의 문제점도 없지 않다. 일제 강점기의 서간체소설 전체에 대한 방대한 논의를 펴면서도 서간, 서간문학, 서간 삽입 소설, 서간 소재 소설과 서간체소설의 구별점이 모호하다는 사실이다. 그 때문에 그가 논의대상으로 삼은 57편 중 3편은 서간체소설이 아닌 서간이나 서간 삽입 소설이며, 정작 서간체소설에 더 가까운 9편을 누락한 실증적 한계를 드러낸 점이다. 이는 서간체소설만이 아닌 서간 자체에 대한 본격 연구가 필요하다는 반증이기도 하다.

기존 연구에서 정리된 서간체소설은 총 59편이며 그중 '해방 전 57편'이라 한 것은 연구사 초기의 서지작업의 한계에서 온 오류라고 생각된다. 이기영의 「옵바의 비밀편지」는 엄밀하게 말해서 '서간 삽입 소설'이며, 이무영의 「편지」는 신문에 단신으로 게재된 문안편지와 답신이지 소설이 아니다. 「옵바의 비밀편지」는 학교 끝나고 집에 늦게 들어왔다고 식구들에게 꾸지람을 들은 여주인공이 그를 야단치던 오빠의 비밀 연애편지를 우연히 보고 이중적인 애정행각을 보고 남자를 불신하게 된다는 내용이다.[364] 오빠가 평소 자기와 이성문제를 이야기했던 친구 영순과 밀회하는 것을 엿보게 되고 게다가 옥진에게 쓴 연애편지까지 우연히 보게 되자 남자에 대한 불신이 커진다. 여기서 연애편지는 주인공의 성

---

364) 김성수, 「이기영 소설 연구」, 성균관대 박사논문, 1992, 16~19쪽 참고.

격 발전에 기여하는 서사 구성의 중요한 계기로 작동하지만, 근본적으로 편지를 대하는 작가의 시선은 현진건의 「B사감과 러브레터」와 마찬가지로 부정적 세태의 예로 도구화될 뿐이다. 만약 「옵바의 비밀편지」를 서간체소설로 규정한다면 서간 삽입 소설은 수백 편이 넘을 것이다.[365]

어떤 소설 텍스트를 서간체소설로 규정하려면 텍스트 전체에서 서간 또는 서간체(양식), 서간문체가 차지하는 분량이나 서사 전개에서의 기여도 등에서 뚜렷한 자취를 드러내야 한다. 가령 이상의 등단소설 「십이월 십이일」은 장편 분량의 9회 연재분 중에서 처음 3회분 전체가 서간인데도, 과문한 탓인지 기존 연구에서 서간체소설로 논의한 적이 없는 것 같아 이번에 서간체소설의 범주에 넣었다. 반대로 편지하면 떠오르는 저 유명한 현진건의 「B사감과 러브레터」는 서간체소설과는 거리가 먼 '서간 소재 풍자소설'이다.

본 연구에 따르면 한국 근대 서간체소설은 63편이 확인된다. 이 중 9편은 서간체소설로 새로 발견, 아니 새롭게 재규정된 텍스트이다. 엄밀하게 말해서 기존 연구자들이 자료를 제대로 찾지 못한 것이 나도향의 「나의 과거」 등 5편, 이미 존재가 알려졌으나 서간체소설로 판단하지 않은 것이 4편이다. 이 중 김남천의 「어린 두 딸에게」는 명백한 서간체소설인데도 일제 강점기에 나온 서상경의 『조선문인서간집』에 서간으로 실려 있고, 최근 편찬된 『김남천전집』에도 '수필'로 분류되어 있다.[366]

작가가 아닌 아마추어 필자 리영숙의 편지 형식 소설(서간체소설) 「과거의 청산에서 신생(新生)으로」는 『신가정』지 기획 시리즈 '현상당선(懸賞當選) 유정무정록(有情無情錄)'의 1편으로 장르 표지 또한 '보고문'을 되어

---

365) 저자는 '서간 삽입 소설'의 목록 작업을 하다가 텍스트 전체에서 서간이 차지하는 분량이나 서사적 중요도에서 각 텍스트의 편차가 너무 심해서 목록화의 의미가 없다고 판단해서 중단한 바 있다.

366) 정호웅 편, 『김남천 전집』 제2권, 박이정, 2000. 참조.

있다. 하지만 텍스트를 면밀하게 분석하면, 실제로 오고간 편지를 공개한 것이 아니라 일기 몇 편을 편지에 담아 보내는 허구적 형식으로 현상응모에 당선된 점에서, 일종의 습작 소설이라 할 수 있다. 장르적 규정으로는 '일기체, 고백체, 서간체소설'이 가능하다. 아마도 이런 이유로 윤수영 등 기존 연구자들이 서간체소설의 반열에서 누락시켰을 수 있다.

다음은 서간체소설의 대표적 연구 성과인 윤수영, 「한국근대서간체소설연구」의 부록 59편을 수정 보완하여 63편으로 재정리한 것이다.

서간체 소설 작자	서간체소설 제목	매체 (권호수)	출판사, 연도	게재면	비고
외배(이광수)	어린 벗에게	청춘 9~12호	1917.7~11	96~121 26~33 130~137, 147	
정월(晶月)	회생한 손녀에게	여자계	1918.9.10	59~62	
백야생(白夜生)	일년후	창조 6호	1920.5	64~69	(서간 삽입 소설/ 서간체소설)
김동인	마음이 옅은 자여	창조	1919.12 1920.2 1920.3 1920.5	27~44 11~27 22~45 1~20	(서간+일기체 소설) 편지글/일기형식 소설
은하(隱何)	나의 과거(1회)	신청년 4호	1921.1.1	12~16	(은하 나경손=나도향) 윤수영 누락, 2회 미확인
은하(隱何)	계영(桂英)의 울음	조선일보	1921.5.20		『대동문화연구』 41집, 456~462쪽 재수록
은하(隱何) 나경손	박명(薄明)한 청년	신청년 6호	1921.7.15	1~10	윤수영 누락, 松隱(박영희), 「은하군과 그의 작품」, 『신청년』 6호
김명순	칠면조	개벽	1921.12	144~158	
나도향	별을 안거든 우지나 말걸	백조 2호	1922.5	1~22	

천애(天涯)	어늬 사나히의 편지	시사평론	1922.5	157~168	윤수영 서지 오류; 1922.2월은 창간 (22.4) 이전임
염상섭	제야	개벽	1922.2~5	문예면 35 ~21	
나도향	십칠원 오십전	개벽	1923.1	문예면 56 ~75	
이광수	사랑에 주렷던 이들	조선문단	1925.1	2~7	
추계(秋溪)	추억	조선문단	1925.1	182~187	
김선	아기의 죽음	조선문단	1925.1	188~189	
최서해	탈출기	조선문단	1925.3	24~32	
나도향	J의사의 고백 – 젊은 화가 A의 눈물의 한방울	조선문단	1925.3~4	2~11 84~90	
방인근	마지막 편지	조선문단	1925.8·9 합호	39~49	
송순일	부화 – 엇던 여자의 수기	조선문단	1925.8·9 합호 (25.8.25)	50~60	
박월탄	부세(浮世)	조선문단	1925.10	23~30	연재 중단, 미완
RKY	회한	신여성	1925.11	64~80	
포석(조명희)	R군에게	개벽	1926.2	창작면 2~19	
나도향	피 묻은 편지 몇 쪽	신민	1926.4?		1926.3? (주종연 외 편, 『나도향전집(上)』, 집문당, 1988)
흑성	그가 받은 편지 세 낫	평범 3호	1926.10		
최서해	무서운 인상	동광 8호	1926.12	73~85	
최서해	전아사(餞迓辭)	동광 9호	1927.1	29~42	
한설야	그릇된 동경 (1~9회 연재)	동아일보	1927.2.1 ~10		

조중곤	동모의 편지	개척	1927.7		
이량	올야 비시모	현대평론	1927.7	59~65	윤수영 게재년 1928 오류
방인근	어떤 여자의 편지	신민 29호	1927.9	137~150	
박영희	출가자의 편지	동아일보	1928.3.9 ~22	3	1회 도입, 2~12회 편지
유엽	정성스럽게 살기 위하야	여시 (如是)	1928.6	145~156	윤수영 누락(미완)
송영	다섯해동안의 조각 편지	조선지광	1929.2	120~132	
김영팔	어머니 편지	조선일보	1929.3.14		(편지 소재 掌篇小 說) 윤수영 게재일 자 오류 수정
광화문인	변절자의 서찰 – 어 떤 남자의 수기	조선강단	1929.9	102~106	
염상섭	출분한 아내에게 보내는 편지	신생	1929.10 1929.11	51~53 31~35	
이상	12월12일 (1~9회)	조선 (조선문)	1930.2.15 1930.3.15 1930.4.15 1930.5.15 1930.6.15 1930.7.15 1930.9.15 1930.10.15 1930.12.15	107~119 107~117 113~121 115~125 122~132 112~126 111~121 127~131 102~107	(1~3회분까지 서 간, 서간 삽입 소 설) 윤수영 누락
반지불(牛 知佛)	호지(胡地)	신동아	1932.10	96~105	
이태준	슬푼 승리자	신가정	1933.1	156~163	
조용만	배신자의 편지	제일선	1933.3	66~73	
김일엽	애욕을 피하여	삼천리	1932.4	100~103	윤수영 게재일 오 류 수정
리영숙	過去의 淸算에서 新生으로 (기획 시 리즈 "懸賞當選 有 情無情錄"의 1편)	신가정	1933.5	163~171	일기체, 서간체, 고 백체 소설: 일기 몇 편을 편지에 담아 보내는 형식. 윤수 영 누락

이광수	유정(장편) (최석/나)	조선일보	1933.9.27 ~12.31		76회 신문연재소설
김남천	어린 두 딸에게 (압바/두 딸)	우리들	1934.4/5 합호	32~57	윤수영 누락. 『김남천전집』의 수필 분류는 오류
이원조	한 대조	신조선 5호	1934.9		
엄흥섭	평이 (소년소설)	별나라	1934.9 1934.11 (10·11합호)	243~246 339~342	윤수영 누락
엄흥섭	절연 – 아내에게 주는 편지	신인문학	1934.11		
최인준	구질구질한 인생	조선문단	1935.2		
강경애	원고료 이백원	신가정	1935.2	192~199	
이북명	편지 – 가난한 안해의 수기에서	신인문학	1935.12	200	윤수영 간행월 오류 수정
송영	'솜틀거리'에서 나온 소식	삼천리	1936.4	368~378	
강석현	누이 서신	카톨릭청년	1936.5	79~84	(서간 소재 소설?)
이봉구	밤차	풍림	1937.5	56~61, 34	가출 아내
한인택	천재와 악희 (2인칭 대화체)	조광	1938.10	334~342	윤수영 누락
백신애	혼명(混冥)에서	조광	1939.5	240~265	
정진업	카츄사에게	문장	1939.5	113~120	
전영택	첫 미움	문장 (창작 32인집)	1939.7.10	19~30	
이광수	육장기	문장	1939.9	3~36	
계용묵	준 광인전	신세기	1939.9	116~125	편지투 서두와 '하노이다'체. 윤수영 누락

이석훈 (김 문수/나)	부채 – 모나리자의 미소	문장	1940.5	2~14	불륜 여화가와의 애정행각 고백체 회상 바이올리니스트
최정희	적야(寂夜)	문장	1940.9	17~23	윤수영의 〈숙야〉는 오류. 영인본 19~20쪽 오류
임옥인	전처기(前妻記)	문장 (창작 34인집)	1941.2.1	86~92	
이석훈	재출발	문장 (창작 34인집)	1941.2.1	186~200	경히와의 이혼 사연 하소연
이무영 (S 兄/井上)	누이의 집들 – 어느 해 여행기	문장 (창작 34인집)	1941.2.1	377~389	
허준 (T兄/ 나)	습작실에서	문장 (창작 34인집)	1941.2.1	438~451	서-결-편지
이효석	서한	조광	1942.6	163~171	

이들 근대 서간체소설을 일별하면 이재선 등 초기 연구자가 주장한 서구 서간체소설 영향설과 윤수영이 반증한 근대 이전 서간의 내재적 전통설이 양쪽 다 일정 정도 타당성이 있음을 알 수 있다. 즉 한문서간, 언간, 근대 초기 서간양식의 내적 전통과 일본을 통한 서구 서간체소설의 외적 영향이 한데 아우러져 다양한 작품이 나왔다고 가설을 세울 수 있다.

5.4.2. 고백 서사를 통한 근대 계몽과 자기 성찰

주지하다시피 서간체는 근대 초기 글쓰기와 문학 장(場)의 주요 양식이면서 근대문학 형성에 일정한 역할을 수행하였다. 서간의 내적 특징 중 하나인 고백 서사를 통한 근대 계몽의 수단으로 서간체소설이 시험된 것이다.

초기 텍스트 분석을 예시하기 위하여 김동인의 「**마음이 옅은 자여**」(1920)를 먼저 읽어보도록 한다. 이 소설의 플롯은 크게 두 부분으로 나눠져 있다. 전반부는 1인칭 화자가 C형에게 편지를 쓰고 그 속에 자신의 일기를 삽입한 형식이고 후반부는 3인칭 전지적 작가 시점으로 1에서 10으로 장별로 서술된다. 서간체소설과 일기체 소설이 삽입된 액자형 소설처럼 되어 있다.

서사의 진행은 두 가지 시점을 통해서 일어난다. 작품의 전반부가 선배인 C에게 보낸 K의 갈등이 편지와 일기와 같은 고백의 형식을 통하여 1인칭 시점으로 그려진다면, 후반부에서는 그 K가 갈등을 극복하여 가는 모습이 3인칭 시점으로 그려지고 있다. 작품에서의 시점의 이질화는 내용의 이질화로 이어진다. 1인칭 시점으로 이야기가 전개될 때는 이야기의 초점이 한 개인의 은밀한 내면 즉, 일탈된 욕망에 모아지고 있는 반면 3인칭 시점에서는 주로 그 내면을 사회적 이상과 부합시키는 것에 초점이 맞추어지고 있다.

전반부는 K가 C형에게 보낸 9월 21일자 편지와 그 속에 일기가 들어있는 형식으로 되어 있다. K는 "이제 고백할 날이 왔다"는 말을 시작하며 자신의 비극적 사랑을 C형에게 고백한다. K는 옆 학교 여선생인 Y를 사랑하게 되고, 지금까지 한 번도 경험해 보지 못한 육체적 사랑의 즐거움을 느낀다. 처자식을 둔 유부남이지만 Y와의 사랑이 진정하다고 느낀다. 그러나 둘의 사랑은 Y가 부모가 정해준 사람에게 시집을 가야 한다는 이유로 비극적인 결별로 치닫는다. K는 그런 Y를 두고 "마음이 옅은 자여"라고 하며 봉건적 악습에서 벗어나지 못한다고 비난한다. 그것이 K로 하여금 내면적인 갈등을 유발하여 C형에게 편지를 쓰는 계기가 된다. 주인공이 닥친 문제는 근대 전환기의 자유 연애와 자유 결혼이라는 중요한 주제라 하겠다. 하지만 문제를 해결하는 데 적극적 대항이나 주체적 노력이 아닌 C형에게 편지 쓰기를 통한 고백이나 좌절 같은 소극적인 대응으로 일관한다.

소설 후반부에서 주인공은 전반부와 달리 자기 자신에 대해 보다 많이 생각하고 반성하며 참된 인간이 무엇인가에 대해 고민한다. 유서까지 쓰며 죽겠다고 하지만, 죽지 않고 살아남아 C의 권유에 의해 금강산 여행을 하며 자기 자신을 보다 객관적으로 성찰한다. 시점도 변하여 3인칭 전지적 작가 시점으로 1인칭 주인공 시점을 객관화한다. 전반부가 동인의 내면적 심경을 직접적으로 토로한 반면에 후반부는 작가가 전반부 속의 인물을 전지적 작가 시점에서 나타내고 있다. K가 금강산 여행을 하면서 지금까지 Y를 사랑한 자기 자신의 모습을 되돌아보고, 그러면서 과연 자기 자신의 사랑이 무엇인지를 되새겨 본다.

작품에서는 인물의 성격 묘사를 하는 방법으로 내면 심리 표출법을 많이 사용하고 있다. 주인공으로 등장하는 인물 '나'를 중심으로 모든 초점이 부여되고, 심리 묘사 장면이 10여 회나 나타나 있는 것은 특징으로 지적할 수 있다. 서간체의 특성상 주인공의 성격적 특징이 일련의 행위에 의해서 펼쳐지는 사건과 갈등으로 표출되는 것이 아니라 다양한 심경 고백에 의해 표현되고 있다. 이는 이상이나 최명익 같은 현대 심리소설의 기법과 동일한 것은 아니라 할지라도 그러한 기법을 어느 정도 준비했던 초창기 흔적을 찾아볼 수 있다는 데 의의가 있다.[367] 더구나 서간체와 일기체의 고백적인 형식으로 주인공 K의 애욕에 대한 갈등 장면을 보여주고 있는 것은 화자가 인물의 심경을 요약 설명하는 분석적 설명 방법과 행동이나 대화를 통해 간접적으로 묘사하는 극적 방법을 혼용하면서 인물의 성격을 보다 실감나게 부각시키고 있는 것을 볼 수 있다.[368]

---

367) 윤수영, 앞의 글 참조.

368) 이강언, 「김동인 소설과 내면심리의 표출양상」, 『한민족어문학』, 한민족어문학회, 1983. 참조.

형님.

마침내 고백할 날이 왔읍니다.

언제든지 형께서 직접으로나 혹은 편지로,

"무슨 번민이 있거든 내게 다 말하라"하였지만, 저는 종내 못 하였어요.

제 성질 가운데 별한 것이 있어서, 이 사건을 다른 사람에게 알게 하려면 시기의 불이 앞서서 일어나는고로 마침내 못 하였읍니다.

그렇지만 지금은 꿈질거리고만 있지 못하게 되었읍니다.

마침내 고백할 날이 왔읍니다.

이 편지를 보시고 형께서 조력을 하시든지 안하시든지 그것은 문제 밖이외다.

아니, 이제는 어떠한 힘으로 조력을 하셔도 효력이 나타나지 않을 이만큼 사건의 좌우는 결정되었읍니다. 다만 동정만 하여 주시면 그것으로 넉넉하외다. 저는 그것뿐으로 만족히 여기겠읍니다.[369]

인용문에서는 '고백'이라는 단어가 두 번이나 나온다. 그것도 극단적 강조를 표시하는 '마침내'라는 부사어와 함께 나오고 있다. 이 글에서 부사 '마침내'는 고백하는 내용의 중요성을 보여주기 위해서라기보다는 고백의 형식 그 자체를 강조하기 위해서 쓰이고 있다. 주인공이 누차 말했듯이 고백의 이유가 문제의 해결을 위한 조력을 요구하는 것에 있지 않다는 것이 그것을 말해준다.

그렇다면 주인공 K는 왜 그렇게 강조에 강조를 거듭하면서 고백을 말하려는 것일까. 고백 내용은 성적 욕망과 본능을 숨길 수 없다는 은밀한 내면이지만, 중요한 것은 고백의 내용이 아니라 고백을 진실하게 하고 있다는 사실 그 자체이다. 왜냐하면 어떠한 윤리적 비난의 손해를 감

---

369) 김동인, 「마음이 옅은 자여」, 『배따라기』, 동서문화사, 1984, 106쪽.

수하더라도 부끄러운 내면의 고백을 정직하게 실행할 수 있는 인간상
이야말로 김동인이 생각한 근대적 개인의 창조, 그가 창조한 1920년대
의 새로운 인간형이기 때문이다. 1910년대까지의 근대 소설사를 특징
짓는 가장 중요한 단어를 '논설'과 '서사' 그리고 '계몽'이라고 한다면,
1920년대 이후 소설사의 출발을 알리는 핵심적인 단어들은 '개성'과 '자
아'가 된다. 문학사에서 서간체소설은 분명 개인의 고백적 서사로 근대
적인 자아와 개성의 발견을 보여주는 것으로 평가된다.[370)

　여기서 서간체의 사회적 기능이 잘 드러난다. 서간체소설은 새로운
시대 조류의 도래로 인해 민감한 문제를 공론화시키되, 이 과정에서 따
를 수 있는 윤리적 비난이나 책임을 면제받는 형식으로 만들어졌다는
사실이다. 이러한 사실은 윤리적 금기를 깨는 내면 고백을 편지 형식을
빌어 토로하고 있는 조명희의 「R군에게」(1926)에도 동일하게 적용될 수
있다. 작가가 자신의 체험과 고백적 이야기를 쓰는 데 가장 적합한 표현
방식이 편지 형식을 빌린 것으로 짐작된다. 먼저 제목부터 생각해보자.
제목에 주제를 암시하는 「마음이 옅은 자여」와는 달리 편지 형식 서간체
소설 대부분이 그렇듯이 제목부터 평범한 편지투이다. 적잖은 서간체소
설의 제목이 평범하게 '~에게' 식으로 명명된 것처럼 제목에 별다른 의
도가 들어있거나 주제를 암시하지 않는다. 이는 독자가 '제목의 아우라'
에 사로잡혀 편지 사연이자 소설 내용의 본질에 선입견을 가지고 대하
지 않게 왜곡이 일어나지 않도록 막는 장치라 풀이할 수 있다.

　독자가 제목의 의미에 집착할 때 주로 생각한 것은 "왜 하필 R군일
까?", "R군이 대체 누구일까?" 등등이다. 그러나 제목으로 의미 찾기나
내용 예상하기를 포기하고 편지글 4편을 한 편씩 읽다보면 이미지가 점
차 구체화되어 처음에는 잘 떠오르지 않던 생각을 깊이 하게 만든다. "왜

---

370) 김영민, 『한국근대소설사』, 솔, 2003, 496쪽.

화자는 송마리아라는 여자에 대해 그토록 극심한 감정의 변화를 보인 걸까?", "아내가 곁을 떠나고 감옥에서 5년간의 징역이 남아있는 순간 편지를 보내며 어떤 생각이 들었을까?" 등.

편지글 속에서 화자와 송마리아의 관계는 가히 정상적이라고 할 수는 없는 관계이다. 처음에는 송마리아가 자신의 죽음으로 협박을 하며 '나'에게 사랑을 구할 때부터 마지막에 시원스럽고 덤덤하게 송마리아를 H에게로 떠나보낼 때까지. 그렇다 특히 송마리아가 H의 아이를 임신했다는 사실을 알고 나서부터 둘은 벼랑 위에 서있는 듯 아슬아슬한 관계를 유지하게 된다. 당시 '나'도 자신의 심정을 '높고 날카로운 봉우리에 선 것 같아' 라고 표현할 만큼, 어찌 보면 히스테리를 부리는 것 같이 느낄 정도로 굉장히 예민한 감정의 기복을 보인다. 이런 '나'의 감정 변화는 인간의 감정이 극한 상황에서 얼마나 극도로 치달을 수 있는지를 보여준다.

편지 발신자이자 서술자인 '나'는 송마리아가 떠나고 나서 공허함을 느끼면서도 새로운 힘을 느끼며 다시 새 출발을 할 수 있을 것 같다는 확신을 하며 서신을 끝낸다. 송마리아는 '나'가 사랑을 하며 필요로 하는 존재였지만, 동시에 그만큼 '나'에게 많은 고뇌를 안겨주는 인물이기도 하다. 그렇기에 '나'는 송마리아가 떠나면서 오히려 마음이 가벼워지고 성장한 것 같은 기분을 느낀 것이다. 그러나 남의 은밀한 '편지를 훔쳐 읽는' 형국의 암시적 독자들은 과연 '나'가 결별한 상황이 이전보다 잘됐다고 여겼을지는 확신할 수 없다. 적어도 송마리아가 떠난 상황에서 '나'가 '차라리 이 여자를 만나지 않았으면'이라고 생각하지는 않을 것이다.

편지 수신자와 동일인이면서 훔쳐보기의 당사자인 독자들은 마지막 제 4신까지 다 읽게 되면 발신자이자 화자인 주인공의 심정에 감정이입 되게 마련이다. 송마리아가 사랑을 느끼게 해준 그 이상으로 주인공에게 너무 많은 시련과 고뇌와 고통을 안겨준 사실을 확신하게 만든다. 그러나 그녀가 떠나고 난 뒤 너무나 공허하고 고통을 느끼면서도 덤덤할 수 있는 이유는 '나'가 송마리아의 존재 자체를 부정하고 그녀를 잊기 위해 몸부림치지 않았기 때문이다. 한때 사랑했던 사람을 잊으려고 하는 대신, 그녀로 인해 겪었던 모든 상황들을 체화하고 받아들여 그를 통해 자신이 한 발자국 더 성장한 것을 느꼈기에 담담하게 평정심을 유지한 것이다. 그렇기 때문에 독자들은 '나'가 송마리아를 아예 모를 때와 지금 그를 떠난 보낸 후에 상황의 비교우위를 따질 수가 없는 것이다. 작가의 분신으로 짐작되는 편지 수신인이자 화자인 R이 볼 때, '나'라는 발신인은 시련과 공허 속에서 새로운 자신감과 힘을 얻었다는 것을 독자들은 자연스럽게 알게 된다.

이 작품은, 서간체소설과 일기체 소설이 삽입된 액자형 소설인 「마음이 옅은 자여」와는 달리 온전한 서간체소설이다. 즉, 총 4편의 서신으로 구성된 서간체소설에서 편지 한편이 서사 구성의 한 단위로서 4편의 편지가 연결되어 한편의 소설로 통일된다. 같은 주인공 발신자가 같은 수신자에게 보낸 일방 송신형이기 때문에 불연속적인 4편의 편지가 연속성과 통일성을 이루고 있다. 독자가 남녀 간의 불륜과 막장 드라마 같은 서사 내용에 동조하거나 몰입되지 않게 만든 문학적 장치가 바로 불연속적인 편지 4편으로 나뉜 서간체 플롯이라 할 수 있다.

현실적인 관점에서 이 소설의 '나'는 그저 송 마리아라는 악녀에게 놀아난 무기력하고 불쌍한 남자다. '막장 드라마'에서나 나올 법한 자살 소동, 상습적인 외도와 불륜, 다른 남자의 아기를 가진 아내 등이 등장하는 세태소설이라고밖에 생각되지 않는다. 그렇지만 '나'가 아내의 배신을 용서할 수 있었던 이유는 동경 생활과 감옥에서의 자아 성찰임을 밝히는 근거로 편지라는 장치가 활용된 사실이 중요하다. 1신부터 4신까지 편지 사연을 통해 편지 발신인이자 주인공인 '나'가 동경 시절부터 동지들로부터 상처 받아 환멸을 느끼고 경찰서에서 고문당하면서도 자기 신념을 지켰기에, 아내의 불륜과 배신조차 용서함으로써 마음의 평화를 갈구했다는 내력이 설득력을 갖게 되는 것이다. 이것이 편지의 힘이라 하겠다.

송영의 「**다섯해 동안의 조각편지**」도 3편의 편지로 구성된 온전한 서간체소설 작품이다. 각각의 편지는 '1924년에 온 편지', '1926년에 온 편지', '1928년에 온 편지'로 독립되어 있다. 3편 모두 만주에 있는 발신자 '나'가 서울에 있는 동지들에게 생활상을 보고하는 편지들이다. 독립된 단편들은 청국의 노동자로서의 고생, 사랑하는 신애스더 양의 떠남, 젊은 노동자의 타락, 그리고 '보배'라는 여인과 함께 살면서 교사생활을 하고 있다는 소식을 전해준다.

마찬가지로 김명순의 「칠면조」, 나도향의 「십칠 원 오십 전」 등의 소설도 온전히 서간으로만 이루어져 있다. 이들 작품의 서술자이자 발신자는 한 사람이고 단 한 통의 서간으로 작품 전체가 이루어진다는 특징을 공통적으로 지닌다. 이는 서간의 서술 방식을 빌어 일반적인 서사가 갖는 서술 주체에 의해 간접적으로 서술하지 않고 초점 주체와 서술 주체를 일치시켜 서술 내용이 신빙성을 획득하고 하나의 관점에 의해 서술되어 사건에 대해 갖는 서술 주체의 시각을 보다 분명히 독자들에게 전달할 수 있다는 강점이 있다. 그러나 이러한 서술 방식은 그것이 지니는 일방성으로 인하여 서술이 매우 단조롭고 사건에 대한 다양한 시각을 보여주지 못하는 한계를 동시에 보여준다.[371]

외국인 스승에게 보내는 서간 형식으로 된 김명순의 「**칠면조**」는 작품의 처음부터 끝까지 한 통의 편지로 되어 있다는 점이 특징적이다. 가난한 일본 유학 생활에서 느끼고 체험한 애절한 심경을 기록한 이 작품은 편지라는 형식을 빌지 않았어도 될 만큼 일방적인 서술을 사용하고 있

---

371) 최병우, 「한국근대1인칭소설연구」, 서울대 박사논문, 1992. 참조.

다. 미완으로 끝난 이 작품은 박순일이라는 여성이 일본 유학을 가서 보증인 문제로 고뇌하다 우연한 도움으로 원하던 학교에 입학이 되어 고생을 하면서 다닌 사연이 시간 순에 따라 서술된다. 발신자인 '나' 박순일은 수신인인 니나 슐츠 선생에게 연모의 감정을 지니고 있다. '나'는 니나 슐츠에게 저간의 사정을 해명하기 위해 편지를 쓴 것으로 보인다. 즉 편지가 지닌 상호 교신이라는 기능보다는 사건의 전말을 독자에게 보여주는 기능을 담당한다.

이들 서간체소설은 수신자를 전제로 의사소통을 지향하는 소설이다. 발신자를 세상의 주체로 만들어줄 수 있는 가장 확실한 타인으로서 수신자의 존재는 서간체소설의 매우 중요한 요소인 것이다. 따라서 서간체소설이 1인칭 시점을 택하고 있다 해도, 회상소설이나 자전소설처럼 독백이 아닌 고백이 된다. 수신자는 이야기 안에 존재하며 발신자에게 커다란 영향력을 행사하는 인물이기도 하고, 때로는 답신 편지를 띄어 스스로가 발신자가 되기도 한다. 그러나 수동적으로 발신자의 이야기만을 들어주는 명목상의 존재에 불과한 경우도 있다. 능동적 수신자와 참여적 수신자는 수신자가 이야기 안에 등장하여 제시되는 사건에 직접적으로 관여하는 수신자이다. 발신자와 같이 사건을 경험하는 인물이고 또한 발신자로 하여금 편지를 쓰도록 하는 직접적인 원인을 제공하는 인물이기도 하다. 능동적 수신자는 편지를 띄운 발신자에게 자신도 편지를 띄우며 호응을 하는 적극적인 수신자이고, 참여적 수신자는 발신자에게 일정한 영향력을 행사하지만 편지로써 호응을 하는 수신자는 아니다. 수동적 수신자는 이야기 밖에서 나타난다. 이러한 수동적 수신자는 발신자의 고백에 대하여 접수자로서만 기능을 한다.[372]

지금까지 논의한 '온전한 서간 중심'의 서간체소설과는 달리 이광수

---

372) 정경희, 앞의 글 참조.

의 「유정」(1933)은 특이한 형식을 갖춘 서간체소설이다. 작품에서는 서술자이며 편집자인 '나'에 의하여 서간이 자유자재로 연결되기도 하고 배열되기도 한다. 화자 '나'는 주인공인 '최석'의 편지, 그와 불륜관계라는 누명을 쓴 남정임의 편지, 그리고 최순임의 편지를 받는다. 게다가 이 편지들과 죽음을 앞둔 최석이 몰래 읽으라고 준 일기장까지 재배열, 편집하면서 '나'는 이들 사이에 얽힌 사랑과 오해 등을 세상사람들에게 해명한다. 그럼으로써 작가는 불특정 다수인 독자들이 모자이크처럼 얽힌 소설 등장인물의 사연을 퍼즐 맞추기처럼 제대로 재구성해내고 결국에는 오해를 불식시키도록 해설자 구실을 한다.

작품에서 편지 수신인인 화자는 여럿에게서 받은 여러 통의 편지를 재배열하고 편집할 뿐만 아니라 편지 바깥의 실제 세계에선 송신자 최석의 죽음을 맞아 장례식까지 주관한다. 그만큼 그는 단순한 수신자가 아니라 작중인물로부터 받은 편지를 배치하고 해설하고 의미를 부여하는 전지적 지위를 지닌 작가의 분신이라 할 수 있다. 거기에다 한 걸음 더 나아가 독자를 실제적인 현실로 유도하고 계몽하는 역할까지 한다. 이런 점에서 이 작품은 그 어떤 소설보다도 독자를 의식한 서사전략을 구사한다. 이광수답다.

하지만 이처럼 서간체소설 화자가 독자에게 직접적으로 자기 존재를 드러내는 작품은 드물다. 대부분은 화자가 서간으로만 자신을 간접적으로 드러낼 뿐 직접적으로 서사에 개입하지 않는다. 독자는 서간에 서술된 사건을 통하여 서술되지 않은 사건을 상상해야 한다. 뿐만 아니라 독자는 이 편지에서 다음 편지에 이르는 동안 탐색자로 행동하기를 요구받는다. 그러나 「유정」의 경우는 직접적인 독자 개입을 요구하고 있기 때문에 이러한 서간체소설 특유의 간접적인 상상공간을 축소시키게 된다.[373]

---

373) 윤수영, 앞의 글 참조.

고백의 서사를 통한 계몽의 의도가 서간체소설의 일반적인 특징이긴 하지만 이광수 경우는 「어린 벗에게」부터 「유정」까지 그 의도의 노골성과 작위성 때문에 근대 소설의 발전에는 그다지 큰 기여를 하지 못했다고 판단된다. 편지와 일기를 통해 남의 사생활을 생동감 넘치게 실시간으로 훔쳐본다는 착시효과 덕에 독자들의 대중적 인기는 누릴 수 있었다. 독자의 호기심을 충족시키고자 스토리 전개에 지속적인 긴장과 흥미를 불러일으키게 만드는 추리소설적 요소까지 더해 신문연재소설 독자들의 통속적 지지는 많이 받았다. 이광수의 서간체소설은 베스트셀러는 될지언정 근대적 자기성찰이나 민족 현실의 발견 같은 현실주의적 통찰에는 별반 기여하지 못한 셈이다.

노골적으로 독자를 가르치려 드는 이광수 작품의 작위적 계몽과는 달리 1920~30년대 서간체소설 대부분은 서간 양식이 가진 고백의 서사를 통해 근대 계몽의 의지와 민족이 처한 현실을 올바르게 인식하게 하였다. 가령 강경애의 **「원고료 이백 원」**의 경우 서간체가 계몽의 수사학 기능을 자연스레 수행하고 있다. 작자는 이 글에서 자신이 전하고자 하는 바를 서간체 형식으로 수신인 K에게 차분히 풀어낸다. 주인공 '나'는 작가 강경애의 분신이며 이 작품 자체가 『동아일보』에 장편 『인간문제』를 연재하는 중에 생겨났을 법한 실화를 소설화한 자전적 소설로 추측된다. 소설 내용은 소설가인 여주인공 '나'가 K에게 보낸 반성문격 편지이다. 사연인즉 장편소설의 신문 연재 원고료로 큰돈이 생기자 가난을 벗어나게 되었다고 좋아했지만 남편이 감옥에 있는 동지들을 도와야지 어떻게 자신만의 행복을 위해 그러냐고 책망하는 데서 발단된다. 급기야 뺨까지 맞고 몹시 억울해 하지만 결국 남편 말이 옳음을 깨닫고 반성한다는 내용을 담담하게 고백한 편지이다.

편지 발신인이자 화자 '나'는 K라는 특정 발신인 개인에게 고백적 반성문을 보낸 셈이지만 그 사적인 성찰이 불특정 다수 독자와 그들이 속한 식민지 조선사회 구성원을 향한 강경애의 처절한 외침으로 보아야할 것이다. 독자들은 작자가 발신인을 통해 제시하는, 사회적 가치를 교환가치보다 우위에 두는 메시지에 동조함으로써 식민지 근대가 지향해야 할 바람직한 세계관을 지닌 진정한 공동체 성원이 되게 만든다. 서간이 한 개인의 정체성을 확립시키는 글쓰기였다는 것은 분명하지만 서간양식을 이용한 작가들의 작품 속에서 교육과 현실 인식을 위한 계몽의 수사가 지속적으로 반복되는 것이다.

지금까지 서간체소설 몇 편을 분석해보았다. 적잖은 서간체소설의 제목이 평범하게 '~에게'식으로 명명된 것은 제목이 작품 내용을 암시하거나 예고편적 기능을 하지 않게 만든다. 「슬픈 승리자」, 「유정」 같은 예외를 제외하면, '~에게'나 '~의 편지' 같은 제목 명명은 별다른 의미를 지시하지 않은 터라 독자가 '제목의 아우라'에 사로잡혀 글 내용의 본질을 왜곡하는 일이 일어나지 않도록 막은 것이라고 볼 수 있다. 제목이란 작품이나 강연, 보고 따위에서, 그것을 대표하거나 내용을 보이기 위하여 붙이는 이름이지, 반드시 작품의 핵심내용을 담아야 하거나 꼭 내용을 대표하는 주제를 드러내야 하는 것은 아니다. 오히려 이광수 소설 제목의 명명법처럼 제목부터 주제와 메시지를 암시하는 게 아니기에 대부분의 서간체소설들은 편지 발신자가 보낸 사연에 담긴 내용을 파악함으로써 자연스레 작가의 세계관에 동조하게 되는 것이다.

그렇다면 이들 서간체소설에서 서간 또는 서간체, 편지 형식이 작품 속에서 거두는 미적인 효과는 무엇인가? 서간체가 소설의 주제를 드러내는데 기여하는 방식에 따라 그 기능을 나눈다면 '현실의 재현, 소통 욕망의 표현, 내적 성숙의 고백, 사건의 해명' 등을 들 수 있다.[374] 먼저 편

---

374) 정경희, 「현대서간체소설 연구」, 한양대 석사논문, 2004.8. 참조.

지는 현실을 재현하는 기능이 있다. 이 때 편지라는 실용적인 형식이 소설에 차용되어 한 편의 편지이자 소설이 되었다는 사실 자체가 이미 현실을 재현한다는 의미가 있다. 다음으로 편지는 타인과의 소통 욕망을 효과적으로 표현해내는 기능이 있다. 편지는 가장 개인적인 내면을 드러낼 수 있는 도구이며 수신자가 이미 발신자의 신뢰와 친밀감을 얻고 있을 때 가능하기 때문이다. 삶의 진정성을 모색하고 또 소통 욕망의 대상이자 수신자에게 내적 정황을 진실하게 털어놓기에 적합한 도구로서 서간의 기능이 드러난다. 세 번째로 편지는 내적인 성숙을 고백하는 기능이 있다. 특유의 이중적인 시간의 간극을 이용하여 발신자는 자신의 내적 성장을 드러내 보일 수 있다. 이야기되는 시간에서는 인식하지 못했던 삶의 진실과 자신의 성숙을 이야기하는 시간에서는 드러낼 수 있는 것이다. 마지막으로 편지는 사건을 해명하는 기능이 있다. 사적인 진실을 규명하고 이해를 요구하는 의도로서 서간이 이용되는 것이다. 이는 객관성의 허울 속에 감추어진 삶의 진실을 엿보게 해주는 의의를 찾을 수 있다. 상식적인 현실세계에서는 납득되지 않을 사건에 대한 사적인 해명을 표하기 위한 의도로 서간 형식이 선택되었던 것이다.

지금까지 서간체소설의 서지를 정리하고 대표적인 텍스트 몇 편을 분석하였다. 다만 서간 자체를 중심으로 논의를 편 본서의 입론 특성상, 여기에서는 근대 서간 양식의 기준으로 서간체소설을 어떻게 전체로서 새롭게 파악할 수 있는지 문제제기 수준의 논의를 파편적으로 할 수밖에 없었다. 일제 강점기에 나온 서간체소설 60여 편에 대한 유형 분류와 주요 작품 분석을 통한 총체적 논의는 후일을 기약한다.

6.

결론: '편지의 시대'

동아시아의 고대 중세사회에서 서(書)는 문자 기록을 통칭했으나 차츰차츰 사람들이 일상적으로 교환하는 서간(편지)만을 가리키게 되었다. 그러다가 20세기 초에 근대적 우편제도의 발달과 함께 서간이 대중화되면서 서간의 실용성은 더욱 강화되었다. 서간의 대중화에 힘입어 서간 작성법과 관련된 교본류 출판물이 족출한 것은 자연스러운 현상이다. 이를 통해 사신으로서 서간의 자기고백성과 사적 영역은 탈색되고 서간의 공간(公刊)을 통한 상업화·문학화가 가능하게 되었다. 18~19세기에 편지시대가 꽃피었던 서구나 조금 늦은 일본[375]과는 달리, 우리나라의 경우 서간이 실생활에서 큰 구실을 하는 '편지의 시대'가 도래하고 문학과 글쓰기 장의 주요 갈래로 인정된 시기는 1920~30년대라 할 것이다.[376]

지금까지 '근대적 글쓰기(ecriture)로서의 서간(書簡, 편지) 양식의 복원·복권'이라는 문제의식을 가지고 20세기 전반기 일제 강점기에 나온 '공간(公刊)된 서간[publishing letter]'을 본격 논의하였다. 서간을 제대로 연구하려면 기존의 문학중심주의에서 벗어나 '문화 및 글쓰기의 장' 속에서 새롭게 논의를 펴는 것이 필요하다는 문제의식이 출발점이었다. 이에 따라 20세기 전반기에 인쇄된 서간, 서간문, 척독, 서간집, 서간문학이 실린 단행본, 교과서, 잡지 수록 텍스트를 망라하여 서간 자료를 체계적으로 논의하였다.

먼저 문학사·문화사 연구에서 소외되었던 '서간(書簡)'을 대상으로 그

---

375) 다카하시 야스미츠(高橋安光), 『手紙の 時代』, 1995. 참조.

376) '편지의 시대'의 외적 조건과 내적 의미에 대한 문학사가 조동일의 규정은 다음과 같다. "우편제도가 정착되고, 가족과 헤어져 객지에 나가는 사람이 늘어나고 해서, 편지 쓰는 일이 많아졌다. 모필 대신 철필을 사용하고, 종이 값이 싸지자, 사연이 길어진 것이 편지시대를 만든 외부적인 조건이다. 상하 관계의 격식이 흔들리는 것을 염려해 안부편지라도 길게 써야 하고, 만나서 말할 수 있는 용건이라도 편지에다 적어야 한층 정중하고 호소력이 크다고 여긴 것이 편지시대의 내부 풍속이었다." 조동일, 『한국문학통사』 제5권(제4판), 559쪽.

근대적 형성·변천과 '독본(讀本), 정기간행물, 단행본' 등 각종 매체에서의 존재양상을 정리하였다. 이들 공간된 서간을 유형에 따라 ①서간체 논설, ②서간체 비평, ③서간체 기행, ④서간체 수필, ⑤서간체 시, ⑥서간체 우화, ⑦서간체 광고, ⑧실용서간 기타, ⑨서간체소설 등으로 분류하여 대표적인 텍스트를 분석하였다.

다른 한편 근대 서간 양식의 역사적 계보를 연구하였다. 1910년대엔 종래의 한문편지인 서찰·간찰이나 중세 한글편지인 언간·내간의 규범 대신 새로운 서간 문범이 족출했음을 밝혔다. 1920년대 들어 근대적 지식의 계몽수단으로 교본화·규식화되어 유통되었던 서간 문범의 용도가 다양해짐을 알 수 있었다. 근대 서간양식이 서간체 기행이나 서간체소설 등의 장르적 장치로 활용되거나 연애 열기의 적극적 매개수단인 연애서간집으로 널리 유통되었던 것이다. 1930년대 들어서서는 연애서간집의 유행이 급격하게 시들고 대신 전문 문인 중심의 문학서간집 비중이 크게 늘어나게 된다. 1930년대 문인 서간집을 보면, '필사본 서간-서간문-잡지-출판사' 등으로 편지가 출판 상업주의 시스템 속에서 기획 유통되면서 '인쇄된 근대 서간'의 문학 지향과 상업화를 확인하게 된다.

이러한 근대 서간의 양식적 특징은 무엇인가? 그 특징은 특정 수신자를 전제한 주체의 자기표현으로 정리할 수 있다. 서간은 서정시와는 달리 산문으로 쓰여진 주체의 자기표현 양식으로 이해될 수 있다. 그러나 불특정 다수 독자를 향한 1인칭 독백 산문이라 할 수필과는 또 다르다. 서간은 주체화의 형식일 뿐 아니라 특정 수신자를 전제한 의사소통이라는 점에서 사회적 관계의 형식이기도 하며, 나아가 세계 경험 자체를 바꾸어놓는 매개이기도 하다.

서간문용 문체는 본질적으로 문어체와 구어체의 중간형태의 문장 특징을 드러낸다. 근대 이전의 서간이 문어체에 충실했다면 그 내용과 표현상 논리와 감정을 통합하는 글쓰기인 근대 서간은 한문 상투어구로 일관된 매뉴얼화된 척독의 규범으로부터 벗어나 내용과 형식에서 자유로운 표현과 일상적 구어체로 전환을 시도한 것이다. 결국 근대 서간양식의 가장 중요한 기여는 일상적인 언문일치체 문장을 통한 사회적 소통방식의 정착이라 하겠다.

인쇄된 근대 서간의 주요한 기능 중 또 다른 것으로 근대화 기획의 하나로서 자유연애로 대표되는 근대 열기에 들뜬 대중 독자들에게 근대화과정을 대리만족시켜주는 위안으로서의 구실도 생각할 수 있다. 자유연애 같은 새로운 근대 기획에 주체적으로 참여하고 있다는 동참의식과 안도감, 그것이 바로 유행처럼 번진 서간문집의 간행과 모방 글쓰기의 사회적 기능이자 역사적 의미인 셈이다.

근대적 글쓰기가 조선어로서의 '한글'이라는 문자로 언문일치를 실천하는 것이라고 할 때 척독, 서간집, 잡지 속 서간 등을 통해 근대에 대한 교양을 쌓고, 그것을 조선어로 실천하는 자로서의 공통분모가 편지의 발신인과 수신인(독자) 사이에 공감대로 형성된다. 따라서 이들이야말로 근대서간, 서간문학의 주체인 일반 시민과 민중일 것이다. 우리는 그들 근대 서간 주체를 '근대적 서간인(書簡人)'이라 부를 수 있을 터이다.

근대 서간의 사회적 기능은 처음에 서간의 외적 형식을 기능적으로 교육하는 계몽에서 출발하였다. 점차적으로 대중의 일상 문제를 해결하기 위한 '근대인의 일상 매뉴얼'로까지 기능이 확대되었다. 서간집이 단순한 편지 작성법 안내와 예문집에 머무는 것이 아니라 식민지 근대의 일상을 영위하기 위한 실용문 작성과 연애, 문학 등 당대 유행담론의 습득, 문화상품의 장으로까지 기능을 넓혀 '근대생활백서'가 된 것이다. 다만 안타까운 점은, 그것이 서간 지체가 지닌 시공간적 동시성의 환상만큼이나 식민지 근대를 제국주의 종주국의 근대와 동일시하도록 믿게 만든 일종의 착시현상이라는 사실이다.

그럼에도 불구하고 서간과 근대문학은 다양한 관계를 맺었다. 근대 서간(집) 양식은 문학사와의 길항관계 속에서 다양한 장르 교섭을 이루었다. 근대 서간양식은 지식인의 계몽 수단인 논설의 대체물인 서간체 논설과 비평으로 확대되었다. 다른 한편 근대적 일상을 영위하는 일반인들의 1인칭 심정 고백을 담은 수필의 대용품으로 서간체가 활용되었다. 무엇보다도 문인의 문학적 장치인 서간체 기행, 서간체 시, 서간체소설로 장르가 확산, 접합되면서 근대문학 형성 초기에 일정한 기여를 하였다.

이러한 서간 연구의 의의는 무엇일까? 근대 서간 양식 논의는 한국 근대문학과 국어교육 내지 글쓰기교육이 본격적으로 형성·분화·변천되는 과정을 살펴보는 데 유용하다. 근대적 계몽이 이루어진 식민지 근대의 교육과 계몽에 서간의 리터러시(Literacy, 文解力)가 어떻게 관여했으며, 근대문학과 근대적 글쓰기의 질서에 어떤 방식으로 관련되는지 알 수 있기 때문이다. 특히 편지를 읽고 쓸 줄 안다는 것이 근대적 의미의 교양인이 되는 첩경이었다는 점에서, 서간의 리터러시는 식민지 근대인의 '일상 매뉴얼, 근대생활 지침서' 구실까지 했음을 알게 되었다. 이는 서간이 단순한 언문일치나 소통의 근대성뿐만 아니라, 근대문학의 주도적 양식과 그 안에서의 각종 장르 간 경쟁과 위계화, 나아가 문예·문학·교육·문화와 연동되는 일종의 문화사 텍스트라는 가치를 부여할 계기로 작용할 것이다. 나아가 근대적 글쓰기로서의 서간의 위상을 복원·복권하는 의의를 지니게 될 터이다.

끝으로 본 저서를 마무리하면서 아쉬운 점 하나를 짚고 넘어가지 않을 수 없다. 서간문학 특히 서간체 시와 서간체소설에 대해서는 만족할 만한 성과를 내지 못했다는 사실이다. 굳이 게으름의 변명을 덧붙이자면, 이에 대한 총체적 논의는 서간 자체를 연구한 본 저서의 전체 분량과 맞먹는 별도의 작업이 필요하다는 사실을 깨달았다는 정도의 위안이다. 이런 점에서 여기에서는 근대 서간 양식의 기준에서 서간문학, 나아가 근대문학을 어떻게 '문학과 글쓰기'장에서 새롭게 분석할 수 있는지 문제제기 수준의 논의를 한 데 만족할 생각이다. 서간체소설 등 서간문학 전체와 근대문학의 관련양상에 대한 총체적 논의는 후일을 기약하기로 한다.

'인쇄된 근대 서간' 일람[377)]

1. 서간교본(서간문범)

정태진(鄭泰鎭)·大出正篤, 『일선대역서한문독습(日鮮對譯書翰文獨習)』, 新
文社, 1913? (1924 중판).

미상, 『시체언문편지투』, 미상, 1913? (『시체언문(時體諺文) 편지틀?』, 미상,
1922.)

이주완(李柱浣), 『증뎡시톄언문편지투(增訂時體諺文便紙套)』, 미상, 1915(匯
東書館, 1924, 연활자본).

미상, 『언문편지법(諺文片紙法)』, 미상, 1918.

미상, 『여자서간문(女子書簡文)』, 미상, 1918.

미상, 『독습일선서간문(獨習日鮮書簡文)』, 미상, 1918.

미상, 『언문편지투』, 미상, 1922.

미상, 『이십세기여자서간문(二十世紀 女子書簡文)』, 신구서림, 1924(3판).

미상, 『학생자습일선서한문(學生自習日鮮書翰文)』, 광한서림廣韓書林,
1923?(『신소년』 광고)

미상, 『서한문대요(書翰文大要)』, 미상, 1924.

미상, 『일선대역서한문독습(日鮮對譯書翰文獨習)』, 신문사(新文社), 1924.

황의돈(黃義敦)·신형철(申瑩澈), 『신체미문학생서한(新體美文學生書翰)』, 弘
文院, 1924; 문화서관, 1927년 11판, 1938년 8판).

장도빈(張道斌), 『조선서한문(朝鮮書翰文)』, 匯東書館, 1928.

---

377) 구한말과 일제 강점기의 인쇄 공간된 서간집(교본과 문집)과 서간(독본과 잡지 수록) 일람
이다. 잡지 소재 서간 일람은 워낙 분량이 많아 여기에는 5대 잡지 것만 일단 소개한다. 신문
등 다른 매체의 인쇄된 서간 일람도 조사 대상 과제이다. 다만 일본어 서간(집)은 제외한다. 한
편 근대 척독 일람은 홍인숙의 다음 논문 부록에 있어 제외한다. 「근대 척독집 간행 현황과 시
대별 변화 양상 – 1900~1950년대 간행된 척독집을 중심으로」, 『한국고전연구』 24, 한국고전
연구학회, 2011.

신길구(申佶求) 편, 『최신무쌍 일용대간독(最新無雙 日用大簡牘)』, 영창서관, 1928.

미상, 『日鮮對照 書翰文獨習』, 新民社, 1928.

미상, 『소년(少年)편지틀』, 신소년사, 1929(4판). (『신소년』 '少年叢書' 광고)

이명세(李明世), 『시체미문시문편지투(時體美文時文便紙套)』, 이문당(以文堂), 1929(1936 3판) (조선시문연구회(朝鮮詩文硏究會) 편, 정인보(鄭寅普) 序).

이규오, 『현대서간문(現代書簡文)』, 미상, 1930.

조선교육협회 편, 『노동(勞働)편지투』, 신소년사, 1931.(『신소년』 광고)

미상, 『신체서한문(新體書翰文)』, 중앙인서관, 1932. (『신소년』 광고)

김억, 『현대모범서한문(現代模範書翰文)』(초판), 한성도서주식회사, 1932.
= 한규상(韓奎相), 『모범서한문(模範書翰文)』(재판), 한성도서주식회사, 1935. (저작 겸 발행인 한규상) = 金岸曙, 『모범서한문』, 한성도서주식회사, 1954.

홍승기(洪承耆), 『조선서한문례(朝鮮書翰文例)』, 조선어문연구회, 19?? (허재영 편, 『조선문 조선어 강의록(중) – 일제 강점기 조선어 장려정책총서8』, 역락, 2011 영인)

송홍(宋鴻), 『현대신진실용서간문(現代新進實用書簡文)』, 東光堂書店, 1933.

신길구(申佶求) 편, 『시체미문학생일용서한(時體美文學生日用書翰)』, 永昌書館, 1934.

선우일(鮮于日), 『내선공용서한문집(內鮮共用書翰文集)』, 조선어연구회, 1937. =조선어연구회 편, 『공용서한문집(共用書翰文集)』, 조선어연구회, 1942.

이광수, 『춘원서간문범(春園書簡文範)』, 三中堂書店, 1939 초판, 1941년 5판(=삼중당, 1952 초판 =光英社, 1956, 초판 = 마루, 2003)

명성출판사(明星出版社) 편, 『조선명사서한대집(朝鮮名士書翰大集)』, 明星出版社/東文社書店, 1940.

한규상(韓奎相), 『현대상업서간문(現代商業書簡文)』, 한성도서주식회사, 1940.4.

서재수, 『일선서간문범(日鮮書簡文範)』, 삼중당서점, 1941(3판).

김억(金億(岸曙)), 『현대서한독본(現代書翰讀本)』, 한성도서주식회사, 1942.

조선어연구회(朝鮮語研究會) 편, 『공용서한문집(共用書翰文集)』, 朝鮮語研究會, 1942.

문세영(文世英), 『모범실용서한문(模範實用書翰文)』, 영창서관, 1943(초판, 1944 재판)

이태준(李泰俊), 『서간문강화(書簡文講話)』, 博文書館, 1943.(=박문출판사, 1948년 재간 초판)

송헌석/김동진, 『현대미문 청년학생척독』, 덕흥서림, 1946.7. (연활자본)

박영희 저, 이철경 글씨, 『한글습자 가정편지틀』, 정문관, 1947.

노천명, 『여성서간문독본』, 박문출판사, 1949(1951 재판).

송헌석/김동진, 『현대미문 청년학생척독』, 덕흥서림, 1946.7. (연활자본)

박영희 저, 이철경 글씨, 『한글습자 가정편지틀』, 정문관, 1947.

노천명, 『여성서간문독본』, 박문출판사, 1949(1951 재판).

임중재(任重宰) 편, 『(좋은 毛筆 펜글씨) 現代書簡文』, 교학사, 1953.

방기환, 『(新曰)書簡儀禮大全』, 尙文堂, 1954.

방기환·이상로(方基煥·李相魯) 공저, 『(모범模範) 서한사전(書翰事典)』, 東亞文化社, 1954. 8.15 (4판)

신한생활문화연구회(新韓生活文化研究會) 편, 『(모범문례模範文例) 현대서간문범(現代書簡文範)』, 明星出版社, 1954.

명문당 編, 『신여성 서간문(新女性書簡文)』, 명문당, 1955.

신기철, 『표준 서간문 신강(標準書簡文新講)』, 보문각, 1955.

광지사 편집실(廣知社 編輯室) 편, 『(쓰기 쉬운) 현대서한문범(現代書翰文範)』,

廣知社, 1956.

김용제(金龍濟) 편, 『(現代) 애정서한문범(愛情書翰文範)』, 章源社, 1956.

임성재, 『(펜글씨 모필 들은) 현대서간문』, 교학사, 1958. (유곡 정주상의 모필과 펜글씨 교본)

윤태영(尹泰榮), 『현대서한문범(現代書翰文範)』, 정음사, 1958.

학원사편집국 편, 『서간문 전서(書簡文全書)』(생활교양 4), 학원사, 1958.

대동문화사편집부, 『최신가정서한문(最新家庭書翰文)』, 大東文化社, 1959.

손승록, 『백만인(百萬人)의 우편지식(郵便知識)』, 신명문화사, 1959(초판).

2. 서간문집

미상, 『련애서간 진주의 품』, 미상, 1918? (=『진주(珍珠)의 품』, 광문서포(廣文書鋪), 1924.)

미상, 『련애편지투 이성(異性)의 선물(膳物)』, 미상, 1922? =『이성(異性)의 선물(膳物)』, 영창서관(永昌書館), 1925.

오은서[盧子泳], 『사랑의 불꽃』, 신민공론사/한성도서, 1923.2.5.(=청마사, 1925).

미상, 『청탑(靑塔)의 사랑』, 경성서관(京城書館), 1923.

미상, 『태서명가연애서간(泰西名家戀愛書簡)』, 조선도서주식회사, 1923.

정경석, 『(연애서간) 낙원(樂園)의 춘(春)』, 박문서관(博文書館), 1924.

노자영(盧子泳), 『신시대(新時代)의 서간집(書簡集)』, 미상, 1925. =영창서관 편, 『신시대(新時代)의 서간집(書簡集)』, 영창서관, 1931.

미상, 『청춘(靑春)의 꽃동산』, 삼광서림(三光書林), 1926.

신영철(申瑩澈), 『첫가을의 편지』, 개벽사, 1927.

미상, 『노동서한(勞働書翰)』, 문화서관(文化書館), 1934.

이성로(李城路) 편, 『문학청년서간집(文學靑年書簡集)』, 북성당, 1935.

방인근(方仁根) 편, 『청춘남녀서간집(靑春男女書簡集) 사랑의 편지』, 보문각, 193?.

유춘정(柳春汀) 편, 『(모범시적미문模範詩的美文) 최신문학서간집(最新文學書簡集)』, 京城閣書店, 1935.11.15.

서상경(徐相庚) 편, 『조선문인서간집(朝鮮文人書簡集)』, 三文社, 1936.

= 노춘성(盧春城) 외, 『영원(永遠)의 몽상(夢想), 조선문인서간집(朝鮮文人書簡集)』(한국현대수필집자료총서 제7권), 太學社, 1987.

노춘성(盧春城, 盧子泳), 『문예미문서간집(文藝美文書簡集) 나의 화환(花環)』, 미모사서점, 1939.11. = 『문예미문서간집(文藝美文書簡集)』, 삼중당, 1952. (개제 개고)

명성출판사(明星出版社) 편, 『조선명사서한대집(朝鮮名士書翰大集)』, 東文社書店, 1940.

= 이종수 편, 권상로 등 64인, 『조선명사서한대집(朝鮮名士書翰大集)』, 유길서점, 1946(초판).

= 이광수, 이기영 외, 『조선명사서한대집(朝鮮名士書翰大集)』, 동문사, 1948(초판).

대산치영(大山治永) 편, 『조선명사삼십삼인서간집(朝鮮名士三十三人書簡集)』, 永昌書館, 1941.4.25.(=제1편= 서상경(徐相庚) 편, 『조선문인서간집』; 제2편=유춘정(柳春汀) 편, 『(模範 詩的 美文) 최신문학서간집』; 제3편 = 노자영(盧子泳) 편, 『신시대(新時代)의 서간집(書簡集)』)

방인근(方仁根), 『춘해서간문집(春海書簡文集)』, 南昌書館, 1942. = 증보 개제 『춘해서한문집(春海書翰文集)』, 대지사, 1954.

방인근, 『현대미문 신서간(現代美文新書簡): 일명(一名) 청춘(靑春)의 비밀편지(秘密片紙)』(덕흥서림 1949.3.15. 초판, 1953.2.25. 3판)

노춘성, 『홍장미(紅薔薇) 필 때: 최신미문서간집(最新美文書簡集)』, 三中堂, 1949.

권상로 등 57인, 『명사미문서한집(名士美文書翰集)』, 대지사, 1954(3판).

조지훈,박목월,박두진,최정희 외, 『현대문예서한문(現代文藝書翰文)』, 계몽사, 1951.6.

방인근, 『(청춘남녀서간집靑春男女書簡集) 사랑의 편지(便紙)』, 제일문화사, 1952(초판).

이광수, 『사랑하는 영숙에게: 춘원 애정서한 실록집(春園愛情書翰實錄集)』, 문선사, 1955(초판).

박목월, 『구름의 서정시(抒情詩): 서정서간문(抒情書簡文)』, 박영사, 1957.

방인근, 『명사미문서간집(名士美文書簡集)』, 대지사, 1959. (이광수.여운형 등)

임옥인, 『(여성女性) 서간문강화(書簡文講話)』, 계명문화사, 1959.

윤치호, 『윤치호서한집 · 윤치호일기(尹致昊書翰集 · 尹致昊日記)』, 국사편찬위원회, 1960.

방춘해, 『현대서한문전서(現代書翰文全書)』, 경문사, 1961.

김영식 편, 『작고문인 48인의 육필서한집』, 민연, 2001.

3. 독본(교재) 수록 서간

3.1. 서간론

학부 편집국, 『신정 심상소학』 권2, 학부, 1897.1. 22과 시계를 보는 법이라

휘문의숙 편집부, 『고등소학독본』 권1, 휘문관, 1907. 13과 시간, 권2, 39과 인서(印書)

『보통학교학도용 국어독본』 권2(학부 편찬, 대일본도서주식회사 인쇄, 광무 11년 2.1. 1907) 13과 엽서와 봉함, 14과 우편국

『보통학교조선어급한문독본』 권5(조선총독부, 1918.3) 14과 서간문 작법

『보통학교조선어독본』 권1(조선총독부, 1930.3.31) 51과 어머니 엽서 왔습니다(71-73면) 서울 형이 고향집 아우에게 보낸 집안 식구 안부 엽서를 어머님께 읽어드리다

『초등국어교본』 상권(조선어학회, 1945.12) 28과 편지 (편지의 왕래 실명문)

『중등시문(中等時文)』(조선총독부, 1937.5.18) 상편 제3장 척독(상) - 갑 하년편(賀年片), 을 청첩, 병 文契, 정 名片, 무 便條, 기 郵片 29-33면; 하편 제4장 척독(하) - 경 보통 서간, 신 전보; 별쇄 삽회(揷繪) 서간 示例

3.2. 독본(교재) 수록 서간문

3.2.1 관찬 교재 서간

3.2.1.1. 초등 교재

『보통학교학도용 국어독본』 권3(학부 편찬, 대일본도서주식회사 인쇄, 광무 11년 2.1. 1907) 제23과 홍수 한훤(寒喧)

『보통학교학도용 국어독본』 권4(학부 편찬, 대일본도서주식회사 인쇄, 광무 11년 3.1. 1907) 제6과 운동회에 청요(請邀)

『보통학교학도용 국어독본』 권5(학부 편찬, 대일본도서주식회사 인쇄, 융희 2년 3.1. 1908) 제10과 모친에게 사진을 송정(送呈)함, 제11과 답서

『보통학교학도용 국어독본』 권6(학부 편찬, 대일본도서주식회사 인쇄, 융희 2년

3.1. 1908) 제18과 임금(林檎)을 증여하는 서찰, 제19과 동 답서

『보통학교학도용 국어독본』 권7(학부 편찬, 대일본도서주식회사 인쇄, 융희 2년 3.1. 1908) 제10과 서적을 청차(請借)함(26쪽) 어경룡/장진량 11과 동 답서(27쪽)

『보통학교학도용 국어독본』 권8(학부 편찬, 대일본도서주식회사 인쇄, 융희 2년 3.1. 1908) 제5과 여매제서(與妹弟書), 제15과 우인(友人)의 자친상(慈親喪)을 조위(弔慰)함, 제16과 동 답장

『(정정) 보통학교학도용 조선어독본』 권8(조선총독부, 1912. 명치 44.6 초판, 대정 2.1 5판) 9과 편지

『보통학교조선어급한문독본』 권4(조선총독부, 1918.3) 7과 우인(友人)의 자친상(慈親喪)을 조위(弔慰)함, 18과 여매제서(與妹弟書), 51과 서적을 請借함

『보통학교조선어급한문독본』 권5(조선총독부, 1918.3) 14과 서간문 작법, 15과 수해중문후(水害中問候), 29과 수신(晬辰)을 하(賀)하는 서, 41과 한중탐절(閑中探絶?)

『보통학교한문독본, 제5학년용』(조선총독부, 1923.12.20) 64과 上父書 부주전 상백시~ 餘不備 上平書하노이다 연월일 자 복동 상서 (42-43면), 66과 기이제서(寄二弟書) 44면

『보통학교조선어독본』 권3(조선총독부, 1923.6.5) 10과 편지, 21과 문병

『보통학교조선어독본』 권4(조선총독부, 1924.1) 2과 경성 종제(從弟)에게, 9과 선생님께, 11과 신의주에서, 15과 주문서, 22과 우인(友人)의 친상에 조장(弔狀)

『보통학교조선어독본』 권5(조선총독부, 1924.1) 2과 화유(花遊)의 청요(請邀), 8과 매제에게, 19과 자재가 상부서(子在家上父書)

『보통학교조선어독본』 권6(조선총독부, 1924.2) 9과 수해중 문후, 17과 평양에서

『속성 조선어독본』, 충청남도, 1929, 11과 가정통신 – 아바님 전샹서 22쪽 (자모 아들아무개/부친) 답가아서 – 부답서 23쪽

『보통학교조선어독본』 권1(조선총독부, 1930.3.31) 51과 어머니 엽서 왔습니다(71-73면) 서울 형이 고향집 아우에게 보낸 집안 식구 안부 엽서를 어머님께 읽어드리다

『보통학교조선어독본』 권2(조선총독부, 1931.3) 23과 편지 (58-62면)

『보통학교조선어독본』 권3(조선총독부, 1932.2) 20과 편지

『보통학교조선어독본』 권4(조선총독부, 1933.1) 27과 편지

『보통학교조선어독본』 권5(조선총독부, 1934.3) 8과 간도에서, 13과 배를 보내는 서찰

『보통학교조선어독본』 권6(조선총독부, 1935.3) 15과 어머님께

『간이학교 조선어독본』 권2(조선총독부, 1936) 4과 편지(동춘/아주머님 안부) 19과 편지

『초등조선어독본』 권2(조선총독부, 1939?) 18과 군인 지원을 한 오빠에게 국어(일본어)로 편지 쓰기

『초등국어교본』 상권(조선어학회, 1945.12) 28과 편지

『초등국어교본』 중권(조선어학회, 1946.4) 14과 편지 – 아주머님 보십시오 (귀국 통지), 27과 편지 – 형님 보십시오 (=4차교육령 독본 4권 27과)

『초등국어교본』 하권(조선어학회, 1946.4) 12과 편지 – 어머님 보시옵소서 (=4차교육령독본 6권 15과)

『초등국어교본』 중권(조선어학회) 12과 편지(최학송-조규원에게, 정지용-이태준에게), 17과 아들에게(김재훈)

3.2.1.2 중등 교재

『중등교육한문독본』 권4(조선총독부, 1930.4.20 번각) 전편 27과 답 이대성(이황) 71면, 후편 11과 간독(簡牘) 101면

『중등교육조선어급한문독본』권1(조선총독부, 1933.3) 조선어의 부部 7과 집에 잇는 부친에게, 24과 구사(舊師)에게

『중등교육조선어급한문독본』권2(조선총독부, 1933.12) 조선어의 부部 6과 시골에 잇는 벗에게, 우 회답(농촌활동)

『중등교육조선어급한문독본』권3(조선총독부, 1933.12) 조선어의 부部 17과 서간문(87-), 한문지부 11과 답 이대성(이황) 132면, 19과 답 조선국 신사 유추담(임 나산) 146-147면

『중등교육조선어급한문독본』권4(조선총독부, 1936.2) 22과 답림도춘

『중등교육조선어독본』권3(조선총독부, 1935.3) 조선어의 부部 17과 서간문

『중등교육여자조선어독본』권1(조선총독부, 1936.3.15) 4과 집에 계신 모친에게, 30과 구사(舊師)에게

『중등교육여자조선어독본』권2(조선총독부, 1937.1.28) 4과 졸업 귀향한 동모에게, 5과 우(右) 회답 16, 21면

『중등시문(中等時文)』(조선총독부, 1937.5.18) 상편 제3장 척독(상) - 갑 하년편(賀年片), 을 청첩, 병 文契, 정 名片, 무 便條, 기 郵片 29-33면; 하편 제4장 척독(하) - 경 보통 서간, 신 전보; 별쇄 삽회(揷繪) 서간 示例

『중등국어교본』상권(군정청 학무국, 1946.1) 5과 아버님전 상서, 28과 어머님께 올리는 글월(황의돈)

3.2.1.3 고등 교재

『(稿本)고등조선어급한문독본』권2(조선총독부, 1912.3.15) 37과 與弟行商出外書 56-58면

『고등조선어급한문독본』권4(조선총독부, 1912.10.15) 33과 여맹동야서(與孟東野書) 한유『唐宋八大文』78-79면, 44과 여최정자서(與崔正字書) 이항복『白沙集』107-111면

『신편고등조선어급한문독본』권1(조선총독부, 1924.2.20 번각 발행) 漢文之
部 10과 子在外上父書 111-112면, 49과 弟子在家上校長書 148-
149면

『신편고등조선어급한문독본』권3(조선총독부, 1924.4.5 번각 발행) 14과 우표
60-64면, 18과 조선 부업품 공진회 개황을 報 하는 서 78-88면 (월일
損弟 민춘식 배상, 한인수 인형)

『신편고등조선어급한문독본』권5(조선총독부, 1926.3) 朝鮮語之部 15과
從弟에게 81-86면, 한문지부 제8과 答陳商書 109-110면

『여자고등조선어독본』권1(조선총독부, 1923.2; 1926.11) 6과 유학 가신 언
니에게, 23과 근상(近狀)을 보고키 위하야 구사(舊師)께

『여자고등조선어독본』권2(조선총독부, 1923.3; 1928.11) 17과 모녀 간 왕복
서간

『여자고등조선어독본』권3(조선총독부, 1924.3) 18과 우표, 24과 강화(講話)
의 대요(大要)를 결석한 우인에게

『여자고등조선어독본』권4(조선총독부, 1924.3) 18과 사랑하는 매제에게

3.2.2. 민간 독본 서간(일부)

최남선 찬, 『시문독본(時文讀本)』초판, 1916. 「3. 어버이께(편지투)」「일본
에서 제(弟)에게」

최남선, 『시문독본』(정정합편, 임술판), 경성 신문관, 1918. 3과 누락, 「일본
에서 제(弟)에게」= 구자황 외편, 『시문독본』(최남선 찬, 근대독본총서1),
경진, 2009.11.

새벗사 편, 『어린이독본』, 회동서관, 1928. 「병든 꽃의 우름-눈물의 저
진 편지」= 구자황 외편, 『어린이독본』(새벗사 편, 근대독본총서3), 경진,
2009.11.

정열모, 『(現代)朝鮮文藝讀本』, 殊芳閣, 1929. 2과 편지 ㄱ. 입학후 모교 선생님에게

강매/朝漢文教員會 편, 『중등조선어작문』, 박문출판사, 1931.

= 장지영 교열, 『수정 중등조선어 작문법』, 박문서관,

1권 17과 글쓰는법 11 – 편지쓰는 법 29쪽, 18과 편지예1 – 인사편지 31쪽, 19과 동상同上2 – 안부편지 35쪽, 20과 편지예2 – 학업근면; 2권 1과 편지예1 – 축하 37쪽, 2과 동상2 – 동상 39쪽; 3권 1과 편지예1 – 봄편지 75쪽, 2과 동상2 – 봄의 고향 77쪽, 8과 편지예3 – 여름편지 9과 동상4 – 여름의 경성 89쪽, 13과 동상1 – 편지예 98쪽, 동상2 – 일본에서 아우에게 99쪽, 18과 편지예 – 겨울편지 108쪽, 19과 동상 – 동상, 20과 동상 – 우인의 개업 111쪽; 4권 10과 편지예 – 시험 실패 138쪽, 11과 편지예 – 병상의친우 139쪽, 12과 동상 – 동상 140쪽, 13과 편지예 – 부상위문(父喪 慰問) 142쪽, 14과 동상 – 구서(驅暑)여행 143쪽, 15과 동상 – 동상 144쪽, 25과 편지예 – 신년청(新年請) 163쪽; 5권 9과 서간문 – 졸업, 183쪽, 10과 동상 – 동상 185쪽, 11과 서간문 – 취직 186쪽, 12과 동상 – 동상 188쪽, 14과 서간문 – 금강산 구경 191쪽, 19과 서간문 – 실패한 우인 199쪽, 20과 서간문7 – 신문 발간(목차상 제목), 우인에게 신문 발간을 논함1,2, 답서 (본문 제목) 200-202쪽,

이윤재 편, 『문예독본』, 한성도서출판주식회사, (상권 1932, 하권 1933). 김억, 「고향에 돌아와서」 = 구자황 외편, 『문예독본』(이윤재 편, 근대독본총서2), 경진, 2009.11.

이광수, 『문장독본』, 대성서림, 1937. 「청년에게 아뢰노라」, 「상해에서」 (서간체 기행), 「소설가가 되려는 분에게」(서간체 논설)

이태준, 『문장강화』, 문장사, 1940. 「생일 초대 편지」 외[378]

---

378) 이 책의 98쪽 참조.

4. 주요 잡지 수록 서간[379]

4.1 『개벽』 수록 서간

서간 필자 (발/수신인)	제목 (장르표지/제목/내용)[380]	간행연월	게재면	비고
케이불[E. M. Cable]/편집자	개벽 편집자에게	1920.6.25.	38	창간 축하 영문편지와 번역
涓菴/편집자	개벽군에게 寄함	1920.6.25.	75~76	國漢 擬古文 창간 축하 편지
ㅅㅎ생	경성 P형에게 (5월12일 봉천에서)	1920.6.25.	102~107	
閔休[Hugh Miller]/편집자	개벽 축사	1920.6.25.	116	창간 축하 영문편지와 번역 (밀러 휴, 대영국 성서공회)
	最新 草書尺牘; 전 3권 정가 1원50전 [광고]	1920.6.25.	160(광고면)	
외둣/東初兄	「나」라는 것을 살리기 위하야 – 이 글을 東京에 멈을러 잇는 東初兄에게 드리노라	1920.7.25.	98~101	
TS생/K형	농촌의 홍성두군을 소개함 (7월8일 봉천 엇던 농촌에서)	1920.7.25.	102~109	

---

379) 본 연구를 진행한 3년간 손광식과 함께 일제 강점기에 나온 잡지 100여종을 뒤져 서간 텍스트 일람을 작성했으나 분량이 워낙 많아 다 싣지 못한다. 『개벽』『삼천리』『신동아』『조광』『조선문단』등 대표적인 잡지 5종에 수록된 서간 일람만 일단 보고한다. 매체별 서간의 존재양상 및 그 의미 분석은 후속 논문을 기약한다.

380) 잡지 서간 일람표에서 ' '에는 장르표지('雜文' 예), 소괄호 ( )에는 편집자의 부제나 부기 등 잡지 자체의 각종 표기를, 대괄호 [ ]에는 일람표 작성자의 설명과 부기를 넣었다.

ㄷㅅ생/ㄷ형	對境觸時의 感으로 ㄷ형에게 올림 (8월14일 저녁 취운정 귀로에서)	1920.8.25.	92~97, 114	
목춘학인/개벽사 동인	개벽사 동인 諸兄!!!	1920.9.25.	133	납부기일 연기 호소문
오상순	'新詩' 어느 친구에게	1920.11.1.	77	
독자/기자	讀者 交情欄	1920.11.1.	99~101	독자 편지와 기자 답신
안창남/여러 어른	오구리 飛行場에서 (10. 15일 밤에 初音館에서)	1920.12.1.	55~59	공개 편지
황석우	「犧牲花와 新詩」를 읽고 [서간체 비평 논쟁]	1920.12.1.	88~91	현철과의 논쟁 촉발 하대체
현철	비평을 알고 비평을 하라 [서간체 비평 논쟁]	1920.12.1.	82~104	하대체
독자/기자	讀者 交情欄	1920.12.1.	105~107	독자 편지와 기자 답신
江南賣畵廊	上海로부터 金陵까지 [서간체 기행]	1920.12.1.	117~126	
이돈화	'雜文' 세배들입니다 – 학생이 선생에게, 머슴군이 주인에게	1921.1.1.	46~51	
박春坡	겨울의 농촌생활을 들어써 – 편집실 계신 H형에게 [서간체 수필]	1921.1.1.	83~89	
황석우	주문치 아니한 시의 정의를 주겠다는 현철군에게 [서간체 비평 논쟁]	1921.1.1.	111~116	하대체
김유방	「비평을 알고 비평을 하라」를 읽고	1921.1.1.	117~118	황석우, 현철 논쟁에 대한 논평
독자/기자	讀者 交情欄	1921.1.1.	119~121	독자 편지와 기자 답신
三川界 夜星淑/벗	'文林' 酒朋에게	1921.1.1.	121	
독자/기자	讀者 交情欄	1921.2.1.	105~106	독자 편지와 기자 답신
김유방	우연한 도정에서 – 新詩의 정의를 論爭하시는 여러 형에게 (1921년 5월 9일) [비평 논쟁의 서간체 논평 비평]	1921.2.1.	123~126	서간투 경어체

현철	所謂 新詩形과 朦朧體 [비평 논쟁]	1921.2.1.	127~132	미완
독자/기자	讀者 交情欄	1921.3.1.	113~114	독자 편지와 기자 답신
朝梧學人/L兄	나의 懷抱를－滿洲에 계신 ㄴ兄에게 (529.9.4. 夜 9시 燈下에서)	1921.3.1.	116~117	'五二九.' 미상
	現行 郵便表	1921.3.1.	131	우편사 자료
東京 春弟/春兄	철창에서 느낀 그대로－京城 春兄에게 (결구; 62.3.14 동경 大塚坂下町 190 會館에서 春坡春弟)	1921.4.1.	62~64	春坡 박달성 편지
尹弼均/형님	['交情欄'] 異域에 春光을 띄고－故國 벗님들에게	1921.4.1.	104	교정란('독자교정란'의 개칭)
洪陽청년무리/황석우	잡지「서광」을 읽고－황석우군에게	1921.5.1.	80~81	홍양청년회의 공개 편지
朴魯英/李兄	미국학생의 자립성 (在米國 고학생의 편지)	1921.6.1.	82~85	
박동훈/너	['독자문단'란] 失戀을 하고	1921.6.1.	101~102	서간체 연시
尙永萬/兄	苦學生으로 兄에게	1921.6.1.	102	
石蘭生	임상순 (소설 말미 편지 2편 삽입) (이일선/임상순, 답서)	1921.6.1.	137~149	
石蘭生	임상순 (소설 말미 편지 2편 삽입) (이일선/임상순, 답서)	1921.7.1.	131~145	6월호와 동일작 재수록
浪葉/孤帆兄	孤帆兄에게 (창간 1주년 기념 현상문 等外)	1921.7.1.	문예면 19~21	
현상윤, 석송, 장응진, 현희운	考選餘感	1921.7.1.	문예면 57~58	
F. Starr 푸레데릭 스타-	本誌에 寄與한「스타」박사의 手信	1921.8.1.	55	
염상섭	南宮璧君의 死를 압헤노코 [추모사]	1921.12.1.	138~143	편지투 결구
金明淳	칠면조 [서간체소설, 나/나나 슐츠선생]	1921.12.1.	144~158	

염상섭	闇夜 – 어제밤 편지를 밧고 S·K씨에게 바치나이다 (未定稿) [편지 소재 소설]	1922.1.10.	문예면 53~	
ㅁㅅ생(목성생)	狼犬으로부터 家犬에게 – 삽살이 前 [서간체 우화, 동물 화자 서간]	1922.2.1.	72~75	
박승철	독일가는 길에(1) [서간체 기행]	1922.3.1.	73~76	
경서학인	문학에 쯧을 두는 이에게 [편지글투]	1922.3.1.	문예면 1	
김기전	봄날의 우로를 밟으면서 [각계에 보내는 편지형식]	1922.4.1.	41	
박승철	독일가는 길에(2) [서간체 기행]	1922.4.1.	62~65	
박승철	독일가는 길에(3) [서간체 기행]	1922.5.1.	108~112	
박승철	파리와 伯林 [서간체 기행]	1922.6.1.	56~60	연재 4회 표시없음
일집생/K兄	K兄에게	1922.6.1.	문예면 31~38	
박승철	독일지방의 二週間 [경어체 기행문]	1922.8.1.	41~51	
박승철	故「라텐아우」國喪當日의 伯林 [경어체 기행문]	1922.9.1.	58~62	
春坡/K兄	兩湖雜觀 [서간체 기행]	1922.10.1.	87~95	
一記者(김기전) X兄	新潟縣 出稼中에서 犧牲된 – 同胞의 遺族을 찻고	1922.10.1.	100~104	편지 끝 다른이 편지 부기
안창남	九死一生으로 大阪에 着陸하기까지 [경어체 보고문]	1922.12.1.	74~82	
강영소/이돈화	우리도 한가지일은 시작하엿습니다 – 1922년 10월 12일 荷哇伊 호노눌루港에서	1922.12.1.	89	
표랑소년	前兆 (원고 말미, "筆者曰/編者曰: 주소와 이름을 본사에 알려달라")	1922.12.1.	문 17~26	

稻香 (젊은 畫家A / C先生)	칠십원 오십전 [서간체소설]	1923.1.1.	문 56~75	
회월	기원 [연서 비견되는 돈호법 연시]	1923.1.1.	문 101~102	
이성환	먼저 농민부터 해방하라 [서두: "編者 足下" 편지형식]	1923.2.1.	33~	
春坡/M兄	多事한 癸亥 京城 一月을 들어 – 시골 게신 M兄에게 부치노라	1923.2.1.	62~69	박달성
張獨山	上海 雜感 [시가 형식의 감상 기행, 편지투 결구]	1923.2.1.	74~75	
金億/月灘氏	無責任한 批評 –「文壇의 1년을 追憶하야」의 評者에게 抗議 [서간체 비평 논쟁]	1923.2.1.	문 1~4	
起瀍	慶南에서 [형님! 편지투 일기]	1923.3.1.	93~98	
백기만	고별 [서간체 시]	1923.3.1.	문 20~21	
一記者/朴兄	'雪裏花開 四時長春'의 智異山(조사)	1923.4.1.	36~38	김기전
朴月灘/金億氏	抗議같지 않은 抗議者에게[김억과의 서간체 비평 논쟁]	1923.5.1.	72~77	
K生/小春兄님	飛行將校 徐日甫君 – 이 글을 小春兄을 通하야 故國에 게시는 同胞에게 들임 [보고 편지]	1923.5.1.	84~89	K生=김천우
검시어딤/요한君	어즈러움[주요한에게 보낸, 집 판 심경 고백 편지]	1923.5.1.	144~150	검시어딤=김동인
양주동	作文界의 金億 대 朴月灘 論戰을 보고 [비평 논쟁 논평, 말미에 편지투 부기]	1923.6.1.	54~57	

정병기	인간이라는 데에 대하야 서(이글을 월탄씨에게) [서간체 비평 논쟁]	1923.6.1.	64~65	
B생/開闢아	開闢 너는 어떠한고 [개벽지를 수신자로 설정한 서간체 논설 미디어비평]	1923.7.1.	60~61	
露雀	어머니에게 [돈호법 시와 서간체 경계]	1923.7.1.	문 76~77	
春坡	一千里 國境으로 다시 妙香山까지 [일기체 기행]	1923.8.1.	54~64	
東谷	항주 서호에서 [서간체 기행]	1923.9.1.	38~48	
金星/김兄	혼돈 – 4년만에 고국에 돌아와서 –	1923.9.1.	49~60	
외별/K兄	나날이 잘못되여가는 시골 – 그립든 시골을 대하고서 (곡산에서)	1923.9.1.	61~63	
春坡	妙香山으로부터 다시 國境 千里에	1923.9.1.	64~76	
김기진(빠르뷰스/로맨 로란)	빠르뷰스 대 로맨 로란 간의 논쟁 – 클라르테운동의 세계화 [빠르뷰스와 로맨 로란의 서간체 비평 논쟁 번역]	1923.10.1.	25~51	
梁明	만리장성 어구에서 – 내몽고 여행기의 일절 [서간체 기행]	1923.10.1.	94~97	
朴生/編者	北滿同胞의 情形 – 9.12 吉林에서 [편자 – 私信 공개 미안하단 附記]	1923.10.1.	97	위 서간체 기행과 연결
演齋	철원잡언 – 동경유학생학우회 강연단, 특히 철원 오셧든 演士에게	1923.10.1.	103	
反求室 主人 / L君	물산장려를 비난한 L君에게 寄함 (癸亥9월16일 밤 12시 桂山 反求室에서) [서간체 논설 논쟁]	1923.11.1.	31~35	

강학병/國境生	前號의 「北鮮來信」을 보고 - 國境生에게 叱正함	1923.11.1.	102~103	
유태경외/편집자	자유통정〈무엇이든지 써 보내시요〉 [3인의 자유통신]	1923.11.1.	108~109	
윤경식외/편집자	자유통정[강빈, 김기진 등의 통신]	1923.12.1.	114~115	
春坡	서울쥐로부터 시골쥐에게 (1) [서간체 우화]	1924.1.1.	70~77	
망향생/박선생	夜夜 故國의 夢 ('자유통정'란)	1924.1.1.	138	박선생=박달성
自靑生/編者	文藝篇을 늘녀주시오 ('자유통정'란) (답신 - 編者曰 대체로 당신의 의견에 찬성합니다)	1924.1.1.	139	
소수생/編者	海蔘威에서('자유통정'란)	1924.2.1.	38	
요한/編者	상해에서('자유통정'란)	1924.2.1.	38	
樹州/小春兄	주는것보다는 밧는편이 만혼 英國文壇 (목차:〈현문단의 세계적 경향〉최근의 영국문학)	1924.2.1.	문예면 76~79	
春坡/長尾宅 형님	다시 長尾宅 형님에게 - 서울쥐로 시골쥐에게(2) [서간체 우화]	1924.3.1.	95~98	
東幕一生/編者	「조선미술의 사적 고찰」은 엇더케 되엿슴닛가 [중단되었단 편자 답신 부기]	1924.3.1.	109	
滬上人	상해 片信 [상해 소식, 삼일절 기념식 깃발 비판]	1924.4.1.	106~108	춘원 필명(「청춘」)
네눈이/長尾宅 형님	서울에 낫타난 세가지 일을 드러 - 시골 게신 長尾宅 형님에게 (서울쥐로부터 시골쥐에게 (3) 편지)	1924.5.1.	48~54	
김영의/형님	米國은 混沌으로 기울어 짐니다(自由通信)	1924.5.1.	70~71	목차엔 '자유통정'란

네눈이/長尾 宅 형님	서울이란~ – 미추의 경성 (서울쥐로부터 시골쥐에 게 (4) 편지)	1924.6.1.	116~	
大喝生	학교를 歷訪하다가 교육 자 諸君에게[교육자의 행 실 비판, 서간체 논설]	1924.7.1.	52~53	
장진식	이돈화씨의「愛에 대한 疑 問」을 읽고 ('자유통정'란)	1924.7.1.	100~101	
김명호	농촌의 사정을 드러 ('자 유통정'란)	1924.7.1.	101~102	
전무길	「상해 片言」을 읽고 ('자 유통정'란) [호상인,「상해 片信」소감]	1924.7.1.	102	
이기영	옵바의 秘密便紙 [서간 삽 입 소설 〈현상문예 소설 3등〉]	1924.7.1.	137~152	윤수영 서간체소설 규 정 오류
魯啞者/아들	農村의 父老를 대하야– 在學하는 子女에게 [서간 체 논설]	1924.8.1.	14~19	
우대갈생	교육자를 대갈한 대갈생 에게 [서간체 논설, 49호 대갈생 반비판 편지]	1924.8.1.	51~	
靑吾/春坡	평양 모란봉에서 〈각지의 여름〉	1924.8.1.	78~	차상찬/박달성
이생/편집실 諸位	대구의 달성공원 〈각지의 여름〉 (목차 '달성공원에 서')	1924.8.1.	84~85	
春坡/靑吾	한강에서 〈각지의 여름〉 (목차 '한강 철교에서')	1924.8.1.	85~86	
馬乙伊/선생 님	선생님에게 들이는 글 ('학생 동무들의 夏休中 實感')	1924.10.1.	108~110	
염상진/小春 兄	西鮮을 본 印象 [소춘 김기 전에게 쓴 편지 보고]	1924.11.1.	66~67	
이병관/이돈 화	시간을 못 직히는 걱정 ('자유통정'란)	1924.11.1.	75	

김영배/편자	巴里 兄弟로부터 ('자유통정'란, 1924년 8월1일/파리재류인 친목회장 명의의 私信 공개 부기)	1924.11.1.	75~76	
박승철/김형	테임쓰 河畔에서 ('자유통정'란)	1924.11.1.	76	
네눈이	사람놈들 사회를 떠나면서(서울쥐로부터 시골쥐에게 (7)종결)	1924.12.1.	68~	
정백/농촌청년	농촌청년에게 보내는 글월	1925.1.1.	20~	
박승철/김형	愛蘭 떠블린에서 (12월 15일, '海內海外'란)	1925.3.1.	77	
요섭	상해 片信 (海內海外'란)	1925.4.1.	51~52	
ST/X군	感傷語의 一二 [2번째 글 48~50 편지]	1925.4.1.	44~50	
春坡/小春兄	['東西片信'] 황주에서	1925.5.1.	69	
박승철/김형	獨逸 폿쓰담에서	1925.5.1.	69	
팔봉	젊은 이상주의자의 死〈미완, 작자부기, 2회 완 未定稿〉[일기체 소설]	1925.6.1. 1925.7.1.	16~29 34~48	
이돈화	남만주행〈제1신, 흥경에서〉(독립단, 정의부의 활동) [서간체 기행]	1925.7.1.	문예면 105	
이광수	도산 안창호 선생에게	1925.8.1.	27~33	
一記者/간사	'南信北通' 안주 신학기성회 간사에게	1925.8.1.	88	
孔濯/C兄	또 다시 맛날 때까지	1925.8.1.	101~111	
박영희	화염속에 잇는 서간철〈수필〉[김기진, W 등의 편지 회고)	1925.11.1.	122~131	
박영희	「文藝瑣談」을 읽고서 - 所謂 朝鮮人의 亡國根性을 憂慮하는 春園 李光洙君에게[서간체 논설, 비평 논쟁]	1926.1.1.	문예면 111~117	

박돌이	죽어라 – 백두산 호랑이가 동물원 호랑이에게 [서간체 우화, 우화체 서간]	1926.2.1.	문예면 82~84	
조명희	R군에게 [서간체소설]	1926.2.1.	창작면 2~19	
起田/春坡	退步乎 進步乎? 평안도지방의 일부 인심(2월17일 夕) [서간체 기행]	1926.3.1.	81~86	
P生/K兄	그해 그달 그날 그때 (삼일운동 때 죽은 K兄에게, 2월15일)	1926.3.1.	95~97	
春坡/靑吾	旅中雜感 [서간체 기행]	1926.6.1.	93~94	박달성/차상찬
一記者	강화 片信	1926.6.1.	98	
春坡/靑吾	西行雜記 [서간체 기행, 평안도 참상 고발로 검열 1.5쪽 분량 삭제]	1926.7.1.	103~109	105,106쪽 일부 검열 삭제
春坡/靑吾	入京之初是 何地獄 ['西行雜記'의 연장, 유치장 5일 체험기 편지]	1926.7.1.	106~109	109쪽 일부 검열 삭제
김진구/김군	六年만에 본 나의 故國 – 東京 金墨君에게	1926.8.1.	72~75	
조동식	拜啓 [「개벽」지 속간 축하 서간]	1934.11.1	97	속간 축사들 중 서간체 축사
김해강	戀書를 태우며 – 첫 아츰 옛 戀人이엇든 太陽에게 주는 絶緣狀 [편지 소재 시]	1935.3.1	문예 면(하) 28~31	

4.2. 『삼천리』 수록 서간

서간 필자 (발/수신인)	제목 (장르표지/제목/내용)[379]	간행연월	게재면	비고
李光洙	先驅者를 바라는 朝鮮	1929.9.1.	9~10	
李光洙	上海에서	1930.5.1	72~74	
許憲/朴明煥	'獄中巨頭의 最近書翰集'[옥 중서한 특집] 許憲으로부터	1930.10.1	14~15	街人仁兄, 素石 先生, 朴明煥君
許憲/素石先生	許憲으로부터	1930.10.1	14~15	素石 金恒圭
許憲/李周淵, 朴明煥 兩氏	許憲으로부터	1930.10.1	14~15	
呂運亨/呂運弘	'獄中巨頭의 最近書翰集'[옥 중서한 특집] 呂運亨으로부터	1930.10.1	15	여운형 동생
呂運亨/鴻九	呂運亨으로부터	1930.10.1	15~16	여운형 아들
呂運亨/弟	呂運亨으로부터	1930.10.1	16	
呂運亨/마누라	呂運亨으로부터	1930.10.1	16	
洪命憙/洪起文	'獄中巨頭의 最近書翰集'[옥 중서한 특집] 洪命憙로부터	1930.10.1	16~17	洪命憙 아들
洪命憙/洪性憙	洪命憙로부터	1930.10.1	17	洪命憙 동생
金若水/金炳魯	'獄中巨頭의 最近書翰集'[옥 중서한 특집] 金若水로부터	1930.10.1	17	
金若水/禹鳳雲	金若水로부터	1930.10.1	17, 43	
鄭栢/金炳魯	鄭栢으로부터	1930.10.1	43	
李光洙/許英肅	上海·東京時의 戀愛書翰(1)	1930.10.1	40~43	연애편지 특집
許英肅/巴人	編輯者로부터	1930.10.1	43	
梁白華/巴人	中國新興文學 [서간체 논설]	1930.10.1	70~71	
趙容九	『新體美文 時文편지투』[광 고]	1930.11	목차와 본 문사이 광 고면	以文堂 서간집 광고
朴八陽/巴人	누이의죽엄	1931.3	42, 61	
林元根/權五卨	亡友追憶 – 一年前에 간 權五 卨에게 [서간체 추모글]	1931.3	59~61	

金子文子	朴烈愛人의 最後遺書 – 監獄에서 某氏에게보낸	1931.4	51~54	
金天澤	'朝鮮–中國–西班牙' 太平洋에서 故國同胞에게 – 玖瑪在留同胞를 代身하야	1931.5	2~4	'玖瑪=큐바' 봉투 사진
李光洙/巴人	李舜臣과 安島山	1931.7	32	
金玉峰	出發 [편지 소재 연시]	1931.7	84	
독자들/기자	'交叉點'란, 독자 질문과 기자 답변	1931.9	51~54	
滄浪客/張德秀	張德秀의 與하는公開狀 – 그의 歸國의報를 듯고	1931.10	12~14	
閔丙徽	愛慾問題로 同志에게	1931.10	88~89	
독자들/기자	'交叉點'란, 독자 질문과 기자 답변	1931.10	94~98	
	新篇尺牘大方, 新式金玉尺牘, 日鮮大簡牘, 家政往復, 無雙草簡牘 (春秋書院 出版物 圖書目錄 中) 광고	1931.11 1931.12 1932.1	목차앞 목차앞 목차뒤	
金春植(在倫敦)	倫敦 停車場에 到着한 간지 – 光景	1931.11	21~23	'간지 –'=간디
李亮/三千里 主幹	'海外通信' 北滿洲에서	1931.11	28	
林千澤/三千里 主幹	'海外通信' 南米에서	1931.11	29	
독자들/기자	'交叉點'란, 독자 질문과 기자 답변	1931.11	66~72	
모르날, 金岸曙 譯	便紙(對話) [편지 소재 단막희곡]	1931.11	79~82, 116	'항가리아' 극작가
독자들/기자	'交叉點'란, 독자 질문과 기자 답변	1931.12	71~75	
黃愛施德	'男性의 誘惑에 익이든 實話' 女學生時代에 逢變 – 아츰마다 마당에 던져지는 편지들	1931.12	82~84	
高聖淑	'男性의 誘惑에 익이든 實話' 脅迫狀을 밧고 – 고기가 물업시는 못산다는 怪便紙에	1931.12	84~85	

독자들/기자	'交叉點'란, 독자 질문과 기자 답변	1932.1	95~99	
金明植/都宥浩	'便紙二張' 民族問題에 對하야 – 伯林에 게신都宥浩氏에게答함	1932.2	82~83	
朴錫洪/金若水	'便紙二張' 金若水氏에게 (1,2회)	1932.2 1932.3	83~85 61	
늘샘/心田·孫兄	病床吟 – 이날에 病室까지 차저주신 故鄕의 心田 ·孫兄의게 [서간체 시조]	1932.2	103~104	
독자들/기자	'交叉點'란, 독자 질문과 기자 답변	1932.2 1932.3 1932.4 1932.5.1	109 45~47, 52~54 66~69 35	1935.5~7 격 주간
朴錫洪/金若水	金若水氏에게 보내는 便紙(前號續)	1932.3	61	
	戀愛片紙印刷해서 公開 – 英國의文學批評家 쇼 – 翁이	1932.3	104	
金一葉	愛慾을 避하여 [서간체소설]	1932.4	100~104	
梁槿煥/崔承万, 元達鎬	梁槿煥獄中記 – 東京府 下小管刑務所 第三翼 十五二房에서 手記	1932.5.1	8~9	1935.5~7 격 주간
梁槿煥/仲兄	舍仲兄主前上答書	1932.5.1	9	한문
梁槿煥/兄	舍兄主上答書 (10년 전 2.27일자 편지라는 부기)	1932.5.1	9	일본어
안정균	사십년된 체증이 완치 – 구로벨이 제일 [광고 속 편지]	1932.8 1932.9 1932.10 1932.12 1933.2	표지뒤 표지뒤 표지뒤 표지뒤 표지뒤	약효 입증 편지 사진 첨부
崔鶴松/金東煥	엽서 사진 (崔曙海 추모 특집)	1932.8	89	
洪曉民/曙海兄	'崔曙海 回想記' 嗚呼, 曙海兄이어! (서간체 추도문)	1932.8	93~94	
金相翊/淸夢兄	國島遊記 (서간체 기행)	1932.9	67~69	
郭鍾守	님의게서 片紙왓소 (편지 소재 시)	1932.9	91~92	

金東煥/申興雨	'勸告狀' 米國가서 百萬圓 거더오십시요 – 申興雨氏에게 (공개 편지 특집)	1932.10	7~8	(공개 편지 특집)
申興雨/金東煥	申興雨氏答	1932.10	8	
金東煥/金性洙	'勸告狀' 民立大學를만드서요 – 金性洙氏에게 (공개 편지 특집)	1932.10	8~9	
金性洙/金東煥	金性洙氏答	1932.10	9	
金東煥/呂運亨	'勸告狀' 海外가서 再活動하서요 – 呂運亨氏에게 (공개 편지 특집)	1932.10	10	
呂運亨/金東煥	呂運亨氏答	1932.10	11	
	讀書俱樂部, 『最新手紙辞典』, 『戀愛文集辞典』 등 (광고)	1932.12 1933.2 1933.3	목차/본문 목차/본문 72/73 광고	
林元根	滿洲國遊記 (서간체 기행)	1932.12	33~36	
金鍊器	中國飛行學校志願하는 故國靑年에게	1932.12	64~65	
林元根	滿洲國과 朝鮮人遊將來 – 滿洲國紀行(其二)[서간체 기행]	1933.2	52~56	
洪命憙/李光洙	'文人書翰集(1)' 李光洙, 「印象깁든片紙」 – 洪命憙氏로부터 李光洙氏에게	1933.3	88~89	文人書翰集 기획 88~92
毛允淑/方仁根	'文人書翰集(1)' 毛允淑氏로부터 方仁根氏에게	1933.3	89	
朴花城/宋桂月	'文人書翰集(1)' 朴花城氏로부터 宋桂月氏에게	1933.3	89	
朱耀翰/李鍾鳴	'文人書翰集(1)' 朱耀翰氏로부터 李鍾鳴氏에게	1933.3	90	
尹白南/方仁根	'文人書翰集(1)' 尹白南氏로부터 方仁根氏에게	1933.3	90	
李孝石/崔貞熙	'文人書翰集(1)' 李孝石氏로부터 崔貞熙氏에게	1933.3	90	
梁柱東/朴八陽	'文人書翰集(1)' 梁柱東氏로부터 朴八陽氏에게	1933.3	90~91	

兪鎭午/金幽影	'文人書翰集(1)' 兪鎭午氏로부터 金幽影氏에게	1933.3	91	
李甲基/李鍾鳴	'文人書翰集(1)' 李甲基氏로부터 李鍾鳴氏에게	1933.3	91	
沈熏/安碩柱	'文人書翰集(1)' 沈熏氏로부터 安碩柱氏에게	1933.3	92	
田榮澤/方仁根	'文人書翰集(1)' 田榮澤氏로부터 方仁根氏에게	1933.3	92	
崔曙海/金東煥	'文人書翰集(1)' 崔曙海氏로부터 金東煥氏에게	1933.3	92	
	'하하하'(유머란) [片紙代用?]	1933.9	69	
三千里社白	滿天下讀者諸位께	1933.9	93	사고
	便紙 일이면 무엇이든 다 안다－手紙講習會편, 『手紙書く時これす便利だ』(積文舘) [광고]	1933.12 1934.7 1935.7. 1935.9 1936.8 1936.11 1936.12	109 191 178 209 177 100 광고면	편지 작성법과 문례 일본어서 간교본 광고. 1935.9 일본어 광고
간디/印度總督	印度總督에게보낸간디書翰	1934.7	50~51	
權東鎭 외/金東煥	'이 달의 書翰集' [편집인 김동환에게 보낸 서한 모음. 발신인은 權東鎭, 金若水, 薛泰熙, 金元祚, 朴泳孝家事務所, 李孝石, 張赫宙, 洪木春, 辛夕汀, 金昶濟]	1934.7.	179~181	
安在鴻/巴人兄	蔣介石 中心으로－批判眼에暎하는 中國情勢一面相 [시사설문 "危難中國을 어느 政治家에게 맛길가?"에 대한 편지투 답변]	1934.8.	52~56	
羅蕙錫/靑邱氏에게	離婚告白狀	1934.8.	84~96	
羅蕙錫/靑邱氏에게	離婚告白書	1934.9.	84~94	전월호에 실린 전편 제목은 "離婚告白狀"

金蓮花(金玉葉)/김 선생	내가 본 巴里祭	1934.9.	96~99	맨 끝 발신인은 "金玉葉 拜上"으로 기재.
柳光烈/巴人兄	嗚呼, 漢江畔의 西洋人 墓地	1934.9.	178~182	
韓龍雲	당신의 편지	1935.1.	181	재수록
崔曙海/김군	脫出記 [서간체소설]	1935.1.	282~289	재수록(『조선문단』,1925.3)
李光洙/鳳兒(鳳根)	蒼天이여 愛兒를 돌려주소서 [죽은 아들에게 보내는 편지투 추도문]	1935.3.	68~86	허영숙, 『신여성』 1934.4
丁七星/金東煥氏	近日有感	1935.6.	178~179	
李光洙/許英肅, 許英肅/李光洙	李光洙, 許英肅 兩氏間 戀愛書翰集	1935.6.	206~208	
吳永燮/親愛하는 ××兄	初代 大統領 就任式에 갓가운 比律賓	1935.9.	59~63	
張赫宙	文壇의 페스트菌	1935.10.	250~254	
李光洙 외/讀者	'十萬 愛讀者에게 보내는 作家의 便紙' 李光洙, 天主敎徒의 殉敎를 보고 「異次頓의 死」 作者로서 朴花城, 進步層의 悲哀와 苦悶을 「北國의 黎明」 作者로서 金末峯, 彫刻師의 態度에서 「密林」의 作者로서 方仁根, 感激과 緊張 속에서 「紅雲白雲」 作者로서 沈熏, 眞正한 讀者의 소리가 듯고 싶다 「常綠樹」 作者로서 李泰俊, 오직 作品을 通하야 「聖母」 작자로서 李無影, 大衆에게 反問하고 싶다 「먼동이 틀 때」 作者로서	1935.11.	73 74 74~76 76~77 77~78 78~79 79~80 80~81	
吳永燮/親愛하는 ×兄	比律賓 大統領을 會見코저 – 新國都의 그의 就任式前奏面 –	1935.12.	37~43	
柳光烈/巴人兄	拜金思想痛擊論	1935.12.	69~76	

崔承一/承喜 崔承喜/독자 山本實彦(改造 社長)/崔承喜	倫敦, 巴里로 가는 舞姬 崔承喜 – 누이 承喜에게 주는 편지 故土 兄弟에 보내는 글 – 世界一週로 나서는 崔承喜 世界的 舞姬 崔承喜에게 傳하는 말	1935.12.	77~88	
田榮澤/M兄	落葉을 보고 – '저무러 가는 人生輓歌 五十之年을 想望하고' [특집기획에 대한 편지투 답변]	1935.12.	114~116	田榮澤, 落葉을 보고; 安夕影, 넷날의 나로 도라가려; 朴相羲, 歷史에 伴侶
柳春汀 編	模範詩的美文最新文學書間集 [광고]	1935.12.	186	京城閣書店. 광고
吳永爕/親愛하는 ×兄	就任演說하는 大統領의 印象	1936.1.	87~90, 86	'68면 계속' 오식임.
崔恩喜/兄님	牛步의 끼친 글월	1936.1.	118~123	목차에는 '閔牛步'로 됨.
如山/親愛하는 ×兄	椋櫚樹 욱어진 곳 (江南 보내는 편지)	1936.2.	148~151	
柳春汀 編	最新文學書簡集 [광고]	1936.4.	68	京城閣書店. 광고
宋影	'솜틀거리'에서 나온 消息 [서간체소설]	1936.4.	368~378	서상경, 『조선문인서간집』 수록
尹克榮	우리님前上書	1936.6.	282~283	서간체 시 예. 동요 가사
元世勳	「安昌浩論」의 再批判 – 中央日報에 난 印貞植 對 朱耀翰 論爭을 보고 –	1936.8.	50~61	
金文輯	「朱耀翰論」의 顚末과 그의 書翰	1936.8.	166~170	
	實用新案 手紙大辞典 [광고]	1936.12.	55	
	'手紙大百科辞典' 포함 총 10권 사전시리즈 辭典의 大投賣 斷行 [광고]	1936.12. 1937.1.	151 188	
	讀者諸賢에 보내는 便紙	1936.12.	250	

李瑞求 외/三橋警務局長 閣下	서울에 딴스홀을 許하라 - 警務局長게 보내는 我等의 書 ['我等'; 大日本레코 - 드會社文藝部張 李瑞求, 喫茶店 「비-너스」매담 卜惠淑, 朝鮮券番妓生 吳銀姬, 漢城券番妓生 崔玉ㅁ, 鐘路券番妓生 朴錦桃, 쌔-「멕시코」女給 金銀姬, 映畵女優 吳桃實, 東洋劇場女優 崔仙花]	1937.1.	162~166	
	讀者諸賢에 보내는 便紙	1937.1.	350	
李光洙 原作 朴基采 脚色	토-키 씨나리오 無情	1938.5.	275~295	1939.7 항의성 편지, 『여성』 1939.4
李相協/六堂先生	李王殿下 陪從記	1938.8.	271~274	
春園 李光洙 외	文人書翰集 (春園 李光洙, 懷月 朴英熙, 朴花城, 稻香 羅彬, 南宮璧, 李相和, 憑虛 玄鎭健, 張赫宙, 八峯 金基鎭, 鄭芝溶, 李源朝, 姜敬愛, 李軒求, 素月 金廷湜)	1938.10.	72~95	목차: 문예특집 소설가와 시인 문사 서한집
李瑞求	多恨한 尹心悳 ("秋月夜故人 생각"의 한 편)	1938.11.	87~90	
沈影/R兄	國境撮影記 - 福地萬里 로케 茂山書信 -	1938.12.	170~172, 169	
毛允淑/석순옥 씨	春園 近作 「사랑」을 읽고 - 女主人公 석순옥 씨에게 올니는 글 [서간체 독후감, 서간체 비평]	1938.12.	197~203	
洪陽明/金東煥 兄	大陸進出의 朝鮮民衆 - 滿洲國에서 活躍하는 그 現象 -	1939.1.	87~93	
?/K君	나의 '푸로니카' (K君에게)	1939.1.	92~94	
李光洙	朴仁培君께	1939.1.	259	
崔水蓮/黃信德	重役第二夫人으로 - 따라가면 一身에 幸福이 오리가? ('薄倖女性에게 公開狀' 설문에의 답변)	1939.4.	110~111	('薄倖女性에게 公開狀' 설문 기획)

黃信德/崔水蓮	(回答) '妾'에겐 幸福이 오지 않는다 - 勤勞하는 女性이 될 지어다 -	1939.4.	111~112	上同
金淑卿/毛允淑	文士냐, 結婚이냐 - 家庭主婦 되면 男便拘束업슬가요 -	1939.4.	112	上同
毛允淑/金淑卿	(回答) 四十되어, 結婚하라 結婚과 文士가 兩立 못됨이 아니다	1939.4.	112~113	上同
朴順姬/李善熙	異國靑年의 求愛 - 太平洋 건너 함께 가자 하나이다 -	1939.4.	113~114	上同
李善熙/朴順姬	(回答) 죽엄보다 强하거든 - 당신도 그분을 따라가서요 -	1939.4.	115	上同
金璟載/巴人兄	朴錫胤氏의 印象 - 新任한 波蘭總領事를 보내며 -	1939.7.	98~101	
春園/朴兄	映畫 〈無情〉으로 公開狀 - 監督 朴基采에게 보내는 글 -	1939.7.	132~137	『여성』 1939. 4
崔承喜	巴里 通信	1939.7.	150~151	
徐月影, 朴齊行, 太乙民, 朱仁奎, 池季順, 柳玄, 劉桂仙, 李載玄, 盧載信, 朴昌煥, 沈影	劇團高協通信, 關北巡禮記 - 沈影, 盧載信, 池季順氏로부터 - [서간체 기행]	1939.7.	183~185	극단원 집단 서간체 기행문
朴基采	映畫批評界의 危機 - '無情'評의 讀後感 -	1939.7.	190~195	
朴暎煥/朴基采	〈無情〉으로 朴監督에 公開狀	1939.7.	195~198	

4.3. 『신동아』 수록 서간

서간 필자 (발/수신인)	제목 (장르표지/제목/내용)[379]	간행연월	게재면	비고
현진건/小梧兄	第一回 作者의말 ['독자 共同製作 小說' 제1회 작자로 선정된 소감을 잡지 편집자 소오 설의식에게 보내는 서간]	1931.11.	94	소설 제목「연애의 청산」. 93쪽 시작
李光洙/(실연 당한 친구)	'短文: 一人一筆' 가정	1932.1.	74	편지 릴레이
薛義植/미쓰A	시집 (和前號의『가정』) [전호에 실린 이광수의「가정」을 본떠 쓴 글]	1932.2.	92~93	편지 릴레이
김기림 A/B군	'短文: 一人一筆' 結婚 – 春園先生의「가정」과 小梧先生의「시집」을 읽고 – (A로부터 B에게 하는 편지)	1932.3.	84	편지 릴레이
주요한/○兄	江南은둘재고향	1932.4.	108~109	'수필'로 분류
金源珠/형님	綠陰밋헤서	1932.8.	126~127	'수필'로 분류.중간 10행 略. 끝 5행 略.
異河潤/朱兄	伊川으로왓소 ('故鄉禮讚 · 그 江山과 그 文字' 기획, 1932.7 발신 연월)	1932.9.	75~77	편집자 답신으로 고향 예찬과 이향 회한
餘心生/李兄	五雲夢 – 山島가는길에 [서간체 기행]	1932.10.	72~77	
鞠淳葉	黃花岡七十二士 林覺民의 絶書 [林氏의 艷情節書 번역]	1932.12.	104~106	
金源珠/銀河	落書	1932.12.	110~111	
	手紙習字講義 [광고]	1933.3. 1933.4.	목차란 뒷면	
協成實業校長 金麗植 中央高普校長 玄相允 貞信女學校長 잰 · 뗄말틀	'公開狀(1) 校長으로써學父兄에게 보냄' 將來를決定지어가지고 在京監督者가必要 子弟들을좀더잘알도록	1933.4.	26~29	

中央保育學校長 朴熙道	세가지 간절한 부탁			
梨花女高普校長 마리철취	學校와 좀더密接하게			
培花女高普校長 헬리·뿌이	가장조흔規律			
李允宰	'公開狀(2) 學父兄으로써校長에 게 보냄'			
崔鳳則	修學旅行을좀더조심히	1933.4.	30~33	
朴京洙	純朝鮮의인校風			
李晶來	좀더人格修養에努力 運動을必修시키라			
梨專 劉貞鎬	'公開狀(3) 女學生으로써男學生 에게 한마디' 朝鮮의開拓者가되라			
梨專 리홍수	묵은觀念을淸算하라			
梨專 崔有德	勇敢, 快活, 沈着, 正直하라	1933.4.	34~35	
好壽敦 趙柄崙	優越感을집어치우시오			
東萊日新 崔今南	啓蒙運動에活躍키를			
東萊日新 郭順南	現實을잘理解하시오			
普專 北窓生一同	公開狀(4) 男學生으로써女學生 에게보내는말			
普專 汀鷗	女學生에게보내는말			
延專 玄永疇	朝鮮의누의여!!			
延專 馬鍾昇	朝鮮의안해와어머니가되라			
延專 吳成根	敎育의價値를再認識하라			
延專文科 咸國衡	다섯가지希望으로써 虛榮心을제 발버리라			
延專 金志淋	새朝鮮의어머니가되라			
延專 金炯斗	女性다운新女性이되라			
延專 薛貞植	바눌에실낄때잇마음씨			
延專 吳元煥	樂浪골에 새터닥그리	1933.4.	36~44	
延專 朴相鉉	硏究的態度를가지라			
延專 朴德培	最善最惡이다女子에게			
延專 成一翰	象牙塔속잇꿈을깨라			
延專 韓太壽	좀더目的意識을가지라			
延專 金在□	것보담속을充實케하라			
延專 金潤根	튼튼한健康美를엇도록			
世醫專 김지환	新鮮한生鮮처럼			
世醫專 金寶石	男學生흉좀보지마오			
世醫專 趙英皓	좀더무게잇고겸손하라			
崇實 金朝奎	좀더現實을把握하자			
崇實 金聖福	快活, 健康美, 儉素			
崇實 康永穆	입보다도實踐을			

延專卒業生新聞記者 李鴻稙 延專卒業生京城白商會主 白聖和 延專卒業生永生女高普教員 孫在明 崇實卒業生中央神學校 康泰民 淑明女高卒業生 崔貞熙 平壤女高卒業生 鄭粲英 培花女高卒業生 장덕조 中央高普卒業生江陵醫院副院長 文穆圭 東萊日新學校卒業生	'公開狀(5) 卒業生으로써母校에보내는注文'實社會에適應하도록 반찬가가라도열수잇게 實際化敎育과指導機關 오직感謝와謝罪로써 시험제를철폐하시오 個性을重視하기를 서투른禮讚으로써 確立된것을기뻐한다 어서指定校가되엿스면	1933.4.	45~50	
安懷南/玉卿氏	봄밤과處女 (기획 "春宵의 로만스" 중 1편)	1933.4.	112~114	
한길	어여뿐나의愛人에게 [돈호법 연시와 서간체 연시 경계]	1933.5.	128~129	
閔丙徽/A君	'文壇隨筆: 젊은 文藝家의 告白' 發表慾과反省의悲哀	1933.7.	161~164	
뎡현진/H兄	李舜臣遺跡을찾아 – 制勝堂落成式日에 – [서간체 기행]	1933.8.	55~59	
李無極	룸펜의手記 – 온天下동모들에게보내는한장의편지글 [서간체 수기]	1933.8.	127~131	
咸大勳/S兄	隨筆 싀골달밤	1933.8.	148~149	
	우편국 가는 리유	1933.9.	85	우체국 용도를 말하는 유머
閔丙徽/A君	'文藝隨筆' 隨筆文學의蹂躪에對한感想 – 다시 A君에게보내는 一片書信 [서간체 비평]	1933.9.	148~149	
李文童	農村의동무에게 [서간체 시?]	1933.9.	162	
金文範/형	冊이란귀한동무	1933.9.	165	

朴花城	기획 기사 제목: "편지를싸고도는 로만스" 열다섯살 때 추석날아침에 처음으로받은 남자의편지	1933.10.	80~81	
金東仁	春園의편지		81~82	
丁來東	한女子의편지		82~83	
羅蕙錫	연필로쓴편지		83~85	
金起林	나도詩나 썻스면		85	
金松隱	假想의 벗에게 쓰든 편지		85~86	
田榮澤	편지로追憶되는일한가지		86~87	
柳致眞	艶書製作時代		87~88	
李軒求	『謹賀新年』		88~89	
李石薰	『浪漫的詩集』		89~90	
피천득	기다리는편지		90~91	
李俊淑	鳳仙花와一葉書		91~92	
金禎洵	그靑年의편지		92	
李鍾洙	종내주지못한편지		92~93	
	便紙 일이면 무엇이든 다 안다－手紙講習會편, 『手紙書く時これす便利だ』(積文舘) [광고]	1933.11.	48.하단.	
		1933.12.	목차 뒤	
		1934.7.	목차 뒤	
		1934.8.	목차 뒤	
		1934.9.	목차 뒤	
		1934.10.	141	
		1934.11.	159	
		1934.12.	목차 뒤	
		1935.4.	목차 뒤	
		1935.6.	180	
		1936.5.	117	
		1936.7.	43	
閔丙徽/上福	발발이와 亡妹 ('나와 그 개' 특집 중 1편) [서간체 추도문]	1934.1.	207~208	
늘샘/X兄	葉錢한푼	1934.2.	128~129	
鄭太陽	長箭通信抄 [서간체 기행]	1934.9.	148	
高秉國/C兄	C兄에게	1934.11.	112~113	
李春/Y兄	古都의 가을	1934.11.	207	
蔡弼近	新郎新婦에게與하는書	1935.5.	75~78	
李萬珪	新郎新婦에게與하는書	1935.5.	78~83	
嚴興燮/趙君	'作家들끼리주고받는글'(시리즈 1회) 趙碧岩君에게보냄 －바람에붙이는亂想－	1935.6.	189~195	『조선문인서간집』 245－재수록

	模範辭典十冊組 [광고]	1935.6.	212	
張赫宙/姜敬愛先生	'作家끼리주고받는글'(시리즈 2회) 往信 姜敬愛女史께	1935.7.	138~140	『조선문인서간집』145 - 재수록
姜敬愛/先生님	'作家끼리주고받는글'(시리즈 2회) 回信 張赫宙先生에게	1935.7.	141~143	『조선문인서간집』36 - 재수록
新東亞社/讀者諸氏	讀者諸氏께	1935.7.	156	
李無影/於石兄	꿈속의나라濟州道를찾아서 [서간체 기행]	1935.8.	147~159	
趙碧岩/嚴君	'作家끼리주고받는글'(시리즈 3회) 嚴興燮君에게드림 - 南風에실려보내는 愁想	1935.8.	160~163	『조선문인서간집』137 - 재수록
韓仁澤/M兄	東海에숨겨진옛記憶	1935.8.	166~167	
무영/金公	春香詞로부치는편지	1935.10.	193~194	이무영문학전집
	手紙と暗字	1936.1.	목차 뒷면	
	十圓紙幣에싸인艶書 [엽서 소재 콩트]	1936.1.	84~85	
朴花城	故鄕없는사람들 [서간 삽입 소설]	1936.1.	251~262	
	手紙書く時これは便利だ [광고]	1936.2.	180	
韓曉/朴花城 女史	'評論家로서作家에게보는便紙'(시리즈 1회) 朴花城女史에게 - 粗雜한이一文을보냅니다 - [서간체 비평]	1936.2.1. (앞뒤 맥락상 3.1. 오기 가능성)	178~184	'보는'은 '보내는'의 오탈자? 조선문인서간집 - 재수록
朴芽枝/K兄(R 兄?)	南海孤島에남긴追憶	1936.3.	189~190	
	現代模範書翰文 [광고]	1936.4.	129	
安含光	'評論家로서作家에게보내는便紙'(시리즈 2회) 作家 兪鎭午氏를 論함	1936.4.	266~275	

林和/宋兄	'評論家로서作家에게보내는便紙'(第三回) 畏友 宋影兄께	1936.5.	270~279	횟수(第三回) 표기.『조선문인서간집』180 - 재수록
吳愛葉	'나의첫舞臺' 가슴속에서요란한 네방맹이질	1936.5.	283~286	본문 경어체. 결구에 서간투
羅景錫	北滿片信 [서간체 기행]	1936.6.	58~61	
朴英熙	'評論家로서作家에게보내는便紙'(第四回) 作家嚴興燮兄에게	1936.6.	235~240	『조선문인서간집』- 재수록
柳致環	'九六都市鳥瞰圖' 너무나浪漫的인釜山 [서울 청주 대구 제물포 부산 원산 함흥 평양(목차 누락) 진양(진주) 등 9대 도시 조감도 기획 기사 중 부산편 편지 인용]	1936.6.	268~273	
	手紙書く時これは便利だ [광고]	1936.7.	43	
石谿學人	韓末政客遺墨雜攷 五, 庚戌併合當時要官의詩幅, 手札 [말미에 필자 주 편지 형식]	1936.7.	166~169	헤이그밀사사건 사료 공개
洪曉民/張赫宙	'評論家로서作家에게주는글'(第五回) 作家張赫宙氏에게	1936.7.	234~238	『조선문인서간집』- 재수록
韓雪野/雜誌編輯人	雜誌編輯人에게 (항의 서한)	1936.8.	71	
白鐵/韓雪野君	'評論家로서作家에게'(第六回) 作家韓雪野에게	1936.9.	207~212	
李洽/任兄	三步庭을逍遙하며(6월 그믐날) [수신자 9번 반복 호명, 공감 강요]	1936.9.	214~215	『조선문인서간집』30 - 재수록

4.4. 『조광』 수록 서간

서간 필자 (발/수신인)	제목 (장르표지/제목/내용)[379]	간행연월	게재면	비고
	手紙 · 習字講義錄 [광고]	1935.11.1. 1935.12.	목차 뒤/ 353	일본어 광고
	弱水三千里靑鳥노릇 福田닥는差使의足跡 郵便配達夫의健脚자랑	1935.11.1.	122~123	郵便配達夫
	手紙百科大辭典 (發賣元: 國民 書院總販部) [광고]	1935.12.1. 1936.2.	47 381	
任貞爀/언니	生命의源泉	1935.12.1.	255~256	
金西三	露西亞放浪記(1) "필자의이름 은가명이다 – 편집자" 부기	1936.1.1.	320~330	
金西三	露西亞放浪記(2) 完	1936.2.	142~151	
	찰스 · 램의편지 [편지 소재 유머]	1936.2.	245	
尹檀崖/아우님	李克魯氏에게 ('私信公開欄')	1936.3.	59	
金順蓮	'實話' 적은箱子에너흐러브레 터 – 只今은헛된된한장의休紙조각	1936.3.	87~89	
吳유라	'實話' 동생「마리」에게愛人을 뺏기고 – 南쪽港口에서애끝는歎 息	1936.3.	90~92	
	『手紙書く時 これは便利だ』(發 賣所: 積文堂書院) [광고]	1936.3. 1936.5. 1936.7. 1937.2.	260 302 283 286	
	『手紙百科大辭典』(發賣元: 現 代出版社) [광고]	1936.3.	뒤표지 안 광고	
未亡人 朴慈惠	가신님 丹齋의靈前에 – 祭文을 代身하야哭하는마음 (신채호 서 거 특집 중)	1936.4.	218~219	
敬山 申丹齋	洪碧初氏에게 (단재 서거 특집 중) ('私信公開欄')	1936.4.	220	
金文輯	꿈많은그時節에맺었든C자와나 의因緣 [서간체 폭로담]	1936.5.	246~253	

金文輯	처음으로인사한美貌의그女性 (二) [서간체 폭로담]	1936.6.	202~213	
金文輯	人氣最高絶頂에達한女流舞踊家 崔承喜에對한公開狀 ("十年前부터 내가 당신을 잘알고 당신亦是 나를 모를理없지만 당신과 나와는 아직 한번도 對面해 본적은 없나봅니다. 藝術과「民族」이 맺은 이 로만틕한 事實이 오늘날 나로하여금 이 書翰을 公文化시키게 한것이오니 굿이 말리지마시고 읽어주시기를 바랍니다." 276쪽)	1936.6.	276~282	서한의 公文化
李鍾模/光子氏	北行千里紀行, 東海岸을끼고雄基까지 (여행 특집 중) [편지 투 결구 서간체 기행]	1936.7.	108~120	
	破壞된 靑春軌道「鴛鴦夢은가다」-삐쓰껄로妓生으로失戀한 崔玉姬의 手記 [서간체 수기]	1936.7.	392~393	
柳瀅基	太平洋을건너와서 - 故土에부치는나의편지 - [서간체 기행]	1936.9.	155~160	
安懷南/G氏	가을바람에 부치는 편지, 붓 向한대로 그리운 G氏에게 드리는 글	1936.10.	65~67	
金英根/兄	「社會와藝術」에 關하야 - '앙리 바르뷰스」(HENRI BARHUSLE)'의 文學論 [서간체 비평]	1936.10.	159~164	
金基錫/親愛하는벗	哲學의理念과그現實行程 …… 어떤어린벗에게보내는글……	1936.10.	176~183	
	手紙書時 これは便利だ (發行所: 大誠社本部) [광고]	1936.10. 1936.11.	293 449	
	最新手紙大辞典 (發行所: 積文社書院) (책 광고)	1936.10.	293	
毛允淑/안나	내故鄕의深秋, 深山「다래」의心臟	1936.11.	98~100	
	手紙百科大辞典 (發賣元: 弘文出版部) [광고]	1936.11. 1936.12.	223 284	

	手紙百科大辞典 (發賣元: 國民書院朝光係) [광고]	1936.12.	111	
	實用新案 手紙大辞典 (發賣元: 國民書院朝光係) [일본어 광고]	1936.12. 1937.1.	284 266	=조선어광고 1941.8, 112쪽
	最新手紙大辞典 (發行所: 積文社書院) [광고]	1936.12.	337	
	手紙百科大辞典 (發賣元: 弘文出版部) [조선어 광고]	1937.1. 1937.2. 1937.4.	115 93 217	
	手紙百科大辞典 (發賣元: 國民書院朝光係)[일본어 광고]	1937.1. 1937.2.	129 41	
崔永秀	漫畫 新年雜景笑描 [연하장 만필 삽화 풍자화]	1937.1.	251	
元順甲/정순언니	顯賞實話, 私生兒의懺悔 [서간체 수기]	1937.2.	370~380	
李軒求	사랑의書簡集, 不死鳥의獨白 － 하나의프롤로-그-	1937.3.	176~180	
文昌淑/永壽君에게	文昌淑孃 遺品集, 結婚을 앞둔 동모에게	1937.3.	242~243	
께일/김선생 원근씨	奇一博士의 書簡集, 金瑗根氏에게	1937.4.	98~99	
께일/이장로 원모씨	奇一博士의 書簡集, 李源謨長老에게 보낸書簡	1937.4.	99~100	
린컨大統領/어머니	'世界的偉人의 感激의書簡集' 린컨大統領이 故鄕어머니에게 보낸片紙	1937.5.	205~206	
끄란트將軍/愛兒	'世界的偉人의 感激의書簡集' 끄란트將軍이戰地에서愛兒에게 보낸片紙	1937.5.	206~208	
스코트/어머니	'世界的偉人의 感激의書簡集' 文豪스코트가 愛人을어머니에게紹介하는片紙	1937.5.	208~210	
와싱톤/안해	'世界的偉人의 感激의書簡集' 와싱톤이 안해에게보낸告別의片紙	1937.5.	210~211	

와그너/리스트	'世界的偉人의 感激의書簡集' 樂와그너가 리스트의友情을 感謝하는片紙	1937.5.	211~212	
밀레/弟子	'世界的偉人의 感激의書簡集' 畵聖밀레가 愛弟子에게보낸片紙	1937.5.	212~213	
제얘손/孫子	'世界的偉人의 感激의書簡集' 大統領제얘손이 孫子에게보낸 處世十訓	1937.5.	213~214	
롱옐로/友人	'世界的偉人의 感激의書簡集' 詩人롱옐로가 友人을慰勞하는 片紙	1937.5.	214	
나폴레온/쪼세옌	'世界的偉人의 感激의書簡集' 나폴레온이 愛人쪼세옌에게보 낸片紙	1937.5.	214~215	
李霜	'短篇小說' 終生記 [서간 삽입 소설]	1937.5.	348~363	
金南天 鄭玄雄 畵	'短篇' 少年行 [서간 삽입 소설]	1937.7.	152~170	
李雲谷	체-흡흐의文學觀 - 그의書簡에 나타난文學的見解 -	1938.1.	290~301	
毛允淑/일선아	溫突夜話, 生命의色彩	1938.2.	280~283	
安夕影/마르레네·듸트리히	'스크린의女王에게보내는편지' MISS 듸트리히	1938.9.	177~183	
李軒求/시몽	'스크린의女王에게보내는편지' 世紀의處女 MISS 시몬느·시몽	1938.9.	184~189	
崔永秀/MISS 떠-빈	'스크린의女王에게보내는편지' MISS 떠-빈 (나의 친애하는 「떠-빈」이어)	1938.9.	190~194	
毛允淑/솰보아에씨	'스크린의女王에게보내는편지' Mr·솨르르·보아예	1938.9.	227~232	
李善熙/포엘	'스크린의女王에게보내는편지' Mr·윌럼포-웰	1938.9.	233~235	
김갑순	'스크린의女王에게보내는편지' Mr·테일러	1938.9.	236~239	
韓仁澤 아내/남편	天才와 惡戲 [2인칭 대화체 서간체소설]	1938.10.	334~343	풍자적 반어법 서간체 고백

기자(김동진 인터뷰)	出版業으로大成한諸家의抱負, 赤手로成功한 德興書林의現形	1938.12.	320~323	德興書林 1910년대 척 독 간행
金文輯/未知의 花城누님	女流作家에対한公開狀, 朴花城 님께드리는戀書 [공개 편지. 문 인 서간]	1939.3.	130~135	
蔡萬植/張德祚 氏	張德祚女史의進境	1939.3.	136~139	
	ペン字入 實用書翰大辭典 [일 본어 광고]	1939.4. 1939.5. 1939.6.	219 214 218	
朴榮濬/C君	新進作家의 文壇呼祈狀, 性格의 創造	1939.4.	322~323	
白信愛 鄭玄雄 畵	短篇小說, 混冥에서 [서간체소 설]	1939.5.	240~265	241쪽 삽화
金煥泰/A君	新進作家 A君에게	1939.5.	278~283	
崔炳勳作,畵	老總角의戀愛片紙 [연서 소재 콩트]	1939.5.	292~299	
英 D·G·로 젯틔(譯 金珖 燮)	世界戀愛詩帖, 사랑의편지	1939.6.	114~115	
吳時泳	鬱金香 [서간체 시]	1939.7.	128~131	
金甲順/형님, 형부	米國 演劇 通信 (A信, B信 김갑 순/형님, C信 김갑순/형부=安碩 柱)	1939.8.	114~117	金甲順(안석 주 처제)
韓黑鷗/X兄	都市의鄉友에게 ('歸農生活報 告')	1939.8.	283~291	
大阪에쓰페란 토會 貫名美隆 /金君	에쓰페란토問題 – 言語의發達 과生命 朝鮮日報 所載 「朝鮮語 의過去와未來」中 特히 「에쓰問 題」에 對하여 (敬愛하는 朝鮮의 學兄 金君) [서간체 논설]	1939.10.	278~283	
金岸曙	記憶에남은사람들 – 記憶에남은 弟子의面影 [회상기 속 소월 편 지 인용]	1939.10.	292~296	1회 미완. 2회 엔 다른 제자. 편지 없음
毛允淑/兄	'가을바람에부치는편지' 赴戰湖 水	1939.11.	268~272	

朴魯甲/자네	'가을바람에부치는편지' 雁書	1939.11.	272~275	
李燦/白君	再次登程	1940.1.	161	
黃海 信川 金基淵	'미용란' 腫氣갓던 여드름이 完全히 없어지고 淸白한살결로! [상품 광고 속 소비자의 호평 담긴 엽서, 편지]	1940.1.	173	
平壤 朴喜景	거친살결이보드럽고潤態흐려며 健全하게 [상품 광고 속 소비자의 호평 담긴 엽서, 편지]	1940.1.	173	
全南 南原 崔明善	頑固한여드름은없어지고 살빗도희고潤態흘으게 [광고 속 편지]	1940.2.	233	
平壤 鎭南浦 盧英順	거칠性의살결은보드러워지고 모든잡티가없어져美白하게 [광고 속 편지]	1940.2.	233	
京畿 平澤 鄭順榮	개기름은말쑥하여지고 甚한여드름까지없어져 [광고 속 편지]	1940.3.	133	
金復鎭/編輯兄	彫刻生活二十年記 - 『스승과知己와내性格을알외는편지로서』 [서간체 자서전 1회]	1940.3.	208~215	
辛夕汀/蘭아	蘭이	1940.4.	83~84	
慶北 靑松 全鴻姬	여드름과검은얼골이 보드럽고 美白한살결로 [광고 속 편지]	1940.4. 1941.4	133 227	
파인	함박꽃 [편지 소재 연시]	1940.4.	134	
金東里	私設放送局 - 未知人의편지	1940.4.	203	
金復鎭/一步兄	彫刻生活二十年記(2) [서간체 자서전 2회]	1940.4.	210~215	
平北 博川 柳今子	여드름과개기름이되고 化粧도 잘밧는美白한살결로 [광고 속 편지]	1940.5. 1941.5	233 249	전호까지 상이한 편지였으나, 이 편지는 동일 광고 반복
仁川 李源昌/編輯者足下	京城의다리목仁川港 [서간체 기행]	1940.6.	282~286	
金復鎭/一步兄	彫刻生活二十年記(3) [서간체 자서전 3회]	1940.6.	238~241	

京城 李德允	甚한죽은깨가몰으는동안에 이렇게도美白한살결로 [광고 속 편지]	1940.6.	241	
忠北 淸州 徐敏喜	强한 美肌作用으로 개기름 여드름이一掃되여 [광고 속 편지]	1940.7.	127	
崔永秀趙敬姬毛允淑/X先生咸大勳	'電話와로맨스'(기획 기사)電話以前의戀歌네音聲그립다그音聲꿈을싫고天國에서온音聲	1940.9.	128~133128~133134~139134~139	전화와 편지의 관계
京畿 開城 尹五喜	太陽에껄니지안코 純白한美肌로 되여 [광고 속 편지]	1940.9.	168~169	
	얼굴의美를半減하는기미와죽은깨에……硫黃의漂白法 [소비자 편지 없는 광고 예]	1940.10.	82~83	
京畿 仁川 崔榮姬	苦悶의개기름이말숙하게되고 기미도사라저서色白한 美肌로 [광고 속 편지]	1940.11.	181	
滿洲 間島 李德順	지독한여드름이一掃되고 色白하고潤態도는살결로 [광고 속 편지]	1940.11.	181	
李秉珏/仁俊兄	蟄居記	1940.11.	213~216	
徐斗銖	難處 二題 1. 쓰리도 어렵더이다 -長津 尹兄께, 2. 婚姻 祝電은 新郎新婦에 擴大하소-長津 李兄께 (15.11.18) [서간체 수필]	1941.1	56~60	
李圭喜/다건	「다건」君 勉覽 (庚辰 7월28일)	1941.1	64~69	「다건」=다방건달
朴東烈/春泉堂	이런 藥은 처음 經驗이다 [약 광고 속 소비자 편지]	1941.1	111	
서은숙/レオン商會연구부	여드름은 漸次 없어지고 보드럽고 純白한 살결로 [레온 세안크림 광고 속 소비자 편지]	1941.1	282~283	
吳天錫/李兄	本誌特約通信 南洋行(佛印·蘭印·泰 紀行) 第1信 [서간체 기행 1회]	1941.2	78~84	吳天錫(화신 영업과장)

평양 김유경	거친 살결이 보드럽고 潤澤흘으며 健全하게 [레온 세안크림 광고 속 소비자 편지]	1941.2	92~93	
전남 고흥 이덕복	여드름과 검은 얼굴이 점점 色白한 善肌로 [광고 속 편지]	1941.2	92~93	'善肌'는 '美肌' 오식
吳天錫/李兄	南洋行 第2信 [서간체 기행 2회]	1941.3	135~141	
德田作二	手足이 저리고 허리의 아픔이 없어지고 步行도 쉽게 [약 광고 속 편지]	1941.3 1942.1	201 117	
개성 이선녀	심한 여드름이 일소되고 몰라볼만치 美白케! [화장품 광고 속 편지]	1941.3	358~359	
상주 고영자	검고 거칠어운 살결이 퍽으나 아름답게! [화장품 광고 속 편지]	1941.3 1941.6 1941.7	358~359 326~327 258~259	
이관구	홀로된 堂姪女에게	1941.4	123~126	하대체 서간
吳天錫/李兄	南洋行 第3信 [서간체 기행 3회]	1941.4	276~286	
황주 이동수	手足癩痺痛도 없어지고 安眠이되며 三千里길도 지금엔 [약 광고 속 편지]	1941.5 1941.6 1941.7	273 267 47	매호 동일 소비자 편지 게재
吳天錫/李兄	暹羅 風景 – 南洋行 第4信 [서간체 기행 4회]	1941.5	290~301	暹羅(섬라, 샴)
吳天錫/李兄	日泰 貿易事情 – 南洋行 第5信 [서간체 기행 5회]	1941.6	104~113	
이육사/C	年輪	1941.6	170~174	평서체 서간
상주 고영자	검고 거칠어운 살결이 퍽으나 아름답게! [광고 속 편지]	1941.6 1941.7	267 259	
안함광/친구	悠久한 시간 – 어떤 친구에게 보내는 편지 [광고 속 편지]	1941.7	130~136	
光州 김옥순	기미로 검푸르던 살결이 純白하고 潤態있게 되며 [광고 속 편지]	1941.7	259	
京城 정문옥	感謝로 가슴이 뻐근 [약 광고 속 편지]	1941.7 1941.8	295 57	

旭川市 淺岡久三	頭重과 耳鳴이 없어지고 手足의 저림과 根氣가 크게 恢復하는데 [약 광고 속 편지]	1941.8	23	
이육사/S君	山寺記	1941.8	59~63	
	實用新案 手紙大辞典 (發賣元: 國民書院朝光係) [일본 사전의 조선어 광고]	1941.8	112	
福田기미子	上氣 眩氣도 덜하고 安眠이 되고 머리도 말거젓다 [광고 속 편지]	1941.10	79	
팔봉 김기진 金玉均/李鴻章	大亞細亞主義와 金玉均先生(丙戌 6.6) [한문서간 전문 인용]	1941.11	64~71 (69~71)	
권환/R兄	病狀斷想	1941.12	110~114	
여대생/용사 남편/千大子	'戰爭과 銃後' 기획 金本貞順讓의 慰問文 榊原騎兵大尉가 夫人에게 보내는 편지	1942.1	97~99	군 위문편지 모음
宋村紘一/王君	上海租界進駐日에 王君에게 보냄(長詩) [서간체 시]	1942.2	140~143	
則武三雄	女流作家の 手紙 [일본어 문인 서간론]	1942.4	138~141	
강승옥	高血壓에서 온 不眠症과 上氣 眩暈이 좋와져 [약 광고 속 편지]	1942.5	61	
李孝石	書翰 [서간체소설]	1942.6	163~171	遺稿 (1942.3.25. 사망)
文學準/C兄	談山林 [서간체 연설]	1942.6	200~202	
俞鎭午/벗	李孝石과 나-學生時代 新進作家時代의 일들 「비오는 날의 感傷－H에게」(31.4.6밤)[서간체 시, 총독부 검열계원 취직으로 실의의 시대 증언]	1942.7	83~87	편지투인데 "몹시 긴 詩"로 규정. 효석과 이갑기의 논쟁과 송현동 비판사 에피소드 회상
福田기미子	上氣 眩暈이 박약해저 安眠할 수 있고 머리도 명랑해 [약 광고 속 편지]	1942.8	83	1941.10, 79쪽 광고속 편지와 비교

金常午	祈願 – S에게 [서간체 시]	1942.8	149	
松本虎造	머리가 분명하야저 眩暈이나 肩凝도 대단히 편함 [약 광고 속 편지]	1942.9	188	
조우식	尼ヶ崎豊へ	1943.3	113~114	
上田展大	第一線 將兵樣への慰問文	1943.3	114~115	
玄雲史/순아	數曲 [서간체 시]	1943.3	122	
吳龍淳/順	女人倫理觀 – 東西神話의 比較 考察 [서간체 논설]	1943.6	82~89	
李甲燮/大森兄	軍人魂에 通하는 길 [징병령 독려 목적으로 친구에게 보내는 조선군 報道班員의 서신 공개]	1943.7	43~50	결구"昭和 18년6월 10일/弟李甲燮拜/大森兄" 표기
田村 啓/누의	海兵의 어머니가 되라 – 海의 紀念日에 의누에게 보내는 편지	1943.7	79~83	'의누'는 누이의 오기
石崎一雄	過勞와 感氣로 肺浸潤이 되어서 [약 광고 속 實話]	1943.8	79~80	광고 속 소비자 편지 쇠퇴, 대신 소비자 '실화' 대체
徐廷柱/가나우미	스무살된 벗에게 [징병제 동참 독려 편지]	1943.10 1943.11	56~61 66~69	결구 "그리고 또 편지 자조 주십시오/ 9월11일"
德田 馨/新浦兄	ホロンバイル旅信 – 夏의 草原을 往く	1943.10	95~97	내몽고 후룬베이얼초원
徐廷柱	崔遞夫의 軍屬志望 [우체부의 군속 자원 소재 소설]	1943.11	116~125	
達城靜雄/x兄	報道行 – 京城師團 秋季演習의 뒤를 따라서 [서간체 종군 보고문]	1943.12	80~85	
町田福田	씨슨 듯 慢性 胃腸病이 輕快하다 [약 광고 속 實話]	1944.2	103~104	편지 대신 실화 계속 게재 중

4.5. 『조선문단』 수록 서간

서간 필자 (발/수신인)	제목 (장르표지/제목/내용)[379]	간행연월	게재면	비고
春園	H군을 생각하고 [서간 삽입 소설. 서간 기능]	1924.11.1.	2~19	
春園 (박/형)	사랑에 주렷던 이들 [서간체소설]	1925.1.	2~17	미완
方春海	殺人 [서간 삽입 소설. 연재 2회]	1925.1.1.	54~58	
春曙	기럭이날째(入選小說) [서간 삽입 소설]	1925.1.1.	82~86	
秋溪 /사랑하는 이	追憶	1925.1.	182~187	'여자' 부록 새 페이징
金善/K兄님	아기의 죽음	1925.1.	188~189	'여자' 부록
憑虛	B舍監과 러브·레타 [연애편지 소재 풍자소설]	1925.2.	19~24	
崔曙海	拾參圓 [서간 삽입 소설]	1925.2.	40~44	
稻香	J醫師의 告白 [서간체소설, 서간·수기·소설]	1925.3. 1925.4.	2~11 84~90	미완(1925.5. 15쪽 부기)
崔曙海 (박군/김군)	脫出記 (서간체소설)	1925.3.	24~32	춘원 선후평 (1호)에서 '감상문' 지칭
金岸曙/春海兄	'處女作 發表當時의 感想'(기획) 옛날을 돌아보면	1925.3.	60~61	
洪淳明/	小說作家의게 – 舊小說은 누가 낡나, 新小說은 누가 낡나 (小說을 지음으로써 우리의 指導者가 되시랴는 여러분이시여)	1925.4.	40~42	
選者/독자	시 선후감	1925.4.	67	
白洲	永生愛 [서간 삽입 소설]	1925.4.	115~126	
吳天園/春海兄	地平線널븐나라에서	1925.5.	124~125	
柳志永/選者	童謠選後感 (東亞日報 所載)을 읽고 – 選者에게 – [공개장, 서간체 비평]	1925.5.	129~135	

卜容彦	'朝鮮文壇公開狀'(특집 기획) 春秋 (公開狀) [서간체 비평]	1925.6.	108~110	
群賢學人	'朝鮮文壇公開狀' (특집 기획) 먼져詩를대접하라	1925.6.	111~112	
韓哲植	'朝鮮文壇公開狀' (특집 기획) 朝鮮文壇은?	1925.6.	112~113	
金智煥(나/春海兄)	戀愛에對한나의期待 (연애 특집 기획)	1925.7.	29~31	
曹雲(나/春海兄)	숫머슴애 (연애 특집 기획)	1925.7.	53~54	
덕등 趙禹植 (나/兄님)	東京의게신ㄷ兄님에게 올님 (당선 산문 특집)	1925.7.	120~123	'정열 넘치는 편지란' 평
友菊生/언니	九里浦녁에서 汪淸게신언니의게 (당선 산문 특집)	1925.7.	124~125	
方仁根/사랑하는 이	마지막편지 [서간·수기·소설]	1925.8.25 9월호	39~49	
宋順鎰	孵化 – 엇던女子의手記 – [서간체소설]	1925.8.25 9월호	50~60	
늘봄(전영택/春園兄)	뫼,들,물,숩 – 釋王寺에서 [서간체 기행]	1925.8.25 9월호	97~104	
朴月灘 (도영/ㅂ형)	浮世 [서간체小說]	1925.10.	23~30	연재중단 미완
춘원(이광수/秋湖兄)	가을ㅅ들 (25.9.18일자)	1925.10.	83~85	
WA生(/xx형)	明沙十里에서 (25.8.23일자)	1925.10.	92~105	
金岸曙(김억/春海詞兄)	올퍼진 가을의노래 (25.9.19일자 연건동서)	1925.10.	166~172	
梁柱東	誤字 [편지 소재 시]	1925.11.	55	
蘇民生	初가을! –北京게신 K兄님의게 [서간체 시]	1925.11.	72	
金東鳴	餞別(散文詩) [서간체 시]	1926.4.	57	
隱想	江戶書懷 –이 편지를보시는이에게……	1926.5.	43~45	
方仁根/南兄	鐵甕城夜懷	1927.2.	43~46	'感想·隨筆'란

리은상/崔君	森林愛	1927.2.	46~48	
玄東炎/K兄	'文藝時評 數題' K兄에게주는片紙 (甲戌 12월 9일 開城서) [서간체 비평]	1935.2.	22~26	1934년
編輯局	十三道文學靑年書簡集 (第一通~第六通)	1935.2.1	35~38	편집국(학인 이성로)
李秉珏/金沼葉	리알리즘의再吟味와「廢村」의 金沼葉氏에게(2.18. 英陽에서) [서간체 비평]	1935.4.11	142~143	
李巴村/형	李巴村군의葉書	1935.4.11	171	악평 사실무근 해명
	懸賞文藝募集規定(社告) 중 서간(5통까지) 일기(1주일분)	1935.4.11	179	
編輯部	第十三道文學靑年書簡集 (第七通~第十三通)	1935.4.11	192~196	제11통 누락
	廉尙爕[爕]氏의편지	1935.5.	129	'爕'을 '爕'으로 오기함.
李石純	봄편지 [편지 소재 시]	1935.5.	200	
金陵人/三巴兄	濟州道行 [서간체 기행]	1935.5.26	226~229	끝에 '(續)'표기
金億/(H군)	金億氏의 편지 [미게재 투고 반납 촉구 편지]	1935.5.26	229	좌측에 '社告'로 답변
조벽암/R형 외	'新進作家書簡集' 기획물 조벽암/R형, 한흑구/M형 양운한/R형, 이석순/H형 이석순/M형, 임웅/H형 김광주/?, 임창인/R형 박귀송/?, 이고려/兄임 김대봉/?, 민병균/H형 김조규/?, 김북원/형 김우철/H씨, 염주용/? 파랑새/H형, 민병휘/형 박영준/?, 김광균/형 송완순/이형, 김소엽/R형 황석우/? ('황석우의 편지 두장' 별도 표기)	1935.5.26	231~239	『문학청년서간집』(북성당) 발간
李貞求	가버린 중꼬야 – 이글을고향에있는S에게 – [서간체 시]	1935.8.1	110	

	문학청년서간집(북성당)광고 (본지 172頁 독자증 10전 할인)	1935.8.1	153	
파랑새/H형 (學仁兄)	讀者의『朝鮮文壇』懷古談	1935.8.1	170~172	(次號完)
이찬/李兄 외	'朝鮮文人書簡集' 기획물 이찬/李兄, 李生/李兄, 임화/형, 미상/이선생, 계용묵/형, 안함광/ 형, 金生/李君, 민병휘/李兄, 이 xx / 편집주간, 김태오/貴兄, 한 흑구(봉천)/형, 朴生/?(편집자), 李高麗, 리선희/선생님, 장정심/ B선생님, 장정심/H선생님, 모윤숙/?, 李一/?, 石純/李兄, 오 상순/石純君('오상순씨 편지' 별 도 표기)	1935.8.1	210~219	朴生은 앞뒤 문맥상 박승극 추정
	文學靑年書簡集 [책 광고. 北星堂書店]	1935.12.	뒤표지 광고	뒤표지 광고 확인. 앞표지 1935.12.1.발 행/뒤 간기 1935.12.25. 발행
	李城路, 文學靑年書簡集 [책 광고. 조선문단사]	1936.1.	내표지 광고면	뒤표지 북성당 광고. 조선문 단 신년호 앞 표지 1936.1. 발행/ 뒤 간기 1935.12.27. 발행
梁柱東	님께서편지왓네 [편지 소재 시]	1935.12.27	17	
李高麗	春婦 - 우지마라, 玉女야 [서간체 시]	1935.12.27	72~74	
閔丙均/粉이	'長·詩' 屈浦의哀歌 - 장풍밭에 고이잠든粉이를追悼함 - [서간 체 추모시]	1935.12.27	83~87	소화10년7월 8일 탈고
	李城路編 文學靑年書簡集 [책 광 고. 북성당서점]	1936.1.	뒤표지 광고	

| 참고문헌 |

1. 서간(서간문학)

강규봉, 「Samuel Richareson의 *Clarissa* 연구: 서간체 형식과 인물들의 관계를 중심으로」, 연세대 석사논문, 1986.

강옥선, 「여성의 편지쓰기와 사회문화적 네트워크」, 『영어영문학연구』 38-3, 대한영어영문학회, 2011.

강헌국, 「욕망과 환상: 「어린 벗에게」론」, 『비평문학』 42호, 한국비평문학회, 2011.

강현구, 「팩션과 서간체소설의 만남」, 『대중서사연구』 제24호, 대중서사학회, 2010.12.

강현구, 「서간체 팩션과 열린 추리물의 세계 – 김다은의 『훈민정음의 비밀』을 중심으로」, 『한국문예비평연구』 35호, 한국현대문예비평학회, 2011.8.

권기배, 「러시아 서간체 문학연구 – 서간체소설의 특징을 중심으로」, 『노어노문학회 학술대회 자료집』, 노어노문학회, 2006.

권기배, 「서간체소설의 새로운 해석 – 스쩨뿐의 모더니즘소설 『니꼴라

이 뻬레슬레긴』을 중심으로」, 『노어노문학』 19권 1호, 노어노문학회, 2007.

권기배, 「1920년대 한국서간체소설과 스쩨뿐의 철학서간체소설의 비교 연구」, 『노어노문학』 20권 3호, 노어노문학회, 2008.

권기배, 「러시아 서간체 문학연구: 서간체소설의 장르적 특성을 중심으로」, 『동유럽연구』 18-1, 한국외국어대 동유럽발칸연구소, 2009.

권보드래, 「연애편지의 세계상」, 『문학사와비평』 7호, 문학사와비평학회, 2002.

권보드래, 『연애의 시대』, 현실문화연구, 2003.

권용선, 「1910년대 근대적 글쓰기의 형성과정 연구」, 인하대 박사논문, 2004.6. (=『근대적 글쓰기의 탄생과 문학의 외부』, 한국학술정보, 2007)

권은미, 「세비네 부인, 또는 새로운 서간문학의 탄생」, 『프랑스학연구』 Vol.53, 프랑스학회, 2010.

김경남, 「1920~30년대 편지글의 형식과 문체 변화」, 『겨레어문학』 41집, 겨레어문학회, 2008.12.

김기열, 「「친구와의 왕복서한」 발간을 계기로 시작된 고골과 벨린스끼의 논쟁」, 『노어노문학』 제6권, 한국노어노문학회, 1994.7.

김동조, 「문예란의 베를린 도시상-문예란과 편지의 관계를 중심으로」, 『독일언어문학』, Vol.60, 한국독일언어문학회, 2013.

김성수, 「근대적 서간 양식의 성립과 서간 텍스트의 분화 변천」, 『韓日國際콜로키엄資料集』, 도쿄: 히토츠바시(一橋)대학, 2008.2.21.

김성수, 「근대적 글쓰기로서의 서간 양식(1)-근대 서간의 형성과 양식적 특징」, 『민족문학사연구』 39호, 민족문학사학회, 2009.4.

김성수, 「근대적 글쓰기로서의 서간 양식(2)-근대 서간텍스트의 역사적 변천과 문학사적 위상」, 『현대소설연구』 42호, 한국현대소설학회, 2009.12.

김성수, 「근대 초기의 서간과 글쓰기교육 – 독본 · 척독 · 서간집 텍스트를 중심으로」, 『한국근대문학연구』 21집, 한국근대문학회, 2010.4.30.

김성수, 「근대 서간의 매체별 존재양상과 기능」, 『현대문학의 연구』 42호, 한국문학연구학회, 2010.10.

김성수, 「문인 서간과 출판 상업주의 – '신동아'의 서간 기획과 '조선문인서간집'을 중심으로」, 『한국근대문학연구』 27집, 한국근대문학회, 2013.4.

김성옥, 「빈궁으로부터의 탈출을 지향한 글쓰기 – 최서해 서간체소설의 문체 분석」, 『한중인문학연구』 26집, 한중인문학회, 2009.

김성현, 「독일 낭만주의에서의 편지 – 문학텍스트로서의 편지의 재발견」, 『독어교육』 40집, 한국독어독문학교육학회, 2007.

김순전, 「한일 서간체소설의 변용」 『일본문화연구』 3권, 동아시아일본학회, 2000.

김순전, 「한일 서간체소설의 세계와 취향」 『일본어문학』 10권, 한국일본어문학회, 2001.

김시덕, 「근세 일본의 서간에 대하여」. 『대동한문학』 37집, 대동한문학회, 2012.

김연숙, 「서사물의 통속적 기획과 감정의 컨텍스트(context) – 노자영의 『사랑의 불꽃』을 중심으로」 『국어국문학』 149호, 국어국문학회, 2008.9.

김연신, 「편지와 편지의 위기에 대한 매체사적 고찰 – 18세기 편지문화와 편지문학을 중심으로」, 『독일언어문학』 Vol.44, 한국독일언어문학회(구 독일언어문학연구회), 2009.

김영성, 「《리진》에 나타난 편지의 수사학과 근대적 주체의 욕망」, 『한국언어문화』 40, 한국언어문화학회(구 한양어문학회), 2009.

김왕규, 「독서교육의 관점에서 본 정약용의 서간문 – 유배지에서 아들에

게 보낸 서간문을 중심으로」,『어문연구』109호, 한국어문교육연구회, 2001.3, pp.276~297

김윤하,「편지의 정신분석학적 소설론적 고찰 - 와튼과 도스또옙스끼의 '편지소설'을 중심으로」, 연세대 석사논문, 2007.

김이은,「파멜라의 서간체 형식」, 서울대 석사논문, 1998.

김일근,「문학으로서의 서간문」,『문학사상』34호, 1972.

김진혜,「J. W. Goethe의 서한소설「Die Leiden des jungen Werther」의 사회 비판적 의미」, 연세대 석사논문, 1993.

노지승,「1920년대 초반, 편지 형식 소설의 의미」,『민족문학사연구』20호, 민족문학사학회, 2002.6.

노태한,「헤르만 헤세의 서간에 관한 연구」,『논문집』26집, 단국대학교, 1992.

도해자,「근대 서간체소설 연구: 아프라 벤의『연애편지』」,『영미연구』Vol.27, 한국외국어대학교 영미연구소, 2012.

류리수,「한일 근대 서간체소설을 통해 본 신여성의 자아연소 - 아리시마 타케오(有島武郎)의『돌에 짓눌린 잡초(石にひしがれた雜草)』와 염상섭의『除夜』」,『일본학보』50집, 한국일본학회, 2002.3.

문혜윤,「1930년대 국문체의 형성과 문학적 글쓰기」, 고려대 박사논문, 2006.(=『문학어의 근대』, 소명출판, 2008)

박병주,「라깡과 데리다의 정신분석적 독법에 관한 비교연구 - 포우의「도난당한 편지」를 중심으로」,『충주대학교 논문집』42집, 2007.12.

박상준,「지속과 변화의 변증법 -『만세전』연구」,『관악어문연구』22집, 관악어문학회, 1997.

박승주,「기타무라 도코쿠의 서간에 관한 일고찰 -「남녀교제」를 중심으로」,『일어일문학연구』63집, 한국일어일문학회, 2007.

박승희,「〈신여성〉 독자와 여성 문체 연구」,『한민족어문학』55집, 한민족어문학회, 2009.12.

박은경, 「문범(文範)과 시문(時文)으로서의 근대 척독 연구」, 성균관대학 교 석사논문, 2013.2.

박청호, 「신경숙 소설의 편지 서사 연구 - 〈풍금이 있던 자리〉를 중심으로」, 『현대문학의연구』 35호, 한국문학연구학회, 2008.

박혜숙, 「아벨라르와 엘로이즈 서간집에 나타난 한 지식인 여성의 담론」, 『프랑스학연구』, Vol.52, 프랑스학회, 2010.

방혜진, 「고전 편지글을 활용한 글쓰기 지도 방안」, 경희대 교육대학원 석사논문, 2011.

서선정, 「문학:이반 뇌제와 안드레이 쿠릅스키 서한에 나타난 문학적 전통과 권력」 『러시아어문학 연구논집』, Vol.29, 한국러시아문학회, 2008.

손광식·김성수, 「국어(조선어)독본 수록 서간의 존재양상과 사회적 의미」, 『한국근대문학연구』 22집, 한국근대문학회, 2010.10.

손유경, 「뻬라와 연애편지 - 일제하 노동자소설에 나타난 노동조합의 의미」, 『현대문학의 연구』 43호, 한국문학연구학회, 2011.

신지연, 「근대적 글쓰기의 형성과 재현성」, 고려대 박사논문, 2006.2. (개고=『글쓰기라는 거울』, 소명출판, 2007)

신지연, 「연애편지, 1920년대 대중의 출현 - 노자영 『사랑의 불꽃』」(베스트셀러로 보는 근대문학), 인터넷 컬처뉴스 2007-09-04 오후 4:55:49.

신지연, 「'느슨한 문예'의 시대: 편지형식과 벗의 존재방식」, 『반교어문연구』 26집, 반교어문학회, 2009.2.

안미영·김화선, 「이태준 장편소설에 나타난 편지의 기능과 한계」, 『어문연구』 54집, 어문연구학회, 2007.8.

양지은, 「1920년대 소설에 나타난 '서간' 연구」, 동국대 석사논문, 2005.

윤기한, 「Samuel Richardson과 서한체소설」, 『내외문화』 Vol.2, 충남대,

1972.

윤수영, 「한국근대서간체소설연구」, 이화여대 박사논문, 1990.

이경복, 「전자편지 텍스트의 구조와 기능」, 『텍스트언어학』 12집, 한국
　　텍스트언어학회, 2002.

이국환, 「최서해 서간체소설 연구」, 동아대 석사논문, 1992.

이미혜, 「사무엘 리처드슨의 편지 형식 소설과 여성소설로서의 『클라리
　　사』」, 『서강어문학』 5집, 서강어문학회, 1993.

이봉희, 「저널치료 '보내지 않는 편지'를 통한 관계의 치유」, 『지성과 창
　　조』 10호, 2007.

이성만, 「독자편지의 텍스트 유형론적 연구 - 대화적 상호 소통구조를
　　중심으로」, 『독어교육』 16집, 한국독어독문학교육학회, 1998.

이수영, 「『만세전』에 나타난 위선과 편지의 문제 - 개성과 개인의 차이」,
　　『한국현대문학회 2003년 동계학술발표회 자료집』, 2003.

이순욱, 「카프의 서술시 연구 - 서간체시를 중심으로」, 『한국문학논총』
　　23, 한국문학회, 1998.

이은경, 「서간체소설의 시학적 접근 및 사적 성격」, 서강대 석사논문,
　　1984.

이은주, 「근대체험의 내면화와 새로운 글쓰기」, 『상허학보』 16집, 상허
　　학회, 2006. 2.

이정민, 「서간체소설 〈Lettres Persanes〉의 다음성적 구조 연구」, 숙명
　　여대 석사논문, 1995.

이재봉, 「서간의 형식과 고백의 형식 - 1910년대 고백담론과 관련하여」,
　　『한국문학논총』 40집, 한국문학회, 2005.8.

이태숙, 「근대 출판과 베스트셀러 - 노자영의 연애서간을 중심으로」, 『한
　　중인문학연구』 24, 한중인문학회, 2008.

이형진, 「옥련의 편지와 기표로서의 여성 - 이인직의 〈혈의 누〉를 중심

으로」, 『현대소설연구』 Vol.49, 현대소설학회, 2012.

이휘재, 「프랑스 계몽주의 시대의 살롱과 여성문화: 데피네 부인과 갈리
    아니 신부의 편지를 중심으로」, 충남대 박사논문, 2007.

장인수, 「1920년대 편지의 배치와 감수성의 문학」, 『한민족문화연구』
    Vol.42. 한민족문화학회, 2013.

전용표, 「역대 편지글의 읽기, 쓰기를 통한 의사소통 활성화 방안」, 단국
    대교육대학원 석사논문, 2007.

정경희, 「현대서간체소설연구」, 한양대 석사논문, 2004.

정소영, 「김남천 「등불」에 나타난 서사전략 – 서간체의 "재사용" 방식
    을 중심으로」, 『한국문예비평연구』 Vol.29, 한국현대문예비평학회,
    2009.

조성웅, 「스탕달과 뽈린의 편지」, 『세계문학비교연구』 Vol.45, 한국세계
    문학비교학회, 2013.

조진기, 「서간체소설 연구 1」, 『경남어문학』 창간호, 경남대 국문과,
    1982.

조현실, 「서한체 소설의 서술 책략 – 『위험한 관계』의 경우」, 이화여대 박
    사논문, 1991.

최귀련, 「이광수의 초기 서간체소설에 나타난 國木田獨步의 영향 – 「어
    린 벗에게」와 「おとづれ」를 중심으로」, 『일어일문학』, 일어일문학회,
    2003.7.

최명표, 「김해강의 서한체 시 연구」, 『현대문학이론연구』 Vol.13, 현대문
    학이론학회, 2000.

최명표, 「일제하 서한체 시 연구」, 『국어문학』 Vol.42, 국어문학회, 2007.

최은영, 「1920년대 서간체소설 연구」, 경성대 교육대학원 석사논문,
    2004.

최인자, 「서간체의 소설적 확장과 변이」, 『국어교육의 문화론적 지평』,

소명출판사, 2001.

최인환, 「위장과 편지 형식: 리처드슨의 『클라리싸』 연구」, 『영어영문학』 42권 2호, 영어영문학회, 1996.

하갑룡, 「1920년대 서간체소설 연구」, 경남대 석사논문, 1985.

한귀은, 「서간체 글쓰기의 문학치료 및 문학교육적 효과」, 『배달말교육』 31호, 배달말교육학회, 2010.

한상권, 「최서해 소설 연구」, 명지대 석사논문, 1993.

한성훈, 「개인 편지에 나타난 북한 인민의 전쟁 서사」, 『경제와사회』 94호, 비판사회학회(한국산업사회학회), 2012.

황국명, 「한국 현대 서간체소설의 이념적 특징」, 『한국현대소설과 서사 전략』, 부산: 세종출판사, 2004.

황국명, 「비평 욕망의 담론과 설득의 수사 – 공지영 · 신경숙의 서간체소 설」, 『작가세계』 33호, 작가세계사, 1997.5. (=『삶의 진실과 소설의 방법:황 국명 평론집』, 문학동네, 2001)

황호덕, 「엽서의 제국, 전체국가의 공사 개념(1942)」, 『로컬리티 인문학』 4호, 부산대 한국민족문화연구소, 2010.

2. 언간, 척독(간독)

언간

경일남, 「고전소설의 삽입서간 연구」, 『어문연구』 28집, 어문연구학회, 1996.(=『고전소설과 삽입 문예 양식』, 역락, 2002.)

경일남, 『고전소설과 삽입 문예 양식』, 도서출판 역락, 2002.

김경순, 「추사 김정희의 한글 편지 해독과 의미」, 『어문연구』 Vol.75, 어 문연구학회, 2013.

김기현, 「일상생활에 나타난 선비정신 – 한글 편지를 중심으로」, 『선비문화』 20집, 남명학연구원, 2011.

김남경, 「『언간독』과 『증보언간독』 비교 연구」, 『민족문화논총』 24, 영남대 민족문화연구소, 2001.

김무식, 「조선조 여성의 문자생활과 한글편지 – 한글 편짓글에 반영된 조선조 여성의식과 문화(1)」, 『인문학논총』 14권 2호, 경성대 인문과학연구소, 2009.6.

김민옥, 『정약용의 가정교육에 관한 연구 – 두 아들에게 보낸 서간문을 중심으로』, 경인교대 교육대학원 석사논문, 2005.

김봉좌, 「조선시대 방각본 언간독(諺簡牘) 연구」, 한국학대학원 석사논문, 2004.

김선풍, 「강릉지방 규방 서간문」, 『어문론집』 24집, 중앙어문학회, 1995. 8.

김일근, 「문학으로서의 서간문」, 『문학사상』 34호, 1972.

김일근, 「언간(諺簡)의 연구」, 『건대 학술지』 13집, 건국대, 1972.

김일근, 「언간의 연구(續) – 언간의 제학적(諸學的) 고찰」, 『건대 학술지』 16집, 건국대, 1973. (=김일근, 「언간의 종합적 연구」, 『성곡논총』 5집, 성곡학술재단, 1974.)

김일근, 「추사 김정희의 인간면의 고찰 – 그의 친필 언간을 통하여」, 『성곡논총』 14집, 성곡학술재단, 1983.

김일근, 『언간의 연구』, 건국대출판부, 1986.

김일근, 「고전소설과 언간」, 『고전소설연구(황패강 교수 정년퇴임기념논총 II)』, 일지사, 1993.

김주필, 「조선시대 한글 편지의 문어성과 구어성」, 『한국학논총』 35, 국민대학교 한국학연구소, 2011.

김향금, 「언간의 문체론적 분석」, 서울대 석사논문, 1994.

민영대, 「'최척전'에 삽입된 서간에 대한 고찰」, 『향천 신위철박사 화갑 기념논총』, 문양사, 1996.

민영대, 「'서궁일기'에 삽입되어 있는 서간의 유형과 기능」, 『한남어문 학』 제23집, 한남대 한남어문학회, 1998.12.

민영대, 「'최랑전' 연구(1) - 삽입서간을 중심으로」, 『고소설연구』, 한국고 소설학회, 2000.

민영대, 「『월영낭자전』 연구(1) - 삽입된 서간의 유형과 기능을 중심으 로」, 『한남어문학』 제26집, 한남대 한남어문학회, 2002.2.

백낙천, 「국어 생활사 자료로서의 언간의 특징」, 『한국언어문화』 34집, 한국언어문화학회(한양어문학회), 2007.

백낙천, 「조선 후기 한글 간찰의 형식과 내용」, 『한말연구학회 학술발표 논문집』, 2006.

백두현, 「어문생활사로 본 언간과 한글고문서의 연구방법」, 『국어사연 구』 Vol.10, 국어사학회, 2010.

성기희, 「여성서간문고」, 『관대논문집』, 관동대, 1976.

성은하, 「순명효황후 한글서간의 미학적 연구」, 성균관대학교 유학대학 원 석사논문, 2013.6.

신정숙, 「한국전통사회의 내간에 대하여 - 사대부가의 내간집을 중심으 로」, 『한국수필문학연구』, 정음사, 1980.

심재기, 「내간체문장에 대한 고찰」, 『동양학』 5집, 단국대 동양학연구소, 1975.

양순필, 「추사 김정희의 제주 유배 언간 고」, 『어문연구』 27호, 한국어문 교육연구회, 1980.

오석란, 「추사 한글편지의 국어학적 고찰」, 『성신어문학』 창간호, 돈암어 문학회, 1988.

이기대, 「명성황후 국문 편지의 문헌학적 연구」, 『한국학연구』 20집, 고려대 한국학연구소, 2004.6.

이기대, 「한글편지에 나타난 순원왕후의 수렴청정과 정치적 지향」, 『국제어문』 47집, 국제어문학회, 2009.

이기대, 「근대 이전 한글 애정 편지의 양상과 특징」, 『한국학연구』 38집, 고려대 한국학연구소, 2011.9.

이기대, 「19세기 왕실 여성의 한글 편지에 나타난 공적(公的)인 성격과 그 문화적 기반」, 『어문논집』 48집, 중앙어문학회, 2011.

이승희, 「규장각 소장본 '순원왕후 한글편지'의 고찰」, 『규장각』 제23집, 서울대 규장각, 2000.

이승희, 「조선시대 한글편지를 활용한 국어사 교육」, 『정신문화연구』 2011. 여름호, 제34권 제2호 (통권 123호), 2011.6.

이연수, 『다산 정약용의 독서교육관 연구 – 두 아들에게 보내는 서간문을 중심으로』, 카톨릭대 교육대학원 석사논문, 2007.

이인숙, 「조선시대 편지의 문화사적 의미」, 『민족문화논총』 30집, 영남대 민족문화연구소, 2004.

이장환, 「고소설에 삽입된 서간 연구」, 한남대 석사논문, 1994.

임홍빈, 「필사본 한글 간찰의 해독과 문장 분절」, 『정신문화연구』 19권 3호, 정문연, 1996.

정승혜, 「한글 간찰을 통해 본 근세 역관의 대일외교에 대하여」, 『대동한문학』 Vol.37, 대동한문학회, 2012.

조평환, 「추사 김정희의 유배서간에 나타난 제주의 생활정서」, 『동방학』 13집, 한서대 동양학연구소, 2007.

최지녀, 「조선시대 여성서간과 서간체문학」, 서울대 석사논문, 2003.

한창훈, 「추사 김정희의 제주 유배 언간과 그 문학적 성격」, 『제주도연구』 18집, 제주학회, 2000.

허순우, 「순암의 편지에 나타난 글쓰기 방식 연구」, 『한국문화연구』 9집,

이대 한국문화연구소, 2005.

허재영, 「한글 편지에 나타난 어휘 변천에 대한 연구」, 『한글』 268호, 한글학회, 2005.6.

홍은진, 「방각본 언간독에 대하여」, 『문헌과해석』 창간호, 1997.

황문환, 「조선시대 언간과 국어생활」, 『새국어생활』 12-2, 국립국어원, 2002.

황문환, 「조선시대 언간 자료의 현황과 특성」 『국어사연구』 Vol.10, 국어사학회, 2010.

척독(간독)

강민구, 「낙재(樂齋) 서간을 통해 본 17세기 영남 서간의 특질」, 『동방한문학』 30집, 동방한문학회, 2006.

강혜선, 「조선후기 소품문과 글쓰기 교육 – 신정하의 척독과 편지쓰기」 『작문연구』 5호, 작문학회, 2007.

강혜선, 「조선후기 척독문학의 양상: 신정하(申靖夏)를 중심으로」, 『돈암어문학』 22, 돈암어문학회, 2009.

김은성, 「『규합한훤』을 통해 본 격식적 편지문화의 전통 – 국어생활사의 관점에서」, 『어문연구』 32-1, 한국어문교육연구회, 2004.봄.

김은정, 「17세기 초반 소통으로서의 척독 연구」, 『어문학』 119, 어문학회, 2013.

김하라, 「낙하생 이학규 서간문의 자기서사적(自己敍事的) 특성」 『민족문학사연구』 27호, 민족문학사학회, 2005.4.

권정원, 「청장관 이덕무의 척독 연구」, 부산대 석사논문, 1996.

권정원, 「척독을 통한 청대학인(淸代學人)과의 학술교류: 이덕무와 박제가를 중심으로」, 『동양한문학연구』 32, 동양한문학회, 2011.

김윤조, 「추사 김정희 산문 연구」, 『대동한문학』 25집, 2006.

김광섭, 「금릉 남공철 산문 연구」, 고려대 박사논문, 2009.

김성진, 「허균의 척독에 대한 일고찰」, 『한국한문학연구』 31집, 2003.

김소영, 「척독을 통해 본 매천 황현의 삶의 자세와 시대인식」, 『한문학보』 10, 2004.

김윤조, 「한국한문학 산문의 전개와 발전 양상; 서독류(書牘類)의 특징과 조선 후기의 양상」, 『동방한문학』 31집, 2006.

김풍기, 「조선 중기 古文의 小品文的 성향과 허균의 척독」, 『민족문화연구』 35호, 2001.

김현경, 「남공철(南公轍)의 척독(尺牘) 연구」, 한국교원대 석사논문, 2006.

김혈조, 「연암 편지의 세 가지 층위에 대하여」, 『대동한문학』 36집, 대동한문학회, 2012.

김효경, 「18세기 간찰교본 간식류편(簡式類編) 연구」, 『규장각』 9집, 서울대 규장각, 2003.

김효경, 「조선시대 간찰서식 연구」, 한국학중앙연구원 박사논문, 2005.

김효경, 「조선후기에 간행된 간찰서식집에 대한 연구」, 『서지학연구』 33집, 서지학회, 2006.

김효경, 「조선후기 간찰의 피봉(皮封)과 내지(內紙) 정식(程式)」, 『동양예학』 16집, 동양예학회, 2007.

김효경, 「간찰의 산문문체적 특징」, 『대동한문학』 28집, 대동한문학회, 2008.

류준경, 「방각본(坊刻本) 간찰교본(簡札敎本) 연구」, 『한문고전연구』 18집, 한국한문고전학회(성신한문학회), 2009.

문창호, 「조선시대 간찰의 서명에 대한 고찰」, 명지대 석사논문, 2004.8.

박대현, 「한문 서찰의 격식과 용어 연구」, 영남대 박사논문, 2010. (=『한문 서찰의 격식과 용어』, 아세아문화사, 2010.)

박은경, 「문범(文範)과 시문(時文)으로서의 근대 척독 연구」, 성균관대학교 석사논문, 2013.2.

박철상, 「『동관지록(童觀識錄)』을 통해 본 조선후기 간찰투식집 고찰」, 『대동한문학』 36, 대동한문학회, 2012.

박해남, 「근대 척독자료집 『척독완편(尺牘完編)』의 출판 현황과 배경」, 『반교어문연구』 32집, 반교어문학회, 2012.

박해남, 「척독 교본을 통해 본 근대적 글쓰기의 성격 재고」, 『반교어문연구』 36집, 반교어문학회, 2014.2.

배미정, 「조선 후기 척독문학의 유행과 그 배경: 신정하를 중심으로」, 한국정신문화연구원 대학원 박사논문, 2003.

배미정, 「한문서간 연구의 현황과 과제: 조선시대 한문서간 연구사를 중심으로」, 『대동한문학』 36집, 대동한문학회, 2012.

서정화, 「고려시대 서간문 연구」, 『대동한문학』 36집, 대동한문학회, 2012.

서지원, 「한문편지를 활용한 편지 교육 방안 연구」, 성신여대 석사논문, 2005.

성낙연, 「척독의 교재화방안」, 한국교원대 석사논문, 2013.

송경애, 「척독을 통해서 본 장호(張潮)의 교유활동과 그 영향」, 『동북아문화연구』 26, 동북아시아문화학회, 2011.

송태명, 「원굉도(袁宏道) 척독 연구」, 고려대 석사논문, 2001.

심경호, 「박지원과 이덕무의 희문(戱文) 교환에 대하여」, 『한국한문학연구』 31집, 2003.

안귀남, 「척독의 경어법 연구」, 경북대 석사논문, 1988.

양순필, 「추사의 제주유배서한 고」, 『아카데미논총』 Vol.7 No.1, 1979.

양순필, 「추사 김정희의 한문서한고(漢文書翰考)」, 『탐라문화』 9호, 제주대 탐라문화연구소, 1989.

양진건, 강동호, 「면암 최익현 제주유배서간의 교육적 의미」, 『한국교육사학』35-4, 한국교육사학회, 2013.

오석환, 「농암 서간체 산문 연구」, 『한문학논집』 21집, 근역한문학회, 2003.

이기현, 「조희룡 소품문 연구 – 척독, 제화소품을 중심으로」, 고려대 석사논문, 2006.

이기현, 「19세기 중후반 척독집 수용과 편찬」, 『한문교육연구』 28, 한국 한문교육학회, 2007.

이보람, 「다산과 문산의 인성 논쟁 연구: 교류 서간을 중심으로」, 서강대 석사논문, 2005.

이우일, 「공안파와 북학파의 척독소품문 비교」, 『배화논총』 22권, 배화 여대, 2003.

이은영, 「조희룡(趙熙龍)의 척독(尺牘) 연구」, 한국교원대 석사논문, 2007.

이춘희, 「이상적(李尙迪)에게 보낸 청 문사(淸 文士)의 척독과 문풍(文風)의 소통」, 『대동한문학』 37집, 대동한문학회, 2012.

이춘희, 「청 왕홍이 이상적에게 보낸 척독으로 본 선비적 교유」, 『한국학 논집』 Vol.50, 계명대 한국학연구원, 2013.

이희재, 「간독(簡牘)을 통해 본 박세당의 삶」, 『동방학』 Vol.26, 한서대학 교 동양고전연구소, 2013.

장유승, 「세상과 소통하는 방법: 『척독요람(尺牘要覽)』」, 『문헌과 해석』, 54, 문헌과해석사, 2011.

정 민, 「연암 척독소품의 문예미」, 『한국한문학연구』 31집, 2003.

정무룡, 「17세기 후반 경화사인 간의 문학론 공방의 한 양상 – 김창흡과 조성기의 왕복서한을 중심으로」, 『동양한문학연구』 Vol.13, 1999.

정석태, 「퇴계 서간의 문집으로의 정착과정: 월천 조목에게 보낸 서간을 중심으로」, 『대동한문학』 36집, 대동한문학회, 2012.

정호준, 「두보 진주시기(秦州時期) 서간시(書簡詩)에 대한 연구」, 『중국연구』47권, 한국외국어대 중국연구소, 2009.11.

천금매(千金梅, Qian Jin-Mei), 「『중조학사서한(中朝學士書翰)』을 통해 본 김
　　재행과 항주 선비들의 교류」, 『동아인문학』 9-4, 동아인문학회, 2008.

천금매, 「김명희(金命喜)와 청조(淸朝) 문사(文士)들의 척독(尺牘) 교류(交
　　流) -『척독장거집(尺牘藏弆集)』을 중심으로」, 『연민학지』 13, 연민학회,
　　2010.

천금매, 「18~19세기 朝·淸文人 交流尺牘 硏究」, 연세대 박사논문,
　　2011.

최윤정, 「서간을 통해 본 박세당과 남구만의 교유 양상」, 『한국고전연
　　구』 24집, 한국고전연구학회, 2011.

탁현숙, 「다산 정약용의 유배서간 연구」, 호남대 석사논문, 2007.

홍인숙, 「이덕무 척독 연구 - "내면", 혹은 "사적 자아"의 발견」, 『한국한
　　문학연구』 33집, 한국한문학회, 2004.

홍인숙, 「근대계몽기 지식, 여성, 글쓰기의 관계」, 『여성문학연구』 24, 한
　　국여성문학학회, 2010.

홍인숙, 「근대 척독집 연구」 『한국문화연구』 19호, 이화여대 한국문화연
　　구원, 2010.12.

홍인숙, 「근대 척독집 간행 현황과 시대별 변화 양상 - 1900~1950년대
　　간행된 척독집을 중심으로」, 『한국고전연구』 24, 한국고전연구학회,
　　2011.

홍인숙, 「김우균의 『척독완편』 서발문을 통해 본 근대 척독집 편찬과정
　　및 척독 인식」, 『한국학연구』 38, 고려대 한국학연구소, 2011.

홍인숙, 「1920~30년대 '편지예문집류 척독집'의 양상과 그 특징」, 『동
　　양고전연구』 51, 동양고전학회, 2013.

홍인숙, 「1930년대 개별 척독집 연구 - 이종국(李鍾國)의 『무쌍주해 보통
　　신식척독』(1930)의 특징 및 의의」, 『한국고전연구』 28, 한국고전연구

학회, 2013.

황숙진, 「허균의 척독 연구」, 한국교원대 석사논문, 2005.

황위주, 「한문문체 '서(書)'의 연원과 연변」, 『대동한문학』 36집, 대동한
 문학회, 2012.

3. 기타 어문학

강진호, 허재영 편, 『조선어독본』 1~5권, 제이앤씨, 2010.

강진호 편, 『'조선어독본'과 국어 문화』, 제이앤씨, 2011.

강진호, 「'조선어독본'과 일제의 문화정치 – 제4차 교육령기 『보통학교
 조선어독본』의 경우」, 『상허학보』 29집, 상허학회, 2010.6.

검열연구회, 『식민지 검열: 제도 · 텍스트 · 실천』, 소명출판, 2011.

고영근, 『텍스트이론 – 언어문학통합론의 이론과 실제』, 아르케, 1999.

구자황, 「독본을 통해 본 근대적 텍스트의 형성과 변화」, 『상허학보』
 13집, 상허학회, 2004.

구자황, 「근대 독본의 성격과 위상(1) – 최남선의 『시문독본』을 중심으
 로」, 『탈식민의 역학』, 소명출판, 2005.

구자황, 「근대 독본의 성격과 위상(2): 이윤재의 『문예독본』을 중심으
 로」, 『상허학보』 20집, 상허학회, 2007.

구자황, 「1920년대 독본의 양상과 근대적 글쓰기의 다층성」, 『인문학연
 구』 74호, 충남대 인문과학연구소, 2008.8.

구자황, 「근대 독본문화사 연구 서설」, 『한민족어문학』 53집, 한민족어
 문학회, 2008.12.

구자황, 「근대 독본의 성격과 위상(3) – 1930년대 독본(讀本)의 교섭과 전
 변을 중심으로」, 『반교어문연구』 Vol.29, 반교어문학회, 2010.

권보드래,「연애의 형성과 독서」,『역사문제연구』7호, 2001.

권보드래,『한국근대소설의 기원』, 소명출판사, 2000.

김동식,「한국의 근대적 문학 개념 형성과정 연구」, 서울대 박사논문, 1999.

김동식,「한국문학 개념 규정의 역사적 변천에 관하여」,『한국현대문학연구』30집, 한국현대문학회, 2010.4.

김명인,「한국 근대문학 개념의 형성과정」,『한국근대문학연구』제6권 제2호, 한국근대문학회, 2005.10.

김 석,「라깡과 문학 – 텍스트의 기능을 중심으로」,『수사학』8집, 수사학회, 2008.

김경일,『여성의 근대, 근대의 여성: 21세기 전반기 신여성과 근대성』, 푸른역사, 2004.

김보현,「「포의 '도둑 맞은 편지'에 관한 세미나」에서 드러나는 라깡의 언어관」,『외국문학연구』10호, 한국외국문학연구학회, 2002.

김영민,『한국근대소설사』, 솔출판사, 1997.

김예림,「1920년대 초반 문학의 상황과 의미」,『1920년대 동인지문학과 근대성 연구』, 깊은샘, 2000.

김옥란,「근대 여성 주체로서의 여학생과 독서 체험」『상허학보』13집, 상허학회, 2004.8. (= 민족문학사연구소 기초학문연구단 편,『한국 근대문학의 형성과 문학 장의 재발견』, 소명출판, 2004. 재수록)

김윤식,『김동인 연구』, 민음사, 1987.

김찬기,『한국근대소설의 형성과 전』, 소명출판, 2004.

김행숙,『문학이란 무엇이었는가: 1920년대 동인지 문학의 근대성』, 소명출판, 2005.

김현주,『한국 근대 산문의 계보학』, 소명출판, 2004.

노상호,「1910~20년대 조선어 가정용 백과사전의 출판과 그 내용」,『한국학연구』48, 고려대 한국학연구소, 2014.

노지승,『유혹자와 희생양』, 예옥, 2009.

노지승,「소설의 장르 교섭; 여성지 독자와 서사 읽기의 즐거움 -『여성(女性)』(1936~1940)을 중심으로」,『현대소설연구』No.42, 2009.12.

문옥표,『신여성: 한국과 일본의 근대 여성상』, 청년사, 2003.

민현식,「국어문화사의 내용 체계에 관한 연구」,『국어교육』110호, 한국국어교육연구회, 2003.

박근예,「1920년대 예술로서의 문학 개념의 형성」,『이화어문논집』Vol.24-25, 이화여대 한국어문학연구소, 2007.

박지영,「1920년대 책 광고를 통해서 본 베스트셀러의 운명」, 박헌호 외 공저,『작가의 탄생과 근대문학의 재생산구조』, 소명출판, 2008.

박진숙,「한국 근대문학과 미문, 이태준의 미문의식」,『한국현대문학연구』24집, 한국현대문학회, 2008.4.

박태호,『장르 중심 작문 교수 학습론』, 박이정, 2000.

박헌호 외,『작가의 탄생과 근대문학의 재생산 제도』, 소명출판, 2008.

박헌호,「문화연구의 정치성과 역사성: 근대문학 연구의 현황과 반성」,『민족문화연구』Vol.53, 고려대 민족문화연구원, 2010.

배개화,「'문장'지의 내간체 수용 양상」,『현대소설연구』21호, 현대소설학회, 2004.

배수찬,「근대적 글쓰기의 형성과정 연구」, 서울대 박사논문, 2006. (개고=『근대적 글쓰기의 형성과정 연구』, 소명출판, 2008)

백두현,「조선 시대의 한글 보급과 실용에 관한 연구」,『진단학보』92집, 진단학회, 2001.

상허학회,『1920년대 동인지 문학과 근대성 연구』, 상허학보 제2집, 깊은샘, 2000.

심재기,『국어 문체 변천사』, 집문당, 1999.

양석원, 「편지는 왜 어떻게 목적지에 도착하는가: 라캉의 「도난당한 편지」에 대한 세미나 다시 읽기」, 『비평과이론』 15-2, 비평과이론학회, 2010.가을/겨울호.

우정권, 『한국근대고백소설의 형성과 서사양식』 소명출판, 2004.

유석환, 「근대 문학시장의 형성과 신문·잡지의 역할」, 성균관대 박사논문, 2013.8.

윤시현, 「이태준 문장론 연구」, 이화여대 대학원 석사논문, 2011.

윤여탁 외, 『국어교육 100년사』, 서울대출판부, 2006.

이경돈, 「『조선문단』에 대한 재인식」, 상허학회 편, 『1920년대 문학의 재인식』, 깊은샘출판사, 2001.

이경돈, 『문학 이후』, 소명출판, 2009.

이기훈, 「독서의 근대, 근대의 독서 - 1920년대의 책읽기(1920~30년대 독서의 사회사)」 『역사문제연구』 7호, 2000.12.

이재봉, 「근대 사적 공간과 문학의 내면 공간」, 『한국문학논총』 Vol.50, 한국문학회, 2008.

이재선, 『한국단편소설연구』, 일조각, 1975.

이진경, 『근대적 시공간의 탄생』, 푸른숲, 1997.

이혜령, 『한국소설과 골상학적 타자들』, 소명출판, 2007.

이혜진, 「『여자계(女子界)』 연구: 여성필자의 근대적 글쓰기를 중심으로」, 연세대 석사논문, 2008,

이휘재, 「프랑스 계몽주의 시대의 살롱과 여성문화: 데피네 부인과 갈리아니 신부의 편지를 중심으로」, 충남대 박사논문, 2007.

이희정, 「〈창조〉소재 김동인 소설의 근대적 글쓰기 연구」, 『국제어문』 47집, 2009.

임경석 외, 『'개벽'에 비친 식민지 조선의 얼굴 - 『개벽』을 읽기로 했다』, 모시는사람들, 2007.

임상석, 「『시문독본』의 편찬과정과 1910년대 최남선의 출판활동」, 『근
　대문학』 18호, 한국근대문학회, 2008.10.

임형택 외, 『흔들리는 언어들: 언어의 근대와 국민국가』, 성균관대출판
　부, 2008.

장영규, 「딜런 토머스의 시 쓰기 담론: 주제와 기법 - 그의 서간문을 중
　심으로」 『영미어문학』 No.83, 한국영미어문학회, 2007.

정선태, 『개화기 신문 논설의 서사수용 양상』, 소명출판사, 1999.

정은임, 「궁정 실기문학 연구 - 장르이론의 수용미학적 견지에서」, 숙대
　박사논문, 1988.

조동일, 『한국문학통사 1~5』 제4판, 지식산업사, 2005.

조윤정, 「독본의 독자와 근대의 글쓰기」, 『근대적 글쓰기의 형성과 글쓰
　기 장의 재인식 - 132차 정기학술발표회 발표논문집』, 반교어문학회,
　2010.1.30.

조정봉, 「일제하 야학교재 『농민독본』과 『대중독본』의 체재와 내용」, 『정
　신문화연구』 제30권 제4호, 2007.9.

조지원, 「1920년대 중등학교 조선어 독본 분석」, 고려대 교육대학원 석
　사논문, 2007.8.

진필상, 심경호 역, 『한국 문체론』, 이회, 1995.

차혜영, 『한국근대문학제도와 소설양식의 형성』, 역락, 2004.

천정환, 『근대의 책 읽기』, 푸른역사, 2003.

천정환, 「새로운 문학연구와 글쓰기를 위한 시론」, 『민족문학사연구』
　26호, 민족문학사학회, 2004.

천정환, 『대중지성의 시대』, 푸른역사, 2008.

천정환 외, 『식민지 근대의 뜨거운 만화경 - 『삼천리』와 1930년대 문화
　정치』, 성균관대출판부, 2010.

최병우, 「한국 근대 1인칭소설연구」, 서울대 박사논문, 1992.

최수일, 『『개벽』 연구』, 소명출판, 2008.

최수일, 「『조광』을 어떻게 연구할 것인가」, 『민족문학사연구』 44호, 민족
    문학사학회, 2010.

최수일, 「잡지 『조광』을 통해 본 '광고'의 위상 변화」, 『상허학보』 32집,
    상허학회, 2011.6.

최수일, 「『조광』에 대한 서지적 고찰; 종간, 복간, 중간의 문제를 중심으
    로」, 『민족문학사연구』 49호, 민족문학사연구소, 2012.

최혜실, 『신여성들은 무엇을 꿈꾸었는가』, 생각의나무, 2000.

한기형, 「잡지 『신청년』 소재 근대문학 신자료(1) - 나도향, 박영희, 최승
    일, 황석우의 작품들」, 『대동문화연구』 41집, 성균관대 대동문화연구
    원, 2002.

한기형 외, 『근대어·근대매체·근대문학-근대 매체와 근대 언어질서의
    상관성』, 성균관대 대동문화연구원, 2006.

한기형, 「근대문학과 근대문화제도, 그 상관성에 대한 시론적 탐색」, 『상
    허학보』 19집, 상허학회, 2007.2.

한기형, 「매체의 언어 분할과 근대문학-근대소설의 기원에 대한 매체
    론적 접근」, 『대동문화연구』 59집, 성균관대 대동문화연구원, 2007.

허재영, 『일제 강점기 교과서정책과 조선어과 교과서』, 도서출판 경진,
    2009.

홍순애, 「근대계몽기 지리적 상상력과 서사적 재현」, 『현대소설연구』
    40호, 한국현대소설학회, 2009.4.

황호덕, 「엽서의 제국, 전체국가의 공사 개념(1942)」, 『로컬리티 인문학』
    4호, 부산대 한국민족문화연구소, 2010.

홍순애, 「근대소설의 형성과 연설의 미디어적 연계성 연구-1910년대
    를 중심으로」, 『현대소설연구』 42호, 한국현대소설학회, 2009.12.

황혜진, 「잡지 『청춘(靑春)』 독자투고란의 어문교육사적 연구」, 『작문연

구』4집, 작문학회, 2007.

4. 기타 비문학

공신영, 「무역서한 작성을 위한 표현과 기법에 관한 연구」, 『창원대학교
　　논문집』 13권 1호, 1991.

김대희, 「리터러시 개념의 확장에 관한 연구」, 『어문연구』 제34권 제1호
　　(2006년 봄호), 한국어문교육연구회, 2006.

김양은, 「리터러시 관점에서의 미디어교육에 관한 연구」, 『한국언어문
　　화』 제27집, 한국언어문화학회, 2004.

김양은, 「미디어교육의 개념 변화에 대한 고찰」, 『한국언론정보학보』
　　28호(2005년 봄호), 한국언론정보학회, 2005.

방효순, 「일제시대 민간 서적 발행 활동의 구조적 특성에 관한 연구」, 이
　　화여대 박사논문, 2000.

서울체신청백년사편찬위, 『서울체신청백년사』, 서울체신청, 2006.

안정임, 「디지털 격차와 디지털 리터러시」, 『한국언론정보학보』 36호
　　(2006년 겨울호), 한국언론정보학회, 2006.

유영만, 「eLearning과 디지털 리터러시: 디지털 시대의 새로운 학습능
　　력」, 『산업교육연구』 제8호, 2001.11.

윤해동, 『식민지의 회색지대』, 역사비평사, 2003.

윤해동, 『식민지 근대의 패러독스』, 휴머니스트, 2007.

이병민, 「리터러시 개념의 변화와 미국의 리터러시 교육」, 『국어교육』
　　117호, 한국어교육학회, 2005.

이병주, 『한국우정 100년』, 체신부, 1984.

이종탁, 『우체국 이야기: 편지와 우체국의 역사에서 세계 우편의 현주소

까지』, 황소자리출판사, 2008.

이홍근, 「하버마스의 이론적 전략: 의사소통이론으로서의 패러다임 전환에 대하여」, 정호근 외, 『하버마스, 이성적 사회의 기획, 그 논리와 윤리』, 나남출판, 1997.

임경석 편, 『동아시아언론매체사전』, 논형, 2010.

장 신, 「조선총독부 학무국 편집과와 교과서 편찬」, 『역사문제연구』 16호, 2006.

전기통신사편찬위원회, 『한국전기통신 100년』, 체신부, 1985.

정호근 외, 『하버마스, 이성적 사회의 기획, 그 논리와 윤리』, 나남출판, 1997.

朝鮮總督府 遞信局, 『朝鮮郵便官署國庫金事務史』, 朝鮮總督府 遞信局, 1915.

주동범 외, 「미국의 비판적 미디어 문해성 교육에 관한 고찰」, 『비교교육연구』 제15권 4호, 한국비교교육학회, 2005.

진기홍, 「한국우편 100년소사」, 한국우표백년간행위원회, 『한국우표백년』, 한림문화출판사, 1984.

진기홍, 『구한국시대의 우표와 우정』 경문각, 1964.

체신부, 『한국우정사』, 체신부, 1971.

체신부, 『전기통신사업 80년사』, 체신부, 1966.

최덕교, 『한국잡지백년』 전 3권, 현암사, 2004.

한국우정100년사편찬위, 『한국우정 100년사』, 체신부, 1984.

한국전자통신연구원, 『한국정보통신 20세기사』, 정보통신부, 2001.

한정선 외, 『미래사회를 위한 교육방법 및 교육공학』, 교육과학사, 2008.

홍성태, 「식민지체제와 일상의 군사화 – 일상의 군사화와 순종하는 육체의 생산」, 김진균 정근식 편, 『근대주체와 식민지 규율권력』, 문화과학사, 1997.

5. 외국 논저

가메이 히데오 저, 김춘미 역, 『메이지문학사』, 고려대출판부, 2006.

고마고메 다카시(駒込武), 오성철 외역, 『식민지제국 일본의 문화통합』, 역사비평사, 2008.

나가미네 시게토시, 다지마 데쓰오, 송태욱 공역, 『독서 국민의 탄생』, 푸른역사, 2010.

나카무라 미쓰오(中村光夫), 고재석 · 김환기 공역, 『일본 메이지문학사』, 동국대학교 출판부, 2001.

뉴우노야 마미(丹生谷真美), 『美しい人の美しい手紙(아름다운 이의 아름다운 편지 - 온기를 전달하는 표현작법)』, 도쿄: 주부와생활사, 2006.

다니자키 준이치로(谷崎潤一郎), 『文章讀本』, 도쿄: 中央公論社, 1934.

다카하시 야스미츠(高橋安光), 『手紙の時代』, 도쿄: 法政大學출판국, 1995.

마쓰이 다카시(三ツ井 崇), 「식민지시기 조선에서의 언어운동 전개와 성격」, 임형택 외편, 『흔들리는 언어들』, 성균관대 대동문화연구원, 2008.

마에다 아이, 유은경 외역, 『일본 근대 독자의 성립』, 이룸, 2003.

미즈하라 메이소오(水原明窗), 『朝鮮近代郵便史: 1884-1905』, 日本郵趣協會, 1993.

사카이 도시히코(堺利彥), 『文章速達法』, 도쿄: 講談社, 1982.(1915 초판)

시마나카(嶋中雄作), 『女性文章讀本』, 도쿄: 中央公論社, 1935.

야마모토 마사히데(山本正秀), 『近代文體發生の 史的 硏究』, 도쿄: 岩波書店, 1965.

엔도 슈사쿠, 천채정 역, 『전략적 편지 쓰기』, 쌤앤파커스, 2007.

키쿠지 칸(菊池寛), 『文章讀本』, 도쿄: 모던일본사, 1937.

하라타 유미, 임경화 역, 『여성 표현의 일본 근대사』, 소명출판, 2008.

Aries, Philippe & Duby, Georges ed. 필립 아리에스, 조르주 뒤비 책임편집, 『사생활의 역사』 제1~5권, 주명철, 전수연 외역, 새물결, 2002~2006.

Bakhtin, Mikhail, 전승희 외역, 『장편소설과 민중언어』, 창작과비평사, 1998.

Bakhtin, Mikhail, 『바흐찐의 소설미학』, 이득재 역, 열린책들, 1988.

Bawden, D., "Information and digital literacies: A Review of Concepts," *Journal of Documentation*, vol.57, no. 2, March 2001.

Benjamin, Walter, 『발터 벤야민의 문예이론』, 반성완 편역, 민음사, 2003.

Bhabha, Homi, The Location of Culture, 『문화의 위치』, 소명출판, 2002.

Blasingame, Jim & John Bushman, H., *Teaching Writing in Middle and Secondary Schools*, Pearson Education, 2005.

Bourdieu, Pierre, 최종철 역, 『구별짓기: 문화와 취향의 사회학』, 새물결, 1995.

Bourdieu, Pierre, 하태환 역, 『예술의 규칙: 문학 장의 기원과 구조』, 동문선, 1999.

Brinker, K., 이성만 역, 『텍스트 언어학의 이해』, 한국문화사, 1994.

Buckingham, D., *media education: literacy, learning and contemporary culture*, Oxford: Blackwell Publishing Ltd, 기선정 외 역, 『미디어 교육-학습, 리터러시, 그리고 현대문화』. jNBook, 2004.

Campbell, Cherry, 정동빈 · 배윤도 · 서형준 · 박종혁 옮김, 『제2언어작문교수』, 경문사, 2004.

Chartier, Roger, 로제 샤르띠에, 백인호 역, 『프랑스혁명의 문화적 기원』, 일월서각, 1998.

Coffin, C, Curry, M.,Goodman, J. E., Lillis A., & Swan, J., *Teaching Academic Writing: A Toolkit for Higher Education*, Routledge, 2003.

Culler, Jonathan 조너선 컬러, 이은경 외역, 『문학이론』, 동문선, 1999.

Derrida, Jacques 자크 데리다, 김성도 옮김, 『그라마톨로지』, 민음사, 2010(1996 전면개역판).

Dondis, Donis A., *A Primer of Visual Literacy*, Massachusetts, London: The MIT Press, 1974.

Dulmen, Richard van, 최윤영 역, 『개인의 발견 – 어떻게 개인을 찾아가는가 1500~1800』, 현실문화연구, 2005.

Flower, Linda, 원진숙 · 황정현 역, 『글쓰기 문제해결전략』, 동문선, 1998.

Foucault, Michel, 이규현 외역, 『성(性)의 역사』(제1권 앎의 의지(이규현 역), 제2권 쾌락의 활용(문경자, 신은영 역), 제3권 자기에의 배려(이혜숙, 이영목 역)), 나남출판사, 1990.

Foucault, Michel, 이희원 역, 『자기의 테크놀로지』, 동문선, 2002.

Gay, Peter, 『계몽주의의 기원』, 민음사, 1998.

Gramsci, Antonio, 로마그람시연구소 편, 조형준 역, 『그람시와 함께 읽는 문화: 대중문화 언어학 저널리즘』, 새물결, 1992.

Habermas, J., 한승환 역, 『공론장의 구조변동 – 부르주아 사회의 한 범주에 관한 연구』, 나남출판, 2001.

Jauβ, Hans Robert, 『도전으로서의 문학사』, 장영태 역, 문학과지성사, 1998.

Kroll, Barbara, 김세중 · 유재임 옮김, 『제2언어 작문』, 강남대학교출판부, 2003.

Lacan, Jacques, 권택영 편역, 『욕망이론』, 문예출판사, 1994.

Lejeune, Philippe 필립 르죈, 윤진 역, 『자서전의 규약』, 문학과지성사, 1998.

Leki, Ilona, *Academic Writing: Exploring Process and Stratiges*, second edition, Cambridge University Press, 1998.

Miller, C. R., "Genre and social action," in A. Freedman and P. Medway (eds), *Genre and the New Rhetoric*, London and NewYork: Taylor and Francis Press, 1994.

Morson, Gary Saul & Emerson, Caryl, 오문석 외 역, 『바흐친의 산문학』, 책세상, 2006.

Ong, Walter J., The Orality and the Literacy, 이기우 · 임명진 역, 『구술문화와 문자문화』, 문예출판사, 1995.

Ranciere, Jacques, 오윤성 역, 『감성의 분할: 미학과 정치』, 출판사 b, 2008.

Ranciere, Jacques, 유재홍 역, 『문학의 정치』, 인간사랑, 2011.

Said, E., 『문화와 제국주의』, 김성호 · 정정호 역, 도서출판 창, 1995.

Simmel, Georg, 김덕영 역, 「편지, 비밀의 사회학」, 『짐멜의 모더니티 읽기』, 새물결, 2005.

Watt, Ian Pierre, 『소설의 발생: 디포우, 리처드슨, 필딩 연구』, 강, 2009.

Zizek, Slavoj, 주은우 역, 『당신의 징후를 즐겨라』, 한나래, 1997.

한국 근대 서간 문화사 연구

초판 1쇄 인쇄 2014년 10월 24일
초판 1쇄 발행 2014년 10월 31일

지은이 김성수
펴낸이 김준영
펴낸곳 성균관대학교 출판부
출판부장 박광민
편 집 신철호 · 현상철 · 구남희
외주디자인 아베끄
마케팅 박인봉 · 박정수
관 리 박종상 · 김지현

등록 1975년 5월 21일 제1975-9호
주소 110-745 서울특별시 종로구 성균관로 25-2
대표전화 02)760-1252~4
팩시밀리 02)762-7452
홈페이지 press.skku.edu

ISBN 979-11-5550-089-7 93810

잘못된 책은 구입한 곳에서 교환해 드립니다.